Alison Weir est une autrice britannique de romans et biographies historiques acclamés par la critique. Ses périodes de prédilection sont le Moyen Âge et le règne des Tudors. Après des études d'histoire, et avant de se lancer dans l'écriture, Alison Weir a été éducatrice spécialisée. Elle réside actuellement en Angleterre, dans le Surrey, avec ses deux enfants.

De la même autrice :

Lady Elizabeth
Aliénor, Reine captive

CE LIVRE EST ÉGALEMENT DISPONIBLE
AU FORMAT NUMÉRIQUE

www.editions-hauteville.fr

Alison Weir

ALIÉNOR,
REINE CAPTIVE

Traduit de l'anglais (Grande-Bretagne) par Mathias Lefort

Hauteville

Hauteville est un label des éditions Bragelonne

Titre original : *The Captive Queen*

ISBN : 978-2-38122-280-6

Bragelonne – Hauteville
60-62, rue d'Hauteville – 75010 Paris

E-mail : info@editions-hauteville.fr
Site Internet : www.editions-hauteville.fr

Pour sept petits êtres particuliers nés en 2009-2010 :
Henry George Marston,
Charlie Andrew Preston,
Isla May Weir,
Maisie Isobel Flora Weir,
Lara Eileen Weir,
Grace Daly Robinson,
Frederick Arthur Campbell Thorpe
et ma filleule,
Eleanor Jane Borman.

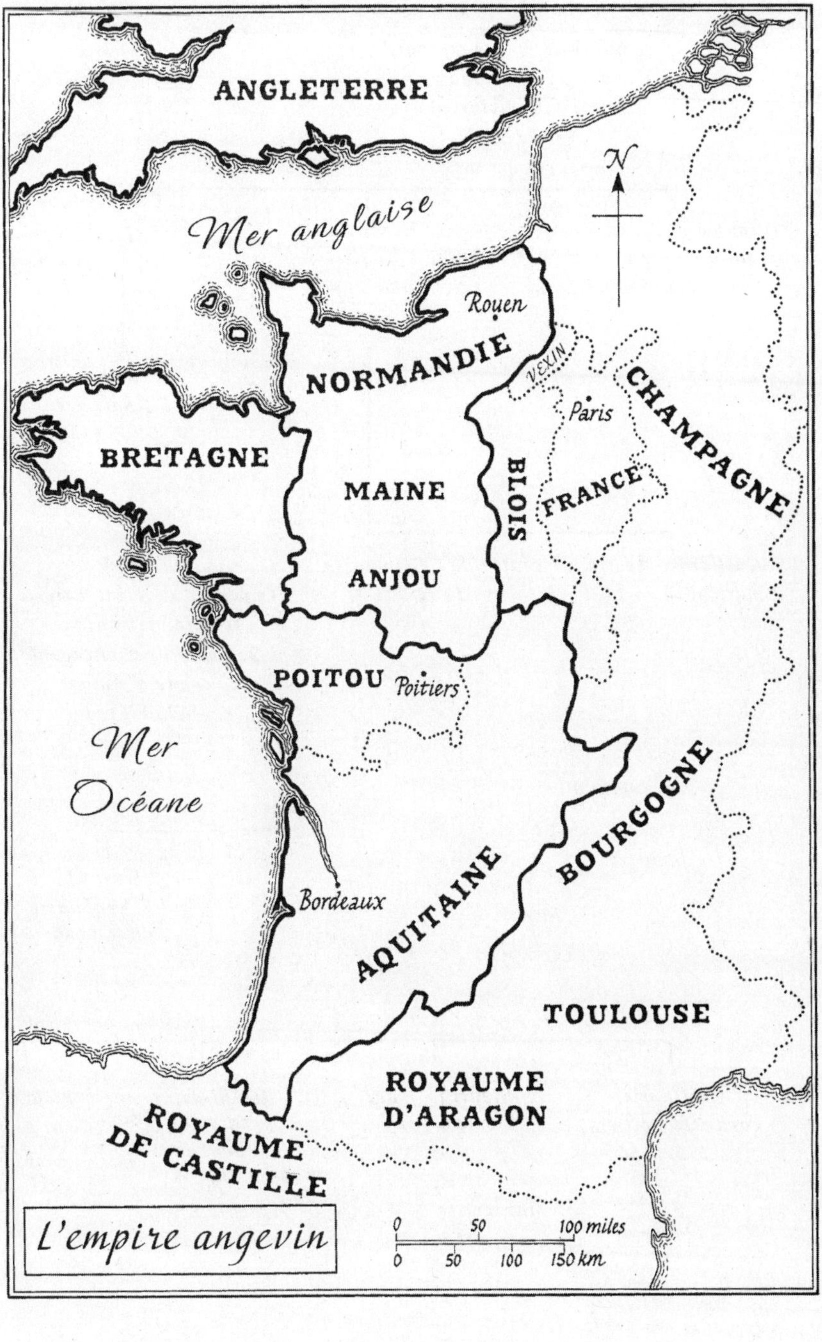

L'empire angevin

Guillaume le Conquérant,
duc de Normandie,
roi d'Angleterre,
1027 ?-1087

Guillaume II dit le Roux,
roi d'Angleterre,
v. 1056-1100

Henri Ier,
roi d'Angleterre,
1068-1135

Adèle ép. Étienne II,
comte de Blois

Étienne,
roi d'Angleterre,
v. 1097-1154

Guillaume Adelin,
mort noyé en 1120

Mathilde l'Emperesse, ép.
1102-1167

1. Henri V,
empereur du Saint Empire
romain germanique
2. Geoffroy Plantagenêt,
comte d'Anjou,
1113-1151

Henri II,
roi d'Angleterre,
1133-1189

ép.

Guillaume,
comte de Poitiers,
1153-1156

Henri le Jeune,
1155-1183

ép.
Marguerite de France,
1158-1198

Mathilde,
1156-1189

ép.
Henri le Lion,
duc de Saxe

Richard Ier
Cœur de Lion,
roi d'Angleterre,
1157-1199

Les liens familiaux d'Aliénor

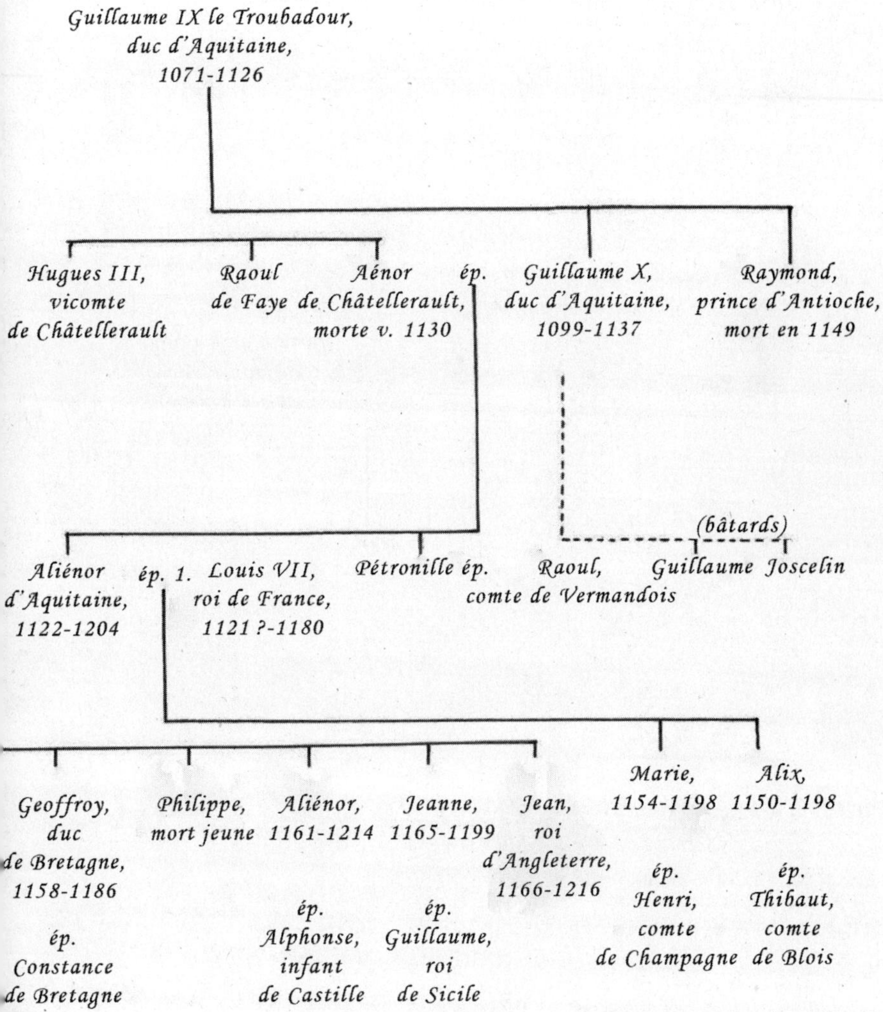

« Voilà ce ver qui ne meurt pas, c'est le souvenir du passé. »
St Bernard de Clairvaux, *De Consideratione*

« La haine la plus persistante est celle qui découle de l'amour. »
Walter Map, *De nugis curialium*

« Hélas ! Dieu d'amour !
Tantôt joie il me donne et tantôt c'est douleur ! »
Raimbaut de Vaqueiras, poème lyrique

Première partie

Un mariage de lions
1151-1154

Chapitre premier

Paris, août 1151

Seigneur, je vous en conjure, faites que je ne me trahisse pas, pria secrètement Aliénor tout en s'asseyant avec grâce sur le trône en bois sculpté, à côté de Louis, son époux, roi de France. La Cour s'était rassemblée dans la sombre et caverneuse grand-salle du palais de la Cité, qui occupait la moitié de l'île du même nom, sur la Seine, et faisait face à l'imposante cathédrale Notre-Dame.

Aliénor avait toujours eu ce palais en horreur, avec ses lugubres tours de pierre qui tombaient en décrépitude, et ses pièces ténébreuses qui glaçaient jusqu'aux os. Elle avait bien tenté d'égayer cette sinistre salle en recouvrant les murs d'onéreuses tapisseries provenant de Bourges, mais l'atmosphère demeurait lugubre et froide, malgré le soleil estival qui parvenait à filtrer par les étroites fenêtres. Ah ! Comme elle regrettait les splendides châteaux de son Aquitaine natale, construits en pierre claire et veloutée au sommet de collines richement boisées ! Comme l'Aquitaine elle-même lui manquait, et tout cet autre monde dans le Sud ensoleillé qu'elle avait été contrainte de laisser derrière elle tant d'années plus tôt. Elle avait toutefois appris à maîtriser ses pensées pour les empêcher d'errer dans cette direction. Sans cela, elle risquait de devenir folle.

Il lui fallait donc concentrer toute son attention sur la cérémonie qui allait commencer, et jouer au mieux son rôle de reine. Elle avait manqué à son devoir envers Louis et la France de bien des manières – davantage même que quiconque aurait pu le deviner –, et le moins qu'elle pouvait faire était d'avoir l'air convenablement décorative.

Devant le roi et la reine étaient réunis les grands seigneurs et vassaux de France, qui formaient une assemblée bigarrée aux habits rouges, fauves, ou doublés de fourrures, ainsi qu'une horde d'ecclésiastiques tonsurés, tous somptueusement vêtus de robes volumineuses et bruissantes – à l'exception de l'un d'entre eux. Ils étaient venus assister à la fin d'une guerre.

Louis semblait éreinté. La fièvre qui l'avait harassé pendant plusieurs semaines lui avait laissé le teint rouge, mais Aliénor était soulagée qu'il ait au moins réussi à sortir de son lit. C'était, bien entendu, Bernard de Clairvaux, ce fâcheux abbé, dont la tunique écrue se démarquait, qui l'avait incité à le faire. Et quand Bernard parlait, Louis obéissait, comme pratiquement toute la chrétienté.

Elle n'aimait pas Louis, mais elle aurait fait beaucoup, surtout en cette période où son corps et son esprit étaient en souffrance, pour lui épargner d'être blessé – et s'éviter par la même occasion tout risque de scandale et de périls au cas où la vérité viendrait à éclater. Elle s'était crue à l'abri, certaine que son grave péché était un secret qu'elle emporterait dans la tombe ; mais voilà que la seule personne qui pouvait, par un regard ou un geste hasardeux, la trahir et mettre en péril son existence même était sur le point de franchir les grandes portes au fond de la salle : Geoffroy, comte d'Anjou – surnommé « Plantagenêt » en raison du brin de genêt qu'il avait l'habitude de porter à son chapeau.

Aliénor était toutefois persuadée que Louis pourrait difficilement la blâmer pour ce qu'elle avait fait ; c'était lui – ou plus précisément les hommes d'Église qui régentaient la vie du roi – qui l'avait condamnée à subir comme un exil sa vie dans cet hostile royaume du Nord, sous ces cieux gris, parmi ces gens austères – et à devoir suivre un régime quasi monastique, aux règles oppressantes, recluse avec ses suivantes pour seule compagnie. Durant quatorze longues années déjà, son existence avait été presque entièrement dénuée de tout plaisir ou excitation, et c'était seulement lors de rares moments volés qu'elle avait pu connaître une autre vie : avec Marcabru ; avec Geoffroy ; et, plus tard, avec Raymond. De doux péchés qu'il ne fallait jamais avouer en dehors du confessionnal, et certainement pas à Louis, son époux. Elle était sa reine, et Geoffroy son vassal – et ils avaient tous deux trahi leur serment sacré.

C'était là le cheminement effréné des pensées de la reine tandis qu'elle demeurait assise aux côtés du roi, chacun sur son trône. Ils attendaient l'arrivée de Geoffroy et de son fils Henri afin que Louis puisse échanger avec eux le baiser de paix et recevoir l'hommage solennel de Henri. La guerre devait donc prendre fin sans plus de heurts – contrairement aux tourments intérieurs d'Aliénor ; c'était la première fois qu'elle revoyait Geoffroy depuis cet automne de si exquis péchés dans le Poitou, cinq ans plus tôt.

Il n'avait pas été question d'amour, et la chose n'avait pas duré, mais elle n'avait pas réussi à effacer de sa mémoire les souvenirs érotiques du si grand plaisir pris avec Geoffroy sous les draps de soie, les bougies jetant un éclat doré sur leurs corps emmêlés. Ces ébats avaient été comme une révélation après la gaucherie et la gêne du devoir conjugal et cet éveil brutal que Marcabru lui avait fait connaître ; elle n'aurait jamais osé penser qu'un homme puisse lui procurer un plaisir aussi prolongé. Elle avait été emportée, vague après vague, jusqu'à ne plus pouvoir contenir ses cris, et cela lui avait fait prendre conscience, plus que jamais, de ce qui lui manquait dans cette union avec Louis. Elle s'était pourtant efforcée d'oublier, car son époux ne devait jamais savoir. Il avait nourri des soupçons, et cela était déjà trop, car il en avait été si profondément blessé que son cœur avait été marqué à vie. Les choses n'avaient plus jamais été pareilles depuis, et elle ne pouvait à présent plus espérer de ce mariage brisé que l'issue la moins désastreuse.

Geoffroy, néanmoins, était désormais à Paris, au sein même du palais, et elle était terrorisée à l'idée que l'un d'eux en arrive sans le vouloir à donner à Louis, ou à qui que ce soit d'autre – et en particulier à cet abbé Bernard, à qui rien n'échappait jamais –, des raisons de croire qu'il s'était passé quelque chose entre eux. En France, l'on réservait un sort affreux aux reines reconnues coupables d'un quelconque méfait. Qui n'avait jamais entendu parler du terrible sort de Brunehaut, accusée de meurtre, brutalement traînée par un cheval indompté attaché à ses cheveux, ses mains et ses pieds, sous l'ordre du roi Clotaire ? Aliénor frissonnait chaque fois qu'elle pensait à cette histoire. Louis pourrait-il se montrer aussi impitoyable s'il découvrait qu'elle l'avait trahi ? Elle ne le pensait pas, mais elle n'avait pas non plus envie de le savoir. Il ne devait jamais, au grand jamais, apprendre qu'elle avait couché avec Geoffroy.

Malgré ses craintes, elle ne pouvait pas s'empêcher de repenser à ce qui s'était passé entre eux, et à la merveilleuse façon dont il l'avait initiée aux plaisirs de l'amour…

Non, ne songe pas à cela ! se tança-t-elle. Ce genre de pensées risquait de lui faire commettre un impair. Elle commença même à se demander si ces plaisirs suaves avaient valu tous ces périls…

Les trompettes résonnèrent. Ils arrivaient, à présent. D'un instant à l'autre, Geoffroy allait franchir les grandes portes. Et voici qu'il apparut : grand, les cheveux couleur de flamme, tout en puissance, sa force et sa détermination se lisant sur les traits de son visage, et sa démarche franche démontrant une énergie contrôlée. Il n'avait pas changé. Il s'avançait en direction du dais, les yeux rivés sur Louis, et n'adressa pas le moindre regard à

Aliénor, qui se força à redresser la tête et à regarder loin devant elle. « Les dames vertueuses gardent en toute circonstance leur regard sous contrôle », lui avait jadis enseigné grand-mère Dangereuse ; mais Dangereuse n'avait jamais été une sainte elle-même, et elle s'était à son époque servie de son regard à bon escient afin de capter l'intérêt du grand-père d'Aliénor, le truculent troubadour duc d'Aquitaine. Aliénor avait appris très tôt que les femmes pouvaient exercer un étrange pouvoir sur les hommes, comme elle avait pu le constater avec Louis – même si, Dieu leur vienne en aide, cela n'avait pas souvent été suffisant pour tirer de sa léthargie son membre craintif et opprimé.

Aliénor essaya de ne pas penser à sa frustration, mais ce n'était pas aisé quand l'homme qui lui avait fait découvrir la beauté de la chose se tenait à seulement quelques pas, accompagné de son fils de dix-huit ans. Son fils ! Elle perdit soudain le contrôle de son regard, qui divagua allégrement. Henri d'Anjou était légèrement plus petit que son père, mais il compensait par sa prestance. C'était un jeune homme magnifique, un lion à la crinière rousse, avec un visage que l'on aurait pu admirer mille fois sans jamais s'en lasser. Ses yeux gris surpassaient ceux de son père en intensité ; il possédait des lèvres d'une sensualité irrésistible, un torse puissant et des muscles saillants sculptés par de nombreuses années passées en selle et sur les champs de bataille. En dépit d'une rude virilité, il conservait une grâce féline dans ses mouvements, et l'on sentait une vigueur contenue indiquant un potentiel sexuel profond et sauvage. Sa masculinité et sa jeunesse étaient aussi irrésistibles que grandioses. Il suffit à Aliénor de poser les yeux sur lui pour ne plus du tout voir son père.

Il ne faisait aucun doute que l'intérêt était réciproque car, tandis que Louis se levait pour embrasser Geoffroy, Henri ne détacha pas son regard d'elle : un désir poignant s'y lisait, ses intentions malicieuses manifestes. Elle sentit le désir surgir en elle et peina à se contenir. Elle n'avait jamais réagi de façon si intense face à un homme.

Il lui fallut détourner son regard au prix d'un grand effort, sous peine de trahir son émoi, et elle reporta son attention sur l'hommage qui avait lieu, puis elle observa Henri tandis qu'il imitait son père et posait un genou à terre, les mains entre celles du roi.

— Par le Seigneur, déclara-t-il d'une voix profonde et rocailleuse, je promets en ma foi de vous être fidèle à partir de cet instant et de ne jamais faire, ni par mes actes ni par mes paroles, rien qui vous soit désagréable, à la condition que vous me gardiez en vertu de mon mérite, par la grâce de Dieu.

Aliénor était captivée. Elle voulait cet homme. En le contemplant ainsi, elle sut – sans pouvoir dire comment – qu'il lui était destiné et qu'il lui suffirait de claquer des doigts pour l'avoir. Sa détermination à mettre un terme à son mariage en fut soudain renforcée, et s'ancra fermement en elle.

Elle sentit le regard de Geoffroy se porter sur elle, mais il était comme transparent à ses yeux, et elle remarqua à peine son léger froncement de sourcils. Elle songeait aux liens étroits et secrets qui existaient entre elle et les trois hommes présents, sans qu'aucun d'eux en soit conscient, et au fait qu'il lui faudrait dorénavant couper deux de ces liens. Oublier Geoffroy ne serait pas compliqué : elle voyait avec une grande clarté qu'elle était depuis trop longtemps contrainte d'alimenter ce souvenir par des fantasmes. Cela n'avait été ni plus ni moins que du désir, dans lequel elle s'était convaincue qu'elle voyait bien autre chose. Et elle attendait depuis de nombreuses années de pouvoir s'affranchir de ce pauvre Louis. La seule question en suspens était de savoir comment s'y prendre.

— Au nom de Dieu, je vous confère officiellement le duché de Normandie, déclarait à présent le roi à Henri avant de se pencher vers lui et de l'embrasser sur les deux joues.

Le jeune duc se releva et recula jusqu'à se retrouver aux côtés de son père, puis les deux hommes s'inclinèrent.

—Il nous faut remercier l'abbé Bernard dans cette histoire, murmura le roi à Aliénor. (Son visage se détendit lorsqu'il esquissa ce doux sourire qu'il réservait exclusivement à sa magnifique épouse.) Le mérite lui revient de cette paix avec le comte Geoffroy et son fils.

Aliénor était d'avis qu'il s'agissait plus probablement d'un habile stratagème de Geoffroy, mais elle se garda bien de dire quoi que ce soit. Même Louis, pourtant crédule, s'était étonné de ce brusque revirement du rusé comte d'Anjou après son blasphème face au très dévot Bernard. L'abbé avait osé fustiger Geoffroy pour avoir soutenu son fils, Henri FitzEmperesse, quand celui-ci avait refusé l'aveu au roi son suzerain pour le duché de Normandie. Même Aliénor en avait été choquée.

—C'est un jeune arrogant ! pestait discrètement le roi. J'ai ouï dire qu'il a un caractère à faire trembler tous les saints. Quelqu'un doit impérativement lui mettre la bride avant qu'il devienne incontrôlable, et il ne faut pas compter sur son père pour cela, malgré tous les bons sentiments qu'il me témoigne.

Aliénor eut bien du mal à trouver quoi répondre tant elle était subjuguée par Henri.

—Je n'arrive pas à croire que Geoffroy ait eu la bêtise de céder son duché à cet insolent jouvenceau, marmonna-t-il sans se départir de son sourire figé. Malgré l'hommage, je n'ai pas confiance en eux, et l'abbé Bernard non plus. Quoi que les gens disent, j'ai eu raison de refuser d'abord de reconnaître la légitimité de Henri comme duc. Je ne comprendrai jamais pourquoi le Seigneur a choisi, dans sa grande sagesse, de me frapper de maladie à l'instant même où je m'apprêtais à marcher sur eux.

Il s'entraînait lui-même dans une de ses fureurs, rares mais hautement dangereuses, et Aliénor savait qu'il lui fallait malgré elle l'amener à se calmer. Tous les regards étaient sur lui…

Le roi serrait de toutes ses forces les accoudoirs peints de son trône. Elle posa délicatement la main sur la sienne.

— Remercions l'abbé Bernard pour son intervention, lui murmura-t-elle d'une voix apaisante.

Elle revoyait encore comment Bernard s'était interposé et, sans prêter attention aux invectives et injures typiques de Geoffroy – Seigneur, quel caractère ! –, était parvenu à accomplir un véritable miracle en évitant une guerre.

— Oui, c'était un marché équitable, concéda Louis en se radoucissant. Personne d'autre n'aurait pu négocier de meilleurs termes avec les Angevins.

Aliénor ne pouvait qu'admettre que l'offre de Henri de céder le Vexin, ce territoire normand sévèrement disputé, en contrepartie de l'acceptation du roi de le reconnaître en tant que duc de Normandie était une manière très habile de résoudre le différend sans que personne perde la face.

— Venez, messire, dit-elle, tous attendent. Allons divertir nos invités.

Tandis que l'on apportait le vin et les confiseries, le roi et la reine, avec leurs éminents invités, se mêlèrent aux courtisans dans l'immense et sinistre grand-salle. Aliénor, qui errait dans la foule en quête du duc Henri, espérant jouir de l'excitation de pouvoir échanger quelques mots avec lui, ou bien simplement d'entendre encore sa voix, tomba bien malgré elle nez à nez avec le très saint abbé Bernard, qui parut tout aussi dépité qu'elle par cette rencontre. Il n'aimait pas les femmes, c'était bien connu, et elle avait la conviction qu'il était terrorisé par l'effet qu'elles pouvaient produire sur lui. Grand Dieu, il était même hostile envers sa propre sœur simplement parce qu'elle était heureuse d'être mariée à un homme riche. Aliénor avait toujours détesté Bernard, ce vieux coucou à l'air désapprobateur – et l'aversion était mutuelle, bien sûr –, mais la courtoisie lui dictait à présent de ne pas l'ignorer. Cette odeur de sainteté qui émanait de lui – et quelle odeur, en effet ! – n'était pas propice aux mondanités.

Bernard baissa son regard sévère et ascétique sur elle. Il avait un visage émacié, une fine couche de peau tendue sur ses os. Tout le monde savait pertinemment avec quel sérieux il jeûnait par amour pour Notre Seigneur. Il en était presque devenu transparent.

— Madame, la salua-t-il en s'inclinant légèrement.

Il était sur le point d'esquiver la conversation et de poursuivre son chemin quand Aliénor prit soudain conscience qu'il pourrait lui être utile dans le dilemme auquel elle devait faire face.

— Mon père, le retint-elle en affectant son air le plus implorant, je vous saurais gré de vos bons conseils.

Il resta figé devant elle, muet, fidèle à son habitude d'homme de peu de mots. Elle pouvait ressentir la force de son antipathie et de sa méfiance ; il ne l'avait jamais appréciée et n'avait jamais caché qu'il déplorait sa manie d'interférer, et son attachement aux richesses de ce monde.

— C'est un sujet à propos duquel je vous ai déjà entretenu, reprit-elle à voix basse. Il s'agit de mon mariage avec le roi. Vous savez combien ma vie a été vide et amère, et que durant mes quatorze années au bras de Louis, je ne lui ai apporté que deux filles. Je crains de ne jamais pouvoir lui donner de fils et héritier, malgré toutes mes prières à la Vierge pour qu'elle m'exauce ; j'ai peur que le Seigneur se soit détourné de moi. (Sa voix se brisa dans un sanglot parfaitement exécuté.) Vous avez vous-même remis en cause la validité de ce mariage, et je nourris aussi depuis longtemps des doutes. Louis et moi sommes trop proches cousins. Nous n'avons pas reçu de dispense. Dites-moi, mon père, que puis-je faire pour éviter le courroux de Dieu ?

— Beaucoup partagent vos inquiétudes, ma fille, répondit Bernard d'une voix crispée, comme s'il souffrait de devoir lui donner raison sur le moindre point. Les barons eux-mêmes ont incité le roi à faire annuler votre mariage, mais il rechigne à se séparer de vos prestigieux domaines. De plus, que Dieu le garde, il vous aime, termina-t-il avec une moue dédaigneuse.

—Il m'aime ? repartit Aliénor. Louis est comme un enfant ! C'est un être innocent, que l'amour effraie. Il me rejoint rarement dans le lit conjugal. En vérité, j'ai épousé un moine plutôt qu'un roi !

—Cela a moins d'importance que l'illégitimité de votre union, objecta vivement Bernard. Faut-il toujours que vous songiez aux choses de la chair ?

—Ce sont ces choses-là qui permettent d'engendrer des héritiers ! rétorqua vivement Aliénor. La Couronne ne pourra pas revenir à mes filles à cause de leur sexe, et, si le roi mourait sans héritier, la France serait en proie à la guerre. Il devrait avoir la liberté de se remarier pour engendrer des fils.

—Je lui en reparlerai, accepta Bernard, qui contenait difficilement son agacement. Il existe en effet de nombreuses bonnes raisons pour dissoudre ce mariage.

Aliénor se mordit la lèvre, résolue à ne pas relever l'insulte sous-jacente. Elle repéra à cet instant par une trouée dans la foule Henri d'Anjou qui prenait de grandes lampées de vin tout en discutant avec son père Geoffroy, et elle sentit son cœur faire une embardée.

Bernard suivit son regard et renifla avec dédain.

—Je n'ai pas confiance en ces Angevins, déclara-t-il d'un air sombre. Ils descendent tous du diable, et c'est au diable qu'ils retourneront. Une race maudite. Le comte Geoffroy est aussi insaisissable qu'une anguille et je ne l'ai jamais aimé. Par son blasphème, devant moi, il a révélé sa véritable nature. Mais nul autre que Dieu n'exercera sa vengeance. Je vous le garantis, madame, le comte Geoffroy trouvera la mort d'ici un mois !

Aliénor sentit un brusque frisson lui remonter l'échine aux mots de l'abbé, mais elle les mit sur le compte de l'affront qu'il avait subi. Elle remarqua alors que Bernard épiait Henri d'un air renfrogné.

— La première fois que j'ai vu son fils, j'ai eu un très mauvais pressentiment, dit-il.

— Puis-je vous demander pourquoi ? s'enquit Aliénor d'un air surpris.

— Il est le véritable descendant de cette femme diabolique, Mélusine, l'épouse du premier comte d'Anjou. Écoutez donc cette histoire : le pauvre bougre l'a épousée, séduit par sa beauté, et elle lui a donné des enfants, mais elle refusait catégoriquement d'aller à la messe. Un jour, il l'y a forcée, donnant l'ordre à ses chevaliers de la retenir fermement par le manteau. Au moment de l'élévation, elle s'est dégagée avec une force surnaturelle et s'est échappée en hurlant par une fenêtre ; depuis, plus personne ne l'a revue. Il ne fait aucun doute qu'elle était la fille du diable en personne, car elle ne pouvait supporter la vue du corps du Christ.

Aliénor avait déjà entendu cette histoire.

— Ce n'est qu'une vieille légende, mon père, répondit-elle avec un sourire narquois. Vous ne croyez tout de même pas que cela est vrai ?

— Le comte Geoffroy et son fils le croient, rétorqua Bernard. Ils y font souvent référence. Il semble même qu'ils en soient fiers, ajouta-t-il avec une grimace de dégoût.

— Je pense qu'ils se sont simplement moqués de vous, dit-elle en se rappelant l'humour piquant de Geoffroy.

Dieu sait qu'il avait eu besoin de cela, lui qui était marié à cette mégère de Mathilde l'Emperesse ; celle-ci n'avait jamais perdu une occasion de lui rappeler que son père avait été roi d'Angleterre et que son premier époux avait été l'empereur du Saint Empire romain germanique en personne ! Elle estimait être tombée bien bas en se mariant à un simple comte !

— Personne ne devrait plaisanter de telles choses, décréta Bernard avec raideur. À présent, madame, je dois aller m'entretenir avec le roi.

Il recula, lui adressa un signe de tête en guise de révérence, manifestement soulagé de pouvoir fuir sa compagnie. Elle haussa les épaules. Les rois et les princes pouvaient bien trembler devant lui, mais, à ses yeux, Bernard de Clairvaux n'était qu'un pathétique vieil homme qui avait pour unique obsession de se mêler des affaires des autres. D'ailleurs, pourquoi perdre du temps à songer à lui alors que Henri FitzEmperesse s'approchait d'elle d'un pas décidé ?

Qu'est-ce qui, dans la forme et l'expression d'un visage, fait qu'une personne est belle aux yeux d'une autre ? se demanda-t-elle sans parvenir à détacher son regard de celui du duc.

— Votre Majesté, je constate que les nombreux témoignages sur votre beauté ne sont point flatteries, la salua Henri en s'inclinant brièvement.

Aliénor sentit une nouvelle vague de désir surgir en elle.

Seigneur, quel émoi il suscite ! Que ne donnerait-elle pas pour une nuit sous les draps avec lui !

— Bienvenue à Paris, monsieur le duc, répondit-elle sur un ton léger. Je suis heureuse que vous ayez trouvé un accord avec le roi.

— Cela nous épargnera beaucoup d'effusions de sang, dit-il.

Elle découvrirait avec le temps qu'il possédait un indéniable franc-parler et qu'il allait droit au but. Son regard, cependant, s'appesantissait sur tout son corps, se délectant de chacune des courbes qu'épousait sa robe de soie, avec son corsage ajusté et sa double ceinture qui accentuait la finesse de sa taille et le contour de ses hanches.

— J'espère que vous avez fait bon voyage, reprit Aliénor, le désir lui faisant tourner la tête.

—Et si nous oubliions les banalités ? proposa subitement Henri.

Cette entorse aux convenances l'excita. Il la regarda dans les yeux avec intensité.

—Nous savons bien tous les deux ce qu'il se passe, enchaîna-t-il. Alors pourquoi perdre du temps plutôt que de faire connaissance ?

Aliénor était sur le point de lui demander ce qu'il pouvait bien vouloir entendre par là, ou de le réprimander pour son impardonnable familiarité avec la reine de France, mais à quoi bon ? Elle le voulait autant qu'il avait d'évidence envie d'elle. Pourquoi le nier ?

—J'aimerais apprendre à vous connaître, admit-elle dans un murmure. (Elle lui adressa un sourire audacieux et oublia toutes ces bêtises à propos de la maîtrise de son regard.) Veuillez me pardonner si je ne sais pas comment répondre.

—À ce que l'on m'a raconté, vous n'avez pas eu beaucoup de chance, dit Henri. Le roi Louis est bien connu pour sa… « piété », dirons-nous. Hormis quand il est à la tête d'une armée et qu'il incendie des villes, bien entendu. Étrange qu'un homme si dévot soit capable d'une telle violence.

Aliénor frémit. Même après tant d'années, elle ne supportait pas de repenser à ce qu'il s'était passé à Vitry. Cela avait changé Louis à tout jamais.

—Je n'ai pas eu un mariage facile, admit-elle volontiers.

Henri ne devait pas la croire amoureuse de son époux. Elle l'avait autrefois été, une illusion romantique de petite fille, mais de nombreuses années s'étaient écoulées depuis.

—Il vous faut un véritable homme dans votre lit, déclara Henri sans ambages.

Il se fendit d'un sourire suggestif sans détourner une seconde les yeux.

—C'est précisément ce que j'essayais d'expliquer à l'abbé Bernard, répondit la jeune femme d'un air malicieux.

— Lui ? Le chien de garde de la chrétienté ? Il ne peut pas comprendre, s'esclaffa Henri. Saviez-vous que, lorsque, étant jeune, il a eu sa première érection à la vue d'une jolie fille, il s'est jeté dans une mare glacée pour soigner son mal ?

Aliénor se sentit rougir d'excitation à ces mots. Ils en étaient si rapidement venus à discuter de choses fort intimes que c'en était troublant – et extrêmement stimulant.

— Je vous trouve bien sûr de vous pour un si jeune garçon, le taquina-t-elle. Est-ce vrai que vous n'avez que dix-huit ans ?

— Je suis un homme dans tous les domaines essentiels, affirma Henri d'un air entendu, bien que légèrement piqué par sa question.

— Comptez-vous me le prouver ? lança-t-elle.

— Quand ? demanda-t-il avec empressement.

— Je vous ferai parvenir un message par une de mes demoiselles, lui répondit-elle sans hésiter. Je vous ferai savoir quand et où nous pourrons nous retrouver seuls sans danger.

— Louis est-il un mari attentionné ? s'enquit Henri.

— Non. Il ne partage que rarement ma couche, ces temps-ci, avoua Aliénor avec amertume. Et il ne le faisait pas beaucoup plus avant cela. Il aurait dû rejoindre un monastère, car il ne sait que faire d'une épouse.

— J'ai entendu dire qu'il vous aimait sincèrement, sonda-t-il.

— Oh, ça, je n'en doute pas un instant, mais seulement de manière spirituelle. Il ne ressent pas le moindre besoin de me posséder physiquement.

— Alors il est idiot, marmonna Henri. Pour ma part, je n'attends que cela.

— Et je crains qu'il vous faille attendre quelque temps, rétorqua la reine sur un ton léger. J'ai des ennemis à la Cour. Les Français m'ont toujours détestée. Tout ce que je fais est critiqué. J'ai l'impression d'être en prison tant on m'impose d'interdits dans mes libertés ; et l'on me surveille, constamment. Je dois donc me montrer prudente, sans quoi mon nom sera sali davantage.

— « Davantage » ? répéta-t-il en haussant les sourcils.

— Peut-être avez-vous entendu les histoires que l'on raconte sur moi, avança-t-elle.

— J'ai entendu dire une ou deux choses qui m'ont poussé à dresser une oreille, dit-il en souriant. Ou les deux, et à les ouvrir bien grand, si vous voulez l'entière vérité ! Mais je n'ai pas été un ange, moi non plus. Nous voilà bien assortis, ma reine.

— Je sais seulement que je n'ai jamais ressenti pareille chose, susurra Aliénor, le souffle court.

— Taisez-vous, madame, la mit-il en garde. On nous regarde. Nous avons déjà conversé trop longtemps. J'attendrai de vos nouvelles, dit-il en lui prenant la main pour y déposer un baiser.

La caresse de ses lèvres et le contact de sa peau lui firent l'effet d'un coup de fouet.

Plus tard cette nuit-là, Aliénor s'assit devant son miroir et se regarda dans la surface d'argent poli. Elle contempla son visage ovale à la peau d'un blanc laiteux, avec des lèvres en cœur rouge cerise, un regard à la sensualité renforcée par des paupières alanguies, et des pommettes bien dessinées, le tout encadré par des boucles cuivrées qui cascadaient sur ses épaules. Elle s'émerveilla de n'avoir pas encore de rides ni de plis, mais cela ne l'empêcha pourtant pas de se demander si Henri la désirerait toujours autant lorsqu'il se rendrait compte qu'elle avait vingt-neuf ans, soit onze ans de plus que lui. Bien entendu, il devait déjà le savoir. Tout le monde avait entendu parler de son fabuleux mariage avec Louis ; son âge n'était en rien un secret.

Oubliant résolument ses craintes, elle se leva et observa son corps nu dans le miroir. Henri serait certainement satisfait de voir ses seins fermes et hauts, sa fine taille, son ventre plat et ses hanches rondes. Le simple fait de penser à son regard envieux sur sa peau nue la fit fondre de désir, et elle fit glisser ses doigts avec ardeur jusqu'à cet endroit secret entre ses cuisses, celui que les gens comme Bernard estimaient interdit aux dévots : celui-là même grâce auquel elle avait, cinq ans plus tôt, découvert des plaisirs indicibles l'emmenant sans cesse vers l'extase.

C'était Marcabru le troubadour qui lui avait montré comment faire ; l'incomparable Marcabru, qu'elle avait invité elle-même à venir depuis son Aquitaine natale jusqu'à la Cour de Paris – où ses talents, pour tout ce qu'il en avait, n'avaient pas été reconnus. Sombre de peau et à l'aspect presque satanique, il avait éveillé l'émoi en elle par ses poèmes suggestifs – et ô combien mauvais – honorant sa beauté, puis il avait réussi là où Louis avait toujours échoué en l'amenant à la jouissance, un fabuleux jour de juillet dans un havre isolé des jardins du palais. Mais la trop grande familiarité dans les vers de Marcabru dédiés à la reine avait éveillé les soupçons et la jalousie de Louis, qui l'avait renvoyé dans le Sud sans jamais comprendre à quel point le troubadour avait abusé de son hospitalité. C'était le vif désir de connaître encore ce doux moment d'extase qui avait poussé Aliénor dans les bras de Geoffroy l'automne suivant.

Depuis, elle avait appris à prendre son plaisir seule, et elle le fit à cet instant, non sans une certaine urgence, son corps se délectant déjà des plaisirs qu'elle partagerait avec Henri d'Anjou quand ils pourraient se revoir. Puis, quand elle fut emportée par un orgasme qui la laissa tremblante, elle se jura que ce moment arriverait bientôt. Après tout, Henri et Geoffroy ne resteraient pas longtemps à Paris.

—Je vous ai vu parler à la reine, déclara Geoffroy.

—Nous avons échangé quelques banalités, dit Henri avec circonspection tout en remplissant sa coupe.

Il ne discutait jamais de ses histoires de femmes avec son père.

— C'était visiblement plus que des banalités, l'accusa ce dernier. Je vous connais, Henri. N'oubliez pas, mon garçon, qu'il s'agit de la reine de France, pas d'une ribaude que vous pourriez trousser derrière une botte de foin. Du reste, nous venons tout juste de faire la paix avec le roi.

— Je sais bien tout cela, rétorqua Henri d'un air buté. Je ne suis pas idiot.

— Reste encore à m'en convaincre, repartit son père. J'ai décelé votre convoitise quand vous la regardiez. Et je l'ai vue poser son regard impudique sur vous. Henri, vous connaissez sa réputation.

— Des rumeurs, répondit Henri, mais sans aucune preuve. Son mari ne l'a pas répudiée pour adultère. Peut-être s'agit-il de calomnies.

— Son époux, avança Geoffroy avec précaution, ne sait pas la moitié de ce qui se dit, j'en suis certain.

— Cela ne vous fait pas honneur, père, d'ainsi médire d'une dame ! riposta Henri.

— Ah ! Donc, vous la désirez bien, remarqua sèchement Geoffroy. (Puis il adopta un ton plus dur.) Écoutez, fils. Je vous dis ceci pour une très bonne raison. Je vous interdis formellement de poser ne serait-ce qu'un doigt sur elle. Elle est non seulement mariée, mais aussi l'épouse de notre suzerain, ce qui signifie qu'elle vous est doublement interdite, mais… (le comte hésita à poursuivre, et détourna le regard) il y a aussi le fait que je l'ai connue moi-même.

— Je ne vous crois pas, père, s'exclama Henri. Vous dites cela uniquement pour me dissuader.

— C'est la vérité, que Dieu me vienne en aide, insista Geoffroy d'une voix mélancolique. Il y a cinq ans, j'ai eu une aventure secrète avec elle, alors que j'étais sénéchal du Poitou. Elle s'y trouvait dans le but de lever des troupes pour la croisade.

Ça n'a pas duré longtemps, ce n'était rien de sérieux, et cela n'a fort heureusement eu aucune répercussion. L'affaire n'a jamais été ébruitée.

Henri poussa un grognement.

— Eh bien alors ? Qu'est-ce qui m'empêche donc de l'avoir maintenant ? D'évidence, vous n'en voulez plus.

— Vous ne comprenez pas, mon garçon, siffla son père en l'agrippant fermement par les épaules. Il s'agirait d'inceste. Une telle relation est proscrite par l'Église.

Henri le fustigea du regard et se dégagea.

— Par le sang de Dieu, je me fiche éperdument de ce que dit l'Église ! vociféra-t-il. Bien des choses sont proscrites par elle sans que cela y mette un terme ; et ni vous, messire, ni personne d'autre ne pourrez m'empêcher d'assouvir mon désir avec elle – et même tous mes désirs. Au cas où vous l'auriez oublié, elle est la plus importante héritière de la chrétienté.

Le beau visage de Geoffroy se crispa sous le choc. Il se leva d'un bond, envoyant sa coupe voler et retomber au sol avec fracas.

— Elle est mariée au roi de France, pesta-t-il.

— Et elle pourrait ne plus être mariée avec lui ! rétorqua son fils. Je garde l'œil ouvert et l'oreille tendue. N'avez-vous pas entendu ce qui se raconte à cette Cour ? Que ce mariage serait invalide et devrait être dissous ? Les barons le croient, on dit que la reine en a fait la requête, et même notre ami Bernard – que le diable l'emporte – partage cette opinion. Seul le roi s'obstine.

— Il ne veut pas perdre ses domaines, expliqua Geoffroy. C'est un héritage trop riche pour qu'il s'en défasse, et vous pouvez donc oublier tout cela.

— Non, le défia Henri. Louis ne pourra jamais tenir les rênes de l'Aquitaine. Son autorité n'a pas de valeur là-bas. Les vassaux d'Aliénor n'ont pas la moindre discipline. Même son père ne parvenait pas à les contrôler.

— Et vous pensez pouvoir le faire, vous ? railla Geoffroy.

— J'aurais de meilleures chances qu'eux, affirma Henri. Louis n'en a pas les moyens financiers. Mais quand l'Angleterre sera mienne, en plus de la Normandie, j'aurai tout en mon pouvoir pour faire respecter mon règne.

— Vous allez trop vite en besogne, fils, dit le comte d'un air las. Rien ne garantit que vous gouvernerez un jour l'Angleterre. Dieu sait que votre mère et le roi Étienne se sont disputé la Couronne durant des années ; mais Étienne est toujours sur le trône, malgré la certitude du peuple que Dieu et ses saints ont dormi tout le long de son terrible règne ; et il a un héritier, Eustache, pour lui succéder. De plus, et même si elles sont légitimes, les prétentions au trône de votre mère, une femme, ne font pas le poids. Elle a perdu tout espoir de l'emporter il y a bien longtemps, quand elle a courroucé le peuple anglais par son attitude hautaine.

Son ton indiquait clairement que cette attitude avait eu le même effet sur lui.

— C'est injuste ! Vous n'avez jamais aimé ma mère, l'invectiva Henri.

— Nous nous sommes toujours détestés cordialement, vous le savez bien, se défendit Geoffroy avec virulence. Mais là n'est pas la question. Ceux que Dieu a unis doivent apprendre à se tolérer, ou vivre séparément, comme nous l'avons fait. Quant à vous, fils, oubliez ces idées farfelues d'arracher la reine Aliénor à son époux. Vous le regretteriez amèrement, croyez-moi sur parole.

— Il ne serait pas question de la lui arracher. Je sais, aussi sûr que le Seigneur est notre Dieu, qu'elle viendrait à moi de son plein gré.

— Dans ce cas, vous êtes encore plus sot que je ne le pensais, cracha Geoffroy en récupérant sa coupe avant de retourner à l'aquamanile en forme de lion qui se trouvait sur la table. (Il se servit généreusement et vida sa coupe d'un trait.) Vous la connaissez à peine.

—Suffisamment pour savoir que je la veux, et pas seulement pour ses terres. (L'esprit excité du jeune duc entrevoyait déjà un avenir radieux.) Et pourtant, songez-y, père : si je venais à épouser Aliénor, je deviendrais seigneur et maître de tous les territoires depuis la Loire jusqu'aux Pyrénées ; un héritage important – peut-être le plus important de toute l'histoire. Je pourrais fonder un empire : l'empire angevin. Je ferais prospérer notre maison et vous rendrais fier. Louis mouillerait ses braies d'imaginer une telle chose !

—C'est précisément pour cette raison qu'il ne laissera pas Aliénor filer, lui expliqua son père. Pourquoi faire une telle chose en sachant que cela reviendrait à céder ces riches domaines à un vassal ? S'il fait annuler leur mariage, tout le monde se battra pour elle, et c'est pourquoi il rechigne à le faire. Seigneur, Henri, que vous pouvez être borné. Oubliez cela. Il n'en sortira rien de bon.

—Rien de bon à récupérer la moitié de la France ? repartit le duc.

—Alors pensez à votre âme immortelle, jeune fou.

—Oh, mais j'y pense sans arrêt, croyez-moi, père, mentit Henri.

Henri ferma la porte et demeura un instant là, à contempler Aliénor dans la lumière vacillante des bougies. Il portait les mêmes simples vêtements de chasse que le jour de la cérémonie. Elle, à l'inverse, avait revêtu une fine robe lâche de splendide samit blanc, avait accroché à ses oreilles des boucles serties de pierres précieuses, et demandé à ses dames de lui brosser les cheveux jusqu'à ce qu'ils paraissent incandescents. Elle se délectait du pouvoir qu'elle exerçait sur Henri grâce à sa beauté et à son corps. Elle était consciente de l'audacieuse transparence de sa robe, de la manière dont ses tétons durcissaient, et du plaisir manifeste que le duc prenait à la dévorer du regard.

Il s'avança rapidement, jetant sa ceinture à terre et arrachant sa tunique à mesure qu'il fondait sur elle. Il avait un large torse légèrement garni de poils bruns, plus foncés que ses cheveux, et des bras aussi musclés que ses épaules. Aliénor ne put se retenir : dans un cri de joie étouffé, elle s'élança vers lui, lui baissant elle-même ses braies pour mettre à nu son sexe dur qu'elle attrapa à pleines mains alors que Henri l'enveloppait de ses bras puissants, la serrant vigoureusement contre lui, tout en pressant avec avidité ses lèvres sur son front, avant de descendre vers sa bouche. Il tirait de ses doigts rugueux sur le col brodé de sa robe, qu'il fit glisser sur ses hanches, puis il la tint par les bras pour l'écarter de lui et ainsi pouvoir admirer sa belle poitrine. Il se pencha ensuite pour finir de lui enlever sa robe, qui tomba en tas à ses pieds, la laissant entièrement nue devant lui.

Il la souleva et la porta jusqu'au lit, puis s'allongea à côté d'elle sur les draps de soie et les traversins, la couvrant de ses paumes impatientes, la caressant jusqu'à ce qu'elle croie mourir de plaisir. Elle fit preuve de la même passion, éveillant tous ses sens grâce à ses doigts et à sa langue, jusqu'à ce qu'il ne puisse plus résister et décide de la prendre avec ardeur, la pénétrant plus profondément que tous ses autres amants ne l'avaient fait, la comblant de son désir assouvi dans un râle triomphant. Après, Aliénor lui prit la main avec précipitation et le guida jusqu'à son clitoris, sans avoir besoin de lui montrer quoi faire, puisqu'il savait d'évidence comment s'y prendre. Son orgasme fut éclatant, car Henri, qui avait retrouvé toute sa vigueur, la pénétra au point culminant de son plaisir. Jamais elle n'aurait cru pouvoir atteindre une telle extase.

Ils ne dormirent pas avant plusieurs heures encore. Jamais auparavant Aliénor n'avait connu d'amant si débordant de vigueur et d'enthousiasme, et elle découvrit vite en elle un potentiel de plaisir inimaginable, dans des endroits de son corps dont elle ne connaissait même pas l'existence. Mais ils finirent par sombrer dans un sommeil paisible et réparateur ; puis, à l'aube, quand elle se réveilla, elle sentit les bras de Henri l'envelopper de nouveau, et son membre durcir contre sa cuisse.

Plus tard, lovée contre lui après des ébats extatiques, alors qu'ils apprenaient à mieux se connaître, elle comprit qu'elle ne pourrait jamais le laisser partir.

Les yeux gris de Henri étaient plongés dans les siens sous des paupières alourdies par le contentement. Il esquissa un sourire de ses lèvres bien dessinées.

— Je crois que je n'ai jamais ressenti cela avec une femme, susurra-t-il tout en lui caressant la joue du bout des doigts avec une douceur surprenante.

Son énergie, même après qu'ils avaient épuisé leur désir, la mit en émoi.

— Je suis comme au paradis, déclara-t-elle en le regardant droit dans les yeux. Dis-moi que c'est davantage que de la concupiscence.

— Je ne peux pas nier le désir charnel que je ressens, répondit-il en souriant. Je dois avouer que tu es magnifique. (Il tendit la main vers elle et la passa délicatement sur tout son corps.) Mais je te veux pour davantage que cela. Je veux te connaître, tout savoir de toi. Je veux ton esprit en même temps que ton corps. Je veux ton âme.

— Dès le moment où j'ai posé les yeux sur toi, j'ai senti – non, j'ai su – que nous étions destinés l'un à l'autre, avoua Aliénor du bout des lèvres. Est-ce que cela te paraît absurde ?

— Non, répondit Henri. Je ressens la même chose, et je me réjouis que nous partagions le même degré de passion.

Cela ne pouvait pas être autre chose que le destin, se disait la jeune femme. Elle vibrait de cette certitude, et d'euphorie. Dieu avait guidé sur son chemin cet homme qui avait le pouvoir de satisfaire non seulement son corps, mais aussi ses ambitions. Elle avait compris, dès le moment où ils n'avaient plus fait qu'un, qu'ils accompliraient ensemble de grandes choses ; et, dans un moment de vive clairvoyance, elle put entrevoir quelles en seraient les conséquences : elle quitterait Louis et ils feraient annuler leur mariage ; elle retournerait dans le Sud, en Aquitaine, où elle régnerait en duchesse ; puis elle l'offrirait, avec elle-même, en cadeau à Henri. Ensemble, avec les terres d'Aliénor ajoutées à son héritage prochain, ils pourraient bâtir un empire tel que n'en avait jamais connu la chrétienté, et l'Aquitaine deviendrait une grande puissance à l'échelle du monde. Par ailleurs, avec le soutien de Henri, elle pourrait mater ses tumultueux seigneurs et régner ensuite avec sagesse et justice.

— Henri FitzEmperesse, déclara-t-elle en sondant son regard indéchiffrable. Je veux devenir votre épouse.

— Et moi, madame, je veux devenir votre époux, répondit-il avec ferveur en l'embrassant. Je sais, parce que beaucoup le disent, que tu as des doutes sur ton mariage ; et que ces doutes sont partagés par notre pieux Bernard. Mais qu'en est-il de Louis ? Est-ce qu'il acceptera de te laisser partir ?

— Je lui parlerai, dit Aliénor tout bas en blottissant son visage contre son oreille. Cette fois, il devra m'écouter.

— Tu ne comptes tout de même pas lui avouer pour nous ? s'inquiéta soudain Henri.

— Bien sûr que non, le rassura-t-elle. Je ne suis pas idiote, mon tendre. Penses-tu qu'il accepterait de me rendre ma liberté en sachant que j'ai pour projet de t'épouser ?

— Non, l'idiot, c'est moi ! C'est ce que mon père dit tout le temps.

Aliénor gloussa, puis se mit à lui caresser délicatement la cuisse.

— Notre mariage tombe sous le sens, dit-elle. J'ai longtemps voulu recouvrer ma liberté, mais combien de temps aurais-je le loisir d'en jouir ? Je serais vite assaillie par des hordes de coureurs de dot. Et je sais sans l'ombre d'un doute que tu protégerais mon héritage et que tu m'aiderais à bien le gérer.

Henri la dévisagea longuement et intensément.

—Je dois avouer m'être demandé si tu n'allais pas penser que je te courtisais pour ton seul héritage. Je crois que tu sais à présent que c'est un peu plus profond que cela. (Il s'étira de tout son long, lui frôlant les tétons au passage.) Même si tu ne possédais rien, je te voudrais comme épouse. Je le pense, Aliénor. Je le jure devant Dieu !

—Je te crois, répondit-elle. Mais j'espère que Dieu ne nous regarde pas en ce moment ! Pourtant, il ne m'a pas échappé que les ressources humaines, financières et commerciales que mes domaines ont à offrir seraient d'une aide considérable pour te faire remporter l'Angleterre !

—Ainsi tu connais mes ambitions politiques, s'esclaffa Henri. Bien entendu, ce n'est en rien un secret.

—Du reste, reprit Aliénor, je suis consciente du fait que m'épouser ferait de toi le plus puissant et le plus riche des princes de ce monde.

—Ah ! Pourquoi n'y ai-je pas songé ? s'exclama Henri. Voilà qui te rend soudain infiniment plus désirable !

Il se mit à l'embrasser, d'abord avec taquinerie, puis avec plus d'insistance et de fougue.

—Attends, lui dit la jeune femme en le repoussant. Veux-tu échanger une promesse de mariage ?

Il se figea et la regarda d'un air solennel.

—Tout à fait. Moi, Henri FitzEmperesse, te prends toi, Aliénor d'Aquitaine, comme future épouse.

Aliénor s'assit dans le lit, ses longs cheveux cascadant sur sa poitrine.

—Et moi, Aliénor, te suis promise, Henri, maintenant et à jamais, amen. (Elle lui adressa un sourire si radieux qu'il en eut le souffle coupé.) Voilà qui est décidé. Nous ferons en sorte que cela devienne réalité. Ne t'en fais pas pour Louis, je m'en occupe.

— Je n'aurai pas d'autre choix. Nous partons pour l'Anjou demain. Tu ne me décevras pas, Aliénor, je le sais.

Il lui prit la main et y déposa un baiser. Elle avait compris intuitivement que Henri était un homme simple et qu'il ne faisait pas ce genre de gestes courtois à la légère ; c'était cela qui les rendait encore plus précieux à ses yeux.

— Ma décision est prise, déclara-t-elle. Rien ne se mettra en travers de notre route. Mais nous devons observer la plus grande discrétion. Il ne faut en aucun cas éveiller chez Louis le moindre soupçon quant à notre projet de mariage jusqu'à ce que l'affaire soit entendue.

— C'est très sensé, car autrement il serait obligé d'interdire notre union. Il se méfie déjà bien suffisamment de moi du fait que mes fiefs encerclent pratiquement tout le domaine royal. Je pourrais être son plus dangereux ennemi. L'idée que l'Aquitaine et ses richesses me reviennent aussi lui causerait une crise d'apoplexie ! (Il marqua une pause et fronça les sourcils.) J'espère que tu te rends compte que nous marier sans sa permission, alors qu'il est notre suzerain, pourrait faire éclater une guerre ?

— Oui, répondit calmement Aliénor. Mais quel camp aurait le plus de chances de l'emporter ? Cela ne fait aucun doute. Le royaume de France est petit et faible en comparaison de la puissance combinée de l'Aquitaine, du Poitou et de la Normandie.

— La puissance est une chose, le droit en est une autre, lui rappela Henri. Beaucoup se rallieraient à Louis par simple devoir moral. Ils affirmeraient que notre union secrète est la pire provocation qui soit, en plus de manquer totalement de courtoisie envers notre roi. Si tu acceptes de prendre ce risque, toutefois, ma dame, comment pourrais-je te le refuser ?

Ses yeux brillaient de la joie anticipée d'un affrontement avec Louis.

— Il est certaines choses pour lesquelles il faut savoir se battre, déclara Aliénor. Je n'ai pas peur.

— Seigneur, que je t'aime, soupira Henri en se jetant une nouvelle fois sur elle.

— Que Dieu te garde, dit Aliénor en se passant un manteau sur les épaules pour couvrir son corps nu. (Elle donna un dernier baiser à Henri sur le pas de sa porte aux premières lueurs de l'aube.) Je t'enverrai un messager dès que je serai délivrée, puis je chevaucherai vers le sud pour rallier ma capitale, Poitiers. Rejoins-moi là-bas dès que tu le pourras, si tu veux toujours m'épouser.

— Tu n'as aucune crainte à avoir, lui promit-il. Tu peux compter sur moi. Je vivrai dans l'attente de ce jour.

Il lui fit un nouveau baisemain.

— Je ne sais pas comment je vais pouvoir supporter d'être séparée de toi, lui dit-elle.

— Ça ne sera pas long. Repense à nos trois nuits d'amour, et sache que j'y repenserai aussi, impatient de goûter une fois de plus à ces joies.

Après le départ de Henri, qui disparut dans la brume matinale pour rejoindre son cheval, la jeune femme serra son manteau autour d'elle et pria avec ferveur pour que cette histoire connaisse une fin heureuse.

— L'Aquitaine, dit-elle dans un murmure. Je veux rentrer chez moi. Je veux que cet exil prenne fin, et vivre encore parmi les miens, là où l'on m'aime – et avec Henri FitzEmperesse comme duc d'Aquitaine à mes côtés. Ensemble, nous ferons naître un nouvel âge d'or. Ce serait un bonheur au-delà de tout ce que je pourrais jamais imaginer. Dieu bien-aimé, entends ma prière ! Oh, écoute-la !

Chapitre 2

Vallée de la Loire, septembre 1151

— Père, je prépare un ultime assaut sur l'Angleterre, annonça Henri alors que Geoffroy et lui rentraient à cheval en longeant la Loire avec un contingent armé.

La journée était étouffante et leurs vêtements leur collaient à la peau tandis que l'écume recouvrait celle de leurs montures.

— J'ai convoqué mes chers barons de Normandie à un conseil de guerre à Angers la semaine prochaine, ajouta-t-il.

Il détailla ses plans avec enthousiasme.

— Vous vous en sortez bien, mon garçon, le félicita son père en lui donnant une tape sur l'épaule. Votre mère sera fière de vous.

Ils poursuivirent leur éprouvante progression pendant quelque temps encore, discutant de tactiques pour l'offensive prochaine, puis Geoffroy se tourna vers son fils, l'air soudain grave.

— J'espère que vous avez suivi mon conseil en ce qui concerne la reine Aliénor, dit-il.

— Oui, répondit prestement Henri.

Il mentait, et c'était évident.

— Il n'en sortira rien de bon, affirma Geoffroy après un instant de silence.

— Vous l'avez déjà dit, père ! rétorqua son fils.

Geoffroy ne dit plus rien. Il transpirait énormément sous son chapeau, qu'il avait orné de son habituel brin de genêt, la *planta genista*, qui allait donner son nom à ses héritiers.

— Bon sang, qu'il fait chaud, se lamenta-t-il en s'essuyant le front.

Henri, qui suait aussi, scruta les vastes plaines de la vallée de la Loire.

— Voudriez-vous aller nager ? demanda-t-il. Cela nous rafraîchirait. La rivière est peu profonde du côté de Château-du-Loir, non loin d'ici.

— Cela me plairait, accepta Geoffroy d'un air las. Et je pense que notre escorte apprécierait aussi.

Ils firent halte à l'endroit désigné et enlevèrent leurs vêtements. Les soldats s'étendirent de tout leur long à l'ombre des arbres pour dormir, ou bien se jetèrent sur les sacoches de selle pour trouver à manger et à boire. Quelques-uns allèrent se réfugier dans les bois pour se soulager. Le soleil roussissait l'herbe sèche, dans laquelle les criquets stridulaient gaiement et les lézards filaient comme des flèches.

Une fois nus, père et fils coururent jusqu'à la rivière, puis plongèrent dans l'eau, nageant sans peine dans le faible courant. Ils s'aspergèrent à grandes brassées en riant, puis s'affrontèrent à la lutte. Henri fut surpris par la musculature considérable de Geoffroy, qu'il jugea impressionnante pour un homme de trente-huit ans. Il avait aussi pu apercevoir la taille imposante de son sexe, et il se demanda pour la première fois si son père avait dit vrai en affirmant avoir connu bibliquement Aliénor – et, dans l'affirmative, s'il était parvenu à la satisfaire aussi bien que lui.

Quand ils eurent fini de comparer leur force, ils firent deux fois la traversée de la rivière, puis retournèrent sur la rive, où ils s'assirent un moment au soleil pour se sécher, avant de se rhabiller.

— Nous allons devoir trouver un endroit où passer la nuit, dit Geoffroy. Je devrais envoyer les éclaireurs. Mon château du Lude n'est pas très loin d'ici. Allons y faire étape.

Une fois les ordres transmis au châtelain et à ses gens, ils furent accueillis dans le confort de cette forteresse. Geoffroy demanda qu'on prépare un repas, puis prit place à table avec Henri et leur suite pour profiter de cette bonne chère. Il leva sa coupe en argent pleine du doux vin d'Anjou et but au succès de l'attaque prévue par Henri sur l'Angleterre.

— Je ne pourrai pas échouer, déclara hardiment son fils, que le vin rendait audacieux et trop confiant.

Il remarqua alors le teint rougi de son père. Il attribua cependant cela à la chaleur, bien qu'il fasse plus frais à l'intérieur du château aux épais murs de pierre. Ce fut alors que Geoffroy refusa d'un geste de la main de toucher à l'épaisse volaille rôtie, disant ne pas avoir d'appétit par ce temps étouffant. Un peu plus tard, alors qu'il dévorait ce qu'il restait de son repas, Henri sentit poindre une certaine inquiétude lorsque le comte refusa aussi le bol de fruits qu'on lui présentait, avant de se cramponner soudain au bord de la table, tremblant des pieds à la tête.

— Êtes-vous malade, père ? demanda-t-il avec une certaine anxiété.

Geoffroy n'avait, à sa connaissance, jamais été malade de sa vie.

— Juste une petite fièvre, fils. Ce n'est rien.

Il semblait à bout de souffle, et Henri posa une main calleuse sur son front, qui était brûlant.

— Je savais que je n'aurais pas dû aller nager par cette chaleur, se morigéna son père en essayant de sourire. J'ai dû attraper froid. C'est arrivé subitement.

— Vous devriez aller vous allonger, sire, lui conseilla Henri.

— Vous avez raison, concéda le comte en essayant de se lever.

Ce fut alors qu'il vacilla et s'affala lourdement sur la table. Son fils bondit, en même temps que quatre hommes d'armes, et ils soulevèrent ensemble le malade pour le porter dans l'escalier à vis qui menait à la chambre juste au-dessus, où ils l'étendirent sur la fourrure qui couvrait le matelas du lit en bois. Le comte tremblait à présent comme une feuille et son corps était comme un brasier, tandis que ses mains étaient glacées.

— C'était idiot d'aller nager dans cette rivière, fit remarquer un des soldats.

— Déshabillez-le, ordonna Henri en le fustigeant du regard.

— Avez-vous perdu la raison ? s'indigna l'autre. Il faut le couvrir pour qu'il ait chaud.

— Il l'est déjà suffisamment. Il faut faire baisser sa température, insista le duc. Retirez-lui ses vêtements.

Les hommes obéirent avec réticence, ne laissant au comte que ses braies pour préserver sa pudeur.

— À présent, allez chercher une bassine d'eau et des linges, lança Henri.

Les soldats quittèrent la pièce en grommelant contre leur jeune maître visiblement devenu fou, et jurant qu'il allait causer la perte de son père ; ils se soumirent néanmoins aux ordres.

Henri entreprit de tamponner le corps brûlant de son père lui-même, car il l'aimait, et il l'implora silencieusement de se rétablir.

— Vous êtes résistant, sire, dit-il. Vous devez tenir bon !

Geoffroy était étendu, le regard rendu vitreux par la fièvre. Il marmonnait quelque chose et Henri dut se pencher pour comprendre ses paroles. La plupart demeurèrent inintelligibles, mais il comprit les mots « pas ça, je vous en conjure » et « Aliénor ». Il comprit alors à son grand désarroi ce que son père essayait de lui dire, mais il choisit de continuer à l'ignorer. Ce n'étaient que les divagations d'un malade.

Henri tint le chevet de son père toute la nuit, voyant la fièvre le torturer. Il fit de son mieux pour la faire baisser tout en refusant d'écouter ses bredouillements incohérents. Les soldats veillèrent aussi sur leur maître dans l'obscurité de la pièce, secouant la tête d'un air dépité face au traitement inhabituel préconisé par Henri. Ce dernier tenait ses enseignements de son vieux précepteur, maître Mathieu de Loudun, un très sage homme qui, à l'époque où il vivait en Angleterre, à Bristol, lui avait appris beaucoup de choses non seulement théoriques, mais aussi pratiques. Ces soldats sans éducation n'avaient jamais bénéficié de l'érudition de maître Mathieu. Son père vivrait, il le savait.

Mais l'état de Geoffroy empira plutôt que de s'améliorer, et Henri passa le plus clair de la deuxième nuit à négocier avec Dieu. S'Il acceptait d'épargner son père, Henri renoncerait à Aliénor. Il le jura sincèrement sur le moment, même s'il ne savait pas du tout comment il pourrait faire une telle chose. Mais Dieu lui prêtait l'oreille, vraisemblablement, car, au lever du soleil, le comte ouvrit les yeux, tous ses esprits apparemment retrouvés, et s'exprima de manière lucide pour la première fois depuis qu'il s'était effondré au repas.

—Mon fils, dit-il avec le teint pâle malgré une peau tannée par le soleil, me promettez-vous que, quand vous serez roi d'Angleterre, si vous le devenez un jour, vous léguerez les domaines d'Anjou et du Maine à votre frère Geoffroy ?

—Père ! se récria Henri, à la fois paniqué et outré car il n'avait pas beaucoup d'affection pour son jeune frère. D'abord, vous n'êtes pas mourant et il n'est donc pas l'heure de faire de telles promesses ; ensuite, vous me demandez de renoncer volontairement à mon patrimoine. Je ne le peux pas, et vous ne devriez pas me demander une telle chose.

—Mon garçon, je suis bel et bien mourant, répondit le comte d'une voix rauque. Je le sens jusque dans mes os. Et j'exige que mon corps ne soit pas mis en terre tant que vous n'aurez pas juré de vous plier à mes exigences.

— Mais, père, l'Anjou et le Maine me reviennent de droit par ma naissance en tant que fils aîné, protesta Henri.

— Vous avez la Normandie et, avec l'aide de Dieu, vous aurez aussi l'Angleterre. (La voix de son père faiblissait.) N'est-ce pas suffisant ? Ne pouvez-vous donc pas respecter les dernières volontés de votre père mourant ?

— Non, refusa catégoriquement le duc. Je suis navré, mais je ne peux pas, car c'est une volonté injuste.

Geoffroy le regarda avec beaucoup de tristesse.

— Alors promettez-moi au moins de ne pas poursuivre sur cette voie avec la reine de France. Je vous le demande uniquement parce que je crains pour le salut de votre âme. Je n'ai plus que faire des considérations de ce bas monde.

— J'ai renoncé à elle, affirma Henri en toute honnêteté.

Il savait cependant que, si son père venait à mourir, il serait délivré de sa promesse, puisque Dieu n'aurait pas respecté *sa* part du marché.

— Alors je peux mourir relativement en paix, souffla Geoffroy d'une voix ténue, son souffle réduit à un renâclement souffreteux.

— Père, ne mourez pas ! s'écria Henri, en proie à la panique.

Il agrippa la main du malade et la frotta pour lui redonner un peu de chaleur, puis il recula avec horreur en voyant qu'elle retombait mollement sur le lit, et que les yeux de Geoffroy étaient vitreux.

— Père ! Père ! se lamenta-t-il avant d'éclater en sanglots.

Les soldats, baissant la tête d'un air attristé – le comte avait été un bon seigneur –, s'agenouillèrent près du lit en signe de respect pour cette âme qui montait au ciel ; après un instant, Henri les imita, l'air hagard. Il lui fallut plusieurs instants encore avant de se rendre compte qu'il n'était plus seulement duc de Normandie, mais aussi comte d'Anjou et du Maine, et donc maître d'un quart des terres de France.

Plus tard, Henri, à côté de la dépouille de son père qui gisait toujours sur son lit de mort, sous le linceul, s'adressa à ses hommes :

— Il a rendu l'âme, mais je ne peux pas ordonner son enterrement parce que je ne peux pas promettre de me déshériter.

— Mais ce serait un affront à la mémoire de votre père que de le laisser pourrir ici par cette chaleur, se récria le châtelain.

Il savait pertinemment que Henri ne tenait pas en place et qu'il serait bientôt reparti, le laissant avec cet épineux problème sur les bras.

— Vous devez l'enterrer, sire, insistèrent les soldats. Vous devez jurer maintenant ce que vous n'avez pas pu lui jurer de son vivant. Vous ne pouvez pas le laisser se faire ronger par les vers ici.

— Très bien, accepta Henri en retenant avec peine des larmes de frustration. Je fais le serment de céder l'Anjou et le Maine à mon frère Geoffroy. Êtes-vous satisfaits ? À présent, prenons la route pour Le Mans afin de préparer les obsèques de mon père dans l'abbaye de Saint-Julien.

Puis il se dit que, serment ou pas, il prendrait possession de l'Anjou et du Maine et s'assurerait de l'allégeance de ses vassaux avant de tourner son attention vers l'Angleterre – et la couronne qui lui revenait de droit.

Et j'épouserai Aliénor, avec ou sans l'aval de Louis.

Chapitre 3

Paris, septembre 1151

— Louis, vous devez m'écouter, déclara Aliénor sans préambule alors qu'ils prenaient seuls leur souper dans sa chambre.

Les serviteurs, après avoir déposé sur la table le lapin épicé, le pain cuit sur pierre, les fruits et le fromage à pâte dure, les avaient laissés seuls dans la lumière tremblante des bougies.

Louis tourna dans sa direction son beau visage lisse, avec son crâne tondu ; il avait fait couper sa longue chevelure en signe de pénitence après l'incendie de Vitry. Son regard était mélancolique. Il savait qu'il l'avait perdue, cette si belle femme qui avait su capturer son cœur mais, étrangement, jamais son corps ; et il craignait de l'entendre proférer ces mots qui entérineraient leur séparation.

— Nous savons depuis longtemps, vous et moi, qu'il existe de sérieux doutes sur la validité de notre mariage, déclara-t-elle avec prudence.

Beaucoup de choses dépendaient de l'issue de cette conversation, et elle était décidée à ne pas laisser son impétuosité naturelle tout gâcher.

Louis avait l'impression que son cœur pesait plus lourd qu'une pierre. Elle était si belle, assise là dans sa robe bleue ornée de joyaux, avec cette chevelure abondante qui lui tombait sur les épaules. Il ne pouvait pas croire qu'elle lui demande de renoncer à elle.

—Le pape Eugène en personne a donné son aval et sa bénédiction pour notre union quand nous étions à Rome, répondit-il calmement. Aviez-vous oublié ?

—Comment le pourrais-je? rétorqua Aliénor en frémissant intérieurement au souvenir du pontife leur enjoignant, un grand sourire aux lèvres, de mettre de côté leurs différends et leur amertume, puis les guidant jusqu'à une superbe chambre avec des tentures de soie et un lit ornemental–cela avait été gênant–, et les incitant à en faire bon usage. C'était ce qu'ils avaient fait, doux Jésus, Louis venant sur elle avec sa gaucherie habituelle, se confondant en excuses. La petite Alix, qui avait à présent un an, était le fruit de cette expérience. Toutefois, Louis ne l'avait plus touchée depuis. Elle se demandait ce que tous ces barons de France qui la fustigeaient parce qu'elle était incapable d'enfanter un héritier mâle auraient à dire à ce propos.

—D'autres, fort sages, partagent une opinion différente, dit-elle avec précaution en tendant la main pour saisir une grappe de raisin. L'abbé Bernard, en premier lieu, et aussi l'évêque de Laon. Bernard est catégorique sur le fait que notre union est proscrite. Il se demande pourquoi vous vous montrez si scrupuleux avec la consanguinité chez autrui alors que tout le monde sait que vous et moi sommes cousins au quatrième degré. Il m'a dit qu'il s'entretiendrait avec vous.

Louis se renfrogna en dévisageant Aliénor d'un air impuissant ; il tremblait déjà à l'idée de se faire encore vertement sermonner par Bernard. Il avait délaissé son repas, n'ayant plus la force d'avaler quoi que ce soit.

—Ne voyez-vous donc pas ? Dieu lui-même nous montre sa désapprobation, poursuivit Aliénor avec détermination. Il nous refuse la bénédiction d'un fils et héritier au trône de France. Nos filles ne peuvent pas vous succéder à la tête du royaume, vous le savez aussi bien que moi. Risqueriez-vous le salut de votre âme, Louis, pour préserver cette union ?

— Non, madame. Je ne peux plus me battre contre vous, répondit-il tristement. Il semblerait qu'il me faille entendre les sollicitations de ce bon abbé, même si elles vont à l'encontre de mon souhait. (Une larme roula sur sa joue.) M'avez-vous jamais aimé ? demanda-t-il d'une voix plaintive.

— C'est en vertu de l'amour que je vous porte que je crains pour votre âme, se défendit Aliénor en se félicitant d'avoir si bien évité le piège par cette réponse spontanée. Et je crains pour ma propre âme aussi. (Elle se pencha en avant.) Louis, nous devons rompre notre union. Il ne reste plus rien d'autre à faire.

Le roi demeura assis dans son fauteuil à haut dossier, pleurant tout bas.

— Vous avez toujours tout eu de moi, Aliénor, finit-il par lui dire. Pourtant, avez-vous songé à ce que notre séparation signifiera pour moi ? Je perdrai l'Aquitaine, ce joyau de la Couronne de France.

— Vous n'avez jamais pu tenir la bride à l'Aquitaine, lui rappela-t-elle en se servant une tranche de fromage. Vous n'avez ni les hommes ni les ressources. Vous serez mieux sans cette responsabilité.

— Je vous l'accorde, concéda Louis en hochant la tête d'un air grave. Cela s'est avéré être une tâche ingrate que d'essayer de régner sur vos turbulents seigneurs. Mais pensez-vous pouvoir réussir là où j'ai échoué ?

— Je les connais, expliqua la jeune femme, et ils me connaissent et m'aiment. Je suis leur duchesse, conclut-elle en terminant sa coupe de vin.

— Ils pourraient bien ne plus vous aimer lorsque vous tenterez d'imposer votre avis au cours de l'une de leurs interminables disputes.

— C'est un risque que tout prince doit prendre, répondit-elle.

— Vous vous remarierez, bien entendu, dit Louis.

Il leva les yeux vers elle, remarquant encore son éclatante beauté, et il ne put supporter l'idée qu'elle devienne l'épouse d'un autre. Cela lui était intolérable. Elle avait été son trophée, son idéal et, il devait bien l'admettre, son plus grand tourment. Elle était si vibrante et forte, tandis qu'il se savait être un piètre monarque – et un piètre homme. Il ne pouvait rien y faire : il redoutait les péchés de la chair. Il savait n'avoir pas été à la hauteur avec elle de ce point de vue, et que c'était la raison pour laquelle elle souhaitait recouvrer sa liberté. Il le comprenait, bien entendu, et lui avait même pardonné son badinage (espérant de tout cœur que cela n'avait été rien de plus) avec son oncle, Raymond d'Antioche, durant la croisade ; mais il ne pouvait que déplorer son si grand besoin de plaisirs sensuels. C'était ce qui avait toujours rebuté le pieux abbé Bernard, et l'ancien précepteur et conseiller de Louis, l'abbé Suger. Si seulement Aliénor avait pu écouter davantage les pulsions de l'esprit plutôt que celles du corps…

— Je réfléchirai très attentivement à la chose avant de me remarier, dit-elle de façon évasive.

— Vous ne pouvez tout de même pas songer sérieusement à régner seule ? s'étonna Louis d'un air indigné. Vous aurez besoin d'un protecteur, un homme puissant et bien avisé qui s'occupera des affaires du duché en votre nom. Il faudra d'ailleurs, s'il est besoin de vous le rappeler, qu'il me soit loyal et qu'il ne cherche pas à abuser de son pouvoir.

Il se dit toutefois que cela revenait à demander la lune.

— J'y ai aussi songé, rétorqua-t-elle laconiquement. C'est pour cette raison que je ne prendrai pas de décision hâtive. Il faut que cela se fasse dans l'intérêt commun.

Un silence oppressant s'installa, au cours duquel Aliénor retint son souffle dans l'attente du verdict.

— Dans ce cas, je suppose qu'il me faut exaucer votre souhait, capitula Louis.

Elle fit au mieux pour affecter l'air chagrin de circonstance.

— J'aurais aimé qu'il en soit autrement, dit-elle avec douceur tout en tendant le bras au-dessus de la table pour poser une main sur la sienne.

— Vous ne pouvez pas imaginer à quel point je regrette que ce ne soit pas le cas, répondit son époux en retirant sa main avant de repousser son assiette, écœuré par la vue de sa viande délaissée, figée dans la sauce épaisse. Je ne vous demande qu'une seule chose, pour préserver ma fierté en tant que roi et en tant qu'homme.

— Quelle est-elle ? demanda Aliénor avec méfiance.

— Que vous me permettiez d'entreprendre les démarches. Ne donnez jamais à croire que le roi de France a été abandonné par son épouse.

— Je vous l'accorde, dit-elle en se mordant la lèvre pour s'empêcher de lui rétorquer qu'elle n'avait jamais véritablement été son épouse.

Il ne servait à rien d'envenimer la situation pour avoir le dernier mot. Elle venait d'obtenir ce qu'elle voulait.

— Autre chose encore, poursuivit Louis. Je suppose que vous avez songé à nos filles.

Elle avait effectivement songé à elles. Ces deux magnifiques petites filles, avec leurs belles boucles blondes et leurs grands yeux bleus. Chaque fois qu'elle posait les yeux sur Marie et Alix, elle s'émerveillait d'être en partie à l'origine de leur création. Elle les aimait, bien entendu, mais elle avait été forcée de le faire de loin. Elle n'avait d'ailleurs jamais beaucoup eu l'impression qu'elles étaient ses filles. En tant que princesses de France, elles avaient été confiées dès leur naissance à une escouade de nourrices et de serviteurs, et Aliénor n'avait pas pu prendre part à leur vie quotidienne. Elles étaient beaucoup plus proches de Thomasine, leur gouvernante, qu'elles l'avaient jamais été de leur mère. Elle n'avait que rarement vu ses enfants, et n'avait par conséquent pas pu établir de lien fort avec elles.

Aliénor avait néanmoins connu avec ses filles des moments précieux, comme quand elles passaient leurs doux bras autour de son cou en laissant reposer leur petite tête blonde contre sa joue tandis qu'elle leur racontait des histoires de fées et de démons, ou qu'elle leur chantait les lais du Sud, qu'elle avait appris petite. Mais ces moments avaient été rares ; et bien sûr, c'était pour le mieux, car un jour, pas si lointain, ces fillettes quitteraient la France pour toujours afin d'épouser un grand seigneur ou un prince. Ainsi allait le monde, et elle savait depuis le début qu'il n'aurait pas été bon de trop s'attacher à elles, puisqu'elle pourrait ne plus jamais les revoir.

Malgré tout, elle espérait pouvoir avoir la chance de profiter encore de beaucoup de beaux moments avec ses filles, et de se rapprocher d'elles, avant l'inévitable séparation.

— Oui, j'ai beaucoup pensé à elles, répondit-elle. Cela va de soi. Marie et Alix sont mon sang et ma chair, et je les aime beaucoup. Que diriez-vous si je les emmenais en Aquitaine et que je vous les renvoie dans quelques années, quand vous leur aurez trouvé un mari ?

— Aliénor…, commença Louis sur un ton glacial. Auriez-vous oublié que Marie et Alix sont les princesses de France ? Leur place est ici, en France, avec moi, le roi leur père. Mes barons n'accepteraient jamais qu'elles vous suivent.

— Louis, elles n'ont que six ans et un an, se lamenta-t-elle d'un air implorant. Je suis leur mère.

— Vous auriez dû songer à cela avant d'insister pour faire annuler notre mariage ! lui reprocha-t-il.

— Mais j'y ai songé ! Je n'ai fait que cela ! Est-ce ma faute si nous sommes trop proches cousins ? Louis, je vous en supplie…

— N'est-ce pas déjà assez dur d'être délaissé par la femme que j'aime ? Dois-je aussi perdre mes enfants ? Aliénor, je vous dis qu'aucune Cour du monde chrétien ne vous octroierait la garde de nos filles, et cela me briserait le cœur de vous voir me les enlever.

Louis avait le regard mouillé ; sa douleur n'était pas seulement due à la peur de perdre ses filles.

— Vous voudriez donc les priver de leur mère ? insista Aliénor.

— Elles auront vite une belle-mère. Vous avez dit que je devais me remarier, n'est-ce pas ? Il s'agit d'ailleurs de mon devoir, pour ma descendance.

— Je m'en rends bien compte, mais il s'agit aussi de mes enfants ! se récria-t-elle. Ne me les enlevez pas, je vous en supplie.

— Aliénor, vous savez comme moi que le problème n'est pas la consanguinité, rétorqua Louis d'un air triste. Vous voulez votre liberté, j'en suis conscient depuis longtemps. Qui enlève quoi à l'autre, dans cette histoire ?

— Je n'ai jamais cherché cela, Dieu m'en est témoin, se défendit-elle dans un sanglot avant de se jeter à genoux. Je sais que vous aimez nos filles.

Ils pleuraient tous les deux à présent.

— Comme à votre habitude, Aliénor, vous n'avez pas anticipé les conséquences, dit Louis en résistant à l'envie de se mettre à genoux aussi et de la consoler. Vous avez simplement agi impulsivement, causant beaucoup de chagrin autour de vous. Je vous aimais – que Dieu me pardonne, je vous aime encore – et j'ai de la tristesse pour vous. Mais, sur ce point, je refuse de céder – et, à vrai dire, je n'ai pas la liberté de faire autrement. Les princesses de France doivent être élevées en France. C'est ce que le peuple demande. Par ailleurs, vous avez bien laissé Marie pendant deux ans pour partir en croisade. C'est vous qui avez insisté pour m'accompagner, si je me souviens bien.

— Cela m'a fait beaucoup de peine de la laisser, vous devez me croire. Mais je n'avais pas le choix, il fallait que je vous accompagne, Louis : mes vassaux refusaient de suivre vos ordres. Et, de toute manière, je ne voyais déjà pas beaucoup Marie. Elle n'avait pas besoin de moi. Aucune de mes filles n'a besoin de moi. C'est plutôt moi qui ai besoin de temps pour apprendre à les connaître, afin de me rattraper auprès d'elles pour ce que je n'ai pas été.

— Hélas, je ne peux pas vous accorder cela, répondit le roi. Soyez réaliste et comprenez ma situation. (Il marqua un très bref instant de pause, le temps d'un battement de cœur, son regard captivant le sien.) Vous pourriez toujours revenir sur votre décision.

— Vous savez que je ne le peux point, refusa Aliénor en tremblant.

Sa liberté, son retour en Aquitaine et la perspective d'une vie avec Henri d'Anjou, sans parler de la multitude de bénéfices que lui procurerait leur mariage, étaient des choses trop précieuses pour qu'elle y renonce. Pourtant, elle ne comprenait qu'à l'instant pleinement le prix exorbitant qu'elle aurait à payer. Prise de désespoir, elle invoqua dans son esprit l'image du visage léonin de Henri pour essayer de fermer ses pensées au tableau déchirant de ces deux belles petites filles aux cheveux blonds. Louis secoua la tête.

— Quel gâchis. Nous fondions tant d'espoirs sur ce mariage.

— Nous avons fait de notre mieux, lui dit la jeune femme d'un ton réconfortant, ses pensées toujours tournées avec ferveur vers Henri. Mais nous devons respecter la loi de Dieu.

— J'en parlerai à mes évêques, déclara Louis d'un air las. Ensuite, nous devrons nous pencher sur les détails pratiques.

— Vous voulez dire le transfert du pouvoir en Aquitaine ? demanda la jeune femme sur un ton sec.

— Oui. Nous procéderons à un retrait pacifique de mes émissaires et des troupes françaises. Nous irons ensemble pour superviser cela. Vos vassaux vous accompagneront.

— Toutes ces défenses que vous avez construites devront être démantelées, insista Aliénor. Elles irritent mon peuple.

— Ce sera fait, accepta Louis.

La jeune femme se leva et se rendit à l'étroite fenêtre – guère plus grande qu'une meurtrière – pour regarder au-dehors la Seine, les toits entassés de Paris, et au-dessus le ciel d'encre parsemé d'étoiles – celles-là mêmes sous lesquelles Henri d'Anjou vivait, respirait, attendait...

Elle prit une inspiration subite, certaine d'avoir pris la bonne décision. Elle devait étouffer sa tristesse, car c'était la seule voie pour elle. Ses filles étaient bien soignées, et elle leur manquerait à peine ; elle devrait les aimer à distance, comme elle l'avait toujours fait – sauf que la distance serait plus importante cette fois. Son propre avenir avait été tracé par le destin et elle ne pourrait pas y échapper, même si elle l'avait voulu. Elle n'avait qu'à s'armer de patience pendant encore quelque temps, et, en attendant, elle retournerait en Aquitaine pour se réapproprier son grand héritage. Elle allait rentrer chez elle, dans son pays adoré, les luxuriantes terres du Sud, sillonnées de rivières puissantes et de collines verdoyantes, avec ses vins riches et ses grands champs de tournesols ; là où les gens parlaient sa langue natale, la *langue d'oc**, qui lui paraîtrait incroyablement chantante en comparaison des dialectes étranges et rocailleux du Nord. Elle avait hâte de vivre de nouveau entourée de son peuple, malgré sa nature belliqueuse et souvent violente. Être duchesse d'Aquitaine comptait bien plus à ses yeux qu'être reine de France, ou du monde entier d'ailleurs.

---

* Tous les mots en italique suivis d'un astérisque sont en français dans le texte original. (*NdT*)

Chapitre 4

Beaugency-sur-Loire, 1152

Les murmures se turent progressivement sous les voûtes de la grand-salle tandis que les prélats s'installaient sur les bancs de pierre, drapant leurs sièges de leurs riches soutanes pourpre et noir.

Aliénor, qui les surplombait depuis son trône sur l'estrade, observa Louis, dont le regard était porté loin devant lui, son beau visage fermé et résolu. Elle savait qu'il ne trahirait jamais ses sentiments par quelque froncement de sourcils ou grimace de douleur. Sa fierté le lui interdisait.

Dix jours déjà s'étaient écoulés depuis la formation de ce concile. Le roi et la reine avaient été entendus le premier jour pour plaider leur cause et présenter leur généalogie afin de prouver qu'ils étaient effectivement dans les limites de la consanguinité. Des témoins avaient été cités à comparaître par Louis pour en attester, et le vénérable Hugues de Toucy, archevêque de Sens, primat de France, qui avait formé cette cour ecclésiastique, les avait interrogés chacun à leur tour, ainsi que Louis et Aliénor, afin de déterminer s'ils demandaient bien cette annulation uniquement pour des motifs purs. C'était le cas pour Louis, en avait conclu l'archevêque, mais pour ce qui était de la reine… le doute planait toujours. Comme la plupart des hommes d'Église, il ne l'appréciait guère et ne la jugeait pas digne de son rang. Elle était capricieuse, inconstante et obstinée, et la France se porterait mieux sans elle. L'archevêque Hugues avait éprouvé un vif soulagement quand la décision du pape, sollicitée par l'abbé Bernard quelques semaines plus tôt, était arrivée ce matin-là, et qu'il avait pu réunir le concile.

Il se leva et déroula le parchemin devant lui.

— Par les pouvoirs qui me sont conférés par Sa Sainteté le pape Eugène, déclara-t-il d'une voix douce et tempérée, je déclare que la requête pour consanguinité déposée par notre souverain, le roi Louis, et dame Aliénor, duchesse d'Aquitaine, est jugée valide et entraîne donc l'annulation immédiate de leur union.

Tandis que les archevêques murmuraient leur assentiment et que l'abbé Bernard – venu tout spécialement pour montrer son soutien en faveur de l'annulation – observait la cour d'un air satisfait, Aliénor sentit son cœur déborder de joie et un sentiment d'euphorie la gagner. Elle était enfin libre, après tant d'années en cage ! Elle était délivrée. Elle fit tout son possible pour demeurer impassible, car il eût été fort déplacé de manifester ce bonheur qui la faisait vibrer tout entière. L'Aquitaine était sienne de nouveau. Henri FitzEmperesse serait sien… Elle était libre.

Bernard de Clairvaux aperçut son sourire fugace et fronça les sourcils. Dieu seul savait ce que cette dévergondée allait faire à présent qu'elle avait échappé aux liens du mariage. Il remercia le Seigneur de ce que Louis se soit débarrassé d'elle, mais il tremblait d'effroi à l'idée qu'elle était dorénavant libre de semer le chaos dans tout le reste de la chrétienté.

Samson de Mauvoisin, archevêque de Reims, que Louis avait désigné pour représenter Aliénor au concile et veiller à ses intérêts, s'était levé. Il s'inclina dans la direction de cette dernière, s'éclaircit la voix, puis prit la parole.

— Sa Majesté le roi m'a garanti que les terres de dame Aliénor lui seraient restituées puisqu'elle les possédait avant leur mariage. Étant donné que cette union a été célébrée en toute bonne foi, ses fruits, les princesses Marie et Alix, sont légitimes, et leur garde est accordée au roi Louis.

Aliénor déglutit péniblement. Elle pouvait à peine supporter de se remémorer ce jour, plusieurs semaines plus tôt, où elle avait fait ses adieux à ses filles. Elles étaient dans la nurserie, occupées à jouer avec un chiot, lui attachant des rubans autour du cou, lui donnant à manger des morceaux de viande mis de côté depuis le dîner, et lui lançant une balle en laine pour qu'il la rapporte. Elles avaient enduré tant bien que mal les embrassades désespérées de leur mère, impatientes de pouvoir retourner à leurs jeux ; Marie l'avait observée avec une certaine surprise quand elle lui avait expliqué qu'elles pourraient ne plus se revoir pendant quelque temps, mais la petite Alix, toute pouponne, s'était désintéressée d'elle et s'était éloignée de sa démarche malhabile vers le chiot. Aliénor avait déposé un dernier baiser dans les cheveux blonds de ses filles, puis avait quitté la pièce d'un pas décidé, des larmes plein les yeux. Cela avait été le pire moment de sa vie, et elle avait senti sa détermination vaciller – mais seulement brièvement. Elle s'efforçait à présent de se concentrer sur le présent, et elle entendit l'archevêque Samson conclure :

— Les deux parties sont libres de se remarier sans difficulté, tant que dame Aliénor continue de prêter allégeance au roi Louis, son suzerain.

— Je suis satisfait de voir qu'un accord a été trouvé à l'amiable en tout point, dit l'archevêque Hugues. J'accorde donc à chaque partie un décret de séparation.

Aliénor pencha la tête pour éviter que tout le monde constate la joie sur son visage. Les rumeurs étaient allées bon train sur le fait que Louis la répudiait pour adultère, ou qu'elle avait insisté pour obtenir cette annulation par désir charnel. Cette dernière hypothèse était fondée, elle ne pouvait le nier, mais ses doutes sur son mariage n'étaient pas récents et, s'ils étaient partagés par Bernard, alors elle avait eu raison de faire en sorte de s'en libérer.

À côté d'elle, Louis restait assis sans bouger, agrippant les accoudoirs de son trône. Il refusait de regarder dans sa direction. La cour se levait, les archevêques quittant la pièce, s'inclinant devant le roi avant de partir, dans une nuée monotone de pourpre et de fourrures. Les avocats et les clercs rassemblaient les parchemins en discutant ensemble à voix basse du verdict. Ce n'était pas tous les jours qu'un mariage royal était dissous.

Soudain, Louis se leva et emboîta le pas sans un mot à l'archevêque Hugues.

—Madame la duchesse! s'écria son propre archevêque de Bordeaux en s'engouffrant dans une brèche. Puis-je vous être utile d'une quelconque manière?

—Votre Grâce, le salua Aliénor avec un grand sourire. Je vous suis reconnaissante pour votre attention dévouée, et pour être venu de si loin afin de prendre part à ce synode.

—Que comptez-vous faire à présent? s'enquit le prélat.

—Je m'en vais rejoindre Poitiers, répondit la jeune femme.

—Immédiatement?

—Oui. L'Aquitaine a besoin de quelqu'un pour la diriger, car il y a beaucoup à faire, et je dois m'y rendre sans tarder.

Elle ne lui avait bien évidemment pas avoué la chose la plus importante qu'elle avait prévu de faire à Poitiers. Pour cela, elle devait attendre d'être rentrée sans encombre sur ses terres.

—Alors, je vous en conjure, madame, permettez-moi de vous y escorter. Ma garde pourra veiller sur vous. Nous vivons une époque dangereuse, et la plus grande héritière de toute la chrétienté ne devrait pas voyager sans protection.

—Je ne le serai pas, le rassura Aliénor en souriant. Mon oncle, le vicomte de Châtellerault, et mon bon comte d'Angoulême, qui comble son manque d'expérience par une loyauté zélée, sont venus avec une escorte pour ramener leur duchesse sur ses terres natales. Pour votre gentillesse, je vous invite à rejoindre nos forces lors de ce voyage.

— Merci, madame, j'accepte, dit l'archevêque en s'inclinant.

Il avait vu Louis revenir et, en bon diplomate, il s'effaçait. Le roi se planta devant elle, une immense tristesse se lisant dans ses yeux gris. Aliénor lui prit les mains.

— C'est donc un adieu, Votre Altesse, commença-t-elle vivement. Pas à tout jamais, car je sais que je vous reverrai, en tant que suzerain à qui j'ai fait allégeance – et en tant qu'ami, j'en ai bon espoir.

Louis pouvait à peine parler.

— Pardonnez-moi, dit-il avec humilité. Si j'avais été un meilleur époux, nous ne serions pas ici à nous faire nos adieux.

— Non, s'exclama Aliénor. C'est moi qui n'ai pas été une bonne épouse pour vous. Je n'ai pas la docilité nécessaire. Je suis consciente de mes défauts.

Elle pouvait faire preuve de noblesse à présent qu'elle n'était plus liée à cet homme par quelque lien sacré.

— Je vous souhaite le meilleur ; je veux que vous le sachiez, dit-il. Si je peux un jour vous témoigner ma générosité en tant que seigneur, vous n'aurez qu'à demander.

— Je vous remercie, répondit-elle en souriant. À présent, je dois m'en aller. Une longue route m'attend et je souhaiterais traverser la Loire avant la tombée de la nuit. Adieu, mon seigneur. Que Dieu vous garde.

— Et qu'Il veille aussi sur vous, dit Louis tout bas en lâchant à regret les mains d'Aliénor.

Ensuite, il la regarda descendre de l'estrade, effectuer devant lui une révérence, puis quitter la salle, suivie de ses deux demoiselles.

Chapitre 5

Blois et Port-de-Piles, 1152

Enfin libre, ne cessait de se répéter Aliénor en éperonnant son cheval pour le lancer au petit galop en direction du sud-ouest à travers les vallées verdoyantes de la Loire, à présent éclairées par la lune montante. Cela faisait déjà plusieurs heures qu'elle se le répétait, depuis qu'ils avaient quitté Beaugency ce matin-là. *Libre, je suis libre !*

L'archevêque, ses seigneurs et sa suite étaient sur ses talons, emmitouflés dans leurs épais manteaux, et elle était encadrée par les hommes d'armes qui formaient son escorte, casque sur la tête et torche à la main. Ils avaient depuis bien longtemps perdu de vue les mules de bât et les chariots, lourdement chargés de ses biens personnels, tant était pressant son besoin d'avancer toujours plus vers le sud et d'ainsi creuser la distance entre eux et le royaume de France. Si le roi Louis découvrait son plan, il enverrait certainement une troupe pour l'arrêter et la ramener. Il était peu probable qu'il ait vent de quoi que ce soit, évidemment – elle avait toujours été plus douée que lui pour les subterfuges. Elle était malgré tout consciente de l'urgence ; et, bien entendu, chaque lieue parcourue la rapprochait des bras de Henri.

Elle avait déjà envoyé un messager le trouver pour lui transmettre l'appel qu'il attendait. Il était à présent impératif qu'ils arrivent à Poitiers au plus vite et sans encombre, avant que tout le monde soit au fait de leurs intentions. Ses seigneurs et l'archevêque étaient dans la confidence et savaient tout de ce plan osé et périlleux.

Son porte-étendard galopait devant, sa bannière flottant dans le vent annonçant à tous ceux qui la voyaient qu'arrivait Aliénor, duchesse d'Aquitaine, comtesse du Poitou et, jusqu'à ce matin encore, reine de France. Les seigneurs avaient secoué la tête face à cette témérité de proclamer ainsi son identité.

— Madame, vous n'êtes désormais plus reine, et vous ne jouissez donc plus de la protection royale ; aussi, vous voilà exposée aux viles intentions de tout gredin aventureux, l'avaient-ils instamment mise en garde.

— Ils n'oseraient pas, avait-elle affirmé d'un air de défi, une étincelle dans ses yeux verts.

— Madame, avaient-ils protesté, vous n'êtes pas n'importe quelle héritière. Vous possédez la moitié de ces terres des Francs, et ils sont nombreux, n'en doutez pas, qui risqueraient tout pour vous épouser.

— Ma main n'est plus à prendre, déclara-t-elle sur un ton sans appel. Seul un véritable fou oserait s'en prendre à la future épouse de Henri FitzEmperesse.

En prononçant ces paroles, elle ressentit un frisson de désir au souvenir des mains puissantes de Henri sur son corps, des mains qui prenaient ce qu'elles voulaient et s'y cramponnaient, qu'il s'agisse d'une femme, d'un duché, ou même d'un royaume. Elle avait donc remporté la victoire, et voilà que flottait, toujours en vue, l'étendard de soie brodé du lion du Poitou. C'était son propre emblème. Elle avait insisté sur ce point.

— Ce sera un immense soulagement de ne plus avoir à dormir à Paris, dans cette chambre à coucher qui tenait plus de la grange lugubre, dit-elle en souriant à sa noble dame de compagnie, Torqueri de Bouillon. (Elle remerciait le ciel de ne plus jamais avoir à partager ce grand lit avec Louis, tous deux étendus raides comme des piquets, chacun voulant se tenir le plus loin possible de l'autre.) Ni avec ce moine auquel j'étais mariée !

Malgré ses trente ans, elle se sentait comme redevenue une jeune fille, affichant un sourire espiègle. Elle paraissait encore jeune, songea-t-elle en souriant de plus belle au souvenir du reflet qu'elle avait vu ce matin-là dans le miroir. Les années l'avaient complètement épargnée. Elle savait être d'une beauté hors du commun – bien assez de courtisans et de troubadours le lui avaient répété, sans une once de flatterie. Louis aussi, bien évidemment. Celui-ci avait tiré une certaine fierté de sa beauté, malgré lui. Elle savait avoir été un joyau à son bras.

Un joyau mésestimé, se dit-elle en se rembrunissant. Elle s'étira sur sa selle, frottant son dos meurtri et lissant sa robe, passant les doigts sur sa taille fine et ses hanches bien dessinées ; elle pouvait sentir sa chair ferme sous le riche samit, en dépit de ses deux grossesses.

— La Loire est-elle encore loin ? demanda-t-elle en se tournant vers ses seigneurs.

— Une demi-lieue, tout au plus, répondit le vicomte de Châtellerault avant de tendre le bras. Regardez, nous voyons Blois au loin.

Aliénor aperçut de minuscules points de lumière dans la nuit et comprit qu'il devait s'agir de reflets sur les remparts du château. Il y avait là-bas un pont sur la Loire, qu'ils avaient prévu d'emprunter.

— Que le Seigneur nous permette de traverser sans être vus, dit la jeune femme tout bas.

— Madame, déclara Torqueri d'un air apeuré, sa douce voix à peine audible presque emportée par le vent nocturne. Aucun de nous ne trouvera le repos tant que vous ne serez pas en sécurité à Poitiers.

Poitiers! s'émerveilla encore Aliénor. *Chez moi.* Quel bonheur ce serait d'être enfin de retour. Puis, quand Henri tiendrait sa promesse…

Elle frémit, saisie d'un autre accès de désir spontané. Elle ne craignait pas les dangers du voyage. Il ne lui arriverait rien, et elle devait absolument rentrer… Elle se sentait invincible.

Ils avaient emporté de la nourriture pour manger en chemin, et elle avait savouré en bord de route un morceau de chapon froid sur du pain blanc, avec un peu de vin rond et aromatique de la région. Un repas fort simple, mais délicieux, qu'elle avait d'autant plus apprécié qu'elle était de très bonne humeur. Elle avait de nouveau faim, mais était résolue à ne pas tenir compte de la sensation de vide dans son ventre. La nourriture n'était pour l'heure pas la priorité ; ils pourraient acheter de quoi se restaurer le lendemain. Pour l'instant, il fallait accélérer l'allure.

Ils approchaient de Blois et pouvaient voir au-dessus d'eux se dessiner les contours de la tour du Foix, qui faisait le guet sur la Loire. Un cavalier approchait à toute allure dans la lueur nocturne. Il s'agissait d'un de ses hommes envoyés en éclaireur. Sa monture était couverte d'écume.

— Madame, dit-il, à bout de souffle, tout en se penchant respectueusement sans descendre de selle. N'allez pas plus loin ! Des cavaliers viennent dans cette direction. Ils portent les armes du comte Thibaut de Blois.

— Peut-être monsieur le comte souhaite-t-il me transmettre ses hommages et nous offrir l'hospitalité, avança Aliénor avec un sourire malicieux.

Elle savait pertinemment que c'était plus qu'improbable, car leurs familles étaient en froid. Mais cette animosité était du passé, et aurait dû être oubliée et pardonnée.

Nous devrions tous être amis, désormais, songea-t-elle avec une grimace de dépit.

—Non, madame. Je les ai entendus moi-même dire qu'ils prévoyaient de se tenir en embuscade. Ils disaient que le comte Thibaut avait des projets pour vous.

—Ah, vraiment ? s'exclama-t-elle sombrement. Monsieur le comte est veuf, et j'imagine donc très bien ce qu'il a en tête. C'est fort courageux de votre part de m'avoir avertie.

Les seigneurs et les capitaines semblaient impatients de partir ; leurs visages tendus trahissaient leurs craintes. C'était tout ce qu'ils avaient redouté.

—Madame, nous ne pouvons pas prendre le risque d'emprunter le pont. Nous devons changer d'itinéraire, déclara avec insistance le comte d'Angoulême. Il nous faut faire vite !

—*À moi** ! s'écria Aliénor comme l'avaient maintes fois fait ses aïeux sur le champ de bataille.

Puis elle éperonna sa monture, sachant qu'il leur fallait se dépêcher de quitter cet endroit s'ils voulaient éviter le désastre. Elle n'était nullement disposée à finir ses jours en tant que comtesse de Blois.

Ils longèrent la rive dans la plus grande discrétion, jusqu'à ce qu'un des capitaines d'Aliénor tombe sur un ponton où était amarrée une barque, qu'il s'appropria volontiers. Serrés les uns contre les autres dans cette embarcation providentielle, et presque écrasés par tous les bagages qu'ils avaient pu amasser dans le peu de place restante, Aliénor et ses compagnons n'émirent pas un seul son tandis que le bateau glissait sur l'eau, avançant silencieusement en direction de Tours. Ce ne fut qu'au point du jour qu'ils se détendirent suffisamment pour débattre de ce qu'il convenait de faire ensuite.

—Allons au sud, vers la Vienne, et traversons la Creuse à Port-de-Piles, décida Aliénor.

Sur l'autre rive, les hommes d'armes attendaient avec l'archevêque. Ils avaient été autorisés à franchir le pont à Blois après avoir persuadé les gardes qu'ils raccompagnaient Sa Grâce dans son diocèse.

Aliénor se sentit de plus en plus en sécurité à mesure qu'ils avançaient vers le sud ; mais, alors qu'ils approchaient de Port-de-Piles, un autre éclaireur les rejoignit à la hâte.

— N'allez pas plus loin, madame ! s'écria-t-il. On vous tend une embuscade sur la route.

— Sacredieu ! jura Aliénor.

L'archevêque grinça des dents.

— Encore un chasseur de fortune ! De qui s'agit-il, cette fois ? demanda-t-elle.

— Je crains qu'il s'agisse du jeune Geoffroy d'Anjou, madame, le frère du duc Henri.

— Ce jeune paltoquet ? Il n'a encore rien vu de la vie. Ma foi, mon cher ange gardien, car c'est bien ce que vous êtes, nous allons le décevoir dans son entreprise. Messires ! tonna-t-elle en se tournant vers les deux seigneurs qui attendaient, l'air sombre, sur leur monture. Que suggérez-vous ?

— Nous devrions virer au sud, madame, et traverser la Vienne à gué, puis cavaler à bride abattue pour rallier Poitiers.

— Cela me paraît judicieux, acquiesça-t-elle tandis que le reste de la troupe marmonnait son assentiment et que le vieil archevêque fourbu sollicitait instamment la permission de poursuivre de son côté sa route vers Bordeaux.

Après des adieux rapides mais affectueux, Aliénor fit faire volte-face à sa monture et la lança une nouvelle fois au galop, jubilant intérieurement en imaginant le jeune Geoffroy pester avec fureur en découvrant qu'elle lui avait filé entre les doigts.

— Dans quelle rage sera Henri quand il apprendra que son frère projetait en secret de le supplanter !

Chapitre 6

Poitiers, 1152

Alors que les étendues de la vallée de la Loire avaient laissé place aux vastes plaines du Poitou, avec ses châteaux disséminés dans un paysage luxuriant, ses robustes églises romanes et ses longères en pierre aux toits de tuiles rouges, l'exaltation d'Aliénor grandit. Ce fut d'abord la vue des toits rouges qui l'émut. Ils n'existaient pas dans le Nord si austère. Bientôt, elle serait de retour chez elle !

Elle s'était détaché les cheveux pour souligner son nouveau statut de femme non mariée, et était heureuse de les sentir voler allégrement dans le vent chaud qui soufflait depuis la mer Océane, à quelques lieues à l'ouest. Aliénor se tenait bien droite en selle, son œil impatient rivé sur la route devant elle, celle qui menait à sa ville de Poitiers. Elle ne pouvait plus être bien loin à présent. Elle avait revêtu pour son grand retour son bliaut pourpre, avec son corsage serré et ses longues jupes brodées d'or, ainsi qu'une splendide cape bleue.

Et enfin elle fut là, droit devant, perchée sur son promontoire surplombant le Clain, sa chère ville ! Ici, les Romains des temps anciens étaient venus ; ici, Charles Martel avait vaincu les Sarrasins plusieurs siècles plus tôt ; ici, entre les murs d'une belle église, reposaient les reliques sacrées de sainte Radegonde, la patronne de Poitiers. Et elle vit aussi son peuple, se massant aux portes de la ville pour accueillir avec enthousiasme leur duchesse revenue parmi les siens.

Comme ils l'acclamèrent alors qu'elle trottait en tête de son escorte à travers les rues bondées, précédée de son étendard ! Ils lui adressèrent toutes sortes de bénédictions, pour sa beauté et parce qu'elle était des leurs, et avait bouté ces satanés Français. Puis, alors qu'elle était portée dans la grande cathédrale Saint-Pierre afin de remercier le Seigneur d'avoir veillé à sa sécurité durant son retour chez elle, Aliénor se jura qu'avec l'aide de Dieu, elle dévouerait désormais sa vie à son peuple et ne le soumettrait plus jamais au règne tyrannique d'un étranger.

Après la messe du dimanche de Pâques, la duchesse entra en grande pompe dans les spacieux appartements ducaux de la tour Maubergeon du palais de Poitiers, et elle prit place sur le haut siège de ses ancêtres dans la salle ronde du conseil. Des bannières colorées étaient accrochées haut sur les murs de grès aux peintures grossières représentant des scènes d'anciennes batailles. Les premiers vassaux d'Aquitaine, qui étaient venus pour les fêtes à la demande d'Aliénor, s'assirent à la longue table devant elle.

Ils avaient les yeux rivés sur la duchesse qu'ils avaient retrouvée ; ils attendaient de savoir de quelle manière elle comptait régner sur eux et, plus important, quand elle comptait se remarier. Aucun d'eux n'avait envisagé la possibilité qu'elle règne seule : elle était une femme, et par conséquent une faible créature, incapable d'exercer la moindre autorité sur les hommes. Elle était cependant la digne fille de son père ; ils lui étaient donc loyaux – la plupart à leur manière – et le resteraient pourvu qu'elle prenne un mari qui ne leur enlèverait pas leur autonomie et n'interférerait pas trop dans les affaires du duché. Après s'être si récemment débarrassés de l'ennemi français, ils avaient à cœur de ne pas retomber sous la coupe d'un autre indésirable. La duchesse, néanmoins, devait se remarier et engendrer des héritiers, évidemment, avec pour mari un homme fort qui la protégerait : ils acceptaient cela. Ils avaient tous été mis dans la confidence de son projet d'épouser Henri d'Anjou, et convenaient que le jeune duc de Normandie – à présent aussi comte d'Anjou et du Maine après la mort de son père – ne représentait pas une grande menace pour eux, malgré sa formidable réputation. Il serait fort probablement trop occupé avec le royaume d'Angleterre, qui semblait devoir lui revenir un jour ; du reste, il était suffisamment jeune pour qu'ils le manipulent à leur guise.

Aliénor observa chacun de ses seigneurs tandis qu'ils attendaient que le festin commence. Elle tenait de son père et d'une expérience amère que ses vassaux étaient pratiquement incontrôlables. Loin des Cours de ses fiefs de Poitiers et Bordeaux, barricadées dans leurs châteaux isolés au beau milieu de leurs collines luxuriantes, ils pouvaient toujours faire comme bon leur semblait avec la juridiction ducale. Il était donc préférable de les adoucir immédiatement par une diplomatie astucieuse et quelques cadeaux – et Dieu savait combien elle avait déjà été généreuse – afin de les rendre plus affables.

— Messires, commença-t-elle d'une voix mélodieuse. Je vous ai convoqués officiellement ici pour vous informer de l'annulation de mon union avec le roi Louis, et pour demander votre approbation quant à mon mariage imminent. Vous savez tous que j'ai consenti à épouser le duc de Normandie, et que je dois le faire sans l'accord du roi Louis, qui est notre suzerain à tous deux, car celui-ci n'y consentirait point.

Elle esquissa un sourire en coin plein de malice tandis que les seigneurs manifestaient silencieusement leur approbation : ils comprenaient la nécessité d'agir ainsi en secret, et leur aversion pour les Français était telle qu'ils étaient tout à fait prêts à fermer les yeux sur cette entorse manifeste aux codes féodaux.

— Notre mariage doit être préparé immédiatement, sans quoi il pourrait ne jamais avoir lieu, poursuivit Aliénor. Cette union diminuera considérablement le pouvoir de la France, et, si le roi Louis découvre mes intentions, il se pourrait que même lui, malgré son manque d'envergure, parte en guerre. Une fois que Henri et moi serons mari et femme, et que le mariage aura été consommé, il ne pourra plus rien faire.

— Vous devez envoyer un nouveau messager au duc, madame, conseilla vivement son oncle, Hugues de Châtellerault. Imaginez que le premier ait été intercepté.

— J'enverrai des émissaires aujourd'hui même, promit-elle en priant pour que Henri arrive bientôt et se demandant pourquoi il n'avait pas répondu à son premier message. À présent, passons à autre chose. J'ai décidé de déclarer nuls et non avenus tous les actes et décrets validés par le roi Louis en Aquitaine.

Les seigneurs hochèrent la tête d'un air satisfait, contents de voir qu'elle s'en sortait pour l'instant bien.

— Par ailleurs, enchaîna-t-elle, j'ai l'intention de les remplacer par des chartes signées de ma main, afin de rétablir tous les droits et privilèges. Messires, beaucoup de travail nous attend, mais, avant de nous y atteler, soyez mes invités, car nous avons aussi beaucoup à célébrer.

Elle fit signe aux serviteurs, qui entrèrent en rang, chacun portant un plat chargé de mets aux parfums succulents : moules et anguilles en sauce à l'ail et au vin, mouton salé, poulets bien gras, le délicieux plat local à base de haricots nommés « *mogettes** », fromage de chèvre bien fait et figues. Tout cela fut d'abord présenté à la duchesse avant d'être passé à ses seigneurs, tandis que d'autres domestiques faisaient le tour des tables avec de grands pichets de vin rouge. Ils burent ensuite tous à la bonne réussite des négociations de mariage et à la future prospérité du Poitou. Le lendemain verrait peut-être la guerre éclater mais, pour l'heure ils allaient festoyer !

Ce fut en mai, alors que les jardins du palais regorgeaient de couleurs, que Henri FitzEmperesse entra fièrement dans Poitiers sur son cheval pour réclamer la main de sa promise. Sa venue avait été annoncée à Aliénor, qui attendait avec ses principaux vassaux d'accueillir son futur époux dans la *Grande Salle** du palais, cette magnifique pièce à arcatures communément appelée « Salle des pas perdus » en raison de sa charpente, si haute que le bruit des pas portait à peine.

Aliénor se savait resplendissante dans son bliaut à traîne de la plus belle soie bleu vif, à motifs réguliers de fleurs de lys cousus de fils d'or, et à la coupe très astucieusement ajustée au corsage afin de faire ressortir toute la volupté de ses séduisantes courbes. Elle portait par-dessus un chatoyant mantelet d'or sans manches agrémenté de superbes broderies. Elle avait aux poignets de somptueux bracelets d'or, et aux oreilles des boucles serties de pierres précieuses scintillantes. Toujours dans un souci de défier les conventions, qui obligeaient les dames à porter une cornette pour couvrir leur chevelure, elle n'était coiffée que d'un délicat diadème d'or travaillé serti de perles et de petits rubis, laissant ses tresses cuivrées tomber librement sur ses épaules et son dos. Dans ses yeux brillait son excitation, et elle entrouvrit les lèvres dans un soupir d'anticipation… Ce mariage dont elle avait rêvé, avec toutes ces magnifiques possibilités qu'il allait offrir, allait bientôt devenir réalité ; et ce soir-là, elle allait partager le lit de Henri. Enfin ! Elle tremblait de désir à cette idée.

Elle le vit alors entrer dans la vaste salle d'une démarche affirmée, un grand sourire aux lèvres, vêtu de ses habituels habits d'équitation – elle avait déjà compris qu'il n'avait que faire de la mode et des beaux atours. Revoir son visage lui insuffla une immense joie. Elle se souviendrait à jamais de ce jour comme du plus heureux de sa vie.

— Ma mie! la salua Henri en effectuant une gracieuse révérence.

Puis il avança promptement vers elle tandis qu'elle se levait de son trône, et il bondit allégrement sur l'estrade. Il lui prit les mains, et ce contact alluma un brasier en elle. Elle avait connu une pointe d'anxiété quand les semaines depuis leur aventure à Paris s'étaient transformées en mois, et qu'elle s'était prise à imaginer que cette attirance entre eux n'avait été qu'illusion. Cela n'entrait bien évidemment pas en compte dans un mariage politique, car leur union était pertinente et profitable quoi qu'ils ressentent l'un pour l'autre. Ayant cependant brûlé entre ses bras d'une si forte passion, et d'un plaisir qu'elle n'aurait jamais cru possible, elle pensait ne pas pouvoir survivre si on lui enlevait cela. Ses craintes se dissipèrent néanmoins quand elle découvrit tout ce qu'elle avait espéré trouver dans le regard ardent de Henri et sa manière de la saisir si jalousement – ainsi que dans sa propre réaction à tout cela.

— Je vous dois des excuses pour avoir tardé à venir à vous, déclara Henri alors qu'elle lui indiquait de prendre place à côté d'elle, sur le second trône qui avait déjà été installé pour le futur duc d'Aquitaine. Une délégation de nobles est arrivée d'Angleterre pour m'implorer de faire valoir sans plus de délai mes droits à la Couronne. Apparemment, mes alliés là-bas commenceraient à perdre patience. Ma foi, je les ai renvoyés leur dire qu'il leur faudra patienter encore un peu, car j'ai des choses plus importantes à faire. (Il lui adressa un beau sourire.) Vous avez mené cela d'une main de maître, la félicita-t-il. Je ne pensais pas vous épouser si tôt.

— Louis s'est montré mieux disposé que je ne l'avais imaginé, répondit Aliénor en dévorant du regard chaque trait de son visage.

— Il ne le sera plus quand il apprendra ce que nous fomentons ! s'esclaffa Henri. Mais nous nous occuperons de cela.

— À présent, mes seigneurs attendent de vous être présentés, dit-elle avant de leur faire signe de s'approcher un par un.

Ils le firent avec méfiance, épiant le jeune duc de Normandie avec appréhension. En premier vinrent ses oncles maternels : Hugues, vicomte de Châtellerault, et Raoul de Faye, un homme plein d'esprit, capable, et bien décidé à charmer son nouveau maître. Suivit le beau et jeune comte d'Angoulême âgé de dix-huit ans, Guillaume Taillefer, très impatient de pouvoir prouver au célèbre duc de Normandie sa valeur sur le champ de bataille et dans les affaires d'État ; après lui arriva le loyal et chevaleresque Geoffroy de Rançon, seigneur de Taillebourg, à qui Aliénor avait depuis longtemps pardonné ses choix inconsidérés mais bien intentionnés durant la croisade, bien qu'ils eussent conduit à la mort de sept mille soldats et poussé le roi Louis à le renvoyer en France dans le déshonneur. Henri connaissait manifestement cette histoire, car il le dévisagea avec circonspection quand il s'inclina devant lui.

Son air s'assombrit quand il vit s'agenouiller Hugues de Lusignan et Guy de Thouars, au teint hâlé et aux cheveux noirs, deux des plus inconstants de ses vassaux, dont la réputation suffisait à éveiller la méfiance de n'importe quel suzerain ; mais ils se tenaient sages pour l'heure, et accomplissaient leur devoir avec toute la déférence requise en présence de leur duchesse. Elle savait cependant, car Louis avait eu plus d'une occasion de pester à ce sujet, que leur allégeance était donnée à la légère, et qu'il suffisait que le vent tourne pour qu'elle se porte ailleurs, aussitôt que cela les empêchait de s'approprier des terres ou un nouveau château qu'ils convoitaient. À en juger par l'expression sur le visage de Henri quand il invita Hugues et Guy à se relever, il n'était nul besoin de le prévenir de leur perfidie.

Le dernier à se présenter, mais loin d'être le moindre, était le fervent Saldebreuil de Sanzay, connétable d'Aquitaine, qu'elle avait nommé sénéchal pour récompenser sa loyauté et son sérieux. Henri lui sourit et lui donna une grande tape sur l'épaule quand il se pencha pour recevoir le baiser de bienvenue.

Aliénor fut satisfaite de voir Henri tenir son rôle à la perfection, faire de son mieux pour apprivoiser les seigneurs en saluant la sagesse et l'expérience de l'un, en louant les prouesses martiales ou l'habileté à la joute bien connues de l'autre. Elle était impressionnée par l'étendue de ses connaissances, surtout concernant une terre qui n'était pas la sienne. Il s'était donné beaucoup de mal pour se faire accepter ici. D'ailleurs, la plupart des seigneurs lui répondaient de façon adéquate, et disaient tout ce qu'il fallait. C'était un début plus que prometteur.

Plus tard, quand le dernier vassal eut retrouvé sa place et que le vin fut servi, Aliénor mena Henri et les courtisans dans les jardins, où ils purent profiter du soleil radieux à l'ombre des pommiers et des pêchers. Assis sur des bancs végétaux, les nobles discutaient de politique et de stratégie militaire tandis que les jeunes galants allaient trouver les demoiselles de la duchesse pour leur chanter des chansons, leurs yeux brillants dans l'attente des faveurs à venir, lorsque le voile voluptueux de la nuit aurait recouvert ce pays.

Henri se promena avec Aliénor le long d'un parterre de fleurs entouré d'un treillis.

— Dis-moi : est-ce que cela te manque d'être reine ? lui demanda-t-il en lui prenant la main.

— As-tu besoin de le demander ? rétorqua-t-elle. Ce que j'ai à présent… (elle fit un geste de la main pour désigner son trône, ses seigneurs, et les alentours, puis le regarda droit dans les yeux) compense largement.

— Je te le rendrai au centuple, lui promit Henri. Je te ferai reine d'Angleterre, la plus grande reine que ce maudit pays ait jamais connue, je te le promets. Ensuite je ferai de toi la souveraine de la moitié de l'Europe!

—J'ai toute confiance en toi, lui assura-t-elle.

Elle se sentait transportée par l'excitation de cette vision impériale, et exultait à l'idée d'un avenir si glorieux, où tous leurs espoirs et ambitions deviendraient, avec l'aide de Dieu, réalité.

—Songes-y, s'extasia Henri avec ferveur. Quand l'Angleterre sera à moi, toute la chrétienté depuis la frontière écossaise jusqu'aux Pyrénées m'appartiendra! Louis sera vert de jalousie, mais il ne pourra rien faire. Notre territoire ridiculisera en taille et en puissance son misérable royaume.

«Notre territoire.» Ces mots auraient dû la ravir mais, venant de la bouche de Henri, ils avaient quelque chose de perturbant. Malgré la force de son désir pour lui, elle se rendit brusquement compte qu'elle ne le connaissait pas vraiment, et il était possible qu'en l'épousant elle lui cède purement et simplement son autonomie – ainsi que celle de son peuple. Malgré la chaleur de cette journée, elle sentit un léger frisson la parcourir; mais elle se ressaisit, choquée d'avoir de telles pensées. Henri et elle travailleraient main dans la main, du début à la fin, et ils avanceraient vers un même objectif. C'était un accord tacite entre eux.

—La grandeur et le pouvoir, ajouta Henri, résident dans les terres et la force du souverain. Louis n'a rien de cela.

—Il reste néanmoins notre suzerain, lui rappela-t-elle.

—Des affabulations! lança-t-il avec un sourire.

—Je devrais être outrée, dit Aliénor en souriant.

—Et je suis sûr que tu l'es! Mais souviens-toi, ma chère et tendre, que tu te maries dans la famille du diable en personne. N'attends pas des Angevins qu'ils fassent preuve de vertu.

—Comment le pourrais-je, quand ton frère Geoffroy a tenté de m'enlever lors de mon retour sur mes terres?

—Quoi ? s'exclama Henri en refrénant un éclat de voix. Ce lapereau ? Je lui couperai les bourses.

Aliénor ne put s'empêcher de glousser.

—Vous, messire, entre tous, condamneriez votre propre frère pour un élan d'opportunisme ?

—Nous avons cela dans le sang, marmonna-t-il.

—L'annonce de notre mariage a-t-elle été bien accueillie par tes seigneurs de Normandie ?

—Oui, ainsi que par ceux d'Anjou et du Maine. Ils savent que cela apportera du prestige à mes domaines, et favorisera le commerce. Ils ont tous très hâte de te voir. Je leur ai chanté tes louanges, rassure-toi.

—Et ta mère, l'Emperesse ?

Aliénor avait beaucoup entendu parler de la formidable Mathilde.

—Elle est satisfaite, se contenta de dire Henri avec peu de conviction. Elle estime que c'est une union politique judicieuse. Et elle ne sera pas insensible à ton charme, j'en suis sûr.

—Je suis impatiente de la rencontrer, répondit-elle poliment sur le même ton.

Elle se demandait si Mathilde savait que sa future belle-fille avait fait la bête à deux dos avec son mari Geoffroy.

—Je ne suis pas venu ici pour parler de ma mère, sais-tu ? ironisa-t-il. Je préférerais de loin discuter de nos projets immédiats. Partageras-tu ma couche ce soir ? lui susurra-t-il à l'oreille.

Aliénor lui sourit, un profond désir se lisant dans ses yeux.

—Je n'attendais que cela.

Henri se retira d'elle, pantelant, et roula sur le côté ; puis, en un geste sensuel, il caressa d'une main légèrement tremblante les courbes délicates de sa taille, de sa hanche et de sa cuisse. Il soutint son regard, qui brillait d'un éclat brûlant souligné par la flamme des bougies. Il se pencha vers elle et lui déposa un doux baiser sur les lèvres.

—J'ai rêvé de cela, dit-il, le souffle court. Durant tous ces longs et pénibles mois d'attente. Seigneur, ce que j'ai détesté devoir attendre. Tu hantais mon cœur et mon corps. J'ai souffert de ce manque de toi.

—As-tu eu des doutes ? s'enquit Aliénor en posant sa joue sur la toison qui ornait son large torse, et sentant son cœur battre.

—Pas un seul instant. Et toi ?

—Je me suis demandé si je n'avais pas en partie rêvé, avoua-t-elle dans un murmure. Ce que nous avons vécu était si incroyable.

—À l'avenir, les troubadours chanteront notre histoire et notre amour, prédit Henri.

Aliénor fut une fois de plus enchantée de l'entendre parler d'amour. Elle se redressa sur un coude, ses tétons lui frôlant sensuellement les côtes.

—Oh, c'est certain ! s'esclaffa-t-elle. N'est-ce pas tout à fait scandaleux qu'un homme et son épouse s'aiment ? Le mariage, aux dires des poètes, ne sonne-t-il pas le glas de l'amour ?

—Ce sera différent pour nous, lui promit-il avec assurance.

—Comment pourrait-il en être autrement ? confirma-t-elle en se penchant pour l'embrasser, ses cheveux lui caressant le torse.

Puis elle s'étendit sur le côté et plongea de nouveau son regard dans le sien.

—C'est un bonheur indicible, après avoir connu Louis, dit-elle. Je devais toujours le supplier de me faire l'amour, ne serait-ce que pour enfanter un héritier, et il se jetait toujours à genoux pour prier avant et après l'acte tant redouté. J'ai l'impression de revenir à la vie. Je suis délivrée de tout cela ! Oh, quelle joie ! (Elle l'embrassa avec ardeur, sa langue jouant érotiquement avec la sienne.) En France, je n'étais pas libre. Ils ne voulaient pas que j'interfère – selon leurs mots – dans leurs affaires d'État. Je devais me contenter de jouer aux échecs ou aux énigmes avec mes demoiselles, ou de faire de la broderie, pour l'amour de Dieu. J'ai une cervelle, mais ils ne voulaient pas que je m'en serve. Dis-moi que notre mariage ne sera pas ordinaire, Henri. Je ne pourrais pas le supporter.

—Comment pourrait-il l'être? répondit-il paresseusement. Nous ne sommes pas des gens ordinaires.

—Tu es conscient que je sacrifie ma liberté retrouvée pour t'épouser? insista-t-elle. J'espère que tu n'oublieras pas que je suis la duchesse d'Aquitaine, même si tu auras le droit de régner ici en tant que mon époux – et de régner sur moi... si bien sûr je te laisse faire, termina-t-elle avec un sourire mutin.

Henri dissimula sa surprise et lui adressa un regard malicieux.

—C'est le droit de tout époux, comme tu le sais bien! Dès que nous serons mariés, ma somptueuse beauté, je pourrai t'enfermer dans une tour ou bien te rosser si tu te montres revêche ou m'interdis l'accès à ton lit!

—Dans ce cas, je refuse ce mariage! menaça-t-elle en riant allégrement. Je préfère être ta maîtresse. Tu ne mettras pas la main sur un arpent de mes terres!

Pour toute réponse, Henri se mit à la chatouiller jusqu'à ce qu'elle se rende, puis il la coinça sous lui et l'embrassa avidement.

—Pour l'instant, je m'en fiche bien tant que je peux t'avoir, toi, dit-il d'une voix pleine de désir. Louis a été fou de t'éconduire, ou de te laisser partir. (Il se frotta contre elle sans laisser de doute sur ses intentions.) Mais c'est moi qui profite de sa bêtise: tu es d'une rareté et d'une beauté incomparables. Maintenant, je veux t'entendre dire que tu m'épouseras, ou je ne te donnerai pas ce que tu désires si fort!

Il maintenait son sexe à l'orée du sien, déclenchant en elle un plaisir anticipé.

—Je t'épouserai, à la condition que tu me laisses ma souveraineté, exigea Aliénor en haletant.

— Seigneur, tu es dure en affaires, grogna Henri en la pénétrant.

— Dis-le ! insista-t-elle en sentant le désir la submerger.

Cette lutte entre eux était hautement érotique, mais Henri était à présent si obnubilé par le besoin de la posséder qu'il ne put rien répondre, et quand il eut terminé ils sombrèrent tous deux dans le sommeil dans les bras l'un de l'autre, sans que la promesse fût donnée.

Les rayons éblouissants du soleil frappaient à travers les hautes fenêtres de la cathédrale de Poitiers. Ils baignaient d'une lumière dorée mari et femme agenouillés devant le maître-autel, recevant la bénédiction de l'Église lors de leur mariage. Aliénor était parfaitement consciente du caractère historique de l'instant, alors que Henri lui saisissait la main pour l'aider à se relever, et qu'elle prenait part à un acte qui aurait de lourdes conséquences pour elle, pour son nouvel époux, pour leurs descendants et pour le monde entier – car ce jour voyait la fondation d'un empire qui promettait d'être l'un des plus puissants de toute la chrétienté. Cette perspective était vertigineuse, et donnait à réfléchir. Elle savait qu'une lourde tâche les attendait tous les deux.

Ce jour marquait aussi le début d'une union – et du partenariat qu'elle avait tant désiré – entre deux princes. Elle remontait l'allée au bras de Henri, ses vassaux s'inclinant respectueusement sur leur passage, avec la certitude d'être à l'apogée de sa beauté, svelte et séduisante dans son bliaut couleur bleuet, avec son manteau écarlate et son voile blanc maintenu en place par une couronne ducale superbement travaillée. Henri aussi portait une couronne : celle des ducs de Normandie. Il avait un air princier, avec son nez droit, sa barbe parfaitement taillée et ses cheveux roux ondulés foisonnant sur sa noble tête. Il arborait sur son visage aux joues rouges et couvertes de taches de rousseur une expression triomphante, et il agrippait les mains d'Aliénor de façon possessive. Elle était sienne désormais, et, puisqu'ils avaient déjà consommé leur mariage prématurément, personne ne pouvait plus les séparer.

Cela plaisait à la jeune femme de savoir que, par sa ruse, elle avait pu faire du magnifique Henri le duc d'Aquitaine et, à seulement dix-neuf ans, le plus puissant prince d'Europe. Ensemble, elle savait qu'ils laisseraient leur empreinte sur le monde, bien plus qu'aucun couple royal avant eux. Alors qu'ils émergeaient de la cathédrale et recevaient les acclamations enthousiastes de son peuple, elle eut encore la conviction d'avoir fait le bon choix, celui dicté par le destin.

Cette nuit-là, Henri la prit avec une ardeur décuplée, faisant tomber les barrières de l'inhibition et de la bienséance, les engageant sur un long chemin de perpétuelles découvertes sensuelles.

— Ne te retiens jamais ! lui ordonna-t-il. Je veux tout ce que tu peux me donner.

— Je suis dorénavant aux ordres de mon seigneur, lui répondit-elle en toute sincérité.

— Notre union est celle de lions, lui chuchota-t-il à l'oreille. Est-ce que tu as déjà songé à cela ? Tu as un lion comme emblème du Poitou, et le mien est aussi un lion, hérité de mon grand-père le roi Henri d'Angleterre. Il a pour surnom « Lion de Justice », mais on raconte qu'il l'aurait lui-même suggéré après avoir reçu un lion en cadeau pour sa ménagerie de la Tour de Londres.

— J'aime cette idée, murmura Aliénor avant de se lover contre lui dans la chaleur douillette du matelas de plume. Un mariage de lions… Cela a quelque chose de très chevaleresque.

— Et cela nous définit à plus d'un égard, je trouve, ajouta son époux en resserrant ses bras autour d'elle. Qu'en penses-tu, mon Aliénor ? Nous ne sommes, l'un comme l'autre, ni doux ni dociles, mais forts, audacieux, aussi courageux que des lions.

— Avec toi à mes côtés, je ne connaîtrai jamais la peur, affirma-t-elle en collant sa joue lisse contre sa joue râpeuse pour humer son parfum masculin.

— Nous irons loin ensemble, ma belle lionne ! dit Henri dans un éclat de rire avant de l'attirer une nouvelle fois à lui.

Chapitre 7

Abbaye de Fontevraud, 1152

Ce fut avec beaucoup de plaisir qu'Aliénor se rendit à Fontevraud le mois suivant son mariage.

— Cette abbaye est un endroit qui m'est très cher, expliqua-t-elle à Henri. Elle a été fondée sur ordre de ma grand-mère et est dédiée à Notre-Dame.

Henri hocha la tête d'un air approbateur. Il avait déjà entendu parler de cet ordre double abritant à la fois des moines et des moniales, sous la direction d'une abbesse, et qui était devenu un pensionnat et lieu de retraite pour jeunes femmes de l'aristocratie et de la famille royale, ainsi qu'un havre de piété et d'oraison silencieuse. C'était un établissement fort inhabituel, dans la mesure où son fondateur, un célèbre érudit breton du nom de Robert d'Arbrissel, avait cherché à améliorer le statut des femmes, et avait même osé affirmer qu'elles étaient supérieures aux hommes dans beaucoup de domaines. Au-delà de cette hypothèse saugrenue, Henri comprenait pourquoi Aliénor avait si bonne opinion de Fontevraud. Il la partageait, d'ailleurs. C'était un des plus grands bastions de la piété et de la foi de tout le monde chrétien.

L'abbaye était construite autour d'une fontaine dans un vallon boisé en bord de Vienne dans le nord du Poitou, près de la frontière avec l'Anjou. Quand Aliénor pénétra à l'intérieur de la grandiose église blanche, qui était caractérisée par une qualité de lumière et d'agencement comparable à nulle autre sur Terre, et embellie par la simplicité des hautes colonnes ainsi que par les arcades du triforium, elle se sentit comme soulevée par la grâce et submergée par la reconnaissance. L'abbesse, Mathilde d'Anjou, qui était la tante de Henri, l'accueillit chaleureusement par une embrassade, puis lui fit traverser les cloîtres paisibles et l'invita à entrer dans sa grande maison, accolée au couvent du Grand-Moûtier, partie réservée aux nonnes. On apporta du lait d'amandes, des poires et des confiseries, et les deux femmes, qui avaient immédiatement développé un respect et une affection mutuels, s'assirent pour converser de manière fort agréable.

— Que nous vaut le plaisir de votre visite, madame ? demanda l'abbesse Mathilde.

C'était une femme rondelette âgée d'environ quarante-cinq ans, d'une extrême gentillesse, avec le teint fleuri des Angevins, à la tête de sa communauté depuis quatre ans.

— C'est une grande joie pour moi de venir à Fontevraud en cette période, ma mère, répondit Aliénor. Je suis reconnaissante envers le Seigneur pour tant de choses. Mon cœur déborde d'allégresse, et je souhaite le remercier pour ce bonheur dont il me comble par mon mariage, et en faisant de moi le biais par lequel la paix et l'unité pourront être instaurées dans la chrétienté.

— Nous devons tous le remercier pour cela, déclara l'abbesse.

C'était une femme intelligente et perspicace, et les grands espoirs fondés sur le mariage de la duchesse avec Henri FitzEmperesse ne lui avaient pas échappé.

— Vous joindrez-vous à nous ensuite pour le repas au réfectoire ? proposa-t-elle.

— Très certainement, je vous remercie, accepta Aliénor en souriant. Mais il est une autre raison à ma visite, ma mère. Après mon mariage avec messire Henri, j'ai senti un élan divin me pousser à venir rendre visite à cette sainte congrégation. J'ai le sentiment d'avoir été guidée par Dieu jusqu'à Fontevraud ; alors, pendant que je me trouve ici, je compte approuver et confirmer toutes les chartes et les dons que mes aïeux ont accordés à cet ordre. Si vous voulez bien coucher cela sur un parchemin, ma mère, j'y apposerai mon sceau. J'en ai fait faire un tout nouveau. (Elle le tira fièrement de la bourse brodée attachée à son corset pour le lui montrer ; il représentait Aliénor à la fois comme duchesse d'Aquitaine et de Normandie.) Voyez ? Je tiens un oiseau perché sur une croix ; c'est un symbole sacré de souveraineté.

— Si vous me permettez, madame, je dirais que le mariage vous sied : vous êtes radieuse, la complimenta l'abbesse. Je suis ravie que vous ayez trouvé tant de joie dans votre union avec mon neveu. J'ai entendu dire qu'il avait pour ambition de devenir roi d'Angleterre.

— Et je ne doute pas un instant qu'il le deviendra, confirma Aliénor.

— J'ai vécu en Angleterre il y a trente ans de cela, avant d'entrer dans les ordres, se souvint l'abbesse. J'étais mariée à Guillaume, le fils du roi Henri, qui était lui-même le fils de Guillaume le Conquérant, et le grand-père de votre époux. Le roi Henri est surnommé « le Lion de Justice ». Et quel lion, en effet ! Fort et respecté en tant que monarque, mais un homme terrifiant, cruel et sans pitié. Je n'oublierai jamais ce qu'il a fait à ses petits-enfants.

— Que leur a-t-il fait ? s'enquit Aliénor en chassant vivement l'idée malvenue que le même sang coulait désormais dans les veines de son Henri.

— Une de ses filles s'est opposée à lui, soutenue par son époux, et il a fait crever les yeux de leurs deux petites filles pour les punir.

— C'est abominable, s'écria la jeune femme en frémissant. C'est trop horrible pour se le représenter. Comment était son fils ?

— Guillaume ? On l'appelait « Adelin », comme les anciens princes saxons avant la Conquête. Il était le portrait craché de son père : fier, féroce, avec un cœur de pierre. Fort heureusement, je ne lui ai pas été mariée très longtemps.

— Est-ce lui qui s'est noyé durant le naufrage de la *Blanche-Nef* ?

— Lui-même.

— J'ai entendu messire mon époux parler de sa mort. Il disait que le roi Henri n'avait plus jamais souri après cela.

— Pour le roi, ce fut une tragédie. Il n'avait pas d'autre fils pour lui succéder – pas de fils légitime, en tout cas. Des bâtards, évidemment, il n'en manquait pas, ajouta l'abbesse avec l'ombre d'un sourire. Mais Dieu, dans sa grande sagesse, a rappelé mon jeune prince à lui, et le roi Henri a contraint ses barons à jurer allégeance à sa fille Mathilde, qu'il a désignée comme son héritière.

— L'Emperesse, ma belle-mère, clarifia Aliénor. L'avez-vous déjà rencontrée ?

— Non, car elle était alors mariée à l'empereur du Saint Empire et vivait en Germanie. Ce dernier est mort plus tard et elle a épousé mon frère Geoffroy, mais elle n'est jamais venue me rendre visite. D'après ce que j'ai entendu dire unanimement, elle est une femme forte. Elle s'est certainement beaucoup battue pour récupérer le royaume qui lui revenait de droit.

— Mais qu'elle a perdu, précisa Aliénor. Mon époux, toutefois, le reprendra en son nom. Elle lui a cédé ses droits. Les présages sont bons.

— Le roi Étienne est cependant toujours en vie, contra Mathilde.

— Il est haï et méprisé, d'après monsieur mon époux. Les barons qui refusent une femme pour monarque se montrent beaucoup mieux disposés envers Henri, surtout à présent qu'il a prouvé sa valeur en tant que duc. Dites-moi, ma mère, à quoi ressemble l'Angleterre ?

— On l'appelle « l'île aux cloches », car elles résonnent partout tant il y a d'églises. C'est un pays verdoyant et charmant, qui ressemble beaucoup à certaines parties de la France ; cependant le temps y est imprévisible. Son peuple est insulaire, mais accueillant. Et, avant que vous me posiez la question, sachez que les Anglais n'ont pas de queue, comme on le raconte si souvent par ici !

— Je ne prête jamais attention à ce genre de balivernes ! s'esclaffa Aliénor avant d'accepter une figue confite. J'attendrai avec impatience de voir un jour l'Angleterre. Oh, je voulais vous dire que mon époux et moi avons demandé la construction d'un nouveau vitrail pour commémorer notre mariage, fabriqué selon les nouvelles techniques. Il sera intégré dans l'aile est de la cathédrale de Poitiers, afin que tous puissent se rappeler où nous avons été faits mari et femme.

— C'est tout à fait approprié, dit l'abbesse. Une œuvre qui durera dans le temps.

— Même si mes remerciements et mes prières seront plus précieux aux yeux du Seigneur, déclara Aliénor en finissant sa confiserie avant de se lever. Si vous voulez bien m'excuser, ma mère, je souhaiterais me rendre à l'église à présent. Faites venir vos copistes, si vous le souhaitez. Nous pourrons rédiger les chartes plus tard.

Chapitre 8

Aquitaine, 1152

— Louis nous demande de venir, annonça Henri, qui avait déboulé dans la chambre d'Aliénor en brandissant un parchemin.

Elle le lut rapidement.

— Ce message nous était adressé à tous les deux, se récria-t-elle, sentant monter la colère née de la peur de ce que Louis allait pouvoir faire et de sa consternation quant à la prétention de Henri. Tu n'aurais pas dû l'ouvrir sans moi.

— Je suis le duc, rétorqua son époux sur un ton sans appel.

— Et je suis la duchesse ! rétorqua-t-elle vivement.

— Ainsi que mon épouse, tonna Henri.

L'éclat de colère de son mari l'excita, malgré son agacement. Ce n'était pas leur première querelle, et cela ne serait certainement pas la dernière, elle en était consciente. La seule compensation était qu'ils se retrouvaient chaque fois, sans exception, sous les draps à se réconcilier par des ébats passionnés.

— Il s'agit de mon duché ! insista-t-elle.

— Et du mien de droit, en vertu de notre mariage. Je ne devrais pas avoir à te rappeler que c'est moi qui commande ici, désormais.

Je te l'ai déjà dit, Aliénor : gouverner est affaire d'hommes, et les femmes ne doivent pas interférer.

— Tu ne vaux guère mieux que l'abbé Bernard ! lui lança-t-elle. Toi et moi sommes censés être partenaires. Nous étions d'accord. Je ne suis pas une pauvre petite bergère sans défense que tu peux faire taire comme bon te semble : je suis la duchesse souveraine d'Aquitaine, et tu dois me considérer comme telle ! Comprends-tu ce que je te dis ?

Pour toute réponse, Henri la serra dans ses bras et l'embrassa sans ménagement.

— Voilà ton rôle à présent, ma mie. Je ne me rappelle pas avoir accepté quoi que ce soit.

— Comment oses-tu ? se récria-t-elle en s'arrachant à son étreinte pour lui flanquer une gifle. Ce sont mes terres, et ma parole est loi, ici.

Henri eut un mouvement de recul, puis son visage se tordit de fureur.

— Il suffit, Aliénor, dit-il d'une voix menaçante. Oublie cela pour l'heure. Nous avons des problèmes plus importants. Je suis venu te dire que Louis nous ordonne de rejoindre sa Cour pour...

Il déroula le parchemin et lut :

— « Répondre de cet acte de trahison » que représente notre mariage.

— Ce n'est que du vent, déclara-t-elle avec colère. Il ne peut rien nous faire.

— Je ne serais pas si catégorique, se rembrunit Henri. Les émissaires qui ont apporté ceci affirment que leur maître est choqué et vert de rage. Il m'accuse d'avoir eu la bassesse de lui voler son épouse...

— Comme si j'étais un bien que l'on pouvait s'échanger à l'envi ! intervint Aliénor avec fureur.

— Certains seigneurs français ont même incité Louis à faire changer les clauses de l'annulation de votre mariage, reprit son époux en lui lançant un regard en coin. Et même à faire révoquer l'annulation elle-même. D'autres veulent nous faire excommunier.

— Ce sont seulement des mots ! rugit-elle.

— La colère force les hommes à passer des mots aux actes, répondit Henri. Mes ennemis se rassemblent contre nous. Même mon bien-aimé frère Geoffroy a fait part de son soutien à Louis. Et le comte Henri de Champagne, qui est fiancé à ta fille Marie, s'empresse d'aller rejoindre Paris et nos opposants. Bien sûr, il sait très bien que si nous venions à avoir un fils, Marie n'hériterait plus de l'Aquitaine. Son frère, Thibault de Blois, ce fils de catin qui a tenté de t'enlever, s'est aussi rangé du côté de Louis.

— J'ai entendu dire qu'il devait épouser ma petite Alix quand elle serait en âge, dit Aliénor avec une certaine mélancolie. Je préférerais qu'il en aille autrement. Il n'a pas pu obtenir la mère, alors il se contente de la fille. Le bâtard !

— C'est la guerre, rien de moins, déclara Henri. Je vais devoir rejoindre la Normandie sur-le-champ. La rumeur court que Louis prévoit d'attaquer mon duché en mon absence.

— Il s'agit donc de nos premiers au revoir, dit-elle en sentant toute trace de rancœur l'abandonner. (Elle déglutit et fit de son mieux pour sourire à son époux.) Je suppose qu'il s'agit du premier d'une longue série, étant donné la distance entre nos domaines.

— Tu le savais déjà lorsque tu as accepté de m'épouser, répondit Henri avec douceur en la prenant délicatement par le menton pour lui faire relever la tête. (Il l'embrassa alors longuement, avec beaucoup de passion, son irritation complètement oubliée.) Cela me peine aussi, Aliénor, mais je ne serai pas parti longtemps. Je vais renvoyer Louis et tous ses compères à Paris la queue entre les jambes. De plus, il se pourrait que tu sois enceinte…

— Dans ce cas, Dieu aura vu notre union d'un bon œil, dit-elle. Je crains qu'il soit encore trop tôt pour le dire.

Henri soupira de dépit.

— Je me serais bien passé de cela, grogna-t-il. J'avais prévu de prendre la tête d'une armée pour aller en Angleterre régler mes comptes, mais cela devra attendre, encore une fois. À ce rythme, les Anglais vont se lasser de patienter et finir par se rallier à Étienne. (Il l'embrassa une nouvelle fois et s'écarta.) Je dois partir. Il est crucial que je fasse vite.

Les nouvelles qu'il fit parvenir à Aliénor par coursier étaient bonnes. Louis avait mis à exécution ses menaces d'envahir la Normandie, cependant Henri avait voyagé si vite qu'il y avait laissé plusieurs chevaux, tombés morts de fatigue sur le bord de la route ; et c'était à regret, mais avec férocité, qu'il avait ravagé ces terres que l'on appelait le Vexin, à la frontière franco-normande, le domaine du frère de Louis, Robert de Dreux.

Ensuite, elle apprit qu'il était allé en Touraine prendre quelques châteaux que son père avait légués à ce faux frère de Geoffroy. Il remportait toutes les batailles. Puis, ce fut Dieu lui-même qui, sembla-t-il, intervint. Louis, écrivit Henri, avait été saisi d'un accès de fièvre et était alité au château de Geoffroy, à Montsoreau. Aliénor sourit en lisant cela, car c'était typique de Louis d'ainsi tomber malade à un moment aussi crucial. Elle sourit de plus belle en poursuivant sa lecture et en apprenant qu'à cet instant précis, Henri assiégeait le château en question.

« Messire Geoffroy a rendu les armes et a imploré ma clémence ainsi que mon amour fraternel, découvrit-elle dans le message suivant. Quant au roi de France, il s'est rendu compte que sa cause était perdue, et il a demandé la paix. Il s'en est retourné à Paris. »

Quel comportement honteux, s'indigna Aliénor. *Mais, là encore, typique de Louis.*

Après six semaines, Henri fit un retour triomphal à Poitiers. Il émanait de lui une autorité toute nouvelle : il était dorénavant la puissance dominante dans la chrétienté occidentale, et il le savait.

Sans perdre de temps, le héros prit sa femme et la fit sienne de manière vigoureuse et répétée, pour le plus grand et insoutenable plaisir de celle-ci.

— Je te le jure, Aliénor, tous les assauts sur toutes les forteresses ne m'auront pas autant comblé de plaisir, déclara-t-il, tout pantelant et suant entre ses bras ardents. Ta manière de rendre les armes est un délice !

— Reviens à l'assaut, lui dit-elle dans un murmure tout en relevant les genoux pour croiser les pieds au niveau de ses fesses bien fermes.

Il s'exécuta avec joie et la fit bientôt crier d'extase.

— Fais moins de bruit ! haleta-t-il en l'embrassant avidement. Tes barons vont penser qu'une nouvelle guerre a éclaté !

Aliénor se tint donc immobile et silencieuse, tout son corps parcouru par des vagues de plaisir. Sentir Henri en elle était un pur bonheur. Son absence avait été si longue... Elle avait eu bien du mal à contenir son désir pour lui. Mais, malgré l'ivresse de leurs retrouvailles, elle était terriblement consciente du fait qu'il allait bientôt devoir la laisser de nouveau.

— Quand pars-tu pour l'Angleterre ? lui demanda-t-elle un peu plus tard, alors qu'ils étaient allongés paisiblement sous un simple drap.

La nuit était douce et ils pouvaient voir par l'étroite fenêtre le ciel indigo parsemé d'étoiles brillantes.

— Pas avant la fin de l'année, répondit Henri.

— Tu prévois une campagne hivernale ? s'étonna-t-elle.

— Non, ma mie. Je voudrais employer la diplomatie, cette fois. Bien entendu, une armée derrière moi m'aidera à mener rondement les négociations, car les Anglais comprendront que j'entends bien m'en servir au besoin.

— Cette dernière victoire ne peut que faire croître ta réputation, mon courageux Henri, lui murmura-t-elle tout en le couvrant de baisers. Les Anglais savent dorénavant à qui ils ont affaire.

— Ils ne sont pas bêtes. Ils ont besoin d'un roi fort, et je suis leur homme. La question, maintenant, est de savoir comment faire tomber Étienne et son fils sans causer trop de dommages.

— Avec un peu de chance, il se sera lassé de ces affrontements et voudra trouver un arrangement, avança Aliénor. Ainsi, tu pourras me revenir au plus vite, mon amour.

Elle se tourna et l'entoura de ses bras, se délectant de la puissance de son corps étendu.

— Je serai encore ici pour un moment, dit-il en la mordillant de manière érotique. Il m'est venu à l'esprit que nous devrions, avant que l'automne s'installe, faire un tour de tes domaines afin que tu puisses me présenter à tes vassaux. Au moins ceux qui s'entretiennent avec toi. Bien sûr, j'espère que cela te sied, ô souveraine duchesse d'Aquitaine !

Elle savait qu'il se moquait d'elle, mais elle ne mordit pas à l'hameçon ; sa proposition la mettait trop en joie.

— J'aimerais beaucoup cela, Henri, exulta-t-elle. Il y a tant d'endroits que je voudrais te montrer. Nous commencerons par le Limousin. C'est une contrée sauvage à tout point de vue, mais si splendide, et cela fera le plus grand bien à ces turbulents seigneurs de se retrouver face à face avec leur nouveau suzerain. Ils pâliront devant ta puissance !

— Ta confiance en moi est touchante ! lui susurra-t-il à l'oreille.

— Nous devons aller au pavillon de chasse de mon père à Talmont. Il nous y emmenait pour la fauconnerie. C'est là-bas que se fait l'élevage de mes faucons gerfaut. Je t'en donnerai un, le plus beau des volières. Rien que le meilleur pour mon seigneur ! Il faut que tu voies les landes de Gascogne : taillis, dunes et forêts de pins à perte de vue, mais si sauvage et vivifiant.

— Nous irons nous promener là-bas à cheval ensemble, seuls, lui promit Henri en saisissant l'ampleur de son excitation.

— Le joyau de mes domaines est le Périgord, poursuivit Aliénor. Rien ne surpasse en beauté la vallée de la Dordogne. Là-bas, je te ferai goûter des truffes fraîchement récoltées, qui sont délicieuses dans les omelettes, ainsi que du *confit** de canard et du *foie gras**. C'est une région connue pour ses plats succulents.

— Arrête, tu vas me faire grossir en un rien de temps ! l'interrompit-il en riant. Mes aïeux étaient énormes. (Il retomba dans le silence et la contempla attentivement.) Montre-moi tout, mon amour… à part tes domaines !

Il esquiva rapidement, hilare, quand Aliénor se leva d'un bond et commença à lui assener des coups d'oreiller.

La tournée ne s'était pas bien passée.

— Tes vassaux ne m'aiment pas ! s'était plaint Henri de manière répétée. Ils s'inclinent devant toi et te montrent du respect ; mais moi, ils m'épient avec méfiance ! avait-il grondé, les paupières plissées de colère.

Aliénor ne pouvait pas le nier, car c'était la stricte vérité. Partout, sans exception, elle avait récolté les hourras et reçu un accueil chaleureux, mais seule une politesse calculée avait été réservée à Henri. Personne n'avait élevé la voix, et aucune foule n'était venue le conspuer, fort heureusement, néanmoins, l'hostilité avait été palpable. Cela avait gâché la beauté de ces vastes et somptueux paysages automnaux, avec leurs tournesols brunissant paresseusement dans les champs, leurs majestueuses rivières et leurs spectaculaires falaises escarpées. Henri n'avait pas fait la moindre remarque à propos de ces merveilles ; il bouillait intérieurement de rage.

Tôt dans leur voyage, il y avait eu ce moment horrible où plusieurs des seigneurs d'Aliénor étaient venus la voir en privé après leur arrivée dans le Limousin.

— Madame la duchesse, avaient-ils commencé, la mine sombre, nous vous sommes dévoués et loyaux, n'ayez jamais de doute à ce sujet. Mais sachez que nous n'avons jamais prêté allégeance au duc Henri, et nous ne lui témoignerons pas d'autre respect que celui dû à votre époux.

— Il est désormais votre seigneur, avait dit sévèrement Aliénor, sachant combien Henri le prendrait mal, et je souhaite que vous le reconnaissiez en tant que tel, et que vous lui témoigniez l'obéissance et la déférence de mise.

— Madame, c'est un étranger, comme les Français. Sa loyauté va d'abord à la Normandie et à l'Anjou, et ses ambitions le portent en Angleterre. Beaucoup pensent qu'il compte vider les coffres de l'Aquitaine pour s'octroyer cette couronne.

— Il n'a aucun besoin de cela, leur assura-t-elle en prenant instinctivement la défense de Henri. Il a suffisamment d'hommes et de ressources à sa disposition ! Je vous en donne ma parole.

Elle n'avait pourtant pas réussi à les convaincre, et n'avait pas osé parler de cette conversation à son époux. Les choses allaient déjà assez mal, et le refus de ses vassaux de reconnaître son autorité était bien trop évident. L'humeur de Henri s'était inévitablement détériorée au fil du voyage. Elle avait essayé en vain de le distraire en lui montrant d'anciennes églises et d'imposants châteaux, et de le tenter avec la délicieuse nourriture et les nombreux crus de la région, qui auraient dû être la source d'un grand plaisir mutuel. Mais cela n'avait rien changé. Il refusait de trouver quoi que ce soit de bon à dire, par principe. Elle finit donc par cesser d'essayer.

Ils avaient atteint des contrées plus favorables, et traversé de paisibles pâturages pour arriver devant Limoges, la capitale du Limousin. Ils avaient planté leurs tentes rayées de vives couleurs à l'extérieur des nouveaux remparts massifs, qui faisaient la fierté des habitants. Henri les observa, impressionné par la robustesse de l'ouvrage, et son humeur s'adoucit encore quand il entra avec

Aliénor dans la ville sous une clameur étonnamment vive. Il fit part de son admiration pour la grande abbaye et le sanctuaire Saint-Martial, saint patron de Limoges, et démontra un intérêt sincère pour la splendeur de la cathédrale romane, ainsi que pour les plaques émaillées magnifiquement colorées qu'Aliénor et lui avaient reçues en cadeau de la part des bourgeois. Limoges était connue pour ses émaux.

Cette nuit-là, ils devaient dîner dans leur pavillon de soie au-delà des murs, avec l'abbé de Saint-Martial et les principaux seigneurs du Limousin. Les demoiselles d'Aliénor l'avaient habillée d'une splendide robe byzantine verte qui faisait ressortir à la perfection ses cheveux roux. En prenant place à la haute table aux côtés de Henri, elle se prit à espérer que son époux aurait désormais une meilleure opinion de ce voyage, et que les choses pourraient aller mieux à présent.

Étant donné l'accueil chaleureux qui leur avait été réservé, elle avait anticipé un généreux festin, et elle n'avait pas tari d'éloges sur les succulentes truffes du Limousin, le gibier foisonnant, le bœuf rôti parsemé de châtaignes et la moutarde à la violette, mais Henri lança un coup d'œil au canard chétif et à l'oie rabougrie qui gisaient sur les plats en or posés devant lui, et il éleva le ton :

— Est-ce là tout ce qu'il y a à manger ?

— C'est tout ce que nous avons, messire, bégaya un serviteur.

— Dites au cuisinier de madame la duchesse de venir ici ! ordonna le duc. Quelle maigre chère est-ce là !

Le maître queux entra précipitamment dans le pavillon, les traits de son visage sombre tirés par l'anxiété. Il s'inclina très bas devant elle, ignorant Henri.

— Madame, je suis profondément confus, mais c'est tout ce que nous avons. Les gens de la ville ne nous ont pas fait parvenir les provisions habituelles.

— Et pourquoi donc ? gronda Henri.

— Laissez-moi régler cela, lui glissa Aliénor à l'oreille.

— Non, madame, ils en répondront devant moi. Ne suis-je pas le duc d'Aquitaine ? s'emporta-t-il, le visage cramoisi.

— Madame la duchesse, monsieur le duc, permettez-moi de vous expliquer la raison de ceci, intervint habilement l'abbé de Saint-Martial.

C'était un homme hautain aux manières froides, et, malgré sa courtoisie, il avait eu bien du mal à cacher son aversion pour son nouveau suzerain.

Henri le fustigea du regard tandis qu'Aliénor frémissait intérieurement. Elle entrevoyait déjà l'arrivée de nouveaux problèmes, juste quand les choses commençaient à s'améliorer.

— Il est de coutume, j'en ai bien peur, commença l'abbé de sa voix haut perchée et fluette, que de la nourriture soit livrée aux cuisines royales seulement lorsque madame la duchesse loge à l'intérieur de l'enceinte de la ville.

Le visage de Henri se transforma subitement. Il devint vert de rage. Aliénor ne l'avait jamais vu dans une telle colère. Allait-elle finalement découvrir le pire du célèbre tempérament angevin ? Elle ne tarda pas à le savoir.

Henri se mit à vociférer, maudissant l'abbé, les habitants de Limoges et – pour faire bonne mesure – saint Martial lui-même ; puis il se jeta à terre et roula sur le dos en hurlant des jurons abominables, avant de s'arrêter brutalement et de se mettre à mordre le jonc qui parsemait les pavés. Cette crise dura trois minutes, Aliénor dévisageant son époux les yeux écarquillés, l'abbé arborant une grimace de dégoût face à cette boule de rage recroquevillée au sol à ses pieds, et le reste des convives, médusés, se hissant sur la pointe des pieds pour mieux voir la scène.

Une fois le pire de cet accès passé, Henri se releva comme déboussolé et lança un regard mauvais à l'assemblée tournée vers lui.

— Sachez ceci ! cria-t-il d'une voix vacillante. Moi, Henri FitzEmperesse, votre duc et suzerain, ne tolérerai pas un si flagrant manque de respect – pas plus que madame ici présente.

Il posa un regard dur sur elle, comme pour la forcer à se ranger de son côté, et, bien qu'elle ait été sur le point de l'interrompre, elle se ravisa et obtempéra devant la menace dans ses yeux.

— Limoges paiera chèrement cet affront, annonça Henri à l'assemblée silencieuse. Ses murs seront rasés. Personne, et surtout pas vous, messire abbé, ne se servira plus jamais d'eux comme excuse pour spolier votre duchesse ou moi-même du tribut juste et raisonnable qui nous revient. À présent, je vous invite à rentrer pour communiquer mes ordres à votre peuple. Et veillez à ce qu'ils soient exécutés ! La démolition devra commencer demain.

Aliénor vit avec consternation le puissant abbé, qui avait jusqu'alors joui d'un grand pouvoir et d'une grande autonomie, être renvoyé comme un valet. Elle savait que la colère de Henri était justifiée, mais elle avait aussi le sentiment que sa vengeance était démesurée. Malgré tout, tenter de le raisonner à l'instant mènerait au désastre – elle devait donner l'impression d'être de son côté, et montrer au monde qu'ils faisaient front commun dans leur indignation.

Plus tard, cependant, dans l'intimité de leur tente, elle sentit l'injustice de toute cette affaire lui brûler les entrailles. Après qu'ils furent restés étendus en silence dans leur lit pendant de longs instants, elle se tourna vers lui.

— Que diable faisais-tu ? le fustigea-t-elle. Les gens te regardaient comme si tu étais possédé par un démon.

— Quand je suis pris d'une telle rage, j'ai parfois l'impression que c'est effectivement le cas, marmonna-t-il.

— Ne peux-tu donc pas te contrôler ?

— Non. Il y a quelque chose en moi qui explose et je ne peux rien faire pour l'empêcher. De toute manière, j'ai eu raison de me mettre en colère. Je refuse de me laisser humilier de la sorte. Et je refuse que l'on t'humilie ainsi.

— Oui, tu as eu raison, concéda-t-elle. Personne ne peut t'en vouloir de t'être mis en colère. Je regrette simplement que tu te sois autant emporté, et que tu te sois tant donné en spectacle.

— Ne t'avise pas de me donner de leçon, Aliénor, la prévint-il en se raidissant.

— Ce n'est pas ce que je fais. J'avais honte. Et si je peux dire quelque chose sans que tu m'arraches la tête ou que tu te roules par terre, j'estime que tes représailles sont extrêmement sévères.

Henri se redressa dans le lit, se soutenant sur son bras musclé.

— Ah bon ? Bah ! Les habitants de Limoges – et ton peuple tout entier – ont bien besoin d'une leçon pour comprendre qui est le maître ici. Il faut prendre des mesures sévères. Cela s'appelle la stratégie, ma chère.

— Ces murailles sont toutes neuves et bien bâties. Ce sont les plus récentes fortifications. Tu les admirais toi-même. Il a fallu des années pour les construire, au prix de grands efforts. Si tu obliges ces gens à les abattre, tu seras haï. Ne pourrais-tu pas revenir sur ta décision et imaginer un autre châtiment ?

— Je préfère être haï que ne pas être craint par mes vassaux, rétorqua-t-il. De quoi aurais-je l'air si je me rétractais ? On me verrait comme un homme faible, qui n'a pas de parole et que l'on peut faire changer d'avis par la cajolerie. Non, Aliénor, une fois ma décision prise, je n'en change pas. Il ne sert à rien d'essayer de me dissuader.

— Tu aurais pu me consulter avant, protesta-t-elle. Je suis la duchesse, après tout, et il s'agit de mon peuple.

— Tu es ma femme et tu te dois de m'obéir, repartit sèchement Henri. J'en ai plus qu'assez de jouer un rôle secondaire dans ce duché. Maintenant, allonge-toi et apprends qui est le maître !

Aucun homme ne lui avait jamais parlé de la sorte, mais elle était trop choquée pour dire quoi que ce soit lorsque Henri lui écarta les cuisses de force et se cala entre elles, enfonçant son sexe en elle sans se soucier de lui faire mal. Elle n'avait pas peur de cela, car elle aimait d'ordinaire être prise avec poigne, mais ce fut une douleur psychique, car c'était la première fois que Henri la troussait par colère et l'utilisait pour asseoir son autorité sur elle. Quand il s'affala à côté d'elle, repu, et qu'il commença à retrouver son souffle, elle demeura étendue à se désoler, car elle savait que l'équilibre de leur relation venait d'être altéré sans qu'elle puisse rien y faire, et elle craignait qu'il ne leur soit plus possible de redevenir égaux.

Henri, en revanche, semblait ne pas avoir conscience du changement qui venait de s'opérer. Il se leva tôt le lendemain, enfila sa tunique et ses chausses, puis s'aspergea le visage d'eau froide.

— Vas-tu te lever ? lui demanda-t-il.

Aliénor posa un regard ensommeillé sur lui depuis son oreiller. Elle savait ce qui l'attendait en ce jour et elle ne voulait aucunement en être le témoin.

Il s'approcha d'elle et s'assit sur le lit.

— Je vais superviser la déconstruction des murailles, déclara-t-il avec une grande détermination. Je te veux auprès de moi, pour montrer que nous sommes unis dans notre colère.

— Non, décréta-t-elle.

— Allez ! tempêta-t-il. Debout ! Que tu le veuilles ou non, tu viendras avec moi.

Il l'empoigna par les bras sans aucune douceur, pinçant sa peau tendre, et la força à se redresser.

— Très bien, céda-t-elle sur un ton glacial, comprenant que protester davantage ne ferait que déclencher une affreuse bagarre qu'elle n'avait aucun espoir de remporter. (Elle sortit de sous les draps et passa une chemise.) Aie au moins la courtoisie de me laisser dix minutes pour me rendre présentable.

Une fois seule avec ses dames, elle demanda qu'on lui apporte sa robe noire de deuil.

— Avec le voile noir… et ma couronne ducale. Aucun bijou.

— On dirait une satanée nonne, pesta Henri en la voyant arriver. Pourquoi ces habits de deuil ?

— Belle observation, railla-t-elle. Je pleure la perte de l'amour de mon peuple.

— Ne sois pas si dramatique, se moqua-t-il.

— Après ce que tu nous as montré hier, tu n'es pas en position de me reprocher quoi que ce soit, repartit Aliénor en rajustant son voile. Voilà, je suis prête, ajouta-t-elle en le voyant sur le point de répondre vertement. Je suppose que tu insistes toujours pour faire exécuter cet ordre cruel ?

— Viens ! se contenta-t-il de lui dire.

Ils quittèrent leur tente et furent accueillis par une véritable fourmilière. Des échafaudages étaient installés, les outils cognant de toutes parts, et des hommes à la mine revêche – il y en avait toute une armée – recevaient l'ordre de commencer le travail de démolition. Même les maîtres maçons, qui protestaient vivement, n'eurent pas d'autre choix que de s'exécuter. Les femmes, et même les enfants, couraient en tous sens avec d'énormes paniers, ou bien portaient des messages contenant des ordres, tandis que de grands chariots attendaient de transporter les gravats. L'atmosphère était sombre, la rancœur palpable. Quand Henri apparut, quelques injures furent proférées tout bas.

Il bondit sur un large rocher et fit signe à ses hommes d'armes de sonner le rassemblement. Tous les ouvriers cessèrent leur travail et des centaines de regards furibonds se tournèrent vers la silhouette massive du duc. Aliénor se tenait derrière lui, misérable, tremblant presque de rancune, et elle vit la haine dans les yeux de son peuple – ainsi qu'une soif de vengeance.

— Peuple de Limoges ! tonna Henri avec grandiloquence. J'espère que vous n'oublierez pas ce jour, et que vous apprendrez de ces événements. Quand madame la duchesse et moi-même reviendrons en visite, j'attends que nous soyons traités de meilleure manière. Peut-être songerez-vous à rebâtir ces murs en améliorant l'accès aux cuisines !

Un silence maussade lui répondit, puis quelqu'un dans la foule lança une pierre dans sa direction. Elle manqua sa cible, mais Henri n'était pas d'humeur magnanime.

— Si j'attrape le voyou responsable de cela, je le ferai castrer, menaça-t-il. Et avec lui tous ceux qui pensent pouvoir défier ma justice. À présent, retournez au travail.

Il sauta du rocher et rejoignit son épouse à grands pas, puis lui saisit la main avec détermination et la mena le long du périmètre du plateau sur lequel l'ancienne cité était construite, longeant la muraille condamnée. Ils étaient suivis au pas militaire par son escorte. Les habitants les virent faire alors qu'ils se pliaient avec fureur à leur tâche, sans oser mollir puisque la colère de Henri était toujours manifeste sur son visage. Le couple ducal finit par atteindre un point d'observation suffisamment éloigné du chantier pour regarder les pauvres gens qui avaient mis tout leur argent et leur fierté, sans compter la sueur de leur front et le sang de leurs mains abîmées par le labeur, dans la construction de ces défenses les démolir à regret, pierre par pierre. Alors que les murailles de Limoges s'effondraient peu à peu dans un nuage de poussière jaune, Aliénor subissait cette destruction comme un véritable déchirement. Elle conserva toutefois un visage impassible, car Henri l'épiait, comme pour la mettre au défi de protester. Elle ne lui ferait pas ce plaisir.

Quand Henri l'autorisa enfin à retourner à leur tente, une fois la poussière devenue trop épaisse et l'air rendu irrespirable, elle n'avait plus envie que de fuir aussi loin que possible de Limoges, ou d'aller se terrer dans un trou tel un blaireau, car elle ne ressentait que trop la tristesse et la colère de son peuple, et elle avait l'impression de l'avoir trahi en échouant à sauver ses murs. Elle était folle de rage contre Henri, et cela ne fit qu'empirer lorsqu'ils se retrouvèrent à l'heure du repas : il ne parla pas une seule fois de ce qu'il s'était passé dans la journée et se comporta de manière parfaitement normale. Au lit, il redevint l'ardent amant, à la fois dominant et généreux, et Aliénor parvint presque à se convaincre que tout allait bien ; mais elle eut du mal à répondre à ses caresses, car elle était toujours préoccupée par l'opinion que son peuple avait désormais d'elle.

Elle ne put s'arrêter de ruminer. Il lui semblait désormais que ce mariage, pour lequel elle avait dû affronter l'ire de tous, s'était rapidement transformé, à sa façon, en une captivité aussi insupportable que celle subie aux côtés de Louis. Ce n'était pas le partenariat qu'elle avait eu en tête, mais une infâme prison, se disait-elle avec colère. Elle avait été dupée, c'était certain. La passion de Henri lui avait fait croire qu'elle possédait quelque pouvoir, mais elle voyait à présent que cela n'avait jamais été plus qu'une illusion. Certes, ils avaient des objectifs communs, et il avait été content d'avoir son avis et de la laisser agir, mais uniquement lorsque cela servait ses intérêts. La réalité était qu'il avait l'emprise sur elle – par la loi de Dieu et par celle des hommes – et qu'il était bien résolu à le lui faire comprendre, même si pour cela il devait piétiner ses sentiments et sa sensibilité. Sa propre impuissance la faisait enrager, et elle aurait voulu arracher ces chaînes invisibles qui la retenaient prisonnière.

Il n'y eut bien évidemment aucune acclamation lorsqu'ils s'éloignèrent du chantier qu'était devenue Limoges, mais le reste du voyage se déroula sans incident et l'humeur de Henri s'adoucit considérablement quand le peuple de Gascogne montra un grand enthousiasme à l'idée de s'enrôler dans son armée pour l'offensive contre l'Angleterre, et lui proposa de lui fournir des navires et des vivres. Il attribua cela à la proclamation du règne fort et sans compromis qu'il allait mettre en place. À l'avenir, ces fichus hommes du Sud réfléchiraient à deux fois avant de le défier ! Il n'était pas étonnant qu'ils se jettent désormais à ses pieds.

Ils arrivèrent enfin à Talmont, ce joli fief niché au-dessus de l'estuaire de la Gironde, sur un promontoire de hautes falaises blanches. C'était là que la famille d'Aliénor avait construit un pavillon de chasse, et elle chérissait beaucoup cet endroit. Même en ces lieux, pourtant, l'antipathie de ses sujets à l'encontre de Henri demeurait palpable. Elle grinça des dents lorsque, le premier jour où ils se rendirent à la volière, ses fauconniers ne prirent aucune peine pour dissimuler leur aversion envers Henri et le firent attendre pendant un temps déraisonnable en selle avant de lui apporter un oiseau. Et, quand ils arrivèrent, il ne fut pas ravi de se voir attribuer un simple épervier – un rapace considéré à peine convenable pour un prêtre ou pour une femme – plutôt qu'un gerfaut, digne des rois, auquel il s'était attendu et qu'il méritait. Elle, en revanche, avait un superbe faucon perché sur son gant. Cela avait été affreusement embarrassant, car, malgré les plates excuses selon lesquelles aucun rapace plus noble n'était disponible, il était évident que l'affront avait été délibéré.

Elle ne dit rien, mais elle était secrètement contente de voir Henri déconfit. Qu'il récolte ce qu'il avait semé !

En apparence, toutefois, ils donnaient l'impression d'avoir signé tacitement une trêve. Le temps était toujours clément, malgré la saison avancée, et ils s'adonnaient quotidiennement à la fauconnerie, admirant la superbe vue depuis le sommet des falaises, puis ils se rendaient à l'église Sainte-Radegonde, édifice trapu en pierre, et jouissaient du corps l'un de l'autre chaque nuit. Et progressivement, sans le vouloir, Aliénor succomba une nouvelle fois aux charmes et à la verve de son époux.

— Je pourrais vivre ici dans le plus grand bonheur, déclara Henri en s'étirant dans le lit lors d'une matinée ensoleillée.

— C'est magnifique en été, dit-elle avec une raideur résiduelle due à la rancœur qu'elle nourrissait encore. Il y a des roses trémières partout.

— Dans ce cas, nous reviendrons l'année prochaine, lui promit-il en cherchant à accrocher son regard. Tu es toujours en colère contre moi pour Limoges, devina-t-il.

— Tu as fait comme tu voulais. Il n'y a rien de plus à dire, répondit-elle dans un haussement d'épaules en évitant son regard.

— Mais tu m'en tiens rigueur, se lamenta Henri. Je te donne du plaisir tous les soirs, et tous les matins aussi, mais je n'arrive pas à te toucher.

— À quoi t'attendais-tu ? s'étonna-t-elle. Tu n'as rien à me reprocher ; j'ai joué les épouses soumises à la perfection, au risque de m'attirer l'inimitié de mon peuple. Je te laisse te servir de mon corps quand tu le souhaites. Je suis avec toi sous les draps comme sur le pont. Beaucoup de couples fonctionnent avec moins que cela.

— Mais nous avions tellement plus que cela ! s'emporta Henri.

— « Nous avions », confirma Aliénor avec intensité. C'est toi qui as décidé de jouer les maris agressifs, toi qui as réduit à néant mes espoirs d'un partenariat d'égal à égal. Je suis captive de ce mariage !

— Donc tu me punis !

— Non, c'est simplement ainsi que sont les choses dorénavant, déclara-t-elle en faisant mine de se lever du lit.

— Je t'aime, tu le sais ? lui dit-il avec insistance en l'agrippant par le poignet.

Aliénor sentit les larmes lui monter aux yeux.

—Je t'aime ! répéta-t-il en la regardant fixement.

Elle s'approcha doucement, se laissa glisser au creux de ses bras, son corps secoué de sanglots, et elle se cramponna à lui.

—Allons, la consola-t-il. Tu es de nouveau à moi. Devant Dieu, je jure que j'arrangerai les choses entre nous !

Alors qu'il penchait la tête pour l'embrasser avec ardeur, Aliénor se laissa aller quelque peu. Se pouvait-il que les choses redeviennent comme avant Limoges ? Elle avait cru que non, mais elle comprenait désormais qu'elle devait cesser de nourrir son amertume et laisser une chance à ses sentiments pour Henri de refleurir. Comme ils fleurissaient maintenant sous l'assaut de ses caresses, Dieu soit loué – ou maudit ?

En décembre, ce fut avec le cœur lourd qu'Aliénor rentra à Poitiers. Henri allait enfin embarquer pour l'Angleterre, et il avait hâte de partir.

—Je devrais faire au plus vite, lui dit-il. Je dois m'arrêter à Rouen en cours de route pour rendre visite à madame ma mère l'Emperesse. C'est la moindre des choses étant donné qu'elle a généreusement financé cette campagne. Et je voudrais son avis sur mes plans d'invasion.

La jeune femme fulmina intérieurement. Il lui était toujours très difficile d'extorquer à Henri la moindre confidence sur ses plans, et il continuait de clamer ouvertement que les femmes ne devraient pas se mêler de politique, mais il était d'évidence prêt à faire une exception pour sa mère.

Comme s'il lisait dans ses pensées, Henri ajouta :

—Elle gouvernera la Normandie pendant mon absence, et j'ai beaucoup de choses à voir avec elle. De plus, elle connaît l'Angleterre… Et aussi le roi Étienne.

—D'après ce que l'on dit, elle le connaît même très bien !

— Ne crois pas ces vieilles histoires, répondit simplement Henri. Mais il est vrai qu'il avait pour elle un respect chevaleresque, malgré leur rivalité.

— Ta naïveté me fascine ! rétorqua Aliénor.

Cela lui valut un regard mauvais.

— Rappelle-toi que c'est de madame ma mère que tu parles. Je ne l'en crois toutefois pas incapable ! Elle l'aurait mangé tout cru, gringalet comme il est.

— J'aimerais beaucoup la rencontrer, dit Aliénor sans en penser un mot.

— Tu la rencontreras un jour, répondit Henri.

À son ton détaché, il était clair qu'il n'avait pas conscience de la possibilité qu'il existe un point sensible entre son épouse et sa mère. Elle se demanda s'il avait eu vent de l'histoire entre son père et elle. Il n'en avait jamais parlé, et elle n'en ferait jamais rien non plus.

L'esprit toujours en mouvement de son époux l'avait amené sur un autre sujet.

— Je laisse l'Anjou et l'Aquitaine entre tes mains, dit-il. Je sais que tu les dirigeras comme il faut.

Aliénor fut surprise et touchée, et se sentit très coupable d'avoir injustement tiré des conclusions hâtives à son sujet, car non seulement il lui laissait en son absence les rênes du duché dont elle avait hérité, mais il lui confiait aussi celles de son propre domaine d'Anjou, celui de ses aïeux. Elle supposa qu'il tentait de se racheter.

Elle se surprit à lui sourire, le regard brillant.

— Je ne te décevrai pas, promit-elle.

Aliénor se réveilla au petit matin. Il faisait encore chaud dans la chambre, car deux braseros avaient été laissés allumés. Dans la lumière rougeoyante des flammes, elle put voir Henri étendu nu sur le ventre à côté d'elle, le drap enroulé autour des jambes.

Il l'observait, le regard ensommeillé, une tendresse rare se lisant dans ses yeux.

—Tu es réveillé, murmura-t-elle.

—Comment un homme pourrait-il dormir avec toi allongée à côté de lui ? plaisanta-t-il en se délectant de la vue de sa poitrine bien faite et de ses longs membres étirés de manière sensuelle devant lui. Il n'existe personne d'autre comme toi, Aliénor. Il n'y en a jamais eu, et je doute qu'il en naisse encore un jour.

—Tu as donc connu d'autres femmes avant moi ? le taquina-t-elle avec une authentique curiosité.

Henri n'avait jamais parlé de ses conquêtes, même si elle avait entendu des rumeurs.

—Des tas ! répondit-il avec un large sourire. (Aliénor tenta de lui donner un coup d'oreiller, mais il lui bloqua le poignet.) Je suis un homme, qui a des besoins d'homme. Évidemment qu'il y en a eu d'autres. Mais, tu peux me croire, aucune ne t'arrive à la cheville. Elles ne signifiaient rien.

Elle le croyait, mais éprouva tout de même une pointe de jalousie. Henri l'épiait attentivement.

—À toi, maintenant, de me raconter ce qu'il s'est passé à Antioche.

—Qu'as-tu entendu dire sur cette histoire ? demanda-t-elle avec surprise et méfiance, les joues soudain rouges.

—Que tu as cocufié Louis avec Raymond, le prince d'Antioche, ton propre oncle, pour l'amour de Dieu, et que tu as quitté la cité, humiliée. (Il la transperçait du regard.) Est-ce que c'est vrai ?

—Oui, c'est vrai, admit-elle. Tu sais à quel point mon mariage avec Louis était vide d'amour. Alors, comme toi, j'ai pris mon plaisir où je le trouvais… mais je l'ai payé très cher. Louis m'a à peine adressé la parole pendant toute une année.

—Et as-tu pris ton plaisir ailleurs encore ? voulut-il savoir sur un ton beaucoup plus sérieux.

— Oui, deux fois, et de façon très brève, répondit-elle d'une toute petite voix.

— Avec mon père ? s'enquit-il, son expression indéchiffrable.

— Tu savais ? demanda-t-elle, choquée.

— Il m'a tout raconté avant de mourir. Il m'a supplié de ne pas t'épouser.

— Mais tu ne l'as pas écouté ? Sachant cela, tu m'as quand même épousée ? soupira-t-elle avec incrédulité.

— Évidemment, répondit Henri en la prenant dans ses bras. C'est dire si je te voulais. Pour toi, j'ai défié mon propre père, le roi de France et l'Église tout entière !

— « L'Église » ? s'étonna-t-elle.

— Oui, mon ignorante amie. Ne te rends-tu pas compte qu'avoir connu mon père place notre union dans les degrés interdits de la consanguinité ? Plus encore qu'entre Louis et toi.

— Je n'étais pas mariée à Geoffroy, se défendit-elle.

— C'est sans conséquence. Notre mariage est interdit – ou il le serait si l'Église avait vent de ce que tu as fait.

Aliénor sentit un frisson la parcourir ; c'était comme si son monde, construit avec soin, venait de vaciller légèrement. Elle comprenait que, par ses actes irréfléchis, elle avait mis en péril tout ce qui lui était désormais cher. Elle frémit, et Henri la serra davantage dans ses bras en percevant sa réaction.

— N'aie crainte, la cajola-t-il. Je ne trahirai pas notre petit secret si tu ne le fais pas non plus.

— Mais qu'en est-il de la légalité de notre mariage ? s'inquiéta-t-elle, encore sous le choc de voir les fondations de leur glorieux avenir, de l'empire qu'ils construisaient, menacer de s'effriter et de s'effondrer.

— Je m'en fiche comme d'une guigne, rétorqua-t-il avec un sourire en coin. Nous, Angevins, descendons du diable, n'oublie pas. Pourquoi m'inquiéterais-je pour une broutille pareille ?

Personne ne sait, donc personne ne peut émettre de doute. Devrions-nous vraiment nous en soucier ?

— Non, répondit-elle après un instant de réflexion. Cela n'a pas la moindre importance.

— Contrairement à d'autres choses, dit-il d'une voix grasse avant de l'attirer sur le lit, au-dessus de lui, et de la pénétrer sans hésiter. Je te le jure, Aliénor : pas un pape, pas un évêque ne nous séparera. Tu es à moi pour toujours. À moi… Oh, Seigneur !

Après avoir pris tout son plaisir, il resta étendu avec elle entre ses bras.

— Qui était l'autre homme ? lui demanda-t-il.

— « L'autre homme » ? répéta Aliénor qui, détendue et son désir assouvi, ne voyait pas de quoi il voulait parler.

— Tu as dit avoir pris ton plaisir avec deux hommes en plus de Raymond d'Antioche.

— Suis-je soumise à la question ? rétorqua-t-elle en plaisantant seulement à moitié.

— Oui, répondit Henri. J'ai besoin de savoir. Tu es mon épouse et, si Dieu le veut, tu seras la mère de mes fils.

— Et si je te le dis, est-ce que tu me parleras aussi des femmes avec lesquelles tu as couché ? le mit-elle au défi.

— J'en ai oublié la plupart, dit-il avec un rire narquois. Ce n'étaient que des histoires insignifiantes. Une s'appelait Joanna, une autre Elgiva… Oh, et je devrais peut-être aussi parler d'Hersinde, Maud, Lucie, Gislaine, Marie…

— Arrête ! s'écria Aliénor face à son époux hilare. Tu inventes tous ces noms !

— Ma foi, je ne peux pas tous les retenir, dit-il d'un air malicieux tout en jouant avec une mèche de ses cheveux. Et leur nom n'était pas le sujet !

— Tu es incurable ! le gronda-t-elle.

Il se redressa sur un coude pour la regarder dans les yeux.

— Voilà, je t'ai dit ce que tu voulais savoir. Maintenant, c'est à toi de remplir ta part du marché.

— Très bien, accepta-t-elle. C'était une brève histoire avec un troubadour du nom de Marcabru.

— « Un troubadour » ? s'étonna Henri, secoué. Un homme de si basse naissance ? Tu aurais quand même pu viser plus haut !

— Tu oublies que j'avais déjà visé plus haut, rétorqua-t-elle. J'étais l'épouse du roi de France, rien de moins, et pour quelle satisfaction ! (Elle fit un geste de dédain.) Marcabru m'a montré comment faire l'amour, et je lui en serai éternellement reconnaissante – comme tu devrais l'être aussi, car tu en tires les bénéfices.

— Louis l'a-t-il découvert ?

— Il savait que Marcabru avait composé des vers pour moi. Il trouvait qu'ils étaient trop familiers et il l'a banni. Il a supposé que j'étais tout aussi outrée que lui, et je n'ai pas cherché à le détromper – j'ai même joué le jeu.

— Tu lui as menti ? s'enquit Henri avec un certain malaise.

— Je n'en ai pas eu l'occasion, puisqu'il ne m'a jamais demandé si je lui étais fidèle. Il ne lui serait jamais venu à l'esprit que je puisse laisser un troubadour me faire l'amour. Vous autres, princes du Nord, êtes trop prompts à balayer les troubadours d'un revers de la main, les estimant sans importance, mais permets-moi de te rappeler qu'en Aquitaine, leur talent est reconnu à leur juste valeur.

— Celui-là semblait avoir des talents peu communs, ironisa Henri sans être complètement rasséréné. Que valait-il comme poète ?

— Pas grand-chose ! répondit Aliénor.

Ils éclatèrent ensemble de rire, et le moment de gêne passa.

— Je vais te réciter quelques très bons poèmes de troubadours, déclara-t-elle plus tard, quand leur hilarité fut calmée et qu'ils furent tranquillement allongés l'un contre l'autre. Parler d'amour est de circonstance en cette dernière et précieuse nuit avant ton départ.

Elle se mit alors à lui parler de son célèbre grand-père, le talentueux duc Guillaume IX.

— On l'appelle le premier troubadour, dit-elle. Et il maniait en effet très bien les mots. Certaines de ses œuvres sont osées, d'autres émouvantes. J'aime particulièrement ces vers : « Toute la joie du monde est nôtre, dame, si nous nous aimons. » et « car sans elle je ne puis vivre, tant de son amour j'ai grand-faim. »

— Ce bon duc aurait pu s'inspirer de nous pour ces vers, dit Henri en lui caressant le bras de ses doigts rugueux avant de se pencher pour l'embrasser. Et ses poésies grivoises ? J'aimerais aussi en entendre quelques vers !

— Dans tous ses poèmes, il courtisait les femmes, ayant un seul but évidemment, et il écrivait qu'il finissait fréquemment la main sous leur manteau. (Henri éclata de rire.) Il comparait les femmes à des chevaux à monter, mais il pensait dans le même temps qu'elles devraient être libres de donner leur amour, sans qu'on les force à se marier.

— Tout cela est très bien pour les gens ordinaires, opina Henri, mais je n'imagine pas mes barons accepter une telle chose ! Il ne faudrait pas que nos demoiselles de haute naissance aillent coucher avec qui bon leur semble – aucun homme ne pourrait plus être sûr de sa descendance !

— Je ne t'ai pourtant pas entendu te plaindre quand je t'ai donné librement mon amour, contra Aliénor d'un air espiègle. Et je ne me souviens pas que nous ayons attendu d'être mariés.

— C'est parce que nous, nous ne sommes pas des gens ordinaires, lui répondit-il sans vraiment plaisanter. Nous pouvons défier les us et les coutumes, et briser toutes les règles. Nous l'avons déjà prouvé, n'est-ce pas ?

Il posa de nouveau ses lèvres contre les siennes, jouant avec sa langue. Ils s'adonnèrent pour la troisième fois au jeu sensuel de l'amour, sachant qu'ils ne pourraient plus y goûter avant longtemps.

Chapitre 9

Angers et Poitiers, 1153

Aliénor était à Angers, la capitale de Henri en Anjou, quand elle découvrit qu'elle attendait un enfant, conçu lors de cette magnifique nuit. Elle estimait que sa grossesse était la preuve que Dieu approuvait son union non conforme, et elle endura les désagréments des nausées matinales et de la fatigue avec une fortitude rayonnante.

Elle avait encore le cœur lourd en songeant à ces chères petites filles qu'elle avait dû laisser à Paris. Cela lui causait de la peine de savoir qu'elle n'avait quasiment aucune chance de les revoir étant donné que Louis devait désormais la haïr pour avoir épousé Henri, son ennemi, derrière son dos. Elle se consolait toutefois avec l'espoir que ce nouvel enfant compenserait d'une certaine manière la perte des deux autres, et elle se fit la promesse qu'elle n'accepterait plus jamais qu'on lui enlève le droit d'être proche de sa progéniture.

Henri lui manquait terriblement. Malgré les étranges changements apportés par la grossesse, elle avait envie de lui, besoin de lui. La nuit, elle ressentait si cruellement l'absence de ses caresses et de son corps en elle qu'elle devait mordre les draps pour étouffer ses gémissements involontaires. Les nouvelles d'Angleterre étaient toutefois bonnes. Henri avait accosté sans encombre et avait reçu un accueil extrêmement bon. Des sermons avaient été donnés, proclamant: « Voici que vient le seigneur souverain, et la royauté est en sa main. » Tout cela était rassurant et de bon augure.

L'objectif de Henri était d'avancer sur une ville du nom de Wallingford pour délivrer ses alliés enfermés dans le château assiégé. Pendant son voyage triomphal, toutes les villes qu'il traversa se rallièrent à lui. Elle apprit tout cela avec joie grâce aux messagers que Henri lui envoyait très régulièrement. Ils lui annoncèrent qu'il avait exulté en apprenant qu'elle portait son enfant, et qu'il l'exhortait à prendre bien soin d'elle. Aliénor sourit de cette prévenance. Elle était forte et en bonne santé, et avait donné naissance à deux enfants déjà avec facilité; elle pria les messagers de le faire savoir à son époux.

Après les premières semaines, pénibles et harassantes, elle devint resplendissante. Sa peau était aussi douce que des pétales de fleur, ses cheveux étaient soyeux et brillants et ses seins plus pleins. Ce fut ainsi que la trouva un ambitieux jeune troubadour, Bernard de Ventadour, quand il se présenta à sa Cour en quête d'un mécène.

— Madame la duchesse, dit-il en s'inclinant de manière fort élaborée, votre renom est sans pareil. J'ai eu la hardiesse de venir ici dans l'espoir que vous ne tournerez pas le dos à un de vos sujets souhaitant vous divertir par ses humbles lais et vers.

Aliénor accepta avec joie cette flatterie bien tournée. C'était un jeune homme auquel une heureuse association de boucles châtain clair, de yeux verts et de traits finement dessinés conférait une exquise beauté masculine. Si elle n'avait pas été satisfaite de son époux, se dit-elle secrètement, elle aurait pu se laisser aller à pencher pour la séduction.

— Messire Bernard, parlez-nous de vous, l'invita-t-elle en désignant les courtisans attentifs d'un ample geste de la main.

Le troubadour posait sur elle un regard alangui, plein d'admiration.

— Madame, toute ma fortune réside dans mes chansons plutôt que dans mon nom. Je ne suis que le fils d'une aide-cuisinière de la maison du vicomte de Ventadour, dans le Limousin.

— Je connais le vicomte, déclara Aliénor en souriant. Sa famille et lui sont depuis longtemps mécènes de troubadours tels que vous.

— En effet, madame, admit Bernard en la regardant avec ce qu'elle jugea être un certain embarras. Il a eu la bonté de me trouver du talent, et de m'apprendre lui-même à écrire de la poésie et des chansons.

— Dans ce cas, vous lui devez beaucoup, observa-t-elle tandis que la foule murmurait son assentiment. (Elle vit alors une nouvelle fois la gêne dans l'expression du troubadour.) Mais dites-moi, messire, pour quelle raison avez-vous quitté sa compagnie ? Est-ce simplement pour trouver la renommée dans un monde plus vaste ?

— Oui, répondit-il en évitant son regard.

Elle décela le mensonge, mais peu lui importait car ce n'étaient pas ses affaires, malgré sa curiosité quant à ce qui avait pu pousser Bernard de Ventadour à quitter le service d'un si généreux seigneur.

Le troubadour leva de nouveau ses yeux verts sur elle avec ferveur.

— Ma foi, écoutons ce talent qui fait votre richesse, dit-elle. Jouez pour nous.

Bernard sortit une vielle et chanta un sirvente amusant, une satire sur les moines trop gourmands qui déclencha l'hilarité générale. Aliénor l'applaudit.

— Connaissez-vous une chanson sur le roi Arthur et la reine Guenièvre ?

— Las, madame, je n'en connais point, bien que je sache l'œuvre de Geoffroy de Monmouth. Je connais cependant certains vers du poète ancien Ovide qui pourraient vous plaire. Ils sont tirés de son œuvre *Ars Amatoria : L'Art d'aimer*. (Une étincelle malicieuse brilla dans son regard.) Peut-être ne comprendrez-vous pas à quel point ils sont licencieux…

— Je sais mon latin, le rabroua gentiment la duchesse. Mais je vous en prie, jouez. Nous souhaitons tous entendre cette licencieuse chanson !

Le troubadour rougit, posa sa vielle et sortit de son sac une cithare, puis il se mit à jouer un prélude. Il sourit alors et chanta d'une voix profonde :

Sois d'abord bien persuadé qu'il n'est point de femmes qu'on ne puisse vaincre,
Et tu seras vainqueur : tends seulement tes filets.
Le printemps cessera d'entendre le chant des oiseaux,
L'été celui de la cigale ; le lièvre chassera devant lui le chien du Ménale,
Avant qu'une femme résiste aux tendres sollicitations d'un jeune amant.
Celle que tu croiras peut-être ne pas vouloir se rendre le voudra secrètement.
Oui, si la pudeur ne permet pas à la femme de faire les avances,
En revanche c'est un plaisir pour elle de céder aux attaques de son amant.
Et ses tendres supplications seront bien accueillies par elle.
Demandez pour obtenir : elle veut seulement qu'on la prie.

Bernard regarda Aliénor droit dans les yeux en récitant ce dernier vers, son propos manifeste. Elle lui rendit un regard de reproche.

— Quelle audace, messire !

— N'avez-vous pas aimé le poème d'Ovide, madame ?

— Si, répondit-elle en sachant qu'il la courtisait dans les limites acceptables de l'amour courtois.

Ce genre de jeu était devenu une coutume dans le pays des troubadours. C'était inoffensif, évidemment – ou du moins était-ce censé l'être. Un simple écuyer ou poète avait le droit de clamer son émoi pour une grande dame de son choix, et elle pouvait accepter son adoration – et même l'encourager – sans que cela nuise à sa réputation ; les choses en restaient généralement là.

Quand Aliénor avait tenté d'importer ce concept à Paris, Louis et ses clercs en étaient restés bouche bée et avaient jugé que ce jeu d'amour courtois était une simple excuse pour s'adonner à l'adultère. Aliénor savait bien, pour avoir été élevée dans une culture plus détendue en Aquitaine, que cela était considéré dans le Sud comme un simple passe-temps raffiné. Elle acceptait sans arrière-pensée les hommages et les flatteries des troubadours et jeunes hommes qui fréquentaient la Cour, car tout le monde comprenait que cela faisait partie d'un jeu élaboré et exquis.

Les demoiselles d'Aliénor en redemandaient.

— J'aime ce maître Ovide ! s'exclama la frivole Faydide de Toulouse.

— J'ai entendu dire que certains condamnaient vivement ses écrits, déclara la belle Torqueri de Bouillon.

— Ce qui ne le rend que plus intéressant ! gloussa la bien portante Mamille de Roucy.

— Alors, messire Bernard, nous chanterez-vous encore quelques vers d'Ovide ? demanda Aliénor.

— Avec plaisir, madame, accepta-t-il cordialement en reprenant sa cithare.

Puis il entama, avec une étincelle dans le regard :

Ce plaisir le plus doux,
Celui que partagent à la fois et l'amante et l'amant.
Je hais des embrassements dont l'effet n'est pas réciproque !
Qu'il m'est doux d'entendre sa voix émue exprimer la joie qu'elle éprouve,
Et me prier de ralentir ma course pour prolonger son bonheur !
Si tu veux m'en croire, ne te hâte pas trop d'atteindre le terme du plaisir ;
Mais sache, par d'habiles retards, y arriver doucement !

Il leva de nouveau les yeux sur Aliénor en laissant ses notes s'éteindre. Elle avait senti une brusque chaleur dans ses joues en entendant ces vers licencieux qui évoquaient de manière si vive dans son esprit les nuits érotiques et sauvages passées dans les bras de Henri. Luttant pour contrôler le tiraillement naissant entre ses cuisses, elle se joignit aux applaudissements avec ses demoiselles, toutes aussi rouges d'excitation.

— Voilà une chanson fort osée, messire, le réprimanda-t-elle avec néanmoins un regard doux. Je pense toutefois que nous avons toutes apprécié. Vous aurez bientôt le loisir de chanter de nouveau pour nous.

Et ce fut le cas. Soudain, il fut partout – dans la grand-salle, dans la chambre principale ou dans les jardins, l'observant et la suppliant de le laisser jouer pour elle, proposant ses chansons parlant de désirs interdits. Elle perçut que sa dévotion allait au-delà des conventions courtoises.

— Je vous ai écrit une chanson, madame, lui annonça-t-il un jour en l'abordant alors qu'elle était assise sous un magnolia, laissée à l'écart par ses demoiselles occupées à cueillir des fleurs en ce début avril. Souhaitez-vous l'entendre ?

— Je vous écoute, accepta-t-elle.

Elle se montrait aimable avec lui, sachant qu'il ne pouvait rien espérer de plus d'elle.

Il commença d'une voix forte et pleine d'ardeur :

Quand la douce brise souffle
De votre pays
Il me semble sentir
Comme un vent de paradis.

Quand il s'arrêta, elle vit qu'il tremblait ostensiblement et elle eut pitié de lui.

— Personne n'a jamais écrit une telle chanson pour moi, lui dit-elle.

— Votre beauté m'a inspiré, madame, dit-il avec ferveur. Vous êtes belle, gracieuse… le charme incarné ! Avec vos beaux yeux et votre visage pur, vous êtes digne de trôner au royaume de n'importe quel souverain ! Mais las, c'est moi, un humble troubadour, qui vous aime.

— Vous savez ne pas pouvoir aspirer à m'avoir, le tança-t-elle sans aucune méchanceté.

C'était la seule bonne réponse.

— Dites-moi que je peux espérer, madame, je vous en supplie, l'implora-t-il. Ou, si vous ne pouvez pas m'accorder une telle faveur, permettez-moi au moins de chanter vos louanges par mon art. Je vous promets de ne pas révéler l'objet de mon adoration.

Elle réprima un sourire en songeant qu'il suffisait d'avoir des yeux pour voir qui était la dame de ses pensées.

— Oh, bien sûr, messire, accepta-t-elle en lui tendant la main pour qu'il l'embrasse et sache qu'il pouvait disposer.

Il s'exécuta, tout en joie.

Après cela, il régala la Cour avec toujours plus de chansons dédiées à la duchesse, bien qu'anonymement. Seul un idiot n'aurait pas compris pour qui étaient ces vers. Aliénor trouvait ce genre de flatterie irrésistible. C'était salvateur pour son cœur esseulé de s'entendre décrite comme noble et douce, fidèle et loyale, belle et gracieuse. Elle aurait simplement voulu que Henri soit avec elle ; sa présence était tout ce dont elle avait besoin. Mais, comme elle ne pouvait pas avoir cela, elle ne faisait de mal à personne en profitant de cette agréable diversion et des hommages de son troubadour plein d'ardeur.

— Quand vous me regardez avec tant de flamme et d'éloquence dans les yeux, je ressens cette joie que l'on n'éprouve qu'à Noël ou durant les fêtes, s'épancha Bernard un jour où elle lui accorda l'honneur de parcourir avec elle les remparts massifs du château, qui surplombaient la Maine, gardant ses demoiselles à bonne distance mais toujours à portée de voix.

Le vent froid faisait virevolter son voile dans toutes les directions, mais elle s'était enveloppée dans son chaud manteau et maintenait une bonne allure, profitant de l'air vivifiant. La marche, lui avait-on dit, était préconisée dans sa condition.

— Qu'ai-je donc fait pour mériter une telle dévotion ? le taquina-t-elle.

— Vous existez, ma divine dame ! répondit-il d'un air offusqué. Vous avez été la première de mes joies, et vous serez la dernière, tant qu'il me restera un peu de vie.

— Et qu'en est-il de la femme du vicomte de Ventadour ? le piqua-t-elle. (Elle sourit en voyant son air contrit.) Oui, je suis bien informée, comme vous pouvez le constater !

Elle avait en réalité fait mener son enquête à Ventadour.

— C'était une passade, rien de plus, madame. Je jure que…, commença le troubadour mortifié.

— Vous l'avez séduite ! l'accusa-t-elle sans se départir de son sourire. Ne le niez pas ! C'était une histoire suffisamment sérieuse pour que le vicomte vous chasse et fasse enfermer son épouse, qu'il a depuis répudiée, ajouta-t-elle d'un air dur.

— Ne me condamnez pas, je vous en supplie, ma chère dame. J'étais jeune et sot – et elle ne valait pas tant de tracas. Je le vois clairement à présent que j'ai posé les yeux sur vous. Je jure sur tout ce qui est sacré que je ne l'ai jamais aimée comme je vous aime, et que je vous demeurerai dorénavant fidèle, belle reine de mon cœur.

Aliénor lui décocha un regard dédaigneux et pressa le pas. Il se dépêcha de la rattraper.

— Je vous le jure ! s'écria-t-il.

— Très bien, se radoucit-elle. Nous n'en parlerons plus.

Bernard s'était jeté à genoux et embrassait l'ourlet de son manteau.

— De toutes les femmes, vous êtes la plus généreuse et la plus belle, gente dame. Je n'échangerais pas vos charmes même pour toutes les merveilles et richesses de Paris !

— Je l'espère bien, rétorqua-t-elle, car la beauté, même si elle n'existe que dans l'œil de celui qui la contemple, est assurément inestimable ! À présent, veuillez vous relever, vous nous donnez tous deux en spectacle !

Ils avaient presque atteint la porte de la tour qui menait aux appartements ducaux.

— Veuillez accepter ceci, madame, avec ma dévotion, dit Bernard d'une voix tremblante en lui fourrant un parchemin entre les mains.

— Qu'est-ce donc ? s'enquit-elle.

— Des poèmes que j'ai composés pour vous, souffla-t-il. Lisez-les, je vous en prie, car ils contiennent des messages secrets que seule vous pourrez déchiffrer.

Plus tard, quand elle les lut, elle s'aperçut qu'il ne s'agissait en fait que d'autres preuves prolixes de sa dévotion. Il déclarait que Tristan n'avait pas souffert autant pour la belle Iseult que lui, Bernard, pour la dame de son cœur. Aliénor sourit en lisant qu'il n'avait en sa présence pas plus de sens qu'un enfant tellement il était pris d'amour. Son chant, assurait-il, ne prétendait à rien qu'à la séduire. Elle se dit que le pauvre homme était condamné à ne jamais obtenir l'objet de son désir. Heureusement que les règles de ce jeu courtois ne permettaient pas de mentionner l'existence d'un mari, car elle n'avait pas le cœur d'être cruelle avec lui en lui révélant qu'elle ne pensait qu'à son Henri.

« Dieu Lui-même semble avoir pris les armes à mes côtés, déclarait Henri dans une lettre. (Il était enfin devant Wallingford, prêt à en découdre avec les forces du roi Étienne.) Mais les évêques et les barons m'incitent à négocier ; beaucoup partagent l'opinion qu'Étienne devrait me reconnaître comme son héritier. »

— Le fera-t-il, à votre avis ? demanda Aliénor au messager.

— Possible, s'il se retrouve seul, madame, répondit l'homme, mais lord Eustache, son fils, est déterminé à se battre pour ses droits, et un affrontement sanglant est encore possible.

— Prions le Seigneur pour que l'on puisse l'éviter, dit-elle vivement en frissonnant.

Elle ne supportait pas l'idée que quoi que ce soit arrive à Henri, à la fois pour lui – car Dieu savait quelle catastrophe ce serait – et pour l'avenir de ce royaume qui était presque à portée de main, mais pas tout à fait.

L'été était arrivé, avec un mois d'août glorieux, le soleil impitoyable roussissant la campagne. Elle était retournée à Poitiers, sa capitale, pour donner naissance à leur enfant. Cela faisait déjà longtemps qu'elle le sentait bouger, et ce fardeau l'épuisait ; elle avait hâte que cette épreuve prenne fin.

Son fils naquit ce mois-là sans beaucoup de difficulté ; elle devait apprendre plus tard que c'était le jour même de la mort prématurée d'Eustache, par empoisonnement. Ces deux événements, elle n'en doutait nullement, étaient la preuve que Dieu soutenait la cause de Henri. Leur enfant était fort, avec une petite tignasse rousse, et il deviendrait vite fils de roi, car ce n'était plus qu'une question de temps avant que le monarque en deuil, fatigué de la guerre, cède la victoire à Henri FitzEmperesse.

Elle baptisa son fils Guillaume à la demande expresse de Henri. Il lui en avait fait parvenir l'ordre, expliquant que cela plairait aux Anglais – et surtout aux barons normands qui les dirigeraient – que le futur héritier du trône d'Angleterre porte le même nom que Guillaume le Conquérant, le grand-père de Henri, qui avait envahi le royaume et saisi la couronne en l'an de grâce 1066. Elle approuvait ce choix, car Guillaume avait aussi été le nom de son père, de son grand-père et de nombre de ses aïeux. Son peuple en serait content ; pour lui plaire davantage, elle conféra à l'enfant le titre de comte de Poitiers.

Le petit Guillaume se portait à merveille. Bien qu'elle ait dû le confier aux bons soins d'une nourrice, puisqu'il n'était pas pensable qu'une grande dame donne le sein à son enfant, elle prenait chaque jour du temps pour chanter et jouer avec lui, s'émerveillant de ses progrès et de ses sourires édentés. Cet enfant ne deviendrait pas un étranger pour elle, contrairement à Marie et à Alix. Elle s'en assurerait.

Guillaume avait trois mois quand la nouvelle leur parvint d'Angleterre que Henri et Étienne avaient trouvé un accord pacifique à Winchester, la capitale. Ils avaient conclu qu'Étienne demeurerait sur le trône jusqu'à sa mort, et que Henri lui succéderait en tant qu'héritier légitime – Étienne allait même l'adopter pour officialiser cela. Le traité signa la fin réjouissante de dix-neuf ans de conflit.

Aliénor se dit qu'il était d'ailleurs possible que Henri soit bel et bien le véritable fils d'Étienne, s'il fallait en croire les rumeurs qui circulaient sur le compte du roi et de l'Emperesse – c'était ce que certains racontaient ouvertement. Elle était ravie de la victoire de son époux, et elle imaginait fort bien la jubilation de sa mère, l'Emperesse, qui s'était tant battue pour renverser Étienne, lorsqu'elle apprendrait l'heureuse nouvelle. Plus personne ne pouvait encore douter, désormais, que Dieu approuvait le divorce d'Aliénor et son nouveau mariage, car Il avait fait en sorte qu'elle redevienne reine, et que Henri soit le seigneur d'un vaste domaine s'étendant des marches écossaises jusqu'aux puissantes Pyrénées, presque. Pour couronner le tout, Il les avait bénis en leur donnant un héritier afin de perpétuer leur lignée royale. Elle sentit son cœur déborder de gratitude et d'un sentiment de triomphe. Tous leurs espoirs et leurs rêves allaient enfin être exaucés. Leur empire allait bientôt devenir réalité.

Noël approchait; le palais était décoré de branches de verdure, la bûche brûlait dans l'âtre et les viandes pour les festivités rôtissaient dans les vastes cuisines. Son aimé était parti depuis un an déjà et elle aurait donné beaucoup pour revoir son visage, entendre de nouveau sa voix, et sentir son corps ferme contre le sien. Leurs retrouvailles, et la fin de difficiles et longs mois de séparation, ne devaient plus tarder. Forte de cette glorieuse perspective, elle supervisa avec enthousiasme les joyeuses célébrations et, après la solennelle grand-messe dans la cathédrale le jour de Noël, elle prit place sur son trône dans la Salle des pas perdus, coiffée de sa couronne ducale, son tout jeune fils sur ses genoux, pour recevoir les vœux de ses vassaux.

Bientôt, avec l'aide de Dieu, elle porterait une autre couronne, même si cela signifiait qu'elle allait devoir quitter une fois de plus son Aquitaine bien-aimée. Cette fois, elle rejoindrait une contrée nordique lointaine, ravagée par la guerre, une terre fertile et verte où résonnaient les cloches, et où les hivers étaient rudes, comme le lui avait appris l'abbesse Mathilde.

Chapitre 10

Poitiers et Angleterre, 1154

Le nouveau traité avait été signé à Westminster, et l'Angleterre était désormais en paix. Henri avait juré allégeance à Étienne, qui avait en retour promis de le consulter pour les décisions à venir.

— Dieu a accordé une issue favorable, et la paix a triomphé ! déclara le messager à Aliénor.

Il avait été très impressionné par les cérémonies auxquelles il avait assisté.

— Quelle immense joie pour nous tous ! s'exclama-t-elle en retour. Quel heureux jour pour l'Angleterre !

Elle se dit qu'elle devrait revoir son Henri bientôt, et elle lui envoya un message le priant de rentrer vite. Quel besoin avait-il désormais de s'attarder ?

Henri poussa sur ses bras afin de se lever et posa un regard condescendant sur la femme allongée sous lui. Elle avait un visage rond et enjoué, des cheveux blonds et bouclés qui s'étalaient sur l'oreiller rembourré de paille et un corps voluptueux, mais, à présent qu'il avait obtenu ce qu'il voulait d'elle, il s'apercevait qu'il la trouvait repoussante.

Elle lui offrit ses lèvres dans l'espoir qu'il l'embrasserait comme il en avait l'habitude.

— Femme, tu es insatiable ! lui lança-t-il sans animosité avant de s'asseoir et de tendre le bras pour récupérer ses braies.

— Est-ce que tu es obligé de t'en aller ? s'enquit-elle.

— La dame d'Akeny voudra certainement se préparer pour le retour de son mari, la railla-t-il.

— Il ne vient que rarement, dit-elle. Roger ne m'a jamais aimée. Pour ce qui est de mes aventures, il regarde ailleurs. C'est à cause de lui que les gens me traitent de catin, mais que puis-je faire d'autre ? Il ne partage jamais ma couche.

Henri, qui était une des raisons premières pour lesquelles sir Roger d'Akeny avait délaissé sa femme pour une autre, ne sut que répondre. Qu'attendait-elle ? Il ne l'aimait pas et n'avait rien à lui offrir hormis la somme qu'il lui versait pour leur fils, le fruit de leur concupiscence, conçu lors d'une de ses premières visites en Angleterre. Geoffroy avait quatre ans, à présent, et il dormait dans une autre chambre du manoir des Akeny, qui contrôlaient quelques terres à Garsington, un village situé dans une région vallonnée au sud d'Oxford. Joanna n'estimait pas convenable que le lit de Geoffroy soit à côté du sien quand son amant s'y trouvait.

Henri aimait son brillant petit garçon, qui l'avait toujours émerveillé par sa vivacité d'esprit et par sa précocité dans l'apprentissage de la langue. Il était prêt à faire beaucoup pour lui à l'avenir, mais il s'était depuis longtemps lassé de sa mère. Il n'avait cependant pas pu l'éviter quand il avait souhaité rendre visite à son fils avant de quitter l'Angleterre, et, comme elle était disponible et volontaire... À cheval donné on ne regarde pas les dents.

Il avait pris son plaisir avec toutes sortes de femmes – des filles de joie pour la plupart – au cours du temps qu'il avait passé dans son futur royaume, sans jamais une pensée pour Aliénor, ni aucune forme de culpabilité. Elle était son épouse, il l'aimait et elle lui manquait terriblement, mais il était un homme et quand le besoin se faisait ressentir, il ne pouvait pas y résister. Il avait donc papillonné à l'envi, et les occasions n'avaient pas manqué. Les femmes, vulgaires ou sophistiquées, se jetaient sur lui, le jeune lion conquérant. Il n'avait pas hésité à en profiter. Pas une seule fois il ne lui était venu à l'esprit qu'Aliénor pourrait considérer cela comme la pire des trahisons. C'était simplement pour lui un besoin physique, comme manger ou pisser, qui n'avait rien à voir avec elle.

— Je ferai venir Geoffroy quand je serai roi, déclara-t-il à une Joanna bougonne en se levant pour attacher sa ceinture. Je le reconnaîtrai comme mon fils et il sera élevé comme tel. Il recevra une bonne éducation et il devrait aller loin dans la vie.

Il ne se demanda pas ce que son épouse aurait à dire de cela.

Henri était de retour à Westminster quand un messager de son frère Geoffroy arriva.

— Eh bien ? vociféra-t-il.

Il en voulait toujours à son frère de s'être allié à Louis et, surtout, il était impatient d'aller chasser.

— Messire. Mon maître vous fait parvenir ceci, dit le messager en lui tendant un parchemin.

Henri en brisa le sceau et le déroula, puis fronça les sourcils.

— C'est un poème, déclara-t-il, perplexe. Pourquoi m'envoie-t-il ceci ?

— Il vous demande de le lire, messire duc.

Henri le fit donc et constata qu'il s'agissait d'un poème d'amour :

Je suis celui qui ne dédaigne pas
Le bien que Dieu lui fait
Car en cette semaine
Où je suis parti de là-bas

Elle m'a dit en langage clair
Que mon chanter lui plaît
Toute âme chrétienne
Je voudrais qu'elle eût autant de joie
Que j'ai eue et que j'ai
Afin que pour autant seulement elle se vante.

— Qu'est-ce que cela signifie ? demanda-t-il en relevant les yeux sur le messager. Qui a écrit ceci ?

— Bernard de Ventadour, un troubadour, répondit le jeune homme aux joues bien roses, qui semblait fort mal à l'aise. Pourrions-nous discuter en privé, sire ?

Henri l'emmena prestement jusqu'à une alcôve.

— À présent, dites-moi ce qu'il se passe, ordonna-t-il avec agacement.

— Messire Geoffroy me fait vous dire, sire, que ce poème a été écrit pour madame la duchesse. Elle entretient ce Bernard de Ventadour à sa Cour. Elle le reçoit toujours chaleureusement comme invité. La dévotion qu'il lui porte est désormais bien connue, et beaucoup disent qu'il l'aime. Mon maître souhaite que vous sachiez que ses poèmes qui lui sont dédiés sont chantés jusqu'en Anjou et en Normandie.

Henri attrapa violemment le messager par le col de son justaucorps en cuir.

— Qu'est-ce que vous sous-entendez ? s'écria-t-il d'un air furibond.

— Rien, sire, se défendit l'homme avec panique. Je ne fais que répéter ce que mon maître me fait vous dire. Par grand amour pour vous, il estime que vous devriez savoir ce qui commence à se raconter. Il dit que lui-même ne mettrait jamais en doute la vertu de madame la duchesse, bien sûr, mais que d'autres affirment que ce Bernard est son amant.

— Comment osent-ils ? tonna Henri. Et comment ce malandrin ose-t-il ? Je le ferai pendre ! Et pire !

Il criait si fort que des hommes d'armes qui buvaient non loin se tournèrent vers leur futur roi en échangeant des regards. Celui-ci, toutefois, n'y prêtait pas attention. Il se rappelait qu'Aliénor n'avait eu aucun scrupule à prendre un troubadour dans son lit par le passé – et qu'elle l'avait caché à Louis.

— Dites-moi en toute honnêteté, gronda-t-il. Pensez-vous qu'il y ait une once de vérité dans ces histoires ? Sur votre honneur !

— Sire, beaucoup affirment que cela ne se peut point, car tout le monde sait l'amour que madame la duchesse vous porte...

— Mais d'autres disent que cela se peut ! conclut Henri en voyant que le messager laissait sa phrase en suspens.

— Certains disent qu'elle aime ce Bernard, admit-il en avalant sa salive.

Henri ne put supporter cette idée. Aliénor était à lui, et à lui seul. Il n'était pas comme Louis, enclin à bouder son lit et à faire fi de ses infidélités. Elle était son épouse et la mère de son héritier.

Il parvint au prix d'un grand effort à contrôler ses craintes et sa colère.

— Vous pouvez dire à votre maître que je m'occuperai de cela, dit-il sur un ton bourru avant de partir pour le scriptorium et de faire appel à ses copistes.

Il songeait au fait que la castration serait sans doute un châtiment trop clément pour cet impudent Bernard de Ventadour. Malgré sa fureur, pourtant, il savait que sa vengeance devait être plus subtile que cela. Aucun scandale ne devait menacer la réputation d'Aliénor – et rien ne devait souiller ce qu'il y avait entre eux. Il devait prendre garde à ne pas laisser se propager les rumeurs. Si l'affaire était réglée discrètement, les bruits finiraient vite par s'éteindre. La douleur dans son cœur était cependant déchirante. Aliénor l'avait-elle trompé ? Avait-elle souri – ou plus, Dieu les en garde – à ce poète de pacotille ? Il devait découvrir la vérité sans tarder. Il était convaincu qu'il saurait en la voyant, mais cela devrait encore attendre quelque temps, car il n'allait pas quitter l'Angleterre tout de suite. Il lui restait à subir plusieurs semaines de torture mentale, à imaginer Aliénor dans les bras d'un autre, éveillant la passion de cet importun comme elle seule savait le faire, usant de ces stratagèmes qu'elle avait perfectionnés sur lui-même. C'était intolérable !

Il pensa d'abord au meurtre – discret et efficace, le corps jeté dans une rivière au beau milieu de la nuit, sans laisser aucune trace. Mais son sens inné de la justice – qui ferait de lui un grand roi – revint au galop malgré lui, et il ourdit fiévreusement un autre projet.

— On me demande en Angleterre, madame, annonça Bernard, se relevant de son élégant salut.

— « En Angleterre » ? répéta-t-elle en se tournant vers ses dames, qui semblaient tout aussi surprises qu'elle.

— Oui, madame. Monsieur le duc souhaite que je compose des airs militaires à la lyre pour divertir ses chevaliers, expliqua-t-il d'un air abattu et presque désespéré.

— Il semblerait que votre renom ait voyagé, le félicita-t-elle en se demandant, troublée, ce que Henri avait pu entendre dire d'autre.

Il devait certainement avoir déjà suffisamment fort à faire en Angleterre pour s'embarrasser d'aller trouver un troubadour dans le but de divertir ses chevaliers.

— C'est ce que m'a dit le messager de monsieur le duc, madame. Hélas, je n'ai pas la force de quitter votre Cour, ni de dire adieu à la personne qui m'est la plus chère.

— Quand le duc vous demande ainsi, vous ne pouvez pas ignorer son appel, rétorqua Aliénor. Il vous sera très profitable de l'avoir comme mécène, et cela fera encore grandir votre réputation. La fortune vous sourit.

En vérité, le zèle de Bernard dans ses démonstrations d'affection devenait quelque peu fatigant et elle ne le regretterait pas, car ce qui avait d'abord été un interlude agréable s'était transformé en une situation gênante et en un interminable calvaire. De plus, elle retrouverait bientôt Henri. Il lui avait assuré avoir bon espoir de lui revenir à l'arrivée du printemps. Elle comptait donc les jours qui les séparaient encore.

Bernard était douloureusement conscient qu'Aliénor ne faisait rien pour empêcher son départ vers l'Angleterre, et il fut blessé de constater qu'elle ne semblait pas du tout chagrinée. Une fois de retour dans l'intimité de sa chambre, il versa d'amères larmes à cause de la froideur de sa dame, ainsi qu'à l'idée d'être séparé d'elle, cet être merveilleux dont la présence était si essentielle à son bonheur. Il tenta de se consoler en se disant qu'elle cherchait simplement à se protéger en se montrant si distante avec lui – après tout, son amour pour elle était chose secrète, et elle ne devait pas le trahir en se montrant trop affectueuse avec lui publiquement. Il parvint même à se convaincre que cette séparation serait secrètement aussi douloureuse pour sa dame qu'elle l'était pour lui.

Quand il arriva à Londres, de lourds nuages plombaient le ciel, l'air était glacial et les rues étaient couvertes de neige. Pour un homme du Sud tel que lui, c'était comme se retrouver aux confins du monde. Pleurant la tragédie de son exil, il observa les rives du fleuve piégées par la glace en songeant avec regret à sa lointaine Aquitaine et à sa belle duchesse. Alors, soudain et comme par magie, les berges lui semblèrent recouvertes de fleurs vermeilles, blanches et dorées, dans une gerbe de merveilleuses couleurs. Il put presque sentir leur parfum et manqua de défaillir de nostalgie. Puis il regarda encore, mais l'illusion s'était dissipée. Il était persuadé qu'il s'agissait d'un bon présage qui augurait un rapide retour auprès de sa dame.

Son besoin devint obsession. Quand il pensait à Aliénor, son cœur se remplissait autant de bonheur que de tristesse. Il était un homme au cœur enchaîné. Tremblotant dans sa misérable chambre dans l'ombre de l'abbatiale de Westminster, il composa chanson après chanson en son honneur, dans l'attente d'être reçu par le duc.

Quand ce fut le cas, Bernard fut déconcerté de voir que Henri FitzEmperesse – un jeune homme terrifiant au regard dur et perçant – ne semblait pas disposé à parler des airs militaires qu'il lui avait demandé de composer. Au lieu de cela, il l'assomma de questions sur sa vie à la Cour de Poitiers.

— Madame la duchesse accueille-t-elle beaucoup de troubadours tels que vous ? s'enquit-il d'un ton qu'il jugea agressif et presque accusateur.

Il rencontrait le duc dans l'immense et magnifique salle aux murs de pierre qui jouxtait le palais du roi ; celle-ci avait été construite, d'après ce qu'il avait appris, il y avait à peine plus de cinquante ans par le fils du Conquérant, Guillaume le Roux. Il y faisait, comme partout dans cette satanée ville, un froid terrible.

— Oui, messire. Sa Cour est une académie de grande culture, répondit Bernard dans un élan de passion sans cesser de grelotter.

— Et elle vous a accordé des faveurs particulières ? poursuivit Henri.

— Elle s'est montrée fort aimable avec moi, un humble poète, acquiesça-t-il gaiement.

— Aimable à quel point ? demanda sèchement le duc. L'on m'a rapporté des rumeurs inquiétantes à votre sujet. À présent, je veux la vérité ! exigea-t-il férocement, le visage brusquement rouge de colère.

Bernard tressaillit, comprenant soudain la véritable raison de sa venue en Angleterre. *La pauvre dame*, se désola-t-il : cet homme devait forcément être le rejeton du diable, comme il se disait partout.

—Sire, Dieu m'en est témoin, je n'ai jamais compromis l'honneur de madame la duchesse, affirma-t-il avec vigueur. Cela m'est plus cher que la vie. D'ailleurs, votre gente dame ne s'abaisserait pas à faire une telle chose, je le sais bien. Elle est bien trop vertueuse. Je vous implore de me croire, sire.

Henri le regarda durement. Il éprouvait le désir – le besoin, même – de le croire.

—Ces poèmes, pourtant, dit-il. Ils parlent d'amour.

—Non réciproque, sire, répondit-il avant de se ressaisir.

Qu'avait-il besoin de dire cela ? Ce jeune homme à la poigne de fer ne semblait pas saisir les règles de l'amour courtois, et il s'empressa donc de s'expliquer :

—Dans mon pays, un humble ménestrel tel que moi a la liberté de rendre hommage à la dame qu'il aime, indépendamment de son rang, et même de sa condition maritale. Il peut l'aimer, mais il serait bien chanceux si cet amour lui était rendu. Je suis dévoué à madame la duchesse, je ne le nie pas, mais jamais je n'ai eu l'audace d'espérer ses faveurs. Je suis content, comme beaucoup d'autres, de l'adorer à distance. C'est la coutume. Madame s'est montrée une maîtresse fort généreuse avec son serviteur, mais je peux vous assurer qu'il n'y a rien eu de plus. J'ai été comme un homme sans espoir, soupirant d'amour pour elle.

—Vous osez vous tenir devant moi, Bernard de Ventadour, et me dire de façon éhontée que vous aimez mon épouse ? explosa Henri.

—Chez moi, ces choses ne sont considérées comme insultantes ni envers l'épouse ni envers le mari, tenta-t-il désespérément de lui faire comprendre. Il est permis au poète ou à l'écuyer de clamer sa dévotion à une grande dame dans l'espoir d'obtenir ses faveurs, si maigre soit-il. Il n'y a là aucun mal, ni aucune honte.

— Et chez moi, on vous couperait les bourses pour votre impudence ! cracha Henri.

— J'ai été fou, s'excusa Bernard avec effroi, blanc comme un linge.

Le duc le fustigea du regard. Son expression de fureur était mêlée de mépris, et le troubadour trembla à l'idée de ce qu'il pourrait lui faire.

— Vous avez besoin d'une bonne leçon, gronda-t-il. Gardes ! Emmenez ce vaurien à l'abbé de Westminster et dites-lui de le jeter dans une cellule. Qu'il le nourrisse seulement de pain et d'eau. Cela calmera ses ardeurs, le temps que je décide quoi faire de lui.

Le pauvre homme fut saisi fermement par des soldats et emmené séance tenante. Il se débattit en geignant misérablement, suppliant son seigneur d'avoir pitié de lui. Henri regarda la scène, le visage sombre. Il avait été tant consumé par la jalousie qu'il avait été dangereusement près d'assassiner ce misérable de sang-froid. Il était préférable pour Bernard de Ventadour d'être hors de sa vue.

Bernard resta trois jours dans sa geôle glacée à pleurer d'inquiétude avant que Henri se calme et revienne sur sa sentence. Il avait eu le temps de réfléchir au problème à tête reposée et avait décidé que ce vil troubadour était manifestement sans danger ; lui-même ne pouvait pas imaginer, en toute honnêteté, Aliénor gâcher son temps pour lui.

Il envoya l'ordre à l'abbaye de Westminster de faire amener le prisonnier devant lui, et quand le troubadour arriva, grelottant dans son rêche habit de moine, le duc fit les cent pas quelques instants avant de s'arrêter devant lui.

— Ne vous inquiétez pas, je ne ferai pas de vous un eunuque, beugla-t-il. Mon épouse m'a parlé de vous, troubadours, mais à l'évidence je ne l'ai pas écoutée comme il le fallait. Je n'avais pas pris conscience que de tels… « jeux » étaient une coutume en

Aquitaine. Ma foi, il en ira autrement désormais. C'est moi qui dirige l'Aquitaine, à présent. À l'avenir, veuillez avoir l'amabilité de dédier vos poèmes à une catin ou à une servante.

Le soulagement de Bernard était manifeste, mais il eut la témérité d'affecter un air désolé.

— Messire, vous n'avez pas compris la coutume.

— « Messire » a son mot à dire sur cette coutume, rétorqua hargneusement Henri. Au travail, à présent. Mes chevaliers attendent d'être divertis, je vous suggère donc d'aller enfiler une tenue plus correcte et de récupérer votre lyre.

Bernard ne se fit pas prier pour prendre congé de son maître, mais il n'était pas ravi de ses nouvelles attributions, et se languissait toujours de son Aquitaine. Une semaine plus tard, lorsqu'il croisa le duc dans les jardins, il puisa dans son désespoir le courage de se jeter à ses pieds.

— Sire, commença-t-il d'un ton implorant, combien de temps devrai-je rester en Angleterre ?

— Jusqu'à ce que je vous donne l'autorisation de repartir, répondit Henri.

— Mais il fait si froid, ici, et cette Cour est un endroit rude et inamical. Il n'y a aucune dame pour l'égayer.

— La reine est morte, alors à quoi vous attendiez-vous ? Le roi n'a pas besoin de dames pour veiller sur lui !

— Je vous en supplie, sire, permettez-moi de rentrer à Poitiers, où j'aurai loisir de partager mon temps avec de gentes dames courtoises et des chevaliers !

— Non ! tempêta Henri. Vous devez rester ici, ne serait-ce que pour la réputation de madame mon épouse. Et ne me le redemandez plus, car la réponse sera la même.

Chapitre 11

Rouen, 1154

Aliénor cheminait vers Rouen, la capitale des ducs de Normandie, à travers les collines boisées de la Haute-Seine à la tête d'une majestueuse troupe bariolée. Elle parvenait à peine à contenir son excitation. Impatiente d'être au centre des affaires, elle avait envoyé devant des hommes qui lui avaient rapporté une excellente nouvelle.

— Madame, monsieur le duc s'en est revenu triomphant dans son duché et réside en ce moment même dans son palais !

— Madame, sa mère madame l'Emperesse l'a reçu avec joie et honneur, ainsi que ses frères et tout le peuple de Normandie, de l'Anjou et du Maine !

Cette victoire serait aussi célébrée dans le Poitou, à la requête d'Aliénor, mais elle n'assisterait pas aux festivités. Dès qu'elle avait appris que Henri avait traversé la mer, elle s'était empressée de se constituer une suite, avait installé son fils avec ses nourrices dans une litière tractée par un cheval, et avait pris la route du nord. Elle approchait de la ville majeure de Henri – car il avait choisi d'en faire le siège de son gouvernement commun à tous ses domaines – et ses pensées virevoltaient joyeusement tandis que son corps vibrait de désir. Seize interminables mois s'étaient écoulés depuis la dernière fois qu'elle avait pu poser les yeux sur lui, son bien-aimé, et ce n'était plus qu'une question de minutes avant qu'ils soient réunis.

Si elle s'était attendue à des retrouvailles en privé, seulement tous les deux, elle aurait trépigné d'impatience à en perdre l'esprit. Même le fait de se retrouver publiquement en tant que duc et duchesse lui aurait fait palpiter le cœur. Henri et elle allaient toutefois se retrouver non seulement en présence de toute sa Cour, mais aussi – elle le sentait – sous le regard scrutateur de sa mère, la formidable Mathilde. Aliénor rencontrerait sa belle-mère pour la première fois, et elle redoutait cet instant. Pour cette raison, ses sentiments étaient partagés et confus.

Devant elle s'étendait la belle ville de Rouen, débordante d'activité, sise au milieu de cours d'eau, de prairies et de forêts tranquilles, et encerclée par d'épais murs. Quand elle franchit la massive porte en pierre, silhouette fine et élégante dans sa belle robe de soie rouge, sur son gracieux cheval blanc, le peuple se mit à l'acclamer. Il portait une grande affection à sa duchesse, car elle avait apporté à leur duc de prodigieux domaines ainsi que du prestige, et elle avait fait son devoir correctement en lui donnant un héritier. Comme ils l'admirèrent, ce petit Guillaume, comte de Poitiers, qui gazouillait sur les genoux de sa nourrice tout en montrant la foule du doigt alors qu'il entrait dans Rouen dans sa belle litière. Les habitants séduits lui firent de grands signes en s'émerveillant de le voir si fort et si robuste. Il deviendrait comme son père, affirmait-on.

Aliénor descendit les étroites rues pavées bordées d'églises et de maisons à colombages de marchands prospères. Elle avait devant elle l'impressionnante cathédrale romane de Notre-Dame, avec sa haute tour à plusieurs niveaux dédiée à saint Romain. On lui avait dit qu'à l'intérieur de celle-ci se trouvaient les sépultures des ancêtres de Henri, les premiers ducs de Normandie, qui remontaient au Viking Rollon, l'homme qui avait conquis le duché au xe siècle. Tout impatiente qu'elle était de retrouver son époux et de savoir derrière elle cette première rencontre avec sa mère, elle n'en accepta pas moins l'invitation insistante des habitants à entrer dans la cathédrale pour en admirer les splendeurs.

Quand elle en ressortit, aveuglée par la puissance du soleil après la pénombre de l'intérieur faiblement éclairé, elle se rendit compte que la foule se scindait en deux pour laisser passer une petite troupe de cavaliers qui traversaient la place du marché dans sa direction, les sabots de leurs chevaux cliquetant sur la pierre. Elle plissa les paupières pour mieux les voir lorsqu'ils arrêtèrent leurs montures à quelques pas d'elle et, quand leur chef descendit de selle, elle reconnut les habits de chasse qui lui étaient si agréablement familiers ; son cœur fit un bond dans sa poitrine quand elle comprit qu'il s'agissait de Henri, venu l'accueillir. Tremblante d'excitation, elle se laissa tomber à genoux à son approche.

— Aliénor, vous ne devriez pas vous agenouiller devant moi ! s'exclama-t-il en agrippant de ses mains puissantes ses poignets délicats afin de la relever.

Elle posa un regard émerveillé sur lui. Un jeune homme s'en était allé seize mois plus tôt, et c'était un homme qui était revenu. Cette nouvelle maturité lui allait comme un gant et lui conférait une plus grande assurance et davantage d'autorité. À vingt et un ans, Henri avait désormais connu la guerre, et sa carrure s'en ressentait ; il vibrait d'une énergie sauvage. Il ploya son cou de taureau pour pencher vers elle sa tête rousse, qui arborait une coupe en brosse, et l'embrassa sur la bouche.

— Soyez la bienvenue, madame, dit-il avec un grand sourire et d'une voix chargée d'émotion alors qu'il se contentait d'une salutation officielle de circonstance pour une occasion publique.

C'était merveilleux d'entendre sa voix, de revoir son visage et de l'avoir de nouveau près d'elle. Luttant pour contenir un élan de désir et des larmes de joie, Aliénor posa gaiement une main sur celle de Henri pour qu'il l'escorte jusqu'à son cheval. Il était évident au visage du duc qu'il était aussi ravi de la retrouver : il avait un grand sourire et une étincelle coquine dans le regard qui promettait pour plus tard des retrouvailles animées sous les draps. Pour l'instant, ils étaient le duc et la duchesse réunis, et ils devaient se montrer devant leur peuple en liesse.

Le sourire d'Aliénor se fit quelque peu figé quand, la main toujours posée sur la sienne, Henri entra avec elle dans la grand-salle du magnifique palais ducal construit juste à l'extérieur des murs de Rouen. C'était la résidence principale de Mathilde l'Emperesse, construite par Richard Ier ; l'intérieur somptueusement aménagé était conforme à l'idée qu'Aliénor se faisait du palais d'une si grande dame – avec ses salles aux imposantes arcades, des portes voûtées richement ornées de chevrons, des tentures de soie et des tapisseries coûteuses, ainsi que tout le luxe que l'on pouvait s'attendre à trouver dans une maison ducale.

Mathilde elle-même était grandiose. Il y avait deux trônes sur l'estrade et elle se tenait debout bien droite devant l'un d'eux. C'était une grande femme de cinquante ans environ au port altier, qui portait une robe mauve cousue d'or et une cornette d'un blanc immaculé maintenue par un diadème serti d'améthystes. Elle avait encore un beau visage malgré son nez aquilin et les discrètes rides qui attestaient du nombre de déceptions qu'elle avait subies au cours de son existence. En approchant, Aliénor s'aperçut que personne n'aurait pu douter du lien de parenté entre Henri et elle – ni du fait qu'elle observait sa belle-fille avec une désapprobation manifeste.

Aliénor effectua une gracieuse révérence.

— Bienvenue à Rouen, madame, la salua froidement l'Emperesse. Relevez-vous, je vous en prie. (Elle se tourna alors vers Henri.) Mon fils ! s'exclama-t-elle plus chaleureusement avant de lever le visage vers lui pour recevoir le baiser filial.

— Mère, où va donc s'asseoir Aliénor ? grommela Henri en l'ignorant avant de désigner les deux trônes d'un geste brusque de la tête.

— Je vais tout de suite faire venir un siège, déclara l'Emperesse en adressant un signe à son intendant.

Elle cherche à m'humilier, pensa Aliénor. *Elle veut me montrer qui est la maîtresse des lieux. Elle savait que je serais là, et elle a simplement oublié de faire préparer un troisième trône ?*

— Madame l'Emperesse, je suis très heureuse de vous rencontrer, surtout en une si joyeuse occasion, se contenta-t-elle néanmoins de dire en souriant. Vous devez être très heureuse que l'invasion de Henri soit un tel succès.

Mathilde se hérissa quelque peu. Aliénor insinuait-elle que Henri avait réussi là où elle avait, malgré tous ses efforts, toujours échoué ?

— Il a fort bien, il est vrai, représenté et remporté ma cause, car la Couronne d'Angleterre a toujours été légitimement mienne, déclara-t-elle sur un ton glacial. C'est toutefois avec joie que je lui cède ma place. Jamais plus je ne retournerai sur cette île maudite…

Henri l'interrompit dans son élan. Il avait manifestement déjà souvent eu droit à ce laïus et n'avait aucune envie d'entendre encore une tirade à l'encontre du roi Étienne, son père adoptif, qu'il s'était surpris à trouver fort aimable, après avoir appris depuis sa naissance à le voir comme son ennemi juré, presque pire que le diable en personne en matière de cruauté.

— Vous m'êtes bien plus précieuse ici, à tenir les rênes de la Normandie en mon absence, mère, dit-il. Et quand j'aurai l'Angleterre pour moi, en plus de l'Aquitaine et des autres territoires, j'aurai besoin de votre aide plus que jamais.

Mathilde sembla se radoucir quelque peu. Ce fut à cet instant que l'on apporta le troisième trône, qui fut placé à côté de celui de Henri. Il était moins imposant que le sien, mais Aliénor ne releva pas l'insulte et s'assit sans attendre que sa belle-mère, qui avait le rang le plus élevé, prenne place en premier. Henri posa une main sur la sienne et la pressa légèrement, ce qui lui donna un peu de force, mais elle avait bien compris que la guerre venait juste d'être déclarée.

— J'ai une surprise pour vous deux, dit-elle à son époux et à l'Emperesse.

Elle fit alors un signe de la tête à Torqueri de Bouillon, qui disparut brièvement et revint avec le petit Guillaume se débattant entre ses bras. Elle le remit à Aliénor.

— Messire, permettez-moi de vous présenter votre héritier, le comte de Poitiers ! annonça-t-elle avec une fierté sans pareille.

Henri sembla comble de bonheur lorsqu'il prit son enfant, fasciné par ses petits membres potelés et par ses boucles rousses qui ressemblaient tant aux siennes.

— Quelle poigne ! sourit-il quand Guillaume attrapa son doigt dans sa minuscule main. Ça, c'est un bras fait pour manier l'épée, mon fils ! Cela promet pour l'avenir. Cet enfant saura se défendre.

Même l'Emperesse sembla fondre devant le chérubin. Henri se leva alors et porta son fils bien haut au-dessus de sa tête, pour le plus grand bonheur de celui-ci.

— Madame ma mère, madame mon épouse, mes seigneurs et barons, voici devant vous mon fils, Guillaume, qui un jour dirigera ce duché… et l'Angleterre, et aussi l'Aquitaine, si Dieu le veut. Quand il sera grand, je vous l'amènerai afin que vous puissiez lui prêter allégeance ; mais, en attendant, je remercie le Seigneur de m'avoir donné ce beau garçon, et je le confie aux excellents soins de sa mère.

Tandis que la foule tonnait sa joie, Henri remit son fils à Aliénor.

— Il ressemble à votre père, déclara l'Emperesse à Henri.

— Et à sa si belle mère ! dit-il. Aliénor n'a pas démérité en me donnant un fils aussi robuste, n'est-ce pas ?

— Vous êtes tous deux à féliciter, répondit sèchement Mathilde avec un bref sourire. À présent, faites renvoyer l'enfant auprès de sa nourrice, nos seigneurs et évêques attendent d'être présentés à la duchesse.

Ils mangèrent en privé ce soir-là, tous les trois, dans les appartements de l'Emperesse. Après avoir tendu la nappe, les serviteurs apportèrent des serviettes, des coupes de vin et les plats, qu'ils présentèrent genou à terre. Puis des gâteaux au froment ronds marqués de croix furent servis, suivis par ce que la Normandie avait de meilleur à offrir : gigot d'agneau et succulente canette, sole à la sauce blanche, pommes épicées avec des pichets de crème épaisse, et un plateau de fromages de Pont-l'Évêque et de Livarot, qui avaient un goût divin pour Aliénor. Quand les serviteurs se furent retirés, la conversation se porta essentiellement sur l'Angleterre et sur la Normandie, et, quand on apporta les fruits et le vin épicé, Aliénor décida qu'elle en avait assez d'être ignorée.

— Avez-vous déjà visité l'Aquitaine, madame ? demanda-t-elle à sa belle-mère.

— Non, répondit celle-ci. Henri, êtes-vous allé à Oxford ? J'ai passé un très mauvais moment là-bas.

— Oui, mère, j'y suis allé, mais nous parlions de l'Aquitaine. C'est un territoire d'une grande beauté.

Ah, tu avais donc remarqué, se dit Aliénor avec une pointe d'amertume.

— Je n'éprouve aucun désir de m'y rendre, lâcha Mathilde avant de lancer un bref regard à Aliénor. J'ai entendu dire que les seigneurs de ces domaines étaient violents et incontrôlables.

— Il en a toujours été ainsi, admit Aliénor. C'est parce que l'Aquitaine est faite de hautes collines rocheuses et de rivières, et que chaque seigneur croit qu'il est un roi dans sa propre vallée. Ils se sont toujours battus entre eux, mais j'ai bon espoir qu'à présent, grâce à l'amour qu'ils me portent et grâce à la réputation de puissant suzerain de monsieur mon époux, ils se garderont de se montrer si désobéissants. Mes villes de Poitiers et Bordeaux sont toujours sûres et calmes, et nous jouissons là-bas d'un bon cadre de vie. Mon duché est un domaine de grandes abbayes et églises, et un terroir des arts et des lettres.

— Je suppose que vous faites là allusion aux troubadours, dit l'Emperesse avec dédain. L'on m'a rapporté qu'ils ne chantaient que l'amour et ses trivialités.

— L'amour n'est point trivial, contra Aliénor. En Aquitaine, c'est un élément important de la vie. Les femmes, là-bas, sont plus valorisées que n'importe où ailleurs. Croyez-moi, madame, je le sais bien. J'ai vécu en France…

— Où les femmes se doivent de vivre dans la vertu et d'obéir à leur époux ! l'interrompit Mathilde.

Henri leva sur sa mère un regard faussement étonné tout en jouant avec sa coupe de vin. Il se demandait quand elle s'était jamais montrée vertueuse au point de se soumettre à son père. Mais elle avait sa proie en vue et ne remarqua donc pas la réaction de son fils.

— Je suppose que vous ne pouvez pas comprendre cela, venant d'Aquitaine, ajouta-t-elle face à une Aliénor au visage fermé. J'ai d'ailleurs entendu dire que cet endroit ne valait guère mieux qu'un immense bordel !

Aliénor sentit la colère monter en elle, mais Henri fut plus rapide. Il était resté sagement en bout de table à observer l'échange entre son épouse et sa mère avec un certain amusement, mais cela allait trop loin.

— Suggéreriez-vous qu'Aliénor n'est guère vertueuse ? beugla-t-il avec hargne et fureur. N'oubliez pas que vous parlez de mon épouse !

Sa mère semblait dans le même état d'emportement.

— Non seulement je le suggère, mais j'affirme aussi le savoir ! rétorqua-t-elle. Soit cette femme vous a menti, mon fils, soit vous avez complètement perdu toute forme de respect pour moi, en l'amenant ici et en m'obligeant à la recevoir.

— Je m'en vais, lâcha Aliénor en se levant. Je refuse que l'on me parle de la sorte.

— Nierez-vous donc avoir été la maîtresse de Geoffroy ? lui lança durement l'Emperesse.

Elle se figea en pleine fuite et prit une subite inspiration, puis un terrible silence suivit avant qu'elle trouve quoi répondre. L'expression de Henri était, comme d'ordinaire, indéchiffrable.

— Je ne le nierai point, dit-elle, le rouge aux joues. Mais sachez, madame, qu'il m'a dit que votre mariage était malheureux et que vous ne vous connaissiez plus l'un l'autre comme un homme et une femme. Nierez-vous *cela* ?

— Mes relations avec Geoffroy ne vous concernent pas. Ce que vous avez fait était mal, et épouser mon fils après avoir été la maîtresse de son père l'était plus encore.

— Il suffit ! gronda Henri. Je ne veux plus rien entendre. Quant à vous, mère, je vous somme de garder pour vous ce que vous savez de l'histoire, si vous tenez à conserver le pouvoir qu'il vous reste ici-bas – sans parler de la dévotion de votre fils, ajouta-t-il avec sarcasme.

— Vous devez tous deux vivre avec votre conscience, rétorqua Mathilde en se levant. Ce n'est pas moi qui ai commis le péché d'inceste. Mais, je vous le dis, vous en répondrez un jour. Il ne faut pas se moquer de Dieu. Et rien ne sert de me menacer, Henri, car j'avais déjà choisi de taire cette affaire par nécessité. Pensez-vous que je serais assez sotte pour me couvrir de honte en étalant au grand jour le fait que mon regretté mari a eu une aventure avec la femme la plus scandaleuse de toute la chrétienté ? Ne croyez pas que je n'aie pas entendu les rumeurs…

— Il suffit ! vociféra Henri dans un éclat de rage.

— Vous avez raison, cela suffit, cracha Aliénor en récupérant son manteau avant de quitter la pièce la tête haute.

— J'espère que vous êtes satisfaite, mère, dit Henri en la foudroyant du regard.

— Votre union était justifiée d'un point de vue politique, je vous l'accorde, grommela Mathilde, mais je ne peux que déplorer la réputation peu reluisante de votre épouse, et le fait qu'elle m'ait trahie avec mon mari, votre propre père. Et quelle impudence de venir ici ensuite en s'attendant à ce que je la reçoive à bras ouverts.

— Mère, répondit calmement son fils en se penchant vers elle pour la regarder droit dans les yeux d'un air menaçant, peut-être ne m'avez-vous pas entendu ou compris, mais Aliénor est mon épouse, et vous la traiterez avec respect, comme je le fais. Je l'aime. Je l'aime à me damner, et vous feriez bien de vous y accoutumer. Je me fiche éperdument qu'elle ne se soit pas toujours montrée vertueuse par le passé, car j'en ai moi-même fait autant, et souvent. Qui suis-je donc pour la juger ? Je sais cependant qu'elle m'aime et qu'elle est honnête avec moi, alors oubliez cette histoire.

— Vous n'êtes qu'un sot, trop épris d'une belle ! l'invectiva-t-elle. Un jour, vous le comprendrez. Vous êtes bien le fils de votre père : buté et impulsif.

— Je suis aussi votre fils, mère, lui rappela-t-il.

— Non, Henri, vous descendez en ligne directe du diable, et ce n'en est que plus navrant, car le diable sait soigner les siens. Allez, à présent. Laissez-moi, je suis fatiguée.

— Très bien. Dois-je implorer votre bénédiction pour ce soir, madame ma mère ? railla-t-il. Non, ne vous dérangez pas, car si je descends du diable, cela ne me servira à rien. Ce que je veux de vous, en revanche, c'est une trêve. Je ne vous demande pas d'être amie avec Aliénor – même moi, pauvre sot épris que je suis d'après vous, je n'irais pas jusqu'à vous demander cela –, mais j'exige que vous lui montriez toujours le respect qui lui est dû en vertu de son rang et de sa place à mes côtés, si cela est envisageable. Est-ce bien compris ?

Mathilde ne répondit rien, se contentant de le regarder avec froideur.

— J'attends, insista-t-il complaisamment.

— Très bien, répondit-elle du bout des lèvres. Faites simplement en sorte que je la voie le moins possible.

— J'imagine qu'elle préférerait ne plus vous voir du tout, répondit Henri.

— Je suis vraiment désolé, Aliénor, dit Henri en se glissant sous les draps avant de la prendre dans ses bras. Je regrette particulièrement que ma mère ait choisi d'empoisonner nos retrouvailles avec son vitriol – et aussi ma première rencontre avec le petit Guillaume. (Il l'embrassa.) Il est incroyable, n'est-ce pas ? C'est moi tout craché !

— Je t'aime, Henri, dit tout bas Aliénor.

Elle se sentait vulnérable, et elle posa la tête sur son torse, cherchant du réconfort dans sa force. Puis elle oublia tout de Mathilde lorsqu'elle se sentit fondre de l'intérieur, une sensation familière et si attendue, et qu'elle s'abandonna aux délicieuses caresses de son époux – qui se montra rapidement plus entreprenant. Aussi ivre de désir qu'elle, il la prit sans attendre.

— Seigneur, comme c'est bon de t'avoir de nouveau contre moi ! s'exclama-t-il.

Puis il fut incapable d'en dire plus, car il fut emporté par la passion. Le désir d'Aliénor n'était pas moins pressant, et ils perdirent ensemble le contrôle, roulant sur le matelas, se cramponnant et se dévorant l'un l'autre, jusqu'à ce qu'elle se sente sur le point de mourir de plaisir. Plus tard, étendus ensemble dans une euphorie béate, s'embrassant tendrement et sensuellement, ils échangèrent un long regard émerveillé, ébranlés par la profondeur de leur passion.

—Je prie pour que tu n'aies plus jamais à t'en aller loin de moi aussi longtemps, dit Aliénor en lui touchant doucement la joue.

—Je pense que je le ferai sans hésiter, si c'est ce sort qui m'attend à mon retour ! la taquina-t-il en esquissant un sourire. Par le sang du Christ, femme, tu es une merveille ! Personne ne m'a jamais fait me sentir ainsi, poursuivit-il, cette fois avec sérieux.

—Attends de voir la suite, dit-elle en glissant sensuellement sous le drap. Aimes-tu ceci, mon doux cœur ? Et ceci ?

—Aliénor, tu es insatiable ! ronronna Henri en s'étirant et en riant de plaisir. Te rends-tu compte que pour cet acte, tu pourrais avoir à endurer trois ans de pénitence ?

Elle interrompit momentanément son occupation.

—Seulement si je le confessais, susurra-t-elle. À vrai dire, je ne considère pas cela comme un péché, ajouta-t-elle avant de reprendre.

—Dans ce cas, nous brûlerons ensemble en enfer pour l'éternité ! haleta Henri.

Au matin, le duc se leva de bonne heure, impatient d'aller chasser. Il ne traînait jamais au lit, toujours pressé de pouvoir s'en aller.

—Il fait de ce loisir un calvaire, se plaignit sa mère.

Elle avait cédé aux exigences de son fils et les relations entre elle et Aliénor furent cordiales, bien que tendues, quand elles se croisèrent à la chapelle avant le déjeuner et qu'elles s'inclinèrent avec méfiance l'une devant l'autre.

— Elle m'a même fait parvenir un message pour me demander si je souhaitais l'accompagner pour la messe, dit Aliénor quand Henri fut revenu.

— Et as-tu accepté ?

— Évidemment. Elle n'aura jamais l'occasion de dire que je ne lui témoigne pas tout le respect qui lui est dû, répondit-elle en posant le livre enluminé qu'elle avait été occupée à lire. Henri…

— Qu'est-ce donc ? l'interrompit-il en contemplant d'un air admiratif l'ouvrage à la couverture argentée sertie de joyaux.

Sa curiosité était sans bornes.

— Les *Chroniques des comtes d'Anjou*, répondit-elle. J'apprends toute l'histoire de tes aïeux.

— Cela risque de te passer l'envie de moi à vie, bougonna Henri. Des bâtards tout juste bons à causer des problèmes, tous autant qu'ils étaient.

— C'est en effet une lecture intéressante, dit-elle en souriant. Et cela explique bien des choses !

— Ah ! se récria Henri. Ne me mets pas dans le même panier. Cela étant, à en croire l'abbé Bernard, je serais pire qu'eux tous réunis.

— C'est ce qu'il m'a dit ! se gaussa-t-elle avant de retrouver son sérieux. Henri, combien de temps resterons-nous en Normandie ?

— Je ne sais pas encore, répondit-il sur un ton hésitant. Je voulais t'en parler.

— Tu avais dit six semaines.

L'idée de devoir rester plus longtemps avec ce dragon de belle-mère lui était insupportable.

— Je sais, mais je viens de recevoir des nouvelles d'Aquitaine. Certains de tes vassaux se sont rebellés. Je veux que tu restes ici pendant que je m'en vais leur donner une leçon.

— Ils se sont rebellés ? s'étonna-t-elle.

— Il semblerait qu'ils ne m'aiment pas, grommela Henri. Mais ce n'est rien de grave.

— Je pourrais les ramener dans les rangs, se proposa-t-elle. Ils m'écouteront.

— Et c'est justement pour cela que je dois y aller à ta place, afin qu'ils apprennent à m'écouter moi aussi.

— Henri, j'insiste…

— Aliénor, ma décision est prise. Ne t'inquiète pas, ma mère ne te mangera pas pendant mon absence. Elle a un trop bon esprit politique pour prendre le risque inconsidéré de s'attirer mes foudres, étant donné que son pouvoir ici émane de moi.

— Mais Henri, tu as besoin d'elle pour gouverner en Normandie, et elle le sait, protesta-t-elle. C'est une menace en l'air. Elle n'a rien à craindre de toi.

— Certes, mais elle a tout à craindre de toi, dit Henri. La Normandie a une duchesse, désormais, qui pourrait très bien se charger de la gouverner.

— Et quand nous serons requis en Angleterre ? Je ne veux pas rester ici !

— J'ai beaucoup de barons normands fiables, mon aimée. Non, ne crains rien, ma mère fera attention. De plus, tu as tes dames et le jeune Guillaume pour occuper tes journées.

— Tu dis cela comme si je devais m'en contenter, se plaignit-elle. Emmène-moi. Je ne veux pas que nous soyons encore séparés.

— Non, trancha Henri. Ce ne sera pas pour longtemps, et la guerre est affaire d'hommes. Et puis nous pourrons nous réjouir à la pensée de nos prochaines retrouvailles, ajouta-t-il avec un sourire suggestif.

Aliénor éprouva une fois de plus l'affreux sentiment d'être impuissante et prise au piège.

— Tu ne comprends vraiment pas, n'est-ce pas ? fulmina-t-elle. Je suis la duchesse d'Aquitaine, et je suis vouée à de plus grandes choses que la compagnie de femmes et d'enfants. Quand des problèmes surviennent dans mes domaines, je devrais être à tes côtés pour les régler. Nous étions d'accord pour faire les choses *ensemble*, Henri ! Et, comme tu sembles déjà l'avoir oublié, nous venons de passer seize mois loin l'un de l'autre. Seize mois ! Et toi tu veux déjà me laisser encore ? Je n'arrive pas à croire que tu envisages une telle chose après la nuit que nous venons de vivre.

Henri s'approcha d'elle et la prit vigoureusement dans ses bras.

— Crois-tu que j'aie envie de te laisser ? demanda-t-il dans un soupir. Ah, Aliénor, dans un monde idéal, nous serions ensemble chaque jour que Dieu fait ; mais j'ai de vastes domaines, et cela signifie que je dois être toujours sur la route. Écoute-moi, je sais que tu es intelligente, et j'accorde beaucoup de valeur à tes qualités politiques, mais il faut que j'assoie mon autorité en Aquitaine, et je dois le faire seul. Quand ces satanés seigneurs auront compris qui décide, nous pourrons régner sur le duché en égaux. En attendant, tout ce que je te demande est de rester en sécurité ici avec notre fils.

— Très bien, dans ce cas, céda Aliénor après un instant, sa colère contenue. Mais fais-moi prévenir dès que je pourrai te rejoindre.

— Non, c'est moi qui reviendrai ici, dit-il.

— Mais pourquoi ? demanda-t-elle avec consternation.

— J'ai reçu des nouvelles d'Angleterre, expliqua-t-il. Je n'ai pas encore eu l'occasion de vous l'annoncer, à ma mère et à toi, mais le roi Étienne est malade ; il se pourrait que ce ne soit plus qu'une question de temps. Nous devons nous préparer, et c'est pourquoi il faut que nous restions en Normandie. D'ici, il suffit de traverser la mer.

— Mais pourquoi aller dans le Sud, alors ? s'enquit-elle. Que feras-tu si tu dois te rendre en Angleterre alors que tu es en Aquitaine ?

— Je chevaucherai plus vite que le vent et je serai de retour en dix minutes ! pouffa Henri. Et je ramènerai tes vassaux rebelles. La promesse des richesses qu'ils pourront récolter en Angleterre devrait les pousser à m'aimer davantage.

Chapitre 12

Rouen, 1154

Le mois d'octobre touchait à sa fin. Dans la grande chambre du palais, les deux dames royales richement vêtues étaient assises près du brasero, occupées à coudre. Le vent hurlait à l'extérieur, et les courants d'air qui s'engouffraient par les étroites fenêtres faisaient ondoyer les tapisseries colorées accrochées aux murs.

—Apportez-moi encore de la soie, ordonna l'Emperesse à une femme de sa suite, qui s'empressa de s'exécuter.

Une autre apporta à cet instant des coupes de cognac, qu'elle plaça sur la table.

—J'aimerais tant avoir des nouvelles de Henri, dit Aliénor en buvant une gorgée. Oh, cela réchauffe.

—Je suppose que le temps est aussi mauvais dans le Vexin qu'ici, répondit Mathilde.

Son attitude envers sa belle-fille était toujours strictement courtoise, mais les mois passés à se côtoyer avaient réussi à arrondir quelque peu les angles. Coincées ensemble en vertu de leur rang, elles avaient dû faire au mieux.

—Je m'inquiète pour lui. Il n'est toujours pas remis de sa maladie.

Aliénor frémit en songeant encore à la manière dont son aimé avait frôlé la mort le mois précédent, quand il avait dû rester alité à cause d'une ardente fièvre. C'était grâce à sa solide constitution qu'il s'en était sorti, et certainement pas grâce à ces incapables de médecins, mais sa femme et sa mère avaient connu avant son rétablissement des moments très angoissants.

— Je m'inquiète aussi, mais il est crucial qu'il mate cette révolte, dit Mathilde.

— Je le sais, madame, mais il avait encore des sueurs froides la nuit avant son départ.

Et il avait été trop fourbu pour faire l'amour.

— Je connais mon fils. Il est fort, et c'est un battant. Il guérira. Il déteste cependant être malade et, comme vous aurez certainement déjà eu l'occasion de vous en rendre compte, il n'admettra jamais la moindre faiblesse, pas plus qu'il n'acceptera qu'on lui dise quoi faire. (L'Emperesse esquissa un sourire maussade, puis épia la jeune femme du coin de l'œil.) Avez-vous entendu la nouvelle à propos de votre ancien époux, le roi Louis ?

— Qu'il s'est remarié ? Oui, répondit Aliénor en se levant pour aller ajouter une autre bûche dans le brasero. Je ne lui souhaite que du bonheur – et à son épouse, que du courage.

— Il se raconte que l'infante de Castille, Constance, l'a conquis par sa grande modestie, dit Mathilde tout bas, et que ses sujets sont d'avis qu'il est mieux marié aujourd'hui qu'il ne l'était naguère.

Aliénor ignora ces piques. Elle avait fini par s'y habituer.

— Il a sans doute plus été conquis par la perspective d'une dot importante versée par son père le roi Alphonse, rétorqua-t-elle. Au moins a-t-il fini par faire la paix avec Henri et par arrêter de se faire appeler duc d'Aquitaine. Cela avait le don de m'irriter !

Elle bougea sur son siège et posa les mains sur son ventre arrondi. Elle était enceinte de cinq mois et trouvait l'attente fastidieuse.

Elle avait hâte de pouvoir remonter en selle pour chevaucher au grand air, un faucon à son poing.

Soudain, Mamille de Roucy entra dans la pièce, ses joues roses devenues écarlates sous le coup de l'excitation. L'Emperesse fronça les sourcils face à ce déplorable manquement à l'étiquette, mais la demoiselle ne le remarqua pas.

— Mesdames, un messager vient d'arriver d'Angleterre, tout crotté par son voyage ! Il dit avoir été envoyé par l'archevêque Thibaut et devoir s'entretenir avec le duc sans tarder.

Aliénor se redressa brusquement. Sa belle-mère se tourna vers elle et elle vit dans ses yeux le reflet de son propre espoir.

— Lui avez-vous dit que le duc Henri était absent ? demanda Aliénor.

— Oui, madame. Il demande donc à vous voir.

— Alors faites-le entrer.

Aliénor se leva, fière et altière dans sa belle robe de laine écarlate à longues manches. Elle avait la tête découverte, ses longs cheveux tressés et attachés autour du fin touret cousu d'or qui marquait son rang. En posant les yeux sur elle, le messager éreinté fit honneur par son regard admiratif à la beauté de son visage et à la volupté de son corps fécond. Il se mit à genoux devant elle.

— Madame, permettez-moi d'être le premier à vous saluer en tant que reine d'Angleterre ! dit-il. Le roi Étienne, absous par Dieu, a quitté ce monde. Il est mort le vingt-cinquième jour du mois d'octobre.

— Loué soit le Seigneur, exulta Mathilde dans un souffle tout en faisant le signe de croix.

Aliénor fit de même sans parvenir vraiment à prendre toute la mesure de cette heureuse nouvelle. Elle était de nouveau reine – reine de ce pays du Nord qu'elle ne connaissait pas, qui se trouvait par-delà la mer, et au sujet duquel elle avait entendu tant d'histoires. Tout ce que Henri et elle avaient anticipé et espéré leur était à présent accordé.

— Je vous remercie de m'avoir apporté cette nouvelle, dit-elle au messager en lui tendant la main pour qu'il y dépose un baiser. Le duc… Je veux dire « le roi » doit être informé immédiatement. Je vous prie d'aller vous rafraîchir aux cuisines, puis de rejoindre le Vexin en hâte pour trouver monsieur mon époux et le prier instamment de rentrer afin qu'il puisse prendre possession de son royaume au plus vite. Que Dieu vous garde !

Quand il fut parti, elle se tourna vers sa belle-mère, qui s'était elle aussi levée.

— Le Seigneur a donc enfin décidé de se montrer juste, dit l'Emperesse d'un air émerveillé, des larmes au coin des yeux. J'ai prié pour que vienne ce jour pendant les dix-neuf longues années qu'a duré le règne de cet usurpateur, implorant le Seigneur de défendre mes droits. Il a enfin tranché, et mon fils portera la couronne pour laquelle je me suis battue de toutes mes forces pendant si longtemps.

— Madame, je me réjouis de cette issue heureuse à cette épreuve qui fut la vôtre, lui affirma sincèrement Aliénor.

Dans cet instant de triomphe, elle pouvait se permettre un élan de noblesse envers son ennemie. Poussée par une jubilation commune, les deux femmes tombèrent dans les bras l'une de l'autre et s'embrassèrent sur la joue.

— Venez, décida Aliénor. Nous devons réunir notre petite Cour et lui annoncer la bonne nouvelle. Ensuite nous constituerons une suite pour nous rendre à la cathédrale afin de rendre grâce au Seigneur.

Elle quitta la pièce sans tarder, ses jupes de laine formant une traîne royale derrière elle lorsque, pour la première fois, elle osa précéder l'Emperesse.

Il y avait fort à faire en attendant le retour de Henri. Il fallait envoyer des lettres pour annoncer son accession au trône, prendre des mesures pour la régence en Aquitaine pendant l'absence de ses seigneurs et régler les questions administratives, car le duché de Normandie allait être laissé entre les mains expertes de Mathilde. Aliénor avait, par simple courtoisie, invité sa belle-mère à venir en Angleterre avec Henri et elle, mais celle-ci avait refusé, au grand soulagement de la jeune femme.

—Plus jamais je ne mettrai un pied dans ce pays, avait-elle fermement déclaré. Pas après la façon dont ils m'ont si grossièrement insultée, et chassée. Moi, leur reine légitime !

Aliénor avait entendu dire que c'était son insupportable arrogance et son dédain qui avaient conduit les Anglais à lui tourner le dos, mais elle n'en dit rien.

—Si vous changez d'avis, madame, ou si vous souhaitez simplement venir pour le couronnement, sachez que vous serez la bienvenue, assura-t-elle avec courtoisie avant de recevoir un messager ayant fait une longue route depuis le Vexin.

—Monsieur mon époux est-il en chemin ? demanda-t-elle.

—Non, madame. Il assiège un château.

—Comment ? s'exclama Aliénor, qui n'en croyait pas ses oreilles.

—Madame, il dit qu'il doit donner une leçon aux rebelles, et qu'il ne se laissera pas détourner de son but – ni par la nouvelle de son couronnement, ni par vos sollicitations pour qu'il revienne immédiatement. Il me fait aussi dire que, lorsqu'il sera victorieux dans le Vexin, il devra encore s'occuper de certaines affaires ailleurs avant de revenir auprès de vous.

—Une sage décision, avança Mathilde. Rien ne sert de partir pour l'Angleterre en laissant la Normandie en proie aux rébellions. Les Anglais peuvent attendre un peu. L'archevêque Thibaut est un homme sensé et il est fort capable de maintenir l'ordre. Tous s'accordent à dire que le peuple est heureux d'avoir Henri comme nouveau roi, et il ne faut donc pas craindre d'insurrection.

— Je regrette simplement qu'il ne soit pas ici auprès de moi pour partager ce moment de triomphe, répondit Aliénor d'un air maussade tout en frottant son dos endolori. (Puis elle se tourna de nouveau vers le messager.) Monsieur mon époux est-il en bonne santé ?

— Il n'a jamais été en meilleure forme, madame, répondit-il d'un air enjoué.

Elle se sentit soulagée, cette nouvelle était une bénédiction, au moins. Elle congédia l'homme, puis fit venir sa couturière.

— Vous devriez vous reposer, Aliénor, lui dit Mathilde. Prenez en compte votre condition.

— Le faisiez-vous, madame ? rétorqua-t-elle.

— Non, répondit l'Emperesse sans pouvoir s'empêcher de sourire. Je n'étais pas très douée pour me plier aux conseils de mes dames, ou des accoucheuses, admit-elle. La grossesse était une grande épreuve pour moi. Après avoir donné trois fils à Geoffroy, je lui ai dit que c'en était assez, que je n'en ferais plus.

Son ton s'était fait plus froid, et elle retomba dans un silence tendu. Le fait d'avoir évoqué son époux lui avait rappelé la manière dont ce dernier et Aliénor l'avaient trahie, et la raison pour laquelle il en avait été ainsi. Elle avait suffisamment de sagesse et d'objectivité pour admettre que c'était en partie sa faute, mais elle avait du mal à pardonner. Geoffroy avait été son époux, et ils l'avaient tous les deux déshonorée en copulant ensemble. Elle en était cependant arrivée à concéder à Aliénor une certaine dignité et de l'intelligence, et elle avait conscience que naissait en elle, à son corps défendant, une certaine admiration pour cette belle-fille dévoyée. Elle avait fait de Henri le plus grand prince de la chrétienté, et elle serait une excellente reine. C'était suffisant pour qu'elle la tolère. Elle savait néanmoins qu'elle n'en arriverait jamais à l'aimer ou à l'accepter. C'était hors de question.

Quand Henri rentra finalement, il trouva sa femme, sa mère et toute la Cour très occupées à la préparation du voyage en Angleterre.

— Qu'est-ce donc ? s'enquit-il, éberlué, en entrant dans la chambre d'Aliénor à midi, pris d'un mal de tête causé par une nuit passée à célébrer son accession au trône avec ses barons, puis en d'agréables retrouvailles avec son épouse.

Des tas de vêtements jonchaient le lit, la table, les tabourets et toutes les surfaces disponibles : habits de soie, de lin et de laine, pour beaucoup richement brodés, robes, bliauts, capes, chemises… Des demoiselles aux joues rougies par l'effort couraient en tous sens, rangeant certains vêtements dans des malles, ou ajoutant aux piles déjà constituées.

— Nous préparons les bagages, répondit Aliénor en tournant sur elle-même devant le miroir dans un somptueux manteau bordé d'hermine.

Henri la regarda d'un œil admiratif en s'approchant derrière elle.

— Je vois que vous êtes déjà habillée en reine, la complimenta-t-il en écartant ses cheveux de sa nuque pour y déposer un baiser. Quel beau couple nous formons, n'est-ce pas ? ajouta-t-il en examinant leur reflet.

— Si vous preniez la peine de vous habiller un peu plus à la manière d'un roi, alors nous ferions un très beau couple, repartit son épouse tout en se dégageant de son étreinte.

Elle déposa le manteau dans les bras de Mamille tandis que Henri baissait les yeux sur ses habits de chasse, l'air penaud ; il ne portait que rarement autre chose et ne revêtait ses habits d'apparat que pour les occasions formelles. Ses vêtements d'équitation étaient propres et de bonne facture, bien que raccommodés par endroits. Aliénor l'avait vu, abasourdie, les repriser lui-même.

— Pourquoi ne pas demander à ton valet de le faire pour toi ? s'était-elle étonnée. Ce n'est pas un travail pour le duc de Normandie et d'Aquitaine !

— Pourquoi, si je peux le faire ? avait contré Henri.

Elle avait admiré secrètement son humilité, qui le rendait plus accessible. Avec lui, on savait à quoi s'en tenir – il n'y avait aucun faux-semblant.

Henri se jeta sur le lit, poussant une pile de voiles, et croqua dans une pomme.

— Attention à ces voiles ! s'écria Aliénor en s'empressant d'aller les sauver de la destruction. Torqueri a passé beaucoup de temps à en faire les ourlets et à les lisser, le tança-t-elle. Et enlevez vos sales bottes de ce lit !

Henri s'exécuta sans rouspéter tout en continuant de manger sa pomme.

— Combien de voiles avez-vous, exactement ? demanda-t-il en lorgnant la haute pile.

— Trop pour les compter, répondit-elle d'un air distrait. Florine, Faydide, avez-vous emballé mes chaussures ?

— Oui, les quatorze paires, acquiesça la première.

— Et les quarante-deux robes, ajouta la seconde.

— « Quarante-deux » ? s'exclama Henri. Vous n'avez pas besoin d'autant de robes.

— Je dois impressionner nos nouveaux sujets, se défendit-elle.

— Ils nous accuseront d'extravagance, marmonna-t-il.

— Les cottes épaisses, madame, annonça Torqueri.

Aliénor vit son mari les observer avec défiance.

— J'ai entendu dire qu'il pouvait faire très froid en Angleterre, se justifia-t-elle. Je les porterai sous mes robes, par-dessus ma chemise.

— L'espace d'un terrible instant, j'ai cru que vous alliez les porter au lit ! dit Henri avec un rictus alors que les dames se mettaient à glousser.

— Il se pourrait bien que ce soit le cas, si l'Angleterre est aussi glaciale en décembre qu'on le dit, le mit-elle en garde.

— Il faudra d'abord me passer sur le corps.

— Ce n'est pas exclu ! dit-elle en riant. Comment avancent vos préparatifs ?

— Mes bagages sont prêts et je rassemble mon escorte, répondit-il. Je vais emmener la même tripotée de barons et d'évêques – ils veulent tous leur part du gâteau. Il ne sera pas aisé de les retenir quand ils arriveront à Westminster. J'ai dû inclure mon frère Geoffroy, ce petit bâtard : ma mère a insisté.

— Ce fauteur de troubles ? grommela Aliénor. Vous allez devoir garder un œil sur lui.

— Il n'est pas bien méchant – seulement fichtrement pénible. Pour faire oublier sa présence, mon amour, j'ai aussi invité votre sœur à se joindre à nous.

— Pétronille ? (L'image d'une belle jeune femme au regard hanté et a l'air fragile s'imposa à son esprit.) C'est très prévenant. Cela fait des années que je ne l'ai pas vue. Henri, vous êtes si bon avec moi.

— Étant donné que ma mère restera ici, je me suis dit que vous n'auriez personne de votre rang pour vous tenir compagnie en Angleterre, expliqua-t-il, fier de la voir si heureuse. J'ai cru comprendre qu'il y avait eu un scandale, poursuivit-il sur le ton de la conversation tout en jetant son trognon de pomme par la fenêtre avant de s'emparer d'un pichet de vin. J'étais très jeune à l'époque, et les adultes refusaient de m'en parler. Votre sœur était-elle une vilaine fille ? L'on m'a dit qu'elle était très belle – mais, naturellement, moins que vous, s'empressa-t-il d'ajouter.

— Pourriez-vous aussi me servir une coupe de vin, s'il vous plaît ? J'ai besoin de me reposer un peu, dit-elle en congédiant ses dames avant de s'asseoir sur le seul coin du lit qui n'était pas occupé par les tas de vêtements ou par son époux.

— Tiens, pose ces choses sur la malle et viens t'étendre près de moi, proposa Henri en tendant son bras dans une invitation licencieuse. Tu t'épuises. Tu dois penser à l'enfant.

— Ce que tu ne feras absolument pas si je viens m'étendre auprès de toi ! le tança-t-elle. Souviens-toi que l'Église interdit de faire l'amour pendant la grossesse.

— Bah ! railla-t-il. Ce n'est pas ce que tu disais hier soir, si je me souviens bien.

— Je n'y vois aucun mal, se défendit-elle. Pas plus que je ne vois comment une bande de clercs abstinents, tous terrorisés par les femmes, pourrait prétendre avoir autorité en la matière.

— Ils t'enverraient au bûcher s'ils t'entendaient ! s'esclaffa Henri. Ils pensent que le sexe sert uniquement à la procréation, et qu'il n'y a plus besoin de faire la chose quand enfant il y a.

— Comme ils se trompent, dit-elle en souriant. Cela va peut-être te paraître blasphématoire, mais t'avoir en moi est comme entrer en communion avec Dieu – une harmonie entre le corps et l'âme, si tu préfères.

— Qu'est-ce que tu essaies de me faire ? s'exclama Henri, qui feignait l'indignation tout en désignant son érection que l'on voyait nettement sous sa tunique.

— Contrôle-toi ! l'admonesta-t-elle, faussement mécontente. Pas maintenant, s'il te plaît. Je suis censée me reposer, et j'étais sur le point de t'expliquer pour Pétronille.

Henri esquissa une moue dépitée, mais il s'allongea pour l'écouter.

— C'était il y a plus de dix ans, commença-t-elle en se calant confortablement contre le traversin. Ma sœur n'avait que seize ans à l'époque, et elle était très têtue. Elle est tombée amoureuse du comte Raoul de Vermandois.

— Il devait être bien plus vieux qu'elle, s'étonna Henri.

— Oui, de trente-cinq ans, mais cela ne semblait pas les déranger, car elle était parfaitement éprise de lui, et lui d'elle.

— Quel vieux bouc lubrique !

— Faut-il toujours que tu considères l'amour à travers le sexe ? lui reprocha Aliénor avec toutefois un sourire dans le regard.

— Tu ne t'es jamais plainte, rétorqua-t-il gaiement avant de lui prendre la main pour y déposer un baiser.

— Ma foi, enchaîna Aliénor, appréciant ce geste de galanterie, il se trouve que tu as raison, car Raoul était pour le moins porté sur la chose. Malheureusement, il était marié à la sœur de cet affreux Thibaut, comte de Blois – celui qui a tenté de m'enlever, te souviens-tu ?

— Comme si je pouvais oublier ce fils de chienne, dit Henri en fronçant les sourcils.

— Je ne l'ai jamais aimé, d'ailleurs, poursuivit-elle. Et à l'époque, pour des raisons que j'ignore, il refusait catégoriquement de prêter allégeance à Louis ; aussi, pour le lui faire payer, j'ai encouragé Raoul à demander l'annulation de son mariage. Il ne s'est pas fait prier, puisque Thibaut et lui étaient ennemis. Quoi qu'il en soit, Raoul a quitté son épouse et Louis a désigné trois évêques pour dissoudre le mariage et célébrer son union avec Pétronille. C'est alors que tout est allé de travers ! Thibaut a pris le parti de sa sœur et s'est plaint au pape ; bien sûr, il a fallu que l'abbé Bernard s'immisce dans l'histoire, et il est allé dire à Sa Sainteté et à tous ceux qui voulaient bien l'écouter que les sacrements du mariage avaient été bafoués et que la maison de Blois avait été insultée.

— Et que s'est-il passé ensuite ?

— Le pape a donné l'ordre à Raoul de retourner auprès de son épouse. Tu aurais dû voir Pétronille : elle était folle de chagrin. Mais Raoul n'a pas flanché et a refusé de la quitter. C'est pour cette raison qu'ils ont été excommuniés. Louis a tout de suite pris la défense de Raoul et a déclaré la guerre à Thibaut. Il avait de bonnes raisons, crois-moi. C'est au cours de ce conflit qu'a eu lieu le massacre de Vitry.

—J'en ai entendu parler, dit Henri.

—Comme toute la chrétienté, soupira Aliénor. Ç'a été tout bonnement affreux. Tout le monde a tenu Louis pour responsable, mais il n'a jamais voulu ce qui est arrivé. Quand les habitants ont barricadé les portes pour l'empêcher d'entrer, il a ordonné à ses hommes de tirer des flèches enflammées sur le château, qui était en bois. Celui-ci a pris feu et les défenseurs ont péri. Louis et ses hommes ont donc pu forcer l'entrée de la ville. Tout cela était prévu, mais les soldats se sont laissé emporter par la rage, échappant à l'autorité de leur capitaine. Ils ont commencé à tailler de toutes parts avec leurs épées et leurs torches, et les flammes ont eu tôt fait de se propager à tous les bâtiments. Un vrai bain de sang, partout dans les rues. Ceux qui ont pu s'échapper se sont retranchés dans la cathédrale, pensant y être en sécurité, les malheureux.

—Ne me dis pas que le pieux Louis a ordonné que l'on mette le feu à la cathédrale, s'indigna Henri.

—Non, il était plus loin et observait la scène avec horreur depuis une colline à l'extérieur de la ville. C'est le vent qui a soufflé les flammes en direction de la cathédrale, et elles l'ont ravagée à une vitesse ahurissante. Mille cinq cents personnes ont perdu la vie ce jour-là – femmes, enfants, malades et personnes âgées. C'était terrible, conclut-elle en levant un regard triste sur son époux.

—Tu étais présente ? demanda-t-il d'un air sombre.

—Non, j'étais à Paris, mais j'ai dû consoler Louis à son retour. Il était abattu. Il avait tout vu ; il avait entendu les hurlements de ces pauvres bougres pris au piège, et il avait senti l'odeur de leur chair brûlée. (Elle grimaça.) Il avait dû regarder, impuissant, le toit s'effondrer sur ces pauvres âmes innocentes. Il avait le sentiment que tout était sa faute, même s'il n'a jamais voulu causer une telle tragédie. (Elle se souvenait de son regard absent alors qu'il avait tenté en vain de parler, tremblant comme une feuille, étendu malade et muet dans son lit pendant deux jours.) Après cela, il n'a plus jamais été le même. Il était rongé par la culpabilité. Il a même coupé ses beaux cheveux longs que j'aimais tant et s'est mis à porter des bures.

— Je suppose qu'il n'était pas question de faire l'amour, devina Henri avec un air sardonique dans l'espoir d'alléger un peu l'humeur.

— Il n'était généralement pas question de faire l'amour, avec lui ! répondit-elle en lui souriant.

— Et est-ce que Louis a fini par se le pardonner ?

— Je pense que le plus dur a été d'accepter que Dieu lui avait pardonné, dit Aliénor en réfléchissant. Il a fallu attendre la croisade pour cela, quand nous avons visité Jérusalem et reçu l'absolution sur la tombe de Notre Sauveur.

— Et pour Pétronille ? demanda Henri.

— Eh bien, après encore plusieurs disputes et affrontements, l'abbé Bernard a réussi à sceller la paix entre Louis et Thibaut, et le mariage de Pétronille et Raoul a été légitimé par le pape. Quel soulagement cela a été ! Mais son bonheur n'a duré que dix ans. Quand Louis et moi avons fait annuler notre mariage, Raoul a décidé qu'il ne voulait plus être l'époux de la sœur de l'ancienne femme du roi – il ne voyait tout simplement pas d'avantage à en tirer. Mais, au-delà de cela, il était tombé amoureux d'une autre femme, au grand désarroi de Pétronille. Malgré ses larmes et ses protestations, il a divorcé d'elle et lui a pris leurs trois jeunes enfants. Les perdre a été un supplice pour elle. Son petit garçon souffre d'une horrible maladie de la peau, le pauvre, et elle s'inquiète énormément pour lui. Pétronille n'a pas eu une vie facile.

Mais Pétronille, lorsqu'elle arriva, semblable à une réplique plus pâle et plus ronde de sa sœur, se montra joyeuse à l'idée de retrouver Aliénor, et excitée par la perspective d'aller en Angleterre pour le couronnement. Son chagrin permanent d'être séparée de ses enfants dissimulé derrière un masque de bravoure, elle ne tarit pas d'éloges devant le jeune Guillaume, qui gazouillait de plaisir dès que sa tante approchait. Pétronille se lança à corps perdu dans les préparatifs pour l'imminent départ, et passa de nombreuses heures avec sa sœur à évoquer les souvenirs de leur enfance et à faire des plans pour l'avenir. Il ne fallut cependant guère longtemps à Aliénor pour remarquer que cette allégresse était en grande partie due à sa consommation grandissante du fruit de la vigne, mais la pauvre avait eu une vie si difficile, son bonheur lui ayant été arraché en même temps que ses petits, qu'elle n'eut pas le cœur de lui en faire le reproche.

Toujours à l'initiative de Henri étaient arrivés dans le sillage de Pétronille ses deux demi-frères, Guillaume et Joscelin, qu'il avait rattachés à sa suite en tant que chevaliers. Aliénor le remercia avec reconnaissance pour sa prévenance et embrassa chaleureusement les deux jeunes hommes impatients, qui ressemblaient tant à leur père depuis longtemps disparu.

Quand tout le monde fut enfin réuni, Henri et son épouse firent leurs adieux à Mathilde l'Emperesse et prirent la route de Barfleur, où leurs navires attendaient de les emmener en Angleterre.

Chapitre 13

Normandie et Angleterre, 1154

— Cela devrait faire bonne impression auprès de mes nouveaux sujets ! déclara Henri en se tournant pour désigner d'un ample geste du bras la vaste cohorte de notables et d'évêques.

Chacun avait sa propre suite et ses chariots de bagages, avançant en une file qui disparaissait à l'horizon. Aliénor se dit intérieurement que les Anglais risquaient de voir cette interminable procession comme une meute de charognards venus piller leur royaume, mais elle savait aussi que la réputation de Henri était telle qu'il n'aurait aucun mal à faire respecter l'honorable ligne de conduite qu'il dicterait à ses partisans, et que ces derniers traiteraient de manière équitable avec son nouveau peuple.

Elle leva vers lui un visage souriant. Elle voyageait en litière, sa grossesse étant trop avancée pour lui permettre de monter à cheval ; elle n'aimait pas être bringuebalée sur les pistes cahoteuses qui passaient pour des routes, mais elle souffrait en silence et tentait de se détendre au milieu des coussins, serrant autour d'elle son manteau doublé de fourrure pour se protéger du vent glacial. Elle s'était promis de ne pas se plaindre, car elle savait que Henri voulait arriver en Angleterre au plus tôt, et elle souhaitait, quant à elle, que ce voyage se termine le plus vite possible.

Ce fut lors d'une halte pour la nuit à Caen que Henri aperçut Bernard de Ventadour qui rôdait parmi les valets de sa maisonnée.

— Que fait-il ici, celui-là ? marmonna-t-il dans sa barbe avant de faire signe au troubadour d'approcher.

Bernard, qui avait prié pour que son maître ne le voie pas, eut la décence de paraître terrifié, et il sembla hésiter à prendre la fuite.

— Sire ? le salua-t-il d'une voix nasillarde.

— Je croyais vous avoir donné l'ordre de ne pas quitter l'Angleterre sans ma permission ! lui reprocha sévèrement Henri.

— J… je sais, sire, mais toute votre suite rentrait avec vous, et vos chevaliers avaient besoin d'être divertis…

— Au diable mes chevaliers ! gronda Henri. Vous m'avez désobéi, vile canaille.

Bernard rentra la tête dans les épaules.

— Écoutez-moi bien, et ne me désobéissez plus jamais ou vous en serez rudement châtié. Je vous ordonne de partir sans délai.

— Mais, sire, où irai-je ? se lamenta le troubadour.

— N'importe où sauf ici !

— Mais je ne peux pas rentrer à Ventadour…

— Non, c'est une certitude, et madame mon épouse m'a expliqué pourquoi. (Henri fut satisfait de le voir grimacer.) Il vous faudra trouver une autre Cour.

— C'est un déchirement pour moi, sire, dit Bernard en laissant couler ses larmes. Je ne sais pas quoi faire, ni où aller.

— Écoutez mon conseil et partez le plus loin possible. Peut-être pourriez-vous proposer vos talents au comte de Toulouse.

— Sire, puis-je parler franchement ? demanda Bernard d'un air agité.

Henri croisa les bras et le regarda droit dans les yeux.

— J'attends, dit-il brusquement.

— Il y a une dame, sire…

— Damné soyez-vous, troubadour !

— Non, sire, je ne parle pas de madame la duchesse. Une autre dame, dit-il, la tête baissée.

— Ah ! Une autre dame ! Vous ne perdez pas de temps, l'accusa Henri en le pointant du doigt avant d'éclater de rire.

— Sire, je l'aime, et jamais je ne pourrais la quitter…

Henri cessa brutalement de rire.

— Toulouse ! vociféra-t-il. Prenez vos affaires et allez-vous-en. Et que je ne revoie plus jamais votre tête.

Bernard détala. Il n'existait aucune dame ; il avait le cœur brisé et savait la partie perdue. Cette nuit-là, dans la chambre d'une auberge à l'odeur pestilentielle, il composa en hâte un poème pour Aliénor, dans lequel il chantait tristement ses louanges pour la dernière fois et lui disait que son mari l'avait forcé à partir loin d'elle. Il remit son œuvre à son serviteur, qui partit au galop rejoindre le convoi du roi. Deux jours plus tard, Aliénor lut le poème, poussa un soupir exaspéré, froissa le parchemin crasseux, puis le jeta dans la Vire.

Henri regarda par-dessus le parapet de la tour de l'église Saint-Nicolas, le visage giflé par le vent et par la pluie, qui trempait sa courte cape en laine. En contrebas, les eaux peu profondes du port de Barfleur étaient furieusement secouées par la tempête et on ne voyait pas âme qui vive dans tout le petit village prospère. Les habitants, pourtant avides, s'étaient tous retranchés chez eux, à l'abri.

— Combien de temps encore devrons-nous rester cloîtrés ici ? pesta-t-il auprès du capitaine de son navire.

— Je vous en conjure, faites preuve de patience, sire, cria l'homme à la peau tannée par les éléments pour se faire entendre par-dessus les bourrasques. Les courants là-bas au large sont parfois bigrement forts. Vous aurez déjà bien entendu parler de la *Blanche-Nef* ?

Henri en avait déjà effectivement trop souvent entendu parler par sa mère, dont le frère avait sombré avec le navire lors de cette terrible nuit, trente-quatre ans plus tôt, et il en avait encore entendu parler ces derniers jours de la bouche des marins, qui semblaient prendre plaisir à raconter les tragédies en mer. Bien entendu, sans le naufrage de la *Blanche-Nef*, qui avait conduit à la noyade de l'héritier d'Angleterre, il ne se serait pas trouvé là à cette heure, à attendre de pouvoir prendre possession de ce même royaume. D'ailleurs, attendre lui semblait être sa seule occupation ; il piaffait presque d'impatience.

— Par le sang du Christ, la traversée n'est pas fort longue ! s'insurgea Henri. Vous rendez-vous compte, mon brave, que l'Angleterre est sans roi depuis six semaines ? Il se pourrait même que mon trône soit en danger à cause de ce contretemps.

— Sire, répondit calmement le capitaine. Ce n'est pas moi qui commande le ciel.

— Certes, marmonna Henri, mais quand *je* vous commande de lever l'ancre, j'attends que vous m'obéissiez. Vous défiez mon autorité pour la cinquième fois maintenant.

— Et je pourrais bien vous avoir sauvé la vie cinq fois, sire, répondit le marin avec sagacité. Il vaut mieux pour l'Angleterre avoir un roi de l'autre côté de la mer plutôt que n'avoir pas de roi du tout.

C'était indéniable, mais Henri n'était pas d'humeur à se laisser clouer le bec par des avertissements judicieux.

— Je vous remercie de votre considération, rétorqua-t-il avec sarcasme. Dieu sait que nous pourrions demeurer ici jusqu'à la fin de nos jours. Non, ma décision est prise. Nous prenons le large aujourd'hui.

Le capitaine était sur le point d'émettre une nouvelle objection quand la reine Aliénor apparut soudain à la porte de la tour, son ventre rond chaudement enveloppé dans un manteau noir à capuche.

— Il fallait que je prenne l'air, dit-elle en levant le visage vers le ciel sans se soucier du vent tourbillonnant ni de la pluie battante. On a allumé tant de braseros que je suffoque dans ma chambre. Pétronille est particulièrement sensible au froid. Dieu tout-puissant, quelle tempête !

Elle avança tant bien que mal face au vent pour rejoindre Henri, qui la serra dans ses bras.

— Madame, notre capitaine refuse de prendre la mer, lui dit-il. Je suis, quant à moi, bien décidé à braver les éléments et à faire route vers l'Angleterre.

— C'est pure folie, sire, se récria l'homme. Surtout quand la reine est si proche du terme.

— Et vous, ma mie ? Qu'en dites-vous ? demanda Henri sans écouter le marin.

— Un peu de mauvais temps ne m'a jamais fait peur, répondit-elle avec une légèreté et une bravoure totalement feintes.

Elle savait que Henri ferait comme bon lui semblerait, quoi que quiconque puisse dire, et il était donc plus prudent de tirer le meilleur parti de la situation – même si le ciel était noir et menaçant, et que les rafales étaient effrayantes…

— Je regrette de devoir vous imposer cela, à vous et au petit Guillaume, dit-il. Mais Dieu seul sait ce qu'il se passe en Angleterre en mon absence. L'archevêque Thibaut a-t-il vraiment suffisamment de poigne pour tenir en échec ces belliqueux barons anglais ?

— Les derniers rapports montrent qu'il s'en sort merveilleusement bien, lui rappela son épouse.

— Oui, mais pour combien de temps encore ? s'inquiéta Henri.

Il savait mieux que quiconque comment ces barons s'étaient opposés au faible roi Étienne, comment ils avaient bâti leurs châteaux sans attendre son aval, puis semé la terreur dans les campagnes en se servant de la guerre civile comme prétexte pour commettre d'innommables déprédations et atrocités. Non, sa décision était prise. Il y avait plus de risques à rester là qu'à braver la tempête.

Aliénor crut qu'elle ne reverrait jamais la lumière du jour, isolée avec ses dames à l'intérieur d'une cabine puante dont le bois grinçait de façon alarmante au rythme de la tempête. Dehors, la mer démontée continuait ses infatigables assauts, les lames s'écrasant sur la coque et faisant tanguer dangereusement le navire. Le vent hurlait et projetait le bateau contre les vagues. Les dames poussaient des petits cris ou vomissaient dans les bassines déjà pleines.

À l'avenir, tout ce que je vous demanderai, Seigneur Dieu, sera d'avoir toujours sous mes pieds la terre ferme, pria silencieusement Aliénor.

Elle était étendue sur le lit de fortune en bois, se cramponnant aux rebords par instinct de survie et faisant au mieux pour ignorer les balancements de ses propres entrailles. Elle tenait son petit Guillaume serré dans le creux de son bras, tandis que l'enfant dans son ventre donnait des coups de pied, certainement effrayé par ce tumulte inhabituel.

Aliénor pouvait entendre les hommes crier pour se faire entendre dans la tempête, et les chevaux attachés hennir et se cabrer, pris de panique. Les bagages rangés dans la soute étaient bringuebalés au gré des vagues, et des coups sourds inquiétants signalaient leurs mouvements. Elle n'avait pas vu Henri une seule fois depuis qu'ils avaient quitté le port, car le capitaine s'était montré intraitable sur le fait que les femmes devaient impérativement rester cloisonnées dans leurs quartiers. Elle ignorait même – et elle n'en avait cure, décida-t-elle – s'il n'était pas passé par-dessus bord. Il aurait au moins pu venir pour savoir si elle tenait bon dans cet enfer sur mer.

Elle enfonça son visage dans l'oreiller rugueux pour échapper à la puanteur du vomi et du seau des latrines. Depuis combien de temps étaient-ils en mer ? Elle avait complètement perdu la notion du temps et savait seulement qu'elles avaient toutes enduré de longues heures de torture enfermées dans cette cabine fétide. Dans le lit voisin, Pétronille sanglotait bruyamment. Elle avait consommé une bonne quantité de vin à la hâte avant d'être tant bien que mal persuadée de monter à bord, et elle le payait chèrement depuis, mais cet acte lui avait délié la langue et ses divagations terrifiées menaçaient de rendre toutes les autres femmes hystériques.

—Nous allons tous mourir, gémit-elle. Je ne reverrai jamais plus mes doux angelots.

Cette remarque ne fit qu'amplifier les sanglots et glapissements apeurés. Toutes les occupantes de la cabine allaient bientôt se retrouver à geindre de manière incontrôlée.

—Assez ! intervint sévèrement Aliénor. Les marins affrontent des tempêtes comme celle-ci sans arrêt, et ils y survivent.

Elle fut heureuse de l'assurance qu'elle entendit dans sa voix, pourtant totalement absente dans son cœur. Les femmes se turent et continrent leurs larmes ainsi que leurs craintes. Elle leur parla alors de manière plus douce, leur offrant des paroles rassurantes qu'elle aurait aimé croire elle-même.

Les heures de la nuit – ou de ce qu'elle supposa être la nuit – semblèrent interminables. Aliénor les passa dans cet état brumeux entre le sommeil et le réveil, trop tendue pour sombrer et ainsi atteindre l'oubli qu'elle appelait de ses vœux. À un certain moment, toutefois, elle dut s'assoupir car, quand elle ouvrit les yeux, elle vit une lumière aqueuse percer à travers le linge huilé accroché devant l'unique fenêtre, et la mer s'était miraculeusement calmée. Dieu avait répondu à ses prières.

Elle serra contre son sein le petit Guillaume, qui fort heureusement demeurait joyeux, égal à lui-même, indifférent aux heures de terreur qu'ils avaient endurées ; quel bonheur cela devait être, se dit sa mère, d'être jeune et innocent au point de n'avoir pas conscience du péril et des dangers de ce monde. Elle déposa un baiser sur le petit crâne duveteux de son fils, ressentant pour la centième fois un magnifique élan d'amour maternel, doublé en cet instant d'un sentiment de reconnaissance du fait qu'ils avaient été épargnés par la tempête. Elle se promit de se rendre à la première église qu'elle trouverait dès qu'ils auraient accosté afin d'exprimer sa gratitude envers le Seigneur.

Elle se leva, secoua ses dames pour les réveiller, et leur demanda d'aller chercher une tenue royale et un peigne en ivoire dans le coffre cerclé de métal qui renfermait ses biens trop précieux pour les mettre dans la soute. Elle allait devoir se vêtir en reine, car Henri et elle poseraient bientôt pour la première fois le pied dans leur nouveau royaume, et leurs sujets s'amasseraient certainement pour les saluer. Elle enfila donc sa somptueuse robe byzantine, qui formait un drapé majestueux sur son ventre rebondi, et elle laissa ses cheveux lâchés avec prestance sous un simple diadème en or. Puis elle sortit de la répugnante cabine et huma l'air frais et mordant du matin. Elle trouva Henri à quelques pas de là, à côté du bastingage, regardant par-delà un estuaire calme les larges plages de sable et, au loin, les grandes étendues boisées.

— Madame, la salua-t-il en se découvrant.

Ses barons et clercs s'inclinèrent avec courtoisie devant elle à son approche. Elle remarqua que son époux avait remisé ses sempiternels habits de chasse pour une tunique fort seyante ornée de larges bandes de broderie, sous un de ces courts manteaux qu'il avait récemment mis au goût du jour, ce qui lui avait valu le surnom de « Court-Mantel ». Ses cheveux couleur cuivre formaient de jolies boucles qui lui tombaient sur les oreilles sous sa couronne ducale de Normandie. Il offrait l'image parfaite du monarque avec ses traits fins et majestueux, et son port altier. Aliénor en oublia sa rancœur envers lui dans la liesse de l'instant : elle était reconnaissante d'être encore en vie, et fière de se tenir à ses côtés en tant que reine consort.

Il n'y avait personne pour les accueillir lorsqu'ils accostèrent. Évidemment, nul ne savait quand et où les attendre. Ils formaient pour l'heure une troupe restreinte, car les autres navires avaient été dispersés dans la tempête et avaient, avec un peu de chance, touché terre ailleurs sur la côte.

— Prenons immédiatement le chemin de notre capitale de Winchester pour mettre le trésor royal en sécurité et recevoir les hommages de nos barons anglais ! déclara Henri avant de prendre la tête du cortège sur son magnifique destrier. Les autres ont reçu comme instructions de nous y rejoindre dans le cas où nous serions séparés, expliqua-t-il à son épouse. J'y ai aussi envoyé l'archevêque Thibaut en lui donnant l'ordre de réunir les notables.

C'était une journée glaciale, mais illuminée par un vif soleil hivernal. Le paysage était détrempé et luisant après la tempête, et les roues s'enfonçaient avec un bruit de succion dans la boue sur les routes gorgées d'eau, les chevaux peinant à tirer la litière. *L'abbesse Mathilde avait raison*, songea Aliénor en observant avec enthousiasme son environnement par la fenêtre du véhicule : ce royaume d'Angleterre ressemblait effectivement beaucoup à la Normandie et à la région de Paris. Il était vert et boisé, doucement vallonné, avec des clairières ombragées, des cours d'eau scintillants et de la lande. Ils passèrent cependant la majeure partie du voyage à traverser une immense forêt aux arbres denses – des chênes épais autant que des châtaigniers, des hêtres et des frênes – dépouillés de leur feuillage. Çà et là, on pouvait apercevoir des biches au loin, ainsi que des robustes poneys trapus, la plupart bais, bruns ou gris.

— Un bon terrain de chasse ! s'enthousiasma Henri. Nous sommes dans la New Forest, proclamée forêt royale par Guillaume le Conquérant, spécialement pour le plaisir de la traque. Le droit forestier qu'il a établi est très strict. Nul ne doit braconner les cerfs du roi sous peine de mort – ou, à son époque, de mutilation.

— « De mutilation » ? répéta Aliénor avec surprise.

— Mon arrière-grand-père était un monarque juste mais dur. Il a aboli la pendaison. Cependant, il l'a remplacée par la castration ou par la mutilation, expliqua Henri avec un rictus. Cela s'est avéré très efficace, bien entendu. En ces temps-là, on pouvait parcourir l'Angleterre de long en large avec de l'or plein les poches, personne n'osait vous détrousser.

— On se demande bien pourquoi ! gloussa Aliénor.

— Mon grand-oncle, le roi Guillaume le Roux, a été abattu par une flèche dans cette même forêt, poursuivit Henri. Il avait des différends avec l'Église et n'était pas franchement aimé du peuple. Certains disaient qu'il préférait les hommes aux femmes ; les évêques, que Dieu les bénisse, s'insurgeaient de l'extravagance avec laquelle ses courtisans et lui s'habillaient. Sa mort est prétendument un tragique accident, causé par un homme du nom de Tyrell qui aurait tiré sur le roi au lieu du gibier qu'il prétendait viser, mais je me suis toujours interrogé.

— Vous pensez qu'il a été assassiné ?

— C'est tout à fait probable, répondit Henri d'une voix posée. Mais il n'est pas convenable d'accuser son propre grand-père de régicide !

— C'était le roi Henri le responsable ?

— C'est en tout cas lui qui a récupéré la couronne grâce à cela. Il n'a pas attendu les formalités pour se rendre le plus vite possible à Winchester afin de s'emparer du trésor royal, un peu comme ce que nous faisons actuellement, ma reine, sans doute avec un peu moins d'empressement !

Quand la forêt laissa place aux cultures, ils longèrent des champs à perte de vue, séparés en nombreuses parcelles ; chaque serf travaillait la sienne en plus des terres du seigneur auquel il était rattaché. Alors que la troupe royale traversait de nombreux villages modestes, chacun avec son petit manoir en pierre et sa petite église trapue entourée d'une poignée de maisons en torchis à toit de chaume, les gens du pays accoururent pour les voir, curieux de savoir qui étaient ces étrangers richement vêtus et manifestement importants. Henri salua tout le monde avec un naturel inné. Il écouta leurs griefs, secoua la tête en entendant leurs terribles histoires des affreuses années du règne du roi Étienne, et promit qu'il ferait respecter la justice pour tous. Ils l'acclamèrent chaleureusement, le portant quasiment aux nues comme leur sauveur, tandis que les curés de campagne sortaient de leur maison sur la glèbe et s'empressaient de venir le bénir ; les femmes et les enfants se présentaient devant Aliénor avec leurs maigres offrandes de pommes, de pain noir et de cidre.

Partout où ils allaient, ils entendaient le tintement des cloches des églises pour lequel était connue l'Angleterre. Quand la nouvelle de l'arrivée du roi se fut propagée, tous les villages firent résonner les cloches pour la célébrer et annoncer ce moment historique à la paroisse voisine. Le convoi royal franchissait chaque communauté rurale en laissant derrière lui des paysans euphoriques, qui dansaient tous de joie.

Ils approchèrent vite de Winchester, cette grande ville fortifiée dominée par sa vieille cathédrale, ses belles abbayes et l'imposant château construit par le Conquérant. Henri expliqua à Aliénor qu'il s'agissait de la cité d'Alfred le Grand, le fameux roi-héros saxon dont la dépouille reposait en la cathédrale, non loin de celle du peu regretté Guillaume le Roux.

Ils virent alors l'honorable archevêque Thibaut, sur le dos de sa mule, venu accueillir son roi, à la tête d'une impressionnante escorte de barons et de prélats, tous tendant le cou dans l'espoir impatient de mieux voir ce jeune homme qui allait désormais régner sur eux.

— Sire ! le salua Thibaut avant de descendre de selle, de se pencher en s'appuyant sur sa crosse, puis de poser ses vieux genoux grinçants dans la terre mouillée.

— Monseigneur l'archevêque ! s'écria Henri d'une voix enjouée tout en sautant de son cheval pour s'empresser d'aller l'aider à se relever.

Ils échangèrent le traditionnel baiser de paix et de bienvenue, puis le roi se tourna vers les notables avec un sourire radieux – et quelque peu calculateur – alors qu'ils descendaient de leur monture et effectuaient sans hésiter une révérence.

— Levez-vous, messires ! leur dit-il. Bien le bonjour à vous. Je vous remercie d'être venus. (Puis il se tourna vers l'archevêque.) Vous m'avez bien servi, Votre Grâce, en préservant la paix dans ce royaume durant ces six semaines. Dites-moi, est-il vrai que personne n'a osé disputer mes droits ?

Thibaut lui offrit un grand sourire. Il était tout entier dévoué au Seigneur, mais cela ne l'empêchait pas d'être compétent et rusé en affaires, clairement respecté de tous.

— C'est la vérité, sire. Les seigneurs que vous voyez ici se sont tous tenus tranquilles par amour pour leur futur roi. Et, pour être franc, personne n'a osé tenter quoi que ce soit, car vous les impressionnez. Votre réputation vous précède.

Henri hocha la tête, fort satisfait, puis aida Aliénor à descendre de la litière et lui présenta Thibaut.

— Madame, nous sommes tous abasourdis de vous voir ici sains et saufs, lui dit le vieil homme. C'est un miracle que vous ayez survécu à cette terrible tempête. Et permettez-moi d'ajouter, poursuivit-il à voix basse avec un léger sourire en coin, que nos bons barons ici présents tremblent plus qu'un fétu de paille ballotté par le vent tant ils craignent votre époux. Ils le pensent quasi divin pour avoir osé défier les éléments afin de venir en Angleterre.

C'était un bon début. Henri FitzEmperesse, prenant le trône de Guillaume le Conquérant dans la grand-salle du château, reçut les hommages des seigneurs et du clergé. Aliénor observa la scène depuis un siège d'apparat plus bas, ses dames réunies autour d'elle, parmi lesquelles se trouvaient désormais des nobles anglaises ayant fait le voyage jusqu'à la capitale en compagnie de leur mari. Ce fut un jour glorieux, empreint de joie, les barons anglais faisant preuve d'une admiration et d'un respect dont ils étaient peu coutumiers envers leur nouveau roi, tandis que dans les rues le peuple chantait ses louanges.

Après une douce nuit de sommeil aux côtés d'Aliénor dans le lit confortable de la chambre superbement peinte du château, sa main posée jalousement sur son ventre bombé, Henri voulut partir de bon matin. Il avait hâte de gagner Londres et d'être couronné à Westminster sans plus de délai. Alors seulement, pourrait véritablement commencer son règne en Angleterre.

Londres était couverte de givre, mais emplie de citoyens et de visiteurs extatiques venus assister au spectacle du couronnement. Nichée fièrement au bord de la puissante Tamise, la cité était plus petite que Paris, Aliénor put s'apercevoir néanmoins qu'elle était tout aussi impressionnante et méritait amplement sa place parmi les villes les plus nobles et prisées du monde. Henri ne tarit pas d'éloges sur son système de défense, ses murs robustes, sa position stratégique sur la Tamise et ses trois impressionnantes forteresses : le château de Baynard, celui de Montfichet et la fameuse Tour de Londres, la place forte de Guillaume le Conquérant.

Ils approchèrent par des faubourgs prospères composés de maisons proprettes aux somptueux jardins, et pénétrèrent dans la cité par l'ouest, franchissant la porte de Newgate. Puis ils continuèrent en file à travers les ruelles étroites et glissantes bordées d'une foule venue les acclamer. Tous étaient emmitouflés dans des manteaux et des fourrures, mais, même par ce froid mordant, Londres demeurait une ville palpitante et excitante, peuplée de gens chaleureux et accueillants. Ils applaudissaient leur nouveau roi, qu'ils appelaient « Henri le porteur de paix », et, quand ils virent le robuste petit Guillaume dans les bras de sa mère à l'intérieur de la litière, ils crièrent encore leur joie.

Aliénor ne savait plus où donner de la tête, entre les salutations qu'elle recevait de la foule et les merveilles de la ville qu'elle admirait bouche bée – la grande cathédrale Saint-Paul, le splendide Guildhall, les nombreux monastères et églises aux cloches battant gaiement, les auberges cossues avec les branches de sapin accrochées au-dessus de leurs portes, et le dédale de rues entre les amas de maisons en bois peintes en rouge, bleu ou noir. À Cheapside, l'envie la tirailla d'aller jeter un coup d'œil aux belles boutiques et à leurs étals de luxueuses marchandises : elle lorgna avec envie sur de somptueux brocarts de Damas, sur les émaux de Limoges – qui ne furent pas sans lui rappeler avec un pincement au cœur sa jolie ville – et sur les célèbres créations d'orfèvrerie locales d'une finesse inégalée. Elle se fit la promesse de passer quelques commandes auprès de ces marchands dès qu'elle le pourrait.

Ils finirent par ressortir de la cité par Oystergate et traversèrent le pont de Londres pour rejoindre l'autre rive et le palais de Bermondsey, où ils logeraient puisque la résidence royale à Westminster avait été vandalisée et attendait d'être refaite. Il avait été décidé qu'ils demeureraient là pour Noël et jusqu'à l'accouchement, prévu pour février.

Quand, tard cette nuit-là, elle parvint enfin à prendre congé de la foule en liesse qui manifestait bruyamment sa joie dans la grand-salle, Aliénor se jeta sur son lit, éreintée, tandis que ses dames pliaient ses vêtements avant de les ranger dans des coffres ; puis elles soufflèrent les bougies et refermèrent doucement la porte en quittant la pièce. La journée avait été pleine d'émotions et son esprit était submergé d'une myriade d'impressions de Londres, ainsi que de ce pays dont elle était à présent reine. Elle ressentait une joie immense, mais elle se sentait aussi en partie prisonnière, comme en exil, car elle savait ne pas pouvoir espérer retourner en Aquitaine de sitôt. Sa place était dorénavant en Angleterre aux côtés de Henri ; mais une partie de son cœur – celle qui n'appartenait pas à son roi – demeurait dans le Sud. Une larme tomba sur l'oreiller tandis qu'elle était étendue dans le noir, son enfant tapant des pieds dans son ventre, et que le mal du pays l'assaillait plus férocement que jamais auparavant. Peut-être était-ce à cause de cette étendue de mer traîtresse qui la séparait de son pays natal ; à Paris avec Louis, en Normandie ou en Anjou, elle avait su ses domaines à seulement quelques jours de cheval. À présent, ils lui semblaient très, très éloignés.

Elle chassa fermement cette pensée, car elle devait rester forte pour Henri, pour leurs enfants, né et à naître, ainsi que pour le peuple d'Angleterre, qui avait besoin d'un monarque juste et ferme. Alors, quand elle entra solennellement dans la splendide abbatiale de Westminster le lendemain avec le roi, personne n'aurait pu deviner son tourment intérieur. Henri la trouvait d'ailleurs reine de la tête aux pieds, dans son bliaut de soie blanche aux gaufrages élaborés et aux treillages de fils d'or, maintenu par une large émeraude, et dans son très long manteau azur semé de croissants d'or et broché de rosettes. Ses cheveux détachés tombaient en une cascade de cuivre liquide sur ses épaules, sous un voile diaphane bordé d'un orfroi. Le plus satisfaisant de tout aux yeux de Henri était la rondeur manifeste de son ventre et de ses seins, qui attestait de sa fécondité – c'était, après tout, le premier devoir d'une reine que d'enfanter.

Aliénor leva les yeux sur le visage carré de Henri, avec son nez droit, sa mâchoire proéminente et ses lèvres pleines, et elle sentit un nouvel élan d'amour. Sa majesté était indéniable tandis qu'il remontait l'allée d'un pas maîtrisé, resplendissant dans sa dalmatique écarlate bordée au col de passement d'or et à armure nattée, sous laquelle il portait une tunique azur par-dessus une aube en étoffe blanchie. Sa longue cape ondulait derrière lui à mesure qu'il avançait. Aucune couronne ducale ne ceignait ses boucles rousses, en vue de la grande cérémonie à venir. Il était l'image du parfait monarque.

L'abbatiale était remplie des grands du royaume, seigneurs et clergé, bariolés de soies et de brocarts. Le long rituel du couronnement était empreint de mystère et de grandeur propres à donner des frissons à ceux qui en entendaient l'intemporelle rubrique. Aliénor fut aux anges en découvrant le psaume que Henri avait choisi lui-même pour rendre hommage à sa ravissante épouse ; il ne faisait aucun doute qu'elle était sa reine « parée d'or d'Ophir » et que c'était elle que l'on exhortait à oublier son peuple et la maison de son père. En compensation, le roi portait ses désirs sur sa beauté, et, puisqu'il était son seigneur, elle devait lui rendre ses hommages. À cet instant, elle aurait rampé à ses pieds tant elle l'aimait et était heureuse de le voir proclamer publiquement sa dévotion pour elle.

Quand Henri fut porté sur son trône par les prélats et que la couronne fut déposée sur sa tête par l'archevêque Thibaut, on entendit des cris de joie tonitruants et l'assemblée se mit à applaudir. Ce fut ensuite au tour d'Aliénor, qui ne put s'empêcher de se dire, au moment où le diadème fut posé sur sa tête penchée, qu'il s'agissait là d'un couronnement bien plus heureux que son précédent aux côtés de Louis, si longtemps auparavant, quand, à l'âge de quinze ans, elle ne s'était pas sentie sur le chemin d'une grande destinée. Et sa joie s'intensifia encore, car, quand ils sortirent de l'abbatiale, montèrent en selle et chevauchèrent à travers Londres, les citoyens se mirent à les accompagner en courant tout en s'écriant : « *Waes hail!* » et « *Vivat Rex!* » – « Vive le roi ! »

Aliénor en eut les larmes aux yeux et sentit son cœur déborder d'allégresse.

Deuxième partie

Ce misérable clerc
1155-1171

Chapitre 14

Westminster, 1155

Aliénor vit en se réveillant le soleil inonder la pièce par les carreaux des fenêtres de sa chambre. Cette journée de juin allait être magnifique et elle avait hâte d'aller se promener dans les vergers du palais en compagnie de ses dames et des courtisans. Elle prendrait Guillaume, son aîné de deux ans, et Henri, son benjamin de quatre mois – c'était un très beau petit garçon, aventureux, qui ne pleurait jamais et qui ressemblait à son père tant au niveau du physique que du caractère. Les deux bambins avaient été présentés aux barons et au clergé à Wallingford, où les seigneurs avaient prêté allégeance au petit Guillaume en tant qu'héritier du trône. Le jeune Henri, avait décrété son père, recevrait un jour l'Anjou.

À la pensée de son époux, l'humeur d'Aliénor s'assombrit. Elle ressentait un malaise quand elle songeait à cette couche qu'il partageait de moins en moins avec elle, et au fait qu'il en irait ainsi pendant plusieurs semaines encore. Après avoir pris vigoureusement en main les rênes de son royaume et fondé des projets pour l'avenir, Henri était parti chasser dans le comté d'Oxford avec son nouvel ami et chancelier, Thomas Becket.

Becket était omniprésent, depuis quelque temps, se mêlant d'absolument tout. Aliénor avait encore du mal à croire qu'un homme jusque-là inconnu, et issu d'un milieu relativement modeste, ait pu se hisser si haut aussi rapidement. Cela faisait à peine six mois que l'archevêque Thibaut avait présenté au roi son clerc le plus prometteur, à Noël.

— Sire, puis-je vous recommander mon serviteur, Thomas Becket, pour le poste vacant de chancelier d'Angleterre ? avait-il dit en désignant le grand homme sombre et élégant à côté de lui.

Aliénor avait vu Thomas Becket se mettre à genoux devant Henri et s'était étonnée de l'accueil chaleureux que son mari, pris de bon vin, avait réservé au clerc.

— Bienvenue à ma Cour, Thomas, s'était-il exclamé en l'observant d'un œil spéculatif. Notre bon archevêque m'a dit le plus grand bien de vos talents. Pensez-vous pouvoir être un aussi bon serviteur pour moi que vous l'avez été pour lui ? Êtes-vous digne de l'importante tâche pour laquelle il vous recommande ?

— Mon prince, je me consacrerai tout entier à vous, avait-il juré en penchant la tête d'un air solennel. Je saurai me montrer digne de votre confiance.

Dans la bouche de n'importe qui d'autre, ces paroles auraient semblé pompeuses, flatteuses et vides, mais quand le clerc avait levé son beau visage vers son roi et lui avait souri, personne n'aurait pu douter de sa sincérité. Soit il était excellent comédien, soit il était le genre d'homme exceptionnel à n'avoir qu'une seule parole, et à être d'une profonde intégrité. Aliénor n'était pas encore décidée, mais elle avait vu que Henri s'était pris spontanément d'affection pour Thomas Becket ; elle avait été témoin de la relation qui s'était immédiatement instaurée entre eux, et elle avait éprouvé un certain malaise lorsque le roi avait, sans hésiter, prié le nouveau venu de se relever et approuvé presque sur-le-champ sa nomination.

—Mais tu le connais à peine, lui avait-elle dit plus tard alors qu'ils étaient seuls.

—Je le prends sur recommandation de Thibaut, avait répondu Henri sur un ton raisonnable. Il sait juger les gens comme personne.

Aliénor en était depuis le temps venue à se demander si même le très avisé archevêque n'avait pas aussi commis une erreur–ou si c'était elle qui se montrait injuste avec le nouveau venu. Becket, âgé de trente-six ans, fort instruit, intelligent et capable, à l'ascendance normande respectable, issu d'une riche famille londonienne, était de prime abord l'administrateur et le diplomate idéal, comme il avait déjà eu plusieurs occasions de le prouver. Elle avait appris qu'il avait endossé des charges mineures et rendu de fiers services à son mentor, Thibaut, déjà avant d'être présenté à Henri, et que l'archevêque l'avait largement récompensé avec une pension de l'Église et des rentes paroissiales. L'ascension vertigineuse de Becket en avait rendu plus d'un envieux, et les langues de vipères à la Cour murmuraient déjà qu'il faisait preuve de laxisme et d'oisiveté dans ses devoirs cléricaux, qu'il se montrait trop ambitieux et matérialiste pour un homme de Dieu. Il semblait à ceux qui gardaient jalousement un œil sur lui–dont Aliénor–que Becket était en quête de pouvoir, de richesse et de gloire.

Pour être franche, elle supposait que ses soupçons non dissimulés sur Becket étaient la raison pour laquelle Henri ne lui avait pas dit dans un premier temps qu'il s'en allait chasser avec son nouvel ami. Quand il l'avait informée, sans lui donner aucune explication, qu'il serait absent pendant quelques jours, elle lui avait demandé sans réfléchir où il se rendait, et il lui avait répondu avec naturel qu'il devait aller s'assurer que les châteaux de certains barons ayant causé des problèmes durant le règne anarchique d'Étienne avaient bien été démantelés, comme il en avait donné l'ordre ; mais il avait eu l'air d'un petit garçon qui tente d'esquiver ses leçons.

Elle avait senti que quelque chose n'allait pas, qu'il y avait anguille sous roche. Il lui mentait ! Elle en était certaine.

— Où se trouvent-ils, ces châteaux ? avait-elle donc insisté.

— Dans le centre du pays.

Elle avait encore eu l'intuition qu'il inventait, et son mensonge avait été rapidement révélé car, à peine quelques heures plus tard, elle avait entendu le grand justicier parler de l'expédition de chasse du roi.

— Je pensais que tu devais aller inspecter des châteaux, avait-elle dit à Henri sur un ton de reproche.

— C'est le cas, avait-il répondu. Un homme n'a-t-il donc pas le droit d'allier le travail au plaisir ?

C'était une réponse loin d'être satisfaisante, qui avait poussé Aliénor à se demander pourquoi son époux avait ressenti le besoin de se montrer aussi vague. Ce n'était que lorsqu'elle l'avait vu partir avec Becket, conversant allégrement avec lui, que la vérité lui était apparue : il avait eu envie de s'évader et de passer du temps avec son ami, et il s'était dit que son épouse n'approuverait pas, qu'elle pourrait se sentir blessée parce qu'il aurait dû préférer sa compagnie à celle de Thomas.

Il avait raison : elle se sentait effectivement blessée. Elle craignait aussi que cette situation cache quelque chose de mal. Qu'avaient-ils en tête ? D'aller courir les jupons ? Ou les catins ? De se soûler à la taverne ? Non, cela n'était pas possible, car Becket ne buvait jamais et ne fréquentait aucune femme. Aliénor ne pouvait malgré tout pas se défaire de la conviction que quelque chose de suspect se tramait.

Qui aurait cru qu'un jour Henri la délaisserait pour passer du temps en compagnie d'un homme ? C'était pourtant ce qu'il avait fait. Ce n'était pas le résultat d'une querelle entre mari et femme.

Au contraire, Henri se montrait un amant plus passionné que jamais quand il la rejoignait au lit ; elle s'était cependant progressivement aperçue qu'il préférait désormais passer tout le reste de son temps avec Becket – cet insidieux personnage devenu le compagnon et conseiller indispensable du roi en un temps si incroyablement court.

Aliénor rabattit le couvre-lit de byssus, taraudée par ces pensées, et tira les rideaux du lit avant de se lever, de traverser la pièce au sol de carreaux verts et rouges pour rejoindre la garde-robe dans le robuste mur de pierre. Après s'être soulagée, elle décrocha une robe lâche de sa patère et alla réveiller les deux demoiselles de compagnie qui dormaient sur des banquettes le long des murs de la chambre. Son regard fut attiré, comme souvent, par la nouvelle tapisserie aux tons bleus et rouges vifs accrochée au mur de pierre claire au-dessus de l'âtre – véritable merveille technique, car c'était un foyer encastré dans le mur. C'était là une nouvelle invention et Aliénor espérait parvenir à convaincre Henri d'en faire construire d'autres dans ses châteaux et palais. Jusque-là, néanmoins, cette idée ne l'avait pas vraiment séduit, car le luxe matériel lui importait peu ; mais elle n'allait pas baisser les bras si facilement. Elle aimait son petit confort.

La tapisserie représentait la Roue de la Fortune, rappel omniprésent de l'inévitable futilité de la recherche du bonheur ici-bas. Elle se demanda alors pour quelle raison elle avait choisi cette image, et elle se dit qu'elle déciderait peut-être un jour de la remplacer par quelque chose de plus joyeux – une scène tirée des légendes du roi Arthur, pourquoi pas, ou de la romance entre Tristan et Iseult, puisqu'elle avait toujours aimé ces histoires.

Cela faisait quelques jours seulement qu'elle avait pris ses quartiers au palais de Westminster tout juste rénové, splendide complexe de bâtiments couleur miel entouré et protégé par une solide enceinte et des bastions en pierre. Le palais trônait fièrement au-dessus de la large et puissante Tamise, bordé par un bois à l'ouest et par un faubourg plein d'activité à l'est, avec en face l'abbatiale de Westminster. Aliénor s'y était déjà rendue pour se recueillir sur la tombe de son fondateur, le roi saxon Édouard le Confesseur, que beaucoup considéraient désormais comme un saint. Ce n'était guère surprenant, se dit-elle en souriant, étant donné qu'il avait refusé par piété de coucher avec sa femme et d'avoir un héritier !

La chambre à coucher de la reine, la grande chambre et son boudoir se trouvaient dans les fabuleux nouveaux appartements royaux construits par le roi Étienne. Au sud, plus près de la rive, se trouvaient les plus anciens bâtiments du palais, édifiés par Guillaume le Roux, à présent délégués aux offices du gouvernement, la Trésorerie, la Chancellerie et l'Échiquier. L'immense salle qu'il avait fait construire y était accolée. Elle était réputée pour être la plus grande d'Europe. Henri prévoyait d'installer sa Cour au palais, d'où ses justiciers feraient appliquer ses lois. Il avait aussi parlé à Aliénor de son idée de former un jury, constitué de douze hommes bons et loyaux qui rendraient leur verdict, au lieu d'avoir recours à l'ordalie ou au combat. Elle était si fière de lui lorsqu'il montrait une telle passion pour gouverner justement et respecter ses sujets.

Après la messe, Aliénor prit un repas composé de pain, de fruits et de bière, puis s'entretint avec son intendant pour trouver un maître queux. Elle avait vite remarqué que la nourriture en Angleterre laissait à désirer. Ensuite, elle réunit ses clercs, écouta les doléances et dicta des lettres. Henri lui avait toujours laissé le soin de gérer les affaires courantes en son absence.

— En vertu des lois anglaises, lui avait-il dit après le couronnement, la reine bénéficie d'une part du pouvoir royal.

Comme elle avait été heureuse de l'entendre dire cela !

Une fois ses tâches accomplies, elle et ses dames se divertirent en faisant de la musique, un des passe-temps favoris de la reine.

Mamille joua de la flûte, Torqueri du tambourin, Pétronille de la harpe et Aliénor de la cithare. Les autres se joignirent à elles en tapant des mains, et quelqu'un suggéra bientôt qu'elles dansent. Elles se retrouvèrent bien vite à chanter gaiement en virevoltant à travers le boudoir dans un ballet de jupons et de voiles.

Aliénor se dit qu'elles étaient très chanceuses de profiter d'une vie remplie de tant de plaisirs et de luxe. Les appartements de la reine étaient un refuge paisible pour se couper de la Cour chaotique de Henri. Ils étaient aussi fort bien fournis, avec tout le confort imaginable : des meubles joliment sculptés, des tapis importés d'orient, des coussins généreusement rembourrés, des tentures de soie, et même des carreaux en verre aux fenêtres. Elle supposait qu'il fallait remercier Becket pour tout cela. Quelques semaines plus tôt, au tout début du printemps, elle avait commencé à se plaindre de devoir rester dans le sombre et exigu palais de Bermondsey, et elle avait exhorté Henri à faire de la restauration du palais de Westminster une priorité. Il avait lui-même de grands projets pour lui ; il avait donc accepté volontiers et chargé Becket de superviser les travaux. Ce dernier avait pris cette tâche à bras-le-corps avec son éternel enthousiasme et son talent, et il n'avait fallu que quelques semaines pour voir le tout transformé jusqu'au moindre détail. Il n'avait rien laissé de côté.

En dépit de ses réserves, elle s'était aperçue qu'il était aisé de travailler avec lui, et elle n'avait pu qu'admirer malgré elle son efficacité naturelle. Il s'en était remis à elle pour tout. Sa Majesté la reine préférait-elle ce damas ou cette soie ? Devait-il commander des candélabres en or ou en argent pour la chapelle ? Peut-être son trône d'apparat était-il trop haut et allait-il falloir se procurer un marchepied ? Le dais lui convenait-il ? Elle était suffisamment objective pour admettre qu'elle n'avait pas eu la moindre occasion de se plaindre de lui.

Et pourtant… elle ne parvenait pas à l'apprécier. Il y avait quelque chose chez lui qui lui répugnait mais qu'elle ne pouvait pas expliquer – ce qui était étrange, car Becket était un homme exceptionnellement beau, avec un visage fier et bien dessiné. Il y avait pourtant chez lui une certaine froideur quand il était en sa présence, alors qu'il n'était pas du tout ainsi en compagnie de Henri. Elle sentait aussi qu'elle lui inspirait une grande aversion, malgré la courtoisie qu'il lui témoignait. Peut-être savait-il qu'elle ne l'aimait pas, ce qui n'aurait pas été étonnant dans la mesure où elle trouvait très difficile de se montrer cordiale avec lui comme elle le faisait avec beaucoup d'autres. Mais elle avait le sentiment qu'il y avait autre chose. C'était presque comme s'ils étaient rivaux.

Aliénor s'était rapidement fait la remarque que Becket se tenait aux côtés du roi comme Joseph aux côtés de Pharaon.

— Il se montre bien trop parfait, avait-elle précautionneusement tenté de prévenir Henri.

Il lui fallait se montrer prudente, car le roi refusait d'entendre la moindre critique à propos de son ami. Elle s'était donc gardée d'ajouter qu'elle soupçonnait Becket d'être un arriviste et un manipulateur, et qu'elle lui trouvait quelque chose de rebutant, qu'elle ne parvenait pas à identifier – sans parler de l'inimitié entre eux.

— Est-ce là un défaut ? s'était étonné Henri. Il a beaucoup de talent et une énergie infinie qu'il accepte de mettre à mon service.

— C'est un homme vain et ambitieux, avait-elle insisté. Notre bon archevêque le voit comme un champion de l'Église, mais il est à mon sens bien trop attaché aux richesses de ce monde.

— Je veux qu'il soit *mon* champion, avait rétorqué Henri d'un air de défi.

Depuis, c'était exactement ce que Becket s'était employé à devenir, servant son nouveau maître par tous les moyens à sa disposition et se rendant indispensable. Et Henri en était très vite arrivé à l'aimer, cet homme qui était de quinze ans son aîné ; il avait été de plus en plus charmé par lui, le traitant en frère et en égal – et Aliénor se demandait aussi s'il ne voyait pas en lui un substitut du père qu'il avait aimé et perdu.

— Si vous voulez mon avis, cette amitié dépasse la bienséance, avait bougonné le véritable frère du roi, l'horripilant Geoffroy.

Ils étaient restés tard à table après le souper à Bermondsey, et observaient Henri et Becket parler de façon animée avec un groupe de jeunes barons. L'amour du roi pour son nouvel ami était manifeste dans son visage ouvert, son regard affectueux et son attitude générale. Aliénor, qui n'était pas facilement choquée, s'était tournée vers Geoffroy d'un air furibond.

— C'est tout à fait absurde ! Le roi est plus homme que tous, et à tout point de vue. Croyez-moi, j'en sais quelque chose !

Toutefois, seule dans sa chambre cette nuit-là – car Henri était toujours occupé à ripailler avec Becket et leurs comparses –, elle s'était prise à repenser à la remarque de Geoffroy malgré la véhémence avec laquelle elle avait balayé son analyse. Se pouvait-il que ce jeune homme viril, qui lui avait fait l'amour avec tant de passion pas moins de trois fois la nuit précédente, ainsi qu'à maintes occasions par le passé – et qui s'était vanté de ses prouesses avec les femmes –, en soit venu à éprouver de l'attirance pour un homme ? Pour ce pernicieux Thomas ? C'était inconcevable.

Elle avait malgré tout continué de se torturer l'esprit. Elle avait entendu parler d'hommes si concupiscents, et si immoraux, qu'ils étaient prêts à trousser tout ce qui bougeait – femmes, hommes, enfants et même animaux. Elle ne pouvait pas croire que Henri, même s'il était lascif, soit dévoyé au point de tomber si bas. Si l'on devait en croire les enseignements des prêtres les plus stricts, toutefois, alors ceux qui s'adonnaient à de telles pratiques étaient irrémédiablement damnés pour toute l'éternité, et condamnés aussi bien au paradis que sur Terre. L'on ne se montrait plus aussi tolérant désormais que cela avait pu être le cas autrefois, et elle avait même entendu dire que certains pauvres bougres qui avaient commis ces graves péchés avaient été envoyés au bûcher pour hérésie. Elle ne pouvait pas imaginer son époux faire partie de ces gens, ou faire quoi que ce soit pour mériter un tel châtiment.

Mais le doute ne lui laissait pas de répit. Quand Henri avait fini par ramper sous les draps, complètement soûl et transpirant l'alcool, elle s'était tournée vers lui avec une crainte qui s'était mue en désespoir.

— Henri, est-ce que tu es *encore* resté si tard avec Becket ? lui demanda-t-elle sur un ton acariâtre.

— Et alors ? grommela-t-il d'une voix pâteuse. Thomas est mon ami. Il est plein d'es… hic… esprit. On passe du bon temps ensemble.

— Tu passes trop de temps avec lui, lui reprocha-t-elle. Les gens commencent à parler.

— Ils sont simplement envieux, pesta Henri.

— Non, ce n'est pas cela, contra-t-elle lentement.

— Quoi, alors ? demanda-t-il, serrant la mâchoire.

— Il se raconte que votre amitié dépasse la bienséance.

— Comment ? tonna-t-il. Qui dit cela ? Qui a un esprit si vil ? Je le ferai pendre, je le…

— C'est Geoffroy.

— Par le sang du Christ, pour qui se prend-il, ce rejeton du diable ? cracha Henri, indigné. Comment ose-t-il dire ce genre de choses ? Et en plus à toi, mon épouse ? Il paiera pour cela, par Dieu, je le lui ferai payer.

— Oh, laisse-le parler. Il est simplement jaloux, dit-elle, incroyablement soulagée, car la réaction de Henri avait fini de la convaincre que ses peurs irrationnelles n'étaient pas fondées. Peut-être a-t-il le sentiment que c'est lui qui devrait être ton chancelier.

— Dieu nous en préserve, repartit Henri. C'en est assez. Je le renvoie en Normandie demain. Notre révérée mère n'aura qu'à le tenir à l'œil. Pour l'heure, Aliénor, je m'en vais te prouver à quel point cet enfant de catin a tort !

— Vous êtes trop bon avec moi, sire, protesta Becket en levant les yeux du document qu'il venait de lire.

— Ce n'est rien du tout, répondit Henri. Ces revenus vous aideront à vivre de la manière qui sied à mon chancelier.

— Je ne suis pas digne, déclara son ami. Je n'ai pas mérité tant de largesses de votre part.

— Balivernes ! dit Henri dans un éclat de rire tout en se levant pour se servir une nouvelle coupe de vin.

Ils se trouvaient dans la grande chambre et venaient de finir de passer en revue les affaires du jour. Après avoir rangé le dernier parchemin de comptes, Henri avait offert son cadeau à Thomas. Il lui donnait plusieurs manoirs, desquels il dégagerait de belles rentes – et ce n'était pas le seul cadeau de ce genre qu'il lui avait fait.

— Vous savez que vos courtisans commencent à m'envier, déclara le chancelier d'une voix maîtrisée tout en se calant contre le dossier de sa chaise. J'en ai entendu se plaindre que personne ne m'égale après le roi.

— Bah ! se gaussa Henri. Aucun d'eux n'a la moitié de votre talent, ou de votre énergie. En voulez-vous ? lui proposa-t-il en s'approchant de Becket pour lui tendre une coupe sertie de pierres précieuses.

— Je vois que vous vous servez de mon cadeau, dit ce dernier.

— Ne sont-elles pas splendides ? s'extasia le roi en levant sa propre coupe pour la placer dans la lumière.

— Je les ai fait venir spécialement d'Espagne, lui apprit Becket. C'était la moindre des choses, étant donné la générosité que vous m'avez témoignée, dit-il en regardant son cadet avec une affection évidente.

—Thomas, vous l'avez cent fois mérité ! répondit Henri. Je ne veux pas de fausse modestie.

Becket sourit, jouant distraitement avec la superbe soie de sa tunique.

—Je ne saurais vous dire combien j'estime notre amitié, mon prince.

—Ainsi nous sommes deux, répondit le roi sur un ton bourru.

En vérité, il ne comprenait pas et n'aurait pas pu dire ce qui l'attirait tant chez Becket, et il se demandait souvent comment il avait si vite pu en arriver à l'aimer autant. Il ne pouvait l'expliquer que par le fait qu'ils étaient des âmes sœurs, qu'ils partageaient les mêmes intérêts et que la compagnie de Thomas était incroyablement stimulante.

—Il faut que nous prévoyions une autre fête, déclara-t-il en sentant une idée éclore dans son esprit. Nous l'organiserons chez vous et inviterons mes envieux courtisans. Montrons-leur comment je vous témoigne tous les honneurs et comment je vous accorde toutes les faveurs que vous méritez.

—Serait-ce bien avisé ? demanda le chancelier. Il serait peut-être préférable de tenir un banquet ici, au palais, puisque vos barons pestent sans arrêt à propos du manque de pompe et de cérémonie à la Cour. Vous donneriez ainsi l'impression de leur faire honneur à eux aussi.

—Je suis las de la pompe et des cérémonies, rétorqua Henri. Mais vous avez raison. Et puis, il ne sera plus question de pompe et de cérémonie une fois que la noblesse anglaise sera ivre ! (Cela le fit glousser.) Vous souvenez-vous comment ils étaient la dernière fois, étendus sur le jonc et à promener leurs mains sur les donzelles ?

Il se mit alors à éclater d'un rire franc, et Becket sourit.

— Organisez cela, Thomas, décida Henri. Vous êtes doué pour ces choses.

— Qu'en est-il des dames ? Dois-je inviter la reine ? demanda Becket.

Le roi se fendit d'un petit sourire en coin.

— Il vaudrait mieux éviter ! Nous serions tenus de bien nous comporter, et elle ne ferait que se plaindre une fois que nous serions tous soûls.

— Que *vous* seriez soûls, mon prince, rectifia le chancelier.

— J'arriverai à faire de vous un homme, mon ami ! plaisanta Henri.

Aliénor ne s'inquiéta plus de la possibilité que Henri ressente quoi que ce soit d'autre que de l'amitié pour Becket, mais elle savait que leur proximité était pour le moins inhabituelle – et troublante. Ce n'était pas le genre de camaraderie que l'on voyait fleurir entre des frères d'armes, mais une sorte de dévotion qui poussait Henri à rester pendu aux lèvres de Thomas, et à privilégier son opinion plutôt que celle d'un autre. Elle avait compris au fur et à mesure, avec beaucoup de douleur, qu'elle se faisait supplanter, que son époux ne venait plus quérir son avis en priorité – et qu'il passait plus temps auprès de Becket qu'auprès d'elle. Il la rejoignait encore cependant assez souvent au lit, et lui rendait hommage en la matière comme avant. En surface, tout allait bien entre eux ; mais elle avait plus nettement que jamais l'impression que Becket était son rival dans tous les autres domaines.

Il lui semblait qu'il cherchait délibérément à usurper sa place dans le cœur de Henri – et dans les affaires du royaume. Il y avait eu ce problème crucial à propos des sollicitations. Depuis qu'Aliénor était arrivée en Angleterre, elle n'avait pas cessé d'être sollicitée par des personnes qui la savaient influente auprès du roi, et elle s'était sentie flattée à la pensée qu'elle avait le pouvoir de changer pour le mieux la vie des gens. Un mois plus tôt, toutefois, il lui était clairement apparu que ce pouvoir dont elle jouissait était en grand péril.

Becket était venu la trouver alors qu'elle était en compagnie de ses clercs, occupée à passer en revue les dernières requêtes des solliciteurs. Ils avaient trié le tout en deux piles – une pour celles qu'il fallait ignorer, et l'autre pour celles que la reine soumettrait au roi, auxquelles elle aurait préalablement apporté ses recommandations. Soudain, presque de manière symbolique, une ombre s'était étendue sur la table et les piles de documents. En levant les yeux, elle avait vu le chancelier qui se tenait là ; et, dans cette fraction de seconde avant qu'il s'incline devant elle, elle avait vu le mépris dans son regard.

— Que puis-je faire pour vous, cher chancelier ? lui avait-elle demandé avec beaucoup de courtoisie.

— Je pense, Votre Majesté, que la question est plutôt de savoir ce que moi, je peux faire pour vous, avait-il répondu en fuyant son regard, les yeux rivés sur les parchemins. Avec votre permission, je vais me charger de ces sollicitations.

Elle en était restée coite et outrée ! Ces sollicitations lui étaient adressées directement et c'était son privilège en tant que reine de s'en charger. Comment cet arriviste osait-il l'insulter de la sorte ?

Les clercs aussi avaient été abasourdis par une telle impudence, et l'un d'eux était même resté bouche bée. Aliénor s'était levée de son siège, la fureur brûlant dans son regard.

— Monsieur le chancelier, vous êtes nouveau à votre poste et avez fort manifestement beaucoup à apprendre, avait-elle répondu sèchement. Sans doute ne savez-vous pas qu'il s'agit là de sollicitations destinées au roi, et qu'elles m'ont été adressées à moi, sa reine, de manière tout à fait légitime, dans l'espoir que je pourrai le convaincre d'y accéder.

La réponse de Becket avait été proprement exaspérante. Il s'était contenté de sourire en tendant la main comme pour s'emparer des documents.

— Au contraire, ma reine, je pense que vous constaterez que le roi en personne souhaite que je m'en charge. Si vous voulez bien le lui demander, je suis sûr qu'il vous le confirmera.

Elle était restée sans voix. Jamais elle n'avait été aussi humiliée, pas même par ces vieux clercs méprisants à la cour de Louis.

— Laissez cela ici, avait-elle tranché d'une voix glaciale. Je vous l'ordonne. J'irai effectivement parler au roi. À présent, vous pouvez disposer.

Avait-elle imaginé des choses, ou bien Becket avait-il véritablement haussé les épaules avant de s'incliner et de se retirer sans se départir de cet agaçant sourire dédaigneux ? Alors qu'elle s'empressait d'aller trouver Henri, elle s'était juré de faire payer son insolence à ce maudit chancelier.

Elle avait trouvé son époux dans son bain, fredonnant un air tandis que ses valets le lavaient. Quand elle avait fait irruption dans la pièce, presque fumant de rage, il avait chassé ses serviteurs et l'avait regardée en fronçant les sourcils.

— Ma douce Aliénor, que se passe-t-il ? s'était-il étonné en se levant pour récupérer une serviette et se couvrir.

Mais la reine n'était pas intéressée par son corps pour l'heure.

— Il s'agit de ton chancelier, cet insolent, ce Becket ! avait-elle fulminé. Il a eu le culot d'exiger que je lui remette les sollicitations. Il dit que c'est toi qui le demandes !

Henri avait brusquement rougi, mais pas à cause de la chaleur de son bain. Un terrible silence avait suivi, et Aliénor l'avait dévisagé d'un air horrifié.

— C'est vrai, avait-elle deviné sans toutefois y croire. C'est toi qui le demandes.

Henri avait noué la serviette autour de sa taille et s'était approché d'elle pour la prendre dans ses bras. Il avait la peau mouillée et sentait fort les herbes fraîches qui avaient parfumé son bain.

— Pardonne-moi, avait-il dit en retrouvant sa voix. Thomas a suggéré d'aider avec les sollicitations et j'ai cru que c'était une bonne idée, surtout que tu as les deux enfants désormais, et une maison royale à tenir, et bien d'autres devoirs.

— Le rôle d'une reine n'est pas que domestique ! avait-elle vivement rétorqué. C'est mon privilège royal que d'être sollicitée et de pouvoir user de mon influence, et tu sais combien cela m'est cher.

— Ce n'est rien, l'avait-il instantanément rassurée. Je remercierai Thomas pour sa prévenance et lui dirai que tu continueras de te charger des sollicitations comme tu l'as fait jusqu'à maintenant. (Il s'était penché pour l'embrasser tout en lui prenant le visage entre ses mains.) Voilà. Est-ce que cela te rassérène, ma belle petite harpie ?

Il ne lui avait pas été difficile d'admettre que c'était le cas, et de mettre un terme à cette querelle, mais Aliénor s'en était retournée à ses affaires avec le sentiment que Henri s'était laissé berner par Becket, qui lui avait imposé sa volonté, et avec la certitude qu'elle était désormais – qu'elle le veuille ou non – engagée dans une lutte de pouvoir avec le chancelier ; ce dernier tentait clairement d'atténuer son influence, de la supplanter à l'oreille du roi, et de la reléguer à des tâches ménagères, tout ce à quoi il pensait manifestement que les femmes devaient se cantonner. L'affreuse vérité était d'ailleurs que Henri était aveugle à tout cela ! Il pensait que Becket faisait simplement preuve de gentillesse. Elle aurait pu en pleurer de frustration.

Elle avait toutefois remporté la première bataille dans cette guerre, et elle pouvait au moins dire qu'elle connaissait son adversaire. Le sourire de Becket, à leur rencontre suivante, sembla plus forcé qu'à l'ordinaire ; et elle était résolue à se battre en usant de toutes les armes subtiles dont elle disposait. Elle avait compris que ce serait une lutte discrète, cela ne faisait aucun doute ; car Henri ne saisissait pas la subtilité, et elle allait devoir combattre Becket sur son propre terrain. Il ne lui fallut cependant pas longtemps pour constater à son grand désarroi qu'elle se faisait battre.

Becket était intelligent. Il se montrait immanquablement parfait dans son attitude envers Aliénor et prenait garde à ne jamais manquer au respect dû à la reine. Elle était toujours invitée avec le roi chez lui à Londres, dans sa splendide demeure procurée et entretenue par Henri – et aussi grandiose que n'importe quelle résidence royale. La première fois qu'elle avait vu cette bâtisse, d'ailleurs, elle s'était indignée du fait que cet arriviste de chancelier vive dans un plus grand luxe que son maître. Elle était cependant restée tranquillement assise, un sourire figé sur ses lèvres, et avait profité des mets succulents servis dans des plats en or, et du bon vin dans des verres en cristal incrustés de pierres précieuses qui scintillaient sous l'effet des flammes vacillantes du grand candélabre en argent ; le tout était apporté par des fils de nobles familles, envoyés auprès de Becket pour y apprendre les bonnes manières, les arts militaires et toutes ces choses indispensables aux apprentis bourgeois. Elle avait fait honneur à sa table, ne déméritant jamais dans les conversations animées et pleines d'esprit qui allaient bon train, mais sachant pertinemment que son avis n'avait que peu d'importance pour son hôte, dont la courtoisie contrastait avec sa mine renfrognée dès qu'elle osait s'appesantir sur un sujet.

Elle l'épia constamment – ce grand et mince chancelier avec ses cheveux foncés, ses traits fins et son nez aquilin – tandis qu'il charmait les barons et les prélats sans distinction, parlant de tout et de rien, de la fauconnerie aux échecs en passant par les affaires du royaume, une vive étincelle dans le regard tandis qu'il exposait ses plans pour l'avenir. Henri, captivé, était pendu à ses lèvres. À les voir ensemble, l'on aurait pu croire que le roi était Becket, dans ses somptueuses robes de soie et brocarts, plutôt que Henri, vêtu de sa sobre tunique en laine et de son court manteau, ou bien de ses habituels vêtements de chasse. Aliénor se dit que la vanité et le raffinement de Becket frôlaient la féminité, et elle était inexplicablement répugnée par ses petites mains graciles, si semblables à celles d'une donzelle. Les imaginer sur elle, même brièvement, lui donnait des haut-le-cœur, et elle réprimait un mouvement de recul lorsqu'il s'inclinait devant elle pour la saluer, avant de lui faire un baisemain.

Elle se disait toutefois que les mains de Becket ne devaient pas toucher beaucoup de femmes. Il était de notoriété publique qu'il avait fait vœu de chasteté dans sa jeunesse et qu'il évitait autant qu'il le pouvait toute interaction avec le beau sexe. Elle avait déjà senti l'aversion qu'il lui vouait, et remarqué qu'il s'en tenait au minimum de la courtoisie dans ses échanges avec la gent féminine. Elle s'était souvent demandé s'il ne préférait pas les hommes, comme les rumeurs le prétendaient. Un fait était certain, cependant : il n'était pas le moins du monde licencieux, et c'était là une chose dont elle n'aurait pas à s'inquiéter ; Becket, à l'inverse de beaucoup d'autres courtisans, ne chercherait jamais à être le complice de Henri dans les plaisirs de la chair, ni à l'encourager à aller voir les catins ou à fréquenter les bordels. C'était une maigre consolation.

Au moment où Aliénor dansait avec ses dames à Westminster, Henri et Becket faisaient route vers le sud depuis Oxford, engagés dans une vive conversation au sujet d'une autre chasse qu'ils prévoyaient, cette fois dans la New Forest ; elle aurait lieu dès que Henri et Aliénor seraient rentrés de leur prochain grand tour d'Angleterre visant à rencontrer leurs sujets et se montrer devant eux.

— Nous résiderons dans mon pavillon de chasse de New Park, près de Lyndhurst, déclara Henri. Peut-être aimeriez-vous venir aussi ? demanda-t-il sur le ton de la plaisanterie au petit garçon assis devant lui sur le dos de son cheval.

Il grimaça en se rappelant les larmes de Joana d'Akeny quand elle avait remis le jeune Geoffroy aux bons soins de son père ; il n'avait jamais su comment réagir face à une femme en pleurs. Pressé de partir, il lui avait assuré qu'il s'occuperait bien du petit et qu'il lui donnerait un bel avenir en tant que bâtard du roi, car les fils, quelle que soit leur mère, pouvaient être de grands atouts pour un monarque. Joana avait versé d'autres larmes, de gratitude cette fois.

— Sire, avez-vous songé à la réaction de la reine quand elle vous verra arriver en compagnie de maître Geoffroy ? s'était enquis Thomas avec tact dès qu'ils avaient repris la route.

Il n'avait pas anticipé le fait que leur périple dédié à la chasse inclurait une visite à l'ancienne maîtresse de Henri, et il avait été stupéfait de s'apercevoir que le roi avait utilisé cette occasion comme couverture pour aller prendre son fils sous son aile. Il ne pouvait que déplorer la morale de Henri – ou son absence de morale. Son roi était incapable de se contrôler.

Henri y avait réfléchi brièvement, mais il ne lui était pas venu à l'esprit qu'Aliénor pourrait être offensée par l'existence d'un bâtard conçu et né avant même leur rencontre.

— Je doute qu'elle se sente très concernée, répondit-il. L'enfant n'est pas une menace pour elle, ni pour les enfants qu'elle m'a donnés.

— Les femmes peuvent se montrer susceptibles à ce sujet, dit Thomas. Elle pourrait prendre cette reconnaissance de maître Geoffroy comme un affront personnel.

Il omit d'ajouter qu'Aliénor pourrait réagir encore plus mal si elle venait à découvrir la relation secrète que Henri entretenait avec Avice de Stafford, une de ses demoiselles. Henri s'était vanté de sa conquête à Thomas une nuit où il avait été pris de boisson – même s'il ne s'en souvenait certainement plus. Il tressaillit en imaginant Henri et Avice ensemble, comme il l'avait fait nombre de fois au cours de ces derniers mois, chaque fois que le roi avait mentionné à la légère ses exploits amoureux, fruits de rencontres sans lendemain, sans que cela trouble en rien sa conscience. Becket savait, contrairement à Aliénor, que la réputation de Henri était déjà telle que les barons tenaient à présent éloignées de lui les femmes de leur entourage.

— La reine est une femme avertie, affirma Henri avec assurance. Elle n'est pas facilement offusquée.

Thomas le savait aussi, et il n'avait pas oublié ce que lui avait raconté son ami Jean de Salisbury, alors qu'il était encore au service de l'archevêque Thibaut. Jean avait travaillé pour la curie romaine à l'époque où Aliénor avait cherché à obtenir une annulation de son mariage avec Louis. Il lui avait révélé plusieurs informations intéressantes, et même scandaleuses, qu'il ne pourrait jamais répéter. Des rumeurs parfaitement honteuses avaient aussi circulé pendant des années. Becket les avait entendues de nombreuses fois, répétées par différentes personnes. S'il fallait apporter aux hommes la preuve que les femmes étaient de faibles créatures, ce qu'il avait appris sur le compte d'Aliénor serait suffisant.

— Me prenez-vous pour un idiot de reconnaître mon fils ? demanda Henri en posant son regard dur sur son ami.

— J'aurais conseillé la discrétion, répondit Thomas avec candeur. Mais c'est une affaire privée dont la décision vous appartient seul.

— J'ai l'intention de le faire avancer. Il pourrait me devenir utile en temps voulu. Je me souviens de mon oncle Robert de Gloucester, qui était un bâtard. Il a été un soutien indéfectible pour ma mère dans sa querelle avec Étienne.

Becket baissa les yeux sur Geoffroy, qui écoutait attentivement. Il avait un regard vif. C'était un enfant à surveiller, à n'en pas douter. Henri avait eu raison.

— Puis-je suggérer une carrière religieuse ? proposa Thomas. Même si le fait qu'il soit un bâtard l'empêcherait d'accéder à des hautes fonctions au sein de l'Église.

— Les papes peuvent être achetés, rétorqua Henri. Je pourrais faire ce jeune Geoffroy archevêque de Cantorbéry ! Ou même chancelier, quand vous aurez passé l'âge, mon cher ! (Il lui adressa un clin d'œil, puis se mit à rire doucement.) Mes barons n'approuveront pas, évidemment !

— Alors, à l'instar de la reine, ils devront faire avec, répondit Becket.

C'était la seule réponse adéquate et le roi eut un sourire en coin. Comme toujours, son ami comprenait sa façon de penser.

— Je crois que la reine ne m'aime pas, enchaîna Becket.

— Allons bon ! réfuta Henri. Vous avez été un ami fervent et un grand soutien pour moi. Comment pourrait-elle ne pas vous aimer ?

— Je crains qu'elle ne me reproche mon influence. Je suppose qu'elle voudrait être votre plus proche conseillère.

— Ça, je le pense bien, rétorqua Henri. Mais elle est une femme, avec les limitations de son sexe, même si elle est plus apte que la plupart. Elle n'a aucune raison d'être jalouse. Je dors bien avec elle, n'est-ce pas ? (Son ami se crispa soudain, mais il ne le remarqua pas.) Et je lui délègue un grand pouvoir. Je lui confie les rênes du royaume en mon absence, et elle peut apposer sa signature et son sceau sur des décrets et des documents officiels même quand je suis présent. Je lui ai même dit qu'elle pouvait siéger à mes Cours pour rendre la justice si elle le souhaitait et régler des différends portés à son attention. Pourquoi donc vous en voudrait-elle ?

— Alors peut-être ai-je simplement imaginé la chose, concéda Thomas en gardant ses doutes pour lui.

Il soupçonnait Aliénor de le voir déjà comme un rival. Dieu savait que c'était ainsi qu'il la considérait.

— La reine sait que vous êtes inestimable à mes yeux, poursuivit Henri. Où trouverais-je un homme aussi diligent et industrieux, aussi expérimenté en affaires, et capable d'accomplir le devoir de son office avec un brio salué par tous ? Qui d'autre pourrait se montrer un ami aussi loyal envers moi ? Thomas, je vous le dis, vous êtes mon bras droit. Vous avez toute ma confiance. Ensemble, nous ferons de l'Angleterre un grand royaume !

— Sire, vous me flattez, dit-il en esquissant lentement ce doux sourire qui le rendait si attachant. C'est toujours un bonheur pour moi que de mettre à votre service mes maigres talents.

— Vous parlez comme un courtisan ! railla Henri. Acceptez le compliment quand il est mérité, monsieur. Au vu de vos accomplissements, il est mérité.

Ils continuèrent de chevaucher ainsi dans la bonne humeur et la camaraderie, longeant des champs cultivés par les paysans et des prairies broutées par le bétail, Henri montrant à un Geoffroy plein de curiosité les papillons, les vaches et les cochons, et répondant à ses incessantes questions fort perspicaces.

— Cet enfant est intelligent ! déclara-t-il avec joie. Il veut tout savoir. Le jeune Guillaume, lui, est tout en gueule et fera un grand guerrier, mais celui-ci sait se servir de sa tête.

— Il ne faudrait pas que la reine vous entende dire cela ! le mit-il en garde.

Henri s'esclaffa, puis s'emmitoufla dans son éternel manteau court. Le temps était étonnamment froid pour un mois de juin, et il eut un bref moment de nostalgie pour les climats plus doux d'Anjou et d'Aquitaine. Puis le ciel s'obscurcit et il se mit à pleuvoir. Bientôt, l'averse se transforma en déluge et, craignant d'être trempés jusqu'aux os, ils attachèrent leurs montures sous un arbre pour aller se réfugier sous le porche d'une église, serrant leurs manteaux autour d'eux. Ils se rendirent soudain compte qu'ils partageaient cet abri avec un mendiant qui tremblait de froid dans ses guenilles dégoulinantes. Il levait sur eux un regard plein d'espoir, comme s'il avait deviné être en présence de personnages d'une certaine importance.

— Qui est cet homme ? demanda Geoffroy.

— Un pauvre vagabond, lui répondit son père.

Le miséreux continuait de les observer d'un air implorant, et Henri se tourna vers son ami.

— Ne serait-ce pas faire preuve de mérite que de montrer l'exemple à un jeune garçon en donnant à ce pauvre homme un chaud manteau afin de le protéger de la pluie ? demanda-t-il avec une lueur malicieuse dans le regard.

— Tout à fait, confirma Thomas, qui n'avait pas vu le demi-sourire du roi et s'étonnait simplement de cette générosité qui ne lui ressemblait guère.

— Le mérite vous revient donc ! décréta Henri d'un air amusé.

Il saisit alors vivement le luxueux manteau de Becket et le lança au vagabond, qui s'empressa de le passer sur ses épaules avant de s'en aller sans rien dire, laissant le chancelier sans autre choix que d'accepter d'avoir été dépouillé. Il était toutefois en colère et sous le choc de voir que son ami pouvait se montrer aussi indifféremment cruel. C'était la première fois qu'il ressentait autre chose que de l'amour pour cet homme, et il lui en voulut aussi pour cela. Il se demanda même jusqu'où irait son imprévisible maître, à l'avenir, pour mettre leur amitié à l'épreuve.

Aliénor dévisagea son époux, qui se tenait face à elle et incitait d'une main dans le dos ce petit garçon qu'elle ne connaissait pas à avancer vers elle.

— Inclinez-vous devant votre reine, lui dit-il tandis que l'enfant aux cheveux foncés restait immobile sans savoir quoi faire. (Henri l'attrapa par le col et lui fit brusquement pencher la tête.) Comme ceci ! expliqua-t-il. Aliénor, je vous présente Geoffroy. Il est mon fils naturel, né avant notre mariage. Je l'ai amené à la Cour pour qu'il y reçoive une éducation et tienne compagnie à nos fils.

Aliénor se figea. Elle savait que les rois et les seigneurs prenaient des maîtresses de plein droit et produisaient des bâtards sans compter, surtout ceux dont les mariages arrangés ne l'étaient pas à leur convenance. Il en avait été ainsi pour son père et pour son grand-père – ses deux demi-frères, qui faisaient désormais partie de sa maisonnée, profitant allégrement de sa table, en étaient la preuve. N'étant pas prude elle-même, elle savait que Henri avait eu des maîtresses par le passé, et elle l'avait accepté ; mais être confrontée à la démonstration vivante de ses coucheries avec d'autres femmes était un véritable choc. Elle comprit brutalement quelle avait été la véritable raison de cette chasse organisée.

— Je vous souhaite la bienvenue, maître Geoffroy, dit-elle froidement, tenant fermement la bride à sa dignité.

Elle avait appris enfant, grâce à sa grand-mère Dangereuse, qu'une femme ne réprimandait jamais son époux pour ses infidélités, mais se retranchait derrière un silence digne. Soit. Cependant, il y avait des limites : elle avait tout de même quelques questions.

— Qui est sa mère ? demanda-t-elle doucement comme s'il s'agissait d'une discussion banale.

— La dame du manoir d'Akeny, dans le comté d'Oxford, répondit Henri, sur la défensive. Je me sentais seul lors de mes venues en Angleterre, et j'ai trouvé de la compagnie comme j'ai pu. Vous le comprendrez aisément.

— Parfaitement, répondit-elle en se radoucissant quelque peu. Quel âge a Geoffroy ?

— Cinq ans.

Aliénor se sentit légèrement soulagée, et l'enfant lui adressa un sourire triomphant.

— Je sais lire, madame, annonça-t-il fièrement.

— Vraiment ? s'exclama-t-elle, séduite malgré elle par la nature enjouée de cet enfant.

— Il est merveilleux, affirma Henri avec une fierté manifeste. Et il fera un parfait compagnon de jeu pour Guillaume et Henri, qui profiteront de son exemple.

Aliénor, cherchant toujours à atteindre cette digne acceptation que lui avait enseignée Dangereuse, fit tinter la clochette qui lui servait à appeler ses demoiselles.

— Bienvenue à la Cour, maître Geoffroy, dit-elle. J'espère que vous serez heureux ici.

Elle songea qu'elle ne pouvait pas décemment en vouloir à ce petit garçon pour les péchés de son père, et que Henri ne l'avait en aucun cas trahie – il avait simplement omis de lui parler de l'existence de son fils. Quand Torqueri arriva, elle lui dit :

— Voici maître Geoffroy, le fils de notre bon roi. Emmenez-le à la nurserie et dites aux nourrices de le traiter avec honneur et gentillesse, car sa mère doit lui manquer.

Torqueri cacha son étonnement et prit l'enfant par la main pour l'emmener.

— Nous avons une nouvelle portée de chiots, l'entendit-on dire. Messire Guillaume se fera un plaisir de vous les présenter.

Quand ils eurent quitté la pièce, Aliénor se tourna vers Henri.

— Dois-je m'attendre à d'autres additions à ma nurserie ? s'enquit-elle.

— Non, mentit Henri.

Il savait qu'il pourrait un jour avoir des comptes à rendre au sujet d'un certain nombre d'autres bâtards qu'il avait imprudemment engendrés, mais il était sûr de parvenir à s'en sortir quand le moment viendrait, s'il venait un jour.

Il se leva et s'approcha de sa reine ; il la trouvait toujours incroyablement belle avec ses cheveux couleur cuivre détachés, ses yeux verts profondément enfoncés et posés sur lui d'un air lascif–du moins le pensait-il–et ses lèvres charnues, dédiées à l'amour. Il se pencha et l'embrassa.

—Tu es ma mie, lui susurra-t-il à l'oreille d'une voix pleine de désir. Tu as mon cœur. Personne ne peut te faire de l'ombre.

C'était la vérité et sa sincérité était absolue. Trousser ardemment Avice de Stafford dans une garde-robe quand il se sentait emporté par la concupiscence ne comptait pas face au tendre amour charnel qu'il réservait à son épouse. Il la serra dans ses bras, pris d'une subite envie d'elle.

—Renvoie tes demoiselles, lui dit-il tout bas. Je peux les entendre caqueter derrière la porte, et je veux être seul avec toi, pour faire un autre héritier du trône!

Une heure plus tard, alors qu'ils étaient étendus paisiblement, leurs corps enlacés dans les draps défaits, Henri posa son regard sur sa splendide Aliénor et traça d'un doigt rugueux une ligne délicate de son sein jusqu'à ses hanches.

—Si seulement tous les devoirs du roi pouvaient être aussi doux! plaisanta-t-il en esquissant une grimace.

—Et ceux de la reine! répondit-elle en souriant.

Henri regarda le sablier posé sur la table et fronça les sourcils.

—Bigre, je ferais mieux d'y aller. Je suis déjà en retard à ma réunion avec mes barons et l'Échiquier pour trouver un moyen d'améliorer la monnaie.

Il se leva et s'étira, la lumière du soleil qui filtrait par la fenêtre soulignant chaque muscle de son corps nu. Aliénor le regarda d'un air alangui, admirant la perfection de ses larges épaules et la fermeté de son fessier.

—Te joindras-tu à moi ce soir pour le souper, ma mie? demanda-t-il en s'habillant.

Ce fut au tour de son épouse de grimacer.

— Seulement si la nourriture est comestible, répondit-elle.

Ces derniers temps, Henri était toujours occupé, si bien qu'il se souciait peu de ce qu'il mangeait, se contentant généralement d'engloutir le tout en une bouchée avant de se retirer. En conséquence, la nourriture servie à sa table était pauvre. Aliénor avait donc choisi de prendre ses propres repas, préparés par son propre chef, et de manger avec Pétronille et ses principales demoiselles dans la grande chambre. Quand il en avait le temps, Henri se joignait à elle, mais il lui avait expliqué qu'un roi se devait d'être présent à sa Cour, et qu'il était donc bien vu qu'il prenne son repas dans la grand-salle avec sa maisonnée selon une routine établie. Les jours de fête et de célébration, cependant, Aliénor se faisait une règle de prendre place aux côtés de son époux et d'ingérer de la nourriture immangeable. Ce jour-là n'était pas un jour de fête, mais elle sentait qu'il voulait l'avoir auprès de lui après leurs furieux ébats, et elle savait devoir profiter de l'occasion.

— Je donnerai l'ordre exprès à mes cuisiniers de s'assurer que tout soit à ta convenance, promit-il en enfilant ses bottes. Et je ferai venir des musiciens pour te divertir.

— C'est toi qui me divertis, répondit-elle en se levant dans toute sa splendide nudité afin de l'enlacer.

— Sorcière ! gronda-t-il en l'embrassant. Chercherais-tu à m'enchaîner avec tes artifices ? Pense un peu à la monnaie ! Mes barons m'attendent.

— Ils peuvent bien encore attendre un peu, ronronna Aliénor en se servant ingénieusement de sa langue pour l'entraîner avec elle sur le lit une fois de plus.

À la table de l'Échiquier, les seigneurs attendaient impatiemment, échangeant des regards et tapotant des doigts sur la surface de bois, observant le sablier et se demandant ce que faisait le roi.

Depuis sa place à la haute table sur l'estrade, Becket regardait les barons indisciplinés de Henri – déjà à moitié soûls – arriver pour le souper et songeait que son ami Jean de Salisbury avait vu juste en comparant la Cour d'Angleterre à Babylone. Tout n'était que scandale, débauche et frivolité, encouragés par de la musique sensuelle ainsi que par des piécettes et mimes grivois. Il avait entendu dire que des divertissements étaient prévus pour plus tard dans la soirée – sans doute du même acabit, supposait-il – mais c'était en un sens heureux car cela signifiait que le roi allait devoir s'asseoir plus de cinq minutes à table et que tous pourraient enfin finir leur assiette – même s'il doutait que ce soit là une bonne chose.

Il ne pouvait que désapprouver les excès qui gangrenaient la Cour, et il regrettait que Henri ne lève pas le petit doigt pour y remédier. Bien entendu, le roi n'en ferait rien, car il s'y adonnait lui-même, jurant et buvant jusqu'à en perdre connaissance, et forniquant à tout-va. Ce n'était pas là un comportement digne d'un monarque. Pour cette raison, Becket préférait recevoir Henri chez lui, et lui apporter l'élégance, le luxe et la sophistication qui manquaient si déplorablement à la Cour. Il avait cependant l'intuition que Henri se souciait bien moins que lui de ces choses, et qu'il était finalement le seul à en tirer de la satisfaction. Pouvoir prodiguer généreusement toutes ces choses à son roi et lui montrer comment les choses *devaient* être faites flattait sa vanité.

Tout le monde se leva – tant bien que mal – à l'arrivée de Henri, qui tenait la main de la reine. Becket sourit intérieurement de voir qu'il leur faudrait se comporter décemment, car il la savait à cheval sur l'étiquette. Quelqu'un laissa échapper un rot bruyant et elle fustigea du regard le coupable, qui rentra la tête entre les épaules d'un air penaud.

Henri escorta son épouse jusqu'à sa place, à sa droite ; Becket, installé à la gauche du roi, s'inclina devant elle. Il l'entendit glisser à l'oreille de son époux : « Vos barons pourraient au moins se peigner avant de s'asseoir à table. C'est une honte. »

Le chancelier se retint de sourire, et Henri balaya la pièce du regard avec un certain étonnement.

— Je n'avais pas remarqué, dit-il. Tant qu'ils font ce que je leur dis et qu'ils le font bien, je me contrefiche de leur apparence. Mais si cela vous tient à cœur… (Il se mit debout et leva la main.) Silence ! cria-t-il au-dessus du brouhaha. (Une cinquantaine de visages se tournèrent vers lui.) J'ai un nouvel édit vous concernant, annonça-t-il avec un sourire en coin. À la demande expresse de la reine, aucun homme ne devra à compter de ce jour se présenter devant elle sans s'être peigné les cheveux. Et cela vaut pour vous, messire d'Arundel !

Il jeta un regard désapprobateur à un comte qui était occupé à arracher les lentes de ses cheveux gras. Becket, très porté sur l'hygiène, frémit en voyant cela.

Tout le monde se mit à rire, même Aliénor. Ce fut alors qu'elle remarqua l'absence de serviettes à table, et elle esquissa une moue dépitée.

— Demandez que l'on apporte de quoi s'essuyer les mains, dit-elle tout bas à l'intendant tandis que Henri s'asseyait à côté d'elle.

Il grimaça et esquissa un sourire narquois lorsque des serviettes raisonnablement propres furent distribuées.

— Une autre réclamation, ma mie ? demanda-t-il en plaisantant seulement à moitié.

— Non, je vous remercie. Je suis impatiente de goûter aux mets fins qui m'attendent ! rétorqua Aliénor en se rappelant la viande verte et avariée qu'on lui avait servie la dernière fois qu'elle avait soupé dans la grand-salle du palais.

Même la sauce à l'ail n'avait pas suffi à cacher l'odeur et le goût de ce morceau de chair putride. Henri lui avait toutefois promis qu'elle aurait ce soir-là droit à une chère digne de la reine qu'elle était.

Le maître de maison et ses acolytes arrivèrent avec les bras chargés de grands pichets de vin, et l'on versa dans la coupe d'Aliénor une bière épaisse et trouble, d'une couleur indéfinissable. Elle en prit une gorgée avec appréhension et découvrit que le goût était affreux – gras et répugnant, un peu comme de la suie. Elle reposa vivement son gobelet, manquant de le fracasser sur la table, et elle décida de profiter d'un bon vin de sa région de Bordeaux quand elle serait de retour dans ses appartements. À côté d'elle, Henri ingurgitait le breuvage à grandes goulées, mais elle s'aperçut que Becket buvait du bout des lèvres. Il pinça ses fines lèvres dans une grimace de dégoût. Il était rare qu'Aliénor se trouve un point commun avec lui.

Le premier plat fut le sanglier abattu par Henri à la chasse le matin même, il était donc frais – simplement légèrement trop cuit. Le deuxième fut de la truite, bien moins fraîche, hélas. Aliénor sentit brièvement son fumet et se fit violence pour résister aux haut-le-cœur.

— Ce poisson a dû être pêché il y a plus de quatre jours ! se plaignit-elle.

Henri le goûta.

— Mmmh, il est un peu passé.

— Sire, il est tant passé qu'il n'est plus bon que pour les vers, s'indigna Becket. Je m'étonne que le roi soit si mal servi.

Aliénor se retint de lui suggérer malicieusement de s'occuper aussi des cuisines en plus de toutes ses autres attributions. Elle devait reconnaître qu'il avait raison, et qu'il abondait dans son sens à elle, même si elle avait le sentiment qu'il n'avait pas le droit de dire une telle chose, étant donné que cela revenait à critiquer son maître.

— Dites-leur de faire monter autre chose, ordonna Henri, sans quoi je descendrai moi-même aux cuisines.

Après une demi-heure, un civet de lièvre fut apporté avec du chapon à la sauce au safran. Aliénor goûta au plat avec méfiance, mais tout était délicieux. Une belle perdrix suivit.

— C'est remarquable à quel point la menace d'une inspection royale peut faire des miracles, remarqua sèchement Henri.

L'abbé de Winchester, qui était à Londres pour affaires et avait été invité par le roi, en vertu de son rang, goûta la perdrix et complimenta le roi sur les délices de sa table.

— Notre évêque ne nous permet que dix plats par repas, se lamenta-t-il en escomptant manifestement d'autres mets.

— Au diable votre évêque ! s'exclama Henri en le fustigeant du regard. À ma Cour, nous sommes satisfaits avec trois plats. Dans un instant, la nappe sera enlevée, alors dépêchez-vous de terminer, car des ménestrels attendent pour nous divertir. Ils viennent de Germanie, voyez-vous, et ils ont fait un long voyage pour nous.

Le corpulent abbé, tout penaud, s'empressa de terminer sa perdrix comme s'il risquait de se la faire voler à tout moment. Aliénor tenta de refréner un sourire.

Quand Becket, en tant que chapelain du roi, se fut levé afin de remercier le Seigneur pour ce repas, les ménestrels entrèrent.

— On les appelle des *minnesingers*, expliqua Henri. Ils sont l'équivalent de nos troubadours, Aliénor. J'ose espérer qu'ils savent se montrer plus respectueux.

Elle choisit d'ignorer cette pique. Henri n'avait jamais pu se faire à la culture des troubadours dans laquelle elle avait grandi.

Le chanteur principal était un très beau jeune homme avec de longs cheveux roux, des lèvres pulpeuses et des yeux tristes qu'il posa effrontément sur Aliénor en se relevant d'une révérence élaborée.

— Ceci est pour vous, *meine Königin*, déclara-t-il.

Le silence se fit lorsqu'il entonna, d'une voix aussi belle que son visage, une chanson empreinte d'ardeur et de sens érotique :

La belle jeune reine
Captive les pensées des hommes,
Comme les sirènes attirent le pauvre marin
Sur le récif.
Si tout le monde était mien
De la mer jusques au Rhin,
Je m'en priverais pour
Qu'ainsi la reine d'Angleterre
S'allongeât dans mes bras

Après le chant vint un silence abasourdi. Même soûls, les courtisans avaient vu la mine de leur roi s'assombrir, et ils se retenaient d'applaudir, de peur de déclencher une de ses ires notoires. Aliénor demeura figée sur son siège, ravie de cet hommage, et regarda le jeune chanteur en souriant fixement, mais gracieusement, comme le dictait la courtoisie – et les plus belles coutumes du Sud. Elle n'osa pas se tourner vers son époux.

— Vous ne manquez pas de culot, ménestrel, finit par dire Henri. Vous en avez un peu trop à mon goût.

— Sire, n'y voyez aucune offense, protesta le jeune homme sans comprendre comment sa chanson avait pu être si mal interprétée. La beauté de la reine est chantée partout, même dans mon pays. Sa renommée est grande. Nos jouvenceaux prient pour avoir la chance de l'apercevoir.

— Oui, oui, je l'ai bien compris, l'interrompit Henri, agacé. Je vous suggère d'arrêter de prier pour cela et de commencer à nous jouer quelque chose de plus approprié. Mais je vous conseille de garder à l'esprit, ménestrel, dit-il en se penchant vers lui d'un air menaçant, que les seuls bras dans lesquels cette belle reine s'allongera jamais sont les miens !

Le jeune homme déconfit inclina la tête sous les rires de l'assemblée et s'empressa d'entamer une chanson bien connue sur le grand héros Roland, ce qui fut bien plus au goût des barons et chevaliers portés sur la guerre, qui tapèrent dans leurs mains et acclamèrent le ménestrel. Aliénor osa alors jeter un coup d'œil au roi et elle fut saisie de le voir lui sourire.

— Ce jeune malandrin est bien audacieux, mais il m'a fait prendre conscience de la chance que j'ai ! déclara-t-il en lui prenant la main pour y déposer un baiser. Accepteriez-vous de vous allonger dans mes bras, ce soir, ma mie ?

Ce fut à cet instant qu'Aliénor surprit par-dessus l'épaule de Henri le visage de Becket et aperçut brièvement, avant qu'il ne se maîtrise, l'ampleur de son désir et de sa souffrance. Il retrouva rapidement son habituelle expression suave et distante. Becket avait été tourné vers Henri, et il ne pouvait qu'avoir remarqué le geste courtois du roi et entendu ses paroles.

Aliénor comprit alors ce qu'il en était. Le chancelier souffrait d'un amour non réciproque, qu'il ne pouvait pas même oser exprimer, puisqu'il était proscrit et qu'il ne lui serait jamais rendu ; et il avait fait vœu de chasteté. Mais il était jaloux. Il savait que c'était un aspect de la vie de Henri qu'il ne pouvait pas atteindre – et qu'au bout du compte, elle serait toujours victorieuse. Elle n'éprouva cependant nul sentiment de triomphe, seulement de la tristesse pour la vie stérile et vide de sens de son rival.

Henri se pencha vers elle et enfouit son visage dans le creux de son cou. Elle vit Becket marmonner une excuse, s'incliner et quitter la salle, ses jeunes suivants s'empressant de lui emboîter le pas.

Chapitre 15

Wallingford, 1156

Aliénor se demandait parfois ce qu'elle faisait, à parcourir l'Angleterre à cheval alors qu'elle était enceinte de sept mois, pour signer des décrets et des chartes, et s'assurer que le royaume était gouverné comme il se devait durant la nouvelle absence de Henri. Il était en Normandie, où il avait enfin accepté de rendre hommage à Louis pour l'Aquitaine, et où il domptait l'ambition de son petit frère Geoffroy, tour de force que même l'impressionnante Emperesse n'avait pas réussi à accomplir.

Elle avait pris la route avec une suite imposante, qui incluait ses fils, sa sœur Pétronille et leurs demi-frères, Guillaume et Joscelin. Ils étaient pour l'heure logés à Wallingford, dans la forteresse imprenable qui avait été d'une si grande importance stratégique pendant les guerres d'Étienne, mais qui avait depuis été cédée à la reine comme douaire.

Les frères d'Aliénor commençaient déjà à se montrer agités. Ils n'avaient jamais caché leur aversion pour l'Angleterre. Il y faisait trop froid et la nourriture était épouvantable. Ils l'avaient prévenue qu'ils iraient bientôt, avec sa permission, retrouver le climat plus doux de leur Aquitaine. Elle en avait ressenti un pincement au cœur. Elle faisait toujours tout pour éviter de songer à ses domaines, car elle savait que de nombreux mois passeraient encore, possiblement des années, avant qu'elle puisse les revoir. Toutefois, elle comprenait leur mal du pays, et elle leur avait donné la permission d'y retourner quand ils le voudraient, avec sa bénédiction ; elle refusait de les garder auprès d'elle contre leur gré. Elle savait qu'ils s'en iraient bientôt. Ils n'étaient pas faits pour rester à la Cour, mais plutôt pour siéger dans leur bastion et veiller sur leur fief. Elle serait triste de les voir partir, et heureuse pour eux malgré tout.

Elle était allongée dans son boudoir, les pieds surélevés, occupée à lire des lettres, quand Pétronille frappa à la porte et entra, visiblement enivrée, comme c'était si souvent le cas.

—Aliénor, je crois que vous devriez venir auprès du jeune Guillaume. Il a été pris d'un accès de fièvre il y a une heure et la nourrice est quelque peu inquiète.

Prise d'angoisse, Aliénor se leva tant bien que mal, vivement en dépit de sa lourdeur et de sa fatigue. Les enfants mouraient jeunes – c'était fréquent – et elle avait la veille encore remercié le Seigneur pour la bonne santé de ses petits. Avait-elle parlé trop vite ? Y avait-il eu des symptômes qu'elle n'avait pas décelés ? Elle avait vu Guillaume au souper ; il lui avait semblé en forme à ce moment-là, et avait fini son repas, à ce qu'on lui avait dit. Peut-être s'en faisait-elle trop – mais elle n'en était pas convaincue. Elle avait choisi la meilleure nourrice du pays, et, si celle-ci était suffisamment inquiète pour faire prévenir sa maîtresse, alors qu'elle s'occupait toujours très bien des maux de ses enfants, c'était qu'il y avait des raisons de s'inquiéter.

Elle gravit aussi vite qu'elle le put l'escalier de la tourelle menant aux appartements du prince, au dernier étage du donjon, une Pétronille éplorée titubant dans son sillage. Elle poussa brusquement la porte de la chambre à coucher de ses enfants et trouva

Guillaume alité, le visage trempé de sueur sous les épaisses couvertures, entouré par sa propre nourrice et celle du jeune Henri, les berceresses de ce dernier, et les servantes de la nurserie. Quand elles s'écartèrent toutes pour laisser la mère venir à son enfant, Aliénor vit sur leurs visages que sa panique était justifiée. À l'autre bout de la pièce se tenait le bâtard Geoffroy, observant tout cela avec effroi. Il y avait beaucoup d'amour entre lui et ses demi-frères.

— Guillaume, mon chéri, murmura la reine en se jetant à genoux pour serrer la main glacée et molle de son fils.

Il n'eut pas de réaction. La fièvre, à son comble, lui avait fait perdre connaissance, et il gémissait par moments dans son sommeil agité, ses boucles rousses trempées de sueur sur l'oreiller. Cela ne se pouvait pas ! Il était encore en pleine forme quelques heures plus tôt !

Aliénor posa la main sur le front de son petit. Il était brûlant.

— Quand s'est-elle déclarée ? demanda-t-elle sur un ton sec dû à la terreur.

— Il y a une heure, madame, répondit Alice, la nourrice de Guillaume. (Elle avait au coin des yeux des larmes de détresse, et d'épouvante.) Les petits de cet âge – il n'a pas encore trois ans – tombent vite malades ; il suffit d'un rien.

— Il est si chaud ! s'écria Aliénor en passant les mains sur son petit corps dans un effort désespéré pour soulager son enfant souffrant. Il faut le découvrir.

— Ce serait dangereux, répondit Alice d'un air effaré. Il attraperait froid et cela pourrait le tuer.

— Que faire, dans ce cas ? s'inquiéta la reine, au bord des larmes, tout en serrant son enfant contre son sein pour le bercer. Oh, mon petit garçon, mon tout-petit ! Guéris pour maman, s'il te plaît ! (Elle se tourna vers les servantes avec désespoir.) Est-ce que quelqu'un a fait demander les médecins ?

— Ils sont là, répondit Pétronille, blême, d'une voix tremblante. Il y a aussi le chapelain.

En entendant cela, Aliénor se mit à trembler et serra son enfant fébrile plus fort encore. Il avait la tête calée contre son épaule, transpirante et ébouriffée, et les yeux fermés. Comment son doux et innocent enfant avait-il pu tomber malade aussi vite ? La situation était comme un cauchemar duquel elle allait sûrement bientôt se réveiller.

Les médecins se rassemblèrent au chevet de Guillaume. Ils l'étendirent bien droit, tirèrent les couvertures et auscultèrent leur patient chacun leur tour, la mine grave.

— C'est un déséquilibre des humeurs, madame, diagnostiqua le premier. Nous pourrions essayer une saignée, même s'il serait sans doute préférable de le laisser transpirer le mal.

— Je vais vous préparer une potion de carvi, de concombre et de réglisse, déclara le deuxième. Ce sont des remèdes reconnus contre la fièvre.

Guillaume gigotait en tous sens et Aliénor posa une nouvelle fois la main sur son front, puis sur son corps. Il était toujours brûlant, et il semblait ne pas avoir conscience de sa présence. Elle pria intérieurement, cherchant à marchander avec Dieu, l'adjurant de guérir son enfant. *Je vous promets tout ce que vous voudrez, Seigneur*, jura-t-elle. *Absolument tout, si vous l'épargnez.*

Ce fut alors que Guillaume se raidit brusquement, tous ses membres crispés. Sa tête s'enfonça dans l'oreiller et il se mit à convulser de manière effrayante, sa peau soudain livide, puis se teintant de bleu.

— Doux Jésus, faites quelque chose ! hurla-t-elle aux médecins.

— C'est la fièvre, madame, lui répondirent-ils, impuissants, le regard triste. Il est en crise. Nous ne pouvons rien faire d'autre qu'attendre que cela passe. La vie du petit Guillaume est entre les mains de Dieu, à présent.

Les spasmes terrifiants cessèrent presque aussi subitement qu'ils avaient commencé. Le corps de l'enfant se relâcha et elle fut soulagée de sentir son fils s'apaiser, sa respiration courte.

— Dieu merci ! sanglota-t-elle.

Elle tomba à genoux à côté du petit lit et serra son enfant contre elle, le berçant tendrement dans ses bras pendant ce qui lui sembla être une éternité, n'osant pas le lâcher.

Derrière elle, les médecins secouaient tristement la tête. Ils avaient vu la petite main retomber mollement sur le drap, sans vie. Ce ne fut qu'en reposant délicatement son fils dans le lit qu'Aliénor comprit qu'elle l'avait perdu pour toujours.

Chapitre 16

Quatre ans plus tard
Rouen, 1160

Aliénor sourit malgré elle lorsque la petite fille aux cheveux blonds, escortée par son gardien, le justicier de Normandie, avança d'une démarche maladroite vers la clôture d'autel de la cathédrale Notre-Dame, où l'attendait son promis, lord Henri, héritier d'Angleterre, de Normandie et d'Anjou. Ce dernier s'agitait dans sa plus belle tunique et sa somptueuse cape, ses cheveux roux soyeux cerclés d'une petite couronne en or. Son père, le roi Henri, souriait aussi, très satisfait de cette nouvelle alliance. À côté de lui, l'Emperesse hochait la tête pour manifester son approbation. C'était un bon parti pour son petit-fils.

La promise, qui n'avait pas encore trois ans, exécuta une révérence mal assurée devant le roi et la reine, puis, à la demande du justicier, plaça sa main sur celle du prince Henri. Le légat apostolique s'avança ensuite et entama la cérémonie de mariage.

Aliénor les regardait en compagnie de ses plus jeunes enfants. Mathilde, qui était née au cours de cette pénible période de deuil pour le pauvre Guillaume, était le portrait craché de la grand-mère dont elle avait hérité le prénom, mais avec un bien plus grand cœur.

Son agréable visage rond et placide était encadré de boucles du blond cuivré de sa famille. C'était une gentille fille dévouée, qui ferait un jour une bonne épouse pour un prince chanceux.

Geoffroy, deux ans, qui avait les cheveux noirs, une forte tête et un beau visage, se cramponnait à sa mère. En tant que troisième héritier vivant du roi, il avait déjà conscience de la nécessité pour lui de s'affirmer face à ses frères aînés, et il savait devoir toujours être le dernier à choisir dans quelque situation que ce soit. Il avait cependant la ténacité nécessaire pour aller loin et laisser sa marque, Aliénor n'en doutait pas. *Personne ne se jouera de mon Geoffroy.*

Derrière elle, tenu fermement par sa nourrice – la très ronde et maternante Hodierna –, gigotait le cadet des fils du roi et de la reine. Richard, trois ans, était un beau, robuste et vigoureux petit garçon avec un visage d'ange ainsi que le tempérament et la chevelure de feu des Plantagenêts. Si l'on pouvait dire qu'un des enfants avait pu remplacer auprès d'Aliénor son précieux Guillaume, c'était bien lui. Quand on le lui avait remis, tout sanglant et braillant après une naissance éclair, prêt à conquérir le monde, il avait suffi qu'elle le regarde dans les yeux pour l'aimer plus que tout. Elle savait que ce n'était pas bien, mais il était de loin son préféré – elle ne pouvait pas s'empêcher de le penser. Elle l'aimait si férocement que c'en était presque douloureux, et elle vivait dans l'angoisse que quelque chose de mal lui arrive. C'était inexplicable, mais ses craintes pour lui dépassaient celles qu'elle nourrissait pour tous ses autres enfants. Elle n'aurait jamais pensé qu'il fût possible pour une mère de ressentir un tel amour.

Il existait, selon la légende, une ancienne et mystérieuse prophétie de Merlin qui prédisait que « l'Aigle du traité rompu » se réjouirait dans sa troisième nichée. Depuis la naissance de Richard, Aliénor s'était souvent demandé si elle n'était pas cet aigle mentionné par l'enchanteur – un aigle dont les ailes avaient couvert deux royaumes. Se pouvait-il d'ailleurs que le traité rompu soit son mariage avec Louis ? Richard était son troisième fils ; elle se réjouissait déjà de sa venue au monde, mais la prophétie affirmait qu'elle aurait davantage de bonheur avec le temps. Un jour – Henri avait accepté qu'il en soit ainsi –, Richard succéderait à sa mère en Aquitaine. Elle n'aurait pas pu rêver chose plus parfaite, ni meilleure raison de se réjouir.

Elle refusait de se laisser aller à songer, un jour aussi heureux que celui-ci, aux deux fils qu'elle avait perdus. Elle ressentait toujours l'absence du petit Guillaume comme un grand vide dans son cœur, et son souvenir lui tirait encore invariablement des larmes. Elle revivait chaque fois sa mort comme si elle était survenue la veille ; le chagrin ne s'était jamais atténué. Il y avait ensuite eu le petit Philippe, mort avant même que son nombril cicatrise. Il était un fantôme permanent, une joie fugace dans sa vie, et il lui avait aussi été brutalement arraché.

Elle chassa résolument ses douloureux souvenirs et retrouva le sourire en voyant son fils aîné réciter ses vœux de mariage. Le jeune Henri était un véritable chevalier en herbe, mais il était entêté et indiscipliné, et il fallait donc le tenir d'une main de fer. Elle voyait bien qu'il était impatient de retourner dans la cour du palais pour jouer avec les pupilles du roi qui étaient ses compagnons, à croiser le fer avec des épées et boucliers en bois, ou à s'affronter bruyamment à l'arc miniature. Ce mariage ne changerait pas grand-chose pour lui, car la princesse Marguerite serait élevée loin de la Cour – même si Aliénor n'avait pas été d'accord avec cette décision – pour apprendre les choses jugées indispensables aux jeunes filles, ainsi que les devoirs d'une future reine.

Aliénor était surprise de constater à quel point cette jeune Marguerite ressemblait à Louis. Ils avaient les mêmes cheveux clairs, les mêmes traits fins, et un charme délicat. Il fallait prier le Seigneur pour qu'elle ait plus de nerf que lui, se dit-elle. Le roi de France l'avait eue avec sa seconde épouse, Constance, et depuis sa naissance Henri avait échafaudé des plans pour la marier à son héritier. Si Louis mourait sans héritier mâle pour lui succéder, Marguerite hériterait du trône avec ses demi-sœurs, les filles d'Aliénor, Marie et Alix. La fortune allait sourire aux maris de ces princesses, et il y avait même un royaume à la clé, si la puissance pouvait l'emporter sur le droit. C'était le plan à long terme de Henri, et son grand espoir...

C'était Becket qui s'était rendu à Paris pour négocier cette nouvelle alliance. Il était parti avec une escorte impressionnante et d'inestimables cadeaux afin d'impressionner et d'amadouer les Français. Il avait été reçu comme un prince. Le bénéfice immédiat de l'alliance conclue par ce mariage avait été une paix scellée entre Henri et Louis, désormais les meilleurs amis du monde après avoir oublié tous leurs différends et problèmes passés. Henri avait rendu une visite officielle au roi de France à Paris, et ils avaient même effectué ensemble un pèlerinage en Normandie, au Mont-Saint-Michel. La toute jeune Marguerite avait depuis été confiée à Henri par sa mère, et Louis était allé la voir au château de Neubourg, à l'occasion de quoi il s'était dit plus que satisfait de tout ce qui avait été fait pour l'accueillir.

Ces arrangements avaient été le seul point discordant des négociations. Aliénor ne pouvait pas oublier. Henri avait peut-être été absous pour ce qu'il s'était passé, mais pas elle, manifestement. Louis avait insisté pour que sa fille ne soit sous aucun prétexte élevée par la reine Aliénor. Pour cette raison, l'enfant avait été placée sous la tutelle du bon justicier de Normandie, Robert de Neubourg.

Aliénor avait été hors d'elle.

— Me croit-il indigne moralement, ou une mauvaise mère ? s'était-elle vivement offusquée auprès de Henri dans l'intimité de leur chambre. Pense-t-il que je risque de corrompre sa fille, ou que je ne m'occuperais pas bien d'elle ?

— Oublie cela, Aliénor, lui avait conseillé Henri d'un air las. La seule chose importante est l'alliance. Ni Thomas ni moi n'avons voulu la mettre en péril en perdant du temps sur ce point. Marguerite est la fille de Louis, et il se doit de faire ce qu'il juge préférable concernant son éducation.

— Il m'a insultée ! tempêta la reine. Et toi et ton si cher Thomas le laissez faire !

— Ton animosité envers Thomas est un autre sujet, dit-il en lui lançant un regard mauvais. Elle est de plus irrationnelle, comme je ne cesse de te le répéter.

— Ta mère ne semble pas du même avis, contra-t-elle. Elle le voit d'un aussi mauvais œil que moi et ne se prive pas de le faire savoir, mais tu ne dis pas pour autant qu'elle est irrationnelle.

— Pas en face d'elle, grommela Henri. Je dois à madame ma mère un peu de respect en tant que fils, mais il est certaines fois où je peux me passer de ses conseils. Comme des tiens, ma mie !

Les choses en étaient restées là. Aliénor avait dû ravaler sa fierté et accepter de ne jamais prendre part à l'éducation de Marguerite ; elle avait aussi depuis longtemps compris qu'elle n'arriverait jamais à éloigner Henri de son ami, même si ce n'était pas faute d'essayer. Becket était à présent le conseiller en chef du roi, celui dont le monarque écoutait l'avis en priorité, ce qui faisait de lui le plus puissant sujet du royaume. Personne ne pouvait le nier.

Louis n'avait pas été tenu informé du mariage. Il ne s'attendait pas à ce qu'il ait lieu avant plusieurs années, mais Henri, faisant une nouvelle fois preuve de sa détermination bornée, avait tout de même décidé de le faire célébrer.

— Nous avons des nouvelles de France, avait-il annoncé à son épouse. La reine Constance est morte en couches.

Aliénor l'avait regardé fixement.

— Que Dieu ait son âme, avait-elle dit finalement. Pauvre Marguerite.

Elle avait été sincèrement chagrinée pour l'enfant si cruellement touchée par le destin.

— Elle se souvient à peine de sa mère, avait fait remarquer Henri, et sa mort l'affectera donc peu.

Aliénor s'était dit qu'il avait sans doute raison, mais tout de même…

— Est-ce que Constance est morte en donnant un fils à Louis ? avait-elle demandé.

— Non. Encore une fille. Adèle, me semble-t-il. C'est Thomas qui me l'a dit. Il a aussi entendu dire que Louis n'avait pas beaucoup pleuré sa femme, mais s'était plaint de l'effrayante inutilité de ses filles – et il n'a pas tort ! Il paraît qu'il prévoirait de se remarier dans le mois.

— Grand Dieu, il ne perd pas de temps ! s'était exclamée Aliénor. Je suppose qu'il a dû réfléchir à prendre une autre femme dans son lit avant même que Constance pousse son dernier soupir – même s'il ne l'aura pas fait par concupiscence, le connaissant. Il doit vouloir un héritier à tout prix. Qui est la nouvelle élue ?

— Adèle de Champagne, avait-il annoncé. Elle est la sœur des comtes de Champagne et de Blois ; ceux-ci, m'a-t-on rapporté, devraient bientôt épouser les filles que vous avez eues avec Louis. Dans les faits, Louis a choisi de prendre pour épouse la sœur de ses futurs gendres. Le caractère incestueux de cette union est flagrant ! s'indigna-t-il avec une mine atterrée. Je ne suis pas pour un tel mariage. Si Adèle lui donne un fils, je peux dire adieu à mes espoirs concernant la France. Quand bien même elle ne lui en donnerait pas, ses frères sont mes ennemis et ils pourraient semer la discorde entre Louis et moi. Rien ne leur ferait plus plaisir que de voir notre alliance rompue. Et si cela arrive, Louis gardera volontiers le Vexin.

Cette riche terre à la frontière normande était la dot de Marguerite ; Henri l'avait cédée au roi de France quelques années plus tôt, et il était ravi d'avoir la possibilité de la récupérer.

— Il n'y a pas de temps à perdre ! s'était-il exclamé.

Il avait immédiatement fait venir Marguerite à Rouen, s'était empressé d'obtenir une dispense du pape, et avait lancé les préparatifs du mariage.

La cérémonie terminée, le roi et la reine prirent la tête du cortège qui suivait les très jeunes mariés le long de l'allée pour sortir sous le soleil fragile de novembre. La foule s'était réunie et bénissait les deux enfants, si beaux ensemble dans leurs fabuleuses robes, se tenant la main en souriant timidement. On entendit des soupirs attendris parmi le peuple, bien conscient que ces deux petits représentaient l'avenir. Puis les hommes d'armes avancèrent et la foule s'écarta pour laisser le cortège rejoindre le palais où le banquet de noces était donné.

Le roi s'assit à la table haute, la reine à sa gauche, Henri le Jeune et Marguerite à la place d'honneur à sa droite, à côté de l'Emperesse, tandis que la princesse Mathilde, quelque peu impressionnée par tout ce faste, demeurait assise, la mine fermée, entre Aliénor et Becket. La petite princesse de France prenait visiblement beaucoup de plaisir et applaudissait vivement les cabrioles du fou de l'Emperesse tout en enfournant de savoureux morceaux de nourriture dans sa bouche en cœur.

— Comment pensez-vous que le roi Louis réagira en apprenant le mariage de sa fille, mon fils ? demanda l'Emperesse quand on apporta le premier plat.

— Il ne pourra pas se plaindre, répondit Henri d'un air hautain. Le contrat, dans lequel son consentement est implicite, a été signé. Je n'avais donc nul besoin de le consulter avant.

— Il ne sera peut-être pas du même avis, intervint Aliénor en se servant une tranche de rôti de porc du plateau en or. Ce n'est pas la première fois que nous lui cachons un mariage, sire ! ajouta-t-elle avec un sourire en coin.

— Certes, mais il a cette fois donné son consentement, et ce par écrit. Cela est indéniable.

— Il pourrait se sentir insulté, sire, dit Becket en se penchant vers lui. Il pourrait affirmer que les termes du traité n'ont pas été respectés, et refuser de verser la dot.

— Je ne le pense pas, le contredit Henri avec un rictus suffisant. J'ai déjà fait prévenir les templiers, qui veillaient sur le Vexin, et ils ont accepté de plein gré de m'en laisser le commandement. J'ai aussi décidé de prendre Marguerite dans ma propre maisonnée, à présent qu'elle est mariée à mon fils. Elle servira d'otage pour nous préserver de toutes représailles envisagées par Louis.

Aliénor leva brusquement la tête.

— Et qui se chargera de l'élever ? demanda-t-elle.

— Ma foi, vous, bien sûr ! répondit le roi en posant la main sur la sienne tout en lui adressant un clin d'œil.

— Mais cela va à l'encontre de la volonté expresse du roi Louis, remarqua l'Emperesse avant qu'Aliénor puisse dire quoi que ce soit.

— Je refuse de voir mon épouse insultée, déclara Henri. Et qui d'autre serait mieux placé pour s'occuper de notre nouvelle fille ?

— Tu ne disais pas cela avant ! tempêta Aliénor quand ils furent au lit et que Henri posa ses mains sur elle sans équivoque, puis glissa une jambe entre les siennes. Tu n'as pris cette décision que parce que cela t'arrange. Ce que je ressens n'a rien à voir là-dedans.

— Bien sûr que si, répondit-il en montant sur elle. Mais c'est vrai que, d'un point de vue politique, il est logique de garder Marguerite auprès de nous, sous ta responsabilité. Je savais que cela te ferait plaisir.

Elle était sur le point de lui répondre qu'il n'avait pas du tout compris le sens de son reproche, mais Henri l'embrassa passionnément et la pénétra puissamment. Elle fut malgré elle emportée par cette vague d'extase familière et n'eut plus d'autre choix que de s'y abandonner pleinement. Comme tant de fois auparavant, ils firent l'amour sans douceur, roulant sur le lit et s'agrippant l'un à l'autre tout en se dévorant des lèvres comme si leur vie en dépendait.

Étendue entre ses bras, essoufflée, Aliénor sentit un tel élan d'amour pour cet homme complexe et difficile que ce fut presque pour elle un orgasme émotionnel qui lui coupa le souffle et manqua de lui tirer des larmes. Elle se cramponna inconsciemment à lui comme si elle ne pouvait plus jamais le lâcher, et elle se surprit à prier pour que les choses puissent toujours être aussi parfaites entre eux.

Quand elle retrouva son calme, ils demeurèrent allongés l'un contre l'autre, repus, et se contentèrent de se regarder dans les yeux, Henri avec une main calleuse délicatement posée sur son sein.

Pas besoin de mots, se dit-elle. *Nous sommes mariés depuis huit ans et les choses peuvent encore être aussi belles.*

Elle était aux anges de savoir que son corps avait encore la capacité d'émouvoir Henri et que, malgré ses trente-huit ans, elle restait une belle femme. En dépit de la dépendance de son époux pour la constante présence de Becket, il avait toujours besoin d'elle. Elle avait été à ses côtés durant tout ce grand tour d'Angleterre qu'ils avaient effectué trois ans plus tôt ; elle avait vu les comtés sauvages du Nord et été témoin de la soumission des Écossais ; ils avaient tous deux renoncé à porter leur couronne à la cathédrale de Worcester, unis dans cet acte d'humilité en l'honneur du Christ crucifié ; elle avait dirigé l'Angleterre pendant huit mois après ce périple, quand Henri s'était rendu en France ; elle avait partagé la joie et la fierté de son époux pour leur famille grandissante ; et elle avait pleuré avec lui lors de cette tragédie qui les avait frappés. Elle n'avait jamais oublié la désolation sur le visage de Henri quand elle était venue le trouver elle-même à Saumur, en Anjou, cinq mois après la mort de Guillaume. Plus tard, de retour en Angleterre, ils avaient versé ensemble des larmes sur sa petite tombe dans l'abbaye de Reading, où leur enfant avait été inhumé aux pieds de son bisaïeul, le premier roi Henri. C'était sur l'héritage de ces expériences communes, et sur l'immutabilité de leur extase charnelle, qu'était fondé leur mariage.

Henri dormait à présent, ronflant doucement contre son épaule. Elle laissa traîner son regard sur lui, se délectant de voir son corps ferme et ses muscles saillants. Louis, dans son sommeil, donnait l'impression d'être une frêle créature, mais pas Henri. Lui était comme un lion endormi. Elle aurait voulu être encore à Poitiers avec lui, comme un an auparavant. Ils avaient couché chaque nuit ensemble dans sa chambre de la tour Maubergeon, superbement décorée de tapisseries, expérimentant de nouvelles manières de faire l'amour et profitant de longues matinées au lit. À Rouen, elle était toujours l'invitée de l'Emperesse, et avait constamment le sentiment de déranger ; mais à Poitiers, elle était duchesse – plus que reine à ses yeux – et pouvait être pleinement elle-même sur son propre territoire. Comme elle avait envie de revoir la splendeur sauvage et gorgée de soleil de son domaine ! C'était là-bas qu'était sa véritable place, pas sur ces terres glacées du Nord, où les libertés du Sud étaient prohibées.

Henri, toutefois, s'était rendu à Poitiers dans un but précis. En fait, c'était elle qui lui avait soufflé l'idée de chercher à faire valoir ses droits ancestraux sur la province de Toulouse. Elle l'avait amèrement regretté, car elle avait dû rester cloîtrée dans sa tour pendant des mois à s'inquiéter pour lui tandis qu'il faisait route vers le sud à la tête d'une grande armée ; et son inquiétude ne l'avait toujours pas abandonnée quand il était revenu dans une humeur massacrante, ayant échoué dans son entreprise – car dès qu'il avait entamé le siège de la ville, Louis était venu à la rescousse des habitants de Toulouse, et Henri ne pouvait tout de même pas combattre le monarque avec lequel il avait récemment conclu une alliance si avantageuse. Son projet était donc tombé à l'eau, et il était ensuite resté en Normandie, occupé à expédier des affaires pressantes et à bouder. Il avait renvoyé Aliénor en Angleterre, où elle avait une fois de plus gouverné en tant que régente, faisant le tour du royaume, signant des décrets et dispensant la justice. Et elle y était restée jusqu'à ce que Henri la rappelle en Normandie pour le mariage.

Louis ne créerait pas trop de problèmes, elle en était persuadée. Peut-être aboierait-il pour se plaindre de n'avoir pas été informé du mariage de sa fille, mais il savait que Henri FitzEmperesse était trop fort pour lui, et il était donc possible d'affirmer que le roi d'Angleterre n'avait pas à craindre de représailles pour ce qu'il avait fait si impudemment.

Chapitre 17

Domfront, 1161

Aliénor mordit le drap et poussa très fort, le menton pressé contre sa poitrine. La douleur était insupportable, et l'envie de hurler irrésistible, mais elle se rappela *in extremis* qu'elle était reine d'Angleterre, duchesse de Normandie et d'Aquitaine, et qu'elle devait impérativement se comporter dignement.

— C'est bientôt fini, madame, lui dit l'accoucheuse. Poussez une dernière fois.

Aliénor trouva en elle la force de fournir un dernier effort. C'était son neuvième confinement, mais jamais elle n'avait connu un travail plus ardu ; tous ses précédents enfants étaient nés avec une aisance déconcertante, dans le silence et le calme. Elle n'avait cependant pas connu une grossesse paisible, ayant toujours eu un problème ou un autre à régler – sans jamais que cela cesse.

Elle poussa... et la petite tête émergea entre les mains expertes de l'accoucheuse, suivie par une épaule glissante – avant le reste de ce nouveau petit corps.

— Une jolie princesse, madame ! annonça l'accoucheuse dans un grand sourire alors que le nourrisson se mettait à crier.

Aliénor, presque vidée de toute énergie, prit sa fille dans ses bras et eut l'impression de se regarder dans le miroir.

—Toi, je sais déjà comment je vais t'appeler, ma toute petite, dit-elle en souriant avant de déposer un baiser sur son front plissé. Ce sera Aliénor, comme moi.

Henri n'y verrait aucune objection.

Trop extatique pour trouver le sommeil après la venue au monde d'une si jolie petite fille en bonne santé, elle se laissa aller contre les coussins et se rappela ce que lui avait dit Henri sur le fait qu'il était, à l'inverse de Louis, riche en héritiers et serait ravi d'avoir une fille, car elles pouvaient être mariées par intérêt politique ou financier. C'était la vérité, mais elle regrettait parfois qu'il considère tout le temps leurs enfants comme des pions à bouger sur le grand échiquier de la politique. Il ne faisait aucun doute qu'il les aimait, mais elle était chagrinée qu'il puisse suggérer sans ciller de les vendre ainsi. Marier une fille signifiait souvent la voir partir loin, dans un pays reculé–et ressentir la douleur d'une séparation qui pouvait être définitive.

Elle en voulait à son époux. Elle avait l'impression qu'il faisait preuve de moins de sagesse dans ses décisions depuis quelques mois. Tout avait commencé quand ils avaient reçu l'annonce de la mort de l'archevêque Thibaut alors qu'ils étaient à Rouen, apportée par Gilbert Foliot, l'évêque de Hereford. Henri avait été sous le choc et très attristé.

—Thibaut était un véritable ami, avait-il dit. Je dois mon royaume à son soutien.

—Que Dieu ait son âme, c'était une bonne personne, avait murmuré Aliénor en faisant le signe de croix. Il a mérité sa place au paradis.

L'Emperesse s'était levée avec raideur – ses articulations la faisaient atrocement souffrir depuis quelque temps–et elle avait posé une main sur l'épaule de son fils.

— Il faut lui trouver un successeur, lui avait-elle conseillé. L'Angleterre ne peut pas rester longtemps sans son archevêque de Cantorbéry.

— Je suis d'accord, sire, avait acquiescé l'évêque Foliot.

C'était un homme corpulent aux sourcils broussailleux, un homme d'Église attaché aux traditions et très respecté pour son intégrité et son érudition. Aliénor avait toujours admiré sa franchise et son honnêteté hardie. Les choses étaient toujours simples avec lui.

— Oui, mais qui pourrait prendre la place de Thibaut ? avait demandé Henri avec une réticence manifeste à l'idée de devoir remplacer son vieil ami.

Il semblait à Aliénor que la réponse était évidente : cela ne pouvait être personne d'autre que Foliot lui-même. Il était un excellent candidat et possédait à la fois toutes les qualités et l'expérience requise.

Mathilde était manifestement du même avis, car elle aussi s'était tournée vers l'évêque par anticipation.

— Il n'y a pas à chercher bien loin, mon fils, avait-elle dit.

— Vous avez tout à fait raison, avait répondu Henri. (Aliénor avait vu son regard s'illuminer, mais il ne l'avait pas porté sur l'ecclésiastique attentif.) Thomas Becket sera mon archevêque.

— « Thomas Becket » ? s'étaient-ils tous les trois récriés à l'unisson.

Oh, non, s'était lamentée intérieurement Aliénor. C'était un choix désastreux. Becket se préoccupait beaucoup trop des gloires d'ici-bas, et était déjà bien trop insupportable.

— Henri, êtes-vous devenu fou ? s'était écriée l'Emperesse en perdant son habituel sang-froid et sa révérence. C'est un homme bien trop tourné vers ce monde pour occuper une haute fonction au sein du clergé.

— C'est exactement ce que j'allais vous dire, sire, avait appuyé Foliot. Il n'est d'ailleurs pas ordonné prêtre.

— Dans ce cas indiquez-moi un meilleur candidat, avait rétorqué Henri.

— Comme je le disais plus tôt, il ne faut pas chercher bien loin, avait insisté sa mère.

— Je veux un archevêque qui soit de mon côté et qui soit prêt à travailler avec moi, pas contre moi, avait déclaré le roi.

— Sire, tous vos évêques sont bien « de votre côté », comme vous le dites, avait répondu habilement l'homme d'Église sans se laisser toucher par l'insulte implicite. Et, sauf grossière erreur de ma part, pas un ne s'est un jour opposé à vous. Nous sommes d'une loyauté indéfectible, n'en doutez pas.

— Certes, vous avez raison… mais seulement en partie ! avait rétorqué Henri en se tournant brusquement vers lui. Et si un dilemme se présentait, votre loyauté irait d'abord à l'Église, n'est-ce pas ?

— Elle va d'abord à Dieu, avait confirmé Foliot avec assurance.

— Ah, et je n'ai rien à redire à cela, avait rétorqué le roi avec un sourire narquois. Du moins tant que Dieu est de mon côté. Quoi qu'il en soit, l'affaire devra attendre : Louis menace de me déclarer la guerre, même si je ne pense pas qu'il mettra ses paroles à exécution. Quand bien même, je dois renforcer mes défenses à la frontière normande, au cas où il chercherait à récupérer le Vexin. Ensuite, je devrai me rendre en Aquitaine car il y a des problèmes en Gascogne… Encore.

— En Aquitaine ? s'était extasiée Aliénor. J'irai avec vous, sire ! Je pourrai rester à Bordeaux.

Ç'aurait été merveilleux de revoir ces terres, de sentir encore la chaleur du soleil cuisant, d'entendre de nouveau les lais des troubadours et la mélopée lancinante des criquets, de goûter au succulent canard et aux exquises truffes, et de revoir les majestueuses collines et les rivières scintillantes de son pays.

— Non, avait décidé Henri.

Bien plus que l'affaire de Cantorbéry, c'était son refus catégorique et ce qui avait suivi qui avaient ouvert une brèche entre eux. Elle avait insisté, cajolé, supplié, mais Henri était resté inflexible, estimant qu'elle ne pouvait pas faire de long voyage dans son état. C'était absurde, avait-elle contré, étant donné qu'elle avait, au cours de précédentes grossesses, parcouru des centaines de lieues dans toute l'Angleterre durant ses absences, et ce même au neuvième mois. Elle était forte comme un bœuf, lui avait-elle affirmé, et ne s'était jamais sentie aussi bien. Mais il n'avait pas cédé, et elle n'avait pas mis longtemps à comprendre pourquoi.

Elle était restée à Rouen avec l'Emperesse, tracassée par son immobilisme forcé, et pétrie de regrets de ne pas pouvoir être à Poitiers et en Gascogne avec Henri. Il envoyait cependant régulièrement des messagers pour l'informer au mieux et s'enquérir ardemment de sa santé. Elle savait donc que son périple avait bien commencé. Il avait assiégé et pris le robuste château de Castillon-sur-Agen en moins d'une semaine, et les seigneurs séditieux avaient été tant sidérés par cet exploit – et proprement terrifiés, à vrai dire – que toute résistance s'était soudain évaporée.

C'étaient les rapports suivants qui l'avaient mise dans une colère noire. Elle avait laissé les rênes de ses domaines à son oncle, Raoul de Faye, mais le roi avait clairement fait connaître à ce dernier, quand il l'avait vu à Poitiers, sa piètre opinion de ses capacités à agir efficacement en tant que gouverneur de la duchesse, et il avait sapé son autorité sur plusieurs décisions importantes. Raoul avait donc à son tour écrit à Aliénor pour protester et la prévenir que le duc empiétait sur leurs libertés. Ils avaient eu des raisons supplémentaires de se plaindre lorsque Henri s'était mis à accorder à ses propres administrateurs normands des positions de pouvoir.

Dès qu'elle avait appris cela, Aliénor avait couru écrire à son époux pour le fustiger au sujet de son comportement. Il lui avait répondu rapidement, expliquant qu'il était préférable que l'Aquitaine, tout comme la Normandie et l'Angleterre, bénéficie d'un gouvernement fort et centralisé, et qu'il comptait imposer cela à ces satanés barons indociles, même si c'était la dernière chose qu'il faisait ! Et Aliénor s'était dit avec rage que ce serait peut-être effectivement le cas.

Une autre lettre était arrivée dans le même temps de la part de Raoul.

« Le peuple a retiré son allégeance au roi d'Angleterre, écrivait-il en omettant délibérément le titre de duc d'Aquitaine de son suzerain – le titre qu'il convenait de lui donner au sein du duché. Il se plaint qu'il leur retire leurs libertés. Il a même abordé les légats apostoliques, leur montrant un document de lignage, afin de leur demander d'annuler votre mariage avec le roi sous prétexte de consanguinité. »

En lisant cela, Aliénor avait senti son sang se glacer. Hors d'elle, elle avait pris la lettre et était allée trouver l'Emperesse pour la lui montrer avec colère.

— Regardez ce que votre fils a fait ! s'était-elle écriée.

— Je ne m'inquiéterais pas à votre place, Aliénor, avait répondu calmement sa belle-mère après avoir lu le parchemin. Les légats n'oseront pas offenser le roi : ils ne sont en Aquitaine que pour demander son soutien au nom de leur maître, le pape Alexandre.

— J'en suis bien consciente, rétorqua Aliénor. Ce qui me met en colère, c'est le fait que Henri se soit encore attiré les foudres de mon peuple – et qu'il n'ait pas respecté mon souhait.

— Les mesures fortes ne sont jamais populaires, avait répondu l'Emperesse, même si elles sont parfois nécessaires. Vous devez bien avouer que vos seigneurs d'Aquitaine sont une menace.

— J'écrirai à Henri, avait fulminé Aliénor. Je lui ferai savoir mon mécontentement au sujet de son ingérence dans mes domaines. Comment ose-t-il ?

— C'est son droit légitime, avait répondu Mathilde. Il a autorité sur vous comme sur eux, puisqu'il est leur duc.

— Il aurait dû me demander mon avis !

— Il n'en a nul besoin.

Aliénor avait pu sentir que sa belle-mère jubilait de la voir désarçonnée. Elle avait récupéré vivement la lettre et quitté la pièce en trombe, puis s'était empressée d'aller écrire à son époux pour lui reprocher sa folie, et sa décision de provoquer encore l'ire de son peuple.

Sa réponse lui avait donné envie de hurler de rage. Il avait simplement ignoré ses protestations ! Pas un seul mot d'excuse ou de justification. Il disait simplement que les légats, qui se pliaient en quatre pour le satisfaire, lui avaient appris que le pape avait accepté de canoniser le roi Édouard le Confesseur. Il lui apprenait qu'il était encore à Poitiers, où il avait inspecté la construction de la cathédrale et avait estimé le tout satisfaisant ; peut-être aimerait-elle savoir qu'il avait ordonné la construction d'une nouvelle église, de nouveaux murs d'enceinte, de nouveaux ponts, en plus d'une place du marché et d'échoppes, et qu'il faisait refaire la grand-salle de son palais pour y inclure de plus grandes fenêtres.

Elle avait le cœur lourd et froid comme une pierre. Il avait accompli tout cela sans jamais lui demander son avis – et il avait esquivé le vif du sujet. Était-ce pour cela qu'elle l'avait épousé ? Qu'en était-il de leur vision commune pour l'avenir, de leur mariage de lions ? L'attitude de Henri était une trahison envers leur union et tout ce qu'elle représentait. C'était intolérable ! Elle était au lit avec sa dernière fille, son cœur déchiré entre l'amour qu'elle portait à cette adorable enfant et une rancœur terrible pour le père de celle-ci.

Chapitre 18

Bayeux, 1161

Henri lui avait envoyé un messager pour lui faire savoir qu'il la rejoindrait à Bayeux, et elle s'y était donc rendue, pleine de ressentiment, avec ses enfants et leurs nourrices, laissant avec joie à Rouen la peu amène Emperesse. Les jours précédant l'arrivée de Henri, elle décida de s'occuper l'esprit afin de ne pas trop songer à l'imminente confrontation qu'ils auraient, et elle emmena les jeunes Henri et Richard découvrir les splendeurs de la cathédrale Notre-Dame, où ils virent une magnifique tapisserie ancienne racontant toute l'histoire de l'invasion de Guillaume le Conquérant en Angleterre, en l'an 1066. Elle était accrochée dans l'abside de l'église, et les petits garçons s'émerveillèrent devant toutes ces couleurs, ces représentations réalistes de soldats et de chevaux, observant avec admiration les scènes de bataille et prêtant une oreille ébahie à leur mère qui leur racontait l'histoire palpitante de cette conquête.

— Là, vous voyez le roi Harold, avec une flèche plantée dans l'œil, expliqua-t-elle. Et le voilà qui est mis à terre à l'aide d'une hache.

— Quand je serai grand, je serai soldat, et je tuerai les gens avec des haches ! fanfaronna Henri.

—Non, c'est moi qui le ferai ! s'écria virulemment Richard sans se laisser démonter.

Aliénor se réjouit de voir un tel esprit chez ses fils.

—Vous serez tous les deux des soldats, affirma-t-elle. Des soldats très courageux, comme votre père.

La compétition finie, les deux enfants se contentèrent de se donner quelques coups en douce.

—Allez, venez, leur dit Aliénor en voyant les hommes d'Église échanger des regards désapprobateurs. Il faut aller prier pour que votre père nous revienne sain et sauf.

Elle les mena fermement dans l'une des chapelles circulaires et les fit s'agenouiller, les forçant à observer un silence religieux.

Mari et femme se retrouvèrent face à face dans la cour du château quand Henri arriva à la tête de sa suite et sauta de selle sur le montoir, à côté duquel l'attendait Aliénor, accompagnée de ses enfants et de ses dames, ainsi que des chevaliers de sa maison.

—Bon retour parmi nous, sire, l'accueillit-elle avec une expression impassible tout en lui tendant la traditionnelle coupe de bienvenue.

Elle attendit ensuite que son époux la salue. Il effleura brièvement ses lèvres, puis se recula et plissa légèrement les paupières, ses traits marqués par le long voyage sous le soleil, et ses cheveux ébouriffés coupés plus court qu'à l'accoutumée.

—Madame, dit-il sur un ton formel tout en lui prenant la main pour y déposer un second baiser. Je suis fort content de vous retrouver, et impatient de rencontrer ma nouvelle fille !

Aliénor fit un signe à la nourrice. Elle s'avança avec l'enfant, qui observa un instant l'inconnu d'un air grave avant de se fendre d'un grand sourire sans dents.

—Tu es une jolie petite princesse, toi ! dit Henri tout bas en la prenant dans ses bras pour poser délicatement les lèvres sur son petit crâne duveteux avant de lever les yeux sur sa femme. Je vous félicite, dit-il en se radoucissant. Tous les princes se battront pour sa main, si elle continue sur cette voie prometteuse. Elle est exactement comme vous.

Aliénor accepta ces compliments avec un sourire presque imperceptible.

— Voudriez-vous rentrer, sire, et prendre quelque rafraîchissement après votre voyage ? proposa-t-elle solennellement en reprenant leur fille pour la rendre à sa nourrice.

Les autres enfants se ruèrent alors vers leur père en laissant éclater leur joie et, après de fougueuses retrouvailles, ils entrèrent tous dans le château.

Plus tard, après le souper et une fois les enfants couchés, Henri entra seul dans la grande chambre d'Aliénor, où elle lui servit du cidre corsé fait à partir des pommes qui poussaient en abondance dans cette partie de la Normandie.

— Quel nectar ! s'extasia-t-il. Ah, ça a du revenant !

— Henri, il faut que l'on parle, annonça Aliénor en se préparant à ce qui allait suivre.

— Je suis d'accord, répondit-il vivement. L'archevêque de Rouen vient de me toucher un mot. Il s'inquiète au sujet de l'éducation du jeune Henri.

— Vraiment ? Pour quelle raison ?

— Il estime préjudiciable pour lui qu'il vive encore auprès de sa mère et n'ait pas encore commencé ses leçons.

— Je lui ai beaucoup appris ! se récria-t-elle avec indignation.

Elle se mit instantanément sur la défensive, craignant déjà ce qu'allait suggérer Henri ensuite.

— Oui, je le sais, mais cela importe peu à notre bon ami l'archevêque. Il n'a pas cessé de me répéter que je n'étais pas comme les autres rois, qui sont tous ineptes et rustres – c'est du moins là son opinion. Il affirme avec véhémence que ma sagesse et ma prudence – selon les mots de ce saint homme – sont le fruit de mes nombreuses lectures au cours de ma jeunesse, et il m'informe que mes évêques au grand complet partagent l'opinion que mon héritier devrait commencer à acquérir la même érudition afin de pouvoir être mon digne successeur.

— Et alors ? s'enquit Aliénor d'un air méfiant.

— Alors je comprends son point de vue. Henri a six ans désormais, et il est temps qu'il s'en aille pour recevoir une éducation.

C'était en effet la coutume pour les princes et pour les fils de nobles que d'être envoyés auprès d'une grande famille, d'être élevés et éduqués loin de leurs parents, supposés être trop indulgents pour s'en charger correctement. Aliénor le savait bien, et elle l'acceptait. Seulement, à présent que le moment était venu, elle était dévastée à l'idée d'être séparée de l'un de ses enfants. Elle avait gardé le jeune Henri auprès d'elle depuis qu'il était né ; étant donné ce qu'il était arrivé à deux de ses frères, elle supportait déjà mal de ne pas l'avoir sous les yeux. Le voir partir serait comme perdre une partie d'elle-même. Comment ferait-il sans elle ? Qui guérirait ses blessures, calmerait ses peurs et irait le border ? Elle ne supportait pas de l'imaginer le soir pleurer contre son oreiller, seul et déraciné.

— Je sais que ce sera dur pour toi, poursuivit Henri avec douceur, mais tu dois comprendre qu'un garçon ne peut pas devenir un homme s'il reste dans les jupons de sa mère. Il doit apprendre à voler de ses propres ailes, à se défendre lui-même et à devenir courageux et fort, comme tout bon guerrier. Ne t'en fais pas, tu le verras de temps en temps – plus souvent que la plupart des mères ne voient leurs fils. J'ai trouvé l'arrangement idéal.

— Vraiment ? s'étonna-t-elle sans parvenir à cacher son espoir et son enthousiasme.

— Oui, confirma Henri en souriant. Il sera placé chez notre éminent chancelier, mon dévoué Thomas.

— Becket ? lâcha Aliénor avec raideur.

—Lui-même. Pourquoi pas? Il a une importante maison, au sein de laquelle il a déjà accepté plusieurs enfants de grandes familles. Ils seront de bonne compagnie pour Henri. On s'occupera bien de lui.

Aliénor était sur le point de protester, mais elle voyait toute la sagesse de ce plan. Becket travaillait souvent avec le roi, et elle était souvent invitée avec lui à la table du chancelier. Son époux avait raison : elle ne manquerait pas d'occasions de voir son fils.

—Quand partira-t-il? demanda-t-elle.

—Après Noël, répondit Henri.

Il lui restait donc trois semaines, calcula-t-elle rapidement, avant qu'on lui enlève son petit Henri. Elle se jura de passer le plus de temps possible avec lui. Cette séparation allait être bien plus difficile que celle avec Marie et Alix, car elle n'avait quasiment jamais vu ses douces petites filles–elle avait été tenue loin d'elles et elle n'avait jamais eu l'occasion d'apprendre à bien les connaître. Henri, toutefois, était avec elle depuis sa naissance et elle l'aimait profondément; pas autant qu'elle adorait Richard–son petit lionceau, comme elle aimait l'appeler –, mais d'un amour féroce et protecteur. Ils ne se diraient pourtant pas adieu à tout jamais, se rassura-t-elle résolument. Elle ne devait pas voir cette séparation comme étant définitive; elle reverrait son fils avant longtemps. Du reste, elle aurait toujours Richard, et Geoffroy bien évidemment. Elle ne laisserait jamais, si elle pouvait l'éviter, son Richard chéri lui être enlevé. Il allait devenir son héritier, et elle aurait forcément son mot à dire dans son éducation. Il faudrait d'abord lui passer sur le corps pour le lui enlever.

—C'est une sage décision, concéda-t-elle sans ciller. Mais il y a autre chose dont je voulais te parler, et c'est au sujet de ce que tu as fait en Aquitaine.

—Il n'y a plus de problèmes en Aquitaine, maintenant, dit Henri sur un ton sans appel pour clore le débat.

— Plus de problèmes en surface, mais une colère sous-jacente gronde, d'après ce que j'ai entendu dire, insista Aliénor.

— De la part de ton oncle Raoul ? devina-t-il avec un rictus antipathique. Je ne l'ai pas vu faire beaucoup pour contrôler tes rétifs seigneurs !

— Personne n'a jamais réussi à le faire, pas même mon père ni mon grand-père, rétorqua-t-elle sèchement. Le terrain ne se prête pas à l'unité, ne le vois-tu donc pas ?

Henri se leva et se mit à faire les cent pas.

— Pour tout te dire, je n'accepte pas que mon autorité ne s'étende pas au-delà de Poitiers et Bordeaux, dit-il. Avec mes officiers en place, qui me sont rattachés directement, j'entends bien apporter un peu d'ordre dans tes domaines.

— Et, ce faisant, tu t'attires la colère de mon peuple ! s'emporta Aliénor. Ils n'aiment pas qu'un étranger essaie de les gouverner. La situation a déjà été assez compliquée quand Louis a envoyé ses émissaires français pour diriger l'Aquitaine en son nom ; quand j'y suis rentrée et que les Français ont déguerpi, le peuple a laissé exploser sa joie. C'était très émouvant à voir. C'est très important pour eux d'être gouvernés par l'un des leurs. Henri, je veux que mes sujets t'aiment, mais, si tu persistes dans cette folie, ils ne te voueront jamais que de la haine.

Le roi l'avait écoutée avec une mine agacée. Il se figea brusquement face à la porte et se tourna vers elle.

— Je ne fais pas cela pour gagner en popularité, dit-il. Ce que je veux, c'est que tes vassaux se plient à ma volonté, qu'ils le veuillent ou non. Ils doivent reconnaître mon autorité ; et toi, tu dois me soutenir quand je tente de l'asseoir.

— Dans ce cas, tu dois t'y prendre différemment ! rétorqua-t-elle.

— Personne ne me dit ce que je dois faire ! vociféra-t-il. Je n'ai d'ordre à recevoir de personne, pas même de toi. Tu n'es pas en position de m'imposer quoi que ce soit, Aliénor. Dois-je te rappeler que le rôle d'une femme est d'obéir à son mari, de porter ses enfants et de réchauffer son lit quand bon lui semble ? Rien de plus.

— Si tu crois que j'ai la moindre envie de réchauffer ton lit quand tu viens d'insulter ainsi mon intelligence, tu te fourvoies ! rétorqua Aliénor, rouge de colère.

— Comme tu voudras ! dit Henri avec irritation avant de quitter la pièce.

Elle avait envie de hurler de frustration. Jamais elle n'arriverait à lui faire comprendre quoi que ce soit. Il était absolument incapable de considérer son point de vue et, dès qu'il avait pris une décision, il était impossible de lui faire changer d'avis.

Le roi dévala l'escalier à vis et entra dans la grand-salle du château, manquant de percuter deux des dames de la reine, qui rejoignaient la chambre de leur maîtresse les bras chargés de voiles et de chemises au doux parfum d'herbes aromatiques. L'une d'elles le regarda droit dans les yeux. Elle avait un visage en cœur parfaitement souligné par la cornette de veuve qui faisait ressortir son menton et ses joues roses. Il savait qui elle était… Quel homme aurait pu l'ignorer ? Rohese de Clare, comtesse de Lincoln, était réputée pour être la plus belle femme d'Angleterre. Il était de notoriété publique qu'elle avait, au cours des cinq années qui s'étaient écoulées depuis la mort de son époux, refusé toutes les propositions en secondes noces, et il se racontait aussi que c'était parce qu'elle aimait prendre du plaisir où elle le voulait, même si Henri savait que c'était une rumeur inévitable au sujet d'une aussi belle veuve.

Mais il n'en était plus aussi certain, à présent. Leurs regards s'accrochèrent un instant, puis elle effectua comme l'autre dame une révérence et elles déguerpirent. Cela avait cependant suffi à lui fouetter le sang. Il était furieux contre Aliénor, qui remettait en doute ses droits en Aquitaine – encore une fois – et était immensément intrigué par l'énigmatique Rohese. Il l'admirait de loin depuis longtemps, mais il n'avait jamais décelé dans ses yeux verts obliques et ses lèvres boudeuses ce que d'autres y voyaient. Il y avait quelque chose de presque enfantin chez elle, même si le regard qu'elle lui avait lancé ne l'avait été en rien. Il comprenait à présent ce qui faisait qu'elle était tant admirée – et la promesse contenue dans ses yeux lors de ce bref contact visuel avait lancé son imagination au galop.

Ce soir-là, après le souper, il partit à sa recherche et finit par la trouver, immobile, enveloppée dans sa cape, observant les champs verdoyants du Cotentin par-dessus le parapet.

— Je pensais bien que vous viendriez, sire, dit-elle d'une voix suave et langoureuse.

Elle le dévisagea une nouvelle fois fixement, son regard plein de toutes les promesses du monde.

— Les gens ont raison de vous dire magnifique, la complimenta Henri. Mon épouse aussi est magnifique, mais différemment, et j'aime varier les plaisirs.

Elle s'approcha alors de lui, et il l'entoura de ses bras puissants. Ils tremblaient tous les deux de désir.

— Je vous veux, lui glissa-t-il à l'oreille d'une voix grasse.

Il fourra ensuite ses mains sous sa cape et les passa avidement sur sa poitrine et sur ses hanches fermes. Rohese écarta ses lèvres pulpeuses pour accueillir son baiser et il ne se fit pas prier – d'abord tendrement, puis plus ardemment, la dévorant.

Quand ils eurent pris l'un de l'autre tout ce qu'ils désiraient, Henri retourna seul dans sa chambre en se disant qu'il était bon de simplement trousser une femme sans devoir endurer le reste – à savoir lui prêter plus d'attention au lit ou composer avec toutes ses lubies. Il aimait Aliénor, cela ne faisait pas le moindre doute dans son esprit, mais elle continuait de vouloir prolonger ces interminables et inutiles luttes de pouvoir, et d'intervenir dans des affaires qui ne la concernaient en rien. Il accordait de l'importance à son jugement, c'était une évidence, mais jusqu'à un certain point. Elle restait une femme, bon sang, et en tant qu'épouse elle lui devait obéissance ; il trouvait qu'il s'était déjà montré fort généreux en lui donnant voix au chapitre dans la gestion de son royaume.

Il était toujours en colère contre elle, et ne lui pardonnait pas de lui avoir refusé son lit. Il n'avait eu aucune envie d'elle après leur querelle, mais elle n'avait pas son mot à dire ! Cela le faisait enrager qu'elle lui nie ainsi ce qui était son droit légitime. Coucher avec la somptueuse Rohese avait été pour lui une manière de se venger, et il avait bien l'intention de continuer à le faire. Même si Aliénor ne l'apprenait jamais, il se contenterait de savourer sa victoire secrètement !

Il s'allongea dans son lit. Son corps était repu et prêt pour le repos, mais son esprit était étrangement perturbé. Il était un homme franc et direct, alors cette sensation l'intrigua. Jamais il n'aurait envisagé qu'il puisse ressentir de la culpabilité pour avoir trahi son épouse.

Il mit quelque temps à comprendre que ce qu'il ressentait en réalité était le sentiment d'avoir perdu quelque chose.

Chapitre 19

Falaise, 1162

La Cour passa Pâques à Falaise, la ville de naissance du Conquérant, et s'installa dans la puissante forteresse qui dominait là ville depuis son promontoire surplombant l'Ante.

—C'est ici que se trouvait le père du roi Guillaume, le duc Robert le Magnifique, quand il a vu pour la première fois Arlette, expliqua Henri à son épouse (ils se trouvaient dans la basse-cour et admiraient l'imposant donjon à contreforts aux fenêtres romanes.) Elle était d'une beauté extraordinaire.

En parlant d'Arlette, il songeait à Rohese.

—J'ai entendu dire qu'on l'appelait « Robert le diable », dit Aliénor avec sarcasme.

—C'est vrai, du moins au début, répondit Henri avec un sourire en coin. Tu vois, je descends doublement du diable !

—Ça, je veux bien le croire ! rétorqua-t-elle un peu sèchement avec une grimace. Ne dit-on pas qu'Arlette était occupée à laver des vêtements à la rivière à ce moment-là ?

—Si, du moins selon la légende. Elle était la fille d'un tanneur des environs. Le duc l'a vue et est tout de suite tombé amoureux. Elle lui a donné deux enfants. Il ne pouvait pas l'épouser, évidemment, puisqu'il avait déjà une femme, et c'est pour cela que leur fils a été appelé Guillaume le Bâtard avant de mériter par ses victoires le nom de Conquérant.

Ils traversèrent la cour pour rejoindre la petite chapelle de Saint-Prix, où Henri lui montra une porte cloutée.

— Elle mène à la crypte où je conserve une partie de mon trésor. Il n'existe que deux clés. J'en possède une, et Thomas a la seconde.

Aliénor fronça les sourcils en entendant ce prénom. Si quelqu'un aurait dû garder cette autre clé, c'était elle, mais Becket lui usurpait comme d'habitude sa place.

— Je voulais te parler de lui, reprit Henri alors qu'ils s'asseyaient sur un banc de pierre sous une fenêtre. Ma décision est prise, il sera mon archevêque. Non, attends ! dit-il vivement en levant la main pour l'empêcher de protester. Thomas est mon ami, et il m'est loyal. L'Église est devenue trop puissante, et j'ai des projets radicaux pour remédier aux abus en son sein. Je sais qu'il me soutiendra.

— Qu'est-ce qui te fait dire cela ? demanda-t-elle d'un air soucieux.

— Sa loyauté sans failles durant les sept dernières années qu'il a passées à mon service parle d'elle-même, répondit Henri avec fierté. Avec mon fidèle Thomas comme archevêque, je n'aurai sûrement aucun problème à faire accepter ces réformes nécessaires.

— Ainsi, ta décision est prise ? devina Aliénor en sachant que rien de ce qu'elle pourrait dire ne ferait la moindre différence.

Elle sentait aussi au plus profond d'elle-même que Henri commettait une grave erreur pour de mauvaises raisons, et elle craignait le pire. D'autres personnes plus sages qu'elle – dont Mathilde l'Emperesse et l'évêque Foliot – avaient fait part de leurs inquiétudes, mais Henri ne les avait pas écoutées. Après tout, il choisissait seul son chemin pour l'enfer.

— Oui, ma décision est prise, confirma-t-il fermement. Tu pourrais au moins te réjouir !

— Espérons simplement que ta confiance en lui est justifiée, répondit-elle en lui adressant un pâle sourire.

— Oh, je n'en doute pas. Pas un instant, affirma-t-il gaiement.

Ils trônaient sur l'estrade dans la salle d'apparat quand Becket arriva sur ordre du roi. Aliénor remarqua le caractère princier de ses atours, une tunique brodée écarlate et une cape bleue qui contrastaient fortement avec les sobres habits reprisés de son maître. Mais Henri ne s'était jamais soucié des attributs royaux. Il laissait Becket être son ambassadeur pour ces choses, lui dont la magnificence proclamait la richesse et la grandeur du roi d'Angleterre.

Henri bondit de son trône et alla embrasser chaleureusement son chancelier.

— Thomas, j'ai une mission pour vous.

— Oui, sire ?

L'impatience se lisait sur son beau visage. C'était comme s'il ne pouvait pas attendre de savoir quelle nouvelle tâche Henri allait lui confier.

— Premièrement, je voudrais que vous me donniez des nouvelles de votre pupille, messire Henri. Comment se porte-t-il ? demanda le roi.

— Fort bien, sire, et l'assiduité dont il fait preuve dans ses études est digne de louanges, même si je suppose qu'il préférerait apprendre le maniement des armes plutôt que celui des mots, dit Becket en souriant.

— Je vous prie, monsieur le chancelier, de lui rappeler sa mère à son bon souvenir, lui demanda Aliénor avec mélancolie.

— Soyez assurée, madame, qu'il a une pensée pour vous dans chacune de ses prières quotidiennes, répondit-il avant de se tourner vers le roi. Cette mission concerne-t-elle mon pupille ?

— Oui, je souhaiterais que vous l'emmeniez en Angleterre et que vous demandiez à mes barons de prêter allégeance à mon héritier. Vous devrez partir immédiatement, afin que la cérémonie puisse se dérouler à la Pentecôte, mais vous devrez d'abord faire venir mon fils ici pour qu'il nous dise au revoir.

— Si Votre Altesse n'a plus besoin de moi, dit-il en s'inclinant avant de se retirer.

Aliénor était extatique à l'idée de revoir son fils, ne serait-ce que brièvement. Cela faisait quatre mois qu'elle n'avait pas posé les yeux sur lui.

Quand Becket revint, plus tard, avec son fils de sept ans, Aliénor remarqua instantanément combien il avait changé. Il semblait plus grand, plus affirmé ; au moment de se saluer, il lui apparut pour la première fois clairement qu'un fossé s'était creusé entre eux. Il s'inclina avec grâce au-dessus de sa main et sembla quelque peu raide quand elle lui ouvrit ses bras pour l'embrasser. Il accepta plus volontiers l'étreinte fougueuse de son père, et elle comprit brutalement qu'elle avait perdu en importance aux yeux de son fils, même si ses manières demeuraient impeccables. Cela manqua de lui briser le cœur, mais elle continua de sourire et garda résolument ses distances.

— Je vois que vous avez appris à notre garçon à se tenir à la Cour ! remarqua Henri en ébouriffant les cheveux roux de son fils. Eh bien, messire Henri, vous allez vous rendre en Angleterre et y recevoir les hommages de mes barons, en qualité d'héritier de la Couronne. Tout ce que vous aurez à faire sera de rester assis en ayant l'air content. Souvenez-vous seulement que vous n'être pas encore roi !

Tout le monde rit de cette plaisanterie, mais l'enfant eut dans le regard une lueur d'impatience et de défiance qui allait à l'encontre de l'humilité dont il était censé faire preuve face à son père le roi. Seule Aliénor releva cela, et elle sentit un frisson la parcourir. Est-ce que son fils, pourtant si jeune, avait déjà pour ambition de prendre la place d'un père comme le sien ? Est-ce que la boutade de Henri avait fait ouvrir les yeux à son fils sur la réalité de sa grande destinée ? Ils avaient fait de leur mieux pour le préparer à porter la couronne si la situation se présentait, mais peut-être n'avait-il pas bien compris tout ce que cela signifiait – jusqu'à présent. Ou peut-être était-il, comme n'importe quel enfant, simplement excité à l'idée de voyager en bateau et d'être au centre de toute l'attention. Elle chassa ses craintes, se disant qu'elle en faisait trop, comme souvent. C'était certainement devoir dire encore au revoir à son fils qui lui mettait les nerfs à fleur de peau.

—Allez vous préparer, messire, lui dit Becket. Et en marchant ! Un futur roi ne court pas, mais maintient une allure digne.

Henri éclata de rire.

—Je pense que c'est moi qui aurais besoin de vos conseils en matière d'allure, Thomas !

Becket se fendit de son lent sourire si plaisant.

—Je m'en vais moi aussi me préparer pour le voyage, sire.

—Attendez, le retint le roi. Vous n'avez pas encore tous les détails de votre mission.

—Pardon, sire ? demanda son ami avec incompréhension, pour une fois.

—J'ai l'intention de vous nommer archevêque de Cantorbéry, annonça le roi en l'observant avec affection.

Le visage de Becket se figea en une expression d'effroi. Il resta pétrifié et coi. Aliénor ne l'avait jamais vu si désemparé.

—Sire, dit-il dans un souffle rauque. Ne faites pas cela, je vous en supplie.

Le roi perdit son sourire.

—Allons, Thomas. Vous devez pourtant bien saisir la logique de ma décision, dit-il calmement.

— Sire, je vous conjure de reconsidérer votre décision, pour de très bonnes raisons, plaida désespérément le chancelier. Je sais que, dussiez-vous me faire archevêque, vous attendriez de moi des choses que je pourrais ne pas être en mesure de vous accorder. Permettez-moi de parler librement. Il se dit déjà que vous envisageriez de vous immiscer dans les affaires de l'Église. Si votre intention était d'appuyer des réformes qui entreraient en conflit avec l'honneur de l'Église, je serais tenu de m'y opposer.

— Mais, Thomas, vous avez dit vous-même que l'Église avait besoin d'être réformée, protesta Henri.

— J'ai la liberté, en tant que chancelier, de formuler une telle opinion, mais je me retrouverais dans une position délicate si je devenais archevêque de Cantorbéry. Et mes ennemis attendraient d'en tirer avantage pour nous diviser. Sire, l'Angleterre ne manque pas de bons hommes d'Église aptes à prendre la relève du regretté archevêque Thibaut. Prenez l'évêque Foliot, par exemple, bien que je ne l'aie jamais apprécié ; cela ne change pas le fait qu'il ferait un candidat idéal. Je ne suis même pas prêtre, et je n'ai jamais célébré la messe !

— Ne vous fatiguez pas, Thomas, ma décision est prise, déclara Henri, la mine résolue. J'y ai beaucoup réfléchi, pendant de longs mois, et je *sais* que vous êtes la personne qu'il faut pour ce poste. Par ailleurs, vous savez aussi bien que moi qu'il est possible d'être ordonné prêtre un jour, et consacré archevêque le lendemain. Je vous promets que nous travaillerons ensemble dans l'intérêt de l'Église – et de l'Angleterre. À présent, je ne veux plus rien entendre.

Becket savait reconnaître quand la partie était perdue. Il resta donc immobile, misérable, le cœur aussi lourd que celui d'un homme venant de recevoir une terrible condamnation. Aliénor ressentit, non pour la première fois, de la pitié pour lui. Elle savait que ses arguments étaient fondés, et qu'il se retrouverait dès le départ dans une situation délicate. Ils savaient pourtant tous les deux qu'ils étaient impuissants face à Henri une fois que celui-ci avait pris sa décision.

Becket s'était relevé de sa révérence et était sur le point de s'en aller quand le roi le retint.

— Je ferai préparer des lettres pour informer mes barons et évêques d'Angleterre de ma décision, dit-il. Je dois rester en Normandie, mais mon fils sera le témoin de votre intronisation.

— Très bien, sire, répondit Becket d'une voix morne et tremblante.

Aliénor était partagée entre la joie de savoir que son fils allait être officiellement reconnu comme héritier de la Couronne et le désarroi face à la folie de Henri, qui pensait que son ami allait pouvoir continuer à lui témoigner la même loyauté indéfectible une fois qu'il serait confortablement installé à Cantorbéry.

La Cour était toujours à Falaise quand, en mai, des rapports arrivèrent en Normandie faisant état de la nomination officielle de Becket en tant qu'archevêque en la présence de messire Henri et des justiciers du roi ; puis vint la nouvelle qu'il avait été ordonné prêtre, et installé en la cathédrale de Cantorbéry le lendemain. Il se racontait qu'il avait été submergé par l'émotion, et qu'il avait pleuré lorsque la mitre avait été placée sur sa tête. Aliénor se demanda peu charitablement s'il avait joué la comédie – elle savait qu'il avait le sens du spectacle et un goût prononcé pour le dramatique ; tout cela flattait sa vanité.

La nouvelle suivante leur fut apportée par un visiteur inattendu : le secrétaire du nouvel archevêque, Jean de Salisbury. Aliénor avait déjà beaucoup entendu parler de lui. Il avait étudié à Paris et travaillé pour la curie romaine avant d'entrer au service de l'archevêque Thibaut, se forgeant entre-temps une réputation d'homme de lettres, et on le disait désormais l'un des plus grands érudits et penseurs contemporains.

— Il n'a pas bonne opinion de moi ! déclara Henri d'un air dépité alors qu'ils attendaient que leur hôte se présente à eux après avoir été annoncé. Il trouve ma Cour trop frivole.

— On croirait entendre l'abbé Bernard, observa sèchement Aliénor en repensant à cet austère épouvantail qui avait depuis longtemps rejoint le paradis.

— Il me semble que c'est lui qui a recommandé notre ami Jean à l'archevêque Thibaut, répondit Henri.

Un grand clerc tout en dignité âgé d'une quarantaine d'années fut invité à entrer dans la grande chambre. Jean de Salisbury était connu pour être un homme de principes et intransigeant, mais son attitude envers le roi était irréprochable.

— Bonjour, Jean, le salua celui-ci.

— Bonjour, sire. J'ose espérer que la reine et vous vous portez au mieux. Mon maître l'archevêque vous fait parvenir l'assurance de sa fidélité et de son amour, et m'a chargé de vous remettre ceci, dit-il en tendant au roi une bourse superbement brodée fermée par un lacet.

Henri sembla médusé.

— Le grand sceau d'Angleterre ? s'étonna-t-il, éberlué.

— Celui-là même, sire, répondit gravement Jean. Mon maître m'a chargé de vous présenter sa démission en tant que chancelier. Il vous prie humblement de l'en excuser, mais il souhaite dorénavant se consacrer entièrement à l'Église.

— Comment ? s'exclama Henri avec incompréhension et colère. J'ai besoin de lui à la fois comme chancelier et archevêque.

Jean de Salisbury posa sur son roi un regard empreint d'une certaine pitié.

— Mon maître m'a dit que le poids de ces deux offices était trop lourd pour lui.

— Ne souhaite-t-il donc plus être à mon service ? s'insurgea le roi, des larmes pointant au coin des yeux.

Aliénor n'eut pas la force de le voir ainsi, d'être le témoin de cette déception dévastatrice qui s'apparentait fortement à un sentiment de trahison.

— Sire, il est transfiguré. Vous n'en croiriez pas vos yeux.

— De quelle manière ? s'enquit sèchement la reine.

— Une transformation miraculeuse s'est opérée juste après son intronisation, madame.

— « Miraculeuse » ? répéta Henri.

Aliénor, qui savait combien Becket aimait endosser ses rôles à la perfection, se dit que Jean aurait plutôt dû dire « calculée ».

— À la seconde où il a revêtu l'habit réservé par ordre du Seigneur à ses plus éminents serviteurs, c'est comme si toute sa personnalité avait changé dans le même temps. Du jour au lendemain, celui qui avait été courtisan, homme d'État et soldat, cet être peu tourné vers le ciel, en somme, est devenu un saint homme, ascétique même. De berger des hypocrites, il est devenu celui des bonnes âmes.

— Thomas ? Un ascète ? s'étonna Henri sans pouvoir y croire.

Il semblait parfaitement abasourdi. Aliénor garda le silence. Elle se disait qu'en délaissant son rôle de berger des hypocrites, il en était devenu un lui-même. Elle ne pouvait pas penser un seul instant que sa transformation était sincère, et encore moins miraculeuse. Becket n'avait jamais fait les choses à moitié.

— Oui, sire, confirma Jean. Il a si complètement délaissé ce bas monde que l'on s'émerveille de sa transfiguration. Il a abandonné ses élégantes robes pour une simple bure, sous laquelle il porte le cilice afin de conserver à l'esprit la fragilité de la chair ; Seigneur, son habit grouille de vermine. Il ne boit que de l'eau ayant servi à faire bouillir de la paille. Il a vendu tous ses biens et effectue dorénavant de grands actes de charité et d'humilité. Il lave les pieds de treize mendiants chaque jour, et il leur donne l'aumône. Il demande à des moines de lui fouetter le dos en guise de pénitence pour ses péchés. Il passe ses nuits à prier.

Henri écoutait tout cela, la mâchoire décrochée. Pour lui qui aimait Becket, c'était tout bonnement inconcevable. Mais pas pour Aliénor, qui ne l'aimait pas et l'avait toujours observé avec méfiance. Elle avait l'intuition que l'archevêque se plaisait beaucoup dans son nouveau rôle, et qu'il profitait allégrement de sa nouvelle renommée. Comment expliquer autrement un changement aussi radical ?

Le roi, toujours sous le choc, convoqua Foliot et ordonna à Jean de Salisbury de lui raconter la transformation de Becket. L'évêque, le seul à s'être opposé à la nomination de l'ancien chancelier, semblait sombrement dubitatif.

— Sire, vous avez accompli un véritable miracle, dit-il sèchement. Vous avez fait d'un soldat et courtisan un archevêque, et des plus pieux, dirait-on.

Aliénor esquissa une grimace dédaigneuse. L'évêque la vit et comprit alors qu'elle était plus avisée qu'il ne l'avait d'abord cru.

— Je ne sais plus quoi penser, déclara Henri d'un air abattu. J'ai l'impression d'avoir été abandonné. J'ai le sentiment d'avoir perdu un ami.

Chapitre 20

Woodstock, 1163

Aliénor se promenait avec ses enfants dans le parc qui entourait le manoir royal de Woodstock. Ils avaient avant cela visité la ménagerie installée là par leur père, et les jeunes Richard et Geoffroy avaient été émerveillés de voir les lions, les léopards et les chameaux en cage, envoyés en cadeau au roi par les princes étrangers.

Mathilde et la petite Aliénor avaient été particulièrement frappées par une curieuse créature avec des pics sur le dos.

— Hérisson ! s'écria la jeune Aliénor avec joie.

— Non, la reprit sa mère, c'est un porc-épic.

Ils le regardèrent fouiller la terre quelques minutes encore, puis Richard les traîna de nouveau vers la cage des lions, auxquels il cria : « Grrr !! » Aliénor le regarda avec amour tout en souriant, puis ses pensées se tournèrent vers son fils aîné, qui lui manquait encore terriblement. Il était resté auprès de Becket et elle ne l'avait pas vu depuis février, quand elle avait organisé une fête à l'occasion de son huitième anniversaire. Mais cela n'avait pas été une franche réussite. Le jeune Henri était devenu fier à présent, trop âgé aussi pour s'extasier devant les joies d'un anniversaire, et trop conscient d'être l'héritier de son père.

Le soleil de juillet était chaud, et, quand ils retournèrent au jardin clos de la reine, un splendide havre de verdure égaillé par toutes ces fleurs aux couleurs délicates et ces fruits juteux, on leur servit de la bière qui avait été rafraîchie dans un seau plongé dans les douves. Henri les rejoignit là après avoir chassé le daim sur le domaine. Il était particulièrement fier de lui car, la veille, tous les princes de Galles étaient venus à Woodstock pour lui présenter leurs hommages après la vive répression des soulèvements gallois au printemps.

Une fois que les nourrices eurent récupéré les enfants pour les ramener au manoir afin de les faire souper, Henri et Aliénor s'assirent sur un banc de pierre sous le ciel vaporeux de la fin d'après-midi et discutèrent de ses plans ambitieux pour faire respecter la loi et restaurer l'ordre dans son royaume. C'était le but vers lequel il œuvrait depuis le début de son règne.

— Ce qui m'inquiète le plus est l'augmentation des crimes commis par le clergé, dit-il. Et la loi, en l'état, leur permet de s'en tirer à bon compte !

C'était loin d'être la première fois qu'Aliénor entendait ce refrain, et elle commençait à le connaître par cœur. Elle percevait cependant une détermination nouvelle dans sa voix quand il reprit :

— J'entends bien mettre un terme à cette anomalie.

Elle allait souvent se dire, des années plus tard en repensant à ce jour d'été, qu'il n'aurait jamais pu imaginer avec quelle brutalité cette résolution allait marquer sa vie.

— Ce n'est pas normal, et il faut y mettre un terme, poursuivit-il. Si un laïque commet une faute, il se retrouve devant mes Cours et est puni à la hauteur de son crime, souvent sévèrement. C'est la loi du royaume, et elle est juste – je m'en suis assuré. (Il se leva et se mit à faire les cent pas de manière agitée comme à son habitude.) Mais quiconque est dans les ordres, même le plus petit membre, s'il commet un crime, qu'il s'agisse d'un meurtre, d'un vol ou d'un viol, peut s'en remettre au clergé et être jugé par les tribunaux de l'Église. Et on sait ce qui se passe ensuite.

— L'Église n'a pas le droit de verser le sang, répondit Aliénor.

— Exactement. Elle impose donc des châtiments trop cléments. Assassinez un homme, et, pourvu que vous ayez la tonsure, vous écopez de trois *Ave Maria*! Mais si toi ou moi faisions la même chose, Aliénor, nous serions pendus.

Il était rouge de colère. Ce sujet lui tenait véritablement à cœur, et ce depuis longtemps. Elle supposait qu'il n'avait pas encore agi jusqu'à présent pour une seule raison : il ne voulait pas lancer une querelle avec Becket. Leur relation depuis le retour de Henri en Angleterre avait d'abord été méfiante, puis cordiale, mais une distance s'établissait progressivement entre eux malgré leur grande proximité d'autrefois, et elle devinait que son époux en était chagriné, et qu'il craignait de mettre en péril l'équilibre de ce qu'il leur restait d'amitié. À présent, soit le problème des clercs criminels, comme il les appelait, le taraudait suffisamment pour qu'il en arrive à accepter de mettre Becket à l'épreuve, soit il avait réussi à se convaincre que son Thomas bien-aimé était vraiment de son côté.

— Non, mon amour, c'est décidé, enchaîna Henri. Tous les contrevenants sans exception doivent comparaître devant une Cour royale.

Il s'assit et Aliénor posa la main sur la sienne. Ces instants intimes de tendresse entre eux se faisaient de plus en plus rares. Henri était toujours trop occupé par la multitude de problèmes et de devoirs qui étaient le lot du souverain d'un royaume aussi vaste et étendu ; pour sa part, Aliénor devait faire avec les exigences d'une famille grandissante. De plus, ils coexistaient dans une sorte de paix fragile, évitant soigneusement les questions qui les divisaient. Cela ne favorisait nullement l'intimité.

— Certains y verront une attaque contre l'Église tout entière, le prévint-elle.

— Je le sais. Je m'attends à quelque résistance. Je suis toutefois bien décidé à imposer ma volonté.

Il avait la mâchoire ferme, le regard dur et déterminé. Bien courageux serait celui qui s'opposerait à lui.

La nuit suivante, il vint la trouver, en colère et ébranlé.

— Thomas s'est opposé à moi ! fulmina-t-il. Nous tenions un conseil et j'ai proposé, afin de renflouer ma trésorerie, qui ne cesse de se vider à une vitesse alarmante, que les profits des revenus collectés dans les comtés par mes shérifs soient récupérés par la Couronne. C'est une proposition tout à fait raisonnable, mais qu'a fait messire l'archevêque ? Il a émis son désaccord. Il m'a défié ouvertement. Il m'a fait passer pour un imbécile ! s'emporta Henri en haussant le ton.

— Qu'ont dit tes barons ? demanda-t-elle d'une voix douce.

— Ils ont pris le parti de Thomas. Des bâtards, tous autant qu'ils sont ! s'empourpra-t-il.

Aliénor secoua la tête d'un air de désespoir, souffla quelques bougies, retira sa robe de nuit et se glissa nue sous les draps.

— Peut-être notre bon archevêque a-t-il souhaité affirmer son autorité en tant que primat d'Angleterre, avança-t-elle d'une manière aussi détachée qu'elle le put.

Elle se demandait toutefois si Becket n'avait pas eu vent du plus grand projet de Henri, qui allait bientôt être rendu public, et s'il ne tâtait pas le terrain pour essayer de jauger l'étendue de ses appuis potentiels.

Henri se laissa choir sur le lit et commença à enlever ses vêtements. À trente ans, il avait toujours un torse fort et des muscles développés, mais on commençait à lui voir du ventre, conséquence de son trop grand penchant pour les somptueux vins doux d'Anjou.

— Si c'est cela qu'il souhaite, il verra que je ne le laisserai pas avoir le dessus une nouvelle fois ! se jura-t-il en s'allongeant à ses côtés. Mais ne perdons pas de temps avec lui. Je suis venu ici pour une tout autre raison.

Il l'attira à lui et la serra dans ses bras puissants pour l'embrasser ardemment. Elle s'émerveilla de la facilité avec laquelle son corps parvenait encore à attiser le désir de son roi. Elle avait quarante et un ans à présent, et l'on pouvait voir quelques fils argentés dans sa chevelure toujours fournie, tandis que des ridules apparaissaient au coin de ses yeux, que ses lèvres étaient moins pleines qu'autrefois, et que sa mâchoire était moins lisse ; ses seins avaient perdu en fermeté à cause de ses nombreuses grossesses, et son ventre était plus rond. Il n'en restait pas moins qu'elle savait toujours s'y prendre pour exciter Henri, et qu'elle savait se servir de ses mains et de sa langue pour l'emmener rapidement au faîte du plaisir, comme elle avait entrepris de le faire à l'instant, ravie de sentir son sexe gonfler instantanément dans sa main, et tirant son propre plaisir de cette caresse. Ils s'unirent l'un à l'autre dans une passion dévorante comme ils le faisaient toujours et, une fois épuisé leur désir mutuel, Aliénor resta étendue, le corps moite et brûlant, sous le poids de Henri, s'émerveillant de la facilité qu'ils avaient à encore prendre du plaisir ensemble après onze ans de mariage et sept enfants.

Henri sombra ensuite dans le sommeil, son bras passé autour de son épouse comme à l'accoutumée. Quand il se réveilla, au point du jour, la bougie était presque entièrement consumée et il admira dans la lumière faiblissante le corps de sa femme en se remémorant leurs ébats. Il devait avouer qu'Aliénor était toujours une femme superbe, et il l'aimait encore. Certes, il allait parfois retrouver Rohese de Clare – et il était en vérité si obnubilé par sa beauté érotique qu'il n'arrivait pas à s'empêcher de la voir –, mais son cœur était à Aliénor, et souvent son corps, ce qui ne cessait de l'étonner. Lorsqu'il était avec elle ainsi, il pouvait oublier l'espace d'un instant à quel point Thomas l'avait blessé en trahissant leur amitié. Jamais dans l'histoire, se disait-il, un prince n'avait fait autant pour un sujet avant de se voir ensuite tout renvoyer à la figure. C'était comme si Thomas avait la ferme intention d'affirmer son autorité en écrasant celle de son roi ! C'était une chose que Henri ne pouvait pas tolérer, et qu'il ne laisserait jamais faire. S'il devait y avoir une lutte de pouvoir entre eux, alors ainsi soit-il. Cependant, pourquoi voulait-il s'engager dans une telle voie quand il était tant redevable à Henri, avec qui il avait partagé une amitié des plus enrichissantes ? Seigneur Dieu, se lamenta-t-il, fallait-il qu'il continue à se faire du mal en se remémorant ces jours glorieux où Thomas et lui avaient été si proches et insouciants, ne voyant pas ces tempêtes qui déchiraient le ciel à l'horizon ? Il avait aimé Thomas, comme un frère, et il avait cru cet amour réciproque. Il s'était apparemment trompé, et lourdement. À cette pensée, le roi d'Angleterre enfonça sa tête léonine dans l'oreiller pour pleurer.

Aliénor se réveilla dans l'obscurité et resta étendue à regarder par l'étroite fenêtre les étoiles dans le ciel. Une douce et chaude brise souffla sur son oreiller, remuant délicatement quelques mèches de ses cheveux. Le climat d'Angleterre avait beau être aussi froid que dans le Nord de la France, les mois d'été n'en étaient pas moins délicieux, avec un soleil toutefois moins ardent et resplendissant qu'en Aquitaine. Elle lutta pour la millième fois contre l'élan de nostalgie qu'elle ressentait pour son pays natal. Quatre interminables années s'étaient écoulées depuis sa dernière visite à Poitiers, et davantage encore depuis qu'elle avait posé les yeux sur les vastes étendues du Sud. Elle allait bientôt devoir trouver une excuse pour pouvoir y retourner. Toutes sortes d'idées lui passèrent par la tête.

Soudain, elle perçut des sanglots contenus et étouffés. Elle comprit avec horreur qu'ils provenaient de sous le coussin à côté du sien, et que c'était Henri qui pleurait. Elle n'avait que rarement vu son époux verser des larmes, lui qui était si brave et si fort, et elle ne sut quoi faire. Devait-elle faire semblant de dormir et de n'avoir rien entendu ? Serait-il gêné de savoir qu'elle avait été témoin de sa vulnérabilité ? Ou devait-elle suivre son instinct et le consoler comme elle le faisait avec ses fils quand ils venaient la trouver en pleurs après quelque petit heurt ?

Il lui tournait le dos, et elle tendit la main avec hésitation, puis la posa sur son épaule nue.

— Henri ? Qu'est-ce qui ne va pas ? lui demanda-t-elle tout bas.

Il se figea brusquement, puis ses épaules s'affaissèrent et il replia le bras pour se couvrir le visage.

— Je suis trahi, murmura-t-il d'une voix brisée. Trahi par celui qui a le plus de raisons de m'aimer.

Pour seule réponse, Aliénor le serra contre elle, prenant son visage contre son sein. En temps normal, ce geste aurait attisé son désir, mais pas cette nuit-là. Il se contenta de rester allongé ainsi, les yeux fermés, terrassé par le chagrin.

— Henri, finit-elle par dire, tu ne devrais pas laisser Thomas t'affecter de la sorte. Il n'est pas digne de ta dévotion sans bornes.

Cette remarque le fit réagir, et il se redressa, puis se recula pour la regarder en face dans la pénombre.

— Thomas a été le meilleur serviteur qu'un roi ait jamais eu, dit-il avec véhémence. Et le meilleur ami possible. Tu ne l'as jamais aimé. Tu as toujours été jalouse de lui. Allons, admets-le !

— J'admets que je n'appréciais guère l'emprise qu'il avait sur toi, reconnut-elle prudemment en craignant d'aggraver la situation. Je voulais que tu privilégies mon conseil et mon avis plutôt que les siens. Ce n'était que naturel. J'ai pourtant eu l'impression – comme d'autres – que tu étais obnubilé par lui, et cela m'a inquiétée parce que j'avais peur qu'il finisse un jour par te décevoir, et c'est le cas aujourd'hui, malheureusement. Je n'étais pas la seule à penser que tu lui accordais trop de faveurs, comme tu le sais.

—Je ne suis pas obnubilé par lui, se défendit Henri avec véhémence. Diable !

—Alors pourquoi souffres-tu autant ?

—Je me sens trahi ! s'écria-t-il. N'importe qui d'autre se sentirait ainsi s'il avait fait autant pour quelqu'un que j'en ai fait pour Thomas, et s'il avait été remercié de cette façon !

—Dans ce cas laisse-toi guider par ta colère et non par ta souffrance, l'implora-t-elle. Tu sais maintenant à quoi t'attendre et tu seras prêt la prochaine fois qu'il te contrariera et qu'il fera preuve d'une si vile ingratitude – car elle viendra ! Ne le laisse pas s'en tirer une seconde fois.

—Ce n'est pas aussi simple, rétorqua Henri, une larme lui coulant sur la joue. Je l'aimais comme un frère, et il devient soudain mon ennemi.

—Oh, Henri, ne peux-tu pas voir ce qui apparaît clairement aux autres ? soupira Aliénor. L'amour peut nous aveugler sur les défauts d'autrui. Souviens-toi toujours que, quoi qu'il fasse, tu es son roi. Il te doit allégeance et fidélité. Tu dois oublier la douleur et l'obliger à t'obéir, comme tous tes autres sujets doivent le faire.

—Tu ne comprends vraiment rien, Aliénor? vociféra-t-il. Sa première allégeance va à quelque chose de plus grand que moi. Il affirme avoir Dieu à ses côtés, et je ne peux pas me battre contre le Seigneur !

—Thomas n'est qu'un homme, en dépit de son titre d'archevêque, répondit-elle avec passion. Et c'est en tant qu'homme que tu dois te mesurer à lui, sur un pied d'égalité. Laisse-le fanfaronner sur le fait que Dieu est de son côté, ce n'est que du spectacle, comme d'habitude, même si tu n'as jamais réussi à le voir. Il adore jouer son rôle et te disputer le pouvoir. Et toi, tu le laisses faire !

— Assez ! lança Henri dans un cri déchirant, son visage torturé. Je refuse de t'écouter déverser encore ton venin. Tu as toujours détesté Thomas.

— Ce n'est pas du venin, c'est du bon sens ! se récria-t-elle. Tu le comprendrais si tu n'étais pas aussi épris de lui ! Par Dieu, Henri, si je ne te connaissais pas si bien, j'aurais pu jurer que tu l'aimes de la même manière que lui t'aime.

Il la dévisagea d'un air outré sans pouvoir répondre.

— Qu'est-ce que tu insinues ? s'enquit-il ensuite d'une voix menaçante.

— Je l'ai compris il y a des années, s'expliqua-t-elle. Et si je l'ai compris, alors d'autres aussi. La façon qu'il avait de te regarder... Il te voulait, Henri. Cela sautait aux yeux. Si tu n'avais pas été si aveuglé par ton amour pour lui, tu l'aurais vu.

La gifle claqua douloureusement sur sa joue, la laissant estomaquée. Henri n'avait jamais levé la main sur elle, contrairement à beaucoup de maris, d'après ce qu'elle savait.

— Tu es vraiment dévoyée si tu crois ce genre de choses, la fustigea-t-il avec fureur. Je ne peux mettre cela que sur le compte de ta perfide jalousie, qui te pousse à proférer de telles calomnies.

— Convaincs-toi de cela si tu veux, répondit calmement Aliénor, la paume pressée contre sa joue endolorie. Je ne dirai rien de plus, car ce que je sais être la vérité te fait mal. Mais quand il te causera plus de souffrance, Henri, je serai là. Je t'aime. Pour ma part, je ne ferai jamais rien pour te faire souffrir ou pour te trahir.

Elle allait, bien plus tard, se prendre à repenser à cette promesse avec d'amers regrets, et à se souvenir de cette nuit comme d'un moment charnière dans leur histoire. Elle était brusquement devenue son ennemie aussi, parce qu'elle avait osé appuyer là où cela lui faisait le plus mal. Il était venu trouver du réconfort, et elle avait seulement aggravé les choses. C'était sans espoir, et elle se sentit totalement impuissante. Thomas Becket continuait de les diviser, plus puissant encore en tant qu'ennemi qu'il ne l'avait été en tant qu'ami.

Chapitre 21

Westminster, 1163

Henri se leva, et le silence se fit instantanément. Les barons et les évêques rassemblés là pour une réunion du Grand Conseil s'entassaient jusque dans chaque alcôve de l'immense salle à voûtes de pierre. Tous tendaient l'oreille pour mieux l'entendre. La rumeur courait que quelque chose de capital – et de controversé – était sur le point de se produire.

— Messires, commença le roi. Je souhaiterais porter à votre attention une anomalie dans mon royaume : le problème des clercs criminels, ceux qui ont été condamnés avec trop d'indulgence par les tribunaux ecclésiastiques parce qu'ils avaient demandé à être jugés par eux. Il semblerait, mes chers amis, que ces hommes aient échappé à leur juste châtiment, même les meurtriers, simplement parce qu'ils faisaient partie du clergé ; je ne tolérerai pas cela un instant de plus !

Cette annonce déclencha de nombreux murmures, et l'on entendit quelques barons marquer leur assentiment, tandis que l'archevêque Becket et les prélats demeuraient assis en silence.

— J'ai la ferme intention de faire en sorte que l'Église défère ces criminels qui ont enfreint *mes* lois devant *mes* Cours pour recevoir un châtiment corporel ! déclara Henri avec assurance. Ce n'est pas une chose inédite, messires, mais un simple retour aux coutumes du roi Henri, que tous honorent du titre de « Lion de Justice ».

Beaucoup froncèrent les sourcils en essayant de se rappeler – en vain – le précédent roi Henri imposant une telle loi. Leur souverain jubila intérieurement, car c'était de l'esbroufe.

Il s'assit sur son siège d'apparat, jetant à ses conseillers un regard noir comme pour les mettre au défi de le contredire.

— Eh bien, messires, qu'en dites-vous ? demanda-t-il avec rudesse.

Becket se leva, l'air furieux.

— Votre Majesté. Comme tous ici, je suis conscient des abus au sein des tribunaux ecclésiastiques. Je suis toutefois votre archevêque, et primat de toute l'Angleterre ; en tant que tel, je ne peux sanctionner aucune action allant à l'encontre de l'autorité et de la liberté de l'Église.

Henri le regarda froidement. Il était figé sur son trône, agrippant fermement les accoudoirs.

— Me défiez-vous, monsieur l'archevêque de Cantorbéry ? demanda-t-il d'une voix menaçante.

Becket refusa de courber l'échine.

— Sire. En m'élevant à la position d'archevêque, vous m'avez confié un devoir sacré, que je trahirais en ne préservant pas l'immunité de l'Église face à l'intervention séculière.

— Vous êtes expert en trahison, prêtre, grommela Henri.

Quelques personnes l'entendirent et échangèrent des regards interrogateurs. L'expression qu'adopta Becket montra qu'il avait lui aussi entendu. Il avala sa salive et se ressaisit.

— Je suis tout à fait opposé à la réforme proposée, sire, déclara-t-il avant de lancer un regard sévère à ses évêques pour leur signifier de se rallier à lui.

Certains baissèrent les yeux au sol, d'autres semblèrent se découvrir une soudaine fascination pour leur anneau épiscopal. L'évêque Gilbert Foliot se leva.

— Je suis de votre côté, Votre Majesté, annonça-t-il sur un ton de défi. C'est l'essence de la loi qui importe et non la forme, qu'il s'agisse de celle des hommes ou de celle de Dieu.

— Merci, monsieur l'évêque de Hereford, répondit Henri avec gratitude. Au moins un de mes clercs a-t-il un tant soit peu de jugeote. Et vous autres ? Qui est de mon côté ?

Les barons levèrent la main comme un seul homme, et quelques évêques suivirent avec hésitation. Becket se tourna furieusement vers eux.

— Qui servez-vous donc en premier, Dieu ou le roi ? rugit-il.

Depuis l'autre bout de la salle, il regarda Henri droit dans les yeux. La haine se lisait sur leurs deux visages, et la douleur seulement sur celui du roi ; mais Becket avait son objectif bien en tête. Il savait se battre pour une cause juste. L'amitié entre les hommes devait laisser place à l'honneur du Seigneur et de Son Église.

— Je vous ordonne de vous opposer à cette prétendue réforme, commanda-t-il à son clergé. Chacun de vous, sans exception.

— Soyez prudent, Thomas, grogna Henri.

Becket ne fit pas attention à lui.

— Que ceux qui sont contre se lèvent ! lança-t-il en cri de ralliement. Il y a davantage en jeu ici que l'obéissance envers le roi. Il vous faut penser à votre âme immortelle.

L'espace d'un instant, personne ne bougea ; puis un évêque se leva, suivi par un deuxième, et ainsi de suite jusqu'à ce qu'ils soient tous debout, à l'exception de Foliot, qui resta obstinément assis.

Becket le prit à partie.

— Monsieur l'évêque de Hereford ? J'espère que vous songez à Dieu, et à votre conscience.

— Dieu et ma conscience sont en parfaite harmonie, répondit l'évêque en croisant les bras sur son ventre rebondi.

— Fort bien, dit Becket d'un air mécontent.

—Assez de cette mascarade! tempêta le roi. Vous, mes évêques… Vous jurerez tous de respecter les anciennes traditions de ce royaume. Je vous l'ordonne!

—Mais cela signifierait promettre de faire appliquer cette loi provenant selon vous du roi Henri, clarifia Becket.

—Il est de mon droit d'exiger un tel serment, lui rétorqua fermement Henri. Mes lois doivent être respectées, et si mes évêques ne montrent pas l'exemple, par Dieu, quel espoir reste-t-il au reste de la population?

L'archevêque se crispa en l'entendant invoquer le nom de Dieu en vain, puis il se tourna vers ses pairs.

—Vous êtes tenus de prêter serment, car c'est votre devoir envers le roi, leur dit-il. Mais vous devrez ajouter: « Dans le respect de notre ordre. » Est-ce clair?

—Par le sang du Christ! vociféra Henri. Que je n'entende pas la moindre allusion à votre ordre! J'exige un accord entier et formel avec mes lois.

—Alors, Votre Majesté, je ne peux pas en toute conscience demander à mes évêques de prêter ce serment, insista Becket.

À cet instant, le roi vit rouge. Il se mit à trembler de colère et se leva d'un bond pour quitter la salle.

Soudain, un vif tapage éclata dans la cour du palais en contrebas; des cris agités et des hennissements de chevaux, suivis par le bruit des roues de carrosses sur les pavés.

—Dites à vos dames de préparer les bagages, lança Henri à son épouse en pénétrant brusquement dans sa chambre.

—Que s'est-il passé? s'enquit-elle en se levant, sa broderie tombant au sol.

Les petites Mathilde et Aliénor délaissèrent leur jeu de quilles et levèrent un regard anxieux sur leur père, dont les colères les terrifiaient. Mamille, en voyant leur angoisse, posa sa coupe, s'agenouilla et fit rouler la balle pour tenter de détourner leur attention.

— Becket ! cracha Henri. Il m'a encore défié ! En conseil, devant tous les seigneurs, laïques et religieux. Il a pris le parti de ces clercs criminels ; il s'est opposé à mes réformes ; et il a interdit à ses évêques de prêter le serment de respecter mes lois. Une telle résistance relève de la trahison ! (Aliénor se garda de dire quoi que ce soit et lui versa une coupe de vin, qu'il vida d'un trait.) C'est intolérable ! Il paiera pour cela.

— Qu'allez-vous faire ? demanda-t-elle.

Elle avait pris la décision de ne plus jamais critiquer Becket, mais de faire preuve d'un soutien discret quand Henri en avait besoin. Elle espérait ainsi réparer le mal qu'elle avait causé cette affreuse nuit de juillet.

Il s'assit lourdement sur la chaise qu'elle avait libérée et posa son regard sur les flammes en respirant rageusement. Quand il prit enfin la parole, ce fut d'une voix plus calme et beaucoup plus terrifiante.

— Pour commencer, je vais confisquer ses beaux manoirs et châteaux, ceux que je lui avais offerts quand il était chancelier. Il comprendra ce que cela signifie, de perdre mes faveurs.

Il se leva et se mit à faire les cent pas. Ses filles, obéissant au signal de leur mère, battirent en retraite pour se réfugier dans la baie à coussièges, d'où elles l'épièrent avec crainte. Aliénor leur offrit un sourire encourageant, puis fit de nouveau face à son époux.

— Est-il juste qu'après ce qu'il a fait Thomas garde sous sa protection notre fils, votre héritier ? demanda-t-elle.

— Par Dieu, non, ce n'est pas juste ! se récria Henri. Je vais faire retirer notre garçon de sa maison sur-le-champ.

— Ramenez-le ici, l'implora-t-elle.

Mais il la regarda comme si elle était folle.

— Il a huit ans à présent, et il est trop vieux pour être gouverné par des femmes, déclara-t-il d'un ton péremptoire. Il aura son propre entourage et ses propres serviteurs.

Aliénor étouffa sa déception et songea raisonnablement que cela convenait mieux à un fils de roi.

— Du moment que je peux le voir de temps à autre, dit-elle avec espoir.

— Bien entendu, la rassura Henri.

Mais son esprit était clairement ailleurs, ressassant la trahison de Becket. Il était comme obsédé. Elle ressentait le besoin de le réconforter, mais savait parfaitement qu'il s'y refuserait.

— Dois-je toujours faire préparer mes bagages ? demanda-t-elle. Partons-nous ?

Henri soupira. Sa fureur diminuait, à présent qu'il avait pu songer à un moyen de se venger.

— Non, oublions cela. C'était sous le coup de la colère. J'irai chasser demain, et je me sentirai forcément mieux après. Ensuite, j'aurai les idées claires et pourrai décider de la marche à suivre.

— Vous feriez bien, dans ce cas, de descendre leur demander de décharger les chariots et les mules de bât, dit-elle en souriant.

— Voilà qui va me faire aimer d'eux ! se lamenta-t-il avec un sourire las avant de la laisser.

Les plus éminents personnages du pays s'étaient rassemblés dans la sombre abbatiale de Westminster sous sa voûte en berceau. Des bougies brûlaient sur les hauts candélabres et illuminaient les visages de la fine fleur de l'Angleterre, venue là pour être témoin de ce moment historique. Lorsque la nouvelle était arrivée de Rome que le pape avait canonisé le roi Édouard le Confesseur, près de cent ans après sa mort, Henri avait fait ériger un superbe monument en son honneur. Aujourd'hui, ses restes allaient être déplacés jusqu'à sa splendide dernière demeure, une superbe œuvre de pierre, de marbre et de mosaïque de Purbeck, surmontée d'un dais en bois finement sculpté.

La Cour et tous les seigneurs d'Angleterre, laïques et religieux, étaient entassés dans la nouvelle chapelle du Confesseur et ses alentours. Aliénor se tenait au premier rang, avec le roi et leurs enfants, heureuse d'avoir son aîné avec elle, pour une fois. Le jeune Henri avait bien grandi ces dernières années, en taille comme en dignité, et il portait dorénavant son statut exalté comme une seconde peau. Il leur fallait remercier Becket pour cela, mais l'admettre était au-dessus de ses forces.

L'archevêque était aussi présent, ce qui expliquait l'atmosphère tendue dans l'abbatiale. Henri et lui s'étaient retrouvés l'un en face de l'autre sur le sol de carreaux décorés, et l'hostilité avait été palpable. En surface, pourtant, tout avait été normal : le roi et l'archevêque avaient échangé un baiser officiel, et ce dernier procédait à la cérémonie avec beaucoup de dévouement et de solennité, ses traits ciselés figés en une expression noble et détachée.

À côté d'Aliénor, Richard avait du mal à contenir son agitation. Il n'arrivait jamais à rester tranquille, aimant chevaucher sa haquenée ou jouer à l'épée, qu'il maniait de mieux en mieux. Sa mère posa toutefois la main sur son épaule pour l'empêcher de gesticuler. Comme il ressemblait à son père ! Elle fit passer son regard sur ses autres enfants, qui avaient tous promis de bien se comporter. Ils arboraient un air grave, quelque peu intimidés par l'auguste assemblée et l'importance de l'occasion qui inspirait cette cérémonie officielle.

Henri assista à tout cela avec un regard attentif et froid. Il avait longtemps attendu ce moment, et ne pouvait suffisamment honorer la mémoire de ce saint dont il avait instamment demandé la canonisation avec tant de ferveur – tout était gâché par la présence de Thomas Becket. *Qu'il aille en enfer*, se dit-il en ressentant un nouvel accès de rage. Que lui arrivait-il donc ? Il semblait chercher délibérément tous les moyens de provoquer son roi. Comme dans l'affaire de William de Eynsford, un vassal de Henri. Il ne s'agissait que d'une dispute sans importance à propos de quelque terre, mais monsieur l'archevêque avait cru bon d'en prendre ombrage, et était allé jusqu'à excommunier le pauvre homme ! Il savait que cette décision ferait enrager Henri, mais cela ne l'avait pas arrêté. Qu'essayait-il de prouver ? Qu'il était plus puissant que le roi ?

Henri, en sentant son épouse lui donner un discret coup de coude, se rendit compte qu'il avait oublié où il se trouvait et pour quelle raison. Il se reprit vivement. Cette histoire avec Becket tournait à l'obsession. Sa mère l'Emperesse lui avait suggéré dans une lettre de gagner l'opinion publique. C'était ce qu'il comptait faire. Avant cela, pourtant, il lui fallait parvenir à se concentrer sur le moment présent.

On ouvrait à présent le tombeau. Soixante ans plus tôt, les moines de Westminster avaient soulevé le couvercle du sarcophage pour trouver le corps du Confesseur encore parfaitement intact. Henri fut content d'avoir demandé à l'abbé de regarder discrètement à l'intérieur pour confirmer qu'il était toujours en bon état, ne serait-ce que pour le bien de ses filles qui écarquillaient des yeux anxieux – Mathilde se couvrait même la bouche avec une main. Il nota que le jeune Geoffroy observait la scène avec un intérêt avide, sans trembler. C'était un garçon intelligent, ce Geoffroy, rusé et sans peur ; il irait loin, prédit-il avec fierté.

Un silence respectueux s'installa lorsque la dépouille du saint fut progressivement exposée dans son habit d'or, sa peau brune et tannée comme du parchemin, ses orbites vides, son nez encore droit. Le couple royal et les pairs purent apercevoir le corps avant qu'il soit enveloppé dans de riches étoffes de soie, puis soulevé avec révérence pour être déposé dans son tout nouveau somptueux cercueil en or serti de joyaux, que Henri et ses principaux barons soulevèrent sur leur épaule afin de le conduire en une procession solennelle à travers le cloître et de le placer dans son monument. Tous entonnèrent ensuite joyeusement le *Te Deum Laudamus*.

La cérémonie terminée, le roi s'inclina profondément devant le monument à saint Édouard, passa devant l'archevêque Becket sans lui adresser le moindre regard, et mena la marche au sortir de l'église. Il aurait dû être comblé de bonheur à cette occasion, mais il n'avait pour seule envie que de fondre en larmes.

Chapitre 22

Berkhamsted, 1163

C'était la veille de Noël et la bûche venait d'être traînée jusque dans la grand-salle par plusieurs serfs musclés, tandis que les serviteurs du château s'activaient pour choisir les plus belles branches de sapin du tas formé au sol afin de décorer toute la pièce. Les plus jeunes enfants royaux leur couraient dans les jambes, tout excités, voulant profiter de la moindre seconde de ces heureuses festivités. Ils avaient déjà été chassés des cuisines, où le fromage de tête frémissait dans une casserole tandis que de grandes pièces de viande rôtissaient à la broche.

À l'étage, le roi fit irruption dans le boudoir de la reine avec son habituel manque de cérémonie. Il arborait un air triomphant.

—Il s'est soumis ! annonça-t-il sans préambule. Il a prêté serment de faire respecter les anciennes coutumes d'Angleterre – sans condition !

Aliénor se leva et posa le bliaut de soie rose qu'elle brodait pour l'offrir en cadeau à la jeune Mathilde, puis sourit.

—Je pense que nous devons remercier l'évêque Foliot pour cela, dit-elle.

Henri avait savamment placé Foliot à la tête de l'évêché de Londres afin qu'il soit en position de conseiller son roi et de mener l'opposition contre Becket. Les évêques, convaincus peu à peu par les éloquents arguments de Foliot, s'étaient rangés un à un du côté de Henri.

— Et le pape ! s'exclama-t-il avec jubilation. N'oublie pas qu'Alexandre a besoin de mon soutien. Il a intimé à Thomas l'ordre de se soumettre, et lui a dit de n'attendre aucune aide de Rome en cas de refus. Becket est donc défait de toutes parts. Aliénor, c'est le plus beau cadeau que je pouvais recevoir en cette période de fêtes !

La reine lui passa les bras autour du cou ; ils ne se montraient plus aussi ouvertement démonstratifs qu'avant depuis quelque temps, cependant elle était si heureuse de voir le visage de son époux s'illuminer qu'elle ne put se retenir. Elle savait qu'il était réticent à l'idée de lui dévoiler encore ses souffrances intérieures, mais il n'aurait rien contre le fait de célébrer avec elle sa victoire. Mais, même s'il lui rendit brièvement son étreinte, il se recula sans tarder pour aller se réchauffer les mains auprès du feu – elles étaient plus calleuses que jamais, abîmées par les nombreuses heures qu'il passait en selle à serrer des rênes en cuir.

Il lui tournait le dos. Elle n'aurait jamais pu deviner – Dieu merci ! – qu'il sortait à peine des bras de Rohese et que le messager de Thomas l'avait trouvé au sortir de sa chambre. Il avait été trop fatigué pour répondre au geste d'Aliénor, et trop porté sur la reddition de Becket.

Il se tourna vers elle.

— Thomas a fait preuve de bon goût en réarrangeant ce palais, déclara-t-il lentement en admirant les vives couleurs des somptueuses tapisseries, les carreaux décorés au sol, les meubles peints et ornés de dorures, la finesse du travail sur les barreaux des fenêtres, et l'écran de cheminée.

Aliénor ne put qu'acquiescer. Elle aussi avait senti l'invisible omniprésence de Becket dans ce château que Henri lui avait jadis offert avec tant d'amour et qu'il avait fini par lui reprendre. Serait-il possible un jour d'échapper à ce gredin ? Elle craignait de ne pas arriver à contenir un cri d'agacement si elle entendait encore ne serait-ce qu'une fois son nom. Il dominait leur vie de manière bien trop inacceptable. Si seulement Henri ne s'était pas autant lié à lui ! Elle ravala son envie de le lui reprocher vertement.

Il lui lançait un regard fuyant. Était-il gêné par son obsession pour Becket ? Lui était-il venu à l'esprit qu'il aurait dû tirer un trait sur cette amitié perdue, et que c'était injuste envers elle de prolonger encore cette agonie ? D'évidence non, car, quand il reprit la parole, il devint clair qu'il était concentré sur une seule et unique chose – ou personne, en l'occurrence.

— Bien sûr, je n'ai obtenu sa promesse que dans une correspondance privée, reprit-il. Il doit se soumettre publiquement à mon autorité.

— Est-ce bien sage ? demanda-t-elle en reprenant sa broderie. Il doit déjà se sentir suffisamment humilié ainsi.

— C'est nécessaire, répondit-il froidement. On doit le voir se soumettre à moi ; ensuite mes évêques sauront exactement à qui va leur allégeance.

— Tu sais mieux que moi ce qu'il faut faire, céda Aliénor avec une amertume qu'elle fut incapable de contenir.

Intérieurement, elle lui hurlait de ne pas en rajouter. Henri s'approcha et baissa les yeux sur elle d'un air sardonique.

— Oh, mais parfaitement, lui confirma-t-il d'une voix douce. Et j'espère que tu seras là pour voir le spectacle.

— Tu peux compter sur moi, répondit-elle vivement. À présent, pensons à nos enfants, et à nos invités, et honorons cette période de la Nativité.

Et faisons en sorte que tu oublies un peu Becket. Ce non-dit flotta entre eux, les tenant à l'écart l'un de l'autre comme la pointe d'une lame.

Chapitre 23

Clarendon, 1164

Aliénor s'assit à côté de Henri, emmitouflée dans les lourds pans de son manteau écarlate à bandes dorées qui tombait sur le sol autour d'elle, et elle leva une main délicatement gantée pour ajuster le diadème qui maintenait son voile en place. Ils trônaient dans la vaste salle de Clarendon, le splendide pavillon de chasse près de Salisbury. Seigneurs et hommes d'Église, enveloppés dans leurs fourrures pour se prémunir du froid de janvier, s'installèrent sur leurs bancs dès que le roi se fut assis. L'archevêque Becket prit place un peu à l'écart, le visage morose sous sa mitre ornée de joyaux, les jointures blanches à force de serrer le manche de sa crosse.

Henri se pencha vers Aliénor.

— Tout devrait se dérouler sans anicroche, lui glissa-t-il à l'oreille. J'ai déjà consulté mes avocats laïques et canonistes, qui m'ont affirmé que monsieur l'archevêque de Cantorbéry n'a pas la moindre raison valable de s'opposer à mes propositions.

— Je prie Dieu qu'il le voie aussi ainsi, et que cela signe la fin de cette querelle, répondit Aliénor tout bas en faisant machinalement jouer entre ses doigts la riche soie impériale de son bliaut.

— Ce n'est pas moi qui ai provoqué cette querelle, se défendit Henri d'un air offusqué. Je cherche simplement à faire en sorte que la justice soit la même pour tous mes sujets. Mais ne perdons pas de temps, ils nous attendent, dit-il en se redressant sur son trône. Messires, commença-t-il d'une voix forte. Je vous ai convoqués ici aujourd'hui pour vous demander d'approuver un nouveau code de seize lois, qui entérinent les anciennes traditions du royaume. Je suis heureux de vous annoncer que notre bon ami l'archevêque Becket a déjà juré de les respecter, et vous n'avez donc aucune raison de ne pas le faire aussi.

L'expression de Thomas était indéchiffrable ; il semblait se contenir à grand-peine. Ce n'était d'ailleurs pas surprenant, se dit Aliénor, dans la mesure où tout ce qu'il faisait était calculé et manquait de spontanéité. Elle ne croyait pas un instant qu'il se soumettrait aussi facilement que ce qu'imaginait Henri. Il chercherait une faille, et ne se rendrait pas sans combattre.

L'archidiacre de Cantorbéry, qui était le chancelier officieux de Henri puisque aucun homme n'avait pu être trouvé qui égalât Becket en stature comme en efficacité, se leva et déroula le parchemin listant ces nouvelles lois. L'assemblée l'écouta attentivement énumérer les deux premières en hochant la tête et en murmurant son assentiment, et Becket sembla se détendre un peu. Jusque-là, c'était une simple répétition des anciennes coutumes, comme annoncé par le roi.

Ce dernier observait aussi Becket, avec une étincelle de malice dans le regard. Aliénor se demanda à quel jeu il jouait. Elle était presque certaine qu'il avait une idée derrière la tête.

Elle ne tarda pas à la découvrir, car l'archidiacre – qui, loin d'être idiot, se savait sur le point de déclencher une tempête – s'éclaircit la voix et lut l'article trois tandis que Henri affichait un sourire complaisant.

— Le roi décrète que, à partir de ce jour, les clercs criminels devront être déférés devant une Cour royale pour leur jugement.

Becket se leva d'un bond.

— Majesté, il n'y a pas, et il n'y a jamais eu, de telle loi dans ce royaume ! protesta-t-il.

Les évêques échangèrent des regards mécontents.

— Quand bien même, il y en a désormais une, répondit Henri d'une voix calme et menaçante.

— Il est écrit dans la sainte Bible : « Rendez donc à César ce qui est à César, et à Dieu ce qui est à Dieu », rétorqua Becket.

Les évêques se tortillaient à présent nerveusement sur leurs bancs.

— Vous avez juré de m'obéir ! s'emporta le roi.

— J'ai juré de respecter les *anciennes* lois de ce pays, lança vivement l'archevêque. Vous m'avez dupé, sire. Vous nous avez tous dupés.

— Comment osez-vous ? vociféra Henri en se levant, tremblant de fureur. Jurez, prêtre ! Par Dieu, je vous ferai jurer !

Becket l'ignora. Il se tourna vers le clergé rassemblé là et lui dit :

— Mes seigneurs spirituels, vous savez parfaitement que ce nouveau code vise à promulguer non seulement les lois du précédent roi Henri, mais aussi cette nouvelle loi, façonnée par notre roi actuel, comme cela vous l'a été clairement spécifié à l'instant ; et vous savez qu'elle va à l'encontre de l'honneur du Seigneur et de Son Église. Je vous ordonne donc, par votre allégeance envers moi et notre Père Éternel, de ne pas vous plier à ces injustes exigences.

— Et qu'en est-il de votre allégeance envers moi, votre monarque ? tonna Henri alors que les évêques marquaient leur approbation.

Aliénor craignit de voir son époux se jeter au sol en criant dans un accès de rage incontrôlé.

— Par le sang du Christ, beugla-t-il en portant instinctivement la main à son fourreau. Dois-je gagner votre obéissance à la pointe de l'épée ?

— Sire, ce sont des hommes de Dieu, rétorqua sèchement Becket en écartant les bras dans un geste protecteur, tel un berger protégeant ses brebis.

Il planta son regard de défi droit dans celui du roi, injecté de sang, et le soutint fermement. Ce fut le monarque qui se détourna en premier, mais pas avant que Becket ait aperçu la larme qui roulait sur sa joue et qu'il s'empressa d'essuyer du revers de la manche en prétendant vouloir se moucher. Henri ne remarqua pas le regret et la compassion qui adoucirent momentanément l'expression sévère de l'archevêque.

— Allez-vous continuer à me défier, Thomas ? demanda Henri d'une voix rauque, son calme recouvré.

— Non, mon roi. Je me parjurerais si vous me le demandiez.

— Vous n'en aurez pas besoin, répondit Henri d'une humeur plus douce à présent que la victoire était à sa portée. Jurez simplement de respecter mes lois. C'est tout ce que je vous demande. C'est d'une simplicité déconcertante.

— Sauf votre respect, sire, je jurerai en toute bonne foi de respecter ces lois, et je donnerai l'ordre à mes évêques ici présents de faire de même, mais je regrette profondément de ne pas pouvoir apposer mon sceau sur ce parchemin.

— Jurez simplement, je ne vous demande rien d'autre, concéda Henri.

Aliénor comprit qu'il pensait avoir gagné, et être parvenu à mettre en échec l'ami Becket. Elle craignait toutefois que ce ne soit que le début. Elle baissa la tête pour dissimuler les larmes qu'elle avait au coin des yeux. Elle voyait l'avenir tout tracé qui l'attendait, des années de difficulté sous l'ombre de ce prêtre difficile et litigieux, imbu de sa propre importance, et elle-même devant regarder Henri s'éloigner d'elle, y laissant jusqu'à son âme dans une lutte sans fin. C'était là une perspective effroyable.

Becket avait juré, et son clergé avec lui, mais on le voyait arpenter le palais la tête baissée et le regard plein d'amertume. Un jour, alors qu'elle pénétrait dans la chapelle avant ses dames, Aliénor fut horrifiée de trouver un homme nu jusqu'à la ceinture, agenouillé sur les marches du chœur. Son dos exposé était lacéré de déchirures sanglantes et elle fut incapable de détourner les yeux de cette atroce vision. Elle vit la discipline à pointe de fer s'abattre à plusieurs reprises par-dessus ses épaules, flagellant et déchirant sa peau blanche. Quand elle laissa échapper un hoquet d'effroi, il jeta le fouet sur le sol pavé et tourna brusquement la tête vers elle. Il s'agissait de Becket, qui avait l'air abattu. Elle le dévisagea un long instant, puis battit en retraite à toute vitesse, chassant ses dames qui arrivaient derrière elle afin qu'elles ne surprennent pas l'archevêque en pleine mortification.

L'on raconta bientôt partout que Becket regrettait ce qu'il avait fait et qu'il s'infligeait un sévère châtiment en pénitence. Il tenta même de fuir le royaume, mais il en fut empêché par les officiers du roi sur le rivage alors qu'il s'apprêtait à embarquer.

— Il ne faudrait pas que le primat d'Angleterre aille se morfondre en France, railla Henri dans une colère noire. De quoi cela aurait-il l'air ?

— Je l'aurais laissé fuir, dit l'évêque Foliot en fronçant ses épais sourcils. Le pape n'aurait pas approuvé qu'il abandonne son troupeau, et je ne doute pas qu'il aurait accepté que vous remplaciez Becket par quelqu'un de plus obligeant.

— Je n'aurais pas dit mieux, cher évêque, déclara Aliénor. Nous avons suffisamment entendu parler de ce prêtre !

— Vous dites vrai, Foliot. Thomas doit disparaître, admit Henri.

Son épouse lui adressa un regard étonné.

— Tous vos évêques vous soutiendront, lui affirma Foliot. Il est trop instable pour un poste important au sein de l'Église. Il porte le discrédit sur notre ordre !

—Il a fait absolument tout ce qu'il pouvait pour miner mes nouvelles lois, fulmina le roi. Soit, je les emploierai pour me débarrasser de lui. J'ai décidé de le traduire en justice pour mauvais usage de l'or qui lui a été confié quand il était chancelier. Voyons voir si cela l'incite au changement!

—A-t-il fait mauvais usage des fonds de la chancellerie? s'enquit Foliot.

—Non, mais cette accusation nous permettra d'arriver à nos fins! répondit Henri d'un air sombre.

Aliénor l'observa et vit un homme déterminé à en découdre, mû par un désir insatiable de vengeance. Seul un homme ayant aimé très fort pouvait ressentir autant de haine, mais elle était certaine qu'il était toujours blessé, tout au fond, et qu'aucun remède – que ce soit la vengeance ou la réconciliation – ne parviendrait à refermer la plaie béante causée par la trahison de Becket.

Chapitre 24

Northampton, 1164

— En tant qu'archevêque de Cantorbéry, je ne suis pas soumis à la juridiction du roi ! s'emporta Becket.

Il avait perdu son calme habituel et était rouge de colère. Henri se pencha en avant sur son trône.

— Thomas, vous n'avez pas été accusé en qualité d'archevêque, mais en tant qu'ancien chancelier, lui expliqua-t-il sur un ton relativement amène. À présent, si vous vouliez bien avoir l'amabilité de vous expliquer devant moi et cette Cour au sujet de l'or qui passait par vous à l'époque, nous pourrons enfin tirer cette affaire au clair.

Becket lui lança un regard haineux.

— Je pense que vous faites tout pour me conduire à la ruine, sire ! siffla-t-il.

— Moi ? s'étonna Henri. Vous inversez les rôles.

Becket fit la moue avant de se tourner vers son clergé, réparti de manière hiérarchique derrière lui.

— Mes seigneurs spirituels, débuta-t-il. J'implore votre conseil et votre aide ! Je demande votre soutien.

Dans un soudain froissement de soie, tous les hommes d'Église se tortillèrent sur leur banc, gênés, et baissèrent les yeux pour éviter soigneusement de croiser son regard suppliant. Seul l'évêque Foliot le dévisagea fixement.

— C'est votre folie qui vous a conduit ici ! l'invectiva ce dernier. Si vous vous soumettez au roi, cependant, comme il l'exige de plein droit, alors vous aurez notre complète allégeance.

Becket sembla profondément choqué.

— Messire, mon roi, dit-il en faisant de nouveau face à Henri qui le fustigeait du regard. Puis-je prendre le temps de considérer la situation et de préparer ma réponse ?

— Bien entendu, accepta le monarque. Je ne suis pas un monstre. Je suis un homme raisonnable. Mais ne songez pas un instant à quitter le royaume ! Ai-je votre parole à ce propos ?

— Oui, sire, répondit docilement Becket. Je vous donne ma parole.

Aliénor était agenouillée dans la chapelle. Les cierges sur l'autel projetaient une douce lumière sur la statue peinte de la Vierge à l'Enfant, et elle eut l'impression que Marie lui adressait un triste sourire de reproche.

Sur le prie-Dieu devant la reine se trouvait la lettre qu'elle avait reçue le jour même ; c'était une missive officielle de Louis l'informant du mariage de ses filles. Marie avait épousé le comte de Champagne, et Alix son frère, le comte de Blois. Sa première réaction avait été de ressentir de l'incrédulité face à cette réalité : ses petites filles étaient devenues des jeunes femmes de dix-neuf et quatorze ans, et mariées, avec ça !

Elle ne pensait que rarement à elles depuis quelque temps, et aurait été bien en peine de se souvenir de leurs visages, même si elles avaient évidemment certainement beaucoup changé depuis la dernière fois qu'elle les avait vues. Elle était pourtant abasourdie de constater à quel point cela la blessait de ne pas avoir été invitée à leur mariage. Elle savait toutefois qu'il ne fallait pas chercher bien loin pour en comprendre la raison : Louis la considérait toujours comme une mauvaise mère, qui aimait si peu ses enfants qu'elle n'avait pas hésité à les abandonner pour aller épouser son amant. Elle devrait donc lui prouver le contraire. Elle écrirait à ses filles pour leur exprimer la joie que lui avait procurée l'annonce de leur mariage et leur faire part de tous ses vœux de bonheur. Il fallait mettre un terme à ce silence. Elle devait leur vouer aussi une part de cet amour doux, profond et inconditionnel qu'elle ressentait pour ses autres enfants, ceux qu'elle avait eu le droit d'élever depuis leur naissance. Elle écrirait cette lettre sans délai, et, même si elle ne recevait pas de réponse, elle aurait au moins soulagé sa conscience.

Aliénor était à son habituelle place d'honneur à côté de Henri quand Becket fut de nouveau convoqué à la Cour. Elle entendit son inspiration tendue quand l'archevêque fit une entrée en grande pompe, en habit de cérémonie, avec sa crosse épiscopale, habituellement portée par un de ses moines au-devant de lui.

— Pourquoi fait-il cela ? s'enquit-elle à voix basse.

La position offensive de Becket la médusait, car il aurait plutôt dû implorer la clémence du roi.

— Je pense qu'il se réfugie derrière la protection de l'Église face à mes mauvaises intentions, marmonna durement Henri.

L'évêque Foliot, assis à portée de voix en bout du banc le plus proche, leva les yeux et lança d'une voix parfaitement audible :

— Il a toujours agi en fou, et cela ne changera jamais !

Becket lui adressa un regard noir.

— Eh bien, Thomas, qu'avez-vous à dire pour votre défense ? demanda Henri en plantant ses yeux gris droit dans ceux de son ancien ami.

— Votre Majesté, je suis venu vous rappeler que vous m'avez vous-même libéré depuis longtemps de toutes mes responsabilités en tant que chancelier, répondit-il d'un air de défi.

— Que diable, archevêque ! Comptez-vous bafouer ma justice à la moindre occasion ? s'emporta Henri.

— Il me semble, sire, qu'il est moins question dans cette affaire de justice que de malice, rétorqua Becket. (Il se tourna brusquement vers ses évêques tandis que le roi l'injuriait copieusement.) Je vous interdis de siéger à mon procès ! leur hurla-t-il.

Henri bondit de son siège et Aliénor serra soudain les accoudoirs de son trône ; elle aurait pu étrangler Becket de ses propres mains. Comment osait-il provoquer le roi de la sorte ? Ce roi qui avait tant fait pour lui, et qui l'avait aimé trop sincèrement.

Henri descendit de l'estrade et avança d'un pas menaçant jusqu'à se retrouver nez à nez avec l'archevêque.

— Vous êtes allé trop loin cette fois, Thomas ! gronda-t-il. À présent, mes seigneurs et évêques, vous voyez pleinement son fiel. Il ne se contente pas de défier son roi, il défie également le pape en personne. Maintenant, écoutez. Vous écrirez tous à Sa Sainteté pour l'informer du fait que ce prêtre a failli au serment qu'il a prêté de respecter les lois d'Angleterre ; et vous demanderez qu'il soit démis de ses fonctions.

Un silence abasourdi tomba sur la salle tandis que Becket recouvrait ses esprits.

— Vous aviez prévu cela, n'est-ce pas ? lança-t-il au roi qui s'en retournait à son trône.

Henri, un pied sur l'estrade, se retourna brutalement en tremblant de rage.

— Vous…, bredouilla-t-il en peinant à parler. Vous n'êtes qu'un serpent ! Mes seigneurs, procédons sans plus tarder au jugement. Ce prêtre se condamne par ses propres dires.

— Je refuse d'entendre ceci ! tonna Becket. Vous n'avez aucun droit. Seul Dieu est apte à me juger !

Puis, levant sa grande crosse dorée, il quitta la salle sous les huées de l'assemblée et les invectives : « Traître ! Traître ! »

Aliénor ne trouvait pas le sommeil. Les événements capitaux de la journée repassaient en boucle dans son esprit et elle finit par se lever et par se passer une robe bordée de fourrure autour des épaules, avant d'aller attiser les braises rougeoyantes dans le brasero et de s'installer dans le coussiège de la fenêtre pour observer les étoiles qui brillaient au-dessus de la ville endormie. Sa chambre donnait sur la courtine du château. Les sentinelles avaient allumé un feu dans la basse-cour et s'y réchauffaient les mains tout en tapant des pieds sur la terre mouillée. Un garde solitaire patrouillait sur les remparts ; elle le vit jeter un rapide coup d'œil à la campagne environnante avant de disparaître par une porte menant à la tour opposée et la suite du mur d'enceinte derrière.

Ce fut à cet instant qu'elle aperçut deux silhouettes noires et encapuchonnées sortir au-delà des remparts. Ils avaient dû passer par la poterne à présent non surveillée qui se situait quasiment juste en dessous de sa chambre. Elle les observa avec intérêt, puis se rendit compte qu'il s'agissait de moines. Ce qu'ils faisaient dehors après le couvre-feu, elle ne pouvait que l'imaginer : peut-être avaient-ils été appelés depuis le prieuré pour s'occuper d'un malade au château, ou peut-être étaient-ils deux membres de l'entourage de l'archevêque Becket ayant décidé de profiter quelques heures des joies de la taverne ou du bordel à Northampton. Quand les silhouettes disparurent dans la nuit, Aliénor les oublia et souffla la bougie, puis regagna son lit. Le sommeil la gagnait et elle parviendrait enfin à s'endormir.

— Becket s'est échappé, déclara Henri une semaine plus tard en se glissant sous les draps à côté d'elle.

Elle ouvrit brusquement les yeux, le sommeil chassé par la gravité de ses mots, et surprise de le trouver dans sa chambre ; il ne venait plus aussi souvent qu'elle en aurait eu envie, ces temps-ci, et il avait été si soûl au souper qu'elle avait craint de le voir s'affaler sur son siège. Elle s'aperçut cependant rapidement qu'il n'était pas venu pour assouvir son désir, mais pour parler de ce nouvel affront de la part de Becket.

—Ainsi, il a fui, dit-elle.

Elle n'était pas surprise. Plus rien de ce qu'il aurait pu faire ne l'aurait surprise.

—Oui. Il s'est déguisé en moine et il a traversé la mer. Il se croit à l'abri... Mais je n'en ai pas encore terminé avec lui! siffla Henri en serrant les dents.

—Enfin tu es débarrassé de lui, dit-elle sur un ton acerbe.

—Peut-être, mais l'Angleterre est-elle débarrassée de son archevêque? contra Henri.

Elle soupira, admettant ainsi la validité de son argument. Elle était sincèrement heureuse de voir son époux. Cela lui manquait de sentir la chaleur de son corps contre le sien, de sentir la passion surgir entre eux deux, et de se retrouver après l'acte dans une paisible étreinte. Elle savait qu'elle prenait péniblement de l'âge sans pouvoir rien y faire, que la vibrante beauté de ses jeunes années commençait à faner, et que Henri était toujours un homme plein de vigueur. Il débordait encore de désir – comme elle le savait pertinemment – et elle se demandait souvent s'il n'allait pas l'assouvir parfois ailleurs. Elle n'avait aucune preuve, mais le bon sens – ainsi que les rumeurs murmurées au détour d'un couloir quand elle n'était pas censée entendre – lui montrait que c'était une forte probabilité. Quoi qu'il en soit, elle n'avait pas la force de trop se questionner sur une possible infidélité de son mari. Le fait qu'il vienne d'abord la trouver pour parler de cet ami devenu son pire ennemi en disait toutefois long.

Elle refusait, en tout cas, d'être vaincue par Becket dans sa propre chambre! Elle était une femme expérimentée et avait plus d'une arme à sa disposition. Elle adressa donc à Henri un sourire coquin et s'appuya sur un coude pour laisser retomber un pan de sa chemise, dévoilant ainsi ses seins voluptueux.

— Tu préfères parler ? demanda-t-elle dans un murmure.

Mais une lueur s'était instantanément allumée dans les yeux troublés de Henri, et ils ressemblaient à deux puits de métal en fusion. Il la prit dans ses bras et enfouit son visage dans le creux de son cou, la mordillant avidement en caressant tout son corps. Il n'était pas du genre à perdre du temps, et en quelques secondes ils furent unis dans le plaisir qui leur était familier, leur désir s'embrasant puissamment comme tant de fois auparavant. Tout ce qu'Aliénor voulait en cet instant était qu'il soit entièrement sien, le sentir en elle, et ne jamais le laisser s'en aller.

Quand, plus tard, ils eurent relâché leur étreinte et que Henri fut sur le dos, reprenant son souffle à côté d'elle, elle se tourna vers lui.

— Tu as dit que Becket s'était déguisé en moine ?

— Oui, grommela Henri.

— C'est étrange, dit-elle en fronçant les sourcils. Il y a quelques nuits – le lendemain de ta confrontation avec lui –, je regardais par la fenêtre et j'ai vu deux moines quitter le château. Je me suis demandé ce qu'ils faisaient. Tu ne crois pas que…

— Mon Dieu, ce devait être lui ! s'exclama Henri en se redressant subitement dans le lit. Il a fui cette nuit-là même. Pourquoi n'as-tu rien dit ?

— Il n'y avait rien à dire. Je pensais que ce n'était rien du tout. À vrai dire, j'avais même oublié jusqu'à maintenant, dit-elle, s'apercevant qu'elle bredouillait.

— Évidemment, se radoucit Henri en reposant la tête contre l'oreiller à côté d'elle. Comment aurais-tu pu savoir ? (Il était raide, tendu, l'amant ayant laissé place à l'homme blessé.) Par Dieu, je le trouverai, marmonna-t-il. Il n'y a nul endroit dans toute la chrétienté où il sera à l'abri.

Elle venait de le perdre encore une fois. Ses pensées étaient d'évidence tournées par-delà la mer, vers son Thomas. Il cherchait de nouveau obsessionnellement un moyen de continuer cette guerre contre son archevêque renégat. Il était allongé là, son regard torturé porté sur le plafond voûté, et il n'avait pas même conscience de sa présence à ses côtés. C'était une cause perdue. Le cœur lourd, elle se retourna dans le lit, lui tournant le dos, et fit semblant de s'endormir.

Chapitre 25

Château de Marlborough, 1164-1165

Un autre Noël. Ils se trouvaient dans la grande tour du château de Marlborough, perché haut sur sa butte à la lisière de la forêt de Savernake, où Henri espérait faire bonne chasse. Geoffroy, le bâtard du roi, qui avait désormais quatorze ans, venait de trouver le haricot dans sa part du gâteau traditionnel et avait donc été désigné prince du désordre pour la soirée. Il avait entamé son règne en distribuant des gages effrontément croustillants, et mettait à présent au défi tous les beaux hommes présents de déposer un baiser sur la joue de la reine.

— Cela ne prendra pas beaucoup de temps ! plaisanta Aliénor, qui adorait la légèreté de mise en cette saison de fête.

— Je jure devant Dieu que je couperai les couilles du premier qui se montrera trop hardi ! ironisa Henri, faussement en colère.

Quel dommage que les émissaires français aient choisi ce moment précis pour arriver à la Cour, quand la joie était à son comble. Un page se présenta et souffla quelque chose à l'oreille de Henri, qui perdit son sourire.

— Je reviens tout de suite, dit-il à son épouse, qui le regarda traverser la foule de courtisans enjoués.

Il ébouriffa en passant les cheveux auburn de la petite Aliénor, hilare. Après avoir attendu son retour une heure en vain, la reine ne tint plus et s'excusa avant de rejoindre d'un bon pas l'escalier à vis menant à la grande chambre du roi, le bruit des festivités diminuant à mesure qu'elle le gravissait. Elle vit de la lumière sous le seuil de la porte en bois. Il était à l'intérieur, comme elle l'avait escompté. Elle tourna l'anneau de métal. Quand elle pénétra dans la pièce, Henri se tourna vers elle d'un air dévasté.

— Que s'est-il passé ? demanda-t-elle.

Elle se retint de venir à lui, ressentant avec une grande souffrance la distance qui s'était creusée entre eux.

— C'est Louis ! répondit-il sèchement. Il a offert son soutien à Thomas et a demandé à Sa Sainteté de ne pas écouter les injustes accusations portées à son encontre. (Il se leva et se mit à faire les cent pas, attisant sa propre colère.) Mais Thomas est allé trouver le pape en premier, et sais-tu ce qu'il a fait ? Il s'est plaint que je le harcelais !

— Mais Henri, le pape est de ton côté, comme depuis toujours, le rassura-t-elle.

— Plus maintenant ! rétorqua-t-il, le visage contorsionné de douleur. Il me menace d'excommunication ! gronda-t-il. Par le sang du Christ, ce prêtre causera ma perte ! Je ne le tolérerai pas plus longtemps. Qu'ils fassent tout ce qu'ils peuvent contre moi ! Je vais me coucher.

Rien n'aurait pu le consoler tant il était consumé par la colère et la douleur. Furieux et livide, il arracha la coiffe sur sa tête et la jeta au sol, puis il défit sa ceinture et la lança à l'autre bout de la pièce. Il enleva ensuite brutalement sa cape et la belle longue robe qu'il portait pour les fêtes, versant presque des larmes de frustration, et tira vivement sur ses braies ; puis, nu et tremblant, il rabattit brusquement le dessus-de-lit en soie pour se laisser choir lourdement sur le matelas, tortillant ses mains, le visage déformé par l'agitation. Submergé par la frustration, il empoigna vivement le drap et attrapa une poignée de paille du matelas, qu'il fourra dans sa bouche comme pour s'empêcher d'éclater en sanglots, et il se mit à la mâchonner voracement.

— Henri, tenta de le raisonner Aliénor.

Mais il leva vivement un bras pour la faire taire, une expression de souffrance sur son visage, sa mâchoire proéminente claquant furieusement. Puis il se leva et se rendit jusqu'au feu, dans lequel il recracha la paille.

— Va-t'en, lui dit-il simplement.

Il fut d'une humeur massacrante pendant tout le restant des fêtes, impitoyablement rongé par sa colère contre Becket, Louis et le pape. Le jour de la Saint-Étienne, Aliénor tenta une nouvelle fois de lui parler, mais il l'en dissuada d'un regard noir. Personne ne pouvait l'approcher tant il était consumé par la rage et le désespoir. Ce soir-là, trop inquiète pour lui, elle fit une nouvelle tentative. Elle le trouva un peu plus calme cependant. Il scellait un document, qu'il remit ensuite à l'un de ses clercs.

— Voici ma vengeance ! annonça-t-il.

— De quoi s'agit-il ? demanda-t-elle avec curiosité.

Elle craignait aussi que cela provoque encore plus de dégâts.

— L'ordre de bannir tous ceux qui ont un lien de parenté avec Thomas en Angleterre, déclara-t-il avec une satisfaction sournoise.

— Mais ils n'ont rien fait de mal ! Et cela représente beaucoup de personnes, dont des femmes, des enfants et des anciens, s'indigna-t-elle.

— Environ quatre cents, me semble-t-il, confirma Henri, content de lui. Ils seront dépouillés de tous leurs biens et conduits hors de nos frontières. Qu'ils aillent mendier pour survivre !

— Henri, je t'en conjure, annule cet ordre ! l'implora-t-elle à genoux. C'est cruel, vindicatif, et purement motivé par une passion non maîtrisée, ce qui ne sied guère à un roi aussi sage que toi.

— Relève-toi, dit-il en posant sur elle un regard froid. C'est inutile, Aliénor. Ces tactiques sont nécessaires. Thomas est à Rome, là où je ne peux pas l'atteindre, mais cela devrait le faire revenir en courant. Qu'il contemple les conséquences de ses provocations ; qu'il sente le feu de ma colère et sache ce qu'il en coûte de s'opposer à moi.

Aliénor se releva, fustigea son époux du regard et s'apprêtait à quitter la pièce quand Henri l'attrapa par la main.

— J'ai songé à un moyen de contraindre le pape Alexandre et le roi Louis à tourner le dos à Becket, déclara-t-il. Tu ferais mieux de m'écouter, car cela concerne nos filles.

— « Nos filles » ? répéta-t-elle. Qu'ont-elles à voir là-dedans ? Qu'as-tu donc encore imaginé ?

— J'ai l'intention de forger une alliance avec l'empereur du Saint Empire, Frédéric Barberousse, déclara-t-il avec un petit air suffisant. Cela devrait contrarier Sa Sainteté et le roi de France – je le sais, parce que notre ami l'empereur est l'ennemi de Louis et qu'il a soutenu le rival d'Alexandre, l'antipape Victor. Je parie que Louis et Alexandre feront tout pour m'empêcher de m'allier à Frédéric, et que cette possibilité même les fera trembler dans leurs culottes et lâcher Becket plus vite qu'une patate chaude !

— Mais quel sera le rôle de nos filles dans tout cela ? interrogea Aliénor en se demandant si ce plan était aussi infaillible qu'il le paraissait.

— J'ai proposé que cette alliance soit scellée par deux traités de mariage, expliqua Henri. J'ai l'intention de marier Mathilde au plus grand vassal et allié de l'empereur, Henri le Lion, duc de Saxe, tandis qu'Aliénor épouserait le jeune fils de Barberousse. Je lui ai fait parvenir une missive pour lui demander d'envoyer ses émissaires à Rouen afin d'établir le contrat. J'espère pouvoir aller les rencontrer en février.

— Tes plans sont-ils déjà si avancés ? s'enquit-elle.

Elle était désemparée d'apprendre qu'elle allait perdre encore deux filles – pour qui elle avait beaucoup d'affection, cette fois –, et furieuse que Henri ne lui ait rien dit de ses manigances alors qu'il devait élaborer ses plans depuis des semaines.

— N'as-tu pas pensé à m'en parler avant ? lui reprocha-t-elle. Ce sont aussi mes enfants.

— Je t'en parle maintenant, répondit Henri. Toi, plus que quiconque, devrais savoir que les rois marient leurs filles à des fins politiques. Ce sont des mariages avantageux qui nous profiteront à tous.

— Tu te sers de nos filles pour te venger de Becket ! se récria Aliénor.

— L'un des avantages de ce traité, admit Henri, mais ce sera loin d'être le seul.

— Je l'espère bien ! Et quand as-tu prévu d'envoyer nos petites filles en Germanie ? Henri, elles sont si jeunes ! Aliénor n'a que trois ans.

— Cela reste encore à décider, mais ce ne sera pas avant encore longtemps, lui assura-t-il.

— Je suppose que je dois être reconnaissante pour cette maigre faveur, rétorqua-t-elle sèchement avant de quitter promptement la pièce pour laisser libre cours à son chagrin.

Elle tint bon tout le mois de janvier et jusqu'en février. Elle refusait de se rendre en Normandie et d'être le témoin de la vente pure et simple de leurs filles pour une cause perdue. Elle se montra catégorique. Henri haussa les épaules et ne chercha même pas à insister.

— Tu peux rester en Angleterre, dit-il.

— J'irai à Winchester avec les enfants, l'informa-t-elle. Ensuite, peut-être pourrais-je voyager un peu. Devrai-je assurer la régence en ton absence ?

— Non, répondit fermement Henri. Mes justiciers s'en chargeront.

Elle dissimula son désarroi et se demanda encore une fois pourquoi il se montrait de plus en plus réticent à l'idée de lui laisser la moindre autonomie dans les affaires du royaume. Jadis, il se serait reposé sur elle sans hésiter pour régner en son absence, mais c'était avant que ce gouffre se creuse entre eux. Cela faisait quatre ans déjà qu'elle n'avait pas signé un décret elle-même. Tout était la faute de Becket, d'après elle – il était la seule cause de discorde entre eux.

— Quand le traité sera signé, je veux que tu convoques le Grand Conseil à Westminster pour l'entériner, lui ordonna-t-il. Je t'enverrai ensuite les émissaires de l'empereur pour qu'ils te présentent leurs respects, et pour qu'ils rencontrent Mathilde et Aliénor. Tu leur témoigneras tous les honneurs. Je sais que tu ne me décevras pas, termina-t-il sur une note agressive.

— Tu peux compter sur moi, répondit-elle calmement. Je sais comment faire.

La dernière nuit avant son départ pour la Normandie, il la rejoignit dans son lit et prit son plaisir avec elle sans se demander s'il était le bienvenu. Elle resta allongée sous lui, regrettant de ne pas pouvoir lui donner davantage, mais elle ressentait trop de rancœur envers lui. Elle n'aimait pas l'homme qu'il était devenu, vengeur et mesquin, prêt à se servir de ses propres filles pour marquer des points dans son combat contre ses ennemis. Elle pleurait le fait qu'il lui ait fermé l'accès à son cœur, qu'il la considère comme une adversaire, et, pis encore, comme une sorte d'esclave dont il pouvait se servir à l'envi. Il semblait que plus personne n'était en mesure de s'opposer à Henri depuis quelque temps, car il ne l'acceptait pas. Il fallait être son allié, sans quoi l'on était considéré comme son ennemi.

Ils se firent leurs adieux en public le matin suivant, Aliénor se tenant à côté du fier destrier de son époux, la coupe de départ à la main.

— Que Dieu vous garde, mon roi, déclara-t-elle sur un ton formel.

— Rejoignez-moi dès que vous le pourrez, lui dit-il en se penchant sur sa selle pour lui faire un baisemain.

Puis il fit faire demi-tour à sa monture et s'en alla dans un fracas de sabots, suivi par sa cohorte bigarrée et ses encombrants bagages entassés sur des chariots.

Chapitre 26

Rouen et Angers, 1165

Ce ne fut qu'en mai qu'Aliénor et Henri furent réunis à Rouen, et elle avait alors la certitude d'être de nouveau enceinte. Il en fut ravi, mais cela la chagrina, car ce serait le premier de leurs enfants à ne pas avoir été conçu par amour. Elle supposait toutefois que cet enfant lui serait aussi précieux que les autres une fois qu'il serait là.

Elle fut choquée de constater combien l'Emperesse avait changé. Elle avait beaucoup vieilli depuis leur dernière rencontre, plusieurs années auparavant, et elle était à présent frêle, et se déplaçait avec raideur. Aliénor avait emmené son fils Richard et sa fille Mathilde, et elle dut leur enjoindre avec une certaine sévérité de ne pas se chamailler en présence de leur grand-mère.

L'Emperesse s'était adoucie avec le temps, et il ne restait plus grand-chose de l'antipathie qu'elle avait autrefois vouée à sa bru. Aliénor trouvait agréable de s'asseoir avec cette femme plus âgée et de lui faire part de son opinion concernant la querelle entre Henri et Becket ; elle eut d'ailleurs le plaisir de recevoir en retour l'avis de son aînée, exprimé sans retenue.

—Cet homme m'a écrit plusieurs fois pour me dire que Henri tentait par tous les moyens de persécuter l'Église, lui apprit-elle. Il n'a bien sûr pas obtenu satisfaction de moi. J'ai ignoré toutes ses lettres.

—C'est Henri qui m'inquiète, lui confia Aliénor.

—Henri a été bête de courir après Becket, déclara sa belle-mère en prenant une petite gorgée de vin.

—Il est obsédé par lui. Il ne veut rien entendre.

—Mais il a raison ! repartit l'Emperesse. Il a tous les droits d'être en colère. Becket est une menace et il semble avoir provoqué Henri délibérément dès sa consécration. (Elle se pencha vers elle, ses yeux d'un bleu terni sous des paupières fines comme de la dentelle.) Ces clercs criminels… C'est mal et cela doit cesser. Becket a tort de s'opposer à lui sur ce sujet.

—J'en suis consciente, mais j'ai l'impression qu'il s'est opposé à lui sur tant de sujets que nous en avons tous perdu de vue l'origine de la querelle, répondit-elle en soupirant. J'ai fait de mon mieux pour soutenir Henri, vraiment, mais il ne semble pas avoir besoin de mon soutien. Je suis moi aussi devenue une ennemie à ses yeux. J'ai trop souvent critiqué son besoin de vengeance.

—Vous avez eu raison de le faire, affirma Mathilde. Quelqu'un doit veiller à tempérer Henri. Il est bien trop fougueux et têtu. (Elle appuya la tête contre le dossier de son fauteuil.) Hélas, je crains une issue funeste. Cela n'en finit pas.

—Ce problème nous gâche beaucoup trop la vie, déplora Aliénor. Il a mis à mal mon mariage. Je prie Dieu pour qu'il soit résolu rapidement.

—Amen, répondit l'Emperesse à voix basse. Mais je suppose que ce ne sera pas le cas.

Aliénor ne passa que deux semaines avec Henri avant qu'il reparte au galop, pour rejoindre le pays de Galles cette fois, et donner une leçon aux princes gallois qui s'étaient alliés pour se détacher de sa Couronne.

Il avait été de meilleure humeur les derniers jours et elle se demanda si Mathilde ne lui avait pas demandé de la traiter avec plus d'égards. Il était venu la retrouver au lit toutes les nuits et ils avaient beaucoup fait l'amour – pas aussi passionnément qu'autrefois, mais avec quelque chose de leur ardeur perdue, et une belle intimité. Aliénor se prit à espérer qu'ils parviendraient à retrouver un peu du bonheur qu'ils avaient jadis partagé, pourvu que les choses continuent sur cette lancée.

Elle sut avec certitude que les choses s'amélioraient entre eux quand Henri lui annonça, deux jours avant son départ, qu'il lui laissait les rênes de l'Anjou et du Maine pendant qu'il était au pays de Galles.

— Je veux que tu te rendes à Angers, lui dit-il. Installe-toi là-bas ; montre-toi en tant que régente dans mes domaines.

Ce fut merveilleux – et encourageant – de recevoir un tel honneur. Elle se rendit donc à Angers le cœur en joie. Quand elle se fut installée dans la robuste forteresse qui dominait la ville, elle envoya un messager à Poitiers pour demander que son fidèle oncle, Raoul de Faye, la rejoigne et l'assiste dans son importante tâche. Henri n'avait jamais eu confiance en ses capacités, mais Aliénor avait eu l'occasion de s'apercevoir au cours des dernières années qu'il était loyal et fidèle, qu'il se consacrait à son service et qu'il faisait absolument tout son possible – même si elle devait bien admettre que ce n'était pas toujours suffisant – pour empêcher les seigneurs belliqueux de nuire. De toute manière, Henri était très loin de là, occupé à combattre les Gallois. Cette décision de faire venir Raoul lui revenait.

Ce dernier accepta l'invitation. Aliénor n'avait jamais remarqué auparavant combien il était élégant et attirant ; pendant des années, elle n'avait eu d'yeux que pour Henri, et ces deux hommes étaient aux antipodes l'un de l'autre. À quarante-neuf ans, Raoul n'avait que six ans de plus qu'elle, et il était depuis longtemps marié à Élisabeth, l'héritière de Faye-la-Vineuse, qui lui avait donné deux enfants. Il avait le charme et l'humour issus de la branche de sa mère, les seigneurs de Châtellerault, et Aliénor était parfaitement à l'aise en sa compagnie. Il se montrait fort courtois, toujours prêt à lui rendre service dès qu'il le pouvait, et lui faisait part de ses nombreux bons conseils, qu'elle suivait la plupart du temps avec joie. Plus important encore, il partageait les mêmes goûts en matière de musique et de littérature, ce qui faisait de lui un véritable enfant du Sud.

Les longues heures qu'ils passèrent à discuter ensemble des affaires de l'Anjou et de l'Aquitaine – Aliénor prenait un grand plaisir à entendre parler de son pays natal – conférèrent à leur relation une certaine intimité. Elle se prit vite à attendre avec impatience leurs réunions, et se rendit compte qu'elle était captivée par le sourire canaille et l'esprit vif de Raoul. Il était capable des sorties les plus obscènes – les bruits de couloir étaient sa spécialité, surtout lorsqu'ils concernaient les exploits amoureux des dames de la reine – et elle aimait ses tournures directes. Elle riait beaucoup quand elle était avec lui – chose qu'elle n'avait pas eu beaucoup l'occasion de faire en compagnie de Henri ces dernières années. Tout cela était parfaitement grisant.

Elle était bien sûr consciente du fait que quelque chose était en train d'éclore entre eux. Elle savait d'instinct que Raoul voulait davantage d'elle que ce qu'un oncle aurait dû attendre de sa nièce, mais elle ne pouvait pas décemment lui en vouloir : son histoire scandaleuse avec un autre de ses oncles, Raymond d'Antioche, était connue partout, et les rumeurs à ce sujet circulaient depuis des années. Raoul les avait certainement entendues et en avait peut-être conclu qu'Aliénor ne serait pas contre une telle proximité avec lui. Cette idée l'amusait, même si elle ne l'envisageait pas sérieusement.

Elle était contente de profiter simplement de ce jeu entre eux, et de retrouver cet ancien plaisir de l'amour courtois – qui faisait partie intégrante de leur culture commune – tout en le laissant espérer, mais à bonne distance. Il n'y avait aucun mal à cela, selon elle.

Il y eut bien évidemment des moments plus sérieux, comme quand ils échangeaient à propos de Becket.

— Je ne l'ai jamais rencontré, mais je sais que je le détesterais, déclara loyalement Raoul. C'est un homme dangereux, et tant mieux si le roi votre époux est débarrassé de lui.

— Sauf qu'il n'est pas débarrassé de lui, justement ! s'exclama Aliénor. Quelle que soit la distance qui les sépare, Becket est toujours présent dans nos vies, semant la zizanie.

— Si j'étais le roi, je trouverais un moyen de le réduire au silence définitivement.

— Imaginez le tollé ! repartit la reine.

— Cela pourrait se faire de manière… discrète, suggéra-t-il.

Elle se demanda s'il plaisantait ou s'il était sérieux.

— Les gens parleraient. Non, mon cher oncle, cela ne fonctionnerait pas. Et Henri n'accepterait jamais une telle chose. Il a beaucoup de vices, mais il n'est pas un assassin.

— Pardonnez-moi, je ne disais cela que dans son intérêt, s'empressa de se défendre Raoul. Je le débarrasserais de ce bâtard d'archevêque si je le pouvais.

L'hostilité dans sa voix était palpable.

— Pourquoi est-ce que *vous* détestez autant Becket ? demanda Aliénor avec curiosité.

— Parce qu'il est la cause de votre chagrin, répondit Raoul en refermant sa main sur les siennes.

Ils étaient seuls dans la grande chambre de la reine, assis devant la table couverte de parchemins et de bâtons de comptage, le soleil se déversant par les fenêtres. Aliénor retira sa main sans un mot.

— Vous êtes toujours très belle, reprit Raoul d'une voix feutrée. Vous avez un visage bien fait, qui jamais ne se gâtera. Vous êtes incroyable.

— Flatteur ! le tança-t-elle doucement en souriant.

— C'est la vérité. Je sais reconnaître la beauté quand je la vois.

— Vous pensez que je vais vous croire, rétorqua-t-elle en riant, moi, une vieille femme mariée, enceinte de son dixième enfant ? Regardez-moi, Raoul !

Il le fit, longuement, lentement, une flamme ardente dans les yeux ; et soudain ils ne rirent plus du tout.

— C'est aujourd'hui, particulièrement, que vous devriez être choyée, dit-il. Est-ce que le roi votre époux vous choie comme il se doit, ma douce nièce ?

— Henri n'y peut rien si les Gallois ont décidé de se rebeller, répondit-elle sur un ton léger.

— Ah, mais s'il était ici, vous choierait-il comme vous le méritez ? insista Raoul.

— Bien entendu, affirma Aliénor, dont le ton trahissait un certain manque de conviction.

Le récent renouveau dans leurs liens intimes était encore trop fragile et trop précieux pour être considéré comme acquis. Henri n'avait jamais été du genre à la dorloter lorsqu'elle était enceinte, mais elle n'avait jamais demandé une telle chose, préférant tout faire comme à l'ordinaire. Son oncle, en revanche, était un troubadour dans l'âme, un homme à femmes dans tous les sens du terme, courtois et dévoué à outrance. Il ne comprendrait pas comment Henri et elle fonctionnaient ensemble. Il n'avait de toute manière jamais aimé Henri – et il avait à présent une chose de plus à lui reprocher.

Il fronçait les sourcils sans détourner son regard d'elle.

— Vous savez qu'il vous est infidèle, déclara-t-il.

Cette remarque lui fit l'effet d'une gifle, et elle se recroquevilla intérieurement pour encaisser le coup. Cette révélation sortie de nulle part la forçait à affronter la vérité qu'elle craignait depuis si longtemps de regarder en face. Elle s'était demandé un nombre incalculable de fois si, quand ils étaient loin l'un de l'autre, il était arrivé à Henri de chercher son plaisir où il le pouvait, mais elle n'en avait jamais eu aucune preuve. Puis il y avait eu ces rumeurs qu'elle avait entendues... Elle avait choisi de les considérer comme infondées. Aujourd'hui, toutefois, les faits paraissaient évidents ; et elle n'en fut pas surprise. Il était certain que Henri s'était montré infidèle. Comment avait-elle pu en douter un seul instant ?

— Expliquez-moi ce que vous entendez par là, au juste ! exigea-t-elle en se levant pour se rendre près de la fenêtre.

Elle prit soin de toujours tourner le dos à Raoul pour qu'il ne puisse pas voir à quel point il l'avait ébranlée. Si ce qu'il affirmait était vrai, elle ne voulait pas passer pour une idiote – la pauvre épouse naïve qui est la dernière à comprendre les choses. Elle craignait déjà de s'être trahie par sa réponse trop vive.

Raoul avala sa salive. Il ne s'était pas attendu à ce qu'elle réagisse aussi violemment. Il n'avait cherché de sa part que l'aveu de ce qu'elle savait déjà, afin qu'ils puissent laisser Henri de côté pour poursuivre leur jeu de séduction. Il s'était manifestement fourvoyé. Toujours était-il que le mal était fait, et, malgré la souffrance qu'elle devait ressentir, il n'avait pas d'autre choix que de justifier ses allégations.

— Quand il était à Poitiers, il y a eu des femmes, dit-il en déglutissant une nouvelle fois. Il ne s'en cachait pas. Il s'agissait de catins de la ville escortées au château. Tout le monde était soûl. C'était la même chose tous les soirs.

Aliénor prit une profonde inspiration. Ce n'était pas aussi grave qu'elle l'avait craint. Elle fut surprise de constater que ces banales trahisons ne la faisaient pas autant souffrir qu'elle l'aurait cru. Ce qu'elle avait redouté par-dessus tout, et ce qu'elle n'aurait pas pu tolérer d'un point de vue émotionnel – en tant qu'épouse et que reine–, aurait été de savoir que son mari la trompait avec une femme en particulier. Ce fut presque un soulagement d'apprendre que Henri n'avait couché qu'avec des catins.

—Ma foi, il est un homme! s'exclama-t-elle d'un air aussi détaché qu'elle le put avant de se tourner vers lui avec un sourire radieux. Les femmes apprennent à fermer les yeux sur ces choses. Cela est sans conséquence.

Raoul supposa qu'elle cachait sa douleur sous un masque de bravoure, et il décida de ne pas répéter les propos tenus par Henri, pris de boisson, à propos d'une superbe maîtresse du nom de Rohese…

Il se leva et la prit dans ses bras. Il savait que ce n'était pas juste de profiter d'elle pendant qu'elle était aussi vulnérable, mais il était incapable de s'en empêcher. Elle était toujours très jolie, même à un âge mûr, et il la voulait. En dépit de sa certitude éphémère qu'elle était sur le point de céder, elle se dégagea d'un air guilleret.

—Raoul, ma vie est assez compliquée ainsi–pas tellement à cause d'autres femmes, mais par la faute d'un autre homme! lui dit-elle. Non, ne prenez pas cet air outré, ce n'est pas ce que vous imaginez. Du moins, pas pour Henri.

—Vous voulez dire que Becket…? bafouilla son oncle.

—J'en mettrais ma main au feu. Je pourrais encore comprendre si c'était cela. Ce qui me dépasse, c'est la fascination de Henri pour cet homme. Il ne m'a jamais fourni d'explication satisfaisante, et je suppose qu'il ne sait pas vraiment lui-même pourquoi Becket a un tel pouvoir sur lui.

—Il est plus âgé, avança Raoul. Peut-être votre époux le révère-t-il comme un père de substitution, ou comme un grand frère. Peut-être a-t-il vu en Becket une chose à laquelle il aspire.

—Ou peut-être a-t-il su apporter à Henri cette camaraderie qu'il ne trouvait pas avec moi, supposa-t-elle amèrement.

— Je ne pense pas que cela ait quoi que ce soit à voir avec vous, la rassura-t-il.

— Oh, que si ! Dès que Becket est apparu, j'ai été reléguée au second plan aux yeux de Henri. Avant cela, tout se passait parfaitement bien entre nous. Nous formions une équipe formidable. L'arrivée de Becket a mis fin à cela. Je crois parfois retrouver cette proximité avec lui, je crois qu'elle est presque à portée de main, mais elle disparaît l'instant d'après. Cet homme s'interpose toujours entre nous. Mais il y a autre chose : monsieur l'évêque de Poitiers est ici ; j'imagine que ce qu'il a à me dire le concerne aussi. Raoul, je m'en vais le recevoir d'ici quelques minutes, et je veux que vous soyez avec moi.

— Vous savez bien que je serai là, accepta son oncle en lui caressant doucement la joue.

— Raoul ! le réprimanda-t-elle. Vous savez qu'il ne peut rien y avoir entre nous.

— Ah, mais je peux toujours espérer, tel un vrai troubadour, dit-il avec un sourire triste.

Aliénor reçut Jean Belles-mains, évêque de Poitiers, dans la grande chambre. Elle était assise sur son siège à haut dossier, ses jupes de samit jaune formant un drapé au sol à ses pieds, et un diadème en or posé sur son voile blanc. Derrière elle se tenait Raoul, la main posée sur le fleuron sculpté dans le siège.

Jean Belles-mains entra d'un air pompeux. Aliénor se souvint qu'il avait été avec Becket au service de l'archevêque Thibaut, qu'ils étaient devenus amis et qu'il lui était resté d'une loyauté absolue en dépit du fait qu'il devait à Henri sa place à Poitiers. Elle s'attendait donc à ce que cette entrevue ne soit pas une partie de plaisir, elle afficha néanmoins un sourire amène en lui demandant ce qu'elle pouvait faire pour lui.

— Madame la duchesse, je viens de la part de Sa Grâce l'archevêque de Cantorbéry, déclara l'évêque d'un air grandiloquent, presque comme s'il lui jetait son gant. Il vous fait parvenir ses respects et ses hommages, à vous sa chère fille en Christ, et il vous implore de tout cœur d'intervenir en sa faveur auprès du roi votre époux au sujet de ce qui les oppose.

Aliénor rassembla ses esprits, et entendit Raoul derrière elle prendre une inspiration tendue. Elle ne s'était pas attendue à ce que Becket l'approche, elle entre tous.

—Je suis flattée que Sa Grâce me pense en mesure de lui venir en aide, répondit-elle, mais il n'est pas sans savoir qu'à l'instant où mon époux et lui sont devenus de si bons amis, mon influence a décliné.

—L'archevêque, intervint Raoul avant qu'elle puisse ajouter quoi que ce soit, devrait savoir mieux que quiconque qu'une épouse se doit d'être dévouée à son époux, et que c'est à lui qu'elle doit obéir avant tout. Comment, alors, pourrait-elle intercéder en faveur de celui qui a délibérément défié son mari et s'en est fait un ennemi ?

Aliénor esquissa brièvement un sourire étonné. Moins d'une heure plus tôt, son oncle avait fait tout son possible pour la pousser à oublier son devoir envers son époux !

—Le premier devoir de quiconque n'est-il pas envers Dieu, messire de Faye ? rétorqua l'évêque, rouge de colère.

—Laissons Dieu en dehors de cela, rétorqua Raoul. Il s'agit ici de la vanité d'un homme.

—Il s'agit de bien davantage que cela, et vous le savez parfaitement ! (Jean Belles-mains reporta son attention sur Aliénor.) Madame, je n'avais pas beaucoup d'espoir en venant ici, mais si vous vouliez bien accepter au moins d'agir en tant que messager...

—Non ! l'interrompit Raoul. Comment pouvez-vous lui demander une telle chose ?

—Ne pouvez-vous pas laisser madame répondre elle-même, messire ? l'invectiva l'évêque en lui lançant un regard noir.

— Oui, Raoul, je vous prie de me laisser parler, insista Aliénor. Monsieur l'évêque, mon plus grand désir est de voir mon époux en bons termes avec tous ses sujets. Toutefois, comme vient de le dire messire de Faye, il ne serait pas approprié que je m'immisce dans cette querelle. Tout ce que je peux faire est prier pour qu'une solution satisfaisante soit trouvée.

— À vrai dire, je ne suis point surpris, madame, s'exclama Jean Belles-mains en lui adressant un regard méprisant. J'avais averti Sa Grâce qu'il ne servait à rien d'attendre la moindre aide de votre part, et Jean de Salisbury était de mon avis. Il partage l'exil de Thomas Becket, savez-vous, ainsi que les privations inhérentes. Je vois cependant que vous avez remis toute votre foi en messire de Faye ici présent, et que celui-ci est hostile envers Sa Grâce.

— Comment osez-vous me parler de la sorte ! s'emporta Aliénor. Vous êtes un impudent, monsieur l'évêque. Jamais vous ne m'auriez parlé sur ce ton, moi qui assure la régence du duché, si monsieur mon époux avait été présent.

Jean Belles-mains tremblait d'une rage qui lui délia la langue.

— Peut-être n'avez-vous pas entendu ce qu'il se raconte, madame, et peut-être serait-il bon de ma part de vous en informer, pour votre bien à tous les deux. Les spéculations grandissent de jour en jour quant à l'influence que messire de Faye semble exercer sur vous. D'aucuns affirment qu'elles sont fondées. Pour ma part, je vous enjoins de préserver votre réputation.

— Jamais de ma vie je n'ai été insultée de la sorte ! tonna Aliénor en se levant, dans une colère noire. Disparaissez sur-le-champ, monsieur l'évêque, et que je ne vous revoie plus tant que vous n'aurez pas rampé devant moi afin d'implorer mon pardon pour ces viles accusations. Soyez assuré que monsieur mon époux entendra parler de votre affront. Il en sera mécontent. D'ailleurs, si j'étais vous, je ferais en sorte de ne pas me trouver à Poitiers à son retour.

L'évêque la dévisagea d'un air hébété.

— Madame, la déception qui est la mienne m'a fait perdre la raison, bafouilla-t-il. Je vous présente mes plus plates excuses ! Mille pardons ! Je me mets à genoux devant vous…

— Cela ne sera pas nécessaire, répondit-elle froidement. (Elle rêvait cependant secrètement de voir ce pompeux personnage s'abaisser ainsi.) J'accepte vos excuses, et je ne veux plus jamais entendre parler de ces calomnies, m'entendez-vous ?

Quand il eut quitté la pièce après l'avoir assurée de son amour, de sa loyauté et de sa discrétion, Aliénor se tourna vers son oncle.

— L'avez-vous entendu ? demanda-t-elle avec gravité. Je vous en conjure, tenez-vous à une distance respectable. Et, s'il vous plaît, ne parlez plus pour moi à l'avenir !

— Aliénor, je donnerais ma vie pour vous servir ! protesta-t-il.

— Il se pourrait qu'il faille en arriver là, si Henri entend parler de cette affaire ! répondit-elle avec un sourire sans joie.

Chapitre 27

Château de Bredelais, frontière galloise, 1165

Henri fit ralentir sa monture au trot. Il avait pris beaucoup d'avance sur ses compagnons, qui se trouvaient à quelque distance derrière avec les chasseurs, transportant le gibier qu'ils avaient pris ce jour-là. Il voyait au loin se dresser le château de Bredelais, demeure de leur hôte, sir Walter de Clifford, dont l'aide dans cette campagne pour l'instant malheureuse contre les seigneurs gallois renégats s'avérait néanmoins admirable. La tendance semblait toutefois s'inverser, Dieu merci ; et Henri, couronné de succès – à la fois sur le champ de bataille et dans la traque – était d'humeur joviale et attendait avec impatience de profiter d'un heureux souper avec son généreux hôte et ses amis de bonne compagnie.

Il pouvait percevoir loin derrière lui les cris et les éclats de rire. Un coucou se fit entendre à proximité. Une belle soirée d'été commençait, le soleil plongeant à l'ouest dans une explosion d'ors et de roses. La chaleur était harassante. Henri avait depuis longtemps enlevé sa tunique, qu'il avait fourrée dans sa sacoche de selle, et il ne portait plus que sa chemise et ses chausses. Il continua de trotter en sifflotant, comme un homme sans souci. Il se dit même qu'il pourrait demander à faire préparer un bain à son retour. Cet ordre sèmerait la panique chez les serviteurs !

Il mena sa monture à travers des bois, prenant garde à toujours pouvoir repérer le château entre les arbres, et il déboucha sur une prairie verdoyante, une vaste étendue luxuriante qui s'étendait jusqu'aux douves. Une fille se trouvait là, agenouillée dans l'herbe haute, sa robe ajustée d'un bleu vif détonnant dans le paysage vert émeraude. Elle lui tournait le dos, si bien qu'il ne pouvait pas voir son visage. De longues boucles blondes lui tombaient librement sur les épaules, signe qu'elle était encore pucelle, et ses habits trahissaient sa haute naissance. Elle cueillait des fleurs. C'était, en soi, un tableau des plus ravissants.

Henri laissa son regard traîner sur les courbes délicates de son corps et de ses hanches, et il ressentit la morsure familière du désir. Il n'avait pas été mis autant en émoi depuis fort longtemps. Il avait délaissé Rohese des mois auparavant, lassé et repu de ses charmes trop ordinaires. Aliénor était à Angers, le tourmentant pour qu'il apporte son aide contre quelques vassaux récalcitrants, et déblatérant sans aucun doute sur Becket à qui voulait l'entendre. Il avait eu beau essayer, il n'était jamais parvenu à retrouver le bonheur qu'il avait autrefois connu avec elle. Il y avait eu un bref sursaut, au printemps précédent, mais l'espoir avait flétri rapidement, du moins pour lui. Il n'arrivait pas à lui pardonner son hostilité envers Thomas, ses questions insidieuses et son constant besoin d'affection. Il l'aimait toujours, et il savait qu'il ne cesserait jamais de l'aimer, mais pas comme elle l'entendait. Cette certitude lui causait de la peine, mais c'était ainsi. Quelque chose qui avait péri ne pouvait pas reprendre vie.

À trente-deux ans, il était un homme dans la fleur de l'âge, même s'il s'était légèrement épaissi ; il était évident qu'il avait connu des femmes, nombreuses, qu'il avait conquises, utilisées et vite oubliées. Mais, à présent qu'il avait posé les yeux sur cette exquise jeune fille, il se rendait compte qu'une chose précieuse avait manqué à sa vie, et qu'il avait besoin de bien plus que quelques galipettes dans le foin avec une traînée.

Cette fille n'était cependant pas une fillette bonne à prendre par envie : il devinait qu'elle devait être une des enfants de son hôte, qui avait une nombreuse descendance incluant cinq robustes garçons. Il se demanda pour quelle raison il ne l'avait pas vue la veille, quand lady de Clifford avait présenté sa famille à son roi.

La mystérieuse fille avait entendu son cheval approcher. Elle fit brusquement volte-face et les fleurs tombèrent de son giron, s'éparpillant sur l'herbe dans une gerbe de couleurs. Elle était absolument superbe. Sa peau était pareille à de la crème, ses lèvres étaient pleines et rondes comme une cerise bien mûre, ses joues rosies de surprise, ses yeux de la couleur des bleuets. Sa robe retomba parfaitement lorsqu'elle se releva ; le corset orné de pierres précieuses qui lui ceignait la taille soulignait sa svelte silhouette, tandis que sa profonde échancrure arrondie et son corsage serré mettaient en valeur une poitrine menue et ferme. *Il me la faut !* se dit-il.

Elle ne savait bien évidemment pas qui il était, car elle ne l'avait pas rencontré la veille. Quand il arrêta sa monture, elle reculait déjà, ses fleurs oubliées.

— Belle demoiselle, n'ayez crainte ! lui lança-t-il avec douceur. Je suis votre roi, et l'invité de votre père. Je ne vous veux aucun mal.

Je vous veux au contraire beaucoup de bien, eut-il envie d'ajouter.

Elle parut confuse, ses belles joues lisses prenant une teinte cramoisie, puis elle effectua une révérence.

— Sire, j'implore votre pardon ! dit-elle d'une voix délicate et mélodieuse avec un ravissant accent gallois.

Henri, en l'entendant, fut vaincu.

— Debout ! ordonna-t-il avec un sourire satisfait tout en posant le pied à terre à côté d'elle. Il n'est point besoin de respecter tout ce protocole, belle demoiselle. Comment vous appelez-vous ?

— Rosemonde, répondit-elle. Rosemonde Clifford.

— « Rosemonde », répéta-t-il, pensif. *Rosa mundi* : la rose du monde. Un prénom magnifique, quelle que soit la langue.

Elle ne répondit rien, trop occupée à rougir. Henri lui tendit le bras et se mit en marche avec elle en direction du pont-levis du château tout en menant son cheval par la bride. Au loin, on pouvait voir les sentinelles somnoler à leur poste, assommées par la chaleur. Le contact de sa petite main sur sa peau était une sensation exquise.

— Dites-moi, Rosemonde, pourquoi n'étiez-vous pas présente pour m'accueillir hier soir ? demanda Henri.

— Mon roi, je ne suis revenue qu'aujourd'hui de chez les bonnes sœurs de Godstow, parmi lesquelles j'ai vécu ces trois dernières années.

— Dois-je comprendre que vos parents ont l'intention de faire de vous une nonne ? s'enquit Henri d'un air intrigué.

— Non, sire, ils souhaitaient simplement que je reçoive une éducation vertueuse qui me sera fort utile quand Dieu jugera bon de me donner un mari.

— Voilà qui est fort sage, ma foi. Vous êtes bien trop jolie pour passer votre vie dans un cloître !

Rosemonde rougit de plus belle.

— Quel âge avez-vous, ma petite nonne ? la taquina Henri.

— Quatorze ans, sire.

— Et êtes-vous revenue pour vous marier ?

— Je ne le sais point, sire.

Henri était captivé – ainsi qu'affolé. Il avait déjà convoité des pucelles de bonne famille, et cela s'était toujours mal terminé, les pères furibonds envoyant leurs filles dans des couvents ou les mariant avec empressement. La plupart des femmes avec lesquelles Henri avait couché au fil des années avaient été soit mariées, soit des catins – en dehors de sa propre épouse. Il savait pertinemment que Rosemonde était pour lui une proie interdite – sauf s'il s'avérait être le monstre qu'il avait toujours affirmé, en plaisantant, ne pas être. Il savait qu'aucun homme de valeur qui méritait son titre de chevalier – ou de roi – n'irait si cruellement déshonorer une vierge de la noblesse, car cela ruinerait irrémédiablement toutes ses chances d'obtenir un mariage avantageux, en plus de souiller sa réputation à jamais. Ceux qui n'avaient pas autant de décence pourraient ne pas avoir autant de scrupules à le faire, mais Henri avait désormais lui aussi des filles, et il aurait pris grand plaisir à occire le premier bâtard qui aurait essayé de compromettre leur honneur. Il se dit qu'il ne pourrait jamais faire une chose pareille à Rosemonde, ou à son père, un hôte des plus agréables et loyaux.

Ce fut à cet instant précis qu'il surprit la jeune fille en train de l'observer timidement sous ses cils. Ce regard ingénu la trahit. Elle le trouvait attirant, il était prêt à le parier ! Peut-être se montrerait-elle disposée… Auquel cas il n'aurait pas à ressentir de culpabilité à l'idée de lui prendre son pucelage. Il se rendit compte – car il était, comme il aimait à s'en vanter, un homme direct d'une honnêteté toujours brutale envers lui-même – que ses scrupules chevaleresques tombaient un à un avec une rapidité décevante. Cela ne pouvait être que la faute de Rosemonde : elle l'avait désarmé par son regard candide. Par le sang du Christ, ce qu'il avait envie d'elle !

Il dut bien sûr renoncer à son bras lorsqu'il l'eut ramenée à l'intérieur du château de son père, afin de laisser madame sa mère – infiniment reconnaissante envers son roi pour avoir raccompagné sa fille et veillé à sa sécurité – emmener la jeune fille jusqu'à sa chambre afin qu'elle puisse se laver et se changer pour le banquet prévu ce soir-là. Cela lui coûta de la laisser partir, mais il marmonna quelques paroles aimables avant de se soumettre à l'attention de son valet.

Plus tard, assis à la place d'honneur de la haute table, il choisit une cuisse de poulet du plateau qui lui était présenté et la grignota machinalement avant de se tourner vers sir Walter.

— J'ai fait la connaissance de votre fille Rosemonde aujourd'hui, déclara-t-il en peinant à se faire entendre dans la cacophonie de rires et de conversations. Elle est une demoiselle très vertueuse.

Sir Walter porta son regard le long de la table, au-delà de ses robustes fils, là où Rosemonde était assise avec ses sœurs. Henri posa aussi les yeux sur elle – il n'avait pas pu s'empêcher de le faire de toute la soirée. La jeune fille baissait modestement la tête pendant qu'elle mangeait avec grâce, mais ses boucles blondes lui drapaient les épaules et la poitrine telle une cape dorée, et ses lèvres ne demandaient qu'à être embrassées. Elle était l'image même de la beauté et Henri était pétri de désir – une fois de plus.

— Oui, sire, répondit sir Walter avec complaisance. C'est une brave fille. Les nonnes ont fait du bon travail avec elle. Je vais bientôt devoir lui trouver un mari.

— Personne ne l'a encore demandée en mariage ?

Cela ne faisait aucune différence, car elle ne tarderait pas à être convoitée. N'importe quel homme suffisamment noble pour prétendre à sa main se précipiterait auprès de son père afin de la lui demander.

— Non, sire. J'ai beaucoup d'enfants à marier.

— Ne m'en parlez pas ! s'exclama Henri en souriant. J'en ai beaucoup moi-même. (Parler d'eux ne suffit cependant pas à refroidir ses ardeurs et il marqua une pause, ses méninges fonctionnant à plein régime.) Que diriez-vous si Rosemonde venait à la Cour au service de la reine ? Elle serait bien traitée et je pourrais m'occuper moi-même de lui trouver un bon parti.

Quel meilleur parti qu'un roi ? ironisa-t-il intérieurement.

— Mon roi, ce serait un honneur ! s'extasia l'intéressé d'un air surpris. Pour ma fille aussi, n'en doutez pas.

— La reine Aliénor est en Anjou pour l'instant, dit Henri, mais certaines de ses dames se trouvent à Woodstock dans l'attente de son retour. Il se trouve que je dois moi-même m'y rendre une fois que nous aurons donné une bonne leçon à ces rebelles gallois. (C'était un mensonge, mais sir Walter n'avait pas à le savoir.) Mes hommes et moi nous ferions une joie d'escorter votre fille à Woodstock, ou bien vous pourriez vous arranger pour la faire conduire là-bas plus tard par vos propres hommes d'armes.

Comme il l'avait espéré, l'ambitieux et fier père sauta sur l'occasion, et il fut décidé que Rosemonde partirait pour Woodstock avec le roi.

Cela n'avait pas été plus compliqué.

Cette nuit-là, Henri resta allongé dans son lit, conscient d'être sur le point de commettre un grave péché et une faute plus grave encore. Il était cependant incapable de s'en empêcher : résister aux charmes de Rosemonde était au-dessus de ses forces. Il fallait absolument qu'il l'ait – il était fou de désir pour elle. Son sexe en palpitait d'avance rien que d'y songer. Il ne parvenait à penser à rien d'autre.

Une petite voix dans sa tête le prévint qu'il y aurait des conséquences. Il n'en doutait pas, mais il s'en fichait. Le démon en lui, cet héritage diabolique de sa lignée, le poussait à en faire fi et à prendre ce qu'il désirait. Il se battrait contre le monde entier s'il le fallait pour avoir cette fille. C'est dire combien il la voulait.

Quand le temps vint de partir pour Woodstock, au début du mois de septembre, il n'y eut pas d'adieux déchirants comme trois ans auparavant, quand Rosemonde était partie pour la première fois à Godstow ; elle s'était depuis habituée à devoir vivre loin de sa famille. Tel un agneau de Dieu emmené en sacrifice, elle suivit docilement Henri avec confiance et respect. Si elle soupçonnait quoi que ce soit, elle n'en montra aucun signe.

Chapitre 28

Palais de Woodstock, 1165

Rosemonde contempla avec ravissement le lumineux boudoir aux murs de pierre blanchis à la chaux. Il occupait le dernier étage d'une tourelle, et la petite porte en bois au pied de l'escalier à vis donnait sur un jardin d'agrément orné de violettes, d'ancolies et de roses organisées autour d'une pelouse verdoyante ombragée par des charmes, des noisetiers et des frênes. Elle avait découvert cela avec émerveillement et, quand elle avait vu la chambre qui avait été préparée pour elle, elle avait écarquillé davantage ses yeux couleur bleuet. C'était un boudoir digne d'une reine. Il s'agissait d'ailleurs du boudoir de la reine, même si Henri n'allait pas le lui avouer. Les tentures du lit étaient en soie, les draps en coton blanchi, et la couverture à carreaux était d'une finesse extraordinaire. Il y avait une fenêtre à coussiège taillée dans l'épais mur, un chiffonnier sur lequel étaient posés de grands candélabres dorés et joliment travaillés, une belle chaise en chêne et deux tabourets, un sol à carreaux et une patère sculptée au mur pour suspendre ses robes.

Henri la contempla avec plaisir depuis le pas de la porte tandis que l'objet de son désir s'extasiait de sa bonne fortune.

— Sire, est-ce que toutes les dames de la reine vivent dans un tel luxe ? s'enquit-elle.

Ses manières envers lui étaient toujours extrêmement respectueuses. Henri laissa son regard s'attarder sur elle.

— Non, répondit-il enfin. Ceci est pour vous uniquement, parce que vous êtes ravissante.

— Mais que diront les autres dames ? s'inquiéta-t-elle sincèrement.

— Rien du tout, ma douce. Il n'y a pas d'autres dames ! lui révéla-t-il avec un sourire.

— Je ne comprends pas, dit-elle, perdue.

Henri hésita. Un seul faux pas maintenant et il pouvait tout gâcher. Était-il préférable de se montrer honnête avec elle, ou de persister encore un peu dans le mensonge afin de lui donner le temps nécessaire pour développer ses sentiments à son égard ?

Il ne pensait pas pouvoir attendre aussi longtemps. On les regardait déjà de travers en faisant des messes basses. Pendant le trajet jusqu'à Woodstock, sa suite avait apparemment supposé qu'il la raccompagnait à Godstow – c'était en tout cas ce qu'il avait compris d'après les remarques qu'il avait entendues. Il y avait d'abord eu de l'étonnement, puis une franche désapprobation quand ils étaient arrivés. Mais cela ne le préoccupait pas le moins du monde. Il était le roi, et personne ne pouvait lui dire quoi que ce soit.

Sa conscience lui soufflait qu'il pouvait toujours oublier cette histoire et renvoyer la jeune fille chez elle, son corps et sa réputation intacts. Il n'était pas trop tard pour faire le choix honorable. Mais ce démon, ce diable qui régnait sur ses pulsions sexuelles, prenait toute la place et refusait d'être ignoré. Henri traversa la pièce et prit Rosemonde dans ses bras.

— Je veux que vous restiez ici avec moi, déclara-t-il d'une voix grasse en la sentant se tendre.

Lui aussi sentait son corps se tendre, mais de désir plutôt que d'affolement. Il avait eu l'impression d'arriver au paradis quand il l'avait prise dans ses bras. Il n'avait pas eu autant envie d'une femme depuis qu'il avait posé pour la première fois les yeux sur Aliénor – qu'il s'empressa de chasser de ses pensées.

— Sire, je vous en conjure…, soupira Rosemonde en pantelant. Ce serait mal !

— Est-ce si mal d'aimer quelqu'un ? argumenta-t-il. Je crois que je vous aime depuis que je vous ai vue pour la première fois. Votre père m'a donné son accord pour que je vous amène ici ; et nous voilà.

Et que Dieu me pardonne pour ce mensonge, se dit-il ; le diable en lui s'insurgea.

— Mon père ? Je pensais que j'allais entrer au service de la reine, sire, s'exclama-t-elle en écarquillant les yeux d'incompréhension.

— Et ce sera le cas, mais chaque chose en son temps. Votre père sait toutefois que les faveurs du roi peuvent s'obtenir de bien différentes manières. Il vous a confiée à mes bons soins et j'ai accepté la tâche de vous trouver un époux. (*Jamais !*) Mais, pour l'instant, mon seul désir est de vous combler, et de vous faire mienne. Voulez-vous être mienne, Rosemonde ? (Il fut consterné de voir qu'elle pleurait.) Ne soyez pas triste, ma douce, murmura-t-il tout en lui caressant les cheveux. Tout ira bien, vous avez ma parole. Je vous chérirai et vous protégerai, n'ayez crainte.

Il lui fit relever la tête d'un doigt sous le menton et plongea le regard dans ses yeux bleus mouillés. Seigneur, ce qu'elle était belle !

— Pourriez-vous m'aimer un peu ? lui demanda-t-il. Je pense que c'est déjà le cas !

Elle le dévisagea comme si elle voulait le dévorer des yeux.

— Je ne sais pas, répondit-elle dans un soupir. Je ne peux pas. Ce serait mal. J'ai de la peine à croire que mon père ait eu l'intention de faire de moi votre concubine, sire. Je ne veux pas apporter le déshonneur sur ma famille. Ce serait un péché et nous irions tous deux en enfer pour cela.

— Des histoires que l'on raconte aux enfants ! railla Henri. Mais, si l'enfer existait, j'accepterais volontiers d'y brûler pour l'éternité en échange d'une seule nuit entre vos bras.

— L'enfer existe bel et bien ! affirma-t-elle avec aplomb.

— Quelle belle petite nonne elles ont réussi à faire de vous, la taquina-t-il en la serrant davantage. Écoutez, Rosemonde, le seul enfer qu'il y ait est celui que nous nous créons ici-bas. Tout le reste n'est que mythe inventé par l'Église pour nous effrayer et nous contraindre à l'obéissance.

Elle tenta de le repousser, et il la laissa faire.

— Je crains que ce soit là un blasphème, sire, dit-elle d'une petite voix.

— Un de mes nombreux vices, répondit-il avec bonne humeur.

— Je ne dois pas vous contredire, sire, mais je pense que vous faites erreur.

Elle ressemblait à un lapereau terrifié, et Henri éclata d'un rire tonitruant.

— Ainsi parla la future abbesse ! gloussa-t-il. Ma foi, ma douce et vertueuse pucelle, je m'en vais vous laisser rejoindre votre chaste couchage. Nous en reparlerons demain.

À vrai dire, son désir s'était évaporé avec son hilarité, et il savait quand il valait mieux laisser le temps au temps. Il lui prit la main et y déposa un baiser de manière fort courtoise, puis posa son regard sur ses sublimes yeux.

— À demain, belle Rosemonde, dit-il avant de s'en aller.

Rosemonde n'avait jusqu'à cet instant jamais su ce que cela signifiait que de vouloir un homme. Étant donné qu'elle avait vécu dans un couvent depuis l'âge de onze ans, elle ignorait tout de ce qui se passait dans le lit conjugal ; elle savait simplement que c'était indécent et qu'il fallait laisser le mari faire cette chose indécente sans se plaindre ni résister. Elle avait appris cela en écoutant les confidences des autres filles de grande famille confiées aux nonnes de Godstow.

Elle avait grandi en sachant qu'un bon mari lui serait un jour trouvé et elle avait toujours imaginé – si tant était qu'elle y ait réfléchi – qu'il serait à peu près du même âge qu'elle ; c'était absurde, d'ailleurs, car beaucoup d'autres filles comme elle se voyaient mariées à des hommes plus vieux – voire âgés.

Voilà que le roi, assez vieux pour être son père, se présentait devant elle, avec ses manières rustres, brusques et parfois effrayantes, et que quelque chose en elle répondait haut et clair à cet homme. Il n'était pas beau comme les chevaliers des contes, mais plutôt trapu et solide, avec une touffe de cheveux roux ébouriffés ; c'était un homme rude, mais séduisant, d'une beauté gauloise, avec une présence physique écrasante. Comme Aliénor quatorze ans plus tôt, il lui avait suffi d'un regard pour tomber éperdument amoureuse de lui.

Si ce sentiment d'attirance, ce tiraillement incontrôlable entre ses cuisses, cette délicieuse et soudaine conscience de son corps étaient du désir, alors elle pouvait brusquement comprendre ce qui poussait les gens à toutes les folies par amour : elle comprenait pourquoi les chevaliers partaient tuer des dragons, et pourquoi les princesses attendaient si longtemps dans leurs tours… Et aussi pourquoi les filles éduquées dans un couvent en arrivaient à compromettre leur vertu comme elle était effectivement tentée de le faire.

Elle avait dit exactement ce qu'il fallait, tout ce que devait dire une fille vertueuse à un homme trop entreprenant et dominateur. Elle avait joué les modestes jouvencelles de manière convaincante, mais, sous ces apparences, elle avait ressenti l'appel impératif et suave de son corps l'incitant à céder, et la réponse exaltée d'une jeune fille flattée par les déclarations d'amour d'un roi. C'était là une combinaison irrésistible. Elle ne se persuaderait pas qu'elle aimait le roi en retour ; malgré son manque d'expérience, elle le soupçonnait d'avoir utilisé le terme « amour » dans le simple but de la duper. Elle n'avait aucune idée de ce à quoi pouvait ressembler l'amour. C'était en tout cas une chose absente chez la plupart des couples mariés qu'elle avait pu côtoyer. On lui avait appris qu'il était du devoir d'une épouse d'aimer le mari qui lui avait été choisi, mais ce n'était pas le genre d'amour propre à faire perdre la tête aux hommes, ou à les pousser à entreprendre une glorieuse quête, ou à se battre en duel.

Son esprit était en ébullition. Et si c'était la seule occasion qu'elle aurait jamais de connaître ce genre d'amour ? Ne devait-elle pas, dans ce cas, la saisir pleinement et céder aux besoins de la chair ?

Elle s'endormit en se demandant ce que cela ferait de se retrouver nue dans les bras du roi d'Angleterre.

Chapitre 29

Angers, 1165

Aliénor était au lit après son accouchement, avec sa nouveau-née Jeanne dans les bras, quand une lettre arriva de Champagne. Elle l'ouvrit d'une main tremblante tout en maintenant son enfant contre son épaule. L'écriture était belle et propre – celle d'un clerc anonyme. Sa fille Marie lui faisait poliment parvenir ses salutations et l'espérait en bonne santé. Elle-même se portait bien et était heureuse, et souhaitait faire savoir à madame la reine qu'elle n'oubliait pas de l'inclure dans ses prières.

Ce n'était pas grand-chose, mais déjà bien plus que ce qu'elle avait reçu d'Alix, qui de toute manière ne pouvait pas se souvenir d'elle. C'était peu, mais pas rien, et cela lui suffirait pour renouer des liens.

Chapitre 30

Woodstock, 1165-1166

Le siège ne dura pas longtemps. Quand les dernières défenses tombèrent, Henri alla retrouver Rosemonde dans son confortable boudoir, et elle le reçut à bras ouverts. Il dut forcer légèrement pour la pénétrer, et cela lui tira un hoquet de douleur, mais elle l'enlaça ensuite de manière lascive comme si elle refusait de le laisser partir. Il resta ensuite étendu, la tête contre son sein, caressant son ventre ferme et plat en se disant que cela faisait longtemps qu'il n'avait pas connu une telle joie avec une femme. Il avait eu du plaisir avec d'autres, mais pas cette extase glorieuse et ce sentiment de bien-être. Il avait autrefois connu une félicité similaire avec Aliénor, et une certaine partie de ce bonheur subsistait, quand ils étaient ensemble ; mais dès qu'ils étaient séparés, il se sentait indifférent, et même hostile envers elle.

Il refusait de penser à elle pour l'instant, alors que sa belle Rosemonde était allongée sous lui, prête à recommencer dès qu'il en aurait recouvré la force. Ses boucles blondes s'étalaient chaotiquement sur eux deux, chatouillant la joue de Henri, et ses membres, couverts d'un très fin duvet soyeux, étaient étirés de façon nonchalante. Il approcha doucement la main de son sexe et poursuivit son exploration. Elle écarquilla les yeux de surprise et se mit à gémir d'un plaisir inattendu.

Seigneur, ce qu'elle est belle, se dit-il encore tout en se calant sur un coude pour pouvoir la dévorer du regard tandis qu'il lui prodiguait des caresses plus appuyées. Elle possédait une beauté différente de celle d'Aliénor, car il y avait une certaine fragilité chez elle, et une délicatesse innée. Il devait avouer qu'elle portait bien son nom, avec sa peau douce comme un pétale et ses joues toutes roses ! Il savait qu'il ne pourrait jamais se séparer d'elle.

Henri n'arrivait pas à s'empêcher d'aller la retrouver. Il avait toujours envie d'elle, à chaque seconde du jour ou de la nuit, et exultait de voir la ferveur haletante avec laquelle elle lui rendait son ardeur. Elle était toutefois si jeune et inexpérimentée, malgré ses aptitudes grandissantes au lit, que, chaque fois qu'ils faisaient l'amour, il avait l'impression que c'était la première fois, et qu'elle lui donnait à nouveau sa virginité. C'était absolument irrésistible !

Il prolongea son séjour à Woodstock tout l'automne, y passa Noël et trouva des excuses pour y demeurer jusqu'au printemps. Il fit appel à des maçons et à des maîtres bâtisseurs pour ériger une nouvelle tour pour sa demoiselle, et à des jardiniers pour construire un labyrinthe pour son plaisir, les jeunes haies d'ifs et d'églantiers décrivant une forme complexe. Il savait que le temps viendrait où il lui faudrait quitter Rosemonde, qu'elle se sentirait seule et aurait besoin de distraction, et qu'avec la venue de l'été ce dédale l'occuperait agréablement ainsi que les demoiselles qu'il avait employées à son service. Il ne lui vint jamais à l'esprit qu'un jour cette création serait la source de nombreuses rumeurs et légendes.

Quand il ne couchait pas avec sa jeune amante, Henri travaillait dur à coucher sur le papier les réformes légales qu'il prévoyait, et, au creux de l'hiver, il réunit le Grand Conseil à Clarendon, où furent entérinées ce qu'il aimait appeler ses nouvelles Constitutions.

Il était particulièrement fier de l'une d'entre elles, car elle stipulait que les clercs criminels de Becket ne pourraient plus en appeler à la clémence de l'Église. Henri avait remporté cette longue et terrible bataille, mais il doutait d'avoir remporté la guerre.

Les blessures infligées par Thomas continuaient de puruler. Il restait éveillé la nuit à se tourmenter en repensant aux jours enivrants de leur amitié, ou à engager d'âpres disputes avec l'archevêque absent, lui flanquant au visage tous les arguments implacables qu'il aurait aimé lui avoir opposés à l'époque. Il lui arrivait même parfois, quand Rosemonde dormait paisiblement à côté de lui, de laisser couler ses larmes en se demandant quand ce cauchemar s'arrêterait enfin. Il avait véritablement aimé Thomas, alors pourquoi celui-ci s'était-il détourné de lui en le défiant de la sorte ? Dans ces moments-là, il se tournait vers la jolie fille dans son lit et tentait de se perdre en elle, d'occulter sa douleur et sa colère. Il ne lui parla jamais de Becket, car il ne voulait pas souiller sa pureté en s'épanchant auprès d'elle. Elle était son refuge, son havre de paix, sa joie : c'était tout ce qu'il voulait d'elle.

Enfin, il ne put plus s'attarder : on avait besoin de lui dans le Maine pour réprimer une rébellion ; ses navires l'attendaient déjà à Southampton.

Il embrassa longuement et amoureusement Rosemonde en guise d'adieu, son cœur déchiré. Dieu seul savait quand il la reverrait. Elle se tenait sur le montoir, svelte et d'une beauté époustouflante dans sa douce robe de laine, et elle lui tendit la coupe de départ lorsqu'il s'installa en selle, à la tête de sa suite, prêt à prendre la route. Il s'efforça de lui faire ses derniers adieux, d'une voix grasse d'émotion. La quitter lui était insupportable, tragique, intolérable…

Il chevaucha vers le sud avec détermination, pressant l'allure, mais ils ne s'étaient pas éloignés de beaucoup lorsque, pris d'un besoin subit, il fit faire demi-tour à sa monture et rentra à Woodstock au petit galop, suivi par son cortège interloqué, qui peina à tenir son rythme. Quand ils arrivèrent, Henri sauta de son étalon couvert d'écume, grimpa les marches quatre à quatre et entra brusquement dans la chambre de Rosemonde, chassant ses demoiselles d'un geste de la main. Dès que la porte fut refermée, il la serra de toutes ses forces et la couvrit de baisers.

— Il fallait que je revienne auprès de vous ; il fallait que je vous voie encore une fois ! s'exclama-t-il, pantelant.

Rosemonde fut trop abasourdie pour répondre tout de suite.

— Que penseront les gens ? Que je vous détourne de votre devoir de monarque ? s'inquiéta-t-elle avec panique sans pour autant l'empêcher de faire ce qu'il voulait d'elle.

— Je me fiche éperdument de ce qu'ils pensent ! gronda-t-il. Tout ce que je sais, c'est qu'il faut absolument que je sois avec vous encore une fois avant de traverser la mer. Il fallait que je voie votre visage. Oh, mon aimée !

Il la caressait avidement tout en la dévorant du regard. Il devait lui faire l'amour sans plus attendre tant il la désirait. Alors qu'ils roulaient dans les draps, le monde extérieur complètement oublié, les officiers de la maison du roi et les hommes d'armes en bas dans la grand-salle et dans la cour échangèrent des regards entendus, puis haussèrent les épaules avec un sourire en coin.

Chapitre 31

Angers, 1166

Aliénor vit approcher Henri et la longue ligne formée par sa suite alors qu'elle prenait l'air sur les remparts du château d'Angers. Elle s'arrêta pour observer la cavalcade. Ainsi, il était finalement revenu. Il s'était enfin secoué et s'était rappelé l'existence de son épouse. Elle avait beaucoup d'amertume dans le cœur. Elle ne l'avait pas vu depuis plus d'un an ; il n'était pas venu rencontrer sa dernière fille, Jeanne, après sa naissance, et il n'était même pas rentré pour Noël. Cela avait été pour elle un coup terrible, car ils n'avaient jamais passé les fêtes séparés auparavant, et elle avait pourtant cru que les choses s'arrangeaient entre eux. Il aurait au moins pu songer à la déception de ses enfants, sinon à la sienne, se lamentait-elle tristement.

Elle s'était demandé si Henri avait entendu quelque rumeur honteuse sur elle et son oncle Raoul, ou si Jean Belles-mains avait clamé au monde ses satanés soupçons. Ou, pire, Raoul pouvait ne pas lui avoir tout dit des autres femmes qu'avait connues Henri. Cela ne serait pas surprenant, étant donné la réaction qu'elle avait eue. Mais aller jusqu'à supposer l'existence d'une autre femme ? Si c'était une histoire d'amour qui avait poussé Henri à délaisser son épouse et sa famille pendant si longtemps, alors celle-ci faisait peser une terrible menace sur tout ce qui était cher aux yeux d'Aliénor. Cette hypothèse était terrifiante et elle s'était miné le moral en songeant à toutes les théories imaginables. Elle aurait préféré faire fi de tout cela et rester indifférente, mais elle en était incapable.

Elle se reprit pour la millième fois. Henri était un roi et, dans l'ordre des choses, les femmes ne représentaient rien pour lui par rapport à la vision qu'il avait pour son royaume et aux exigences de ses lointains domaines. Dans le cas contraire, ses conquêtes auraient été plus notoires que discrètes, et elles lui seraient venues à l'oreille. Il n'était pas le genre d'hommes à se laisser distraire ou dominer par une femme. Même Aliénor, sa reine, avait été cantonnée fermement à ce qu'il estimait être sa place, pour son plus grand malheur. Non, Henri n'esquiverait pas son devoir et ses obligations aussi longtemps pour une femme. Et, s'il avait entendu certains odieux ragots à propos de son épouse, il aurait certainement déjà agi, comme il l'avait fait plusieurs années auparavant en bannissant ce pauvre fou, Bernard de Ventadour ; jamais il ne tolérerait que le moindre scandale l'éclabousse.

Après s'être ainsi raisonnée une fois de plus, elle se rendit compte qu'elle n'était pas plus avancée ; alors, l'esprit tourmenté, elle lissa ses jupes, ajusta son voile et son diadème, puis descendit l'escalier pour aller accueillir son époux.

Ils se faisaient face à la table en bois poli de la grande chambre. Henri semblait sur la défensive et presque penaud – contrit, même. Le cœur lourd, elle se demanda une nouvelle fois la raison de sa venue.

— J'espère que vous avez fait bon voyage, déclara-t-elle pour la seconde fois, trahissant ainsi sa nervosité. Un peu de vin ?

Henri s'assit, enleva ses bottes et accepta avec plaisir la coupe qu'elle lui tendait.

— J'espère que vous allez bien, Aliénor, dit-il. Je suis désolé de ne pas avoir pu venir plus tôt. J'étais à Clarendon pour m'assurer que mes nouvelles lois seront bien respectées.

Cela remontait à janvier ; Pâques était déjà là. Qu'avait-il donc fait entre-temps ? Ses navires l'avaient attendu pendant des semaines à Southampton.

— Je suis navrée que vous ayez eu tous ces problèmes avec mes barons dans le Maine, ajouta Henri.

— Jamais je n'ai été traitée avec autant de mépris ! s'emporta-t-elle avec colère au souvenir de cet épisode, ses craintes momentanément oubliées. Vos capitaines normands refusaient de suivre mes ordres simplement parce qu'ils venaient d'une femme.

— Je sais, je sais, admit Henri. Ils n'avaient pas le droit de dire une telle chose et ils devront en répondre, vous pouvez me croire. Mais la rébellion a été écrasée. Je me suis occupé sur le chemin du retour de leur infliger une correction qu'ils n'oublieront pas.

— Je suis soulagée de l'entendre, répondit-elle sur un ton pincé.

Elle était consciente que ni Henri ni elle n'étaient impliqués dans cette conversation, chacun étant occupés à jauger l'autre en se demandant ce qu'il pensait réellement. Tous les non-dits rendaient l'air presque opaque.

— Est-ce que vous souhaitez voir notre petite dernière ? demanda-t-elle.

— Oh, avec joie, répondit Henri en souriant. Et nos autres enfants aussi.

Il évitait soigneusement son regard.

— Vous constaterez qu'ils ont beaucoup grandi, lui dit-elle. Il s'est passé tellement de temps depuis la dernière fois que vous les avez vus.

Cette remarque visait à le piquer, et elle fit mouche, car il affecta une grimace contrite.

Le bébé fut amené par la nourrice, qui le plaça dans les bras du roi. Henri baissa les yeux sur la petite tête rousse de l'enfant qui se trouvait sur ses genoux, avec sa frimousse rondouillarde et son sourire sans dents ; il fut frappé de voir à quel point elle ressemblait à Aliénor. Il partit d'un petit rire, satisfait, et lui offrit sa bénédiction d'une main rugueuse posée sur son petit crâne.

— C'est une petite beauté, déclara-t-il. Elle ferait une reine parfaite, ce qu'elle sera sans aucun doute un jour. J'ai entendu dire que Louis avait enfin eu un fils. Est-ce que vous pensez à la même chose que moi ?

— Dois-je comprendre que vous avez abandonné votre idée de marier Mathilde et Aliénor dans le Saint Empire ? s'enquit-elle, stupéfaite. Je pensais que vous cherchiez à mettre Louis dans l'embarras pour le punir de son soutien à Becket ?

— Je ne renonce jamais à une occasion de mettre Louis dans l'embarras, vous le savez bien, ma mie ! dit-il avec un sourire qui allégea l'atmosphère. J'avais cependant bien l'espoir d'un jour annexer la France à mes territoires. Ils tombent à l'eau, malheureusement – si cet enfant survit. Nous allons donc ébranler Louis maintenant tout en prévoyant pour l'avenir. Son fils aura besoin d'une épouse un jour, et cela serait à mon avantage, ainsi qu'à celui de mes héritiers, d'avoir une reine anglaise sur le trône de France.

— C'est judicieux, concéda Aliénor.

— Je le pense, acquiesça-t-il. Et, comme je n'ai pas changé d'avis au sujet des alliances négociées pour Mathilde et Aliénor, ce sera cette enfant que je proposerai comme future reine de France. Un grand destin t'attend, ma douce petite, murmura-t-il en souriant à l'enfant.

— Ma foi, j'espère que la Cour de France sera un peu plus enjouée quand elle montera sur le trône, dit Aliénor toujours aussi sèchement.

— Elle saura l'égayer, je n'en doute aucunement. Elle possède le charme de sa mère, je peux déjà le voir.

Il cherchait à la cajoler, c'était évident.

— Le charme ne m'a pas beaucoup aidée à la Cour de Louis, rétorqua-t-elle en refusant de se laisser amadouer. Mais ce serait une belle union, qui pourrait apporter une paix stable entre l'Angleterre et la France.

— Il ne fait aucun doute que tous les princes d'Europe se frottent déjà les mains en imaginant offrir à leurs filles cette véritable aubaine matrimoniale qu'est un mariage à l'héritier du trône de France, déclara Henri avec malice. Mais je pense que nous avons un avantage : je pourrais toujours agiter le Vexin comme une carotte !

— On dit que Louis était fou de joie d'enfin avoir un fils, remarqua Aliénor en repensant à cette étrange félicité qu'elle avait ressentie pour son ancien époux quand on lui avait apporté la nouvelle.

Il avait attendu bien trop longtemps – et elle avait elle-même échoué à lui donner ce qui importait le plus. Ses vœux avaient désormais été exaucés, et elle était heureuse pour lui.

— J'ai entendu dire qu'il y a eu de grandes réjouissances, reprit-elle. Il sera attendu beaucoup de ce jeune prince. On l'appelle déjà Philippe Auguste, comme les empereurs romains.

— On m'a dit qu'il avait été nommé ainsi d'après son mois de naissance, et qu'il avait été surnommé « Dieudonné », dit Henri. Espérons simplement qu'il ne tiendra pas de son père, avec de pareils surnoms ! Il faudra qu'il leur fasse honneur !

Il tendit sa petite fille à la nourrice, prit sa coupe et la vida d'un trait, puis alla se resservir.

— Je vais prendre une dernière coupe de vin, puis j'irai me changer et me débarrasser de toute cette poussière, et ensuite j'irai saluer mes bien-aimés barons d'Anjou.

Il remplit sa coupe, et Aliénor le regarda faire en se demandant s'ils arriveraient un jour à retrouver une proximité suffisante pour dépasser le stade des banalités.

— Des nouvelles de notre ami l'archevêque ? demanda Henri avec une désinvolture qui ne dissimulait pas complètement son obsession.

— Oui, mais rien de bon, répondit Aliénor. Il vit toujours à l'abbaye de Sens et menace toujours de vous excommunier. Il serait en colère à cause des Constitutions de Clarendon.

— Il devrait se faire une raison et accepter la nécessité de ces changements, déclara-t-il dans un froncement de sourcils. Ma patience s'amenuise.

Ce n'est pas trop tôt, songea son épouse en se gardant de le lui dire ; elle ne tenait pas à mettre à mal la paix fébrile entre eux. Elle se contenta donc de sourire, et appela de nouveau la nourrice pour lui demander d'amener les autres enfants afin qu'ils saluent leur père.

Henri vint la retrouver cette nuit-là et fit son devoir d'époux, car ce fut à cela que l'acte ressembla, à une simple tâche qu'il lui fallait accomplir. Il n'avait jamais auparavant semblé aussi distant lorsqu'il lui faisait l'amour. Elle resta éveillée après, sans parvenir à trouver le sommeil, tourmentée par l'idée que ce qu'elle craignait depuis si longtemps s'était finalement produit : Henri ne l'aimait plus et il ne leur restait qu'un mariage de convenance qui avait rempli son but. Ses sentiments personnels n'avaient aucune importance, quand on prenait du recul. Ils étaient pourtant bien là !

Elle se tourna vers Henri, qui dormait en lui tournant le dos, bloc nimbé d'argent dans la pénombre illuminée par la lune. Elle avait été frappée de nouveau, en le voyant pour la première fois après si longtemps, de constater quel homme vigoureux et puissant il était resté dans la fleur de l'âge ; sans doute un peu plus épais au niveau de la taille, certes, mais toujours musclé comme un taureau, avec un large buste et un visage de lion. Comme elle l'aimait et le désirait ! Elle ne pouvait pas s'en empêcher. De tous les hommes qu'elle avait connus – bibliquement –, aucun ne soutenait la comparaison. Elle redoutait cependant qu'il ne soit plus sien. Et son oreiller but ses larmes.

Chapitre 32

Chinon, 1166

La Cour s'était installée au fort Saint-Georges, le magnifique château de Henri à Chinon, sis sur un haut éperon surplombant la Vienne. Ce fut là que le roi et la reine tombèrent malades.

Aliénor savait parfaitement ce qui causait ses nausées : elle était enceinte pour la onzième fois, conséquence de cette nuit tragique à Angers durant laquelle elle avait compris qu'elle avait perdu Henri de toutes les manières qui comptaient à ses yeux. Les choses ne s'étaient pas améliorées entre eux depuis ce moment-là, et le gouffre qui les séparait semblait dorénavant infranchissable. Leurs relations restaient courtoises, et leurs échanges civilisés ; il était venu la retrouver plusieurs fois dans son lit, mais elle avait eu l'impression de coucher avec un inconnu. Elle savait qu'il pouvait ressentir son éloignement, un repli moins stratégique qu'instinctif, par esprit de conservation. Elle se disait que l'amour n'était pas essentiel pour un couple royal : elle était l'épouse de Henri et sa reine ; elle était Aliénor, duchesse d'Aquitaine, reine d'Angleterre, duchesse de Normandie, comtesse d'Anjou et du Maine. Elle était imbattable, capable de rivaliser avec n'importe quelle femme volage sur laquelle son époux pouvait jeter un temps son dévolu. Elle n'osait pas laisser tomber le masque ; elle devait se voir comme invincible.

Son affabilité empruntée ne semblait pas inquiéter Henri ; elle le soupçonnait d'en être soulagé, car cela lui évitait d'avoir à arranger les choses. Il ne servait à rien qu'il le fasse si c'était à contrecœur. Elle ne voulait pas qu'il joue un rôle pour lui faire plaisir : elle avait besoin d'honnêteté, mais elle n'irait jamais le lui faire comprendre, car elle avait peur de devoir faire face à de douloureuses révélations. Mais voilà qu'elle portait encore un de ses enfants, encore une raison de maintenir l'illusion que tout allait bien. Et elle allait devoir lui annoncer la nouvelle.

Elle le rejoignit dans la grande chambre, où il était assis, occupé à recoudre sa cape de chasse déchirée, et elle s'installa sur l'archebanc en bois, peinant à contenir ses haut-le-cœur. La pénibilité des mois à venir la déprimait d'avance : elle était fatiguée d'enfanter, pour en avoir souffert trop souvent. À quarante-quatre ans, elle en avait assez. Elle se jura que ce serait la dernière fois.

—Je vais avoir un autre enfant, Henri, annonça-t-elle calmement.

Il s'arrêta de coudre.

—Vous n'êtes pas contente, devina-t-il.

—Pour tout vous avouer, non. C'est toutefois la volonté de Dieu et je dois m'en satisfaire. Mais je vous en prie, faisons en sorte que ce soit notre dernier. (Elle cherchait à croiser son regard, mais il s'y soustrayait.) Vous comprenez ce que je veux dire ? insista-t-elle, le cœur en lambeaux.

Elle avait l'horrible impression de refermer une porte à tout jamais – et peut-être trop tôt.

Il reprit son ouvrage sans rien dire.

—Henri ?

—C'est votre décision, déclara-t-il.

— Est-ce que cela vous importe ? demanda-t-elle en songeant qu'elle pourrait aussi bien être morte, et sachant qu'elle était sur le point de briser le fragile équilibre entre eux.

Il leva enfin la tête pour la regarder avec une expression indéchiffrable. Elle détecta un léger rougissement sur ses joues – était-ce de la colère ? Ce serait le comble…

Il n'accepterait certainement pas sans se plaindre d'accéder à sa demande. En tant qu'époux, il pourrait insister pour qu'elle remplisse son devoir de femme – et alors peut-être qu'un miracle aurait lieu et qu'ils pourraient retrouver le bonheur qu'ils avaient autrefois partagé. Elle serait prête à endurer dix grossesses encore s'il voulait bien affirmer, par un seul mot, qu'il la voulait toujours.

— C'est votre décision, répéta-t-il en retournant à son occupation. C'est vous qui devez porter l'enfant. Que cela m'importe ou non n'est pas la question.

— M'accusez-vous d'ignorer délibérément vos besoins ? se récria Aliénor en oubliant sa résolution d'observer un détachement calme et digne.

— Je dis seulement que je n'ai pas besoin de ça maintenant ! grogna Henri. Thomas me menace d'excommunication et clame devant toute la chrétienté que mes Constitutions de Clarendon vont à l'encontre de la loi ; il y a des problèmes en Bretagne, où mon vassal, le comte Conan, est incapable de maintenir l'ordre, et vos seigneurs d'Aquitaine font encore des leurs, comme d'habitude. Je ne me sens pas bien, Aliénor ; à vrai dire, je me sens terriblement mal ; et vous, vous choisissez ce moment précis pour m'annoncer que vous ne voulez plus coucher avec moi ?

Elle fut grandement soulagée. Il était donc malade. Cela expliquait beaucoup de choses. Peut-être la situation n'allait-elle pas si mal, après tout. Ce fut alors qu'elle prit conscience de la teneur de son propos.

— Vous êtes malade ? s'affola-t-elle. Mais pourquoi ne m'avez-vous rien dit, Henri ? Qu'est-ce qui ne va pas ?

— Je suis malade comme un chien, répondit-il.

Il était content de pouvoir lui fournir une explication – ne serait-ce que temporaire – à sa froideur envers elle ; jamais il n'aurait pu lui avouer qu'il ne l'aimait plus comme autrefois, qu'il avait à présent un autre amour dans sa vie. Surchargé de travail comme il l'était, le visage de la jolie Rosemonde demeurait avec lui en toute circonstance, son mal d'amour comme une souffrance constante sous la ceinture. Si c'était une maladie, alors oui, il était souffrant. Mais ses problèmes allaient plus loin.

Thomas menaçait de le frapper d'anathème. Si désinvolte que Henri puisse se montrer avec la religion, il n'en craignait pas moins la damnation éternelle, comme d'être banni de la communauté de l'Église ; que deviendrait-il en tant que monarque régnant sur un domaine s'étendant de l'Écosse à l'Aquitaine ? Quand quelqu'un était excommunié, tous les chrétiens étaient tenus de lui tourner le dos ; il ne pouvait pas recevoir le saint sacrement, ni aucun des réconforts de sa foi. Il était comme un lépreux.

Il savait cependant qu'il était interdit d'excommunier un malade. L'Église, dans sa grande sagesse et sa bonté, estimait que les malades avaient un jugement faussé et étaient incapables de raisonner. Il serait donc bon – pour toutes sortes de raisons – de feindre la maladie et de rester alité.

Il le fit donc, et il fit passer le mot qu'il était atteint d'une mystérieuse maladie. Il parvint même à tromper ses médecins en grognant à leur approche et en roulant des yeux en jouant la souffrance à la perfection. Ils débattirent entre eux et diagnostiquèrent effectivement une mystérieuse maladie – car s'ils n'avaient pas vu de leurs propres yeux la douleur manifeste qui harassait le roi, ils auraient pu jurer qu'il n'avait rien.

Aliénor se faisait un sang d'encre. Henri n'avait pas jugé bon de la mettre dans la confidence, elle était donc terrifiée à l'idée de le voir mourir, et bouleversée de constater l'incapacité des médecins à le guérir. Quand elle vint à son chevet, il fit mine d'être à peine conscient, la laissant en silence prendre soin de lui, priant pour qu'elle s'en aille enfin. Aucun d'eux n'avait ajouté quoi que ce soit sur leur dispute, et le problème subsistait donc, bien qu'Aliénor se morigénât cent fois par jour d'avoir ouvert la bouche. Elle plaidait sa cause auprès de Dieu, lui demandant de guérir Henri ; et quand cela serait fait, de guérir leur couple. Chaque jour, elle se mettait à genoux et le houspillait, exigeait et le menaçait comme s'Il était l'un de ses sujets.

Cela faisait deux mois que Henri était alité, et Aliénor commençait à perdre espoir de le voir se rétablir, et à se demander avec inquiétude si Henri le Jeune était prêt à assumer la lourde tâche de porter la couronne. Ce fut alors que des nouvelles arrivèrent de Vézelay.

—Becket a excommunié tous ceux qui ont formulé les Constitutions de Clarendon, annonça l'Emperesse, qui avait entrepris le long voyage depuis Rouen malgré sa santé fragile pour être aux côtés de son fils souffrant.

Elle avait grimpé d'un pas fatigué l'escalier qui menait au boudoir de la reine afin de tenir informée sa belle-fille harassée.

Aliénor vacilla. Cette nouvelle qu'ils redoutaient tous était donc arrivée, cette crainte qu'elle avait commencé à voir comme une des raisons de la maladie de Henri.

—Asseyez-vous, Aliénor ! lui ordonna l'Emperesse. Vous devez penser à l'enfant que vous portez et tirer du réconfort du fait que Henri ne figure pas parmi les excommuniés en raison de sa maladie. Même Becket n'a pas osé aller aussi loin.

—Que Dieu soit loué, soupira la reine avec ferveur tout en retombant sur un tabouret, soulagée. Nous devons immédiatement prévenir Henri.

Elles le trouvèrent adossé contre la tête de lit à boire un peu de potage.

Quand elles lui annoncèrent la nouvelle, elles virent son visage se déformer et il pleura avec une telle rage qu'elles redoutèrent une rechute.

— Ce bâtard ! Je l'aurai. Je le mènerai à sa perte ! Il ne me défiera plus jamais, je le jure, par le sang du Christ !

Puis il bondit du lit avec légèreté, ce convalescent qui avait été à l'article de la mort, subitement en pleine santé. Sa mère et son épouse échangèrent un regard médusé et, tandis que Henri exigeait en criant qu'on lui apporte de l'eau afin qu'il se lave, et des vêtements propres à enfiler, la vérité leur apparut. Pour Aliénor, ce fut une cruelle découverte de savoir que son époux n'avait pas du tout été malade et avait persévéré dans ce mensonge sans lui en toucher un mot ; il l'avait maintenue dans une angoisse et une souffrance interminables sans jamais penser à soulager sa peine. Elle se demanda avec amertume comment les choses pourraient encore s'améliorer entre eux après cela.

Henri continuait de hurler à tue-tête sans écouter les réprimandes de sa mère.

— Mon fils, vous devez veiller à votre santé ! l'exhorta-t-elle.

— Je suis en parfaite santé ! rétorqua-t-il.

Puis son regard furieux croisa celui d'Aliénor, consterné, et il eut la décence d'affecter un air penaud. Mais pas pour longtemps.

— J'écrirai au pape, et à Frédéric Barberousse, jura-t-il. Je demanderai que ces excommunications soient annulées.

— Je ne doute pas que Sa Sainteté acceptera, dit Mathilde. Il a besoin de votre soutien, et de celui de l'empereur Frédéric. Pour ma part, je compte bien écrire à Becket pour lui faire savoir le fond de ma pensée sur sa vile ingratitude après toutes les faveurs que vous lui avez généreusement accordées.

— Merci, mère. Quelqu'un doit se charger de ramener cet archevêque à la raison.

— Je lui ferai savoir que son seul espoir de revenir dans vos faveurs serait de faire preuve d'humilité et de surveiller son comportement, reprit l'Emperesse avec véhémence. Je vais de ce pas rédiger cette lettre, qu'il voie à quel point je suis en colère. Je me réjouis par ailleurs de vous voir rétabli, mon fils. Votre guérison tient du miracle, ajouta-t-elle sur un ton sardonique.

Quand elle eut quitté la pièce et que le bruit de ses pas se fut évanoui, Henri se tourna de nouveau vers Aliénor, qui n'avait pas prononcé un mot.

— Je ne pouvais pas vous dire la vérité, se défendit-il. Il fallait que vous croyiez sincèrement en ma maladie pour que les autres soient convaincus.

— Vous pensez que je suis incapable de mentir aussi bien que vous ? répondit-elle sur un ton glacial. Vous êtes loin de tout savoir !

Henri haussa un sourcil interrogateur, mais il ne mordit pas à l'hameçon. Il n'avait pas le temps de se disputer avec Aliénor ; son esprit était tourné vers autre chose.

— J'aurai ce prêtre ! pesta-t-il. Je vais l'anéantir.

Chapitre 33

Rennes, 1166

Aliénor était présente dans la cathédrale de Rennes quand Henri prit officiellement possession de la Bretagne après avoir déposé son inapte vassal, le comte Conan. Ce fut un jour de triomphe, survenu si tôt après l'ordre donné par le pape à Becket d'annuler les excommunications et de cesser de s'en prendre à son roi.

Quand Henri eut reçu l'insigne du tout nouveau duché de Bretagne, l'archevêque de Rennes prononça les fiançailles de Geoffroy, âgé de huit ans, à la fille de Conan, Constance, une fière petite demoiselle de cinq ans. Malgré tous ses efforts, Aliénor ne parvenait pas à ressentir de l'affection pour cette jeune madame aux cheveux blonds, avec son minois de mijaurée, ses sourcils arqués prétentieusement et son attitude altière. Elle avait été gâtée, et tout lui avait été passé ; Aliénor craignait que Geoffroy ait beaucoup de difficultés à la contrôler dans les années à venir, sauf si elle, la reine, faisait en sorte de discipliner un peu cette chipie – ce qu'elle se promit de faire. Constance pouvait bien profiter de cette journée, mais il allait ensuite falloir prendre les choses en main.

Elle porta un regard affectueux sur Geoffroy tandis qu'il joignait ses mains à celles de son orgueilleuse promise. C'était un beau garçon ténébreux, sournois de nature il était vrai, mais malin et charmant. Henri avait décrété qu'il deviendrait duc de Bretagne à son mariage, mais ce serait le roi qui régnerait sur le duché d'ici là. C'était une chose gratifiante de savoir l'avenir de cet enfant si joliment tracé, et le problème de la Bretagne résolu de manière si satisfaisante.

Une seule chose venait gâcher la beauté de ce jour glorieux aux yeux d'Aliénor, et c'était de savoir que, malgré les avenirs prometteurs tout tracés du jeune Henri et de Geoffroy – le premier hériterait de l'Angleterre, de l'Anjou et de la Normandie – et les épouses qu'on leur avait trouvées, leur père n'avait encore rien prévu pour Richard, le fils préféré de la reine.

Elle lui fit part de cette injustice alors qu'ils présidaient le banquet à la table d'honneur après les cérémonies à la cathédrale.

— Cela me comble de voir deux de nos fils dotés d'un si brillant avenir, commença-t-elle avec diplomatie. Mais, dites-moi, qu'avez-vous en tête pour Richard ?

Son regard était posé sur l'enfant de neuf ans aux boucles de feu occupé à dévorer de délicieuses huîtres et pétoncles de Bretagne un peu plus loin à la même table. C'était un garçon robuste et vigoureux, qui laisserait sans nul doute son empreinte dans ce monde. Aliénor était déterminée à faire de lui l'héritier de tous ses domaines ; et elle supposait que c'était là aussi ce que Henri avait prévu. Cette volonté aurait été parfaitement logique.

— Rien pour l'instant, répondit le roi, la bouche pleine d'agneau. Mais, maintenant que vous en parlez, j'ai songé à quelque chose pour notre petit Henri, et j'aimerais votre approbation.

— Qu'est-ce donc ?

— Je veux en faire l'héritier d'Aquitaine.

— Non ! se récria-t-elle sous le coup de l'émotion. Pourquoi Henri ? Et Richard ? Cela le laisserait sans rien !

Elle était rouge de colère, et certains des convives l'épiaient avec curiosité.

— Calmez-vous, grommela Henri. Pensez-vous que je laisserais notre Richard démuni ? Ne vous est-il pas venu à l'esprit qu'il serait préférable de conserver mon empire en un seul morceau, avec une seule personne à sa tête ? L'union fait la force, Aliénor, et, par Dieu, j'ai besoin de toute la force que je peux rassembler pour mettre vos vassaux au pas. C'est une chose de leur opposer un duc d'Aquitaine, mais entièrement une autre s'il est aussi appelé à devenir roi d'Angleterre, duc de Normandie et comte du Maine et d'Anjou. Vous devez bien le comprendre ?

Aliénor ne le comprenait pas. Tout ce qu'elle voyait, c'était qu'elle devait se battre pour les droits de son Richard chéri.

— Il n'a que deux ans de moins que Henri. Vous savez qu'il a tout ce qu'il faut pour régner sur l'Aquitaine, qu'il est un véritable enfant du Sud, et je veux qu'il soit mon héritier, qu'il soit à la tête de domaines comme Henri et Geoffroy. Ce ne serait que justice.

— Faites-moi confiance, il aura quelque chose, rétorqua Henri en tournant vers elle son visage dur.

— Mais quoi ? demanda-t-elle avec morgue. Tous vos domaines sont déjà distribués. Que se passerait-il si vous mouriez après avoir désigné Henri comme mon héritier ? Richard se retrouverait sans aucune terre !

De nombreuses personnes observaient à présent leur dispute d'un air interrogateur. Aliénor s'en aperçut, mais elle s'en fichait. Tout ce qui importait était l'avenir de Richard. Henri, toutefois, en voyant qu'ils étaient observés, décida de clore le débat.

— Il ne sert à rien d'insister, Aliénor, déclara-t-il. Ma décision est prise. Je demandais simplement votre approbation par politesse. Vous savez bien que je n'en ai pas besoin. Il n'y a rien à dire de plus, hormis que j'ai l'intention, après le banquet, d'aller une fois de plus donner une leçon à vos impudents seigneurs avant de m'en aller pour Poitiers, où je passerai Noël avec la Cour et présenterai Henri le Jeune à votre peuple comme votre héritier. J'aimerais que vous y soyez aussi, évidemment, par solidarité.

— Jamais ! s'exclama-t-elle avec fureur. J'irai en Angleterre et je resterai là-bas jusqu'à la naissance de cet enfant. Je ne participerai pas à une cérémonie qui reviendra à déshériter Richard. J'irai plutôt aider Mathilde à préparer son voyage pour rejoindre son mari l'année prochaine.

Elle avait pris cette décision sur un coup de tête, dans le feu de l'action, et s'était demandé déjà en prononçant ces paroles si elle n'allait pas les regretter plus tard, car retourner en Angleterre signifiait qu'elle ne reverrait encore pas Henri pendant des mois. Était-ce sage de le laisser livré à lui-même quand leurs relations étaient déjà si distantes ? Elle savait se vouer à une nouvelle interminable période de tourment émotionnel, mais il était trop tard pour faire marche arrière. Elle ne pouvait pas revenir sur ce qu'elle venait de dire. Elle savait par ailleurs sa colère justifiée.

Henri se rembrunit, mais refusa de plier.

— Vous pouvez aller où bon vous semble, dit-il. Je m'occuperai des formalités.

Chapitre 34

Woodstock et Oxford, 1166

Il faisait froid dans les plaines du comté d'Oxford, et les nuages amoncelés annonçaient de la neige. Le ciel était bas, les arbres squelettiques pliant sous la force du vent. Aliénor était recroquevillée dans sa litière, ses fourrures rassemblées sur son ventre, et elle devrait bientôt trouver refuge quelque part, car son enfant n'allait plus tarder à voir le jour.

Pauvre enfant, se dit-elle : il avait été conçu dans le chagrin et naîtrait dans l'amertume, car Henri l'avait laissée partir sans protester, et elle n'avait reçu aucun message de sa part depuis. Il était en colère parce qu'elle avait défié son autorité, cela ne faisait pas le moindre doute, mais elle continuait d'affirmer haut et fort qu'elle avait eu raison de s'insurger : l'idée que le jeune Henri reçoive l'héritage de Richard était une plaie béante qui refusait de guérir.

Elle était fatiguée de toujours devoir se battre avec Henri pour la moindre autonomie dans ses domaines, furieuse contre lui pour tout le mal qu'il faisait à son enfant chéri, et ravagée par l'effritement de leur mariage. C'était un soulagement de se retrouver loin de lui, et pourtant… Malgré cela, il lui manquait, elle avait envie de sa présence, en avait besoin. La douleur était atroce. Elle se torturait l'esprit avec toutes sortes de spéculations sur la possibilité qu'il l'ait remplacée par une autre femme. Elle n'en avait pas la moindre preuve, mais quoi d'autre aurait pu causer un tel changement dans son attitude envers elle ? Avait-il simplement cessé de se soucier d'elle ?

Elle reposa la tête contre les oreillers de soie. Il ne servait à rien de se tourmenter ainsi avec toutes ces pensées dérangeantes – cela ne lui faisait aucun bien dans l'état où elle était. Elle devait songer à l'enfant qui allait bientôt venir au monde.

Ils étaient en chemin pour Oxford et ils avaient espéré atteindre leur destination avant le coucher du soleil, ou avant qu'il se mette à neiger, mais leur combat contre les éléments les avait retardés et la reine n'avait désormais plus d'autre choix que de donner l'ordre de faire un détour par Woodstock pour y passer la nuit. Le pavillon de chasse royal était une de ses résidences préférées ; elle y gardait des appartements et espérait que l'intendant les aurait maintenus dans un état satisfaisant. Elle ne pensait pas pouvoir survivre à une chambre glaciale, à un lit aux draps humides dans une pièce mal aérée ; elle avait pour l'instant besoin d'un bon feu, d'un bouillon bien chaud, d'un lit de plume et des bons soins de ses dames. Elle était exténuée.

La litière fut enfin tirée sur le pont-levis, encadrée par les hommes d'armes. Quand ils s'arrêtèrent, Aliénor écarta les rideaux de cuir du véhicule, laissa ses assistantes l'aider à se relever, puis poussa un hoquet de surprise : là, devant elle, s'élevait une nouvelle tour, grandiose, en superbe pierre jaune. Ce n'était rien de très inattendu, car Henri s'était montré infatigable dans la reconstruction et l'amélioration des résidences royales, et il avait passé beaucoup de temps à Woodstock il y avait peu. Ce qui était étonnant, toutefois, était ce qui se trouvait devant cette nouvelle tour, niché à l'intérieur des remparts. Il s'agissait d'une sorte de jardin clos – un jardin d'agrément des plus curieux – qui n'existait certainement pas lors de sa dernière visite. Elle marcha d'un pas lourd vers cette étrange construction, éberluée. Elle se souvint que Henri était resté ici une bonne partie de l'hiver et du printemps précédents. Avait-il pris la peine de faire planter tout cela pour elle en vue de sa prochaine venue ? Et qu'en était-il de la tour ? Était-ce aussi pour elle ?

Elle vit rapidement que le jardin était en réalité un labyrinthe fait de jeunes ifs et églantiers décrivant des motifs circulaires ; elle pouvait déceler à l'entrée un chemin pavé qui disparaissait au premier croisement. Le tout n'était pas très vaste, mais avait un attrait certain, presque magique – et très sinistre – à la lumière des torches portées par ses gens pour repousser les ténèbres grandissantes. Henri avait-il vraiment fait construire ce labyrinthe seulement pour elle ? Comme c'était étrange ! Il n'avait pas eu la moindre idée qu'elle ferait étape ici dans un avenir proche.

Un chemin herbeux faisait le tour du mur végétal extérieur, reliant la nouvelle tour et le plus ancien bâtiment abritant à l'étage les grandes chambres du roi et de la reine, mais Aliénor continua sa route. Elle avait repéré une lumière dans la tour, à l'une des plus hautes fenêtres ; elle vacillait derrière des carreaux en grisaille qu'on ne trouvait généralement que dans les grandes églises. Se pouvait-il qu'un personnage important loge là ? Il était plus probable que ce soit une servante occupée à quelque tâche. Cela expliquerait la lumière.

Une porte s'ouvrit soudain et l'intendant apparut, hors d'haleine, dans la nuit tombante. Il avait le visage rouge et l'air agité.

— Madame, bienvenue, bienvenue ! s'exclama-t-il en s'inclinant hâtivement. Nous ne savions pas du tout que vous viendriez. Je vais tout faire préparer. Je vous prie de bien vouloir venir vous réchauffer, suggéra-t-il en tendant le bras pour inciter Aliénor à entrer dans la grand-salle au rez-de-chaussée sous les grandes chambres.

Mais elle poursuivit encore sa route.

— Dans un petit moment, merci. D'abord, j'ai envie d'aller visiter cette impressionnante nouvelle tour, répondit-elle.

— Madame, s'écria-t-il en blêmissant. Je ne le conseille pas. La construction n'est… euh… pas terminée, et cela pourrait être dangereux.

— Quelqu'un se trouve là-haut ! s'exclama Aliénor en désignant la fenêtre du doigt tout en avançant d'une démarche peu leste en direction de la porte cloutée en bois au pied de la tour.

— Madame ! protesta l'intendant sans effet.

— Ouvrez la porte ! ordonna-t-elle.

Il s'exécuta à contrecœur, et la reine passa devant lui pour entamer l'ascension de l'escalier à vis. Elle atteignit le palier du premier étage à bout de souffle et dut s'arrêter quelques instants, une main posée sur son ventre rond. Manifestement, cet étage n'était pas occupé et l'intendant avait dit vrai : la tour n'était pas encore terminée. Des peintures murales en cours de réalisation ornaient les murs blanchis à la chaux ; le plancher en bois était couvert d'échelles, de cruches de peinture, de pinceaux et de torchons sales.

Une fois qu'elle eut retrouvé son souffle, elle grimpa les marches jusqu'à l'étage supérieur, un débarras au toit voûté et aux murs nus qui contenait plusieurs coffres renforcés et des tabourets, mais guère plus. Personne ici non plus. Décidée à satisfaire sa curiosité, elle trouva la force de se hisser au dernier étage, où elle se retrouva, pantelante, devant une étroite porte en bois sous laquelle elle vit filtrer de la lumière.

Aliénor prit une profonde inspiration et souleva le loquet. La porte s'ouvrit sur une jolie scène domestique. Il faisait bon dans cette pièce chauffée par un brasero. Une jeune femme d'une beauté exceptionnelle était assise devant une bassine en argent ciselé, se lavant avec un linge de hollande tout en fredonnant, éclairée par la lumière dansante de nombreuses bougies de cire. Elle ne portait qu'une simple chemise baissée jusqu'à la taille, exposant ainsi son buste. Avant que la jeune nymphe surprise puisse pousser un hoquet de stupeur et se couvrir vivement, Aliénor remarqua ses petits seins aux tétons roses, ses longues boucles blondes comme le blé, ses bras fins et fermes, et sa peau humide, comme de la rosée sur un pétale.

— Qui êtes-vous ? demanda-t-elle, horrifiée, en redoutant déjà sa réponse.

— Rosemonde Clifford, madame, dit la demoiselle d'un air réservé.

Elle n'avait pas la moindre idée de qui pouvait être cette étrangère ; elle était emmitouflée dans une épaisse cape et Rosemonde nota que sa cornette blanche, bien que de belle étoffe, était de celles que portaient beaucoup de dames de l'aristocratie et de la haute noblesse.

— Et que faites-vous donc ici ? s'enquit Aliénor sans pouvoir se défaire de son ton vindicatif.

Il fallait qu'elle sache qui était cette jeune femme et la raison de sa présence.

— Je vis ici sur ordre de mon roi, répondit Rosemonde, légèrement sur la défensive. Puis-je savoir qui souhaite savoir cela ?

Aliénor fut incapable de prononcer un mot. Son cœur cognait trop fortement dans sa poitrine. Cette enfant – car elle ne devait pas être bien âgée – était-elle la cause du comportement étrange et détaché de Henri ? L'avait-il installée là comme concubine ? Ses pensées défilaient à toute allure et elle se demanda si cette Rosemonde pouvait être une bâtarde de son époux.

— Je suis la reine Aliénor, déclara-t-elle avec bien plus d'assurance qu'elle n'en ressentait.

Elle eut la satisfaction de voir la fillette rajuster quelque peu sa chemise et s'empresser d'effectuer une révérence.

— Madame, pardonnez-moi, bégaya-t-elle.

Aliénor s'avança pour placer un doigt sous son menton et lui faire relever son visage, sans l'inviter à se redresser, la mettant au défi de la regarder dans les yeux, mais la demoiselle se déroba.

— Je n'irai pas par quatre chemins, dit la reine. Dites-moi la vérité : êtes-vous sa maîtresse ?

Rosemonde se mit à trembler tel un petit animal effrayé.

— Dites-moi, répéta sèchement Aliénor.

— Madame, pardonnez-moi ! s'écria la jeune femme en se mettant à pleurer.

Aliénor retira brusquement sa main comme si elle s'était brûlée. Elle crut mourir sous le coup, et sentit la bile monter dans sa gorge. Il l'avait trahie avec cette petite catin. Avec cette magnifique catin. Elle porta instinctivement une main protectrice sur l'enfant dans son ventre.

— Vous rendez-vous compte qu'il s'agit là de son enfant ? dit-elle sur un ton accusateur.

Rosemonde ne répondit pas ; elle était secouée de sanglots incontrôlables.

— Vos larmes ne vous serviront à rien, déclara froidement Aliénor en regrettant de ne pas pouvoir elle-même se laisser aller à sa peine.

Elle était d'ailleurs étonnée de ne pas avoir trahi plus d'émotion, mais c'était la colère qui l'empêchait de céder à son chagrin.

— Savez-vous ce que je pourrais vous faire ? demanda-t-elle en plissant les paupières tout en avançant d'une démarche qu'elle espérait menaçante plus près encore de la jeune créature agenouillée devant elle. (Elle n'était plus que haine et voulait que cette fille souffre comme elle-même souffrait.) Je pourrais vous faire fouetter ! Si j'en avais envie, je pourrais demander que l'on m'apporte une lame pour vous poignarder, ou qu'on empoisonne votre nourriture. Oui, Rosemonde Clifford, cela me procurerait beaucoup de plaisir de vous imaginer vous demander – chaque fois que l'on vous apporterait ces fins mets que mon époux aura certainement ordonné que l'on vous prépare – si la prochaine bouchée ne sera pas votre dernière !

— Madame, je vous en supplie, épargnez-moi ! geignit Rosemonde. Je n'ai jamais voulu cela.

Mais Aliénor était emportée par la rage.

— Je suppose que vous allez me dire que vous n'étiez pas consentante, qu'il vous a violée, cracha-t-elle avec mépris.

— Non, non, ce n'est pas cela !

— Alors qu'est-ce ?

Elle n'avait aucune envie, ni même la force, d'entendre les détails, mais il fallait qu'elle sache.

— Madame sait qu'on ne dit pas non au roi, se défendit Rosemonde d'une petite voix tremblante. Mais... (Aliénor décela alors une note de défiance dans son ton) je l'aimais ; et ce que je lui ai donné, je le lui ai donné de plein gré.

La reine eut l'impression qu'on lui retournait des poignards dans le cœur.

— Vous l'aimiez ? Comme c'est touchant !

— Je l'aimais... Et je l'aime toujours. Et lui m'aime aussi. Il me l'a dit.

— Vous êtes une sotte ! lâcha Aliénor d'une voix qui vacilla légèrement. Vous n'êtes cependant pas la première traînée à se laisser avoir par les belles paroles d'un homme.

Rosemonde leva vers elle des yeux mouillés emplis à présent d'une certaine pugnacité.

— Mais, madame, dit-elle doucement, il m'aime vraiment. Il est resté ici avec moi pendant tout l'automne, l'hiver et le printemps derniers. Il m'a fait construire cette tour, ainsi qu'un labyrinthe pour me divertir. De plus, il m'a demandé de rester ici dans l'attente de son retour.

Aliénor ne sut que répondre. Sa colère s'était soudain envolée, dissipée par le choc et le chagrin, et elle se sut à un cheveu de craquer. Elle ne devait pas se laisser aller devant cette petite insolente, et elle ne devait pas lui montrer à quel point ses propos malveillants la faisaient souffrir – bien plus que ses vaines menaces pourraient jamais effrayer sa rivale. Tel un animal mortellement blessé, elle voulait aller se terrer dans un trou pour se laisser mourir.

Elle entendit des voix dans l'escalier ; ses suivantes devaient se demander ce qui se passait, et venaient déjà certainement la chercher. Elle ne devait pas les laisser la trouver là, épouse trahie face à la jeune amante fautive.

— Que je ne vous revoie plus jamais ! cracha-t-elle avec colère.

Puis elle tourna le dos à Rosemonde, quitta la pièce avec toute la dignité qu'elle put rassembler, claqua la porte derrière elle et redescendit l'escalier.

— Des couturières sont installées là-haut, dit-elle aux dames qui étaient venues la chercher. J'admirais simplement leur ouvrage. (Elle fut surprise du calme qu'elle parvenait à garder.) Il semblerait que l'intendant ait dit vrai et que de grands travaux soient entrepris ici. Ce lieu n'est donc pas du tout habitable. Que nous le voulions ou non, il nous faudra poursuivre jusqu'à Oxford.

Elle devait absolument quitter Woodstock aussi vite que possible. Elle ne pouvait pas supporter de dormir sous le même toit que Rosemonde Clifford, ni de respirer le même air qu'elle. Elle devait trouver un refuge où aller panser ses plaies tranquillement.

— Maintenant ? se récrièrent ses suivantes. Madame, vous devriez vous reposer avant un tel voyage.

— Nous trouverons bien une auberge sur la route, déclara-t-elle fermement.

La Maison du Roi, à Oxford, était un vaste ensemble de bâtiments entourés d'un solide mur en pierre ; elle ressemblait à une forteresse, mais c'était en réalité une splendide résidence décorée de fresques murales aux couleurs vives, et aux appartements richement meublés pour le roi et pour la reine. C'était là, en ces lointains jours de bonheur, qu'était né l'enfant chéri d'Aliénor, Richard, sortant impatiemment pour découvrir le monde sans faire la moindre difficulté. Ce dernier enfant qu'elle portait, cependant, au contraire de ses aînés, semblait ne pas vouloir voir le jour ; Aliénor se dit d'ailleurs que ce n'était pas étonnant, puisque le monde était si cruel.

Elle ne mit pas de cœur au travail. Elle poussa et souffla, mais sans grand effet. Cela faisait déjà plusieurs heures, et l'accoucheuse secouait la tête d'un air soucieux. Être appelée en urgence pour proclamer le confinement de la reine avait été un grand honneur, mais elle craignait beaucoup pour la santé de celle-ci – ainsi que pour sa propre réputation en ville, car, si la mère et l'enfant mouraient, il serait presque inévitable que le roi la tienne pour responsable.

Pétronille, ivre comme à son habitude puisqu'elle laissait au vin le soin de chasser ses démons, était assise à son chevet et lui tenait la main, l'air abattu, tandis que les autres dames couraient en tous sens avec des pichets d'eau chaude et des serviettes propres et blanchies. Pétronille savait qu'elle serait dévastée si sa sœur mourait en couches ; elle adorait Aliénor et se reposait sur elle pour beaucoup de choses ; elle savait aussi que, sans elle, sa vie serait morose. Personne d'autre ne comprenait son besoin de boire jusqu'à l'oubli. Certaines personnes la regardaient de travers et se montraient fort critiques, mais pas Aliénor. Elle avait aussi connu la souffrance de perdre ses enfants, cette terrible séparation, et avait appris à vivre les bras vides et le cœur en lambeaux. Peu de gens savaient comme Pétronille que sa sœur avait continué d'écrire à ses filles en France, désirant renouer un lien depuis longtemps rompu. Elle savait aussi qu'elle n'avait reçu aucune réponse hormis la première, qui lui avait brièvement donné espoir ; mais, évidemment, la jeune comtesse Marie n'avait pas cru bon d'entretenir une correspondance – et pouvait-on vraiment l'en blâmer ?

Oui, Aliénor aussi avait ses démons, et sans doute plus qu'elle n'était prête à l'admettre. Quelque chose d'étrange s'était passé à Woodstock, Pétronille en aurait mis sa main au feu. Avant cela, Aliénor lui avait paru forte et résolue, une guerrière prête à affronter tous ses rivaux. Elle semblait depuis avoir perdu l'envie de vivre. Ce changement soudain était incompréhensible, et proprement terrifiant. Elle ravala un nouveau sanglot et saisit sa coupe.

Aliénor se trouvait entre deux mondes, subissant les assauts de plus en plus rapprochés et douloureux de l'enfantement, puis se réfugiant là où personne ne pouvait plus interagir avec elle. Elle accueillait presque cette agonie, qui lui était préférable à celle infligée par Henri et sa petite catin. C'était aussi à cause de lui qu'elle souffrait à présent physiquement, mais elle aurait enduré cela avec bonheur s'il s'était agi du fruit d'un amour pur entre eux. Tout était cependant terminé. Il l'avait trahie et elle ne voulait plus entendre parler de lui. Ce serait véritablement son dernier enfant. Elle le savait.

Le calvaire dura de longues heures. On lui apporta de saintes reliques pour qu'elle les embrasse et l'on glissa des couteaux sous son matelas pour couper la douleur. Rien ne la soulagea et, si la Mort s'était présentée à elle, elle l'aurait accueillie à bras ouverts. Ce fut seulement à l'aube, la veille de Noël, que l'enfant qui était la cause – et le fruit – de sa souffrance finit par arriver, en pleurs, misérable amas de membres sanglants avec des cheveux roux sombre.

— C'est un garçon, madame ! s'exclama l'accoucheuse avec jubilation et beaucoup de soulagement.

Aliénor détourna le regard.

— Ne voulez-vous pas le voir ? s'enquit Pétronille, son visage en cœur empreint d'une grande inquiétude brouillée par les traces de sa consommation de vin.

Aliénor se força à regarder son enfant, nettoyé et emmailloté dans un habit de laine, que l'on avait étendu dans le lit à côté d'elle. Elle observa son petit visage froncé et colérique et le vit sans s'émouvoir hurler sa fureur d'avoir été catapulté dans ce monde rempli de vilenie. Elle voulait ressentir quelque chose pour cette petite chose fragile ; après tout, il n'y était pour rien si sa vie à elle était si misérable. Elle avait toutefois le sentiment qu'elle n'avait plus rien à lui donner, plus aucune once d'amour, de tendresse ou de sentiment maternel. Elle se sentait morte de l'intérieur. Elle se rappela sévèrement qu'il s'agissait tout de même de son fils, et qu'elle devait faire quelque chose pour lui. D'un geste hésitant, elle toucha donc sa petite joue duveteuse et le bénit.

— Comment s'appellera-t-il ? demanda sa sœur.

— Quel jour sommes-nous ? demanda Aliénor d'une petite voix.

— La veille de Noël. On apporte en ce moment même la bûche.

— La Saint-Étienne est dans deux jours, compta la reine d'un air las, mais je ne peux pas lui donner le nom du martyr, car les Anglais n'ont pas gardé un bon souvenir du roi Étienne. Il me semble que l'on fête saint Jean l'Apôtre et saint Jean l'Évangéliste dans trois jours. Je l'appellerai donc Jean.

Pétronille baissa le regard sur son nouveau neveu.

— Je prie Dieu pour qu'Il vous réserve une longue et heureuse vie, messire Jean, dit-elle en sachant que ce qui aurait dû être une heureuse occasion était, pour une raison qui la dépassait, une occasion d'une déchirante tristesse.

Chapitre 35

Argentan, Normandie, 1167

— Bienvenue, madame, l'accueillit solennellement Henri en lui faisant un baisemain.

Leurs regards se croisèrent froidement lorsqu'elle se redressa de sa révérence. Il avait grossi durant ces quatorze mois de séparation, et ses cheveux roux bouclés étaient parsemés de gris ; cette découverte avait été comme un choc et un rappel malvenu du fait qu'ils ne rajeunissaient pas. Henri semblait en petite forme, et c'était en effet le cas, car le poids des affaires du royaume pesait lourdement sur ses épaules, comme son interminable querelle avec Becket – et le récent décès de sa mère.

Irréductible jusqu'au bout, l'Emperesse avait poussé son dernier soupir en septembre, à Rouen, après une rapide maladie. Aliénor ne pouvait pas la pleurer beaucoup, mais elle devait probablement cruellement manquer à Henri. Mathilde avait régné sur la Normandie à sa place pendant des années, et elle l'avait fait bénéficier de ses bons conseils dans bien des domaines. Elle n'était plus, à présent, ce qui laisserait un vide béant dans sa vie. Malgré cela, Aliénor ne parvenait pas à ressentir de chagrin pour lui : il lui avait fait trop de mal.

Henri l'escorta à l'intérieur du château d'Argentan, la main d'Aliénor posée délicatement sur la sienne, tous les deux se fuyant du regard. Les courtisans étaient amassés de part et d'autre de la salle pour les regarder passer, leur roi et leur reine ensemble après tellement de temps, réunis à la Cour pour les fêtes de Noël. Les spéculations les concernant étaient allées bon train, et l'on parlait parfois d'une belle jeune demoiselle enfermée dans une tour quelque part en Angleterre, mais cette longue séparation pouvait aussi bien s'expliquer par une nécessité politique : Aliénor avait dû rester en Angleterre pour préparer le mariage de sa fille Mathilde avec le duc de Saxe ; Henri, lui, était allé en Aquitaine pour réprimer une énième insurrection, puis avait fait route pour le Vexin afin de négocier une trêve fragile avec Louis.

— Mes enfants m'ont manqué, grommela-t-il alors qu'ils traversaient la grand-salle main dans la main. J'espère que vous vous portez bien, et que notre Mathilde est allée rejoindre son fiancé avec joie.

— Tout à fait, répondit laconiquement Aliénor.

Elle se rappela les semaines passées à choisir son trousseau et à préparer les vingt coffres qui constitueraient ses bagages, puis Mathilde se cramponnant à elle, pleurant à Douvres, la suppliant de faire la traversée avec elle afin de retarder leur cruelle mais inévitable séparation. Elle se rappela aussi avoir dû puiser dans toutes ses réserves pour demeurer calme et souriante, afin de laisser son enfant chérie partir seule vers son destin. Combien elle lui manquait, cette douce et sensible petite fille ! Elle avait eu l'impression qu'on lui arrachait un membre. Mais Henri ne s'intéresserait pas à cela, se dit-elle amèrement. Pour lui, ses enfants étaient de simples pions à sacrifier pour gagner la partie.

— Comment va le jeune Henri ? demanda-t-elle d'une voix glaciale.

Elle n'avait pas oublié, ni pardonné, le fait que son époux avait présenté leur fils comme héritier de son duché à Poitiers le Noël précédent. Elle trouvait toujours cette décision scandaleuse, et le problème de l'héritage de Richard n'était toujours pas résolu.

— Vous le trouverez changé, répondit Henri avec rudesse. Il a douze ans et il devient déjà un homme. Il fera un grand roi, le moment venu.

Elle songea spontanément que Richard aussi ferait un grand roi, mais elle n'en dit rien. Elle se morigénait mentalement pour cette rancœur qu'elle éprouvait à l'encontre du jeune Henri, car ce n'était en rien sa faute si son père lui avait donné tout ce qu'il avait au détriment de son frère ; simplement, elle savait au fond d'elle-même, grâce à l'instinct maternel, que Henri n'était pas fait pour être duc d'Aquitaine. Il lui manquait l'âme du troubadour, à l'inverse de Richard, qui était déjà aussi accompli dans l'art de composer d'élégants lais que dans le maniement des armes. Son peuple serait sensible à cela – pour preuve, l'adoration qu'il avait portée au grand-père d'Aliénor ! *Mais allez faire comprendre cela à Henri*, se dit-elle d'un air contrarié.

— Je vous ai fait venir pour parler de l'Aquitaine, déclara son époux en lui indiquant d'un geste courtois de prendre place à la table d'honneur.

C'était comme s'il avait pu lire dans ses pensées. Elle fut subitement sur la défensive, prête à laisser un temps de côté le problème de Rosemonde Clifford, qu'elle avait la ferme intention d'aborder avec Henri. Pendant tout le trajet, naviguant jusqu'en Normandie sur le vaisseau amiral d'une flottille composée de sept navires, tous chargés de ses meubles et effets personnels, elle avait réfléchi – et s'était torturé l'esprit, même – pour savoir si elle devait lui demander des explications. Le faire serait comme suspendre une épée au-dessus de leur couple, qui séparerait le présent du passé. Se taire signifierait continuer à faire comme si tout allait bien, et préserver un semblant de paix. Mais quel semblant de paix ? Comment était-ce possible quand elle savait ce qui s'était passé et brûlait de confronter son époux à la vérité ? Elle avait retourné le problème dans tous les sens, se triturant les méninges, incapable de déterminer la meilleure option. Au fond, elle voulait hurler de rage et lacérer le visage de Henri, puis ourdir une cruelle vengeance contre cette petite gaupe. Elle avait finalement décidé que le mieux à faire était d'avoir une discussion avec son époux et de voir quelle serait sa réaction. À présent, toutefois, étant donné cette mention abrupte de l'Aquitaine – elle avait déjà compris qu'il ne lui avait pas demandé de venir pour elle-même –, elle était prête à remettre ce problème à plus tard.

Quand tout le monde fut assis et que le premier plat fut servi – un mets à peine comestible, constitué de morceaux de lapin surcuits dans une épaisse sauce grasse –, Henri se tourna vers elle avec une expression indéchiffrable.

— Comme vous le savez, commença-t-il, j'ai passé l'automne à parcourir l'Aquitaine afin de mater des rebelles. Vos vassaux sont les pires qui soient, et ils me détestent.

— Vous leur avez donné si peu de raisons de vous aimer, ne put-elle s'empêcher de rétorquer.

— Il n'aurait servi à rien d'essayer. À vrai dire, j'ai abandonné l'idée de les contraindre à m'obéir. Vous avez toujours voulu manier le pouvoir dans le duché, n'est-ce pas, Aliénor ? Eh bien, c'est à votre tour à présent.

Il y avait une note d'humour caustique dans son ton.

— Mon tour ? s'étonna-t-elle sans pouvoir contrôler un élan d'excitation et l'embardée que fit son cœur.

— Oui, votre tour, répéta Henri avec l'ombre d'un sourire. (C'était toujours un plaisir pour lui de la voir désarmée.) Votre présence en Aquitaine et la réaffirmation de votre autorité en tant que duchesse pourraient faire toute la différence. Vos sujets récalcitrants vous aiment et, s'ils voient que je vous lègue le pouvoir, ils pourraient cesser de s'opposer constamment à moi.

Aliénor était à court de mots. Il lui demandait de retourner en Aquitaine pour porter la couronne ducale. C'était ce qu'elle avait désiré si ardemment durant leurs quinze années de mariage – et c'était même son rêve depuis qu'elle avait été envoyée à Paris, alors jeune promise de quinze ans, pour épouser Louis. L'Aquitaine était sa terre natale, l'endroit où elle voulait être par-dessus tout, ce territoire enchanteur du Sud, le pays des puissantes rivières, des vallées boisées, du vin et des chansons. Elle aurait voulu se jeter à genoux et louer le Seigneur pour ce miracle tant attendu. Elle éprouvait même une once de gratitude pour son époux infidèle, bien que ce sentiment fût mêlé de rancune, puisque Henri avait constamment ignoré pendant des années son conseil de caresser ses vassaux dans le sens du poil, et qu'il en arrivait si tard à prendre cette décision sensée.

— Vous comprenez maintenant pourquoi je vous ai demandé de revenir avec toutes vos possessions, reprit Henri.

— Je pensais que vous aviez dans l'idée que nous cessions de faire foyer à part, repartit-elle avec un sourire narquois.

Il eut la délicatesse de paraître gêné.

— Aliénor, ce sont les circonstances qui nous ont tenus séparés, se défendit-il.

Et aussi Rosemonde Clifford, pensa-t-elle amèrement.

— Acceptez-vous ? poursuivit-il. Retournerez-vous en Aquitaine pour régner sur le duché ?

— Quelle question ! répondit-elle.

À son grand étonnement, Henri la raccompagna à la fin de la soirée. Il était légèrement ivre après avoir tant ripaillé, et ils avaient laissé derrière eux une bonne partie des barons de Normandie, avachis sur les tables ou couchés à même le sol, inconscients.

— Ouste ! Ouste ! cria Henri pour chasser les suivantes de son épouse. Je serai la camérière de la reine ce soir, ajouta-t-il d'une voix empâtée.

Elles filèrent en gloussant et en échangeant des regards entendus. Tout allait d'évidence parfaitement bien entre leur maîtresse et son époux…

Une fois la porte de la chambre fermée, Aliénor se tourna vers Henri.

— Pourquoi es-tu ici ? demanda-t-elle froidement.

Il avança vers elle en vacillant.

— Tu devrais le savoir mieux que personne, répondit-il. Une affaire d'État : faire des héritiers.

— Nous en avons déjà suffisamment, dit-elle d'une voix stridente. Je te l'ai dit, je ne veux plus d'enfants. Et tu sais parfaitement que nous n'avons rien à nous dire.

— Je ne suis pas venu pour parler, insista Henri en continuant d'approcher. Tu es toujours une belle femme, Aliénor. Fut un temps, tu aurais été la première à vouloir coucher avec moi, dit-il sur un ton légèrement irascible.

— C'était il y a longtemps. Avant que Rosemonde Clifford prenne ma place, rétorqua-t-elle avec une extrême froideur.

Elle fut cependant trahie par son corps, qui répondit malgré elle à la proximité et au parfum si familier de cet homme qu'elle avait aimé de tout son cœur. Elle fut frappée de ressentir encore du désir pour lui, en dépit du mal qu'il lui avait fait.

Elle avait néanmoins dit ce qu'elle rêvait de dire, et le gant était jeté.

Henri se figea brusquement, comme pétrifié, et dessoûla instantanément. Sa concupiscence s'évapora et il retrouva ce regard fuyant qu'elle lui connaissait si bien.

— Qui t'a dit cela ? demanda-t-il d'un air suspicieux.

— Personne ! Je l'ai vue de mes propres yeux. Et ta petite catin m'a tout dit – que tu l'aimes et qu'elle t'aime en retour. C'était si émouvant que j'ai failli verser une larme. (Elle avait envie d'en verser beaucoup à cet instant précis, mais elle aurait préféré mourir plutôt que de flancher devant lui.) C'est un joli boudoir que tu lui as fait construire à Woodstock… Et ce labyrinthe ! Henri, pensais-tu m'empêcher de me venger en me tenant éloignée ? Pensais-tu que je ne trouverais jamais ce que tu as caché dans cette belle tour que tu as fait construire pour ta concubine ?

Il était sans voix, estomaqué : qui aurait pu prédire que, entre toutes les résidences à sa disposition en Angleterre, son épouse se serait tournée vers Woodstock ? Et Rosemonde ? Cette petite écervelée, pourquoi avait-elle pris le malin plaisir de se vanter de sa préférence et de son amour ? Il parvint au prix d'un grand effort à retrouver sa voix.

— Je peux tout expliquer, dit-il à l'éternelle manière des époux trompeurs.

— Je t'écoute, répondit Aliénor dans un haussement de sourcils sceptique.

— Je n'ai aucun besoin de justifier mes actes, devant toi ou qui que ce soit, se défendit Henri sur un ton altier, mais, par courtoisie, je veux que tu saches la vérité. Oui, j'ai eu une aventure avec Rosemonde, je l'admets, mais je ne l'ai pas revue depuis dix-huit mois.

— « Une aventure » ? Tu lui as dit que tu l'aimais ! À moins que tu ne lui aies menti autant que tu m'as menti à moi ? rétorqua-t-elle en tremblant de colère.

— Non, réfuta Henri. J'ai affirmé que je te dirais la vérité. (Il marqua un instant de pause.) La vérité, c'est que je l'aime vraiment. Elle me manque désespérément. Je sais aussi qu'elle me rendait cet amour – et j'espère que c'est toujours le cas, déclara-t-il d'une voix rauque.

Aliénor resta muette. Ses mots durs lui résonnaient aux oreilles. « *Je l'aime vraiment.* » C'était la plus cruelle des trahisons possibles.

Elle aurait voulu tomber raide morte à l'instant, n'avoir jamais prononcé le nom de Rosemonde, et que Henri et sa traînée aillent brûler en enfer...

Il avait abandonné son épouse vieillissante, la mère de ses enfants, pour une femme plus jeune, comme le faisaient tant d'hommes ; pour une femme si jeune et belle qu'Aliénor ne pourrait jamais le récupérer.

— C'est donc fini entre nous, déclara-t-elle platement.

— C'est à toi d'en décider, répondit Henri.

— Est-ce pour cette raison que tu veux me voir retourner en Aquitaine ?

— Tu me connais mieux que cela, grogna-t-il. Les rois n'ont pas le loisir de faire passer leur bon plaisir avant les exigences de leur royaume. Je veux que tu ailles en Aquitaine parce que ta présence là-bas est nécessaire. Cela n'a rien à voir avec Rosemonde. Si cela avait été le cas, alors je me serais rendu à Woodstock au lieu d'aller courir après tes seigneurs récalcitrants.

— Mais, évidemment, quelle aubaine que je parte maintenant pour l'Aquitaine, repartit-elle sur un ton caustique. Dès que je serai partie pour le Sud, tu feras certainement venir ta catin ici pour la trousser à l'envi.

— Non, répondit Henri d'une voix sépulcrale. Je dois m'occuper de Louis. (Il se laissa lourdement tomber sur la courtepointe bordée de fourrure jetée sur le lit et se prit la tête entre les mains.) Je n'ai pas cherché à ce que ça arrive, Aliénor. Je t'aime toujours, car tu es ma femme, tu dois bien le savoir.

— Je ne sais rien du tout ! rétorqua-t-elle sèchement. Ou du moins j'aurais préféré ne rien savoir. Et je ne veux pas être aimée en tant qu'épouse. Je veux que tu m'aimes comme c'était le cas avant, quand tu étais mien – avant Rosemonde.

Henri partit d'un éclat de rire sans joie.

— Tu te fourvoies, Aliénor. Notre mariage a été conclu par intérêt politique autant que par amour, et je ne t'ai pas seulement aimée, je t'ai désirée comme je n'ai jamais désiré aucune autre femme avant toi. Mais ce genre de désir n'est pas fait pour durer : il s'étiole dans le lit conjugal après de longues années d'usure. Je n'ai jamais été entièrement tien, comme tu le penses. Il y a toujours eu d'autres femmes. J'ai un démon en moi, et je ne peux pas être satisfait par une seule femme, pas même Rosemonde. J'en ai connu quelques-unes déjà depuis que je l'ai laissée en Angleterre. Ce n'est pas dans ma nature d'être fidèle, mais je suis parfaitement capable de t'aimer en tant qu'épouse, et de ressentir encore du désir pour toi – tout en continuant de l'aimer, elle.

Aliénor avait écouté avec un effroi croissant sa tirade, incapable d'accepter l'ampleur de la trahison de Henri. Elle s'était posé des questions et avait fait des suppositions au fil des années ; elle avait entendu ce que lui avait dit Raoul de Faye, mais elle n'avait jamais véritablement cru… jusqu'à ce qu'elle passe par Woodstock. À ce souvenir, ses larmes tant redoutées affluèrent.

— Tu l'aimes comme tu m'aimais autrefois, dit-elle dans un soupir aigre.

— Nous sommes partenaires, Aliénor, dit Henri. Tu es l'Aquitaine, et moi l'Angleterre, la Normandie et tout le reste. Ensemble, nous dominons une grande partie du monde occidental. Rien ne peut nous diviser, pas même la haine. Pour être invincibles, nous devons travailler main dans la main, maintenir l'illusion que nous vivons en harmonie. Nos sentiments personnels ne comptent pas.

— Tu parles bien à la légère de la haine ! lui cracha-t-elle au visage. Tu tournes en dérision mes sentiments, puis tu me parles de partenariat ? Allons, Henri, je ne suis pas une imbécile. Cela te démange d'avoir cette catin dans ton lit, et tu veux simplement que je sois loin. Non, ne le nie pas !

— Si, je le nie ! cria Henri. Tu es ma femme, et je t'aime et je te chéris en tant que telle…

— Tu me « chéris » ? Tu ne sais même pas ce que cela signifie ! hurla-t-elle en laissant couler ses larmes avant de lui flanquer une terrible gifle. Ça, c'est pour toutes les fois où tu as fourré ta queue là où il ne fallait pas !

Elle prépara un autre coup, emportée par la fureur, mais Henri lui saisit le poignet, le visage rouge de colère, et serra douloureusement.

— Comment oses-tu me frapper, moi, le roi ? vociféra-t-il.

— C'est mon mari infidèle que j'ai frappé, rétorqua Aliénor d'une voix étranglée sans plus pouvoir retenir ses sanglots. Henri, tu m'as fait du mal, tu m'as brisé le cœur. Tu as trahi ma chair et ma confiance. Tu m'as fait comprendre que j'étais vieille. J'ai ressenti de la joie à l'idée de régner en Aquitaine ; je suis vide à présent. Il ne peut plus y avoir la moindre joie pour moi dans ce monde. Tu l'as anéantie. J'espère que tu es satisfait !

Henri ne répondit rien, mais il lui passa soudain les bras autour de la taille et la serra jusqu'à ce que ses pleurs déchirants cessent ; elle ne pouvait pas voir son visage, le sien étant pressé contre lui, ses larmes imbibant sa barbe, et elle se demanda pourquoi elle ressentait le besoin de le voir. Même quand elle eut recouvré son calme, elle demeura dans ses bras, voulant s'arracher à son étreinte, ayant toutefois besoin d'être tenue ainsi pour toujours, et redoutant la fin de cet instant. Elle prit douloureusement conscience que le seul homme capable de la consoler était aussi celui qui lui avait infligé cette blessure mortelle. Ce fut alors qu'elle le sentit se presser contre elle avec insistance.

— Non ! se récria-t-elle en cherchant à se débattre. Pas ça. Plus jamais ça.

— Tu es ma femme, grommela Henri. C'est mon droit.

— Dans ce cas, il faudra que tu me violes ! cracha-t-elle.

— Ne me tente pas, répondit-il avant de la lâcher. Très bien, reprit-il avec une colère difficilement contenue. J'essayais d'arranger les choses entre nous, mais tu as été très claire. Dorénavant, nous resterons courtois l'un envers l'autre, mais les choses s'arrêteront là. Je suppose que tu ne verras aucun inconvénient à ce que j'assouvisse mes désirs ailleurs ?

— Fais comme il te plaira, fulmina Aliénor avec le désespoir de quelqu'un qui comprend avoir tout fait, sur un coup de tête, pour couper les ponts. J'irai en Aquitaine et nous continuerons de faire croire que tout va bien entre nous, si c'est ce que tu désires.

— Tu sais parfaitement que je désirais quelque chose d'entièrement différent, rétorqua Henri.

— Non, monsieur mon mari, c'est vous qui vous méprenez, rétorqua Aliénor en essuyant résolument ses dernières larmes. Notre mariage est mort. Vous ne pouvez pas nous avoir toutes les deux.

Chapitre 36

Fontevraud, 1168

Ils firent route vers le sud ensemble pour rallier Fontevraud, avec une véritable armée de seigneurs, de servants et de soldats derrière eux. Henri avait insisté pour accompagner son épouse, l'avertissant que les temps étaient dangereux et que la menace de sa justice avait des limites. Ils voyagèrent dans un silence hostile.

Aliénor était agitée, et elle était aigrie : la joie du retour tant espéré en Aquitaine comme véritable duchesse était gâchée par la terrible certitude que cet événement mettait un point final à sa relation avec Henri, situation qui était de son fait mais en aucun cas sa faute. Chaque lieue les rapprochait de cette séparation, à la suite de quoi ils prendraient chacun un chemin différent – partenaires dans leur mariage, certes, mais très loin l'un de l'autre sous tous les autres aspects. Elle avait désespérément besoin de sérénité et ne put que prier pour la trouver une fois qu'elle serait installée dans ses domaines bien-aimés.

Plus d'une séparation devait avoir lieu, car avec le roi et la reine chevauchaient leurs enfants : Henri le Jeune, devenu comte de Poitiers, plus beau et plus grand chaque jour, portant son statut de prince avec toute l'assurance de sa race. Il demeurerait désormais auprès de son père afin d'apprendre l'art de régner. Richard, onze ans, enfant longiligne aux yeux bleus, déjà robuste combattant, loué à la fois par les capitaines chargés de le former à l'art de la guerre et par les tuteurs qui lui apprenaient le latin et les choses théoriques. Il allait accompagner sa mère en Aquitaine avec son frère Geoffroy, ce beau jeune homme ténébreux qui endurait avec patience les piaillements de la jeune et vaine Constance, à ses côtés ; elle n'était pas digne de son fils, qui était si intelligent, se disait Aliénor. Ensuite venaient ses petites filles, Aliénor et Jeanne, copies conformes aux cheveux roux de leur mère, mais plus douces et bien plus dociles et obéissantes.

Ses filles étaient très discrètes ce jour-là. Il avait été décidé, par Henri et avec l'acceptation réticente d'Aliénor, qu'elles seraient élevées par les bonnes sœurs de Fontevraud jusqu'à ce qu'il soit temps de les marier. Aliénor savait qu'il n'y avait pas de meilleure éducation pour des jeunes filles de haut rang. Sa famille et celle de Henri avaient comme tradition de longue date d'envoyer leurs filles là-bas. Cette décision l'avait cependant attristée. Aliénor et Jeanne allaient lui manquer, et elle avait l'impression de les abandonner, d'une certaine façon, autant qu'elle avait abandonné deux autres filles tant d'années auparavant. Elle avait récemment fini par recevoir, en réponse à ses demandes incessantes, une autre lettre de Marie, à laquelle elle s'était sentie contrainte de répondre de manière très formelle. Elle était fière de savoir que la jeune comtesse de Champagne partageait son amour de la musique et de la poésie. Mais il n'y avait pas de réelle attache – tous les liens étaient rompus depuis longtemps. Elle avait eu l'impression d'écrire à une étrangère. Elle n'avait pas la volonté de poursuivre cette relation épistolaire.

Elle adressa un sourire encourageant à ses filles tout en ressentant un pincement au cœur. Elle se dit que les confier aux bonnes sœurs de Fontevraud était pour le mieux. Henri l'avait prévenue qu'elle aurait déjà bien assez de travail à tenter de soumettre ses vassaux désobéissants, et avait avancé l'argument que bon nombre de filles de bonne famille étaient élevées par des nonnes. Elle tirait cependant beaucoup de fierté du fait d'avoir gardé tous ses enfants près d'elle si longtemps, contrairement à ce qui était de coutume au sein d'une famille royale. Elle se demanda si envoyer Aliénor et Jeanne au couvent était une sorte de vengeance de la part de Henri, ou s'il craignait qu'elle tente de conclure dans son dos des alliances en mariant leurs filles à des seigneurs d'Aquitaine, pour amadouer ces messieurs. Il refuserait de gaspiller le fruit de ses entrailles au profit de tels ingrats – et elle le comprenait parfaitement.

Cela laissait le petit Jean, qui avait à peine plus d'un an. Elle avait beau essayer, Aliénor ne parvenait toujours pas à aimer cet enfant conçu dans le chagrin et né dans la trahison. Sa seule existence lui rappelait bien trop les souvenirs de ce terrible Noël où elle s'était rendue à Woodstock et n'avait rencontré que désastre et catastrophe, avant d'endurer cet enfantement sanglant et douloureux à Oxford. Non, Jean était le fruit des affres d'un mariage à l'article de la mort, et il lui arrivait parfois de ne pas avoir la force de le regarder. C'étaient ses nourrices qui s'occupaient de lui.

Jean aussi irait à Fontevraud. Malgré son jeune âge, Aliénor avait insisté auprès de Henri pour le vouer à une carrière dans les ordres, ce qu'il avait accepté. Il était le plus jeune de leurs quatre fils, et il était peu probable qu'il hérite de beaucoup de terres ; l'Église semblait donc pour lui un avenir tout tracé. Jean serait élevé comme un oblat en attendant de prononcer ses vœux. Offrir un fils à Dieu était sans aucun doute le meilleur moyen d'accumuler les richesses au paradis, pour les deux parents. Aliénor songea alors qu'ils avaient terriblement besoin d'acheter ces faveurs du Seigneur. Son dernier-né ne lui manquerait pas ; elle était d'ailleurs reconnaissante de savoir qu'il serait élevé par d'autres. Mais elle était rongée par la culpabilité.

Une autre personne lui manquerait, dont le sourire n'égaierait plus jamais ses journées. La pauvre Pétronille était morte trois mois plus tôt, victime de sa prédilection incontrôlable pour le fruit de la vigne. À la fin, elle avait sombré dans l'inconscience, la peau jaune, le ventre horriblement distendu. Aliénor avait pleuré sa sœur, le cœur déchiré, mais elle ne pouvait pas nier le fait que la mort l'avait emportée dans un acte de charité. La disparition de Pétronille avait cependant laissé un grand vide dans sa vie – une vie déjà trop vide. Le chagrin semblait être omniprésent, dorénavant.

L'aimable abbesse Mathilde avait depuis des années trouvé un repos éternel bien mérité, et ce fut donc l'abbesse Audeburge qui les reçut, ses moines, nonnes et ses gentes pensionnaires formant un demi-cercle derrière elle en un comité d'accueil respectueux. Tous posèrent le genou à terre quand le cortège fit halte, puis l'abbesse s'avança. Audeburge était une femme compétente et dynamique qu'Aliénor appréciait et admirait depuis longtemps. Elle savait qu'il n'existait pas de meilleure personne à qui confier ses enfants. Cette confiance lui sembla d'ailleurs justifiée, car, lorsque Aliénor et Jeanne furent officiellement remises à ses bons soins, l'abbesse se pencha pour les embrasser de manière affectueuse, puis fit signe à deux de ses pensionnaires d'approcher avec une perruche et un singe afin d'occuper ses nouvelles protégées, s'en faisant instantanément des amies. Puis Audeburge tendit ses solides mains d'aristocrate pour récupérer Jean auprès de sa nourrice. Elle lui enleva elle-même le pouce de la bouche avant de le cajoler et fut récompensée par un sourire timide. Avant qu'Aliénor s'en rende compte, ils avaient fait leurs adieux et ses enfants avaient disparu au sein d'une cohorte de nonnes attendries.

Ils ne pouvaient pas s'attarder. Après la messe dans la haute abbatiale blanche, Henri fit ses hommages à l'abbesse et se prépara au départ. Il avait prévu d'escorter Aliénor jusqu'à Poitiers et d'attendre qu'elle soit installée, mais on l'avait prévenu d'une grave révolte plus loin au sud. Le comte d'Angoulême s'était allié aux seigneurs de Lusignan, fauteurs de troubles notoires, ainsi qu'à d'autres vassaux mécontents, qui tous s'étaient déjà soulevés il y avait peu contre le règne de Henri.

— Vous ne pouvez pas vous en charger seule, avait décrété Henri quand on lui avait apporté la nouvelle à quelques lieues au nord de Fontevraud. Je vais rassembler mes seigneurs et faire route vers le sud jusqu'à Lusignan avec vous. Votre présence à mes côtés rappellera à ces fieffés arrogants à qui ils doivent allégeance. Ensuite, vous pourrez rentrer à Poitiers par une route plus sûre, et je me chargerai de donner une bonne leçon à vos vassaux récalcitrants.

— Cela ne leur plaira pas, l'avait-elle prévenu avec sévérité.

— Comptez-vous les affronter vous-même sur le champ de bataille ? avait rétorqué Henri sur un ton sarcastique. Par ailleurs, c'est à moi qu'ils s'opposent quand ils se soulèvent contre vous. Je veux que la paix revienne en Aquitaine avant de vous en laisser les rênes.

Aliénor n'avait rien répondu, se contentant de rester droite en selle, les lèvres pincées.

Chapitre 37

Lusignan et Poitiers, 1168

Ils firent route avec diligence vers Lusignan. Ils virent d'abord le château, trônant sur une colline au-dessus de la vallée de la Vonne. Henri lui avait raconté à une époque plus heureuse, se rappela Aliénor, que sa diabolique ancêtre Mélusine en avait ordonné la construction.

Poitiers, la destination d'Aliénor, se trouvait à une courte distance à l'est. Faire preuve de rapidité étant crucial pour mettre à mal les plans des rebelles, Henri, bien décidé à marcher sur Lusignan, ne pouvait l'escorter au sein de sa ville. Il avait à la place fait venir le comte Patrick de Salisbury, son bailli en Aquitaine, afin de s'assurer que la duchesse arriverait sans encombre à Poitiers. Il les rejoignait à présent à la tête d'un petit contingent d'hommes d'armes, dans la poussière de la route.

Aliénor le connaissait et l'appréciait. Il avait servi loyalement Mathilde l'Emperesse, et le roi Henri, pendant bon nombre d'années, et il s'était montré un régent compétent et sensé durant l'année qu'il avait passée en Aquitaine, forgeant une amitié tactique et politique avec le sénéchal de la duchesse, Raoul de Faye, et se montrant conciliant avec ses vassaux. Elle espérait qu'il resterait auprès d'elle lorsque les pouvoirs lui auraient été remis; sa compagnie et ses bons conseils seraient les bienvenus.

Mais d'abord venait Henri. Le moment des adieux était arrivé. Ce n'étaient pas des adieux à jamais, évidemment, mais il était peu probable qu'ils se revoient dans un avenir proche. Il était étrange qu'une si grande passion meure si lamentablement sur un chemin au milieu de nulle part, sans aucune formalité et sans que personne sache quelle tragédie se déroulait sous leurs yeux.

Henri était impatient de poursuivre sa route, de combattre et d'en finir avec ce moment malaisant. Il tira sur les rênes de son animal rétif, se pencha en selle et donna à Aliénor un baiser en hâte avant de la recommander à Dieu sans beaucoup de ferveur. Elle demeura droite sur sa haquenée et posa sur lui un regard triste, qu'il évita soigneusement.

—Adieu, messire mon époux, dit-elle d'une petite voix. Je prie pour que Dieu vous garde, et pour que nous nous retrouvions encore ici-bas.

Henri lui adressa un hochement de tête–elle supposa, ou plutôt espéra, qu'il gardait le silence par peur de trahir son chagrin– puis il fit faire volte-face à sa monture et lança l'ordre à ses hommes de le suivre. Aliénor le regarda s'éloigner en direction de Lusignan, et disparaître dans un nuage de poussière. Puis elle se tourna vers le comte Patrick, esquissa un grand sourire forcé, et lança son cheval en direction de Poitiers. Elle était enfin de retour chez elle, après un très long exil.

Malgré toute sa tristesse, elle était aux anges de retrouver la tour Maubergeon. Les appartements de la duchesse avaient récemment été rénovés et offraient un espace à la fois spacieux et luxueux. Aliénor l'arpenta en serrant ses bras autour d'elle, puis toucha avec émerveillement la courtepointe doublée de vair, ainsi que l'étoffe soyeuse des coussins. Chaque pièce était peinte dans des couleurs éclatantes : indigos profonds, verts luxuriants et rouges chaleureux. Sur des tentures étaient représentées des scènes érotiques de nymphes se baignant dans des eaux mythiques et d'amants enlacés jouissant de plaisirs interdits. Des vases en verre aigue-marine et en porphyre décoraient à la perfection les meubles richement peints et les appuis de fenêtre. Dans la grande chambre de la duchesse, un pichet de vin en argent avait été posé avec prévenance sur la grande table devant la cheminée, et un échiquier en ivoire avait été installé pour son plaisir, tandis qu'un petit autel transportable était disposé sur un meuble recouvert d'un drap brodé.

Le souper fut un délice. Des truffes ! Aliénor n'en avait pas mangé depuis des années et elles étaient divines pour quelqu'un dont le palais était habitué à la cuisine moins raffinée pratiquée en Angleterre. Elle eut ensuite droit à un plat de canard cuit dans son jus – une pure merveille ! Puis à des pêches et des abricots juteux et sucrés qu'on ne trouvait pas dans les royaumes du Nord. C'était un retour bien plus heureux qu'elle ne l'avait imaginé.

Aliénor, qui se prélassait sur les draps posés au fond de sa baignoire tandis que Mamille, Torqueri et Florine la lavaient avec de l'eau infusée d'herbes aromatiques et massaient ses membres endoloris par de dures journées en selle, commença à se détendre et à ressentir un bien-être qu'elle n'avait pas connu depuis très longtemps. Ici, elle était duchesse et pouvait faire comme elle l'entendait. Elle n'avait plus à prendre en compte les humeurs et les caprices de son mari. Elle put presque sentir un goût de liberté.

Pour renforcer cette confiance nouvelle, elle fit apporter les plus belles étoffes dans le but de se faire préparer des robes et des manteaux, et elle fit appel aux orfèvres de Poitiers afin qu'ils réalisent de belles parures à la dernière mode – diadèmes, bracelets et broches. Ses nouvelles tenues l'aidèrent à retrouver un peu du caractère audacieux de sa jeunesse et à oublier le sentiment d'insignifiance dans lequel l'avait laissée la trahison de Henri. Elle s'efforça de le chasser de son esprit et de profiter pleinement de sa nouvelle vie. C'était, après tout, ce qu'elle voulait depuis longtemps.

Mais pas comme ça. Non, pas comme ça ! lui martelait une voix dans sa tête.

Elle entreprit fermement de s'occuper des affaires du duché, trouvant un intérêt particulier et sincère dans chaque aspect de la vie politique. Elle trônait chaque jour à la table du conseil et écoutait patiemment les arguments et les avis des seigneurs. Il fallait toujours que les décisions importantes soient ratifiées par Henri, et des messagers faisaient constamment des allers et retours entre l'Aquitaine et le Nord. Personne, surtout pas Aliénor, n'appréciait cette ingérence distante dans les affaires de ses domaines ; le duc n'avait jamais été accepté par son peuple – il était même l'objet de leur ressentiment haineux. Régner sur ses terres était cependant son droit en tant qu'époux, et elle ne cessait de se rappeler d'être juste, car Henri lui laissait une autonomie considérable.

Quand elle ne s'entretenait pas avec le conseil, elle allait se promener à cheval, s'adonnait à la fauconnerie ou bien passait du temps avec les enfants qu'elle avait pu garder. En ce moment même, avec la bénédiction de Henri, le jeune Henri et sa femme Marguerite faisaient route vers le Sud pour la rejoindre dans sa maisonnée, auprès de Richard, Geoffroy et Constance ; avec la présence de cette bande insouciante pour l'égayer, la vie au palais était vibrante et enjouée, véritable panacée pour guérir la douleur qui lui déchirait le cœur. Elle n'était jamais seule – elle s'était assurée que ce ne serait jamais le cas en convoquant à son service soixante suivantes pour s'occuper d'elle et la divertir ; il y avait par ailleurs toujours ce cher Raoul de Faye pour lui porter assistance et la conseiller dans la gestion de ses domaines – et pour lui faire toutes sortes d'éloquents compliments, comme s'il espérait toujours gagner ses faveurs plus intimes.

Tout cela lui faisait du bien, car elle avait quarante-six ans et épiait régulièrement son reflet dans les miroirs à la recherche des signes redoutés de cette vieillesse imminente. Elle continuait cependant de trouver dans la surface d'argent poli l'image d'une femme au beau visage, aux lèvres encore voluptueuses et aux yeux dans lesquels brillait toujours une lueur vive, qui invitait à la conversation… voire à davantage. Sous son voile, sa chevelure cuivrée était plus pâle qu'autrefois, et déjà bien striée de gris, mais elle était toujours longue et épaisse, cascadant sur une poitrine qui demeurait rebondie. Aliénor songea avec mélancolie qu'elle pourrait peut-être envisager de prendre un autre amant, puisque Henri n'était plus intéressé. Ce ne serait toutefois pas Raoul. Elle l'aimait et comptait sur lui en tant qu'ami et oncle, mais elle ne le voulait pas intimement.

Patrick se révéla être de bonne et intéressante compagnie. Elle sentait qu'il l'appréciait et elle pouvait voir dans ses yeux noisette le genre d'admiration qu'elle avait si souvent suscité chez les hommes par le passé. Ce fut comme un cataplasme pour sa fierté froissée. Elle vit que Raoul l'avait compris, et qu'il en était jaloux ; mais cela n'allait pas durer.

Le printemps étant particulièrement beau, les fleurs fort précocement en bouton, et le vent doux et agréable, Aliénor avait prévu d'aller chasser au faucon avec le comte Patrick. Ils avaient entendu dire que Henri avait écrasé l'insurrection de Lusignan, puis s'était rendu dans le Nord pour s'occuper de Louis – en apprenant qu'il était parti si loin d'elle, Aliénor avait éprouvé une certaine anxiété –, et Patrick avait jugé sans danger qu'ils partent pour la journée.

— Aucun problème n'a été rapporté récemment, dit-il en souriant. Je laisserai donc mon armure et nous ne prendrons qu'une petite escorte.

Aliénor trouva fort agréable de profiter de nouveau du beau temps, même si elle avait le cœur lourd. Elle fut surprise de constater avec quel enthousiasme elle s'adonnait à la chasse, observant son puissant faucon s'élever dans le ciel bleu et piquer avec une précision mortelle sur sa proie, puis revenir vers sa main tendue et se percher sur son gant, acceptant docilement de se laisser remettre son joli petit chaperon écarlate et les jets dont elle se servait pour l'attacher.

—Bravo, madame! s'exclama Patrick.

Les hommes d'armes l'applaudirent et l'acclamèrent d'un peu plus loin; ils n'auraient jamais le privilège de pouvoir ne serait-ce qu'approcher un rapace royal comme celui-ci.

Ce fut alors que l'embuscade fut lancée, soudaine et meurtrière, par des cavaliers en armure fondant sur eux de toutes parts en lançant des cris de guerre à glacer le sang.

—Ce sont les hommes de Lusignan! s'écria frénétiquement le comte. *À moi* ! À moi* !*

Aliénor se reprit rapidement; à cet instant, elle se voyait déjà faite prisonnière pour une rançon, ou pire encore. Mais, alors qu'elle faisait mine de partir au galop, le comte Patrick, hurlant des ordres à ses hommes, sauta de selle et, rapide comme l'éclair, saisit la bride de sa haquenée.

—Prenez mon destrier, madame, vous n'en trouverez pas de plus rapide dans toute la chrétienté.

Aliénor ne perdit pas un instant pour échanger leurs montures tandis que le comte lui disait de se rendre à un château en ruine qui se trouvait à une lieue de là, et de l'y attendre.

Leurs assaillants étaient presque sur eux quand Aliénor éperonna son cheval emprunté et fila avec dextérité par le seul écart dans leurs rangs, puis partit au triple galop rejoindre son refuge. Ils l'auraient poursuivie si le comte Patrick et son escorte n'avaient pas engagé un âpre combat. La reine, en s'éloignant le plus vite possible, put entendre le fer se croiser et les hommes crier au loin, et elle se demanda avec angoisse de quel côté penchait la victoire.

Après avoir galopé sur une distance qui lui sembla infinie, elle finit par atteindre le refuge des ruines, où elle fulmina dans la quiétude du bel après-midi. Comment les seigneurs de Lusignan osaient-ils s'en prendre à sa personne ? Ils avaient certainement eu dans l'idée de se servir d'elle pour extorquer des concessions à Henri. Ils verraient ce qu'il aurait à en dire ! Ce fut alors qu'elle se figea. C'était elle qui régnait en Aquitaine, désormais, pas Henri. Il ne faisait aucun doute qu'il viendrait s'occuper du problème si elle le prévenait ; il serait furieux qu'on s'en soit pris à elle, ne serait-ce que parce qu'elle était sa reine et sa duchesse, mais elle jugea sur l'instant impératif de lui prouver qu'elle n'avait pas besoin de lui pour résoudre les problèmes de manière efficace.

Elle attendit une heure environ, son angoisse allant croissant. Puis elle entendit des sabots de chevaux et battit en retraite derrière un mur couvert de lichen jusqu'à pouvoir s'assurer qu'il s'agissait bien de son escorte – ou de ce qu'il en restait. Elle frémit en se demandant quelle avait été l'ampleur des dégâts.

— Madame ? héla le capitaine, un grand homme rougeaud.

Quand Aliénor sortit de son abri, il descendit de cheval et posa un genou à terre avant de déclarer d'une voix vacillante :

— J'ai une bien triste nouvelle. Le comte Patrick est mort, poignardé dans le dos par ces traîtres alors qu'il enfilait son haubert.

— Oh, grand Dieu ! se lamenta-t-elle. Ce preux chevalier ! Quels bâtards ! Je le leur ferai payer, je le jure devant Dieu, car ils ont ajouté une grave blessure à une grave offense.

Elle écrasa ensuite son poing dans sa paume. Ce fut alors que la peur la saisit.

— Ont-ils été défaits, ces rebelles ? Où sont-ils ?

— Ils s'en sont retournés à leur château, répondit le capitaine. C'est le jeune chevalier Guillaume, le fils de Jean le Maréchal, qui les a repoussés avec beaucoup de courage et d'habileté, jusqu'à être blessé lui-même et fait prisonnier. Ils l'ont emmené, madame, espérant sans nul doute une belle rançon.

— Et ils l'auront, promit Aliénor en essayant de contrôler sa colère et en songeant à ce grand jeune homme digne qui l'avait si bravement défendue.

Elle était bien consciente qu'il était un soldat de fortune s'étant fait un nom grâce aux nombreux tournois qu'il avait remportés. Elle avait elle-même eu l'occasion de le voir se distinguer en lice, et elle en avait été fort impressionnée.

— Ils ramènent le corps du comte Patrick, madame, la prévint le capitaine en désignant un petit groupe d'hommes approchant à cheval.

Elle se figea quand elle aperçut la dépouille sanglante qui ballottait mollement sur une selle, mais elle avança d'un pas affirmé pour rendre un hommage mérité à la mémoire du regretté bailli, baissant la tête par douleur et par respect.

— Il sera enterré à Poitiers et nous lui offrirons des messes pour son âme, déclara-t-elle en contenant son émotion. (Elle aurait bien le temps de pleurer plus tard.) Il faut envoyer des lettres à sa famille en Angleterre.

Ainsi fut fait, et la rançon du jeune Guillaume le Maréchal fut, en fin de compte, versée. Quand il se présenta devant la duchesse, débordant de gratitude, elle lui fit don d'une récompense en or et s'enquit de l'état de ses blessures.

— Elles guérissent, madame, déclara-t-il gaiement, mais en aucun cas grâce à Guy de Lusignan. Lui et ses sbires ont refusé de les faire bander. (Aliénor laissa échapper un hoquet d'effroi, et il lui sourit.) Ce n'est rien, car c'est pour moi un honneur que de vous avoir servie ainsi, ma reine.

— Il est rare de trouver une telle loyauté, lui dit-elle. L'on m'a dit que vous vous étiez battu comme un sanglier contre des chiens.

Je vous dois beaucoup, peut-être même la vie. Soyez assuré que mon époux le roi entendra parler de votre bravoure.

Elle en arriva à penser, dans les semaines qui suivirent, alors qu'elle gardait jalousement un œil sur Guillaume le Maréchal avec une admiration croissante, qu'il ferait un bon mentor pour Henri le Jeune; et, l'heure venue, il devint avec l'approbation du roi le gardien, tuteur et maître de chevalerie du prince, un rôle autrefois endossé par Becket. Heureusement, les risques étaient maigres de voir ce preux chevalier causer autant de dommages que son prédécesseur. Il prit sa charge à bras-le-corps, et Aliénor le récompensa généreusement en chevaux, armures, or et beaux atours. Elle voyait bien que Guillaume était en passe de devenir – comme ses contemporains allaient bientôt le clamer – l'un des plus grands chevaliers qui aient jamais vécu.

Henri avait rencontré Louis et, pour une fois, Aliénor avait des raisons d'éprouver de la gratitude envers son ancien mari. Ils avaient conclu la paix, et Louis avait donné à son homologue de sages conseils concernant le legs de son empire après sa mort. Elle avait senti son cœur faire une embardée quand le messager du roi lui avait rapporté la teneur de l'accord qu'ils avaient passé.

— Messire Henri devra rendre hommage au roi de France pour l'Anjou, le Maine et la Bretagne; messire Geoffroy régnera sur la Bretagne en tant que vassal de messire Henri; et messire Richard rendra hommage au roi Louis pour l'Aquitaine, et sera promis à la fille du roi de France, Adèle.

Richard hériterait finalement de l'Aquitaine! Ses prières avaient été exaucées. Sa première pensée fut que Henri avait fait cela pour elle, comme cadeau de réconciliation. Puis elle se rappela qu'il avait ignoré maintes fois par le passé ses supplications et ses éclats de colère, et qu'il ne faisait jamais rien sans que cela serve un intérêt politique. La vérité, devinait-elle, était que Louis craignait tant le pouvoir de ses vassaux angevins qu'il avait poussé à la division des domaines de Henri à sa mort, et qu'il en avait fait une condition du traité de paix. Elle se demanda si Henri n'érigeait pas là encore l'opportunisme en vertu, et elle se mit à redouter qu'il renie encore les termes de leur accord dès que l'occasion se présenterait.

Elle lui avait écrit pour l'informer de l'outrage perpétré par les Lusignan, comme son devoir le lui dictait ; et, comme elle l'avait escompté, il lui avait répondu qu'il se mettait immédiatement en route pour donner à ces traîtres une leçon qu'ils ne seraient pas près d'oublier. Elle espérait qu'il ferait halte à Poitiers pour la voir, afin qu'elle puisse le remercier d'avoir promis l'Aquitaine à Richard, et ainsi arranger un peu les choses entre eux. Cependant, un nouveau messager, éreinté et couvert de poussière, l'informa que Henri avait été détourné de son but de manière imprévue et avait dû faire route vers la Bretagne pour étouffer un soulèvement mené par Eudes de Porhoët, le père du comte Conan.

— Mais la famille de Conan fait partie de nos alliés ! s'exclama-t-elle. La petite-fille d'Eudes, Constance, est mariée à messire Geoffroy. Sa fille Alice est sous la garde du roi, pour s'assurer de l'amitié de son père. C'est de la folie.

Le messager royal rougit et la regarda avec une certaine gêne, selon elle.

— Vous devez me dire ce qu'il s'est passé, lui ordonna-t-elle sur un ton rendu brusque par l'inquiétude.

L'homme baissa les yeux au sol et tritura la coiffe en feutre entre ses mains.

— Il se dit que notre bon roi a connu dame Alice, et qu'elle aurait mis au monde son enfant, qui n'aurait pas survécu. Ses proches se sont insurgés, de colère, car la demoiselle était un otage dans la maison du roi.

Aliénor resta pétrifiée. Les trahisons de Henri ne cesseraient-elles donc jamais ? Et quand perdrait-il ce pouvoir qu'il avait de la blesser ? Elle s'était plu à penser être délivrée de lui, et en être sortie plus forte, mais ce genre de nouvelles lui rappelait qu'elle était incapable de se défaire de lui.

Elle congédia le messager et se retira dans son boudoir, cherchant un peu de consolation dans la musique et la conversation de ses dames. Elle avait toutefois beau essayer de toutes ses forces, elle ne parvenait pas à effacer de son esprit la terrible et perturbante image de Henri mettant Alice Porhoët enceinte.

Le cœur en miettes, et son bonheur de voir l'avenir de Richard réglé si tristement évanoui, Aliénor décida de demeurer à jamais en Aquitaine. Elle se fit la promesse solennelle et ferme qu'elle ne retournerait plus jamais vers Henri pour vivre avec lui. Dorénavant, ils ne seraient jamais plus que des alliés politiques. Elle allait consacrer tout son amour et toute son attention à son héritier, son bien-aimé Richard, et tout oublier de son mari infidèle. Elle en était arrivée à la conclusion réconfortante que son amour pour Richard était plus fort que tout ce qu'elle avait pu ressentir pour Henri – en dehors de la passion que son époux avait su éveiller dans son corps ; mais cela avait depuis longtemps disparu.

Richard avait à présent onze ans, et il grandissait à vue d'œil, gagnant chaque jour en muscles. Elle tirait beaucoup de fierté de ses prouesses, tant dans l'apprentissage des livres que dans la pratique militaire. Elle s'émerveillait de son don pour le latin, et elle lui apprit elle-même à jouer de la lyre ainsi qu'à composer des vers en français et en provençal ; il avait une voix haute et juste, et c'était toujours pour elle un grand plaisir de l'entendre chanter avec le chœur de sa chapelle privée. Il était grand et svelte, avec des cheveux carotte, et il était comme elle à bien des égards. Il avait un nez droit et un visage joliment dessiné. Il n'avait pas pris beaucoup de Henri – hormis une touche de sournoiserie et de dureté angevines qui ressortait déjà. Elle supposait que ce n'était pas grave dans la mesure où il fallait se montrer ferme et savoir établir son autorité pour régner, et qu'il allait devoir être féroce au combat. Richard avait tout ce qu'il fallait, et plus encore. Il était son parfait héritier en tout point, car il avait le Sud dans le sang, comme elle. Il ferait de grandes choses et aurait un destin fabuleux ; elle le savait au fond d'elle.

Pendant la majeure partie de cette année-là, Aliénor resta à Poitiers pour gouverner ses domaines avec sagesse et autorité. Sa présence au sein du duché contribua grandement à guérir les blessures infligées par les décennies de domination étrangère de ses deux époux successifs, et elle avait bien l'intention de faire tout ce qui était en son pouvoir pour regagner l'amour et la loyauté de ses vassaux.

Dès qu'elle eut repris les rênes du duché, elle entreprit un tour de ses domaines dans le but de saluer ses seigneurs, de cultiver leur loyauté et d'être vue par eux. Si la force avait échoué à établir un pouvoir central en Aquitaine, alors elle le ferait à travers l'amour et une persuasion pacifique. Elle partit vers le sud, faisant un premier arrêt au port florissant de Niort, où elle tint sa Cour dans l'imposante forteresse carrée construite par Henri et où on lui servit de l'anguille et des escargots des marais avoisinants, ainsi que des petits gâteaux à l'angélique qui étaient une spécialité locale. Elle promit de délivrer une charte à la ville avec d'autres privilèges, et cette nouvelle fut accueillie avec joie par les dignes bourgeois.

Puis elle poursuivit toujours plus au sud jusqu'à Limoges afin de réparer les dégâts causés par Henri seize ans plus tôt, quand il avait ordonné la destruction des remparts. Elle admira les nouvelles fortifications, offrit des cadeaux et reçut les seigneurs des environs, puis se dirigea vers le Périgord, terre des grandes rivières, la Vézère et la Dordogne, peuplée de canards dodus et d'oies grises. Là, elle s'extasia devant les profondes vallées nichées entre les falaises de calcaire trouées de grottes, les épaisses forêts luxuriantes, les champs de maïs, les vergers de noyers, les villes animées et les villages perchés sur les collines, les puissants châteaux et les humbles églises, le tout baigné de soleil. Les gens venaient lui offrir des cadeaux et leur bénédiction, et même les seigneurs qui régnaient sur ces vallées où la loi n'avait souvent pas cours posèrent le genou à terre et lui jurèrent fidélité. Elle commença à se sentir de nouveau entière, enveloppée dans l'amour de son peuple, chérie dans le sein de son duché, acclamée à la fois par la noblesse et par le bas peuple.

Elle poursuivit à l'ouest vers Bayonne, sur la côte, jouxtant le piémont des hautes Pyrénées, puis repartit vers le nord jusqu'à Poitiers, logeant en route dans des châteaux, des manoirs ou des abbayes. Partout où elle passait, ses sujets venaient en masse, lui lançant toutes sortes de bénédictions et lui présentant leurs humbles sollicitations et griefs. Elle en prenait connaissance et dispensait la justice avec équité et humanité, gagnant par là la réputation d'être sage et généreuse. Elle avait quitté Poitiers en épouse désabusée cherchant à se défaire du passé, mais elle y retournait en femme heureuse, confiante et réjouie, reconnaissante pour sa nouvelle indépendance.

Aliénor avait écrit à Henri afin de lui faire part de son intention de se séparer de lui une bonne fois pour toutes. Cette lettre avait été l'une des plus difficiles à composer de sa vie, mais elle se sentit mieux après avoir couché sur le parchemin ce qui la taraudait ; elle se sentait même étrangement libérée. L'amour trop cher payé en chagrin et en humiliation ne valait tout simplement pas la peine d'être vécu. Elle avait toujours des sentiments pour Henri, mais ce qui l'emportait, du moins pour le moment, c'était le soulagement de se libérer du tourment qu'était devenu leur mariage.

Il lui répondit : « Je suis aussi tourmenté qu'Œdipe au sujet de ce gouffre entre nous, mais je ne m'opposerai pas à votre décision. »

« Œdipe » ! Grand Dieu ! Ne la voyait-il plus désormais que comme une figure maternelle ? Bon sang, elle pouvait bien le laisser à cette traînée de Rosemonde, se dit-elle avec hargne.

Après cette humiliation, elle trouva un certain réconfort dans l'adoration courtoise des troubadours qui étaient venus en grand nombre à sa Cour, extatiques à l'idée de pouvoir enfin recommencer à dédier à leur duchesse adorée des chansons sur leur amour et sur sa beauté. Leurs louanges lui réchauffaient le cœur, car elle savait qu'elle n'était plus la glorieuse jeune femme qui avait jadis inspiré tant de couplets chevaleresques ; et voilà qu'ils continuaient de chanter son charme et sa noblesse incomparables.

C'était un véritable luxe que de vivre, après ce qui lui semblait avoir été des années d'exil, au sein d'une civilisation qui célébrait l'amour sous toutes ses formes. Quel plaisir c'était en effet de s'asseoir l'après-midi sous une tonnelle frappée par un soleil cuisant, et de discuter avec ses seigneurs et ses dames de ce sujet si fascinant, ses courtisans se rassemblant autour d'eux, suspendus à ses lèvres.

— Dans les royaumes du Nord, ils ne parlent pas d'amour comme nous le faisons en Aquitaine, expliqua-t-elle à cette assemblée abasourdie. Ils pensent que l'amour, tel que nous l'honorons, n'est qu'un prétexte à l'adultère. Monsieur mon époux n'a jamais compris notre culture.

— L'amour est la clé du bonheur entre un homme et une femme, déclara le jeune troubadour Rigaud de Barbezieux.

— Le véritable bonheur ne peut s'atteindre que quand les amants sont sur un pied d'égalité, ce qui est rare, répondit Aliénor, car il n'y a pas d'égalité dans le mariage, et nos codes dictent que le soupirant implore toujours sa maîtresse.

— Dans ce cas, comment les hommes et les femmes pourraient-ils jamais être égaux ? demanda Torqueri en fronçant ses fins sourcils.

Cela ne se pourra jamais dans un monde qui nous considère nous, les femmes, comme de simples possessions ou comme des catins.

—Je remercie le Seigneur de ce que nos coutumes en Aquitaine honorent les femmes, dit Aliénor. Torqueri a raison. Dans le Nord, les femmes sont effectivement de simples biens. Mais ici, grâce à notre société plus libérée, elles sont mises sur un piédestal ! Vous comprenez pourquoi je souhaitais rentrer ?

—Ne vous traitaient-ils pas avec respect là-bas, madame ? s'enquit une demoiselle atterrée.

—Si, bien sûr, car je suis la reine et nul ne souhaitait me manquer de respect, mais gare au premier troubadour qui avait l'audace de louer ma beauté dans une chanson, ou osait s'imaginer dans mon lit ! Ils sont, je vous l'affirme, incapables de comprendre qu'il s'agit-là d'une pratique sans conséquence.

Bertran de Born, un jeune homme indompté et dangereux qui était aussi doué à l'épée qu'à la lyre, se fendit d'un sourire carnassier.

—Qui a dit que c'était sans conséquence ?

—Une dame n'est pas censée consentir à accorder ses faveurs à un homme de moindre rang, le réprimanda Mamille d'un ton pincé.

—Dans ce cas, puisque les mariages sont conclus pour des raisons politiques, comment trouverait-elle l'amour ? l'interrogea Bertran. En vérité, nul homme ne cherche l'amour dans le lit conjugal.

—Je ne suis pas d'accord, intervint Aliénor en se délectant de cette conversation.

—Madame, je vous demande pardon, mais j'affirme que le véritable amour ne peut pas exister entre mari et femme, lui opposa Bertran. Il faut le chercher ailleurs. Et je dois dire que, même si l'objet du désir de certains n'est pas censé consentir à déployer ses faveurs sur un humble soupirant, beaucoup le font !

Il y eut des hoquets de stupeur effarés de la part des femmes présentes.

— Messire, vous manquez de courtoisie, et vous enfreignez les règles du jeu, le tança Aliénor.

— Mais, madame, vous ne pouvez pas vous ranger à l'avis que l'amour peut fleurir au sein d'un mariage, insista Bertran.

— Je n'en croirais pas un mot, murmura Rigaud.

Aliénor perdit son sourire. C'était comme si un nuage avait subitement dissimulé le soleil.

— Je crois bel et bien que l'on peut trouver l'amour dans le mariage, finit-elle par déclarer. Il faut pour cela que les deux partenaires soient des âmes sœurs, ce qui est rare, je le concède. Mais... (Son ton se fit plus froid et détaché.) Mais quand le mari insiste pour être le maître et qu'il a le droit de prendre ce qu'il veut plutôt que de le solliciter, l'amour n'a pas de place, car je pense fermement que, comme je l'ai déjà dit, l'amour doit être donné librement dans une relation entre personnes égales.

— Mais cela nous renvoie à la question primordiale : comment les hommes et les femmes pourraient-ils jamais trouver le bonheur dans une telle relation ? s'exclama Bertran. Dans le mariage, le mari est le seigneur et maître ; quand une femme se fait courtiser, elle est la maîtresse qui accorde ses faveurs si le cœur lui en dit.

Aliénor partit d'un rire soudain et lui donna une petite tape sur l'épaule.

— À vous de nous le dire, monsieur de Born ! Qu'en est-il de toutes ces dames qui ont consenti et dont vous venez de nous parler ? Vous devez en savoir long sur l'amour dans une relation d'égal à égal !

Cela déclencha l'hilarité générale et Bertran sourit tout en hochant la tête pour s'avouer vaincu.

— L'amour ? gloussa Torqueri. Qu'en sait-il ? Tout ce qu'il a à l'esprit est ce petit diable indiscipliné dans ses braies !

— Je réfute le mot « petit » ! se récria vivement Bertran.

— J'imagine, rétorqua la première d'un air malicieux sous les rires de l'assemblée.

Tout cela était fort plaisant ; Aliénor était heureuse d'être là, de se sentir enfin chez elle, et de pouvoir profiter de si légères conversations. L'amour, se disait-elle, n'était peut-être pas la chose la plus importante au monde, malgré ce qu'affirmaient les troubadours ; et la perte de celui-ci apportait de nombreuses compensations. Elle savait à présent qu'elle pourrait vivre seule, en paix, et qu'elle pourrait affronter l'avenir avec sérénité. La bataille avait été longue, mais elle avait fini par l'emporter.

Chapitre 38

Caen, Normandie et Poitiers, 1170

Henri avait beaucoup vieilli au cours des deux années pendant lesquelles Aliénor ne l'avait pas revu. Ses cheveux roux tiraient de plus en plus sur le gris, les soucis avaient creusé des rides sur son visage, et il avait encore pris du poids. Il la salua formellement avec un baiser sur la joue, entre suzerains, sans trahir la moindre émotion. Puis il lui prit la main et la guida dans la fabuleuse salle de l'Échiquier, à Caen, ses courtisans s'inclinant sur leur passage.

—Je ne vous aurais pas convoquée dans le Nord au beau milieu de l'hiver s'il n'était pas crucial que nous fassions front commun, expliqua-t-il.

—J'ai cru comprendre que vous comptiez bien faire dès à présent couronner Henri le Jeune roi d'Angleterre, dit Aliénor.

—Oui. La coutume en Angleterre veut que l'héritier succède naturellement, mais tous les rois de France depuis Charlemagne ont fait couronner leur héritier de leur vivant, et je partage l'opinion que cela est un bon moyen d'entériner une succession. Je suis sûr que les Anglais pesteront, puisqu'ils détestent tout ce qui va à l'encontre des traditions, mais ils s'y feront. Il n'y a qu'un seul obstacle à mon plan.

— Becket, devina-t-elle sans hésitation.

— Oui, soupira Henri. Mais nous parlerons de tout cela pendant le repas. (Il l'emmena dans une belle pièce voûtée décorée de tapisseries représentant des scènes de chasse.) Un peu de vin ?

— Merci, accepta poliment Aliénor en essayant de se rappeler la passion qui avait autrefois vibré entre eux.

Elle échoua, car elle avait le sentiment qu'ils étaient devenus de parfaits étrangers.

— Avez-vous passé un bon Noël ? demanda-t-elle.

— Oui, répondit Henri. Je l'ai passé à Nantes, en Bretagne, avec Geoffroy et Constance. Quel dommage que vous ne soyez pas allée à Rennes au printemps dernier, pour voir la couronne ducale remise à Geoffroy.

— Je suis navrée de n'avoir pas pu être présente, j'étais en déplacement en Aquitaine. Mais Geoffroy m'a tout raconté, et Constance était fière comme un coq, gonflée de son importance, cette petite friponne.

Ce souvenir lui tira une grimace de dépit.

— Geoffroy aura fort à faire avec elle, gloussa Henri. Dieu merci, il n'aura pas à partager sa couche avant encore plusieurs années.

— Alors, tout se passe bien en Bretagne, désormais ? ne put-elle s'empêcher de demander.

Le soulèvement d'Eudes de Porhoët était de l'histoire ancienne, mais elle voulait donner quelques sueurs froides à Henri à ce sujet. Il l'observa avec perplexité, puis détourna le regard.

— Vous avez donc entendu parler de cette affaire.

— Comme toute l'Europe ! rétorqua-t-elle sur un ton acerbe. Il aurait fallu que je sois sourde.

— Aliénor, je ne vous ai pas fait venir ici pour me disputer avec vous, déclara Henri d'un air presque suppliant. Vous avez voulu votre liberté et je vous l'ai accordée. Permettez-moi au moins d'avoir la mienne.

— Naturellement, accepta-t-elle sur un ton doucereux. J'espère que Rosemonde – la « belle Rosemonde » comme, il me semble, on l'appelle maintenant… que c'est charmant ! – n'en a pas été trop bouleversée. Je suppose qu'elle est toujours votre maîtresse ?

— Diablesse ! vociféra Henri. Vous n'êtes pas là depuis cinq minutes que déjà vous cherchez la confrontation.

— Oui, mais j'ai eu le temps en deux ans de réfléchir à tout ce que j'avais à vous dire, répliqua Aliénor.

— Pour être honnête, c'est agréable de vous voir, dit Henri. Ne gâchez pas cela.

— Comme c'est touchant ! s'exclama-t-elle avec un sourire un peu trop sincère.

— Il nous faut travailler main dans la main, désormais, rétorqua-t-il en fronçant les sourcils. Et si nous déclarions une trêve ?

— « Une trêve » ! répéta-t-elle avec un sourire qui semblait s'être figé. Comme vous voudrez.

Ils soupèrent dans la grande chambre, et les serviteurs s'en furent après avoir déposé les plats sur la desserte, les laissant se servir.

Quand ils furent assis, Henri ne perdit pas une seconde pour revenir sur le sujet du couronnement de Henri le Jeune.

— Ce que je veux, commença-t-il, est voir Thomas récupérer sa position légitime à Cantorbéry et que cesse cette lutte interminable. Il serait approprié que ce soit l'archevêque d'Angleterre qui procède à la cérémonie.

— Mais j'ai entendu dire qu'il y avait eu d'autres frictions avec Becket l'année dernière.

— C'est vrai, confirma Henri dans un soupir las. Louis a, une fois de plus, fait l'intermédiaire et, sur son conseil, j'ai juré à Thomas que je soutiendrais son retour à Cantorbéry s'il retirait ses condamnations de mes Constitutions de Clarendon. Et il a accepté, Aliénor ! Il a dit qu'il le ferait.

— Que s'est-il passé, alors ?

Elle avait entendu plusieurs versions confuses du déroulement de cette histoire, et n'avait pas su laquelle croire.

— Il est venu me rendre visite. Cela faisait quatre ans que nous ne nous étions pas vus, alors vous pouvez imaginer ce que j'ai ressenti. Il s'est agenouillé, puis s'est mis à plat ventre devant moi, implorant ma clémence.

— Il a toujours aimé les gestes dramatiques, commenta âprement Aliénor.

— On croirait entendre ma mère, que Dieu ait son âme, pesta Henri.

— Votre mère était une femme très sage et elle avait vu juste dans le jeu de cet homme.

— Aliénor, j'essaie de vous expliquer ce qu'il s'est passé, protesta Henri.

— Faites donc, répondit-elle froidement.

— Eh bien, je pensais que la chose était entendue. Nous échangerions le baiser de paix, il rentrerait à Cantorbéry, et tout le monde continuerait sa vie dans la joie et la bonne humeur.

— Henri, il est question de Becket. Rien n'est jamais clair et précis avec ce prêtre. Qu'a-t-il fait ?

Henri lui lança un regard douloureux, mais reprit son récit sans prêter attention à sa pique.

— Il a tout gâché. Il a dit qu'il ferait selon mon bon plaisir si cela n'allait pas à l'encontre de l'honneur de Dieu, et qu'un prêtre ne devait pas se soumettre à la volonté d'un laïque. J'ai alors compris que nous en étions revenus au point de départ.

— Et qu'avez-vous fait ?

— J'ai perdu mon sang-froid. Je l'ai injurié et je suis parti dans le tumulte général tandis que Louis tentait en vain de faire comprendre à Thomas qu'il se montrait trop obstiné. Et la chose s'est terminée ainsi. Becket est parti furieux retrouver son cloître, où il boude depuis, damné soit-il.

Aliénor se leva, prit son assiette et se rendit au buffet pour prendre deux autres morceaux de poulet.

—Alors que faisons-nous, maintenant ? demanda-t-elle.

—Je propose – et je voudrais votre approbation – que ce soit notre fidèle ami Roger, l'archevêque d'York, qui célèbre le couronnement de notre fils.

Aliénor se tourna lentement vers lui.

—Vous savez que Becket y verra une grave insulte ?

—Oui, répondit Henri sur un ton de défi. Et je sais aussi que cela offensera tous ceux qui sont attachés aux traditions ; mais je ne peux pas me permettre de laisser cet infernal prêtre interférer dans mes plans. Êtes-vous d'accord ?

—Absolument. Cela pourrait être un moyen de ramener Becket dans le rang.

Ce ne fut pas le cas.

—Il m'a menacé d'excommunication si je donnais l'ordre à l'archevêque Roger d'officier au couronnement, gronda Henri. Il s'est par ailleurs plaint auprès du pape, qui s'y oppose aussi sous peine d'excommunication. Et tout évêque ou prêtre qui prendrait part à la cérémonie serait aussi frappé d'anathème. C'est intolérable, et, par le sang du Christ, je leur ferai voir ! Je vais retourner en Angleterre sur-le-champ pour préparer la cérémonie. En mon absence, je veux que ce soit vous qui gouverniez la Normandie.

—Vous savez que vous avez mon soutien, répondit Aliénor.

Il la dévisagea un instant prolongé avec sur le visage une expression plus douce que ce à quoi elle avait eu droit depuis bien des années, mais il ne dit rien ; son esprit était absorbé par les détails pratiques.

— Fermez tous les ports et maintenez-les ainsi jusqu'à recevoir mes ordres, dit-il. Nous ne voudrions pas que notre ami Thomas traverse la mer et vienne tout gâcher.

— Et qu'en est-il de vos évêques ?

— Laissez-moi les secouer un peu. Ils savent ce qui est bon pour eux. Quand tout sera prêt, je ferai chercher le jeune Henri. Je m'en remets à vous pour qu'il parte avec une escorte suffisante. Ajoutez quelques évêques pour faire bonne mesure, afin que le peuple croie que nous le faisons avec l'appui de l'Église. Vous saurez forcer la main de vos prélats.

— Vous pouvez sans crainte me laisser ce soin, lui assura-t-elle. Qu'en est-il de la petite Marguerite ? Sera-t-elle aussi couronnée ?

— Non. Je n'ose pas prendre le risque d'offenser Louis pour le moment. Il pourrait déjà m'en vouloir de défier le pape. Gardez-la auprès de vous. Dites-lui que je procéderai à son couronnement dans un second temps, quand Becket sera revenu à la raison.

Aliénor était convaincue que Henri faisait ce qui était juste, et elle était touchée de voir qu'il avait une si grande confiance en ses capacités à régner sur la Normandie en son absence ; mais son cœur saignait de savoir qu'elle ne serait pas présente à Westminster pour voir son fils, son petit prince, fait roi. Le jour prévu, le dimanche 14 juin, elle lui accorda des prières particulières pendant la messe et passa plusieurs heures agenouillée, Marguerite à côté d'elle, implorant Dieu de le bénir et de lui montrer la voie dans son éminente tâche.

Les ports de la mer d'Angleterre enfin rouverts, les messagers purent lui faire parvenir des rapports sur le couronnement.

— Le jeune roi portait éminemment bien sa couronne et ses robes d'apparat, madame ! Les gens disaient qu'il était le plus beau prince de toute la chrétienté.

— Il s'est montré aimable et galant, le roi parfait, à peine en dessous des anges !

— Certains disaient que sa beauté et sa prestance dépassaient celles de tous. Il reçoit toute la courtoisie et tout l'amour des hommes, et a trouvé grâce et faveur aux yeux de ses futurs sujets.

Le moral d'Aliénor remonta en flèche quand elle entendit ces louanges. Elle reçut néanmoins un rapport qui ne lui parvint pas par voie de messager, mais par une dame fiancée à un chevalier ayant assisté au banquet de mariage et qui était revenu pour l'épouser. En entrant dans son boudoir, elle l'entendit raconter aux autres que le jeune roi avait cruellement manqué de respect à son père. Quand elles s'aperçurent de sa présence, les dames retombèrent dans un silence obséquieux.

— Alors ? Je vous en prie, poursuivez, lança-t-elle.

— Madame, pardonnez-moi, je ne devrais pas vous dire ce genre de choses, tenta d'esquiver la suivante.

— Au contraire. C'est de mon fils que vous parlez, je suis donc concernée. Continuez ! rétorqua-t-elle sèchement.

— Madame, mon promis m'a rapporté que notre bon roi avait insisté pour effectuer le service du roi son fils, et, quand il a apporté la tête de sanglier à la table d'honneur, il a plaisanté sur le fait qu'il était inhabituel de voir un monarque porter un plateau. Mais le jeune roi a répondu qu'il n'était pas humiliant pour un fils de comte de servir un fils de roi. Et… et il ne plaisantait pas, madame.

Aliénor dissimula à la perfection sa consternation.

— Je vous suggère de cesser de répandre ce genre de vaines rumeurs, mademoiselle, la réprimanda-t-elle. À présent, allez me chercher mon ouvrage de broderie.

Cette histoire paraissait cependant plausible, et elle décida d'en toucher un mot à Guillaume le Maréchal, qui était sur le point de partir pour l'Angleterre afin d'escorter la nouvelle maisonnée formée par Henri à destination de son héritier ; elle lui demanda d'exhorter son jeune maître, au nom de sa mère, à toujours faire preuve du respect et de la déférence dus à son père.

Geoffroy et Henri le Jeune ayant à présent officiellement reçu leur couronne et l'insigne de leur futur héritage, le tour de Richard était venu. En tant qu'héritier d'Aliénor, il devait recevoir le titre de comte du Poitou à Poitiers, et ce fut là qu'Aliénor se rendit dans l'été. Avec une fierté débordante, elle se tint dans l'abbaye de Saint-Hilaire et regarda l'archevêque de Bordeaux remettre solennellement à son héros de douze ans la sainte lance et l'étendard du saint patron de la ville. Elle escorta ensuite Richard à Niort, où il reçut les hommages des seigneurs du Poitou avec une grande fierté et beaucoup de dignité. Ensuite, ils prirent tous les deux place sur un trône identique lors d'un banquet marquant l'occasion, qui fut suivi par des tournois organisés par Aliénor pour le plaisir de son fils. Il était déjà impatient de pouvoir entrer en lice à son tour, et son instructeur déclara à la duchesse qu'il en serait parfaitement capable dans peu de temps. Cela lui fit froid dans le dos, car les joutes étaient souvent brutales et sanglantes, mais la joie qu'elle tirait des prouesses de Richard la poussa à oublier ses craintes pour sa sécurité. Elle lui promit qu'il verrait son vœu exaucé après encore une année de patience.

Chapitre 39

Rocamadour, 1170

Aliénor s'agenouilla aux côtés de Henri dans la pénombre de l'église, éblouie par les multiples cierges allumés devant la madone noire miraculeuse. C'était l'un des plus saints sanctuaires de ses domaines, un lieu de pèlerinage pour d'innombrables fidèles. Il se situait en haut d'une falaise, loin au-dessus des maisons entassées de Rocamadour, sur l'Alzou, et l'on ne pouvait y accéder que par un abrupt escalier de pierre. Conformément à la pieuse tradition, le roi et la reine s'étaient agenouillés sur chacune des deux cent seize marches durant leur longue ascension, en compagnie de leurs seigneurs et dames et de nombreux humbles pèlerins. Ils étaient venus vénérer le bienheureux saint Amadour, qui avait échappé à ses persécuteurs après la crucifixion du Christ, puis avait suivi le conseil de la Vierge Marie et fui dans le Quercy, finissant ses jours en tant qu'ermite. Ses ossements sacrés gisaient sous le sol de la *chapelle miraculeuse**, le saint des saints, et la sombre statue de bois de la Vierge à l'Enfant avait été placée avec révérence juste au-dessus. Elle était surplombée d'une cloche, qui était réputée pour sonner d'elle-même à l'approche d'un miracle.

Henri et Aliénor n'attendaient aucun miracle. La duchesse songea avec tristesse que ce temps était depuis longtemps révolu, bien qu'elle soit reconnaissante du fait qu'ils aient enfin abouti à une entente cordiale. Non, ils étaient venus en ce glorieux jour d'octobre pour rendre grâce suite à la guérison de Henri, atteint d'une fièvre tierce qui avait manqué de l'emporter en août.

Aliénor tenait Becket pour responsable de cette maladie. L'archevêque n'avait évidemment pas pu la déclencher lui-même, mais il l'avait causée par le chagrin que son comportement infligeait au roi et qui le rendait plus vulnérable que d'ordinaire à la maladie. Becket et le pape avaient été outrés par les actes de Henri, et la menace de voir le roi et le royaume frappés d'interdit avait plané sur eux tous pendant quelque temps. Alors, Louis était intervenu, et Sa Sainteté avait changé de discours, insistant pour que Henri et Becket cessent leur querelle. Le roi avait immédiatement fait savoir qu'il était prêt à faire la paix et, grâce aux bons offices de Louis, il avait rencontré Becket en juin dans la forêt de Fréteval, au sud de Paris.

Quand le roi et la reine s'étaient retrouvés sur la route de Rocamadour, elle avait vu un Henri amaigri et pâle, fatigué par la maladie. Il lui avait raconté ce qui s'était passé en ce jour fatidique.

— Je l'ai serré dans mes bras. Je n'ai pas pu m'en empêcher, déclara-t-il en la regardant comme s'il attendait une remarque acerbe de sa part.

Elle était cependant tant choquée de le voir si transfiguré, et affaibli, qu'elle n'avait nulle envie de critiquer.

— Qui a parlé en premier ? s'enquit-elle.

— Moi. J'ai eu des mots amicaux. Je lui ai dit que nous devions retrouver l'amour que nous nous portions, faire ce qui était bon l'un pour l'autre, et oublier complètement la haine qui nous avait animés. (Sa voix se cassa sous le coup de l'émotion.) J'ai admis avoir eu tort d'aller à l'encontre de l'Église au sujet du couronnement, et je lui ai demandé de rentrer en paix à Cantorbéry pour couronner de nouveau Henri le Jeune, avec Marguerite cette fois. Ce qu'il a accepté de faire.

— S'est-il montré conciliant ? demanda-t-elle. Est-il venu dans le même esprit d'amitié ?

— Oui, je le pense, répondit Henri. Mais ni lui ni moi n'avons évoqué les Constitutions de Clarendon. Il nous faudra aborder ce sujet un autre jour, et, dans cette attente, je me suis retenu de lui donner le baiser de paix, ce que j'ai promis de faire à mon retour en Angleterre. Je ne lui ai simplement pas dit quand, ajouta-t-il avec une touche de son ancien sourire malicieux.

— Vous lui avez donc donné la permission de rentrer à Cantorbéry ?

— Oui, mais j'ai contracté cette fichue fièvre avant de pouvoir organiser son retour.

Agenouillée à ses côtés, elle frémit en repensant à la suite de mauvaises nouvelles qu'on lui avait apportée : qu'il était souffrant, que sa vie était en grave danger, qu'il avait fait son testament – et la fausse nouvelle de son trépas, qu'elle avait crue pendant une interminable journée. Être confronté à la mort avait d'évidence eu un grand effet sur son époux ; c'était lui qui avait décidé de faire ce pèlerinage afin de remercier le Seigneur pour son rétablissement, et qui avait insisté pour qu'elle l'accompagne. S'était-il repenti pour l'immoralité de son existence ? Rosemonde était-elle toujours sa maîtresse ? Elle n'osait pas poser la question.

Leurs grâces rendues, et leur âme ainsi allégée, ils sortirent sous le soleil radieux et entamèrent leur descente dans la vallée, où les attendaient leurs montures. Henri chevaucha ensuite avec Aliénor vers le nord, traversant l'Aquitaine, et il l'assista à Poitiers pour rattraper le retard pris dans les affaires laissées en suspens durant son absence. Ce fut là qu'il lui apprit avoir rompu les fiançailles de leur fille Aliénor avec le fils de l'empereur Frédéric Barberousse.

— Il n'est plus mon allié, expliqua-t-il. Il me serait bien plus profitable d'étendre mon influence au sud des Pyrénées en mariant notre fille au roi Alphonse de Castille. Elle recevra la Gascogne en dot. Oui, je sais, la Gascogne fait partie de vos domaines, s'empressa-t-il d'ajouter en voyant sa réaction. Elle n'en héritera qu'après votre mort.

— Très bien, accepta Aliénor. Il fera un bon parti pour elle.

Il fut bientôt temps pour Henri de repartir vers la Normandie.

— Je ferai délivrer un sauf-conduit pour que Becket puisse rentrer en Angleterre, dit-il. Je ferai savoir à Henri le Jeune que je sanctionne son retour en tant qu'archevêque de Cantorbéry. Ensuite, je retournerai voir Becket avant son départ – et j'essaierai d'éviter le sujet des Constitutions de Clarendon !

— Que Dieu vous garde, sire, dit Aliénor sur un ton solennel.

Elle était en réalité triste de le voir partir.

— Et vous aussi, ma mie, répondit Henri en sondant son regard, qui lui demeura mystérieux.

Chapitre 40

Chaumont-sur-Loire, 1170

Quand l'archevêque entra dans la grand-salle du château de Chaumont, grelottant à cause du froid humide de cet après-midi de novembre, le roi se leva de son trône et s'avança pour le serrer fort dans ses bras. Les deux hommes se regardèrent droit dans les yeux l'espace d'un instant.

— Bienvenue, mon ami, dit Henri.

Après qu'ils eurent échangé quelques banalités, Thomas leva les yeux vers ceux de Henri.

— Sire, je suis inquiet, confessa-t-il.

— Il ne faut pas, le rassura Henri. Tout est prêt pour votre retour.

— Ce n'est pas cela, répondit doucement Becket. Quelque chose en moi me dit que je ne vous reverrai plus jamais dans cette vie.

Henri se raidit. Qu'entendait-il par là ? Il sentit sa colère monter brusquement.

— Thomas, je vous ai dit que j'avais préparé le terrain pour vous. Pour qui me prenez-vous ? Un traître sans parole ? Croyez-vous que j'aie comploté pour vous faire disparaître et que c'est à votre perte que je vous envoie ?

— Grand Dieu, non, sire ! se récria l'autre. Cela ne m'a pas effleuré l'esprit une seule seconde. Il ne s'agissait que d'une prémonition d'un mal imminent.

— Dans ce cas, n'en tenez nullement compte ! rétorqua le roi sans beaucoup se radoucir. Je vous reverrai une fois en Angleterre, n'en doutez pas un instant.

— Je l'espère, sire, soupira Becket. Adieu.

Henri se contenta de le fustiger du regard tandis qu'il s'éloignait, le moine portant sa crosse à sa suite.

Chapitre 41

Bures, 1170

Henri avait fait venir Aliénor pour qu'elle passe les fêtes avec lui dans son pavillon de chasse de Bures, en Normandie. Le jour de Noël, elle était assise à côté de lui à la table d'honneur, resplendissante dans son bliaut vert garni de fourrure et son grand manteau de damas pourpre. La plupart de leurs enfants étaient aussi présents, en place centrale au vu de leur rang. Richard se trouvait directement à côté de sa mère, avant Geoffroy et Constance ; Jeanne, aux manières parfaites, et même Jean, à présent un petit garçon turbulent de quatre ans aux cheveux en bataille, avaient fait le voyage depuis Fontevraud pour l'occasion ; la jeune Aliénor, malheureusement, avait dû être laissée aux bons soins des moniales, car elle souffrait d'un mal hivernal et il avait été estimé préférable qu'elle ne voyage pas. Le jeune roi était, évidemment, absent : il se trouvait en Angleterre, où il passait son premier Noël avec sa Cour à Winchester.

Il était tard et, voyant le roi et ses seigneurs céder à l'excès de nourriture et de vin, la reine fit signe à la nourrice d'emmener les plus jeunes enfants au lit.

— Vous aussi, Constance, dit-elle.

La jeune fille au visage mutin fit la moue, mais elle n'osa pas désobéir. Quand elle fut partie, Richard et Geoffroy se défièrent avec joie aux dés et Aliénor fit de son mieux pour participer à la conversation de plus en plus incohérente.

Elle songeait à se retirer pour la nuit quand l'intendant entra dans la salle pour annoncer l'arrivée de l'archevêque d'York et des évêques de Londres et de Salisbury.

— Ils vous implorent de leur accorder une audience, sire. Ils ont fait le voyage depuis l'Angleterre, déclara-t-il.

— Par ce temps affreux ? s'étonna Aliénor, déjà inquiète de connaître les raisons de leur venue.

Ces évêques n'auraient certainement jamais entrepris la traversée périlleuse de la mer s'ils n'avaient pas une nouvelle de la plus haute importance.

Henri avait instantanément dessoûlé.

— Faites-les entrer, ordonna-t-il.

Puis il laissa échapper un grand rot et se leva pour les recevoir.

Une fois les formalités terminées, l'archevêque Roger, un homme grand et cultivé, parla avec gravité pour les trois hommes, toute la Cour suspendue à ses lèvres.

— Mon roi, nous sommes venus formuler une sérieuse plainte à l'encontre du comportement despotique de Sa Grâce l'archevêque de Cantorbéry.

— Qu'a-t-il encore fait ? maugréa Henri.

— Il nous a excommuniés tous les trois, ce matin même, du haut de sa chaire à Cantorbéry, pour avoir pris part au couronnement, expliqua l'archevêque.

Les barons lancèrent des récriminations indignées tandis que Henri dévisageait les trois hommes d'un air médusé.

— Mais nous avions réglé ce problème, dit-il.

— C'est scandaleux, ajouta Aliénor dans un soupir atterré face à la duplicité de Becket. Ce n'est pas ainsi que l'on se rachète !

— Le problème n'était apparemment pas réglé, pesta l'évêque Foliot de Londres. Il semblerait qu'il ait nourri sa colère contre ceux qui l'ont défié. Je n'ai jamais eu très grande opinion de lui, comme vous le savez, et il semblerait que mes doutes aient été fondés. Sire, le pape doit être mis au fait de cette désobéissance.

— Par le sang du Christ, Becket souffrira pour cette ignominie ! cria Henri d'une voix pleine de colère et d'indignation. Est-ce ainsi qu'il répond à mon offre amicale ?

— Sire, intervint le seigneur de Leicester qui était assis non loin. C'est assez. Tant que Thomas sera en vie, jamais vous n'aurez la paix et la quiétude, ni ne verrez de bons jours.

— Par Dieu, vous dites vrai ! lança le roi dans une fureur outrée. Becket est allé trop loin, cette fois. Il fait cela dans le simple but de me contrarier, quand dans le même temps il a l'audace de se réclamer de l'honneur de Dieu.

— C'est son propre honneur qu'il tient en si haute estime, rétorqua Aliénor en conservant un ton calme. (Elle avait remarqué que Henri s'approchait dangereusement de ses crises de rage induites par le caractère incontrôlable des Plantagenêts.) Il se complaît dans le péché d'orgueil. Sire, vous devez en appeler au pape.

— Je le ferai défroquer ! bredouilla Henri en frappant si fort du poing contre la table qu'il renversa plusieurs coupes. Et ensuite, quand il ne bénéficiera plus de la protection de son office, je le ferai condamner pour traîtrise !

— Faites d'abord en sorte que Sa Sainteté se range de votre côté, l'incita Aliénor.

Mais il n'écoutait pas ; il était si accaparé par sa colère qu'il n'entendait plus rien, crachant des menaces et des injures au ciel tant et si bien que ses courtisans cessèrent leurs murmures consternés pour l'observer d'un air médusé. Ce fut alors que, voyant qu'il attirait tous les regards incrédules, il cessa ses invectives et demeura là, tremblant de rage, dans un silence oppressant et dangereux, promenant son regard furieux et sanguinaire sur toute l'assemblée. Aliénor frémit. Elle ne l'avait jamais vu à ce point emporté par la haine. Elle trouva le courage de poser une main sur son bras afin de le calmer, mais il se dégagea d'un geste brutal et planta ses yeux terrifiants sur la Cour apeurée.

— Que de couards vois-je devant moi ! siffla-t-il. Je vous maudis, vous qui laissez votre roi être humilié avec tant de mépris par un prêtre du bas peuple !

Un silence stupéfait tomba, que nul n'osa briser. Manifestement, personne ne savait quoi répondre à cela.

— Eh ! quoi, parmi tous ces lâches que je nourris, aucun n'est donc capable de me venger de ce misérable clerc ? vociféra le roi avant de se rasseoir brusquement.

Il enfouit la tête entre ses mains, ses épaules se soulevant au rythme de sa colère, tandis que tous autour se regardaient sans savoir quoi faire.

Aliénor se leva d'un bond et prit Henri dans ses bras, oubliant tout sens de l'étiquette dans son besoin de soulager son chagrin. Elle était si obnubilée par l'envie de le consoler que, à l'instar de beaucoup d'autres participants à ce banquet funeste, elle ne vit pas les quatre fidèles chevaliers quitter la grand-salle avec une détermination implacable, la main serrée sur le pommeau de leur épée.

Henri la retrouva au lit cette nuit-là, pour la première fois en près de cinq ans. Il était venu pour trouver du réconfort plutôt que par désir, même s'il aurait préféré mourir plutôt que de l'admettre. Et elle, sachant son besoin, lui ouvrit une nouvelle fois ses bras. Ils furent tendres l'un envers l'autre, se serrant fort sans avoir à se dire quoi que ce soit. Ce fut une sensation étrange – et un ravissement inattendu – que de retrouver les bras de Henri.

Pour la connaître, elle était prête à lui pardonner n'importe quoi. Elle était profondément émue de constater que, dans ce moment de crise, c'était vers elle qu'il s'était d'abord tourné. Ce fut ainsi que, quand le besoin de réconfort se mua en une pulsion plus animale, et qu'il se pressa contre elle à sa manière si familière pour la pénétrer, elle ne ressentit que de la joie, ainsi qu'une parfaite sensation de paix intérieure qui lui donna envie de pleurer.

Ces ébats n'avaient rien de l'explosion de passion et d'ardeur qu'ils avaient autrefois connue – beaucoup de temps avait passé et ils étaient tous deux, cela allait de soi, bien plus vieux – mais la satisfaction pure qu'ils en tirèrent fut splendide, et son orgasme, quand il finit par arriver – elle n'y était plus habituée –, fut grandiose. C'était comme si tout le désir refoulé au cours des années dénuées de sexe et d'amour avait été relâché d'un seul coup.

Quand les vagues de plaisir s'estompèrent, Aliénor resta étendue paisiblement avec le bras de Henri autour d'elle, et se dit que leur longue séparation lui avait permis de refermer ses plaies et de mettre en perspective beaucoup de leurs problèmes. Le vieil adage affirmant que l'absence renforce les liens était fort approprié, se rendit-elle compte. Et le frottement sensuel d'une peau contre une autre dans la douceur des draps était hautement propice à la réconciliation. Rosemonde ou pas, si Henri la voulait, elle était prête à le reprendre.

Mais quand il finit par lui parler, ce ne fut pas pour mentionner l'avenir qu'ils pourraient avoir ensemble.

— Aliénor, quelque chose me taraude, dit-il. Juste avant que je sorte de la grand-salle, l'intendant m'a dit que quatre chevaliers avaient quitté le château peu de temps auparavant. Il lui a paru étrange qu'ils sortent si tard la nuit de Noël.

— Sais-tu de qui il s'agissait ? demanda-t-elle.

— Oui. De Guillaume de Tracy, qui fut jadis le chancelier de Becket, de Reginald FitzUrse, Richard de Brito et Hughes de Morville. Ce dernier a fait du bon travail en appliquant ma justice dans le nord de l'Angleterre. D'après ce que j'ai compris, ils seraient partis après mon...

Henri laissa sa phrase en suspens, incapable de trouver les bons mots pour décrire son accès de rage.

Aliénor écarquilla soudain les yeux et se redressa brutalement.

— Oh, non ! Je prie le Seigneur pour qu'ils ne t'aient pas pris au mot !

— « Au mot » ? s'étonna Henri qui se redressa à son tour, appuyé sur le coude.

— Ne te souviens-tu pas ? Tu as demandé que quelqu'un te venge de Becket ! Tu l'as traité de « misérable clerc ».

Henri bondit du lit et attrapa sa robe de chambre.

— Je dois les faire revenir ! s'écria-t-il avant de quitter la pièce sans avoir entièrement pu se vêtir avec pudeur.

Il cria des ordres aux gardes, mais il était trop tard : les quatre chevaliers étaient partis depuis longtemps.

Les deux jours suivants, Aliénor eut la peur au ventre. Henri était convaincu que cet éclat de colère involontaire allait avoir des conséquences désastreuses, et elle partageait secrètement son mauvais pressentiment. Elle ne lui adressait toutefois que des paroles rassurantes.

— Henri, tu as envoyé des hommes sur leurs traces, alors sois rassuré. D'ailleurs, qui envisagerait de commettre un acte de violence à l'encontre de l'archevêque de Cantorbéry ?

— Ils m'ont entendu dénigrer sa fonction, répondit-il en posant sur elle un regard apeuré. Ils pourraient se convaincre que sa disparition mettrait un terme à cette interminable querelle, et que cela servirait en fin de compte l'intérêt de l'Église.

— Je ne pense sincèrement pas qu'ils iront jusque-là, tenta-t-elle de le raisonner avec une assurance empruntée. Peut-être sont-ils simplement partis dire à Becket ses quatre vérités et le secouer un peu pour qu'il accepte de se soumettre. Après tout, le pape doit te soutenir ; Becket ne peut pas l'emporter. Il ne s'en sortira pas, cette fois.

— Il ne s'en sortira effectivement pas, confirma Henri avec une gravité prophétique.

Chapitre 42

Argentan, 1171

Ne pouvant plus supporter cette tension, le roi délaissa les festivités de Noël, renvoya ses convives et se retira avec la reine à Argentan. Ce fut là que le trouva le frère Peter, un jeune moine d'Angleterre, épuisé et tout crotté après un éprouvant voyage, alors que le couple royal recevait l'évêque Arnulf de Lisieux à souper dans la grande chambre.

— Sire, s'exclama le moine, à bout de souffle, en se jetant à genoux d'épuisement. J'apporte une terrible et sombre nouvelle.

Henri blanchit brusquement et serra les poings. L'évêque se leva d'un bond, manquant de faire tomber sa chaise.

— Quelle est-elle ? demanda sèchement Aliénor.

— Madame, l'archevêque Becket a été vilement assassiné, occis en sa propre cathédrale il y a deux jours, alors qu'il célébrait les vêpres.

Aliénor fut momentanément à court de mots, incapable d'assimiler l'effroyable information qu'elle venait d'entendre.

— « Assassiné » ? répéta-t-elle, hébétée. L'archevêque de Cantorbéry ?

— Oh, mon Dieu ! se lamenta soudain Henri en se frappant la poitrine. Thomas, mon Thomas ! Que Dieu me pardonne, tout cela est de mon fait. Je l'ai tué, aussi sûrement que si je l'avais étranglé de mes propres mains.

Ses larmes coulaient furieusement et des sanglots secouaient son puissant corps.

— Que le Seigneur le venge, murmura l'évêque en faisant le signe de croix avec une consternation infinie. C'est certainement la pire atrocité jamais commise. Comment a-t-on pu perpétrer pareil sacrilège : occire un archevêque, et dans la maison de Dieu ?

— C'est ma faute, car j'en ai émis le souhait, déplora Henri en se tournant vers lui d'un air dévasté. J'en suis responsable. Mais, Dieu m'en soit témoin, j'aimais véritablement Thomas, malgré notre querelle. J'ai prononcé ce souhait par colère et je ne voulais pas que l'on prenne cela au pied de la lettre. Je l'aimais !

Il pantelait à présent, comme trop pétrifié par le choc pour en dire davantage, et l'évêque le dévisageait sans bien comprendre de quoi il parlait. Aliénor se dirigea vivement vers son époux, qu'elle aurait pris dans ses bras s'il ne lui avait pas tourné le dos.

— Non, je ne mérite pas d'être consolé, dit-il avec une profonde tristesse. Laissez-moi à ma terrible douleur.

Elle fut blessée d'être ainsi rejetée, mais elle prit sur elle, comprenant que Henri avait besoin de temps pour accepter ce qu'il s'était passé. C'était un débat qu'il aurait avec son confesseur, pas avec son épouse, même si avec le temps il en viendrait peut-être à se livrer à elle. En attendant, elle tourna son attention sur le pauvre moine grelottant et alla lui servir elle-même une coupe de vin. Elle en tendit une autre à l'évêque en pleurs, qui la vida avec reconnaissance, puis elle en versa une troisième pour Henri, cependant trop bouleversé pour s'en rendre compte.

— À présent, dit-elle au frère Peter, je vous prie de vous asseoir et de tout nous raconter.

Le jeune homme s'exécuta et révéla peu à peu toute la tragédie : comment Becket était retourné en Angleterre et, en dépit de ses belles promesses, avait prononcé avec morgue l'excommunication des évêques ayant pris part au couronnement de Henri le Jeune ; comment les quatre chevaliers étaient arrivés à Cantorbéry et avaient menacé l'archevêque d'un terrible châtiment s'il ne quittait pas immédiatement le royaume ; et comment ce dernier leur avait calmement répondu de cesser leurs provocations puisqu'il n'irait nulle part, avant de les congédier.

— Ils sont restés tout l'après-midi dans la cour, complotant, lançant à nous autres pauvres moines des insultes sur Sa Grâce, et revêtant leur armure, raconta le frère Peter. (Après avoir surmonté sa timidité initiale et maîtrisé sa détresse, il s'était mis à dérouler l'histoire sans s'arrêter.) Ensuite, quand nous sommes entrés dans la cathédrale pour les vêpres, ils nous ont suivis presque jusqu'aux portes. Nous étions, madame et messieurs, tout à fait terrifiés. Quand Sa Grâce l'archevêque est arrivé, nous avons abandonné le service pour courir vers lui, heureux de le voir sauf, et nous nous sommes empressés de barrer les portes afin de protéger notre berger de tout danger. Mais… (son visage quelconque de manant se crispa de douleur à ce souvenir) il nous a dit de les rouvrir, car une maison de prière, l'église du Christ, ne devait pas devenir une forteresse. C'est à ce moment-là que les quatre chevaliers ont pénétré dans la cathédrale, l'épée au clair…

Le frère Peter fut incapable de terminer.

— Prenez votre temps, lui dit Aliénor d'une voix douce en lui tendant une autre coupe de vin et un peu de pain pour en contrer les effets.

Elle était horrifiée par ce récit, toutefois elle parvenait encore à contrôler ses émotions. Le temps des larmes viendrait plus tard ; compte tenu de la stupeur dans laquelle Henri semblait pétrifié, alors qu'il leur tournait toujours le dos, laissant parfois échapper des gémissements et des lamentations pitoyables, et de l'évêque Arnulf qui était secoué de sanglots interminables, il fallait que quelqu'un conserve son calme.

— Je dois tout raconter, dit le frère Peter en reniflant. Le monde doit entendre parler de cet acte ignoble.

— Nous vous écoutons, lui assura Aliénor. Et vous pouvez croire que justice sera faite.

Elle vit alors Henri tressaillir.

— Nous étions tellement terrifiés en voyant le visage démoniaque de ces chevaliers et en entendant le fracas de leurs armes, poursuivit le moine. Tout le monde avait les yeux écarquillés de terreur – à part Sa Grâce, qui est restée calme. Et, quand ils ont demandé où était Thomas Becket, le traître envers son roi, il a répondu : « Je suis ici, mais, loin d'être un traître, je suis un prêtre. » Il n'avait pas peur et leur a demandé pourquoi ils le cherchaient, puis leur a dit être prêt à souffrir au nom de son Rédempteur. Il s'est montré courageux ; il s'est même tourné pour commencer à prier !

Aliénor retint son souffle quand le moine marqua une pause, s'efforça d'avaler son quignon de pain, pour lequel il n'avait manifestement aucun appétit, puis reprit son rapport :

— Les chevaliers se sont avancés. Ils ont exigé de lui qu'il absolve les évêques qu'il avait excommuniés, mais il a refusé. « Alors vous mourrez ! » ont-ils lancé. Jamais je n'oublierai ces mots. Sa Grâce l'archevêque s'est contenté de lever les yeux sur eux et de leur dire qu'il était prêt à mourir pour Jésus-Christ afin que, par son sang, l'Église puisse accéder à la paix et à la liberté. Les chevaliers n'aimaient pas l'idée qu'il meure en martyr et ils ont tenté de le traîner hors de la cathédrale, l'empoignant dans un geste sacrilège, mais il leur a résisté, les accusant de se conduire en fous, et il s'est agenouillé en prière. Puis l'un des chevaliers a levé son épée et a frappé le saint homme à la tête, versant ainsi le sang. Le frère Édouard a tenté de s'interposer pour sauver Sa Grâce, mais ils ont manqué de lui couper le bras. Puis tout s'est passé très vite. Monseigneur se tenait à un pilier et ils ont continué de lui assener des coups sur la tête. Il a refusé de bouger. Ils l'ont blessé une troisième fois, et il saignait abondamment lorsqu'il s'est écroulé au sol, à genoux et sur les mains, nous exhortant à témoigner de sa volonté d'embrasser la mort pour l'amour de Jésus-Christ et de l'Église. Il était prostré là, sur les pavés ; il était encore en vie et conscient, jusqu'à ce que l'un de ces félons lui porte un quatrième coup qui lui a fracassé le haut du crâne avec tant de force que son épée s'est brisée. Il a éclaboussé la pierre de son sang et de sa cervelle, souillant notre sainte cathédrale. C'est la pire chose que j'aie vue de ma vie. Puis les chevaliers se sont dispersés et nous ont laissés tenter de sauver notre pauvre archevêque, trop grièvement blessé. Il avait accueilli son martyre avec un courage sans pareil et il ne fait aucun doute, à mon sens, que son âme est à la droite de Dieu.

Un silence effaré retomba sur la grande chambre quand le frère Peter se tut. Puis le roi laissa échapper un sanglot étranglé alors que l'évêque séchait ses larmes du revers de sa manche.

— Cela dépasse même la vilenie de Néron, déclara Arnulf. Même Hérode ne s'est pas montré si cruel.

— Que Dieu ait l'âme de l'archevêque Thomas, dit Aliénor.

Elle était choquée par ce meurtre, et aussi par ses soupçons sur la réaction de Becket, qui aurait pu avoir cherché un tel sort pour faire sa grande sortie. Il semblait avoir presque embrassé le martyre, et fait tout ce qu'il avait pu pour lui tendre les bras. Cela aurait forcément flatté sa vanité ! Cet acte aurait été l'ultime vengeance contre Henri…

Horrifiée par de telles réflexions, car il était impensable de se montrer si peu respectueuse au moment où Becket venait d'affronter son terrible destin, elle se leva et convoqua l'intendant afin qu'il fasse préparer un lit et de la nourriture pour frère Peter ; puis elle fit comprendre avec beaucoup de tact à l'évêque qu'il était temps pour lui de prendre congé et, quand ils furent enfin seuls, elle porta son attention sur son époux.

Henri était comme une poupée désarticulée, chacun de ses gestes brusque et maladroit, sa respiration saccadée. Submergé par son tourment, il se laissa faire lorsqu'elle le guida jusqu'au lit et entreprit elle-même de lui enlever sa tunique et ses chausses. Il demeura inerte, son visage plissé de douleur, laissant échapper des gémissements plaintifs. Quand elle tenta de le prendre dans ses bras, il la repoussa de nouveau. Elle ne pouvait pas l'atteindre.

La terrible nouvelle se répandit rapidement dans toute la chrétienté. À l'instar de Henri, le monde entier était sous le choc. Le meurtre était unanimement condamné comme équivalent en iniquité de la trahison de Judas envers le Christ, et le roi Louis exigea haut et fort que le souverain pontife abatte le glaive de saint Pierre dans un châtiment pareil à nul autre. Partout, Becket était acclamé sans réserve comme un martyr béni, et tous les peuples s'accordaient pour rejeter la responsabilité de sa mort sur le roi d'Angleterre.

— Il s'avère que Becket est plus puissant encore mort que vivant, se lamenta Aliénor auprès de son fils Richard.

Ils écoutaient quelqu'un raconter encore comment le peuple de Cantorbéry s'était massé dans la cathédrale profanée afin de s'étendre dans le sang de leur archevêque massacré, ou d'emporter un petit morceau de l'habit sanglant comme relique.

— Bientôt, ils diront que des miracles ont lieu sur sa sépulture ! ajouta-t-elle.

— J'ai entendu certains l'appeler « le valeureux champion de Dieu », dit le jeune garçon. Son meurtre est une chose terrible, mais le peuple oublie à présent sa désobéissance obstinée envers son roi.

— C'est votre père qui passe pour le scélérat, désormais, remarqua Aliénor avec hargne. Je crains que sa réputation ne s'en remette jamais. Et le plus tragique est qu'il aura aimé Becket jusqu'à la fin. Il ne lui a jamais réellement souhaité de mal. C'est pour cette raison, mon fils, qu'il faut toujours réfléchir avant de dire quoi que ce soit sous le coup de la colère, que l'on risque de regretter ensuite. Si votre père avait fait cela, Becket serait encore en vie aujourd'hui.

Henri resta cloîtré pendant six semaines, refusant de s'atteler aux affaires de ses vastes domaines. Ainsi reclus, il se vêtit d'une robe rêche en toile de jute qu'il recouvrit de cendres de la cheminée en signe de pénitence pour son terrible péché – même s'il était convaincu qu'il ne pourrait jamais expier sa faute. Pendant trois jours, il refusa toute nourriture et ne laissa entrer personne dans sa chambre – pas même son épouse inquiète. Aliénor en arriva bientôt à se demander s'il n'avait pas perdu la raison ; elle commença même à craindre qu'il en arrive à s'ôter la vie. Il lui vint aussi à l'esprit, bien qu'elle implorât ensuite le pardon pour une telle pensée, qu'il pourrait feindre un chagrin si extrême dans le seul but de persuader le peuple qu'il n'aurait jamais pu vouloir la mort de Becket.

Elle convoqua l'archevêque de Rouen par désespoir et le supplia d'offrir à son époux un réconfort spirituel.

— Le roi m'a parlé avec une grande lucidité, lui rapporta l'archevêque après avoir passé quelque temps en privé avec Henri. Il ne perd pas la raison, et je vous engage à cesser de vous en faire sur ce point. Il souffre cependant de terribles remords. Il se tient pour seul responsable du meurtre de l'archevêque, même si ce n'était pas son désir, ni son intention. Il sait toutefois s'être attiré le mépris et l'antipathie de toute la chrétienté, et il a prié Dieu en ma présence, pour le salut de son âme, d'être témoin du fait que cet acte exécrable n'avait pas été perpétré par sa volonté, qu'il n'en avait pas eu connaissance, et qu'il n'avait pas ourdi un tel complot.

— Je pense que tout cela est vrai, dit la reine. Je le connais bien, et j'étais présente. Je l'ai entendu proférer ces paroles. Elles lui ont échappé dans le feu de la colère. Il se montre parfois fourbe et belliqueux, mais jamais un tyran ni un assassin.

— Vous dites vrai, répondit Sa Grâce. Le plus dur sera d'en convaincre le monde. Mais votre époux le roi a accepté de son plein gré de se soumettre, par mon intermédiaire, au jugement de l'Église, et c'est avec une grande humilité qu'il a promis d'accomplir tout acte de pénitence qu'elle jugera approprié.

— Que peut-il faire de plus ? demanda désespérément Aliénor.

— Qu'en est-il des meurtriers, ces suppôts de Satan ? A-t-on eu des nouvelles d'eux ?

— Tous les rapports indiquent qu'ils ont disparu, bien que j'aie ordonné aux officiers du roi en Angleterre de conduire d'importantes recherches.

— Ce sont des hommes morts, ou tout comme, commenta l'archevêque avec aigreur. Le pape les excommuniera certainement.

— Je prie pour qu'il n'excommunie pas aussi le roi mon époux, dit Aliénor.

— Je l'espère. Le roi a décidé d'envoyer des émissaires auprès de Sa Sainteté pour lui faire savoir qu'il n'a jamais souhaité la mort de ce saint homme qu'était Becket.

— Hélas, je crains que le souverain pontife écoute l'opinion publique, qui dit tout le contraire, s'inquiéta Aliénor.

Attendre la décision du pape serait comme vivre avec une épée de Damoclès au-dessus de la tête.

Sous toute cette inquiétude se cachait la colère. Henri était un grand roi : il ne méritait nullement de telles calomnies. Même dans la mort, Becket continuait de le tourmenter.

Henri finit par mettre un terme à son long isolement, amaigri et vieilli. Il semblait toutefois avoir recouvré ses esprits et être prêt à reprendre en main les rênes du pouvoir, même si le remords pesait encore sur sa conscience. Le chagrin et la culpabilité le rongeaient de l'intérieur, ce qui le rendait prompt à la colère et difficile à vivre.

Aliénor aurait tout aussi bien pu être une étrangère pour lui. Henri avait constamment refusé le moindre réconfort de sa part quand il en avait eu le plus besoin, et il n'avait plus rien à lui donner désormais ; il ne semblait pas non plus avoir envie de sa présence à ses côtés. Il s'était refermé sur lui-même, vide d'émotions. Ses maigres espoirs d'une réconciliation durable ainsi dispersés aux quatre vents, elle avait l'impression de ne plus rien avoir à lui offrir non plus, et qu'il serait sans doute mieux pour eux deux qu'elle retourne en Aquitaine, au moins pour une courte période. Peut-être son absence ferait-elle encore une fois des miracles. Elle ne fut nullement surprise quand Henri accepta son départ sans protester.

— Ils ont besoin de vous là-bas, déclara-t-il simplement.

Dès que le temps se calma, et que les routes redevinrent praticables, elle fit ses adieux et assura à Henri qu'il pouvait compter sur elle pour toujours l'inclure dans ses prières, car le pape n'avait pas encore rendu son verdict. Puis elle rentra à contrecœur dans le Sud.

Troisième partie

L'Éveil des lionceaux
1172-1173

Chapitre 43

Limoges, 1172

Aliénor trouvait regrettable que Henri ne soit pas présent pour voir Richard recevoir officiellement le titre de duc d'Aquitaine. Contempler son robuste fils dans sa tunique de soie, coiffé de la couronne ducale, assis sur son trône dans l'abbaye de Saint-Martial, aurait sans doute égayé un peu son cœur chagrin. Il était tellement dommage de profiter de ce triomphe seule, face à l'abbé qui passait au doigt du garçon la bague de la martyre sainte Valérie, patronne de Limoges, puis le proclamait duc devant le peuple en liesse – c'était comme si les habitants de Limoges comprenaient que cette cérémonie, organisée par Aliénor, était une manière de regagner enfin leur confiance après la destruction des remparts, de nombreuses années plus tôt.

Henri et elle étaient tombés d'accord sur le fait que Richard, à quatorze ans, était en âge d'exercer le pouvoir en Aquitaine, et qu'elle resterait à sa disposition pour le conseiller et l'assister en qualité de duchesse régnante ; ils gouverneraient sur ses domaines en tant que partenaires – ils avaient d'ailleurs posé ensemble la première pierre d'une nouvelle abbaye dédiée à saint Augustin.

Richard était à présent plus grand que son père, et il était en passe de devenir un homme gracieux et musclé, avec de longs membres et une stature imposante. Il ressemblait à Aliénor par son visage, même s'il avait hérité des yeux gris et perçants de Henri.

— Le jeune roi est un bouclier, mais Richard est un marteau, avait déclaré Raoul de Faye avec perspicacité alors qu'ils traversaient les cloîtres pour prendre l'air en fin de soirée après le banquet. Chacune de ses entreprises sera couronnée de succès.

— Il est suffisamment déterminé pour y parvenir, répondit Aliénor en souriant. (Elle savait que son fils, à l'instar de son père, était inflexible dès lors que sa décision était prise.) Entre tous mes fils, c'est lui qui est destiné à de grandes choses.

— Je suis impressionné de voir à quel point il remet sa confiance entre vos mains. Il fait déjà tout son possible pour couvrir votre nom de gloire.

— Je suis bénie de bénéficier de la dévotion de Richard, répondit-elle fièrement. Il m'est cher au-delà des mots. Je suis navrée que Henri n'ait pas pu être présent en ce jour, mais il a tant de travail en Normandie. Au moins a-t-il fait la paix avec le pape.

Il avait fallu que le roi prête serment, en la cathédrale d'Avranches, et jure n'avoir jamais voulu ni ordonné la mort de Becket, bien qu'il ait involontairement, sous le coup de la colère, prononcé des paroles qui avaient instillé chez les quatre chevaliers le désir de le venger.

Aliénor imaginait bien ce que cet aveu public avait dû lui coûter – un homme aussi fier, s'humilier à l'extrême… Peut-être l'absolution officielle pour ce meurtre par l'archevêque de Rouen avait-elle aidé à soulager sa culpabilité et son remords, mais le prix à payer avait été élevé. Elle avait eu une grimace désolée quand on lui avait raconté comment le roi, vêtu d'un cilice, avait été publiquement flagellé par les moines, en présence du jeune roi et du légat apostolique. Ce n'était pas un exemple édifiant à montrer à son fils, et encore moins à ses sujets en tant que roi, mais elle savait que cet acte avait été nécessaire. Elle frémit encore en songeant à la souffrance que cette pénitence avait dû infliger à Henri, de toutes les manières possibles ; elle aurait pu pleurer pour chaque lacération sanglante infligée à son corps, et les blessures, plus profondes encore, portées à son âme.

Il semblait pourtant que cela ne soit pas suffisant aux yeux de Dieu, de l'Église et du spectre de Becket, car le roi avait aussi promis de se soumettre plus tard à une pénitence semblable en Angleterre ; entre-temps, il allait devoir réparer le tort fait à l'évêché de Cantorbéry et à ceux qui avaient souffert de représailles pour avoir apporté leur soutien à Becket. Il allait aussi devoir fonder trois nouveaux ordres religieux et – plus insupportable de tout, Aliénor le savait – révoquer les articles les plus controversés de ses chères Constitutions de Clarendon.

Elle ne dit rien de tout cela à Raoul, qui était déjà au fait. Elle était toujours révoltée pour Henri de voir que Becket, dans la mort, avait remporté la victoire morale alors que son époux avait eu raison dès le départ – cela ne faisait pour elle aucun doute. Mais elle refusait de poursuivre ce débat intérieur, car elle y avait pensé sans cesse, avec indignation, et elle savait qu'il n'y avait rien d'autre à faire que d'accepter ce qu'il s'était passé. Elle changea donc de sujet.

— Mon époux a de nouveaux projets pour notre benjamin, Jean, déclara-t-elle. Il ne sera finalement pas destiné à entrer dans les ordres, et je dois dire que cela me procure un certain soulagement.

Elle esquissa un léger sourire en songeant à ce garçon de cinq ans, intenable et plein d'entrain, que toute la sévérité de l'abbesse Audeburge n'avait pas su dompter. Aliénor en était venue à comprendre, au cours de ses trop rares visites à Fontevraud, malgré l'apaisement qu'elles procuraient à sa conscience, que Jean était fait pour le temporel et non pour le spirituel.

— Au lieu de cela, il sera marié à la fille du comte Humbert de Maurienne. Comme ce dernier n'a pas de fils pour lui succéder, c'est Jean qui héritera de ses terres, et cela procurera un certain avantage à Henri, car qui contrôle la Maurienne contrôle le passage des Alpes entre l'Italie et la Germanie.

— À quoi ressemble la fille ?

— Alice ? Ce n'est encore qu'une enfant. Comme à son habitude, mon époux se révèle un âpre négociateur, alors je doute que nous les voyions fiancés avant encore de nombreux mois.

— Et Jean restera-t-il à Fontevraud, à présent qu'il n'est plus destiné à l'Église ? s'enquit Raoul en l'épiant avec curiosité.

— Ce sera à Henri d'en décider, répondit-elle fermement. Je suis plus inquiète pour le jeune roi.

Cela faisait déjà plusieurs mois que son aîné lui causait du souci. À dix-sept ans, Henri le Jeune se montrait ambitieux et avide de pouvoir. Il était roi, mais il n'avait pas d'autre autorité que les privilèges superficiels accordés par son père, ce qui nourrissait son ressentiment.

— Geoffroy a la Bretagne, et Richard aura l'Aquitaine ; ils ont déjà tous les deux la liberté de régner sur leurs domaines alors que, pour ma part, je suis toujours soumis à mon père, s'était-il plaint avec fureur juste avant qu'elle quitte Argentan. Mes titres n'ont aucune valeur ! Je n'ai pas cessé de lui demander de pouvoir gouverner sur au moins une des terres dont j'hériterai – l'Angleterre ou la Normandie, voire l'Anjou ou le Maine… oui, mère, je me contenterais même du Maine ! – mais il refuse de céder la moindre once de son pouvoir, même au profit de son héritier légitime. Je lui ai demandé si je pouvais régner sur l'Angleterre en tant que régent en son absence, mais il a préféré nommer le justicier à la place.

— Je lui parlerai, avait promis Aliénor.

Il lui était cependant impossible de s'entretenir de cela avec Henri pour le moment, car il souffrait encore terriblement de sa culpabilité concernant le meurtre de Becket.

—Ce n'est pas que cela, avait continué le jeune roi. Il me donne à peine de quoi vivre. Même Guillaume le Maréchal s'en indigne. Je dois me débrouiller pour faire tomber dans mon escarcelle un peu du trésor royal, et faire avec ce que je gagne lors des tournois. Mon père oublie que je dois maintenir ma réputation de monarque généreux. Et que fait-il à la place ? Il interdit les tournois en Angleterre parce qu'il affirme que trop de jeunes chevaliers ont été tués. Et il se réserve le droit de choisir les membres de ma maison. Mère, suis-je un roi ou non ? Je ne comprends pas pourquoi père m'a fait couronner si c'était pour ensuite me traiter comme un enfant, dit-il d'un air affligé.

—Il n'est point aisé pour votre père de reconnaître que ses enfants ont grandi, lui répondit Aliénor sur un ton rassurant. Et encore moins qu'ils recevront un jour ce qui lui appartient. Il tire une grande fierté de ses domaines. Aucun roi d'Angleterre avant lui n'a régné sur un tel empire. Mon fils, je vous conseille la patience et la prudence en toute circonstance. Vous êtes encore jeune et vous devez prouver votre valeur.

Après le départ de son fils, consolé mais non rassuré, Aliénor en vint à la conclusion qu'elle ne lui avait pas dit ce qu'il avait eu envie d'entendre. Elle le connaissait toutefois bien, et savait aussi pourquoi Henri refusait de lui donner de l'autonomie. Leur fils aîné était un jeune homme agité et changeait plus facilement de direction qu'une abeille qui butine. Il dépensait à outrance et avait démontré un manque de sagesse et d'énergie. Il n'avait pas encore appris à contrôler son tempérament violent, héritage de ses ancêtres angevins, et il n'y parviendrait sans doute jamais. Si le père, pourtant un homme fort, n'y était pas arrivé, le fils plus faible ne ferait certainement pas mieux. Mais Aliénor, par instinct maternel, lui faisait encore confiance pour se montrer à la hauteur, dût-il se voir confier le privilège de grandes responsabilités. C'était le fait d'être traité comme un enfant incompétent qui le poussait à se comporter si peu sagement. Henri, toutefois, ne le comprenait pas. Il ne se rendait pas compte qu'il creusait un gouffre entre son fils et lui.

— Henri est un père aimant, dit-elle à Raoul. Il a plus d'affection pour ses enfants que la plupart des pères, et il estime aller de soi que cet amour lui soit rendu. Il ne supporte pas l'idée de voir quelque défaut chez sa progéniture, et nos enfants savent comment s'y prendre pour contrer sa colère par de chaudes larmes. Cela ne manque jamais !

— Vous êtes tous deux des parents indulgents et aimants, remarqua son oncle.

Elle accepta la critique implicite, sachant qu'elle était justifiée.

— Oui, je sais. Nous avons trop gâté nos enfants, si bien qu'ils sont devenus de trop fortes têtes. Ils ont aussi malheureusement été les témoins des trop nombreuses discordes entre nous, et ils ont donc appris à se battre pour notre attention, et à nous monter l'un contre l'autre de façon éhontée afin d'obtenir ce qu'ils veulent ! (Elle adressa à Raoul une grimace faussement outrée.) Je n'ai pas été une bonne mère !

C'était une remarque lancée à la légère, mais qui masquait une angoisse latente. Malgré la douceur de cette nuit, les étoiles scintillant gaiement dans un ciel parfaitement dégagé, un frisson lui parcourut l'échine. Elle arracha une feuille d'une plante grimpante et se mit à la froisser dans sa main.

— Vous vous souviendrez peut-être de la malédiction qu'un homme saint a jetée sur le duc Guillaume le Troubadour, mon grand-père, enchaîna-t-elle. Il a juré que ses descendants ne connaîtraient jamais le bonheur avec leurs enfants. J'en ai parlé à Henri, il y a longtemps, et il n'a pas apprécié car il ne pouvait pas imaginer qu'un de nos enfants puisse nous causer de la peine. Bien entendu, ils étaient petits à l'époque, et bien plus dociles.

— Est-ce qu'aucun parent connaîtra jamais le bonheur avec ses enfants ? demanda Raoul. Nous les nourrissons, nous les aimons comme une part de nous-mêmes, puis ils partent et finissent par ne plus revenir. C'est ainsi que vont les choses. Chaque fois qu'ils ont mal, nous souffrons. S'ils nous oublient, nous souffrons. Est-ce là du bonheur ?

— Qu'avez-vous donc bien pu faire à vos enfants, Raoul ? s'exclama Aliénor pour tenter par l'humour d'alléger l'atmosphère.

Il y avait pourtant bien trop de vérité dans ce qu'il venait de dire, et cela lui mina le moral. Ce fut alors qu'elle se rappela autre chose.

— Il existe une autre ancienne prophétie, Raoul : celle de Merlin. Elle m'a toujours interpellée, mais j'ai de plus en plus l'impression qu'elle a du sens pour moi et pour les miens. Elle dit que « l'Aigle du traité rompu » se réjouira dans sa troisième nichée. Cette prophétie se réalisera-t-elle à travers moi ? Suis-je cet aigle ? Et ce traité rompu, est-ce mon mariage avec Louis ?

— C'est trop vague pour qu'il soit possible d'affirmer quoi que ce soit, contesta Raoul avec indifférence avant de se diriger vers la porte qui menait à la dépendance de l'abbaye. Vous ne devriez pas en faire trop grand cas.

— Certes, mais si elle parle bien de moi, alors cela prédit de grandes choses pour Richard. Si l'on prend en compte mes fils vivants, Richard est la troisième nichée, dans laquelle je me réjouirai. Je suis presque convaincue qu'il réalisera la prophétie. C'est ce que pourrait impliquer « le traité rompu » qui m'inquiète.

— Aliénor, vous vous faites du mal pour rien, lui dit son oncle. Oubliez cela. Je suis sûr que, prophétie ou non, Richard comblera toutes vos attentes.

Le jeune roi avait été couronné une seconde fois, en présence de la reine Marguerite, en la cathédrale de Winchester. Aliénor espérait que Henri allait à présent accepter de lui déléguer un peu plus de pouvoir. Il avait écrit pour lui faire savoir que, étant donné que Marguerite avait atteint l'âge de quatorze ans, il avait autorisé le jeune couple à consommer leur mariage et à vivre ensemble. Cela était prometteur – c'était en tout cas un début. Mais, tout de suite après ce message, elle avait reçu un autre pli de la part de Henri le Jeune lui-même.

Il lui faisait part avec indignation du fait que son père insistait pour toujours l'avoir à l'œil. Il l'avait traîné de la Normandie à l'Auvergne afin d'assister aux fiançailles de Jean avec Alice de Maurienne, et, quand le comte Humbert avait demandé quel serait l'héritage de Jean, Henri avait promis de lui léguer trois châteaux. « Mais ce sont les miens ! avait protesté le jeune roi. Ils devaient me revenir, à moi. » Il avait clairement exprimé son mécontentement à son père, qui l'avait toutefois ignoré. Henri l'avait au contraire forcé à observer la signature du traité de mariage qui le dépossédait.

Aliénor estimait que son époux se comportait en véritable tête de mule. Il aimait ses enfants, c'était indéniable, mais, quand il était question d'héritage, il reprenait ses anciennes habitudes de s'en servir comme de pions dans une partie d'échecs, sans aucun égard pour leurs sentiments. Tout n'était que politique et il ne semblait y avoir aucune règle ou raison à ses agissements ! Mais songeait-il aux conséquences de son autoritarisme ? Ne comprenait-il pas qu'une maison aux murs effrités finissait toujours par s'écrouler ?

Elle reçut ensuite la nouvelle que le roi Louis avait invité sa fille Marguerite et Henri le Jeune à Paris. C'était en soi un sujet d'inquiétude.

— Louis cherche depuis longtemps à créer des dissensions au sein de l'empire de Henri, dit-elle un matin à Raoul alors qu'ils s'adonnaient à la fauconnerie. Je ne serais pas surprise qu'il ait entendu parler du mécontentement de notre fils et qu'il tente d'exploiter cela à son avantage. Il craint l'incommensurable pouvoir entre les mains de Henri.

— Et les Français ont toujours aimé semer la pagaille chez les Anglais ! ajouta Raoul. Peut-être le roi aurait-il dû interdire à Henri le Jeune de se rendre à Paris.

Aliénor hocha la tête.

— Peut-être ne souhaite-t-il pas offenser Louis, dit-elle. Après tout, Marguerite est sa fille. Mais je pense que c'est de la folie de se rendre à la Cour de France pour l'instant.

Il apparut bientôt que la situation était pire que ce qu'elle aurait jamais pu imaginer. Dans sa lettre suivante, son fils lui apprenait qu'il avait rendu visite à son père en Normandie avant de faire route vers Paris, pour lui demander encore de lui céder son héritage légitime. Henri s'était montré une nouvelle fois inflexible dans son refus. « Une haine profonde s'est immiscée entre nous, expliquait le jeune homme. Non seulement mon père a sapé ma volonté, mais il m'a aussi dépouillé d'une partie de mon autorité. »

On sentait dans les mots de Henri le Jeune un sentiment d'injustice qui était pour Aliénor entièrement justifié.

Sa colère à l'encontre de son époux ne faisait que croître. Comment pouvait-il être aussi aveugle ? Sa manière de traiter son fils était indigne et imméritée – en plus d'être potentiellement désastreuse sur le long terme. Elle espérait presque que Louis agirait pour faire prendre conscience à Henri qu'il avait un comportement destructeur et qu'il s'aliénait son héritier.

Elle tenta de trouver un moyen d'empêcher cela. Elle se sentait impuissante, inepte – et si frustrée !

Chapitre 44

Chinon, 1172

C'était Noël. Aliénor passait les fêtes avec Henri à Chinon, et leurs trois fils aînés avaient été invités. Le roi l'accueillit avec une douceur inattendue dans une de ses étreintes d'ours, et il la complimenta sur ses somptueux habits. Il s'agissait de la robe byzantine verte qu'elle avait portée durant leurs années de passion, à une époque où le simple fait de la voir si joliment habillée suffisait à enflammer ses sens ; mais il semblait avoir tout oublié de cela.

Elle avait appris à ne pas s'émouvoir de cet intérêt inconstant qu'il lui témoignait ; ils étaient, après tout, censés être séparés. Elle vit rapidement que, malgré la bonhomie qu'il feignait pour coller à l'humeur de la saison, son époux demeurait tourmenté par ses démons intérieurs et manquait de patience avec tout le monde ; elle supposait aussi qu'il se préparait à une nouvelle confrontation avec son fils.

—J'ai demandé à Henri le Jeune de revenir de Paris, lui apprit-il. Mes espions m'ont prévenu que Louis l'incitait à exiger sa part de mes domaines. Il me faut mettre un terme à cela sans plus tarder !

— Je suis heureuse que notre fils se joigne à nous, répondit-elle en essayant avec tact de suggérer à Henri que la situation ne se résumait pas à une lutte de pouvoir. Cela fait de nombreux mois que je ne l'ai vu ; et Marguerite a toujours été comme une fille pour moi.

Mais leur fils ne vint pas. Il leur fit parvenir une lettre pour expliquer que son ami, le troubadour va-t-en-guerre Bertran de Born, l'avait convié dans son château de Hautfort, où Henri avait dans un geste de largesse invité à festoyer avec lui tous les chevaliers de Normandie prénommés Guillaume.

— Par le sang du Christ ! tempêta le roi. N'y a-t-il donc aucune limite à la stupidité de ce petit ? De toutes les choses futiles et inutiles qu'il aurait pu faire… Mais à quoi pense-t-il donc ? Pour ce qui est de Bertran de Born, comme tu le sais sans doute, il n'est qu'un dangereux fauteur de troubles.

— Henri, dit calmement Aliénor en posant une main sur son épaule tout en soutenant son regard injecté de sang. Notre fils passe son temps en choses futiles et inutiles parce que vous l'y obligez. Sa vie entière est futile et vaine. Vous l'avez fait roi, mais vous ne lui conférez aucun pouvoir royal, et tout cela était donc parfaitement inutile. Vous restreignez ses revenus et ses divertissements ; et vous insistez pour choisir chaque membre de sa maison. C'est même vous qui avez décidé quand il pouvait consommer son mariage, alors que son épouse était déjà prête depuis deux ans, comme nous le savons tous les deux. Henri, avant qu'il soit trop tard, laissez-le devenir le roi qu'il aspire à être. Seulement alors pourra-t-il véritablement prouver sa valeur. Il doit se faire les dents avant de pouvoir régner sur un empire.

Le roi la dévisagea comme si elle était folle et se dégagea avec colère. Elle s'aperçut alors qu'il regardait derrière elle, et elle se tourna pour trouver Richard et Geoffroy dans son dos. À en juger par leur expression, ils avaient tout entendu.

— Mère a raison, confirma Richard avec fermeté. Pourquoi refuser de nous octroyer le moindre pouvoir, père ? Je suis le duc d'Aquitaine et Geoffroy celui de Bretagne, mais ces titres sont absolument vides.

— Richard dit vrai, père, ajouta Geoffroy.

— Taisez-vous ! vociféra Henri. Vous n'avez que quatorze ans. Qu'en savez-vous ? Vous êtes-vous tous ligués contre moi ?

— Dans quel but ? s'enquit Aliénor. Ourdir une conspiration ? Comment pouvez-vous penser cela, Henri ? Je contemple simplement l'avenir, en faisant au mieux pour éviter qu'un gouffre se creuse entre vous et nos fils. Je pense que leurs récriminations sont justifiées.

— Tout à fait ! soutinrent en chœur les deux enfants.

Henri se tourna vers eux tel un homme acculé.

— Il est écrit qu'un royaume divisé contre lui-même ne peut pas subsister, et je ne peux pas prendre ce risque. J'ai fondé mon empire, domaine après domaine, et j'ai passé le plus clair de ma vie à me battre pour qu'il reste intact. Un jour, grâce à moi, ce sera votre héritage. « Un jour ». Mais, si je donne aujourd'hui l'Angleterre, la Normandie et l'Anjou à Henri, l'Aquitaine à vous, Richard, et la Bretagne à Geoffroy, que me restera-t-il ? Autant que je me retire à Fontevraud pour y devenir moine !

— Nous demandons simplement que vous partagiez le pouvoir avec nous, père, et que vous nous donniez de réelles responsabilités, argumenta Richard.

— Non, répondit Henri. Vous êtes encore trop jeunes et inexpérimentés. Vous aurez bien assez de temps pour régner plus tard.

— Henri, vous n'aviez que dix-huit ans quand vous avez hérité de la Normandie, seulement un an de plus que Henri le Jeune aujourd'hui, lui rappela Aliénor.

— Oui, mais je n'allais pas m'acoquiner avec des troubadours, ou tenir des banquets avec de médiocres chevaliers pour la simple raison qu'ils portaient un prénom qui me plaisait. Il a fallu que je mûrisse vite, en pleine guerre civile, et j'ai appris tôt à me battre sur le terrain et à rivaliser d'esprit avec les adversaires de ma mère. Dieu merci, nos fils n'ont jamais eu à affronter de telles difficultés.

— Quand bien même, vous les avez trop protégés, rétorqua-t-elle. Vous devez à présent les laisser devenir des hommes, voler de leurs propres ailes, et leur donner de quoi vous être reconnaissants. Dieu sait que leurs demandes sont raisonnables.

— Permettez-moi d'en douter. Le messager qui m'a apporté la lettre de notre fils était un de mes hommes. Il a entendu le jeune damoiseau pérorer qu'il avait le droit de régner seul, car, à son couronnement, mon règne avait, pour ainsi dire, cessé.

Aliénor inspira brutalement, brisant le silence abasourdi. Les deux garçons baissèrent les yeux au sol, se sachant vaincus par la stupidité irréfléchie de leur frère.

— Voilà le genre de poison que votre Bertran de Born déverse dans la coupe de mon fils, grogna Henri. Je me demande d'où il tient cette idée.

— Pas de moi ! se récria vivement Aliénor. C'est injuste ! Comment pouvez-vous penser cela ?

— Vous prenez toujours sa défense.

— Parce que vous refusez de voir les choses de son point de vue, rétorqua-t-elle, dans une telle colère qu'elle se fichait éperdument de l'offenser. Et il est manifestement désormais trop tard. C'est vous qui nous avez conduits dans cette impasse, Henri. Vous êtes incapable d'admettre vos torts. Regardez ce qu'il s'est passé en Aquitaine ! Il en va de même pour tous vos vassaux, partout dans votre empire. Ils se plaignent de votre autorité brutale. C'est exactement le même problème avec vos héritiers, et je refuse de vous regarder bêtement faire !

Henri lui flanqua un coup en plein visage.

— Assez ! gronda-t-il.

Elle plaqua la main sur sa lèvre éclatée dans un gémissement de douleur tout en refusant de croire ce qui s'était produit. Henri avait été cette exception parmi les maris : il n'avait usé de la force qu'une seule fois, quand elle avait eu le manque de tact de le houspiller à propos de Becket – et ce n'avait été qu'une gifle. Ainsi, ce nouveau coup, qui l'avait fait saigner de surcroît, était extrêmement choquant. Pire encore, il l'avait frappée devant leurs fils.

Richard porta instantanément la main à sa dague tandis que Geoffroy, tout aussi outré, se précipitait auprès de sa mère pour la réconforter. Henri fustigea Richard du regard.

— Je suis votre roi et votre père, et vous me devez honneur et obéissance, dit-il d'un ton menaçant. Faites le moindre geste de colère envers moi et vous commettez une trahison ; sachez que vous en souffrirez les pleines conséquences, que vous soyez mon fils ou non.

— Vous avez porté la main sur madame ma mère, rétorqua Richard en serrant les dents. Vous n'êtes pas mon père.

Puis il laissa Henri lui lancer des regards assassins tout en grommelant quelque menace, et il alla aider Geoffroy à raccompagner Aliénor jusqu'à son boudoir, où ses demoiselles horrifiées s'empressèrent de traiter sa blessure.

— Père ne bougera jamais, déclara Richard d'un air abattu.

Parler la faisait souffrir, et la douleur qui lui lacérait le cœur était plus forte encore – Henri avait levé la main sur elle ; elle n'arrivait toujours pas à le croire. Elle s'efforça cependant de clarifier les choses pour ses fils.

— C'est plus qu'une histoire d'obstination, dit-elle, son articulation rendue difficile par sa lèvre éclatée. Il ne parvient ni à voir ni à appréhender ce qui se passe juste sous son nez. Il estime que sa parole est loi et que tous doivent obéir.

Elle soupira longuement, luttant contre les larmes. Il fallait qu'elle reste forte, car personne d'autre n'allait se battre pour la cause de ses enfants.

— Vous savez que votre père et moi avons vécu séparés quelque temps, poursuivit-elle avec douceur. Il s'agissait d'une décision commune. Nous avons eu nos différends, mais nous sommes restés amis et alliés. Aujourd'hui, tout cela a changé, car je ne permettrai pas que mes enfants soient dépossédés de leurs droits. Pour faire simple, nous sommes dans un camp, et votre père dans un autre. Cela fait de nous des ennemis, même si le dire me peine. Je vous promets toutefois dès à présent, à vous tous, même à Henri le Jeune, que je me battrai pour vos droits et que je ferai entendre raison au roi !

— Cela signifie-t-il la guerre ? demanda Geoffroy avec ardeur.

Il était pressé de prouver sa valeur au combat. Richard, lui, conservait une mine grave ; il avait un an de plus, et n'avait pas manqué de saisir les implications d'une telle division. Aliénor devinait déjà ce qu'il pensait – ils étaient proches à ce point.

— Votre père a dit qu'un royaume divisé contre lui-même ne pouvait pas subsister, dit-elle pensivement. Eh bien, en ce jour, il a divisé son royaume, et, si celui-ci ne subsiste pas, c'est lui qui devra en assumer la responsabilité. C'est par son entêtement qu'il s'est exposé à ses craintes les plus terribles. Mais je ne laisserai pas cela arriver ; il y a trop en jeu, car il met en danger l'empire que nous avons bâti. J'ai toujours été une épouse fidèle et loyale, ainsi que le bras droit de mon mari, mais je ne resterai pas sans rien faire pendant qu'il traite injustement mes fils. Il a tort, cruellement et catégoriquement, et nous devons le lui faire comprendre. (Elle posa sur eux un regard malheureux.) Cela me chagrine plus que je pourrais le dire, admit-elle d'une voix peinée et moins stridente. Il ne devrait pas y avoir de dissensions entre père et fils, ni entre mari et femme. C'est contre l'ordre naturel des choses.

— Il n'est pas étonnant que nous soyons dépourvus de l'affection inhérente à l'humanité, ironisa tristement Richard. Nous descendons du diable, et devons retourner à lui !

Que pouvait-elle faire pour forcer Henri à ouvrir les yeux ? Oserait-elle écrire à Louis ? Cela faisait si longtemps. Pourtant, quelque chose lui disait qu'il apprécierait son intervention. Il ne faisait aucun doute qu'il partageait son opinion sur le sujet, même si c'était pour d'autres raisons. Elle voulait la justice pour ses fils, et faire en sorte qu'ils puissent jouir de leur droit de manier une partie du pouvoir de leur père ; Louis souhaitait simplement mettre en péril l'unité de l'empire. Lui aussi, d'évidence, avait lu les Saintes Écritures.

Mais que voulait Henri le Jeune, au juste ? Était-ce la pleine autorité, même si pour cela il devait renverser son père ? Si tel était le cas, alors ce qu'elle envisageait était des plus périlleux – au mieux, cela relevait de la rébellion ; au pire, de la trahison.

Elle devait s'entretenir avec son fils aîné au plus tôt, et découvrir ce qu'il avait en tête. Si c'était provoquer la chute de Henri, alors elle allait devoir le ramener à la raison. Elle allait en attendant – car cela ne ferait sans doute aucun mal – écrire à Louis, de parent à parent, et lui confier ses craintes. Il suffirait peut-être d'un mot de sa part, menaçant de mettre à mal la paix que Henri avait instaurée au prix d'un travail acharné, pour tout arranger…

Il y avait aussi autre chose. Louis était son suzerain ; elle avait parfaitement le droit de faire appel à lui pour l'aider contre ses ennemis. Henri, par ses actes insupportables, s'était placé en ennemi. Ce n'était pas elle qui avait engendré cette terrible situation. Depuis le début, elle avait tenté de trouver une solution pacifique.

Elle prit son encrier et un parchemin, et elle se perdit dans ses pensées, tournées résolument vers le passé, vers un jeune homme aux longs cheveux clairs, qui avait été si follement avide de la combler…

Chapitre 45

Limoges, 1173

Quand Aliénor revit Henri, il ne mentionna pas ce qu'il s'était passé ; il ne parla pas non plus du gouffre entre lui et ses fils. Il ne pouvait toutefois pas manquer de sentir la froideur extrême avec laquelle elle se comportait envers lui, ou ses mouvements de recul lorsqu'il la touchait. Il semblait ne plus se soucier du tout de ce qu'elle pensait de lui.

Le coup qu'il lui avait porté avait tout changé. Un mari levant la main sur son épouse n'avait rien d'inhabituel, évidemment – un époux avait le droit de le faire, et elle connaissait de nombreuses femmes qui avaient souvent dû endurer un tel traitement. Elle connaissait aussi beaucoup d'hommes d'Église qui souhaitaient limiter la portée du bâton, mais on les considérait comme des excentriques. Non, le problème était qu'en la frappant, et en la blessant, Henri avait démontré avec brutalité qu'il n'avait plus pour elle aucun respect, ni amour, ni considération. De plus, il l'avait démontré clairement devant ses fils.

Quelque chose en elle aussi avait disparu : elle ne supportait plus d'être en sa présence.

Il avait insisté pour qu'elle voyage avec lui jusqu'à Limoges, où il allait tenir une semaine d'opulents banquets et de joyeuses festivités en l'honneur des fiançailles du seigneur Jean et d'Alice de Maurienne. Les invités d'honneur seraient le père d'Alice, le comte Humbert, ainsi que les rois d'Aragon et de Navarre, et le comte de Toulouse. Richard devait faire acte de présence en tant que duc d'Aquitaine, et Henri avait sommé Henri le Jeune de venir depuis Hautfort ; il avait renvoyé Geoffroy en Bretagne. *Diviser pour mieux régner*, avait pensé Aliénor avec cynisme.

Ainsi, le grand convoi Plantagenêt s'était retrouvé une fois de plus à traverser lourdement les territoires angevins. Ils avaient quitté Chinon dans le froid de février, mais ils avaient trouvé à Limoges un temps plus clément et une ville en fête. Bien que son cœur soit glacé, Aliénor serra les dents et se dissimula derrière un masque de sociabilité, faisant preuve de son charme et de son esprit habituels envers ses augustes invités. Elle accepta les flatteries des rois espagnols, et se délecta des regards sans équivoque de ce bel homme aux cheveux foncés, le comte Raymond de Toulouse, avec qui Henri avait été en guerre bien des années auparavant, chacun affirmant ses droits sur la ville de Toulouse. Raymond avait repoussé l'attaque, mais il ne semblait pas tenir rigueur à son ancien ennemi. Elle nourrissait l'espoir malsain que Henri avait vu ce dernier la courtiser si outrageusement. Désormais qu'elle était âgée de cinquante et un ans, cela lui mettait du baume au cœur, et à ses lèvres tuméfiées, que d'être l'objet de l'intérêt non dissimulé d'un homme.

— Jamais je n'avais cru les rumeurs concernant votre beauté jusqu'à ma rencontre avec un homme du nom de Bernard de Ventadour, lui dit Raymond alors qu'ils prenaient place à la haute table, face aux plats en or et aux coupes en cristal. Un troubadour… Peut-être vous souvenez-vous de lui.

— Je le connais. Il était jadis à ma Cour, répondit-elle.

— Il vous aimait sincèrement. Votre époux le roi l'a banni par jalousie, et il est venu trouver refuge à ma Cour. Il s'est beaucoup langui de vous, savez-vous ?

Raymond épiait sa réaction de ses yeux d'un bleu saisissant qui faisait ressortir les lignes carrées de son magnifique visage.

— Je savais que je lui plaisais, répondit Aliénor. Toutefois, sans vouloir paraître présomptueuse, tous les troubadours disaient m'aimer. J'étais la duchesse, et c'était en quelque sorte requis de leur part.

— Mais Bernard était particulier, insista Raymond. Ses chansons n'étaient pas de la simple flatterie : elles venaient droit du cœur. J'estime qu'il a été l'un des plus grands poètes de notre âge.

Aliénor eut un instant d'hésitation.

— Vous parlez de lui comme s'il était mort.

— Hélas, madame, il l'est, se lamenta le comte dans un soupir tout en posant son couteau. Son chagrin était tel qu'il s'en est allé chercher refuge et paix en l'abbaye de Dalon, dans le Limousin, où il a trouvé le repos éternel peu après.

— J'en suis navrée, dit-elle en regrettant d'avoir malmené les sentiments de Bernard avec tant d'indifférence.

— L'on pourrait dire qu'il est mort d'amour pour vous – et nombreux sont ceux qui, après vous avoir vue, comprendraient pourquoi.

Aliénor se ressaisit et fronça les sourcils en feignant la désapprobation.

— Savez-vous quel âge j'ai, messire ?

— Si vous le disiez, je ne vous croirais pas. Madame, vous comptez parmi les êtres immortels, votre nom et votre beauté sont légendaires, et je constate par moi-même que la légende est vraie !

Son beau discours était accompagné d'une profusion de gestes toujours plus enthousiastes, et Aliénor remarqua avec une jubilation secrète que Henri les épiait avec méfiance. Elle caressa malicieusement l'idée de prendre Raymond dans son lit, pour contrarier davantage son époux. Il ne serait pas compliqué de séduire ce comte épris de sa beauté. Oserait-elle le faire ? Peut-être cela suffirait-il pour calmer son tourment et sa souffrance intérieurs.

Le jeune roi arriva le troisième jour, peu après les messagers de la Cour de Paris, qui apportaient des lettres de félicitations pour le roi et le comte Humbert – ainsi qu'une missive secrète pour Aliénor.

Se forçant à quitter la fenêtre de sa tour, par laquelle elle avait espéré voir son fils aîné et sa suite arriver par les collines au loin, Aliénor s'empressa de briser le sceau du pli. Il venait de Louis, qui leur offrait son soutien, à elle et à ses fils, contre l'injuste traitement que leur infligeait son époux. En tant que suzerain de Henri, disait-il, il était en droit d'exiger que réparation soit faite pour le tort causé par son vassal à ses héritiers, ce qu'il ferait avec pugnacité, quitte à en venir aux armes.

Ses mains tremblaient. Elle n'avait que trop conscience d'avoir, en implorant l'aide du roi de France, commis une trahison envers son époux. La réponse de Louis soulignait brutalement ce fait. Elle n'avait pas voulu faire de tort à Henri, seulement lui faire entendre les besoins de leurs fils ; mais il était sans doute trop tard pour reculer, désormais. La lettre avait été écrite, et le mal était fait. Elle supposait de toute manière que leur fils aîné, en relation avec son beau-père, avait reçu la même promesse.

Le jeune Henri arrivait d'ailleurs, la troupe à peine visible au loin. Aliénor apaisa ses pensées et se força à sourire. Elle avait été impatiente de le revoir, mais elle savait aussi que son arrivée signait celle des problèmes – et qu'elle y serait enlisée jusqu'au cou à cause de ce qu'elle savait, et du poids de ce qu'elle avait fait.

Le roi Henri avait réuni sa famille, ses invités et sa Cour dans la grand-salle de l'abbaye Saint-Martial pour un autre banquet de célébration. Ce fut là, le visage dur comme la pierre, qu'il reçut le jeune roi et la reine Marguerite. Pour compliquer encore les choses, Henri le Jeune avait échangé avec son père le baiser de bienvenue dans un silence pesant, après avoir à peine incliné la tête en signe de respect. Il embrassa sa mère avec bien plus d'affection.

Cette entorse au respect ne passa pas inaperçue. Les rois d'Aragon et de Navarre échangèrent des regards désapprobateurs tandis que Raymond de Toulouse haussait ses élégants sourcils en se tournant vers Aliénor. Elle fit cependant comme si elle n'avait rien vu et alla prendre place entre les deux rois – son époux et son fils – pour le banquet solennel.

Quand les nappes furent retirées et que l'on eut servi le vin épicé, toute l'assemblée se dirigea vers l'église pour les fiançailles du seigneur Jean et d'Alice de Maurienne. La future épouse était une très belle enfant de quatre ans avec des boucles châtain clair encadrant un visage rond et attachant ; son père, le corpulent comte Humbert, semblait dans tous ses états de devoir la promettre, car il la chérissait plus que tout. Mais ce fut bientôt fait et elle devint la promise de Jean, âgé de six ans, qui n'aurait pas pu paraître moins impliqué – son insatiable curiosité ayant été captée par le luxe somptueux et toute l'excitation de ces rares semaines passées loin de son existence recluse ; il considérait ses fiançailles comme un simple moyen d'échapper à sa vie désespérément ordonnée.

Une fois la cérémonie terminée, le moment vint pour le comte Humbert de remettre officiellement sa fille à la garde du roi d'Angleterre, et l'on vit des larmes au coin de ses yeux lorsqu'il souleva la petite Alice pour l'embrasser, avant de la reposer et de l'inciter avec tendresse à effectuer une révérence maladroite. Henri lui caressa doucement les cheveux.

— La reine Aliénor veillera sur elle comme si elle était sa propre fille, promit-il à l'anxieux père.

Aliénor s'avança et prit la jeune fille dans ses bras.

— Je vous donne comme dot les quatre châteaux cités dans le contrat de mariage, déclara le comte. Et je désigne solennellement le seigneur Jean comme mon héritier.

Henri lança un regard noir à l'intéressé, qui avait bien du mal à rester en place, et lui indiqua d'un petit geste brusque de la tête qu'il devait s'incliner afin de remercier son futur beau-père pour cet honneur. L'enfant s'exécuta finalement.

Une seconde cérémonie suivit, où il avait été décidé que le comte Raymond, à présent reconnu par le duc Henri et la duchesse Aliénor comme comte de Toulouse, leur rendrait hommage en qualité de vassal. Henri en avait cependant décidé autrement. Il fit placer à ses côtés le jeune roi mécontent et Richard, duc d'Aquitaine, au lieu d'Aliénor, et força le comte à jurer fidélité à eux trois. Cet acte déclencha des murmures outrés de la part des sujets de la duchesse, qui ne comprenaient pas ce que le jeune roi venait faire dans cette histoire. De tous les enfants d'Aliénor, seul Richard avait le droit de recevoir cet hommage, car il était le seul à avoir été reconnu suzerain de Toulouse par le roi Louis.

Aliénor non plus ne put dissimuler sa fureur. Comment Henri osait-il bafouer ses droits, elle qui était la légitime duchesse d'Aquitaine ? Mais voilà qu'il se tenait, un grand sourire aux lèvres, face à son peuple à elle, ravi de piétiner allégrement les sentiments de tous, comme à son habitude ! Sa rage renforça sa détermination. Ce n'était pas la faute de Henri le Jeune s'il avait été contraint à cela ; Dieu savait qu'il avait déjà bien suffisamment de griefs ainsi. Mais que Richard, son Richard chéri, ait été si ignoblement obligé à compromettre son autorité… Elle ne pouvait pas le pardonner. Il fallait arrêter Henri, et si elle devait commettre un acte de trahison pour cela, alors il en serait ainsi – elle ne reculerait devant rien.

Elle entrevoyait déjà le bain de sang familial qui allait avoir lieu après le banquet et le départ des invités. Elle avait vu juste : avant que Henri et elle se retirent dans leurs chambres séparées – elle s'était juré de ne plus jamais partager le même lit que lui –, Richard les avait rattrapés dans l'escalier et s'était plaint vertement de cet affront qui lui avait été fait.

— Votre frère est mon héritier. Tenons-nous-en là, rétorqua Henri sur un ton sans appel.

— Oui, mais pas l'héritier d'Aquitaine ! tempêta Richard. Il n'a aucune autorité sur ce domaine, et il n'en aura jamais.

— Henri, vous vous êtes montré injuste, ajouta froidement Aliénor.

— Cessez de vous plaindre ! vociféra Henri. Je vais me coucher.

— Pas si vite, père ! intervint Henri le Jeune qui arrivait derrière eux. J'ai également quelque chose à vous dire. Souhaitez-vous que je le fasse ici ou en privé ?

Le roi se tourna et posa un regard menaçant sur son fils aîné.

— Vous feriez bien de tous venir dans ma chambre, afin que nous mettions les choses au clair une bonne fois pour toutes, dit-il.

— Et nous le ferons, promit Henri le Jeune avec une volonté furieuse.

Aliénor prit place dans le siège sculpté placé près du brasero. Ses deux fils s'assirent résolument de part et d'autre d'elle, démontrant fermement leur alliance. Le roi se tint face à eux, bien droit, campé sur ses appuis, les bras croisés sur la poitrine, avançant le menton d'un air supérieur.

— Eh bien ? Finissons-en !

— Pourquoi refusez-vous de déléguer le moindre pouvoir, à moi ou à mes frères ? se hérissa le jeune roi.

— Parce que vous n'êtes pas encore prêts, répondit Henri en plissant les paupières, et votre attitude irréfléchie le démontre.

—Donc Jean, à six ans, est prêt à administrer les châteaux que vous lui donnez – des châteaux qui, de surcroît, me reviennent de plein droit ! Je n'avais pas l'intention de les lui céder et vous n'aviez aucun droit d'en disposer !

—J'ai tous les droits, rétorqua Henri en délaissant sa posture impériale pour aller se servir du vin. Je suis le roi. Tout est à moi, et je peux en disposer comme bon me semble. Et je ne suis pas encore mort.

—Vous n'avez pas la liberté de disposer de vos terres ici sans l'aval de votre suzerain, le roi de France, argua Henri le Jeune avec un rictus mauvais. Et je dois vous avertir que le roi Louis souhaite, comme les barons d'Angleterre et de Normandie, que vous daigniez au moins partager le pouvoir avec moi et m'octroyer un revenu suffisant pour maintenir mon statut.

—Ah, vous n'êtes donc pas resté oisif, railla Henri en le fustigeant du regard. Dites-moi, seyait-il à mon fils et héritier d'aller derrière mon dos manipuler mes barons et pactiser avec mon ancien ennemi ?

—Vous devez récolter ce que vous avez semé, Henri, dit Aliénor. Il n'avait plus aucun autre moyen de demander justice, vous devez l'admettre.

—J'appellerais cela autrement, madame, repartit le roi en posant sur elle un regard dédaigneux. J'appellerais cela de la trahison.

Elle réagit d'évidence de façon trop appuyée, car, sous le regard terrifié de ses fils, Henri se tourna d'un air menaçant vers elle.

—Que savez-vous de cette histoire, Aliénor ? Auriez-vous ourdi quelque manigance ?

—Je ne fais que soutenir mon sang, se défendit-elle de manière évasive.

Henri approcha son visage tout près du sien.

—Mais vous n'iriez tout de même pas jusqu'à demander de l'aide à Louis, j'espère !

— Je n'en ai nul besoin. Il semble que Henri soit parfaitement capable de se défendre seul.

Le roi se redressa, mécontent, mais réticent à persévérer dans cette voie pour le moment. Son épouse ne serait certainement pas allée aussi loin, de toute manière.

— Dehors, ordonna-t-il à ses fils. Et ne revenez plus me houspiller avec vos incessantes plaintes et exigences. Allez, disparaissez ! Je souhaite m'entretenir en privé avec votre mère.

Traînant les pieds, tels de vilains garnements, Henri le Jeune et Richard quittèrent la pièce, le regard brûlant d'une haine profonde. Aliénor eut de la peine pour eux, mais son attention fut immédiatement accaparée par Henri.

— Si je découvre que vous m'avez trahi, je vous tuerai, la menaça-t-il d'une voix sépulcrale.

— Cela ne m'étonnerait pas, après toute la violence dont vous avez fait preuve envers moi, rétorqua-t-elle en gardant son calme. Henri, comment en êtes-vous arrivé à me haïr à ce point ? Est-ce parce que vous ne supportez pas lorsque j'ai raison ?

— C'est parce que vous vous êtes positionnée contre moi quand vous auriez dû me soutenir, répondit-il. Jamais vous ne me témoignez la docilité naturelle d'une bonne épouse.

— Je n'en ai jamais témoigné ! s'esclaffa-t-elle sans la moindre joie. Cela ne vous dérangeait pas, au temps jadis. Vous aimiez mon allant – vous me l'avez maintes fois avoué. Aujourd'hui, je dis simplement une vérité que vous ne souhaitez pas entendre.

— Arrêtez simplement d'interférer. Vous êtes une femme, et ce sont des affaires d'hommes.

— Dans ce cas, pourquoi m'avoir envoyée ici, en Aquitaine ? Me pensiez-vous à l'époque incapable de tout jugement sensé ? Bon sang, Henri, vous ne m'arriviez pas à la cheville !

— Vous pensez exercer sur moi une sorte de pouvoir irrésistible, n'est-ce pas ? ricana son époux avec une expression qui ressemblait à du dégoût. Sachez qu'il n'en est rien. Vous êtes une nuisance, rien de plus.

—Je suis votre épouse et votre reine! se récria Aliénor avec colère. Vous avez eu de la chance de m'épouser, car j'aurais pu choisir n'importe quel prince d'Europe. J'ai pourtant toujours fait mon devoir envers vous, j'ai été une véritable épouse pendant toutes ces années, un soutien quand vous en aviez besoin. Je vous ai donné des fils...

—Oui, que Dieu me garde! répliqua vivement Henri. J'aimerais en avoir d'autres et renier ces ingrats rejetons du diable...

—Dans ce cas, peut-être devriez-vous épouser une de vos catins et faire cela! Peut-être Rosemonde Clifford en serait-elle heureuse, à moins que vous ne l'ayez abandonnée il y a longtemps, comme la plupart des femmes que vous avez troussées?

C'était la première fois en six ans que l'un d'eux prononçait le nom de Rosemonde. Pour Aliénor, c'était une invective hasardeuse, car elle n'avait pas entendu parler d'elle depuis cette terrible nuit où Henri avait admis son amour pour elle–et elle n'avait d'ailleurs pas eu la moindre envie d'entendre parler d'elle. Il ne s'était que rarement rendu en Angleterre depuis, et elle avait donc supposé que cette histoire s'était terminée d'elle-même. Elle pouvait cependant voir à son expression qu'elle s'était cruellement fourvoyée.

—Jamais je n'ai abandonné Rosemonde, déclara-t-il en cherchant sciemment à la blesser. Elle est ici, à Limoges. Elle a voyagé sous couvert d'anonymat, avec une escorte dédiée, et j'ai dormi avec elle toutes les nuits depuis que je suis arrivé. Voilà, votre curiosité est-elle satisfaite? Je vous l'ai dit, Aliénor: je l'aime. Rien n'a changé. Je ne vous aime pas. Je préfère vous haïr.

—C'est l'autre face d'une même pièce, riposta-t-elle en se demandant pourquoi ses larmes menaçaient de couler. Dites-moi, Henri, la frappez-vous comme vous me frappez? Vous procure-t-elle autant de plaisir au lit que moi autrefois?

— Rosemonde ne me donnerait jamais la moindre raison de lever la main sur elle, répondit-il d'un air mauvais. Elle est douce et gentille. Et puis, oui, elle m'apporte beaucoup de plaisir – plus que vous n'avez jamais su le faire ! Regardez-vous dans un miroir, Aliénor, et demandez-vous pourquoi je n'éprouve plus de désir pour vous. Voyez la harpie que vous êtes devenue !

Il fait cela pour me mettre hors de moi, se dit-elle. *C'est sa manière de se venger pour ce qu'il considère comme une trahison. Je ne dois pas le prendre à cœur – et quel besoin ai-je de le faire, d'ailleurs ? Je ne l'aime plus, alors pourquoi cela m'importerait-il ?* Elle était cependant suffisamment objective pour s'avouer, à son grand désarroi, que ses paroles lui importaient – qu'elle voulait griffer au sang les joues d'albâtre de Rosemonde afin de détruire sa beauté, qu'elle voulait se jeter sur Henri et le frapper de toutes ses forces pour sa cruauté, ainsi que pour sa bêtise !

Mais, au lieu de cela, elle se leva avec une infinie dignité, prit une des bougies et se dirigea vers la porte. Henri la retint cependant par le bras sans ménagement.

— C'est fini entre nous, dit-il, mais mes fils sont encore jeunes. En raison de cette jeunesse, ils se laissent facilement influencer par leurs émotions et leur loyauté mal placée. Je commence à me dire qu'un certain goupil à tête rousse les a éloignés de moi par ses mauvais conseils. N'est-ce pas, Aliénor ? l'accusa-t-il en serrant plus fort.

— Vous êtes un imbécile, Henri, lui lança-t-elle avec dédain. Vous vous fourvoyez. Vous êtes la seule cause de cette tragédie.

— Non, je ne suis pas un imbécile, et je ne me fourvoie nullement, persista-t-il. Je vois parfaitement bien que mon épouse s'est retournée contre moi et a incité ses fils à me persécuter.

— Vous êtes fou ! se défendit-elle tout en s'arrachant à son emprise pour s'engouffrer en courant dans l'escalier.

Elle n'eut pas le courage d'aller se coucher et préféra faire les cent pas dans la même galerie où elle avait confié ses craintes à Raoul de Faye. La colère grondait en elle. Henri et elle se détruisaient mutuellement, et rien ni personne ne pourrait empêcher cela. Il avait changé depuis la mort de Becket ; il était devenu plus dur, plus brusque et plus méchant. Il l'avait trahie, abusée et humiliée ; il lui avait dit des choses cruelles et impardonnables. Elle refusait de les croire, elle ne devait pas donner à ses paroles trop…

— Aliénor ?

Un homme sortit de la pénombre. C'était Raymond de Toulouse, l'inquiétude peinte sur son visage – en plus de ce qu'elle reconnut être du désir.

— Pardonnez mon intrusion, mais quelque chose vous taraude. Puis-je vous aider ?

Depuis combien de temps était-il là ? L'avait-il attendue pour lui tomber dessus ? Il avait eu l'audace de l'appeler par son prénom plutôt que par son titre. Qu'est-ce que cela laissait présager sinon un intérêt amoureux ? Et comment avait-il pu deviner que rien n'aurait été mieux accueilli afin de guérir son âme blessée après une si terrible soirée ?

Elle s'approcha de lui sans rien dire, trouvant refuge dans ses bras, et un plaisir suave dans son baiser. Nue dans son lit, après l'avoir suivi furtivement jusqu'à sa chambre, elle l'observa tandis qu'il promenait son regard sur elle, et elle sut qu'elle n'était pas la harpie vieillissante si cruellement décrite par Henri. Ah, quel bonheur de sentir son corps revenir à la vie après si longtemps, de frémir sous la caresse d'un homme, et de refermer avec avidité les doigts autour de son sexe turgescent en se laissant surprendre par l'intensité érotique de la réponse au fond d'elle. Elle se dit qu'elle ne pouvait pas être vieille, si elle ressentait cela tandis que Raymond la prenait avec fougue et vigueur dans les draps défaits jusqu'à ce qu'elle crie son plaisir qui était à la limite de la douleur.

Après leurs ébats, quand il se fut écroulé à côté d'elle le souffle court, elle tenta de se persuader que les ébats avaient été meilleurs avec lui qu'avec Henri, mais la conviction n'y était pas. Henri avait été de loin son amant le plus accompli – elle était suffisamment honnête pour le reconnaître. Mais ce qui l'avait frappée par-dessus tout, c'était l'étrangeté de l'acte, la prédominance du physique et l'absence de l'émotionnel. Elle était obligée d'admettre qu'il n'y avait rien de plus érotique que la caresse d'un corps familier et aimé, et l'union de deux esprits amis.

Elle retint ses larmes, s'en voulant de se laisser ainsi submerger par les sentiments. Pourquoi fallait-il toujours qu'elle poursuive cette chimère d'un passé perdu qui n'avait pourtant sans doute jamais été aussi beau que dans ses souvenirs ? Même Henri le lui avait dit, avec ses manières brutales. Elle se rendit tristement à l'évidence qu'ils ne pourraient plus jamais redevenir comme avant. C'en était fini des secondes chances.

Nous sommes des gens différents, désormais, façonnés et affûtés par nos expériences, avec des cicatrices que même le temps ne peut pas effacer. Là où était l'amour ne se trouve plus que de la haine. Henri et moi semblons destinés à détruire tout ce qu'il y a de bon dans notre existence, et nous finirons sans doute par nous détruire. Comment sommes-nous devenus de si grands ennemis ? pleura-t-elle en silence.

— Qu'est-ce qui vous troublait donc, ma douce dame ? lui demanda soudain son nouvel amant en se blottissant contre elle sous l'amoncellement de fourrures.

Aliénor était tant à fleur de peau qu'elle lui raconta toute la désolante histoire du fossé qui s'était creusé au sein de sa famille, confessant même avoir écrit à Louis.

— Certains diraient que c'est un acte de trahison, mais ce n'était certainement pas mon intention.

— Je comprends, répondit Raymond après un long silence. Même si beaucoup en seraient incapables. Je pense toutefois que vous avez raison de soutenir vos fils.

— Je suppose que cette nuit compte aussi comme une trahison, dit Aliénor avec un pâle sourire.

Son amant se redressa brusquement dans le lit, son corps fin et musculeux luisant à la lumière des bougies.

— Ne me dites pas que vous n'avez jamais été avec un autre ! s'exclama-t-il. Vous ? Avec votre réputation ?

— C'est la première fois depuis que je suis avec mon époux, admit Aliénor. Et c'est la première fois que je suis avec un homme depuis plus de deux ans.

Il resta figé dans un silence déconcerté.

— Pourquoi moi, dans ce cas ? s'enquit-il d'un air abasourdi.

— Rien ne m'a semblé plus normal sur le moment, répondit-elle en craignant de voir les choses dégénérer.

— Mais je supposais que le roi et vous aviez trouvé depuis longtemps un arrangement pour faire chacun votre vie de ce point de vue. Votre manière de jouer avec moi, de m'encourager... Je pensais qu'il était au fait de vos aventures. (Il s'écartait déjà d'elle dans le lit.) Par le sang du Christ, qu'ai-je fait ? J'ai juré fidélité à mon suzerain aujourd'hui même, et voilà déjà que je manque à mon serment et le déshonore en couchant avec son épouse. Et vous m'avez laissé faire ! Madame, vous parlez de trahison, mais il me semble que vous ne savez pas ce que cela signifie. Oui, il s'agit bien de trahison – et vous en êtes responsable !

Raymond bondit ensuite du lit, enfila sa chemise et alla ouvrir la porte. Furieuse et humiliée, Aliénor s'habilla maladroitement, passa son manteau autour de ses épaules et sortit en coup de vent, les joues écarlates.

— Je ne dirai rien de cette histoire, sur mon honneur, lui lança-t-il.

— Qui êtes-vous pour parler d'honneur ? marmonna-t-elle.

Après être retournée en douce à son boudoir et avoir réveillé ses dames en leur expliquant que son époux l'avait tenue éveillée – et c'était la stricte vérité ! –, Aliénor resta dans son lit sans pouvoir encore trouver le sommeil ; elle s'en voulait horriblement pour ce qu'elle avait fait, sachant en son for intérieur qu'après toutes ses années de fidélité, elle venait de rompre ses plus grands vœux de mariage et de s'humilier face à un homme qui comptait parmi ses vassaux. Pis encore, elle lui avait révélé de dangereux secrets. Pouvait-elle compter sur Raymond pour tenir parole ? Ne dirait-il vraiment rien de cette histoire, comme il l'avait promis ? Il savait sans doute que dissimuler une trahison était presque aussi grave que la commettre. Et, si Henri découvrait quoi que ce soit de tout cela, sa vengeance serait terrible, elle en était certaine. Elle en tremblait sous ses draps rien qu'en y pensant.

Elle se détestait, mais elle haïssait encore plus Henri, car il était la source de cette situation impensable. Et elle détestait Raymond aussi, pour avoir péché avec elle et l'avoir tenue pour responsable. Elle était toutefois, au fond, contente d'avoir eu sa petite vengeance sur son époux – même s'il n'en entendrait jamais parler. Ce serait son triomphe personnel, la preuve qu'elle était capable de se défendre – et qu'elle était toujours capable de séduire les hommes, malgré ces choses affreuses que lui avait dites Henri. Elle était par ailleurs toujours convaincue d'avoir raison de soutenir la cause de ses fils, et de devoir par tous les moyens faire ouvrir les yeux au roi – même par la force, si nécessaire.

Henri leva les yeux de son livre – c'était l'un de ses préférés, l'*Histoire des rois de Bretagne* de Geoffroy de Monmouth, qu'il avait pris l'habitude de relire périodiquement car il contenait les histoires trépidantes du roi Arthur, qu'il adorait. Aujourd'hui, cet ouvrage lui procurait un bref répit dans ce déferlement de problèmes qui faisait rage autour de lui. Il fut donc agacé d'entendre quelqu'un frapper à sa porte.

— Entrez ! tonna-t-il.

Le comte Raymond de Toulouse ouvrit la porte et entra.

— Sire ? L'on m'a dit que je vous trouverais sans doute ici. Puis-je m'entretenir avec vous en privé ?

Henri posa son livre en pestant intérieurement.

— Asseyez-vous, messire, l'invita-t-il à contrecœur.

Raymond obéit et prit place, l'air mal à l'aise – et curieusement honteux.

— Je vous écoute, l'incita le roi.

— Sire, se lança le comte. La Cour ne cesse d'échanger des rumeurs, et j'entends d'étranges choses que je pense devoir vous rapporter. Puis-je parler librement ?

Henri lui adressa un regard méfiant, mais il estimait que Raymond était un homme d'honneur qui ne parlerait sans doute jamais à la légère.

— Faites donc, dit-il.

— Je vous conseille, mon roi, de prendre garde à votre épouse et à vos fils ! déclara gravement le comte.

Il fut consterné de voir Henri partir d'un rire tonitruant.

— Ne vous tracassez donc pas, lui dit-il. Mes fils sont de fortes têtes qui se laissent influencer par ceux de leur entourage qui voudraient les pousser à la sédition. Mon épouse est une mère trop aimante et sotte qui ne devrait pas les encourager dans cette voie, mais qui leur a rempli l'esprit d'idées folles. Cela n'a pour moi rien de nouveau, bien que je vous sois reconnaissant de votre prévenance. Mais, n'ayez crainte, la situation est sous contrôle.

Il congédia Raymond, qui s'en fut manifestement soulagé. Quand il fut parti, toutefois, Henri se mit à ruminer des idées noires. Aliénor préparait-elle quelque chose ? Il ne pensait pas qu'après ses menaces elle irait jusqu'à faire secrètement appel à Louis–et, de toute manière, Henri le Jeune l'avait déjà fait ouvertement, et même de façon éhontée. Il ne la croyait pas capable d'une telle perfidie, ni de bafouer ainsi leurs vœux de mariage.

C'étaient ses fils qui étaient responsables de tout cela. Poussés par une trop grande ambition, ils constituaient le plus grand danger. Il était hanté par une prophétie de Merlin, qu'il avait lue quelque part et qui disait : « À leur éveil, les lionceaux rugiront férocement et quitteront le taillis, traquant leur proie entre les murs des villes. Ils réduiront en charpie ceux qui se dresseront sur leur chemin, et ils arracheront la langue des taureaux, puis feront pendre des chaînes à leur cou. » Les lionceaux de la prophétie du grand Merlin étaient-ils ses propres fils ?

Il n'attendrait pas pour le savoir. Il fallait les empêcher de nuire, et sans tarder. Il s'empressa de donner des ordres pour renvoyer certains chevaliers de la maison du jeune roi qui avaient, selon lui, poussé son fils à la rébellion. Il demeura sourd aux fortes protestations.

Les fêtes terminées, tout le monde se sépara. Les rois s'en retournèrent à leur royaume, les comtes à leurs domaines. Henri décida de partir au nord avec Aliénor et ses fils, à Poitiers ; quand il aurait terminé de s'occuper des affaires du duché, il poursuivrait sa route jusqu'en Normandie. Il garderait son héritier auprès de lui, car il n'allait pas permettre qu'il échappe à sa vigilance. Il s'assurerait qu'il n'ait pas la moindre occasion de fomenter un complot.

—Je ne suis pas un enfant ! se récria violemment Henri le Jeune.

—Dans ce cas, cessez de vous comporter comme tel, rétorqua son père sur un ton acerbe. Je pourrai alors vous prendre au sérieux.

Henri pensait sincèrement que son fils aîné était la cause de tous les problèmes qu'il rencontrait actuellement, et qu'il convenait de le surveiller. Richard pouvait bien rester avec Aliénor pour contrôler l'Aquitaine, il n'était pas une menace. Tenu à l'écart de son grand frère, Richard ne représentait selon lui nullement un danger. Il fit venir Geoffroy pour leur tenir compagnie à tous les deux, et pour faire oublier à Richard toute idée saugrenue. Sa maison en ordre – du moins le croyait-il –, il quitta son duché, traînant derrière lui son héritier bouillonnant en direction de la Normandie.

Chapitre 46

Poitiers, 1173

Henri le Jeune s'était échappé ! En apprenant cela, Aliénor tressaillit – elle ne savait pas si c'était d'allégresse ou d'effroi. Il avait enduré la vigilance de son père jusqu'à Chinon, sachant manifestement déjà qu'il s'y soustrairait bientôt. Il s'était ensuite faufilé hors de la chambre à coucher qu'il partageait avec Henri sur l'insistance de ce dernier, avait soudoyé les gardes pour qu'ils baissent le pont-levis, puis avait rejoint Paris à bride abattue, comme si les cavaliers de l'Apocalypse se trouvaient à ses trousses. Le roi avait envoyé des hommes tenter de le rattraper, mais en vain, et il avait bien vite compris que la fuite de son fils avait été planifiée jusque dans les moindres détails, sans aucun doute avec le concours secret du roi Louis.

Arriverait le jour, bien assez tôt, où l'on pointerait Aliénor du doigt, l'accusant d'être la complice de Henri le Jeune, mais elle était tout aussi étonnée que le reste du monde par cette évasion, et elle retenait son souffle en attendant de voir ce qu'il en résulterait. Elle ne pouvait que se réjouir du fait qu'il avait échappé à la vigilance tyrannique de son père, qui s'était faite si destructrice, et elle priait pour que cet acte ramène Henri à la raison. Elle était à bout de patience en ce qui le concernait.

Elle envoya des messagers se relayer secrètement jusqu'à Paris. Elle devait absolument savoir ce qu'il se passait. Les nouvelles qu'ils rapportèrent étaient tout bonnement incroyables.

—Madame, le roi Louis et le roi Henri le Jeune ont fait le serment de s'entraider contre leur ennemi commun.

Elle comprit qu'il ne pouvait s'agir que de Henri, bien que l'homme en sueur devant elle n'ait pas osé le dire.

—Madame, le roi a envoyé une députation d'évêques à Paris pour demander au roi de France de lui renvoyer son fils. Quand le roi Louis a demandé qui envoyait ce message, on lui a répondu que c'était le roi d'Angleterre, et il s'est exclamé : « Le roi d'Angleterre se trouve ici ! Mais, si vous faites référence à son père, sachez qu'il n'est plus roi. Le monde entier sait qu'il a remis la couronne à son fils. »

Aliénor ne put retenir un sourire ; elle ne savait pas que Louis était capable de jeter le gant de cette manière.

—Madame, le roi se prépare à la guerre, reprit le messager. Il veille à la sécurité de ses châteaux et de lui-même. Nombre de barons d'Angleterre et de Normandie ont pris le parti du jeune roi et se sont déclarés en sa faveur !

L'affaire devenait sérieuse.

—Qu'en est-il de Guillaume le Maréchal ? s'enquit-elle.

Comment ce sage homme intègre verrait-il les choses ?

—Il est du côté de Henri le Jeune.

La guerre ! Aliénor n'arrivait pas à croire que les choses en soient arrivées là. Louis lançait des menaces, les barons de Henri prenaient les armes, et ses fils trépignaient d'impatience à l'idée de lui donner une bonne leçon. Et soudain, flanqué du malveillant Bertran de Born, Henri le Jeune apparut à Poitiers et vint rapidement embrasser sa mère.

— Je suis venu dans le plus grand secret, lui dit-il. J'ai besoin de votre aide, et de celle de mes frères.

— Dites-moi en toute sincérité, mon fils, demanda Aliénor avec sérieux, ce que vous espérez gagner en affrontant votre père sur le champ de bataille.

— Je pensais avoir votre soutien ! s'emporta-t-il.

— C'est le cas, le rassura-t-elle vivement. J'ai la conviction que vos griefs sont justifiés. Je pense toutefois qu'il est important que nous soyons tous au clair sur l'objectif. Avez-vous l'intention de forcer le roi à partager son pouvoir avec vous, ou auriez-vous dans l'idée, comme les rapports tendent à le montrer, de le renverser pour régner à sa place ?

— Cela changerait-il votre décision de me soutenir ?

Ah, il comprend donc le problème moral que cette question pose, se dit-elle.

— Autrefois, peut-être, répondit-elle avec amertume. Mais votre père a depuis cessé de mériter ma loyauté. Je suis comme une veuve ; il m'a insultée et abandonnée, et il vous a traités, ses fils et les miens, avec mépris – c'est une chose que je ne peux pas tolérer. Une branche pourrie doit être enlevée avant qu'elle corrompe un arbre sain.

— Seriez-vous prête à aller aussi loin ? demanda Henri le Jeune en la dévisageant avec stupéfaction.

— Oui, répondit-elle. Votre père m'a contrainte à choisir entre ma loyauté envers mon époux et mon roi, et le désir de protéger les intérêts de mes enfants. Je suis une mère, cela est incontestable. Quels que soient l'amour et l'obéissance que je lui vouais jadis, comme il se doit, il les a réduits à néant, déclara-t-elle en avançant d'un pas pour prendre son grand fils dans ses bras.

— Que vous a-t-il fait ? s'inquiéta Henri avec colère.

— Il m'a frappée, cela vous le savez. Je n'ai pas le cœur de raconter le reste.

— Vous n'en avez nul besoin, fulmina son fils. Nous ne sommes pas aveugles. Nous savons tout de la « belle » Rosemonde, cracha-t-il avec dédain.

— Il semblerait que j'aie été la seule à ignorer l'histoire, répondit Aliénor avec légèreté. Mais nous devons oublier cela à présent, et parler de cette guerre avec vos frères.

Elle convoqua Richard et Geoffroy dans la grande chambre. Constance vint aussi, certaine d'avoir voix au chapitre, mais Aliénor la chassa avec impatience ; elle ne voulait pas que cette petite sotte s'immisce dans une affaire qui ne la concernait pas. Les frères du jeune roi furent surpris de le trouver là, et ils écoutèrent avec gravité, et une fureur grandissante, ce que lui et leur mère avaient à dire.

— C'est à vous de décider de ce qu'il convient de faire, leur dit-elle à tous les deux. Vous êtes presque des hommes, désormais, et je ne vous traiterai pas comme des enfants.

Richard se leva et embrassa son frère aîné.

— Je choisis de suivre mon frère plutôt que mon père, parce que j'estime qu'il est dans son droit.

— Bien dit ! l'applaudit Aliénor. Et vous, Geoffroy, vous joindrez-vous à vos frères pour affronter votre père le roi ?

L'intéressé se redressa de toute sa taille. À quinze ans, il avait une poussée de croissance, mais il ne deviendrait jamais aussi grand que Henri ou Richard, desquels il était immensément jaloux. Contrairement à eux, il avait un physique sombre et saturnien, et il était devenu rapidement évident que son caractère était assorti à son apparence. Il était doué avec les mots, peut-être même plus que tous les enfants d'Aliénor, mais il n'était pas digne de confiance, et était impitoyablement ambitieux.

— Je soutiens naturellement mes frères, déclara-t-il avec emphase. Je suis moi aussi une victime de l'entêtement borné de notre père. Je devrais régner en Bretagne sans avoir à souffrir ses constantes interférences.

—Dans ce cas, la décision est unanime, annonça Aliénor. Mais, avant d'échafauder nos plans, je dois vous demander à tous si vous êtes bien conscients des conséquences de ce que vous vous apprêtez à faire, car il vous faut vous engager dans cette voie en toute connaissance de cause. Aux yeux de tous, ceci est une trahison.

—La trahison est un crime contre le roi, contredit sèchement Henri. Je suis bien le roi, n'est-ce pas ? Même mon père ne peut pas le contester. Et le roi Louis affirme que celui-ci, en me faisant couronner, a abdiqué toute autorité décisionnaire.

—Ce fait est sujet à débat, répondit Aliénor, mais ce sera suffisant pour l'instant. Comprenez-vous pleinement que vous déclarez officiellement la guerre à votre propre père, à qui vous devez amour et obéissance ?

—Ne savez-vous donc pas qu'il est dans notre nature même de ne pas pouvoir nous aimer ? rétorqua Geoffroy en haussant les épaules. Nous venons du diable, rappelez-vous. Il n'est donc pas surprenant que nous nous fassions du mal entre nous !

—Notre père a perdu tout droit à notre amour et à notre obéissance, affirma Richard, les traits distordus par toute sa rancœur.

—Tout à fait ! confirma Henri le Jeune. Vous êtes donc tous les deux pour moi dans ce conflit ?

—Oui ! répondirent-ils en même temps.

—Vous devez vous rendre immédiatement à Paris, auprès du roi Louis, leur dit Aliénor. Il est notre plus puissant allié, et il vous soutiendra avec une armée. Je vous remettrai des lettres l'informant, ainsi que son conseil, de mon soutien. Je vais les faire rédiger sur-le-champ, pendant que vous vous préparez.

Moins d'une heure plus tard, elle était dans la cour du palais et faisait ses adieux à ses fils en les recommandant à Dieu, se demandant si elle les reverrait un jour. Leur départ était censé être un secret, mais la nouvelle se répandit en quelques heures dans tout

Poitiers, donnant naissance à de grandes théories sur les raisons de ces agissements. Une semaine plus tard, toute la province d'Aquitaine était en liesse à l'idée de voir se terminer le règne du tant haï duc Henri. Aliénor ne comprit vraiment tout cela que le jour où un troubadour du nom de Richard le Poitevin arriva à sa Cour et joua pour elle et sa suite. Sa chanson, entonnée d'une profonde voix de baryton, transmettait toute la force du sentiment de ses sujets :

Ô Aquitaine, réjouis-toi !
Jubile, Ô Poitou !
Car au vent du nord, le sceptre du roi
Se retire de devant vous !

Émue aux larmes, Aliénor se tourna vers Raoul de Faye.

— Nous ne pouvons pas ignorer le cri de notre peuple, murmura-t-elle. Cela ne fait que renforcer ma certitude que se retourner contre Henri est légitime.

— Je pense que beaucoup d'entre nous ont longtemps attendu que vous en veniez à cette conclusion, Aliénor, répondit son oncle avec un sourire doux.

Elle lui serra la main.

— Voudriez-vous vous rendre à Paris pour moi ? lui demanda-t-elle. Accepteriez-vous d'être mon émissaire et de transmettre un message personnel à Louis de ma part, pour le remercier de son soutien à mes fils, et l'implorer de veiller à leur sécurité ? Il appréciera ce geste personnel ; et, tant que vous y serez, vous pourrez me faire parvenir des nouvelles de mes fils, et trouver un moyen de vous placer à la table des décisions.

— J'irai avec grand plaisir, accepta Raoul. Je serai la voix de la duchesse d'Aquitaine. Vous pouvez compter sur moi.

Raoul était parti, mais une lettre portant le sceau de l'archevêque Rotrou de Rouen ne tarda pas à arriver. Pour quelle raison le primat de Normandie lui écrivait-il ? Soudain, elle fut saisie d'effroi. Serait-ce pour lui annoncer une terrible nouvelle concernant l'un de ses fils ? Ce fut avec des doigts tremblants qu'elle décacheta la missive et la lut. Puis sa mâchoire se décrocha sous le coup de l'horreur.

Rotrou entamait sa lettre de façon assez courtoise : « Pieuse reine, immensément illustre reine… » Il enchaînait presque immédiatement en déplorant le fait qu'elle, une épouse jusque-là prudente, se soit éloignée de son époux. Ce n'était pas cela qui l'effarait – elle se fichait éperdument des platitudes moralisatrices ! C'était plutôt de constater que l'archevêque l'accusait d'avoir poussé les fruits de son union avec le roi à se retourner contre leur père. Il la fustigeait d'adopter un tel comportement scandaleux, et poursuivait en la prévenant que, si elle ne retournait pas auprès de son époux sans tarder, elle entraînerait la chute de la chrétienté.

Il savait ! Henri savait pour sa trahison. Il avait obligé Rotrou, son archevêque, à écrire cette lettre, cela ne faisait pas le moindre doute. Mais comment avait-il su ? Tout avait été planifié en secret. Sa lettre à Louis avait-elle été interceptée ? Pis encore, Raoul avait-il été arrêté en chemin et forcé à admettre ce qu'il savait ? Pis que tout, Henri avait-il placé des espions à sa Cour ? Elle tenta de se rappeler les noms et les visages de ceux qui avaient récemment rejoint sa maison, et elle se souvint qu'avant son départ, le roi avait nommé à sa chancellerie quatre de ses gens du Poitou. Elle ne voyait rien de mal à cela, mais on ne pouvait jamais être sûr des intentions de Henri – il était quelqu'un de soupçonneux. Il se pouvait bien sûr que ce ne soit pas du tout les Poitevins, mais quelqu'un qu'elle connaissait bien, ayant été contraint de changer de camp. C'était une pensée effrayante. Il se pouvait toutefois que son imagination lui joue simplement des tours ; après tout,

Louis pouvait très bien l'avoir trahie dans une correspondance à Henri.

Elle trembla et poursuivit sa lecture des pieuses exhortations à retourner avec ses fils à son époux, à qui elle était tenue d'obéir, et avec qui c'était son devoir de vivre. « Retournez à lui, sans quoi il devra se méfier de vous et de vos fils ! » geignait l'archevêque. Il était évident que Henri se méfiait déjà d'elle, ainsi que de leurs fils. Elle ne croyait pas à l'assurance de Rotrou selon laquelle son époux lui prouverait son amour de toutes les manières possibles et lui garantirait une totale sécurité. Il s'agissait de l'homme qui avait juré de la tuer si elle le trahissait ! Si elle obtempérait, qui pouvait dire qu'elle ne courrait pas à sa mort ?

L'archevêque poursuivait : « Priez vos fils de faire preuve d'obéissance et de dévotion envers leur père, qui a affronté tant de difficultés, couru tant de dangers, et entrepris tant de choses pour eux. » Devait-elle comprendre par là que Henri ne savait pas encore qu'elle avait envoyé les garçons à la Cour de son ennemi, Louis ? D'après cette lettre, il les croyait toujours avec elle à Poitiers. Si tel était le cas, il se pouvait que le roi ne prenne pas encore toute la mesure de sa perfidie – car ce serait ainsi qu'il qualifierait ses actes.

Puis venait la menace. Si elle ne retournait pas auprès de son époux, Rotrou serait forcé de recourir au droit canon et de faire porter sur elle la censure de l'Église. Il prétendait écrire cela de bien mauvais cœur, et ne s'en remettrait à cette solution qu'avec chagrin et contrition – sauf si, bien entendu, elle revenait à la raison.

Elle se demanda, prise d'un léger vertige, de quoi il la menaçait au juste. De divorce ? Cela ne lui avait nullement fait peur jadis, mais c'était alors elle qui avait désiré et amorcé le processus. Il était naturel que cette expérience soit moins agréable lorsque l'on était de l'autre côté, surtout parce qu'elle savait avoir beaucoup à perdre, dont ses enfants. Et les conséquences pour l'empire angevin seraient terribles.

Cette « censure de l'Église » semblait toutefois bien pire que le divorce, même si cela pouvait en faire partie.

L'excommunication ? Le terrible fardeau de l'anathème ? Être coupée de Dieu lui-même, de l'Église, avec toutes ses consolations et le sentiment d'appartenance à une communauté, de tous les chrétiens, bannie du troupeau universel, sans plus aucun ami, condamnée à la damnation éternelle ? Henri n'irait tout de même pas jusque-là ? C'était la chose qu'il avait redoutée lui-même pendant toute sa longue querelle avec Becket.

Elle ne pouvait nullement retourner auprès de son époux. Très bientôt, il découvrirait qu'elle avait envoyé ses fils et Raoul de Faye rejoindre son ennemi Louis – s'il ne le savait pas déjà. Même si elle partait sur-le-champ, cette nouvelle parviendrait au roi avant elle. Et, avec cette preuve de sa tromperie, Henri pourrait bien mettre à exécution sa menace de mort. Dans l'intérêt de ses fils, comme dans le sien, elle n'oserait pas retourner auprès de lui, pas même sous peine d'excommunication.

Elle se rendit subitement compte qu'elle n'était pas en sécurité là où elle était, même en plein cœur de l'Aquitaine. Henri avait beau avoir fort à faire entre la rébellion de ses fils et la guerre sur tous les fronts, il enverrait certainement des hommes la chercher – et que se passerait-il ensuite ?

Elle devait absolument partir. Elle devait se rendre à Paris aussi vite que possible. Elle n'aurait jamais pensé un jour être impatiente d'aller trouver refuge auprès de son ancien mari, mais elle se rendait compte que Louis était le seul homme capable de garantir sa sécurité.

Elle convoqua le capitaine de sa garde et lui donna l'ordre de réunir une petite escorte et de se préparer au départ. Moins ils seraient, plus ils iraient vite. Elle rassembla ensuite ses dames : Torqueri, Florine et Mamille, les trois qu'elle aimait le plus, qui étaient avec elle depuis de si nombreuses années, et à qui elle aurait confié sa vie. Elle leur expliqua sa délicate situation.

— La décision vous appartient entièrement. Vous pouvez venir ou rester. Je ne suis pas inepte au point de ne pas pouvoir m'occuper de moi-même, et vous n'avez donc pas à vous soucier de cela. J'apprécierais votre compagnie, bien entendu, mais il s'agit de prendre la fuite, et non de prendre du bon temps ; je ne peux pas garantir votre sécurité, ni vous dire quand vous serez en mesure de revenir.

— Je viens avec vous, déclara Mamille sans hésiter.

— Vous pouvez compter sur moi, lui fit écho Torqueri.

— Aviez-vous seulement besoin de poser la question ? dit Florine en souriant.

Aliénor les serra dans ses bras avec gratitude.

Elles ne perdirent pas de temps pour faire leurs bagages, se contentant de prendre l'essentiel et de ne rien charger d'autre que les sacoches de selle. Puis elles dévalèrent l'escalier et sortirent dans la cour baignée par le soleil de mai. Aliénor ne put s'empêcher de regarder autour d'elle, contemplant ce palais familier avec ses somptueux jardins qui commençaient à peine à fleurir, en se demandant quand elle pourrait revoir tout cela. Mais l'heure n'était pas à la nostalgie. Les chevaux et les hommes d'armes attendaient, et il leur fallait faire vite. Leur départ passa presque inaperçu, car elles donnaient l'impression de partir en simple visite à un quelconque ordre religieux, ou à un seigneur local dans son château. Seuls quatre hommes en haut d'une tour notèrent que la duchesse s'en allait et estimèrent qu'il fallait peut-être en avertir leur maître.

Une fois loin de Poitiers, Aliénor et sa troupe lancèrent leur monture au triple galop en direction du nord-est, comme si tous les chiens de l'enfer étaient à leurs trousses – ce qui se pouvait fort bien, se dit-elle sombrement. Ses dames et elles étaient des cavalières expertes et cette chevauchée aurait été, en d'autres circonstances, profondément exaltante, mais Aliénor craignait à tout moment d'être rattrapée ou de tomber dans une embuscade. Ils étaient partis avec tant d'empressement qu'elle n'avait pas eu le temps d'envoyer un messager prévenir Louis de son arrivée, et aucun n'aurait de toute manière pu parcourir une telle distance plus vite qu'eux à l'instant. Ils fonçaient vers le pont sur la Loire à Tours, puis continueraient vers Orléans, avant de parcourir les quelque vingt lieues qui les sépareraient encore de Paris.

En tout, c'était plus de soixante lieues qui les attendaient – une distance effarante dans de telles circonstances. Leurs montures ne tiendraient pas, évidemment, et ils allaient devoir s'en procurer d'autres dans les villes qu'ils traverseraient. Elle avait emporté de l'or à cet effet. Elle avait aussi pensé à prendre dans son sac un pot de baume, car elle avait pressenti que tout ce temps passé en selle finirait par éveiller certaines douleurs.

À environ trois lieues de Poitiers, ils entendirent le son inquiétant de chevaux derrière eux, et Aliénor en fut presque pétrifiée d'appréhension. Si elle était capturée maintenant, Henri pourrait se servir d'elle comme otage afin de soumettre ses fils, et ainsi mettre un terme à tout ce pour quoi ils se battaient. Le capitaine à la tête de l'escorte se tourna sur sa selle et leur fit comprendre qu'il serait préférable de ralentir et de mener leurs montures à pied dans les bois environnants, où ils pourraient se dissimuler derrière les arbres. Ils obéirent, le tonnerre de la cavalcade derrière eux s'amplifiant. Quand ils s'arrêtèrent, cachés par des branches basses, ils tendirent l'oreille tout en retenant leur souffle et s'aperçurent que le bruit avait fini par s'éloigner, jusqu'à ce qu'ils ne puissent plus entendre que le bruissement des feuilles et le chant des oiseaux.

— Poursuivons notre route, dit brusquement le capitaine.

— Attendons un petit instant! ordonna Aliénor avant de se tourner vers ses dames. Torqueri, Florine, Mamille: il ne fait plus aucun doute que nous sommes en danger – de mort, même.

Je me rends compte que j'ai été égoïste en vous demandant de m'accompagner, car je vous ai impliquées dans une trahison. Si nous venions à être capturées, vous en souffririez aussi les conséquences. C'est pourquoi je vous ordonne de rentrer auprès de votre famille jusqu'à ce que je sois en mesure de vous rappeler.

Elles protestèrent, et Mamille fondit en larmes, mais Aliénor leva un doigt pour les faire taire.

—Partez, je vous en conjure ! les implora-t-elle. Tout de suite. Ne vous inquiétez pas pour moi. Je vous l'ai dit, je peux me débrouiller seule.

—Mais, madame, vous ne pouvez pas voyager seule en compagnie d'hommes ! se récria Florine avec horreur. Ce ne serait pas convenable.

—Dieu du ciel ! jura Aliénor. Nous ne partons pas à la chasse, ni effectuer un pèlerinage à Fontevraud !

Florine fondit en larmes.

—Allez, partez, dit la reine à ses deux autres amies. Emmenez-la et réconfortez-la. Je saurai me débrouiller, ne vous en faites pas. Je sais que nous nous reverrons en de meilleures circonstances.

Elle n'avait aucune idée de la façon dont un tel miracle pourrait survenir, mais il fallait toujours avoir confiance en l'avenir.

Après de brefs adieux, elle les regarda redescendre la même route qu'ils avaient empruntée, puis se tourna vivement vers son escorte.

—Attendez ici quelques instants, les pria-t-elle. Je n'en ai pas pour longtemps.

Elle prit son sac de selle et s'éloigna à quelque distance dans le bois jusqu'à un endroit où personne ne pouvait la voir. Elle enleva ensuite son voile, ses joyaux, sa cornette, sa robe et sa chemise et, nue, elle entreprit de se bander la poitrine avec un vieux lange, puis elle extirpa de son sac des vêtements que Henri le Jeune avait laissés au palais et qu'elle avait emportés dans l'éventualité où il lui faudrait se déguiser. Elle enfila donc braies, culottes, tunique, ceinture de cuir et chaussures, ainsi qu'un manteau qu'elle accrocha autour de son cou, et dont elle rabattit la capuche sur ses tresses pour les dissimuler. Des gants et une dague parachevaient l'ensemble. Quand elle émergea du bois après avoir dissimulé ses habits féminins sous un amas de fougères, elle était convaincue qu'elle passerait aisément pour un chevalier ou un gentilhomme. Ce fut en tout cas ce que suggérèrent les regards abasourdis de son escorte. Elle devinait leur profonde stupéfaction, car l'Église enseignait que c'était une hérésie pour une femme que de porter des habits d'homme. Cela semblait toutefois être la seule façon pour elle de se protéger.

Ils poursuivirent leur route, marquant seulement une courte pause pour manger un peu de pain et de fromage achetés dans une ferme, puis ils chevauchèrent à bonne allure durant tout l'après-midi. Ce fut au soir, dans un crépuscule éclatant projeté par un soleil rouge plongeant sous l'horizon azur, qu'ils entendirent de nouveau des cavaliers derrière eux. Ils se trouvaient sur une route isolée au sud de Châtellerault et avaient espéré pouvoir atteindre la ville pour changer de chevaux avant la fermeture des portes, mais ils jugèrent plus prudent de quitter la voie principale pour emprunter un chemin à flanc de colline bordé d'arbres qui les plongeraient dans l'ombre et leur procureraient un abri.

À leur grand désarroi, ils entendirent les cavaliers les suivre. Ils accélérèrent l'allure, mais le terrain était caillouteux et la monture d'Aliénor trébucha. Quand elle regarda autour d'elle, désemparée, elle vit leurs poursuivants approcher, et elle sut sans l'ombre d'un doute qu'il s'agissait des hommes de Henri venus pour elle.

— Fuyez ! Dispersez-vous ! cria-t-elle à son escorte. C'est moi qu'ils veulent. Partez sans tarder, si vous tenez à la vie.

Les soldats hésitèrent, saluèrent brièvement son courage, puis éperonnèrent leurs montures. Une fois seule, elle se tourna pour faire face à ses poursuivants.

Ils ne la reconnurent tout d'abord pas. C'était naturel, puisqu'ils recherchaient une reine. Au lieu de cela, ils se retrouvaient face à un étrange chevalier sur un cheval blanc, les bras levés en signe de reddition. Ils en furent momentanément désarçonnés.

— Messire, nous cherchons la reine Aliénor, la héla le sergent en approchant. Si vous nous aidez à la retrouver, nous ne vous ferons aucun mal.

— C'est moi, la reine Aliénor, répondit-elle.

Les soldats en restèrent bouche bée, atterrés de voir une femme habillée en homme. Si elle n'avait pas couru un si grand danger, elle aurait pu en rire.

Le sergent se ressaisit et déglutit.

— Madame, j'ai pour ordre de vous arrêter au nom du roi pour avoir comploté contre lui, déclara-t-il sur un ton bourru. Nous devons vous amener à lui à Rouen.

Ils ne se montrèrent pas brusques avec elle, et n'insistèrent pas pour lui passer les fers, mais ils l'entourèrent de près sur la longue route vers le nord, un soldat tenant à tout moment sa bride afin qu'elle n'ait aucune chance de leur échapper. À Châtellerault, ils firent une brève halte pour acheter une sobre robe noire et une touaille décente, puis montèrent la garde devant la porte de la dépendance d'une auberge qu'ils avaient demandé à utiliser afin qu'elle puisse revêtir ces habits plus seyants. Il n'y avait nul miroir, évidemment, et elle était certaine d'avoir une allure affreuse, mais les soldats l'avaient au moins autorisée à prendre quelques ustensiles dans son sac, dont fort heureusement un peigne et un pot de baume. Des petites affaires de femmes, rien de méchant.

Quand elle ressortit de là, les soldats lui lancèrent des regards furtifs, et elle décela même une pointe d'admiration sur leurs visages. Elle n'aurait pas pu savoir – et elle s'en contrefichait – qu'elle était magnifique dans cette simple robe avec sa guimpe, ses longs cheveux divisés en deux tresses, et ses traits tirés par l'anxiété mais toujours saisissants. Elle ne se rendit pas non plus compte que, quoi qu'elle ait fait pour offenser le roi, sa téméraire fuite avait en soi quelque chose des mythes et des histoires palpitantes avec lesquels ces soldats avaient été élevés. Déjà, sa légende prenait corps.

Elle ne se souciait pas non plus de ce qui allait lui arriver – ce fut du moins ce qu'elle se dit alors qu'on lui apportait un morceau de canard passablement goûteux cuit dans sa propre graisse ainsi qu'un pichet de bière, avant de l'enfermer dans la dépendance pour qu'elle y mange seule. Ce dont elle se souciait, c'était de ce qui pouvait bien arriver à ses fils. Elle souffrait de ne pas le savoir, et elle était terrifiée à l'idée qu'il leur soit arrivé quelque chose de terrible. Étaient-ils en ce moment même enfermés dans une geôle à Rouen ?

Quand le sergent vint en personne récupérer le plateau, auquel elle avait à peine touché, elle tenta de lui soutirer des informations.

— Je vous en prie, messire, auriez-vous des nouvelles de mes fils ? demanda-t-elle, des larmes sincères au coin des yeux.

Le sergent était un homme marié avenant, fort comme un chêne, âgé d'une trentaine d'années, qui avait la ferme intention de terminer la tâche qu'on lui avait confiée pour récupérer sa solde avant d'aller retrouver son épouse et ses filles à Angers. Il était fiable, doté d'une grande morale malgré l'étroitesse de son imagination, et il n'était pas du genre à se laisser avoir par les ruses d'une femme sournoise – et Henri l'avait choisi précisément pour cette raison. Néanmoins, quand il posa les yeux sur sa reine, impuissante et bouleversée, son cœur vaillant se ramollit et il fut brièvement tenté de faire une petite entorse aux règles. Ce fut alors qu'il songea à cette place de capitaine qui pourrait bien être sa récompense pour ce service rendu au roi ; la chose avait été dite implicitement et, même si cet espoir ne se concrétisait pas, il aurait toujours une compensation en or de bon aloi. Il se reprit donc et répondit abruptement :

— Les ordres, madame, sont simplement de vous emmener auprès du roi à Rouen. Il m'est interdit de parler avec vous d'autre chose que de sujets triviaux.

— Je serai donc triviale, rétorqua Aliénor.

À cet instant, le sergent comprit que cette femme ne ferait qu'une bouchée de lui, si on lui en donnait l'occasion. Elle se leva et, se triturant les mains, poursuivit d'une voix implorante :

— Dites-moi au moins si mes fils se portent bien. Je vous en conjure !

Il hésita en se souvenant de la détresse de sa propre épouse quand leur enfant de cinq ans avait disparu l'espace de quelques minutes au marché, et à quel point elle avait souffert quand leur bébé avait contracté une fièvre. Il avala sa salive. Cela ne pouvait pas être bien grave... Et c'était, comme l'avait dit la reine, trivial.

— Je n'ai pas entendu dire le contraire, répondit-il avant de quitter la pièce sans écouter Aliénor qui le bénissait pour sa gentillesse.

Tours, Le Mans, Alençon. Le long périple dans le nord semblait ne jamais devoir en finir, même s'ils maintenaient une bonne allure. Aliénor n'obtint rien de plus de la part du sergent, et elle considérait les soldats comme de grands nigauds tout juste aptes à communiquer de manière intelligible. Elle sentait qu'ils étaient en admiration devant elle et perdaient leur langue en sa présence, et elle prenait un malin plaisir à tenter d'engager la conversation, lançant parfois quelque plaisanterie inoffensive. Puis, quand elle vit qu'elle n'obtiendrait pas de réponse bien lumineuse, elle se lassa et baissa les bras. Elle avait le cœur trop lourd pour supporter le divertissement très longtemps. Elle se rendit bientôt à l'évidence qu'elle allait se retrouver face à Henri. Cette perspective la terrifiait. Qu'allait-il faire ? Allait-il exécuter sa menace de mort ? Dans ce cas, elle avait déjà un pied dans la tombe – et que deviendraient alors ses fils ? Son sang se glaça lorsqu'elle envisagea la possibilité que la vengeance de Henri puisse avoir des conséquences fatales pour elle.

Quatrième partie

Triste prisonnière
1173-1189

Chapitre 47

Rouen, 1173

La nuit tombait lorsqu'ils arrivèrent en vue du palais de la regrettée Emperesse, hors des murs de Rouen. Aliénor avait passé la majeure partie du voyage à imaginer la réception que lui réserverait Henri. La verrait-il en privé pour lui épargner une humiliation – et s'en épargner une à lui aussi par la même occasion ? Ou irait-il jusqu'à faire parader sa prisonnière devant sa Cour entière ? Cela ne la surprendrait pas de sa part. Il se pouvait aussi que Henri ne lui prépare aucune réception, préférant la faire enfermer dans un cachot pour qu'elle ne voie plus la lumière jusqu'au jour de son jugement.

Son cœur s'emballait à mesure qu'ils approchaient du palais et que le pont-levis s'abaissait. Elle était consciente qu'elle ne devait pas être belle à voir, couverte de crasse et les traits sans nul doute tirés par l'angoisse et par l'appréhension ; sa robe devait puer la sueur froide de l'effroi.

Dieu tout-puissant, pria-t-elle, *donnez-moi le courage d'affronter avec dignité le sort qui m'attend !*

La nouvelle de leur arrivée les avait précédés, et l'un des capitaines du roi avançait dans la cour, quatre hommes d'armes derrière lui, pour venir à leur rencontre et récupérer auprès du sergent et de ses soldats leur illustre prisonnière. Quand Aliénor mit pied à terre, le capitaine s'inclina avec raideur.

— Madame, vous devez venir avec moi, déclara-t-il.

Il la guida alors, ses quatre hommes les suivant de près, jusqu'à une des tours habituellement réservées aux invités. Elle en fut d'abord déboussolée, mais, quand ils eurent grimpé l'étroit escalier à vis et eurent atteint le dernier étage, elle s'aperçut que la porte de l'unique pièce avait été munie d'un nouveau verrou. C'était donc là que serait sa geôle.

Le capitaine ouvrit la porte et lui indiqua d'entrer. Elle s'exécuta avec circonspection, s'attendant presque à ce que Henri l'attende à l'intérieur. Il n'y avait cependant qu'une femme au milieu de la pièce éclairée par les bougies. Elle était replète, avec un visage froid, et d'un âge incertain ; elle portait une robe de laine grise, une cornette blanche, et avait la mine sévère. Était-ce sa geôlière ? Aliénor eut le cœur soudain lourd. Elle aurait presque préféré trouver Henri furieux.

— Amaria sera votre servante personnelle, madame, déclara le capitaine avec une expression impassible, le regard fixé sur un point derrière elle.

— Ma gardienne personnelle, vous voulez dire ! se récria-t-elle en retrouvant soudain sa voix.

Elle sentit la femme se hérisser.

— Non, répondit-il. Le roi a désigné cette femme pour veiller à vos besoins. Pour votre sécurité, madame, des gardes seront dès à présent postés devant votre porte, ainsi qu'au pied de la tour. Amaria pourra aller et venir au besoin pour vous apporter tout ce qui sera nécessaire, mais je vous conseillerais, madame, de ne pas avoir la sottise de tenter de vous échapper – votre situation en pâtirait.

— Je ne peux pas imaginer quoi que ce soit de pire que ce que je vis à présent, rétorqua-t-elle. Dites-moi, savez-vous si je vais voir mon époux le roi ?

— Je ne peux pas vous le dire, répondit le capitaine.

— Est-il ici ? L'on m'a dit que je devais être escortée ici pour le voir.

— Je ne suis pas au fait des projets de Sa Majesté, madame, dit le soldat. Mes ordres sont de vous maintenir enfermée ici.

Sur ces mots, il prit une clé du trousseau à sa ceinture et sortit, fermant la porte à double tour.

Elle laissa échapper un soupir désespéré avant de regarder autour d'elle. Amaria l'épiait avec un regard antipathique. Aliénor supposait qu'on avait dû lui décrire sa nouvelle maîtresse comme une sorte de monstre.

La pièce était circulaire. Une unique tapisserie ornait un des murs, si ternie par les années qu'elle aurait pu provenir de l'ancienne forteresse du Conquérant à l'intérieur de la ville ; elle ne parvint pas à déceler ce qu'elle était censée représenter, mais elle vit une silhouette féminine au centre. Une vile femme de légende, certainement – il se pouvait que Henri ait choisi lui-même cette décoration, la jugeant appropriée. Il y avait une chaise en bois poli, un tabouret, une table, une petite malle sculptée de chevrons, un brasero éteint, une perche au mur pour accrocher les vêtements, et un seul large lit à baldaquin aux épaisses tentures vert Lincoln, avec des traversins et des coussins rayés passablement confortables, des draps en coton blanchis et un couvre-lit vert en laine, bordé de ce qui ressemblait à de la zibeline. Il n'y avait cependant que deux pots de chambre sous le lit, là où aurait dû être rangé le grabat d'Amaria.

Aliénor se tourna vers elle. Si elles devaient être confinées ensemble dans une telle proximité, il valait mieux qu'elles partent du bon pied – mais il fallait résoudre ce problème de couchage.

— Bonsoir, Amaria, dit-elle. Je suppose que vous n'êtes pas plus heureuse que moi de vous retrouver ici, mais il nous faut faire au mieux. Dites-moi, comment dormirons-nous ?

Amaria lui lança un regard glacial, mais lui répondit assez poliment :

— Madame, j'ai ordre de partager le lit avec vous.

Aliénor se demanda avec colère s'ils craignaient qu'elle séduise les gardes pendant le sommeil d'Amaria. C'était une situation mesquine et humiliante, et qui offensait son caractère délicat. Comment ferait-elle si cette femme, dont l'accent trahissait une origine rustique, avait une odeur peu avenante, ou qu'elle ronflait ? Le bas peuple était habitué à partager un seul lit pour toute une famille, mais Aliénor préférait choisir elle-même avec qui elle dormait ; quand elle était seule, par ailleurs, elle aimait imaginer des choses, et en faire d'autres... Ce qui lui serait totalement impossible avec cette intruse sous les mêmes draps.

Il fallait pourtant savoir supporter ce que l'on ne pouvait pas éviter. Elle supposait n'être plus en droit de bénéficier d'aucune intimité ou liberté dans ses choix... Ni d'aucune liberté, quelle qu'elle soit, se dit-elle tristement.

— Avez-vous faim, madame ? s'enquit Amaria.

— Non, répondit-elle, mais je ne refuserais pas un peu de vin.

Sa servante frappa à la porte. Aliénor la vit s'ouvrir sur deux lances croisées, ce qui lui fit brutalement prendre conscience, enfin, qu'elle était véritablement prisonnière. Elle regarda avec désarroi les gardes laisser passer Amaria, puis refermer brutalement la porte et la verrouiller. Voilà comment les choses seraient désormais. Aliénor sentit les murs se refermer sur elle, l'écrasant...

Pour pouvoir survivre à cette épreuve, elle allait devoir rester forte – et pragmatique. Ravie de se retrouver seule l'espace de quelques précieux moments, elle utilisa le pot de chambre, enleva ses habits – elle allait devoir en demander d'autres de toute urgence – et grimpa dans le lit.

Quand Amaria revint avec le vin, Aliénor l'engloutit à toute vitesse, en quête d'oubli, sans pour autant pouvoir l'atteindre. Elle tenta de trouver le sommeil, mais celui-ci continuait de se soustraire à elle. Elle était tourmentée par ses craintes pour la vie de ses fils, ainsi que pour ce que le lendemain lui réservait. Quand sa servante la rejoignit dans le lit, elle tressaillit de dégoût, se décala jusqu'au bord du matelas et demeura immobile, pleurant tout bas, le cœur alourdi par tout son effroi et son chagrin.

Ce fut une aube lugubre à bien des égards. Aliénor s'éveilla pour apercevoir un ciel gris à travers l'étroite fenêtre et elle se rappela avec une terrible tristesse où elle se trouvait. À côté d'elle, Amaria dormait encore, la bouche grande ouverte, l'haleine fétide. Aliénor se glissa précautionneusement hors du lit et alla se soulager aussi discrètement qu'elle le put. Répondre aux appels de la nature tout en maintenant sa dignité royale face à l'attention pressante et importune de sa servante allait poser un problème. Elle se voyait déjà endurer le supplice d'une retenue interminable jusqu'à ce qu'Amaria parte s'occuper d'une tâche quelconque.

Elle trouva de l'eau et des morceaux de toile de hollande sur la table, et elle procéda comme elle put à sa toilette avant d'enfiler sa robe noire et son voile. Aucun autre vêtement n'avait été prévu pour elle. Elle allait devoir en demander, ainsi que du linge de maison, et ce au plus vite.

Amaria se réveilla et se frotta les yeux quand les cloches d'une église sonnèrent sept coups.

— Bonjour, dit Aliénor dans un effort de civilité.

Sa servante devait bien voir qu'il leur fallait tout faire pour rendre la situation supportable.

— Bonjour, répondit-elle avec circonspection tout en se levant.

Elle enfila sa robe grise par-dessus sa chemise, sans prendre la peine de se laver.

La manante! pesta intérieurement Aliénor en regardant sa servante débarrasser la table et jeter l'eau de lavage par la fenêtre en criant : *Gardez l'eau** !

— Je vais nous chercher de quoi manger, déclara-t-elle avant de frapper à la porte.

Quand elle fut partie, Aliénor s'agenouilla et essaya de prier ; elle avait toujours assisté à la messe avant de manger, mais rien n'avait apparemment été prévu pour ses besoins spirituels. Encore une chose qu'elle allait devoir demander.

Prier lui fut ardu. La perspective de son imminente confrontation avec Henri ne cessait de la tarauder, tout comme le souvenir de sa menace de mort. Quand viendrait-il, ou la convoquerait-il ? Était-il même à Rouen ?

Elle tenta de focaliser ses pensées sur les souffrances du Christ. Cela avait été aisé d'entrer en communion avec son Rédempteur au sein des chapelles royales somptueusement ornées, ou dans la quiétude de Fontevraud et d'autres abbayes ; mais ici, dans cette pièce lugubre, au moment où elle en avait le plus besoin, Il lui semblait fuyant.

Elle s'efforça de se concentrer sur les cinq points de la prière. Remercier – mais qui ? Les voies du Seigneur étaient effectivement impénétrables. Quel pouvait être Son but en lui infligeant une si grande douleur et un tel malheur ? Demander pardon – mais à qui ? À Henri, l'époux qu'elle était tenue d'aimer et à qui elle devait sa loyauté d'épouse – cet époux qui l'avait trahie, inlassablement, et n'avait jamais réussi à faire ce qui était juste envers leurs fils ? Non, il valait mieux demander pardon à Henri le Jeune, à Richard et à Geoffroy pour n'avoir pas été à la hauteur. Prier pour autrui – Dieu savait que lorsqu'il était question de ses fils, elle ne faisait rien d'autre que prier pour eux. Et elle pria pour son pays, l'Aquitaine, et son peuple, ainsi que pour les indigents, et pour ceux qui avaient besoin d'aide sur cette misérable Terre.

Prier pour soi-même. Son cœur débordait de ce besoin. *Aidez-moi, aidez-moi!* implora-t-elle sans pouvoir se concentrer suffisamment pour énumérer tous ses malheurs. Mais Dieu les connaissait. Elle était certaine qu'Il se montrerait clément.

Écouter le Seigneur, ce qu'Il disait. Elle tenta – de toutes ses forces ! – de calmer la tempête de ses pensées afin d'entendre Dieu, mais elle n'y parvint pas et, si une petite voix tenta de s'adresser à elle, elle ne l'entendit pas.

Ce qu'elle entendit, en revanche, ce fut le retour d'Amaria, les bras chargés d'un plateau de pain, de petits bouts de viande et de bière. Aliénor n'avait pas faim, mais elle se força à manger un peu tandis que sa servante s'installait sur le tabouret face à elle et enfournait son repas de façon fort peu cérémonieuse. Aliénor ressentit du dégoût. N'avait-on jamais appris à cette paysanne que les repas n'étaient pas simplement faits pour se sustenter, mais aussi pour faire preuve de bonnes manières, de courtoisie, et discuter ?

Elle tenta d'engager la conversation :

— Vivez-vous près d'ici ?

— Non, répondit Amaria avec un regard glacial tout en mâchouillant bruyamment son bout de pain.

— Avez-vous de la famille dans les environs ? persista Aliénor.

— Non.

— D'où venez-vous, dans ce cas ?

— Du Norfolk.

— Et que faites-vous donc en Normandie ? s'enquit Aliénor en sentant sa curiosité naturelle reprendre le pas sur sa réserve.

— Mon époux était un des capitaines du roi, et il allait partout avec lui. Mon homme me manquait, alors j'ai pris un poste de lavandière dans la maison du roi, pour pouvoir voyager avec lui.

— Est-il ici avec vous, votre mari ?

— Il est mort, rétorqua brutalement Amaria.

— Je suis navrée de l'apprendre, répondit Aliénor avec douceur. Cela fait-il longtemps que vous êtes veuve ?

— Trois mois. Mais qu'est-ce que ça peut vous faire, madame ?

— Je me disais simplement que, si nous devons cohabiter en permanence, nous pourrions peut-être nous entendre de façon cordiale, afin que la situation soit plus plaisante pour nous deux.

— Pour vous, vous voulez dire, rétorqua-t-elle avec un certain mépris dans son ton bourru.

— Bien entendu. Mais cela serait aussi dans votre intérêt.

Amaria garda le silence un instant, le temps de réfléchir à cela.

— C'est que j'ai pas vraiment le droit de beaucoup vous parler, madame, dit-elle. Je suis là seulement pour veiller à vos besoins.

— Je ne vous poserai pas de questions sur la raison de ma présence, promit Aliénor. Simplement sur vous et sur des choses générales. Je suis curieuse de savoir comment vous êtes entrée à mon service.

— Quand dame Alice de Porhoët était retenue en otage ici, mon époux était chargé de veiller sur elle, et je l'ai aidé dans cette tâche. C'était il y a quelques années mais, depuis, j'ai été la servante de plusieurs autres dames de passage, de temps en temps.

— Certaines d'entre elles étaient-elles aussi des otages, comme dame Alice ?

— Je ne sais pas. Tout ce qu'on me disait, c'était que j'avais fait du bon travail et que le roi était content de moi. Je pense que c'est pour ça que j'ai été appelée l'autre jour et qu'on m'a annoncé que j'allais devoir m'occuper de vous, madame.

— Vous ont-ils dit pourquoi j'étais ici ? demanda Aliénor.

— Non, seulement que vous étiez la prisonnière du roi.

— Mais vous avez entendu des rumeurs, n'est-ce pas ?

— Je ne peux pas en parler, répondit Amaria en retrouvant son expression fermée et ses lèvres pincées.

— Très bien, accepta calmement Aliénor. (Elle ne tenait pas à tuer dans l'œuf ce lien fragile qu'elle tentait d'établir.) Dites-moi, avez-vous des enfants ?

— J'ai mon garçon, Marc, qui a douze ans. Il est à l'école de la cathédrale de Cantorbéry. C'est un gars intelligent. Il entre à l'Église.

Le regard d'Amaria s'adoucit subitement grâce à cette fierté maternelle, et elle en fut transfigurée. Aliénor vit même qu'elle avait dû être belle, jadis.

— Vous devez être fière de lui, dit-elle. Je suis moi-même mère, et je comprends donc ce que vous devez ressentir. Nos enfants sont la chose la plus importante au monde, n'est-ce pas ?

Elle se demanda si sa servante était suffisamment perspicace pour saisir le sous-entendu, et si elle se rendait compte qu'elle tentait de lui expliquer que, quoi qu'elle ait fait, cela avait toujours été pour ses fils.

Amaria l'observait avec circonspection autant que méfiance, mais elle détourna vivement le regard lorsque Aliénor lui offrit un sourire plein d'espoir.

— Je dois débarrasser ça, déclara-t-elle avant d'empiler les restes de leur repas.

— J'aurais besoin de certaines choses indispensables, dit Aliénor.

— Dans la malle, répondit Amaria.

Elle s'agenouilla pour soulever le couvercle et trouva à l'intérieur des chiffons propres pour les saignements, qu'elle n'avait plus depuis des années, ainsi que des chemises propres, des guimpes et des culottes parsemées d'herbes fraîches, et deux robes – l'une vert Lincoln, l'autre faite dans une étoffe de laine bleu foncé, les deux parfaitement sobres et pratiques. Il n'y avait rien là-dedans de très pompeux. D'évidence, le dépouillement de toute manifestation de son rang faisait partie intégrante de son châtiment. Elle se demanda avec une pointe de panique quelle robe elle allait bien pouvoir porter le jour de son exécution.

— Je vois que vous avez veillé à ces préparations, félicita-t-elle sa servante. Je vous remercie.

Amaria sembla prise au dépourvu. D'évidence, elle ne savait plus quoi penser de sa reine. Aliénor se dit qu'elle s'était peut-être attendue à trouver un dragon, et qu'elle avait été surprise de voir une créature en chair et en os, comme elle – et qui aimait ses enfants autant qu'elle aimait manifestement le sien. C'était un point commun qui pourrait lui servir de base.

— Il y a une autre chose encore, dit-elle en se relevant. Je serais reconnaissante d'avoir la consolation de ma foi pour traverser cette épreuve. Serait-il possible de faire venir un prêtre ?

— Je vais poser la question, madame, promit la servante avant de frapper une nouvelle fois à la porte. (Elle revint moins d'un quart d'heure plus tard.) Le père Hugues viendra demain matin pour vous entendre en confession et dire la messe, dit-elle avec déjà plus de douceur envers sa maîtresse.

Tandis qu'Amaria faisait le lit, Aliénor s'installa sur la seule chaise de la pièce en se demandant ce qu'elle allait bien pouvoir faire pour occuper ces longues heures qui se profilaient. Elle avait cruellement besoin de quelque chose pour passer le temps et empêcher son esprit de s'appesantir sur des sujets oppressants. Elle n'avait cependant à disposition aucun de ses passe-temps favoris : ni livres, ni instrument de musique, ni broderie, ni dames pour la défier aux échecs ou aux énigmes – et, bien entendu, nul cheval pour aller se promener ou chasser, ni même le loisir d'aller marcher dans les jardins. Son emprisonnement, toutefois moins désagréable que ce à quoi elle s'était attendue, l'étouffait ; elle ne pouvait pas le supporter un instant de plus.

Elle allait pourtant le devoir. Il lui fallait remédier à cela.

— Dites-moi, Amaria, comment aimez-vous passer le temps ?

— Je couds, répondit-elle. Et, avant, j'aimais bien m'occuper de mon petit jardin, mais je n'ai plus ma maison, maintenant, alors je ne vais plus jardiner.

— Pensez-vous que je pourrais vous aider un peu à coudre ? demanda Aliénor. Je n'ai rien à faire.

— Il y a une pile de draps à repriser, dit la servante.

— Mettons-nous au travail, alors, s'exclama Aliénor avec joie.

— Je vais les chercher, dit Amaria avec une grimace qui aurait pu passer pour un sourire. Je n'en reviens pas. Jamais j'aurais pensé un jour raccommoder des draps avec la reine d'Angleterre !

C'était l'après-midi du troisième jour, et la pile de draps semblait à peine entamée depuis le matin précédent. Aliénor était assise sur sa chaise, regrettant de n'avoir pas d'occupation plus stimulante intellectuellement qui lui ferait oublier un temps sa situation désastreuse, mais elle était tout de même contente qu'Amaria se montre désormais plus aimable avec elle, bien que pas encore tout à fait amicale. Elles étaient parvenues à entretenir une conversation stimulante, parlant de nourriture, d'accouchement, de voyages et de toutes sortes d'autres choses triviales. Aliénor avait une terrible envie de se confier à cette femme, mais elle n'osait pas risquer de compromettre cette fragile entente entre elles. Elle avait toutefois besoin de se décharger de ses craintes sur quelqu'un. Cela lui avait été impossible avec le prêtre – un vieil homme croulant et sourd, qui avait entendu sa confession murmurée avec une sagesse lasse avant de lui donner en marmonnant une pénitence superficielle. Elle s'en était acquittée immédiatement, récitant les *Je vous salue Marie* tout en cousant. Elle se rendit compte que c'était un défi ardu que de rester assise l'aiguille en main, sans rien pour occuper son esprit en ébullition, emplie de la certitude qu'elle allait bientôt devenir folle.

Elle ne devait cependant pas longtemps se morfondre dans l'oisiveté, car la porte s'ouvrit soudain sur le capitaine de la garde, qui fit irruption dans la pièce.

— Préparez-vous, madame, le roi s'en vient, annonça-t-il avant de tourner les talons. Vous, femme, suivez-moi, ordonna-t-il à Amaria.

Aliénor se retrouva brusquement seule face à son destin. L'effroi la saisit lorsqu'elle entendit les semelles de Henri claquer à un rythme soutenu dans l'escalier, puis les lances s'écartèrent une fois de plus et le roi pénétra dans la chambre sans cérémonie, bedonnant, dans ses habituels habits de chasse, son cou de buffle tendu avec hargne, ses boucles et sa barbe rousses striées de gris, son regard brûlant de haine et de fureur. Il lui suffit d'un seul coup d'œil à son époux pour comprendre que les choses n'allaient pas être aisées – mais avait-elle eu le moindre espoir du contraire ?

Elle fit une révérence en inclinant la tête de manière parfaitement convenable. Bien entendu, il aurait sans doute été plus diplomatique de s'agenouiller, ou de se jeter à ses pieds pour le supplier, mais ce n'était pas elle qui était en faute dans cette histoire. Elle savait que persister dans cette certitude ne l'aiderait en rien, mais elle était incapable d'admettre qu'elle avait tort.

— Il n'y a pas de mots pour décrire ce que je pense de toi, gronda Henri sans préambule. (Elle leva les yeux sur lui, mais il évita son regard hostile et affirmé.) C'est la plus amère trahison que j'ai jamais subie.

— Il était impossible de raisonner avec toi, répondit calmement Aliénor. Tu aurais pu le voir venir. Dieu sait que je t'ai prévenu que cela risquait d'arriver si tu persistais à traiter aussi injustement nos fils. T'attendais-tu vraiment à ce que moi, leur mère, je te laisse faire sans lever le petit doigt ?

— Sais-tu ce que tu as fait ? vociféra Henri. La moitié de l'Europe a pris les armes contre moi, et cela inclut tes seigneurs d'Aquitaine, ces fils de chienne ! Cette querelle leur sert d'excuse pour s'insurger contre mon règne, qu'ils se plaisent à qualifier de despotique.

— Regarde-toi, Henri ! rétorqua vivement Aliénor. Vois qui est le véritable responsable.

— N'essaie pas de justifier tes actes ! Tu as commis une grave offense, et tu tentes de rejeter la faute sur les autres. Grâce à toi et à tes fils, mon royaume est menacé. Je pourrais même perdre ma couronne ! Est-ce là le comportement normal d'une épouse loyale et dévouée ? C'est révoltant et proprement incroyable ! Je te le dis, Aliénor, si tu lisais toutes les vieilles chroniques, tu trouverais bon nombre d'exemples de fils s'étant opposés à leur père, mais jamais une reine s'étant rebellée contre son époux. Tu vas faire de moi la honte et la risée de toute la chrétienté. On raconte même que ce serait le châtiment de Dieu pour notre mariage incestueux. Incestueux ! Je dirais plutôt qu'il était diabolique !

Henri était hors de lui, et ce n'était pas la peine d'essayer de le raisonner.

— Que vas-tu faire ? le défia-t-elle en essayant de rester calme. Est-ce que tu vas me faire passer devant une cour ? Vais-je être jugée par tes douze hommes justes et bons ?

— J'aurais dû, de plein droit, te faire pendre comme la traîtresse que tu es, répondit-il en la fustigeant du regard. Mais tu peux t'estimer très chanceuse, car je n'ai nulle envie de faire publiquement étal de ma honte – ou de la tienne. Je n'ai fait aucune annonce de ton arrestation, et je ne compte pas non plus afficher ton mécontentement. Je ne veux plus de scandale, car tu en as déjà trop fait et cela a causé trop de dégâts. Toute l'Europe est déjà certainement en train d'en parler, à l'heure qu'il est. J'espère que tu en as conscience. Bon sang, Aliénor, voulais-tu sincèrement me faire autant de mal ?

— Te faire du mal ? répéta-t-elle. (Elle était sauve, hors de danger, et pouvait donc s'exprimer librement.) C'est plutôt toi qui m'as fait du mal. Tu oublies toutes les femmes que tu as prises pendant toutes ces années, et toutes tes trahisons. Tu oublies l'époque où tu as été sottement sous la coupe de Becket, qui ne méritait pas ton amour, mais dont tu préférais l'avis au mien. Tu oublies que tu n'as fait aucun cas de mes conseils sur la manière de régner sur mes domaines, avec pour conséquence tous les problèmes que tu y rencontres aujourd'hui. Et tu oublies avant tout ton innommable injustice envers nos fils.

— Je ne savais pas que tu me haïssais autant, répondit Henri avec une expression de rage mêlée d'autoapitoiement. Par le sang du Christ, c'est une vipère que je nourrissais en mon sein !

— Non, je t'aimais ! se récria Aliénor. Mais tu as détruit cet amour, et j'ai dû te regarder faire. Je ne saurai jamais exprimer à quel point tu m'as blessée. Pendant toutes ces années…

Elle enfouit son visage entre ses mains et se mit à sangloter, toute la tension et la peur accumulées ces derniers jours trouvant leur exutoire dans un torrent de larmes.

— Hélas ! Il est trop tard pour nous, se lamenta-t-elle.

— Aucune de mes prétendues trahisons ne justifie ta traîtrise ! répondit brutalement Henri.

— Punis-moi, alors ! hurla-t-elle en appelant de ses vœux une fin à cette affreuse lutte entre eux, et voulant appuyer là où cela lui ferait le plus mal. Fais tout ce que tu pourras. Demande-toi jusqu'où est allée ma trahison ! Mets-moi à mort, et ensuite passe le restant de tes jours rongé par le doute.

— Que veux-tu dire par là ? demanda-t-il sur un ton menaçant tout en approchant son visage à un cheveu du sien.

— Ah ! Donc, cela t'importe ! s'exclama Aliénor.

— Dis-moi ! beugla Henri en lui saisissant les bras. As-tu joué les catins, Aliénor ?

— Pas plus que la belle Rosemonde, ou la dame d'Akeny, ou Rohese de Clare, ou n'importe laquelle parmi les fournées de putains que tu as connues, Henri !

— Tu vas me le dire ! hurla-t-il.

— Pour que tu déclares la guerre à un noble seigneur ?

Elle jubilait de cette amère vengeance qu'elle exerçait sur lui. C'était comme s'il s'agissait de sa dernière occasion, comme si plus rien de ce qu'elle pouvait dire ou faire n'avait d'importance.

— Qui était-ce ? s'enquit son époux, furibond. Dis-moi !

— Ah ! Tu devras te contenter de conjectures – et te demander si j'ai trouvé meilleur homme que toi !

Cette provocation fit mouche. Henri bavait presque dans son incontrôlable rage. Il n'en fallait plus beaucoup pour qu'il se roule au sol en mâchonnant le jonc.

— Oh, c'était un étalon bien monté, tu peux me croire ! le piqua-t-elle encore.

— Tu l'auras cherché, fulmina-t-il en montrant les crocs.

— Alors, que vas-tu me faire ? Tu vas finalement me pendre ?

— Non. Ce serait trop doux pour toi, répondit-il en pantelant. (Il était à deux doigts de craquer.) Comme tu dois détester être enfermée ici. C'est vrai, n'est-ce pas ? Je le vois bien à ta tête. Eh bien, mon infidèle épouse, je vais te garder enfermée ici pour que tu réfléchisses à tes péchés pendant que je vais réparer tous les dégâts que tu as causés. Et d'ailleurs, ajouta-t-il avec un regard mauvais, j'espère que tu pourriras ici.

Cette invective manqua de lui couper le souffle, et son sentiment de triomphe s'évapora. Il avait tout pouvoir, et elle aucun ; c'était aussi simple que cela. Elle allait rester cloîtrée là, dans cette chambre misérable, pendant Dieu savait combien de temps. Cette perspective était terrible, effroyable… Elle suffoquait. Enfermée dans une geôle sans jamais plus pouvoir respirer l'air frais, ni sentir le parfum divin des fleurs épanouies ; ne plus jamais chasser et sentir dans ses cheveux la caresse du vent, ne plus jamais éprouver l'excitation de la traque ; coupée de ses enfants à tout jamais ; exilée loin de son Aquitaine bien-aimée.

C'était un cruel châtiment. Elle en mourrait. Déjà, le monde s'étiolait…

Quand Aliénor s'écroula au sol, inconsciente, Henri posa un regard impitoyable sur elle et appela férocement sa servante.

— Allongez-la dans le lit, ordonna-t-il à Amaria avant de sortir brusquement de la pièce avec soulagement. Elle reviendra vite à elle. Il se pourrait aussi qu'elle fasse semblant, ce qui ne m'étonnerait guère.

Mais Aliénor ne faisait pas semblant. L'espace d'un instant radieux, elle connut la mort, indifférente aux ténèbres et à l'oubli qui la submergeaient.

Chapitre 48

Barfleur, la mer anglaise et Southampton, 1174

La reine subissait son terrible emprisonnement depuis déjà plus d'un an quand l'ordre arriva de lui faire rejoindre le roi à Barfleur, sur la côte normande.

— Le roi me demande ? répéta Aliénor d'un air incrédule quand le capitaine lui dévoila la teneur de ses ordres.

— Faites les bagages, dit-il à Amaria sans prendre la peine de répondre à la reine.

Elle n'en revenait pas. Ces interminables mois d'isolement avaient été les pires de sa vie ; elle avait cru qu'elle n'en verrait jamais la fin, que Henri avait l'intention de la garder emmurée à tout jamais. Elle ne l'avait pas revu depuis ce jour fatidique où il l'avait condamnée à rester enfermée là, et elle n'avait pas non plus reçu de message de sa part. C'était comme si elle était morte et enterrée – ce qui serait revenu au même, avait-elle songé. Cette année terriblement éprouvante l'avait changée – elle lui avait donné l'impression d'être brusquement devenue invisible, comme si l'être de chair et d'os qu'avait été la reine Aliénor avait cessé d'exister et qu'il ne subsistait à la place qu'une coquille vide. Elle se sentait démoralisée et isolée, privée de toute conversation stimulante ainsi que de tout ce qui avait rendu la vie plaisante et joyeuse.

L'injustice de son châtiment avait longtemps nourri son ressentiment et sa haine envers Henri, et elle en avait attisé la flamme en imaginant de terribles vengeances et en songeant à ce qui aurait pu être. Après quelque temps, toutefois, elle avait estimé préférable de ne pas ressasser le passé, sans quoi sa colère aurait fini par la dévorer. Elle avait alors adopté une certaine forme d'acceptation et avait appris à s'adapter aux circonstances tout en trouvant du plaisir dans les petites choses du quotidien, bannissant toute pensée de ce qui aurait pu ou dû être. Le pire avait été de ne pas savoir quand – ni même si – elle recouvrerait sa liberté.

À présent, après tout ce temps, Henri la faisait enfin venir à lui. Cela signifiait-il qu'il avait fait la paix avec ses fils, et que ceux-ci avaient insisté pour qu'elle soit délivrée ? Elle pria pour qu'il en soit ainsi.

Deux des pires aspects de son enfermement avaient été de ne pas avoir de nouvelles de ses enfants et d'être coupée entièrement du monde. Ses fils lui manquaient terriblement, plus qu'elle ne l'aurait jamais cru possible ; elle ne supportait même pas de songer à son Richard chéri. C'était pour elle une véritable torture de ne pas savoir s'il allait bien, ou même s'il était en vie. Henri l'aurait-il informée s'il était mort ? Elle ne pouvait pas croire qu'il lui cacherait cela, mais l'homme qui l'avait enfermée était fou de vengeance ; il n'était plus ce jeune prince idéaliste qu'elle avait épousé, mais un roi qui se fichait éperdument de la sensibilité et de l'opinion d'autrui. Elle se faisait donc un sang d'encre pour ses fils, craignant que leur père les ait retournés contre elle, ou qu'ils aient été blessés au combat, voire qu'ils aient perdu la vie et que personne ne lui ait rien dit. Elle était pourtant persuadée qu'elle l'aurait ressenti dans son cœur si quelque malheur leur était arrivé – ou bien elle aurait détecté des indices dans l'attitude d'Amaria.

Elle ne savait absolument rien de ce qui s'était passé au-delà de ce qu'elle voyait par la fenêtre, à part les rares informations qu'elle avait réussi à glaner ou à soutirer à sa servante. Contre toute attente, Amaria et elle avaient presque fini par devenir amies durant ces mois de promiscuité – il n'aurait pas pu en être autrement, car elles auraient fini par s'écharper. Il demeurait toutefois une distance infranchissable entre elles, car il était rapidement apparu clairement qu'Amaria était une femme sans éducation, chiche en paroles et encore plus en idées. Il était aussi évident, malgré sa compassion personnelle pour sa maîtresse, que la servante craignait ses supérieurs et le roi, et était donc déterminée à suivre les ordres à la lettre, refusant de discuter avec Aliénor de quoi que ce soit d'autre que des sujets sans intérêt. De plus, Aliénor restait la reine, après tout, et cela continuait de l'intimider quelque peu.

Aliénor avait pu constater que l'hostilité initiale d'Amaria s'était vite évaporée ; au départ, toutefois, elle avait effectué ses tâches avec l'aversion féodale d'un manant pour les êtres de plus haut rang, et la supériorité invertie de sa maîtresse avait dans un premier temps éveillé sa méfiance, surtout lorsqu'elle avait entendu des rumeurs sur ce que la reine était censée avoir fait. Mais Aliénor avait travaillé subtilement pour la rallier à sa cause, sans clamer son innocence haut et fort, comme beaucoup de prisonniers dans sa situation l'auraient fait, mais en laissant échapper à l'occasion une remarque lourde de sens, ou en trahissant parfois l'ampleur de son angoisse pour ses fils ; peu à peu, Amaria avait fini par comprendre que la situation était bien plus complexe que ce qu'elle avait d'abord cru.

Et la servante, à sa grande surprise, s'était bientôt découvert une sincère et profonde affection pour la reine. Elle était donc présentement heureuse pour Aliénor qu'elle ait été convoquée par le roi, même si elle était inquiète à l'idée que ses services puissent ne plus être requis une fois que la reine aurait recouvré sa liberté. Elle avait bien servi sa maîtresse, avec autant de gentillesse qu'elle l'avait osé – le coffre débordait à cause des quatre livres, de l'échiquier, de la lyre et des trois robes de rechange qu'elle possédait désormais –, mais madame pourrait ne plus la vouloir auprès d'elle, cette servante avec laquelle elle avait passé cette période si sombre de sa vie.

— N'ayez pas l'air si angoissée, Amaria, lui dit Aliénor en devinant son humeur. Quand je retrouverai mes privilèges, je vous promets de vous faire entrer à mon service. Je vous serai éternellement reconnaissante pour la bonté dont vous avez fait preuve envers moi durant cet emprisonnement.

Oserait-elle laisser son cœur chanter de joie à l'idée d'être libre de nouveau ? Elle ne cessait de regarder cette bande de ciel bleu qu'elle voyait par l'étroite fenêtre en pensant qu'elle pourrait bientôt sortir de là et profiter de la fin de l'été. Mais quelle était la véritable intention de Henri ? Après tout ce qu'il s'était passé entre eux, il ne voudrait certainement pas qu'elle retourne vivre auprès de lui en tant qu'épouse. S'il avait voulu continuer comme avant, avec elle à la tête de l'Aquitaine et lui à la tête du reste de son empire, alors il ne l'aurait pas convoquée à Barfleur. C'était un des ports d'où ils avaient souvent embarqué pour l'Angleterre. Cela faisait des années qu'elle n'avait pas mis les pieds là-bas ; l'Angleterre était désormais pour elle à jamais associée à cette terrible visite à Woodstock et à son horrible accouchement de Jean qui avait suivi.

Si Henri souhaitait une sorte de réconciliation, toutefois, et qu'elle l'accompagne en Angleterre en tant que reine, alors elle ne refuserait pas. Elle le suivrait et se montrerait aussi docile qu'on le lui demanderait – et elle ferait au mieux, évitant tout risque de conflit. N'importe quoi serait préférable à sa situation actuelle. Son cœur fit une embardée quand elle songea au fait qu'elle allait peut-être revoir bientôt ses fils.

Amaria observait la reine devant la fenêtre, perdue dans ses pensées, et constata avec tristesse combien ces mois d'enfermement l'avaient fait vieillir. Aliénor avait cinquante-deux ans, et elle les faisait amplement. Ses cheveux roux grisonnant ternissaient et tiraient sur le jaune paille, en plus d'avoir perdu en épaisseur ; elle avait de nombreuses rides au coin des yeux et des lèvres ; sa peau avait pâli à cause du manque de soleil. Elle conservait pourtant une chose qu'elle ne perdrait jamais : la superbe forme de son visage, qui lui conférait sa beauté unique. Le roi allait trouver son épouse changée, mais toujours belle malgré tout.

Le moral d'Aliénor replongea rapidement quand elle vit qu'elle allait voyager avec une escorte lourdement armée. Il ne faisait aucun doute que Henri la faisait déplacer en tant que prisonnière, sous bonne garde. Sauf s'il prévoyait un geste théâtral, tel que lui rendre sa liberté sous le regard de leurs enfants, elle allait devoir se faire à l'idée que son avenir ne serait pas tellement plus brillant. Elle envisagea de supplier Henri dans un élan dramatique, de se jeter à ses pieds et de lui promettre tout – n'importe quoi – afin qu'il lui rende sa liberté.

La sensation d'être en selle lui parut étrange ; elle était raide et avait perdu des muscles, mais, ayant été une cavalière experte, elle retrouva vite l'habitude. Son plaisir de ressentir de nouveau la chaleur du soleil et la douce caresse de la brise de juillet fut toutefois modéré par les craintes qu'elle nourrissait, ainsi que par sa morne déception. Elle fut incapable de prendre plaisir à voir les fleurs qui parsemaient les haies, les champs verdoyants travaillés par des serfs torse nu qui chantaient pour se donner du cœur à l'ouvrage, les cours d'eau scintillants, ou la campagne baignée de la sublime lumière de l'été. C'était comme si sa vie était en suspens dans l'attente que son destin lui soit révélé.

En arrivant à Barfleur, Aliénor vit une importante flotte d'au moins quarante navires qui mouillait dans le port. Ils allaient donc bien partir pour l'Angleterre comme elle l'avait envisagé. Mais pourquoi autant de bateaux ? Ce fut alors qu'elle vit un grand contingent de soldats attendant de monter à bord des navires amarrés à l'autre bout du quai. Henri emmenait donc une armée. Elle se dit qu'il ne pouvait pas être encore en guerre, et cela fit croître son malaise.

Son escorte la fit passer devant la robuste tour d'église dans laquelle elle avait jadis attendu avec Henri que la tempête passe afin de pouvoir embarquer pour l'Angleterre et réclamer la couronne. Cela remontait à vingt ans déjà. Le temps était passé si vite – et leur avait apporté tant de malheurs. Elle n'eut cependant pas le loisir de beaucoup se lamenter, car le capitaine la guidait en direction des quais, où elle vit de nombreuses personnes se rassembler – majoritairement des dames bien habillées – en attendant que leurs bagages soient chargés sur le vaisseau amiral. En approchant, elle en reconnut beaucoup.

Il y avait aussi Henri, son visage buriné et brûlé par le soleil, qui avait la main posée sur l'épaule d'un garçon massif avec des cheveux bouclés couleur cuivre. Elle se rendit brusquement compte qu'il s'agissait de Jean, qui avait bien grandi. Elle chercha vivement du regard ses aînés, mais elle ne les trouva nulle part. Elle eut l'étrange impression que Henri avait rassemblé toutes les femmes de sa famille. Elle retint son souffle en apercevant sa fille Jeanne, belle comme une colombe, qui regardait avec appréhension dans sa direction ; c'était une telle joie de la revoir ; elle espérait que sa fille n'avait pas une piètre opinion d'elle, que Henri n'avait pas gangrené son esprit juvénile avec des calomnies.

Il y avait la reine Marguerite, qui avait seize ans maintenant et était devenue le portrait craché de Louis ; Adèle, sa sœur cadette, la fiancée de Richard, une svelte brune qui devait avoir quatorze ans et qui était sûrement bonne à marier. L'insupportable Constance dévisageait Aliénor avec un mépris non dissimulé ; à douze ans, elle se tenait déjà de manière provocante, son bliaut blanc ajusté soulignant chaque détail de ses larges hanches voluptueuses et de sa petite poitrine ; à l'inverse de la plupart des filles, elle avait les cheveux courts, ce qui lui conférait un petit air de lutin, mais cette coiffure ne lui allait pas et ne la rendait pas attirante, selon Aliénor. Constance ne faisait cependant jamais rien comme tout le monde, simplement pour attirer l'attention. La douce Alice de Maurienne était avec elle, lançant des regards alanguis à Jean, son fiancé, qui ne s'apercevait de rien. Enfin, surveillant tout ce petit monde, se trouvait la sœur bâtarde du roi, Emme d'Anjou, une matrone compétente en habits noirs, copie conforme de son père, le comte Geoffroy. Aliénor supposait que son frère l'avait fait venir pour remplacer la mère emprisonnée. Un peu à l'écart, un groupe de nobles demoiselles piaillait avec agitation – elles avaient sans doute été désignées pour former la suite de toutes les proches du roi.

Quand l'escorte de la reine mit pied à terre, le capitaine tenant la bride du cheval d'Aliénor tandis qu'elle descendait de selle, Henri se détacha de l'attroupement et approcha lentement avec une expression impassible. Aliénor fit une révérence parfaitement protocolaire avant de se relever pour lui faire face avec appréhension. Il la dévisagea sans la moindre trace d'émotion.

— Je ne dirai pas que vous êtes la bienvenue, Aliénor, commença-t-il d'une voix rauque, car vous sauriez que je ne le pense pas, mais j'espère que vous avez fait bon voyage.

— Pourquoi m'avoir fait venir, sire ? s'enquit-elle.

Il ne servait strictement à rien de poursuivre les politesses d'usage, même si tout le monde les épiait avec un intérêt curieux.

— Je vous emmène, ainsi que ces jeunes demoiselles, en Angleterre. Grâce à vous, nous sommes toujours en guerre, dit-il en la fustigeant du regard. Même les Écossais rejoignent les rangs de mes opposants, à présent, comme si Louis et nos chers fils ne causaient pas suffisamment de malheurs. Ils menacent tous d'envahir l'Angleterre, et mon haut justicier ne cesse de me supplier de lui venir en aide. Je ne doute pas que vous soyez ravie d'entendre cela, madame.

— Je suis terriblement navrée pour vous, mais vous ne pouvez vous en prendre qu'à vous-même, répondit Aliénor, qui ne put ignorer la pique.

— Vous affirmez donc que vous n'y êtes pour rien ? railla-t-il avec froideur.

— Jamais je n'ai incité qui que ce soit à envahir l'Angleterre. Et je ne vois pas en quoi ma présence là-bas aidera votre cause.

— Pensiez-vous que je vous laisserais à Rouen, si proche de Paris, alors que la guerre éclate sur tous les fronts ? rétorqua Henri avec un rictus mauvais. Un de nos fils – non, probablement Louis en personne – pourrait avoir l'idée de vous délivrer et de profiter une fois de plus de votre cœur de traîtresse. Je ne suis point idiot, Aliénor. Vous allez rejoindre une prison plus sûre en Angleterre, où vous serez hors d'état de nuire.

Ce fut comme si un poids mort avait été déposé sur sa poitrine. Elle craignit de perdre une fois de plus connaissance, comme la dernière fois que Henri avait délivré sa sentence. Ressentir un si soudain espoir de liberté et le voir anéanti si brutalement l'instant d'après était atroce ; elle parvint néanmoins à garder la face.

— Où m'envoyez-vous ?

— J'y réfléchis encore. Où aimeriez-vous le moins être ?

Elle faillit dire « Woodstock », mais se retint juste à temps. N'importe quelle prison, même la plus froide et sinistre, serait préférable.

— Tant que mes fils sont en danger, peu m'importe où je suis retenue prisonnière, répondit-elle. Mais qu'en est-il de ces jeunes demoiselles, leurs épouses ?

— Elles seront bien traitées. J'envoie Marguerite, Constance et Adèle au château de Marlborough comme otages afin de faire en sorte que leurs époux et le roi Louis se tiennent tranquilles. Ma sœur sera chargée de veiller sur elles.

— Et pour Jeanne et Jean ?

— Jeanne ira avec elles. Jean restera auprès de moi, désormais. De tous mes fils, c'est le seul qui soit loyal.

Son visage s'était radouci alors qu'il parlait de leur cadet.

— Puis-je avoir la permission d'embrasser mes enfants ? tenta-t-elle.

— Vous ne vous êtes pas souciée de les embrasser quand vous les avez envoyés à Fontevraud, rétorqua Henri.

— C'est vous qui les avez envoyés là-bas, se récria-t-elle.

— Soyez honnête, Aliénor : vous étiez impatiente d'être débarrassée de Jean, tout bébé qu'il était.

Elle demeura un instant désarçonnée.

— Encore une chose pour laquelle vous êtes à blâmer, l'accusa-t-elle.

— Moi ? Qu'ai-je à voir là-dedans ?

— C'est une longue histoire, et vous ne comprendriez pas, dit-elle dans un soupir las.

— Aliénor, je n'ai pas le temps pour cela, déclara Henri en secouant la tête d'un air exaspéré. Nous embarquons bientôt, pour ne pas manquer la marée. Dites à votre servante d'apporter vos affaires.

C'était comme en 1154, sauf que personne n'aurait pu prédire un voyage aussi mouvementé en plein mois de juillet. Dès qu'ils furent en mer, les vagues se creusèrent, secouant le bateau avec tant de force qu'il manqua de se briser en mille morceaux.

Les femmes, dont Aliénor, étaient confinées dans une cabine du gaillard avant ; certaines avaient le mal de mer, la plupart étaient terrifiées. Jeanne, qui avait neuf ans, rampa jusqu'à sa mère et se cramponna à elle.

— Là, tout va bien, ma chérie, lui murmura Aliénor.

Elle était comblée de bonheur de pouvoir tenir son enfant contre elle, et était reconnaissante pour cette maigre bénédiction au milieu de la peur et du chaos. Quand elle tenta de réconforter une Constance en pleurs, toutefois, la fillette se dégagea avec rudesse. Aliénor eut un mouvement de recul et se jura de ne plus rien faire pour elle.

Au-dehors, elles entendaient les marins crier des avertissements. La pluie battante cognait furieusement contre les murs et le plafond de bois. Le terrible roulis des vagues était implacable. Aliénor tenta de prier, mais elle ne parvint pas à focaliser ses pensées. Voulait-elle seulement être épargnée par le Seigneur ? Ne serait-il pas préférable pour tout le monde, elle comprise, qu'elle se noie et disparaisse dans les profondeurs de la mer ?

Elles purent ensuite entendre le roi s'adresser à l'équipage d'une voix forte pour couvrir le vacarme de la tempête :

— Si le Seigneur, dans sa miséricorde, a ordonné que la paix soit rétablie à mon arrivée en Angleterre, qu'Il me donne d'arriver à bon port. S'Il s'y oppose et a décidé de châtier mon royaume, qu'il ne me soit jamais donné d'en atteindre les rives !

Dieu se montra miséricordieux, car la tempête passa peu après, et ils arrivèrent en vue de Southampton à la tombée de la nuit. Henri, toutefois, le fut moins que le Seigneur. Quand ils eurent touché terre et qu'on eut remis à tout le monde du pain et de l'eau fraîche à emporter dans les sacoches de selle afin de se sustenter durant le trajet, il se tourna vers elle après l'avoir résolument ignorée, et l'emmena un peu à l'écart.

— Je pars pour Cantorbéry effectuer enfin ma pénitence sur la tombe du saint et bienheureux martyr, comme on appelle désormais mon tant regretté Thomas, lui apprit-il. Saviez-vous qu'il avait été canonisé ?

Aliénor était au fait de cela, et elle éprouva un plaisir sournois en imaginant les moines de Cantorbéry flageller Henri. Dieu savait qu'il le méritait, et pas seulement pour avoir involontairement commandité le meurtre de Becket !

— Oui, répondit-elle. C'était avant que vous ne me fassiez enfermer.

Il ne releva pas la pique, son esprit concentré sur autre chose.

— J'ai décidé de vous envoyer au château de Sarum, où vous demeurerez sous bonne garde tant qu'il me plaira. Comprenez bien, Aliénor, que ceci est votre châtiment pour avoir mis en péril mon royaume – et pour avoir sciemment détruit notre mariage.

— C'est un exploit dont vous êtes seul responsable ! s'emporta-t-elle.

— Le monde entier vous condamne comme traîtresse envers votre roi et époux, Aliénor. Vous devriez entendre ce que l'on dit de vous ! Croyez-vous que je puisse encore vous faire confiance après ce que vous avez fait ?

— La confiance doit être réciproque, rétorqua-t-elle amèrement. Vous avez perdu la mienne il y a bien longtemps. Votre seule contribution à notre mariage n'aura été qu'une longue trahison ! Vous détruisiez déjà notre union bien avant que je me prononce en faveur de nos fils.

— Les hommes sont ainsi faits qu'ils ont besoin d'amantes, se défendit Henri dans un haussement d'épaules. Qu'est-ce qui vous fait penser que vous êtes une exception parmi les femmes pour exiger la fidélité de votre époux ? Vous aviez mon amour, Dieu m'en est témoin, mais vous l'avez anéanti.

— Ah, mais c'était après que Rosemonde l'eut volé. Vous ne m'aimiez plus alors ; c'était elle, l'objet de votre amour – vous me l'avez dit vous-même. C'était très touchant ! cracha-t-elle avec dédain. (La blessure était toutefois encore douloureuse et bien présente, et la perspective d'être indéfiniment enfermée lui était affreuse.) Henri, combien de temps comptes-tu me garder emprisonnée ?

Il avait été sur le point de formuler une réponse acerbe à sa remarque sur Rosemonde, mais son soudain changement de sujet lui en fit perdre le fil. Il voulait la faire souffrir, lui faire payer ces longues et difficiles années de lutte, de conflit et d'âpre combat dont elle était, en partie, responsable.

— Aussi longtemps que tu vivras ! cracha-t-il avec méchanceté.

Chapitre 49

Sarum, comté de Wiltshire, 1175

L'hostile fort de pierre de Sarum trônait solidement face au vent en haut d'une colline herbeuse. C'était en fait une place forte de l'âge du fer, mais personne ne savait grand-chose sur les « anciens » qui l'avaient construite et occupée. De vagues rumeurs prétendaient que les monticules en haut de certaines collines de la région étaient leurs tertres funéraires, mais personne ne voulait s'en approcher, par crainte des ombres démoniaques qui pourraient hanter les lieux, protégeant les morts. Plus tard, le site avait été colonisé par les Romains ; des vestiges de maçonnerie et de poterie refaisaient parfois surface ; on avait même trouvé une fois un bout de mosaïque, qui avait éveillé la méfiance des habitants, craignant les esprits païens. Sarum – ou Salisberie, comme certains préféraient aujourd'hui l'appeler – était la source de nombreuses légendes, dont les dernières en date se tissaient déjà à partir de rumeurs concernant la reine d'Angleterre qui serait enfermée au château.

Personne ne l'avait vue, bien qu'elle soit là depuis plusieurs mois. Elle était arrivée en secret, au beau milieu de la nuit, et – d'après les rumeurs – elle était enfermée dans une pièce secrète tout en haut du lugubre donjon. Personne ne savait avec certitude les raisons de sa présence tant l'affaire avait été conduite dans le secret, mais on racontait dans les tavernes qu'elle était, on ne savait trop comment, responsable des terribles guerres qui avaient déchiré l'Angleterre et le continent pendant plus d'un an. Cela avait été un âpre combat entre le roi et ses fils, encouragés tout du long par le roi de France – et Dieu savait qu'il ne fallait jamais se fier aux Français. Cela avait été une guerre contre nature, opposant père et fils, mari et femme – s'il fallait en croire les rumeurs. Mais à quoi d'autre fallait-il s'attendre quand le roi et tous ceux de son sang descendaient du diable ?

Tout était terminé à présent, guerre et querelle. C'était un miracle accompli par saint Thomas le martyr ! Dès que le roi Henri avait effectué sa pénitence à Cantorbéry pour le rôle qu'il avait joué dans l'ignoble meurtre du saint homme, le bienheureux Becket avait – Dieu soit loué – remporté pour son roi une victoire contre les Écossais. Le roi d'Écosse, Guillaume le Lion, avait été fait prisonnier alors que le roi Henri récupérait encore de ses lacérations, et c'était là un signe indéniable du pardon et de l'approbation du Seigneur. Avec Dieu et saint Thomas comme alliés, Henri FitzEmperesse était apparu invincible ; et le roi Louis, prenant peur, avait contraint Henri le Jeune et ses frères à annuler leur invasion. La nouvelle s'était répandue partout sur la place du marché, apportée par les charretiers en même temps que leur cargaison, et par un homme avec son ours dansant, récemment arrivé de Londres.

Les habitants apprirent ensuite que le roi Henri était retourné triomphalement en Normandie, que le lâche roi de France avait demandé la paix, et que les princes anglais s'étaient mis à genoux en signe de soumission devant leur père, qui leur avait donné le baiser de paix. Un traité avait été signé, et ils avaient promis de ne plus jamais s'opposer à lui. Dieu, comme les cloches avaient sonné, partout dans le pays, plus fort que jamais !

Aliénor avait entendu le fracas assourdissant des cloches de la cathédrale à moitié construite sur le flanc de la motte, sombre et massive. Elle savait que ces volées annonçaient quelque chose d'historique, tel qu'une grande victoire – mais de quel camp ? Henri avait-il fini par triompher de ses fils ? Ou bien était-ce sa défaite que l'on célébrait et – ô joie – la venue prochaine de ses fils pour la libérer ?

Son cœur implorait la délivrance. Cet endroit était sinistre et inhospitalier – et sale, car l'eau y était une denrée rare. Isolé sur sa colline, derrière d'épais murs et une palissade de bois, Sarum manquait du confort le plus élémentaire. Et ce vent ! Comme il hurlait ! Amaria lui avait raconté que, dans la cathédrale, un clerc ne pouvait même pas entendre la personne à côté de lui chanter. Même en plein été, les rafales percutaient le château et ses remparts, faisant trembler les portes et les volets ; en hiver, les bourrasques fouettaient la pierre et sifflaient en passant par les meurtrières, soufflant sans cesse les feux qu'ils tentaient d'allumer dans les braseros inadaptés. Le premier hiver d'Aliénor à Sarum avait été un véritable calvaire. Elle n'avait jamais eu aussi froid de toute sa vie. Elle avait souffert d'engelures et pouvait remercier le Seigneur de ne pas encore être atteinte de rhumatismes, qui semblaient toucher tout le monde dans ce maudit château.

En dehors de cela, elle devait admettre qu'elle n'avait pas vraiment de quoi se plaindre. Loin d'être enfermée dans une geôle humide, comme les habitants se l'imaginaient, elle était logée et servie comme une reine. Les appartements qu'on lui avait assignés n'avaient rien à envier à ceux de ses palais, et possédaient tout le confort auquel elle était habituée – y compris les coussins et les tentures. Cela avait été une bonne surprise, jusqu'à ce qu'elle y voie l'annonce d'un emprisonnement durable. Il était néanmoins agréable de jouir de nouveau des privilèges de son rang, même si elle était privée de liberté. La nourriture était raisonnablement bonne, servie sur des plateaux en argent, et c'était du bordeaux qu'on lui versait dans des coupes ornées de joyaux. On lui avait même apporté du Trésor, à Winchester, des ouvrages enluminés, ainsi qu'un échiquier en ivoire et les plus belles soies pour la broderie. Malgré tout, elle ne bénéficiait que d'un maigre budget pour sa maison, et elle ne pouvait pas se permettre d'employer plus d'une servante.

Elle était contente qu'Amaria ait été autorisée à l'accompagner à Sarum, mais cela l'exaspérait de devoir encore partager sa couche avec elle. Elle avait toutefois réussi à inculquer avec tact à sa servante la nécessité d'une hygiène corporelle quotidienne, et d'un changement occasionnel de linge, mais elles devaient affronter un défi constant pour lutter contre la saleté au vu du peu d'eau qu'on leur apportait – ou de cette bouillasse saumâtre qu'on leur fournissait parfois pour se laver. Elle se plaignait sans cesse qu'elles aient à porter tout le temps sur elles une odeur d'herbe mouillée.

Ses gardiens étaient des personnes éminentes qui avaient gagné la confiance du roi : l'avocat et diplomate Renouf de Glanville était l'homme qui avait capturé lui-même le roi d'Écosse l'année précédente. Il le lui avait affirmé : cela avait été une des rares informations qu'elle avait été autorisée à recevoir. Renouf était un homme débordant d'énergie, sage, polyvalent, et un bon orateur. Il avait assisté Henri dans ses réformes judiciaires et avait même écrit un traité sur les lois et les coutumes d'Angleterre. Aliénor l'appréciait, même si elle soupçonnait que sa loyauté envers son roi l'empêchait d'avoir complètement bonne opinion d'elle, et elle avait rapidement pris l'initiative de l'inviter à sa table. À sa grande surprise, il avait accepté sans hésitation et cela était vite devenu une sorte de rituel. Leurs conversations, aussi animées que stimulantes, qui par un accord tacite ne dérivaient jamais sur les sujets controversés, aidaient considérablement à égayer la pesante monotonie de ses journées.

Son second gardien – elle était plutôt impressionnée par le fait que Henri ait jugé nécessaire de lui en attribuer deux – était un des chambellans du roi, Ralph FitzStephen. C'était un homme plus taciturne que Glanville, qui faisait montre d'une plus grande méfiance envers elle, bien qu'il ne lui manquât jamais de respect, et elle se trouva incapable de lui vouer une quelconque affection. Elle savait d'instinct que, pour obtenir la moindre faveur, il lui fallait passer par Renouf – qui faisait effectivement tout son possible pour l'aider. Il l'avait autorisée à prendre l'air sur les remparts, quand le vent se calmait suffisamment – elle courrait, en même temps que les gardes qui l'auraient accompagnée, le risque bien réel d'être emportée par-dessus le parapet si elle décidait de défier les éléments.

Quand le temps était clément, elle grimpait tout en haut de sa tour et posait son regard au loin, au-delà des épais remparts et des maisons entassées de cette ville surpeuplée qu'ils abritaient, pour contempler la vaste étendue que formait la vallée de l'Avon, avec ses douces collines menant à la lisière est de la New Forest, derrière l'horizon. Elle se tournait ensuite avec mélancolie vers le sud, où – à des centaines de lieues de là – se trouvait l'Aquitaine. Cela la peinait de penser à son pays natal, qu'elle ne reverrait très probablement jamais, mais son cœur était comme irrémédiablement attiré dans cette direction. Elle parcourait souvent en esprit les vallées boisées et secrètes, les collines brûlées par le soleil et les étroites gorges, puis admirait intérieurement les robustes châteaux perchés sur leurs éperons rocheux, ainsi que les belles églises au centre des jolis petits villages, et les rangées de vignes, et les rivières étincelantes. L'Aquitaine était pour elle un pincement au cœur permanent.

Son peuple ressentait-il du chagrin et de la colère face à la cruauté avec laquelle était traitée leur duchesse ? Son emprisonnement avait dû avoir un impact brutal et malheureux sur leur existence car Henri, après cette guerre qui – soupçonnait-elle – avait bien failli réussir à le détrôner, n'aurait aucun scrupule à affirmer brutalement son autorité sur ses domaines. Personne n'avait jugé bon de lui apprendre que Richard avait désormais pris sa place à Poitiers, qu'il était accepté par ses sujets et était acclamé comme un vaillant guerrier ayant fait ses preuves. Richard, qui était en place par la volonté de Henri et sous sa constante surveillance…

Du haut de son refuge, son voile superflu dans les mains, indifférente au vent qui ballottait les quelques mèches échappées de ses tresses, le visage tristement appuyé contre la pierre des créneaux tandis qu'elle avait le regard rivé au loin, Aliénor s'était souvent demandé si les prophéties n'avaient pas été trompeuses. Le roi du « vent du nord » – qui était Henri – brandissait toujours son sceptre au-dessus de l'Aquitaine, mais « l'Aigle du traité rompu » – elle-même, et elle commençait à comprendre pourquoi – devait encore se découvrir une raison de se réjouir dans sa troisième nichée. Les lionceaux s'étaient éveillés et avaient rugi, comme l'avait autrefois prédit Merlin, mais le seul cou auquel pendaient des chaînes était le sien.

Son tourment intérieur était sans fin. Sa harpe ne jouait plus qu'une mélopée plaintive, se disait-elle avec chagrin en se réfugiant, prise de détresse, dans le langage des troubadours qu'elle avait appris dès sa plus tendre enfance. *Ma flûte n'émet plus que les notes de mon malheur ; mes chansons se muent en lamentations.*

Elle ne pouvait se confier qu'à Amaria, qui continuait toutefois à craindre ses supérieurs et se contentait généralement d'écouter en silence, claquant parfois la langue pour signifier sa commisération.

— Je bénéficiais d'une liberté royale ! ne cessait de lui répéter Aliénor, sans pitié pour elle-même. J'avais une vie de luxe et profitais de la compagnie de mes dames, prenant plaisir dans ma musique. J'étais une reine à deux couronnes ! J'avais tout. Mais je suis désormais consumée par mes peines, et de mon cœur coulent des torrents de larmes. Je crie, mais l'on ne m'écoute pas !

Elle retrouvait ensuite sa hargne de jadis dans des réminiscences de sa force passée.

— N'ayez crainte, car jamais je ne cesserai de crier ! assurait-elle à Amaria. Je ne me fatiguerai pas ; j'élèverai la voix haut et clair, tel un cor, afin qu'elle puisse atteindre mes fils. Ils viendront me délivrer !

Quand elle entendit les cloches, l'espoir naquit enfin dans son cœur et elle trépigna d'impatience en attendant d'apprendre ce qu'il se passait. Elle fut incapable de rester assise et fit nerveusement les cent pas dans la chambre, les bras fermement croisés, tandis qu'Amaria l'observait avec désarroi. Elle s'était rendue à la cathédrale le matin même ; elle y était allée, comme souvent, pour la confession, car elle n'appréciait guère ce prétentieux chapelain chargé de soigner l'âme de la reine. Là-bas, elle avait entendu parler de la victoire du roi. Comme d'habitude, elle s'était retenue de répéter quoi que ce soit de ce qu'elle avait entendu en dehors de ces murs.

Aliénor était en bonne voie pour se convaincre que Richard et Henri le Jeune – et peut-être même Geoffroy – étaient en chemin pour la tirer de sa prison.

— Le jour de ma délivrance est arrivé, je le sais ! dit-elle dans un soupir. J'irai retrouver mon pays natal. Je vous en prie, Seigneur, faites qu'il en soit ainsi !

Amaria détourna le regard, incapable d'en supporter davantage. Ce fut à cet instant que la porte s'ouvrit. Renouf de Glanville apparut, avec une expression de jubilation sur son beau visage intelligent taillé à la serpe. L'espace d'un instant formidable, Aliénor crut qu'il allait lui rendre sa liberté. Elle alla même jusqu'à se promettre de le récompenser généreusement lorsqu'elle serait de nouveau au pouvoir, car il s'était montré un geôlier fort prévenant… Mais il anéantit tous ses espoirs en quelques mots.

—Madame, j'ai ordre du roi de vous informer que vos fils se sont soumis à son autorité, et que le roi Louis a concédé la victoire. Les cloches que vous entendez sonnent pour célébrer la paix qui a été signée. Elles résonnent partout, et toute l'Angleterre se réjouit !

Aliénor se laissa retomber sur la chaise en cherchant son souffle. Elle était incapable de parler tant sa déception était grande.

Renouf la dévisagea, non sans une certaine compassion. Il n'était pas idiot et avait deviné qu'elle pourrait ne pas comprendre les raisons de cette liesse générale.

—Pouvez-vous me donner des nouvelles de mes fils ? parvint-elle à demander.

—Je suis libre de vous dire que le schisme entre eux et le roi est de l'histoire ancienne – il leur a pardonné leur trahison, qu'il a mise sur le compte de la jeunesse. Étant donné les circonstances, le roi s'est montré très généreux, même si je n'ai pas la permission de discuter avec vous des termes de l'accord de paix, madame. Ce que je peux vous dire, c'est qu'il a, par amour et affection pour les princes, proclamé une amnistie générale.

Aliénor se releva, à l'image de ses espoirs.

—Je vais donc finalement être libérée ? demanda-t-elle avec empressement.

—Non, madame ; je crains bien que non, répondit Glanville d'un air peiné.

Aliénor chancela sous le coup, à l'instar d'Amaria, qui fondit en larmes. Tout cela était trop dur à supporter.

—Comment cela pourrait-il être une amnistie générale si j'en suis exclue ? se récria la reine d'une voix stridente.

Son gardien semblait mal à l'aise, et il réfléchissait manifestement à ce qu'il allait oser lui révéler.

— J'outrepasse sans doute mes droits, dit-il, mais le roi a affirmé sa conviction que l'esprit de ses fils avait été corrompu par quelqu'un de malintentionné. Il a nommé le roi de France… ainsi que vous-même.

Évidemment. Il fallait trouver un coupable. Henri avait besoin de ses fils, car ils étaient ses héritiers, bien qu'elle le soupçonne de leur avoir encore retiré du pouvoir pour les punir. C'était de la politique, car il lui était absolument nécessaire de rétablir de bonnes relations avec eux aussi vite que possible. Pour cela, il fallait un bouc émissaire, une personne que le peuple pourrait pointer du doigt en clamant qu'il s'agissait de l'esprit malin derrière leur rébellion ; et qu'ils n'étaient donc pas responsables.

Même dans ses pires cauchemars, elle n'aurait jamais pu envisager que Henri se montre aussi vindicatif.

Le roi avait triomphé, et l'on ne parla plus que de cela au marché et dans les auberges de Sarum pendant quelque temps. Le bon roi Henri, comme l'appelait ce peuple qui avait bien vite oublié l'horrible meurtre de Becket – pour lequel il l'avait tenu responsable à l'époque. Tout ce qui importait alors aux Anglais était qu'il ait triomphé de ses ennemis, comme tout bon roi. Certains se rappelaient encore les épreuves traversées durant le règne du roi Étienne, et savaient apprécier le fait d'avoir un puissant monarque comme Henri. Pendant des semaines, on entendit dans les tavernes beugler à tue-tête les balades louant les exploits – réels comme imaginés – du roi d'Angleterre.

Il était évident que la reine Aliénor, celle qui était enfermée au château et n'avait pas été libérée – tout le monde opinait du chef d'un air approbateur –, avait beaucoup à se reprocher. C'était elle qui avait déclenché la guerre, cela ne faisait aucun doute pour personne, avec ce diable de Louis de France. Elle était une femme contre nature, d'avoir trahi son époux ainsi. Personne n'était toutefois très surpris : d'autres rumeurs avaient circulé au fil des années, la plupart fort scandaleuses – et sans doute vraies, étant donné ce qu'ils savaient à présent. Ce fut par messes basses que l'on se mit à parler d'elle.

Le temps passant, toutefois – reprenant son cycle normal pour les braves gens de Sarum, mais s'écoulant avec une lenteur infinie pour Aliénor qui demeurait enfermée dans sa tour –, l'humeur du peuple changea. D'autres rumeurs leur parvinrent, par des chemins détournés, qui choquèrent leur sensibilité de paysans et leur sens bien enraciné du bien et du mal.

« Le roi vit avec sa concubine sans s'en cacher ! »

« Il parade avec sa maîtresse à son bras devant tout le monde ! »

« On l'appelle la Rose du Monde. Mon œil ! La Rose de l'impudeur, plutôt ! »

Henri était une fois de plus la cible des remontrances et des quolibets de la majorité, et les femmes se montraient encore plus sévères que les hommes.

« Comme tout le monde prend le roi pour modèle, quel exemple donne-t-il ! se plaignaient-elles. Et si nos maris se mettaient en tête de faire comme lui ? »

Tout cela était ponctué de claquements de langue outrés.

Aliénor n'entendit rien de ces rumeurs, même si Amaria aurait pu lui rapporter certaines choses ; elle se retint, évidemment : pas parce qu'elle avait reçu l'ordre de tenir sa langue sur ce genre de sujets, mais parce qu'elle avait de la peine pour sa maîtresse, qui avait beaucoup de mal à contenir ses émotions lorsqu'il était question du roi. La pauvre femme avait déjà assez de soucis ainsi, et Amaria ne souhaitait pas en rajouter.

Aliénor ne fut cependant pas maintenue dans l'ignorance très longtemps. Elle reçut la visite inopinée de l'ascète Hugues d'Avalon, bon ami et mentor de Henri. Elle l'avait toujours apprécié et respecté, le tenant pour un saint homme, bon et courageux, qui n'avait jamais peur de dire ce qu'il pensait, et dont la charité sans bornes était bien connue. Il venait d'une famille de Bourgogne, et était un moine de la Grande Chartreuse, maison mère de l'austère ordre des Cartusiens ; il arrivait tout juste en Angleterre à la demande pressante du roi, qui requérait de lui qu'il établisse en son nom un nouvel ordre monastique à Witham, dans le comté de Somerset.

Aliénor s'agenouilla pour recevoir la bénédiction du prieur tout en se demandant ce qui pouvait l'amener. Elle ne pensait pas qu'il venait simplement pour lui offrir une consolation spirituelle, même si elle lui en serait reconnaissante – elle avait beau essayer, elle ne parvenait pas à tolérer le chapelain que Henri lui avait assigné. Elle craignait que Hugues d'Avalon soit porteur de mauvaises nouvelles, d'un autre coup porté par Henri… Et elle avait raison.

— Ma fille, commença le prieur de sa voix profonde et autoritaire, je suis venu accomplir une mission quelque peu délicate mais nécessaire.

Aliénor sentit son cœur sombrer, mais elle fit preuve de courtoisie et invita son hôte à s'asseoir.

— Cet éloignement entre le roi et vous est très triste et regrettable, madame, poursuivit-il en posant sur elle un regard chaleureux et bienveillant.

— Il ne s'agit pas simplement d'éloignement. Je suis sa prisonnière. Il ne peut pas me pardonner d'avoir pris le parti de mes fils contre lui.

— De cela, par charité, je ne parlerai pas, dit-il en voyant sa détresse et en sachant que tout ce qu'il pourrait ajouter ne ferait que l'aggraver. Je dois cependant vous avouer pleinement ce que je pense : je tiens depuis le départ votre union avec le roi Henri pour incestueuse et invalide.

— « Incestueuse » ? s'étonna-t-elle en chassant de son esprit les implications sous-tendues par cette affirmation.

Elle fit aussi tout son possible pour ne pas revoir Geoffroy dans son lit, et nier cet obstacle secret et honteux à son mariage que son aventure avec le père de Henri avait créé. Que dirait ce saint prieur s'il venait à apprendre cela ? Elle ne pourrait toutefois jamais avouer une telle chose, et Henri le savait bien. Il ne le pouvait pas non plus, se dit-elle, car il l'avait épousée en toute connaissance de cause. Admettre cela reviendrait à déclarer ses enfants illégitimes.

Elle avait craint l'espace d'un instant que Hugues d'Avalon ait découvert ce secret, mais elle se rassura en se disant que c'était impossible. Même Henri ne serait pas assez irréfléchi et vicieux pour le révéler, et elle attendit donc avec appréhension de savoir ce que son invité avait à lui dire.

—L'annulation de votre premier mariage a été faite, selon moi, pour des raisons discutables, déclara Hugues. Vous étiez mariée au roi Louis en bonne et due forme. Il aurait été aisé de vous procurer une dispense, ou de faire acte de pénitence pour n'en avoir pas fait la demande, mais vous avez choisi de quitter votre époux pour en prendre un second, avec qui vous partagiez de plus grands liens de parenté encore. Il était donc impossible que cette seconde union apporte quoi que ce soit de bon – ce que le temps nous aura effectivement prouvé. C'est pourquoi le roi souhaite y mettre un terme en plaidant la consanguinité.

Aliénor l'écouta, sous le choc. Henri souhaitait mettre un terme à leur mariage ? C'était, évidemment, la suite logique, le coup de grâce, car leur union n'en était plus une depuis longtemps, ayant péri sous des coups mortels, réduite à un simple souvenir du passé. Elle n'avait cependant jamais imaginé que Henri tenterait de divorcer. Et pourquoi maintenant ? S'il avait dû le faire, cela aurait été en apprenant sa fatidique désobéissance.

Elle secoua la tête d'un air incrédule.

—Et qu'attend-il de moi ?

Il lui prit la main et la serra, cherchant à rendre acceptable l'intolérable.

—Le roi affirmera que vous avez formé cette union en toute ignorance de quelque obstacle que ce soit; ainsi, vos enfants seront vus comme légitimes et cela n'entravera nullement la succession.

Aliénor réfléchit à toute allure. Si Henri avançait que leur mariage était nul et non avenu, alors il n'aurait plus aucun droit sur ses terres–ni sur sa personne! La liberté était à portée de main.

—Si je n'ai jamais été légitimement mariée au roi, alors je ne suis pas un de ses sujets, et je ne peux pas être accusée d'avoir commis une trahison envers lui, déclara-t-elle. Si je consens à ce divorce, alors il n'aura plus aucune raison de me garder enfermée ici, et il devra me rendre ma liberté. (Elle leva la main pour l'empêcher de lui couper la parole.) Attendez, mon bon prieur! Laissez-moi finir. Je suis la duchesse légitime d'Aquitaine. Dès que j'aurai accepté les conditions, mes domaines devront m'être rendus, et je devrai être déclarée libre d'y retourner pour y régner en tant que seule suzeraine. À ma mort, mes terres reviendront à mes fils. Cela signifierait que l'empire serait divisé pour le moment, mais qu'il serait réunifié plus tard.

—Ah, prononça le prieur. (Cette simple syllabe suffit à démontrer que les choses ne seraient pas aussi faciles.) Le roi souhaite aussi objecter que vous avez commis un adultère, de votre propre aveu.

—Si je ne suis pas son épouse, comment pourrais-je commettre un adultère? repartit-elle vivement.

—Un détail, madame. Au moment où vous vous êtes opposée au roi et avez commis cet adultère, vous pensiez être son épouse. Quiconque menace délibérément la sécurité du roi et celle du royaume devient son ennemi et commet une trahison. Par votre adultère, vous auriez pu mettre en péril la succession.

—À mon âge? se récria-t-elle.

— Eh bien, sans doute pas, concéda le prieur Hugues avec un pâle sourire. (Il n'appréciait manifestement guère cette tâche qui lui incombait.) Le pape ne verra cependant pas votre comportement d'un bon œil, cela ne fait aucun doute. Il pourrait se ranger à l'opinion que le roi fait bien de vous maintenir enfermée.

— Henri voudrait tout avoir ! s'insurgea Aliénor. Il ne veut plus de moi en tant qu'épouse, mais il est prêt à toutes les ruses pour conserver mes domaines, sur lesquels, une fois notre mariage annulé, il n'aurait aucun droit légal.

— Il propose que le duc Richard continue de régner en Aquitaine à votre place, en tant que votre héritier, comme il le fait déjà. Il me semble que c'est de toute manière ce que vous souhaitiez.

Richard ! Aliénor était folle de joie d'avoir de ses nouvelles, et encore plus qu'elles soient bonnes, mais l'injustice constante de Henri l'agaçait au plus haut point.

— Richard était censé partager le pouvoir avec moi ; voilà ce qui était convenu, et non qu'il règne seul. Il n'a que dix-sept ans.

— Il est suffisamment âgé pour s'être illustré en tant qu'homme, remarqua le prieur. Il s'est forgé une réputation de grand guerrier, mais certains déplorent qu'il n'ait pas acquis plus de sagesse. Hélas, je crains qu'il n'ait apporté que le conflit sur vos terres insoumises. Je ne devrais pas vous dire cela, mais le peuple s'est insurgé lorsqu'il a appris que vous ne reviendriez pas, et Richard a abattu sur eux une terrible vengeance pour les remettre au pas et affirmer son autorité.

Ce n'était pas ce qu'elle s'était attendue à entendre. Richard avait été éduqué dans le respect des vertus chevaleresques : toujours être valeureux, protéger les pauvres, les faibles et les innocents ; il était un jeune homme bien élevé, un troubadour qui avait grandi comme un véritable fils du Sud ; et elle avait fait de son mieux pour instiller en lui un profond amour de son héritage.

— Qu'a-t-il fait ? demanda-t-elle d'une voix tremblante en oubliant l'espace d'une seconde cette histoire de divorce et ses griefs à l'encontre de Henri.

— On ne peut pas dire qu'il se soit montré inefficace, dit Hugues d'un air chagrin, car tout est calme en Aquitaine à présent, et tous respectent son autorité. Cela n'est cependant pas étonnant, puisqu'il a ravagé tout le domaine, réduisant en cendres château après château et n'épargnant personne, ni homme, ni femme, ni enfant. Il serait au-dessus de mes forces de vous répéter ici le détail des atrocités commises par ses hommes.

— Dites-moi ! insista Aliénor sans en croire ses oreilles.

Richard était son fils, et elle ne pouvait pas croire qu'il ait commis ces choses. Il devait forcément les avoir faites sous la contrainte de son père, car lui-même serait incapable d'infliger toutes ces souffrances sur ce domaine qu'il disait aimer, et sur son peuple. C'était le peuple d'Aliénor. Elle aurait voulu pleurer pour lui, et pour le pays de son enfance ; ses sujets s'étaient, après tout, battus pour le retour de leur duchesse, protestant contre l'usurpation de son pouvoir par un suzerain qui n'avait aucun droit de le faire. S'ils avaient réellement enduré toutes ces cruautés, alors elle aurait la force de les entendre répéter.

Le visage bien dessiné d'Hugues trahit la profondeur de son émotion lorsqu'il reprit la parole :

— Ceux qui s'étaient opposés au duc ont été mutilés : certains ont eu les yeux crevés, d'autres les mains coupées. Il se raconte que leurs épouses ont été violées – pardonnez-moi, madame – par Richard et son armée. Il s'est montré sans pitié, tout le monde en convient. L'Aquitaine a été mise à genoux avec violence, et le duc la soumet sous une main de fer.

Mon propre fils, mon cher Richard, se lamenta Aliénor sans trouver les mots.

— Que Dieu lui pardonne… et qu'Il apaise ceux qui ont souffert, murmura-t-elle après un temps avec beaucoup de tristesse.

Elle ne parvenait pas à imaginer Richard en tyran, infligeant le viol et les tortures… Cela ne pouvait être que le fait de Henri. Elle devait se raccrocher à cet espoir.

— Vous comprendrez, mon père, que cela ne fait que renforcer ma détermination à me battre pour mes droits, déclara-t-elle. L'Aquitaine a besoin de moi, et je devrais être là pour elle.

— Vous devez faire selon ce que vous dicte votre conscience, madame, répondit gravement le prieur. Je vous ai fait part des désirs du roi, comme j'étais tenu de le faire, et je vous ai donné mon opinion. Je pourrais ajouter que vous devriez vous préparer à une âpre bataille, car il est déterminé à vous laisser enfermée ici. La dernière chose qu'il veut est vous voir rentrer en Aquitaine. Il dit qu'il ne peut pas se permettre de vous laisser libre de fomenter d'autres complots contre lui avec l'aide de vos fils et de vos vassaux. Il craint que vous vous remariiez – et avec un seigneur qui lui serait hostile.

— Il cherche donc à me renier sans subir aucune contrainte, fulmina Aliénor. S'il s'annonce si difficile de divorcer, pourquoi essaie-t-il ?

— Cela ne me plaît guère de vous annoncer ceci, madame, mais il souhaite se remarier, lui apprit Hugues d'Avalon.

Malgré la douceur avec laquelle l'annonce avait été délivrée, elle lui fit l'effet d'une gifle. Tout cela faisait trop à endurer ; chaque annonce lui avait été insupportable, après tant de mois d'ignorance et d'incessante monotonie.

— Avec qui ? s'enquit-elle en songeant à Rosemonde.

Henri allait-il vraiment épouser sa maîtresse, la fille d'un simple chevalier ? Il devait avoir complètement perdu l'esprit !

— La princesse Adèle de France, annonça le prieur avec une moue désapprobatrice.

— Mais elle est la fiancée de Richard !

— Oui, mais il est aussi aisé de rompre des fiançailles que des mariages, lui rappela son invité. Le roi a déjà fait appel au pape Alexandre pour lui demander d'envoyer un légat en Angleterre afin qu'il entende ses arguments contre vous. Tout cela est tenu secret, évidemment, et le roi insiste tout particulièrement pour que vous fassiez preuve de discrétion, étant donné que l'annulation de votre mariage est une chose grave qui pourrait avoir de lourdes conséquences.

— Et je suppose que si je tentais de proclamer haut et clair mes objections, bien qu'il y ait peu de chance que quiconque m'écoute, il se réserverait le droit de m'ôter tous mes privilèges ! devina Aliénor avec mépris.

— Il ne l'a pas dit, et j'ose espérer qu'il n'irait jamais aussi loin, répondit Hugues en se levant pour prendre congé.

— Mon père, le retint-elle prestement. Vous êtes un homme sage, connu pour votre intégrité. Que me conseillez-vous de faire ? Si j'accepte ce divorce, se pourrait-il que les choses s'arrangent pour moi ?

— Madame, je vous conseille de prier pour qu'Il vous guide, et d'attendre le verdict du pape. Soyez assurée qu'il se montrera juste envers vous. Il n'est pas le genre d'hommes à se laisser acheter par les rois.

Quand Hugues fut parti, elle suivit son conseil et se mit à genoux afin de prier pour elle-même et pour Henri, pour Richard, dont l'âme immortelle était certainement menacée, et pour trouver une issue à son dilemme. Elle avait depuis longtemps accepté le fait que son mariage était fini, et elle pouvait comprendre la nécessité pour Henri de se remarier, mais elle fut surprise de se sentir au bord des larmes à présent qu'elle savait qu'il voulait se débarrasser d'elle au profit d'une jeune fille de seulement quinze ans !

Grand Dieu, se lamenta-t-elle. *Il ne m'épargnera pas même cela.*

Elle était consciente du fait que l'amour que Henri lui avait porté était depuis longtemps éteint. Il la haïssait – et il l'avait prouvé à maintes reprises. Pourquoi, dans ce cas, ressentait-elle encore ce besoin de lui – au creux de la nuit – et pourquoi nourrissait-elle toujours l'infime espoir d'une réconciliation future, en dépit du bon sens et de tout ce qu'il lui avait fait subir ? Pourquoi ?

Il ne fallait pas chercher bien loin : parce que aucun homme n'avait su comme lui éveiller toutes ces choses en elle, ni ne lui avait inspiré des émotions aussi violentes. Aucun homme ne lui était comparable. Il y aurait toujours quelque chose entre eux, un vestige de la profonde passion qu'ils s'étaient vouée. Et, même après tout ce qu'il s'était passé, elle le voulait encore dans son lit. C'était presque le pire de tout ; cela avait même été un des pires aspects de sa captivité, d'être tenue à l'écart de la compagnie des hommes – et d'un homme en particulier. À cet instant même, ses caresses lui manquaient, comme la sensation de leurs corps enlacés, et le plaisir qu'il lui avait procuré…

Elle prenait de l'âge : les années passaient insensiblement. Bientôt, elle allait se tarir et devenir vieille, et son pouvoir de séduction, sa capacité à donner du plaisir et à en recevoir diminueraient. Cloîtrée là, elle avait bien conscience que le temps lui était compté, mais qu'elle n'avait aucun moyen de combler ce besoin pressant en elle. Elle avait cru qu'ainsi isolée, loin de toute tentation, ses pulsions diminueraient, et qu'elle apprendrait à se concentrer davantage sur les choses de l'esprit, ce qu'elle n'avait pas beaucoup fait durant sa jeunesse insouciante et sa vie mouvementée d'épouse ; qu'elle découvrirait cette paix intérieure qui permettait d'ouvrir son esprit et son cœur à l'amour de Dieu. Mais elle s'était lourdement trompée. Son envie s'était faite si pressante qu'elle avait même envisagé de séduire le beau Renouf de Glanville, qui se trouvait être un si agréable compagnon à sa table, et qui pourrait ne pas voir de mal à rester un peu plus longtemps avec elle… Ce n'était cependant pas lui qu'elle voulait.

C'était Henri, qui lui désirait divorcer. S'il parvenait à ses fins, Aliénor ne coucherait plus jamais avec un seul homme. Cette perspective affreuse déclencha le flot de ses larmes.

Quatre mois passèrent sans qu'elle ait la moindre nouvelle. Quatre mois abominablement longs durant lesquels elle se fit un sang d'encre à la pensée de ce que le pape allait pouvoir dire ou faire. Puis, enfin, Hugues revint. Elle s'efforça de rester calme en le recevant, et se résolut à faire face à ce qu'il lui dirait avec acceptation et autant de sagesse qu'elle pourrait en puiser dans ses réserves.

C'était un mois de novembre glacial ; le vent soufflait en hurlant sur le plateau que formait Sarum, et il pénétrait en sifflant par les fentes des fenêtres. Il était impossible de garder un brasero allumé longtemps. Aliénor s'assit donc en grelottant, emmitouflée dans ses fourrures, tandis que le prieur resserrait autour de lui la maigre cape en laine qu'il portait par-dessus son habit.

— Sa Sainteté a envoyé un légat, le cardinal de Sant'Angelo, lui annonça-t-il. Il est venu sous prétexte de résoudre une dispute entre les évêchés de Cantorbéry et d'York. Il a rencontré le roi à Winchester, et votre époux a abordé le sujet de l'annulation. Il a malheureusement aussi tenté de soudoyer le cardinal avec une importante somme, mais ce dernier n'a pas accepté. Il n'a pas même voulu entendre les arguments du roi. Il s'est contenté de le prévenir que divorcer de vous comporterait de grands risques, et il a refusé de poursuivre cette conversation. Il est reparti en Italie tout de suite après.

Aliénor laissa échapper un long soupir de soulagement, mais son plaisir d'apprendre le refus du légat fut de courte durée, car, même si elle demeurait liée à Henri en tant qu'épouse, il ne voulait pas d'elle et finirait par concevoir davantage de rancœur à son égard, bien qu'elle n'ait rien fait pour contrarier ses plans – même si cette possibilité n'aurait pas été inenvisageable en cas de nécessité.

— Je suis bien sûr contente, mais je suppose que le roi est en colère, dit-elle.

— Cela va sans dire, confirma le prieur avec un autre de ses chaleureux sourires. Il n'aime pas voir ses plans tomber à l'eau.

— Il ne baissera pas les bras, prédit-elle. Il trouvera un autre moyen de se débarrasser de moi.

— Il pourrait insister auprès du pape, mais je crains que cela ne s'avère être une perte de temps.

— Vous n'approuvez pas la décision du pape, n'est-ce pas, mon père ?

— C'est Notre Seigneur qui s'exprime à travers Sa Sainteté. Qui suis-je pour remettre ses décisions en cause ?

— Ce n'est point facile pour vous, je suppose, de servir de médiateur entre Henri et moi, devina Aliénor avec un sourire.

— Je ne cherche pas la facilité dans mes tâches ici-bas, répondit-il. J'espère avoir traité avec vous de manière juste, avec humanité.

— Je regrette que mon époux le roi n'ait pas fait preuve de la même mansuétude, déclara Aliénor alors que son invité se levait pour partir. Je suppose que nous nous reverrons.

— J'aimerais que ce soit en de meilleures circonstances, conclut-il avec gentillesse.

Chapitre 50

Sarum, 1175-1176

L'hiver fut terrible. Les récoltes avaient été très mauvaises et la famine ravageait le pays, ce qui entraînait une pénurie de bonne chère, même à la table d'Aliénor, car tous au château devaient se contenter de maigres rations. Le coût d'un boisseau de blé avait grimpé en flèche et il était de plus en plus difficile de se procurer du pain, base de l'alimentation des riches comme des pauvres. Les plus démunis en étaient réduits à manger des racines, des noix, des herbes, et même l'écorce arrachée aux arbres. Il y avait de la viande, car la plupart des animaux de ferme avaient été tués et leurs carcasses salées pour être consommées pendant l'hiver, mais les pauvres affamés dans leurs cahutes n'en virent pas la couleur. Les gens mouraient de faim dans les rues, ou bien succombaient à la peste. Seul le froid mordant parvint à endiguer l'épidémie.

Aliénor envoya toute la nourriture qu'elle put pour venir en aide aux nécessiteux.

— Je ne peux plus faire preuve de charité comme le devrait une reine, se plaignit-elle à Renouf de Glanville, mais je peux au moins les aider par ce petit geste.

Et elle souffrit elle-même de la faim à cet effet. Il faisait glacial dans sa chambre, et Amaria et elle passaient des journées entières emmitouflées dans des fourrures, le nez rougi, le bout des doigts gelé malgré leurs gants. Ce Noël fut bien morose, sans grand festin ni célébration, et Aliénor en passa la majeure partie alitée après avoir attrapé froid.

Elle fut donc surprise quand, au début de la nouvelle année, Renouf annonça l'arrivée d'Hugues d'Avalon. Elle devina dans un élan de désarroi que, si le prieur avait bravé la neige et la glace pour venir la voir, ce devait être pour une affaire importante, et elle se demanda avec angoisse ce que cela pouvait bien être. Sans doute cela concernait-il le divorce, supposait-elle.

Il la salua avec son doux sourire, lui offrant sa bénédiction lorsqu'elle s'agenouilla devant lui, puis annonça sans détour :

— Madame, le roi m'envoie vous demander de vous retirer du monde pour prendre le voile à Fontevraud, maison pour laquelle il vous sait avoir une grande affection.

Se « retirer du monde » ? Alors que son cœur aspirait à la liberté et qu'elle vibrait tout entière de vitalité, dans son corps comme dans son âme ?

— Il a offert de vous nommer abbesse de Fontevraud – ce qui, vous le savez, est un titre prestigieux et une mission des plus honorables.

— Et qu'attend-il en retour ? demanda-t-elle, sachant que ce n'était encore qu'une des ruses de Henri pour se débarrasser d'elle et conserver ses terres.

— Rien, madame. Dussiez-vous accepter pleinement de prendre le voile, le pape consentirait certainement à annuler votre mariage. Il verrait cela comme une solution parfaite.

Elle se rendit à la fenêtre et observa la vue étriquée du monde enneigé au-dehors sans vraiment le voir. Quel prestige y avait-il à devenir abbesse lorsque l'on avait été reine ? Mais ce n'était pas tout…

— Je n'ai pas été appelée, déclara-t-elle.

— Je le pensais bien, répondit le prieur avec une certaine ironie. Selon mon expérience, nombreux sont ceux qui entrent dans les ordres sans avoir été appelés. Ils sont voués à Dieu par leur famille. Avec le temps, ils apprennent à accepter leur voie. Certains connaissent un franc succès et deviennent de parfaits exemples de la discipline monastique.

— Me voyez-vous en parfait exemple de cette discipline ? rétorqua Aliénor.

— Non, madame, dut concéder Hugues avec un sourire. Mais le rôle d'une abbesse n'est pas seulement spirituel. Elle est là pour gouverner, mener, administrer, et son opinion est prisée par les grands de ce monde. À la tête d'une maison telle que celle de Fontevraud, vous bénéficieriez d'un statut, d'une autonomie et de la possibilité de mettre à profit vos considérables talents et votre expérience dans les affaires d'État. Songez-y. C'est un endroit paisible, une puissante maison de Dieu, avec laquelle votre famille est heureusement associée depuis longtemps.

Aliénor réfléchit en silence. Peut-être Hugues avait-il raison. Il était préférable de jouir d'un certain degré de pouvoir et d'indépendance plutôt que de ne point en avoir du tout. En tant qu'abbesse de Fontevraud, elle jouirait de nombreuses libertés. Elle savait pouvoir endosser ce rôle à merveille. Il fallait cependant prendre en compte le long terme. L'enjeu était plus grand, et elle désirait davantage – bien plus que ce que Fontevraud avait à offrir.

— Ne pensez pas que je ne sois pas tentée, répondit-elle. Croyez-moi, je ferais tout pour échapper à cette prison ; mais j'ai la certitude d'avoir encore beaucoup à accomplir dans ce monde. Je n'ai pas l'intention de m'en retirer, ni d'abandonner ma couronne – ou mon héritage. Car c'est de cela qu'il s'agit, mon père. C'est le seul moyen pour Henri de divorcer tout en gardant mes domaines.

— Êtes-vous certaine de ne pas vouloir prendre le temps de la réflexion ? lui demanda-t-il.

— Oui. Je vous prie de dire au roi mon époux que je n'ai pas vocation à entrer dans les ordres.

— Fort bien, madame, céda le prieur avant de se lever pour s'en aller.

Mais Aliénor parvint à le convaincre de rester manger et dormir avant d'entreprendre le long et dur voyage de retour dans le froid.

Ce fut ce qu'il lui dit au détour d'une conversation pendant leur repas frugal qui l'affola.

— Henri ne peut tout de même pas me forcer à devenir nonne ? avait-elle demandé.

— J'aimerais vous dire que non, mais il est déjà arrivé que des maris aient fait enfermer une épouse répudiée dans un couvent en menaçant la communauté pour qu'elle tienne celle-ci sous bonne garde. Le connaissant, je ne pense pas que le roi irait jusque-là, mais il y a beaucoup en jeu dans cette histoire.

— Et seulement une femme vieillissante et obstinée comme obstacle, ajouta-t-elle.

Elle s'inquiéta, angoissa. En fin de compte, elle songea même à contacter l'archevêque de Rouen, ce Rotrou qui, à l'aube de sa fatale rébellion, l'avait exhortée à retourner auprès de Henri. Il estimait, contrairement à Hugues d'Avalon, que son mariage était valide. Peut-être que plaider sa cause auprès de lui l'aiderait. Elle lui écrivit donc, l'implorant de ne pas la laisser être forcée à entrer dans un couvent, et elle remit le parchemin non scellé à Renouf de Glanville pour validation. Il parut dérangé par le contenu de sa lettre, mais il promit de l'envoyer. Elle se demanda cependant s'il le ferait vraiment.

Il n'avait toutefois qu'une parole, et elle reçut une réponse de l'archevêque dans laquelle il lui promettait de refuser de consentir à ce qu'elle devienne nonne à Fontevraud contre son gré. Rotrou ajoutait qu'il avait fait connaître sa position au roi, et il la prévenait que Henri avait juré d'en appeler une fois de plus au pape pour faire annuler leur mariage.

Ah ! se dit-elle. *Mais ainsi, il n'aura pas mes terres !* Il se pouvait encore qu'elle recouvre sa liberté.

Chapitre 51

Winchester, 1176

— Préparez-vous, madame, claironna Glanville en entrant dans la chambre d'Aliénor un beau matin d'août. Vous êtes attendue à Winchester.

Il était manifestement heureux de pouvoir lui apporter enfin une bonne nouvelle. Aliénor le dévisagea d'un air médusé. Elle n'en revenait pas. Henri avait-il enfin cédé et accepté de lui rendre sa liberté ? Son geôlier semblait avoir lu dans ses pensées.

— Le roi a fiancé votre fille, dame Jeanne, au roi de Sicile. Elle demeure à Winchester, où les préparatifs sont faits pour son départ du royaume, et le roi vous donne la permission d'aller lui rendre visite afin de lui faire vos adieux. Vous voyagerez, bien entendu, sous surveillance.

Cette bonté inattendue de la part de Henri manqua de lui couper le souffle. Allait-il enfin se montrer plus magnanime envers elle ? Était-ce le premier pas vers une réconciliation ? Elle était cruellement coupée de ses enfants depuis trois ans déjà, privée de la joie de les voir devenir adultes et de jouer dans leur vie le rôle de mère qui était le sien. Dieu seul savait quels effets ce manque avait pu avoir chez les plus jeunes, ces pauvres victimes innocentes ;

Henri n'avait pas pensé à cela, c'était certain, tant il avait eu besoin de se venger d'elle. Suite à ce seul beau geste, toutefois, elle aurait pu mettre toute cette histoire derrière eux. Dans son attente euphorique de revoir Jeanne, elle était prêtre à faire presque toutes les concessions.

Les appartements royaux du château de Winchester étaient en pleine effervescence, les demoiselles courant en tous sens les bras chargés de beaux vêtements et transportant des coffrets à bijoux, les marchands présentant leurs plus belles étoffes, et les couturières s'empressant furieusement de préparer le trousseau de la future épouse de onze ans. Jeanne était assise au milieu de l'agitation, copie conforme d'Aliénor, mais moins resplendissante, son beau visage juvénile rosi par l'excitation. En voyant sa mère apparaître dans l'encadrement de la porte, elle se leva et effectua une révérence, ses jupes de soie couleur perle effleurant le sol.

— Ma chère enfant ! s'exclama Aliénor, incapable de contenir son émotion.

Brusquement, mère et fille se jetèrent dans les bras l'une de l'autre, toute convenance et toute séparation oubliées dans une étreinte qui fut accompagnée de larmes et de rires.

— Alors vous allez vous marier, s'extasia Aliénor quand elle eut trouvé la force de se ressaisir.

Il ne serait pas bon pour cette jeune femme de porter le poids du flot constant de son chagrin.

— Je vais embarquer pour Palerme afin d'épouser le roi Guillaume, madame. Messire mon père dit qu'il est un grand prince, et que la Sicile est un merveilleux pays.

Aliénor sentit son cœur se déchirer face aux espoirs innocents de sa fille, et elle pria avec ferveur pour que ce mariage s'avère bien plus heureux que ne l'avait été le sien. Elle remarqua alors que Jeanne observait son bliaut bleu. C'était un bel habit, mais vieux ;

toutes ses robes l'étaient, car Henri n'avait pas jugé utile de les remplacer, et l'ourlet était légèrement usé. Elle pouvait deviner ce que se disait sa fille : qu'il n'était pas approprié pour une reine d'être habillée de la sorte. Jeanne se mit à parler gaiement de tous les merveilleux habits de mariage que Henri lui avait procurés, sans regarder aux dépenses. Il était manifestement important pour lui que sa fille fasse bonne impression aux yeux du monde.

—Je lui demanderai s'il veut bien acheter quelques robes pour vous aussi, madame, déclara-t-elle de manière touchante.

—Cela n'a pas d'importance, répondit Aliénor. Il s'est déjà montré bon en me permettant de venir vous voir ici.

—Ah, mais si ! se récria Jeanne avec un regard éblouissant. Et j'obtiendrai de lui qu'il vous laisse venir me rendre visite en Sicile. Y êtes-vous jamais allée, mère ?

Aliénor sentit son cœur sombrer. Henri n'avait-il donc pas jugé utile de charger quelqu'un d'annoncer à cette pauvre enfant que ses adieux à ses parents pouvaient s'avérer définitifs ? Elle s'en allait pour un royaume lointain et rien ne garantissait qu'elles pourraient un jour se revoir. C'était le lot des princesses mariées à des princes étrangers. Comme pour Mathilde, partie en Germanie ; Aliénor ignorait totalement quand elle reverrait sa fille aînée, et même si elle la reverrait un jour ; elle lui manquait encore, et ce serait toujours le cas – c'était là une tristesse qui ne la quitterait jamais. C'était toujours plus facile pour la personne qui partait, car elle embarquait pour la grande aventure de la vie ; c'étaient ceux qui restaient en arrière qui souffraient le plus de leur absence.

—J'y suis allée quand j'étais reine de France, dit-elle d'une voix légère. C'est un beau pays, avec des paysages à couper le souffle, et d'anciennes ruines partout. Palerme est une très jolie ville. Le roi Guillaume est de descendance normande, comme vous. Toutefois, ma fille, ne vous attendez pas à une visite de ma part. Comme vous le savez, votre père n'est pas content de moi. C'est un miracle qu'il m'ait laissée venir ici. Je ne voudrais pas que vous espériez me voir venir à Palerme, car vous seriez déçue. Nous pourrons cependant nous écrire, s'empressa-t-elle d'ajouter en voyant sa fille effondrée. Alors, comptez-vous me montrer cette robe de mariée ?

Les jours passés en compagnie de Jeanne étaient précieux et remplis de joie, bien que trop fugaces. L'imminence de la séparation en soulignait la saveur et la brillance. C'était une véritable tragédie que de pouvoir profiter de nouveau de la compagnie de sa fille et de devoir peu après lui dire sans doute définitivement adieu, mais Aliénor fit de son mieux pour ne pas perdre sa bonne humeur. Pourquoi gâcher ce temps inestimable en lamentations ? Il serait mieux pour Jeanne de partir en ayant en tête l'image d'une mère souriante, qu'elle pourrait garder et chérir dans son cœur à jamais.

— Père vous renverra-t-il à Sarum ? lui demanda un jour sa fille alors qu'elles prenaient l'air dans le jardin du château.

Deux gardes les suivaient discrètement, comme toujours. Aliénor s'y était depuis longtemps habituée, mais elle sentait que Jeanne trouvait leur présence déconcertante.

— Oui, je suis sûre qu'il le fera, dit-elle avec détachement.

— Pourquoi vous a-t-il enfermée ? s'enquit-elle avec une naïveté frappante.

— Nous n'étions pas d'accord sur l'étendue des pouvoirs que votre père devait déléguer à vos frères, répondit-elle avec réserve. Malheureusement, ce différend a déclenché une guerre et, bien que je n'aie jamais voulu cela, votre père m'en tient en partie responsable.

— Je l'ai entendu dire qu'il ne pourra plus jamais vous aimer ou vous faire confiance, déclara innocemment Jeanne d'une petite voix affligée.

Aliénor en fut choquée. Aucun enfant ne devrait entendre un de ses parents dire une telle chose à propos de l'autre !

— Étiez-vous responsable, mère ? poursuivit Jeanne en la dévisageant avec attention.

— Je ne le pensais pas à l'époque, admit Aliénor dans un soupir. Je pensais avoir raison. Je n'en suis toutefois plus certaine. Je veux simplement que les blessures se referment.

— C'est aussi ce que je voudrais, déclara sa fille, mais je ne pense pas que ce soit le cas de mon frère Henri le Jeune.

— Ah ? s'étonna Aliénor.

C'était là une sacrée nouvelle. Elle avait cru Henri et ses fils réconciliés, et avait imaginé que les garçons s'étaient soumis à l'autorité sévère de leur père.

— Le roi mon père a passé Pâques ici. Mes frères sont aussi venus, mais ils n'ont pas cessé de se disputer. Henri le Jeune était en colère de devoir rester en Angleterre sans rien pouvoir faire pendant que Richard et Geoffroy pouvaient régner sur l'Aquitaine et la Bretagne. Il a accusé le roi d'essayer de l'écarter de la succession, mais père n'a pas voulu l'écouter, après quoi mon frère a demandé la permission de se rendre en Espagne, à Saint-Jacques-de-Compostelle, même si je pense qu'il voulait simplement aller retrouver ses amis pour faire des bêtises ; c'est du moins ce que père a dit. Il n'a pas voulu le laisser partir. Depuis, il a accepté qu'il se rende en Aquitaine, cependant je pense qu'il s'est employé là-bas à soulever le peuple contre Richard. Oh, et j'ai aussi entendu dire qu'il prenait part à de nombreux tournois.

Aliénor comprit alors que les relations n'étaient pas au beau fixe entre Henri et son héritier. En fait, si Jeanne disait vrai, alors les choses étaient pires aujourd'hui qu'avant l'insurrection. Il était évident que Henri ne parviendrait plus à faire confiance à ses fils après une telle chose.

— Et qu'en est-il de Richard ? Savez-vous quelque chose sur lui ?

— Non. Il s'en est retourné en Aquitaine. Le peuple le déteste. Geoffroy semble bien s'en sortir en Bretagne, si ce n'est qu'il doit vivre avec Constance !

Mère et fille échangèrent un regard entendu, mais Aliénor était peinée d'entendre que son peuple détestait Richard.

—Et Aliénor ? Et Jean ? demanda-t-elle.

—Aliénor est toujours à Fontevraud, mère. Elle va épouser l'infant de Castille, mais je ne sais pas quand. (*Encore une fille de perdue*, songea la reine.) Et Jean est de nouveau fiancé, à Hawise de Gloucester.

—Mais il l'était à Alice de Maurienne !

—Elle est morte d'une fièvre, lui apprit Jeanne. Il dit que ce nouveau mariage le rendra encore plus riche.

Une autre héritière, se dit Aliénor avec une grande tristesse pour la pauvre petite Alice, morte avant d'avoir pu goûter aux plaisirs de la vie. Ce nouveau mariage semblait être un cadeau de Dieu, une bonne solution à l'absence d'héritage de Jean.

—Mon père garde tout le temps Jean avec lui, dit Jeanne. Il affirme qu'il est son fils préféré, mais, en réalité, c'est Geoffroy qu'il aime le plus.

Geoffroy ? s'étonna Aliénor. *Cela ne se peut pas !* Mais elle se rendit alors compte qu'elle parlait du bâtard de Henri, que ce dernier avait toujours choyé.

—Geoffroy s'est battu à ses côtés pendant la guerre, poursuivit Jeanne. Il a été très courageux. Mon père dit que…

Elle se tut et rougit furieusement.

—Quoi donc ? Que dit-il ? l'incita à poursuivre sa mère.

—Il a dit que seul Geoffroy avait prouvé qu'il était son véritable fils, et que c'étaient en fait les autres les bâtards.

—Je vois, dit la reine.

Elle ne voyait que trop bien.

Il était gratifiant de jouir de la liberté d'aller et venir comme bon lui semblait dans le château, même si des gardes étaient postés à chaque porte. Un jour, alors qu'elle flânait dans les appartements d'apparat vides, Aliénor entra dans la fameuse chambre peinte, ainsi nommée en raison des merveilleuses fresques que Henri avait fait réaliser. Elle en resta bouche bée ; car là où un pan de mur avait été laissé vierge se trouvait à présent une nouvelle et récente image déroutante d'un aigle avec sur son dos et ses ailes déployées trois aiglons, et un quatrième, plus petit, posé sur son cou, qui donnait l'impression de pouvoir à tout moment se mettre à picorer les yeux de son père.

Alors qu'elle contemplait cette scène, elle entendit des bruits de pas dans son dos. Il s'agissait de Renouf de Glanville.

— Pardonnez-moi, madame, mais le dîner est sur le point d'être servi. Ah, je vois que vous avez découvert la nouvelle peinture.

— Est-ce le roi qui l'a commandée ?

— Oui, madame.

— L'aigle le représente lui, je suppose, mais que signifie cette image ?

Son gardien lui expliqua tout d'une voix morne, goûtant peu d'avoir à lui annoncer cela lui-même :

— Quand nous avons demandé au roi la signification de cette peinture, il nous a répondu que les aiglons étaient ses quatre fils, qui n'auront cessé de le persécuter jusqu'à sa mort.

— Mais Jean n'est qu'un enfant ! Comment peut-il l'inclure là-dedans ?

Elle pouvait comprendre le reste, mais cette folie crasse la laissait pantoise.

— C'est ce qu'ont dit au roi certains de ses courtisans, madame. Il a cependant répondu qu'il craignait que son cadet, qu'il embrasse aujourd'hui avec tant d'affection, n'en vienne à l'affliger un jour plus profondément et plus mortellement que tous les autres.

— C'est insensé ! se récria Aliénor.

— Je pense qu'il faut comprendre l'état d'esprit du roi quand il a dit ces choses, madame. Il a expliqué que les ennemis d'un homme se trouvaient dans sa propre maison.

Et les ennemies, se dit-elle en se rappelant le rôle qu'elle avait joué dans la révolte de ses fils. Mais Jean ? Jamais Jean ne trahirait ce père qui le gâtait tant et lui donnait tant d'amour.

Jeanne était partie, s'éloignant au trot avec sa joyeuse cavalerie en direction de Southampton, où l'attendait le navire qui l'emmènerait par-delà les mers. Lui dire adieu aux portes du château et la regarder partir avait été douloureux, mais Aliénor avait lutté contre ses larmes. Elle avait depuis longtemps appris à gérer son chagrin, avait traversé pires épreuves que celle-ci, et elle était donc parvenue à dire au revoir à sa fille avec le sourire.

Elle s'était attendue à être ramenée immédiatement à Sarum, mais Renouf de Glanville était parti en mission pour le roi et personne ne parla de son départ. Elle resta donc à Winchester, errant dans les luxueux appartements royaux avec pour seule compagnie Amaria et ses deux sentinelles derrière les portes. Elle se dit que Henri devait être trop occupé par une affaire importante. Elle ne pouvait, quant à elle, que remercier le ciel pour ce répit bienvenu loin de l'inconfort et de la pénibilité de sa vie à Sarum.

À la Saint-Michel, elle était toujours à Winchester. Elle put entendre par ses fenêtres la musique et les danses, ainsi que les cloches de la cathédrale qui sonnaient la fin des moissons. Septembre touchait doucement à sa fin et le temps se fit plus froid avec l'arrivée d'octobre, mais elle ne reçut toujours pas l'ordre de rentrer à Sarum. Puis, un matin, l'intendant arriva avec une malle de voyage en cuir.

— Madame, ceci vient de Sa Majesté le roi. Pour votre usage et celui de votre servante.

Aliénor, qui avait cru que cette malle signifiait qu'elle devait faire ses bagages et partir, dévisagea l'homme d'un air hébété. Se pouvait-il qu'il s'agisse d'un cadeau de Henri ? Était-ce une nouvelle offrande de paix ? Dieu était-il enfin parvenu à toucher son cœur ?

Quand l'intendant eut quitté la pièce, et qu'il n'y eut plus qu'Amaria comme témoin, elle ouvrit la malle avec appréhension. Puis elle en tira, abasourdie, deux manteaux écarlates, deux capes de la même couleur, deux fourrures grises et un couvre-lit brodé. Amaria laissa échapper un soupir ébahi.

—Je crois que je sais d'où cela provient, déclara Aliénor, le cœur débordant de gratitude. Je pense qu'il nous faut remercier ma fille Jeanne pour ces cadeaux.

Bien entendu. Cette chère Jeanne, qui avait de ses yeux vu le dénuement dans lequel vivait sa mère, avait dû en appeler à la bonté de son père. Son geste n'en était en rien minimisé, selon elle, car il aurait tout aussi bien pu rester sourd aux demandes de Jeanne. Il avait au lieu de cela envoyé ces beaux habits, et il n'avait pas oublié Amaria. Elle était quelque peu indignée de voir qu'il n'avait pas tenu à marquer de distinction entre la reine et sa servante, à qui il avait offert des vêtements tout aussi luxueux, mais, étant homme à préférer s'habiller de manière simple et à ne pas se soucier du décorum, peut-être n'avait-il tout simplement pas songé au fait qu'Aliénor devrait être mieux habillée que sa suivante. Au moins avait-il envoyé ces cadeaux. Ce n'était pas rien, et elles auraient désormais de chaudes robes pour passer l'hiver.

Chapitre 52

Abbaye de Godstow, 1176

L'abbaye était séparée de la terre par deux bras de la Tamise et était solidement campée au milieu de champs verdoyants travaillés avec vigueur par les bonnes sœurs. Henri se rappela que, dans la règle de saint Benoît, le travail manuel était presque aussi important que la prière, l'œuvre de Dieu.

Il était venu depuis Woodstock à cheval pour un pèlerinage particulier. Se rendre à Woodstock avait été une torture : il avait à peine eu la force de grimper l'escalier jusqu'en haut de la tour déserte et poussiéreuse, ou de longer le labyrinthe laissé à l'abandon, avec ses ronces qui envahissaient tout. Il avait immédiatement compris qu'il n'aurait jamais dû y aller, que se retrouver là où avait vécu son amour raviverait des souvenirs bien trop douloureux.

Il avait donc poursuivi sa route jusqu'à Godstow afin de bénéficier de la paix de cette abbaye où elle avait trouvé refuge. Il ne se rappelait que trop bien ce jour maudit, deux ans plus tôt, où Rosemonde était venue le trouver, l'angoisse se lisant sur son beau et doux visage, ses lèvres cerise se mettant à trembler…

Elle lui avait annoncé avoir découvert une grosseur dans son sein et avoir peur car sa grand-mère était morte d'un chancre au même endroit.

Henri avait trouvé qu'elle faisait bien trop grand cas de peu de choses. Il avait palpé la grosseur et avait déclaré que ce n'était qu'un bouton ; puis, son désir éveillé par l'auscultation de la poitrine nue de sa bien-aimée, il l'avait prise sans perdre plus de temps et avait apaisé ses craintes – du moins le pensait-il.

Mais la grosseur n'avait pas disparu. Elle avait grossi au fil des mois, évoluant en quelque chose de boursouflé et de plus en plus douloureux. Rosemonde avait été inconsolable, et parfois même en proie à une panique furieuse, déclarant qu'il s'agissait du châtiment pour le grand péché qu'elle avait commis en l'aimant. Ils ne devaient plus jamais coucher ensemble, s'était-elle écriée. Profondément inquiet après cette annonce, et après avoir vu l'état de sa poitrine, Henri avait fait venir ses médecins, qui avaient froncé les sourcils, émis des hypothèses sur un déséquilibre des humeurs, et saigné son grand amour en lui appliquant des sangsues ; mais rien n'y avait fait. Rosemonde avait perdu beaucoup de poids, au point de devenir frêle. En fin de compte, les médecins avaient épuisé en vain tout leur savoir.

— Il s'agit d'un jugement divin sur moi, avait continué d'assener Rosemonde. J'ai commis un grave péché, pas seulement contre Dieu mais aussi contre la reine Aliénor. Ce que nous avons fait est mal.

— Tu peux cesser de te soucier de la reine, lui avait rétorqué sèchement Henri. C'est une traîtresse envers moi, et elle n'est en rien mon épouse légitime.

— Non, Henri, avait répondu Rosemonde avec tristesse. La reine Aliénor est ta véritable épouse et la mère de tes enfants, quoi qu'elle ait fait. Le pape le sait, et c'est pour cela qu'il n'a pas voulu annuler votre mariage. En commettant un adultère avec toi, je lui ai fait grand tort, et voilà la raison de ce châtiment.

—Ce ne sont que des inepties! avait-il tempêté.

Mais il avait été impossible de lui faire entendre raison. Elle n'était plus la fille guillerette qu'il avait aimée, mais une femme souffrante consumée par le remords.

—J'aimerais pouvoir dire pardon, pleurait-elle. Je ne pourrai pas trouver le repos éternel avec un si grand péché sur la conscience.

—Il te suffit de le confesser, et c'en sera terminé! avait grondé Henri d'une voix tremblante d'émotion.

—Laisse-moi lui envoyer une lettre, s'il te plaît. Rien que pour expliquer ma folie et lui demander pardon.

Il s'était tourné vers elle d'un air outré.

—Non. Je te l'interdis formellement. Elle ne mérite ni ta culpabilité ni tes excuses. Quand je pense à tout ce qu'elle m'a fait...

—Je t'en supplie, Henri!

—Je t'ai dit non.

Puis il s'était levé et était parti.

Après cela, la santé de Rosemonde s'était rapidement détériorée. Le cœur déchiré, Henri avait donc accepté qu'elle parte pour Godstow, le couvent où elle avait été élevée, où les sœurs pourraient prendre soin d'elle; le trajet depuis Woodstock ne serait ainsi pas très long, et il pourrait lui rendre visite. Il avait insisté pour l'escorter tandis qu'on l'emmenait à l'abbaye dans sa litière; ils avaient dû avancer lentement, évidemment, puisqu'elle n'avait plus du tout de forces. Une fois Rosemonde allongée dans le petit lit de l'infirmerie, la sœur chargée des soins avait autorisé Henri à lui rendre une brève visite. Il avait à peine eu le courage de poser les yeux sur le visage blafard et émacié de Rosemonde, ses belles boucles blondes étalées sur l'oreiller grossier.

Il s'en était retourné, bouleversé, à la Cour, car un roi ne pouvait pas se soustraire à ses innombrables devoirs. Toujours simple et pragmatique, il avait accepté le fait que son aimée était mourante et qu'il pourrait ne plus jamais la revoir – et qu'il ne coucherait certainement plus jamais avec elle. Ses nuits étaient un calvaire, et il avait fini par n'en plus pouvoir ; il avait donc invité dans son lit une simple servante, insignifiante gourgandine qu'il pourrait oublier le lendemain et qui était demeurée figée de stupeur sous lui tandis qu'il se servait de son corps pour purger son désir et son désespoir. Après cela, fidèle à lui-même, il était retombé en proie à ses anciens démons de luxure. Sa conquête la plus notable avait été Ida de Toesny, une aristocrate de bonne famille déjà enceinte de plusieurs mois.

Cela ne faisait pas si longtemps que son épouse – il ne supportait encore pas de prononcer son nom – l'avait trahi. La blessure était toujours douloureuse. Ce qu'elle avait fait avait bien failli lui coûter sa couronne, ainsi que bien d'autres choses. Elle en payait les conséquences, et continuerait longtemps de le faire, s'était-il juré dans son chagrin et dans son amertume. Même s'il avait interdit qu'elle reçoive quelque nouvelle que ce soit, il avait secrètement et vilainement espéré qu'on lui rapporterait que, après son incarcération, il avait choisi de vivre ouvertement avec Rosemonde, la montrant au grand jour comme sa maîtresse. Pour ce qui était de la supplique de son aimée de pouvoir demander le pardon d'Aliénor… Il fallait dire que la pauvre femme n'avait plus toute sa tête à cause de sa terrible maladie. La culpabilité pesait entièrement sur son épouse. Alors, que Rosemonde lui écrive… Mais quelle idée !

Une fois Rosemonde sortie de son quotidien, et prête à rejoindre l'au-delà d'un instant à l'autre, Henri fut saisi par l'envie de hurler sa douleur sur tous les toits. Il avait désespérément besoin de réconfort. Sa souffrance était insoutenable, et exacerbée par son désir dévorant de se venger d'Aliénor. Ce fut à cet instant que lui vint une nouvelle fois l'envie de prendre femme. Il caressait cette idée depuis un an déjà, depuis qu'il avait vu sous un jour nouveau Adèle de France, la fiancée de Richard, et qu'il s'était rendu compte que la demoiselle devenait en grandissant une femme belle et gracieuse, avec une poitrine ferme ainsi que des hanches et des cuisses voluptueuses. Il s'était mis dans l'idée qu'elle ferait une épouse parfaite, par son sang royal et sa silhouette vouée à l'enfantement. Elle ne remplacerait jamais Rosemonde, évidemment, mais elle pourrait aider à atténuer son chagrin. Il avait compris dès le début que ce serait aussi une splendide manière de prendre sa revanche sur son infidèle reine !

Mais Adèle était une princesse, la fille du roi Louis, qui était désormais censé être son allié, et – pour rendre les choses infiniment plus compliquées – elle était promise à son propre fils. Malgré les apparences de paix et d'amitié qu'il avait travaillé à établir, Henri avait encore suffisamment de rancœur envers lui pour prendre plaisir à priver Richard de sa fiancée. Il était d'ailleurs si déçu par ses fils aînés qu'il envisageait de désigner Jean comme héritier de tous ses domaines !

Il avait décidé qu'il voulait Adèle, et il savait devoir faire vite, avant que Louis ne se plaigne davantage de la fameuse cérémonie de mariage qui devait être organisée.

Il n'y avait plus qu'un seul problème : Henri avait déjà une épouse, bien sûr. À son grand dam, Aliénor et le pape s'étaient entêtés à lui faire barrage. Nul pot-de-vin et nulle menace dissimulée n'étaient parvenus à faire changer d'avis Sa Sainteté, ni sa saleté d'épouse, qui s'accrochait à ses domaines coûte que coûte. Il se félicitait cruellement du fait que ces derniers ne lui apportaient pas grande joie dans son enfermement.

Il allait voir Rosemonde, bien que cela le fasse souffrir au-delà des mots ; il lui rendait visite aussi souvent qu'il pouvait se dégager du temps, et il la trouvait chaque fois dans un état plus inquiétant. Il s'était rendu compte que cette femme qu'il avait aimée l'avait désormais quitté à jamais, et qu'à sa place ne se trouvait plus qu'un fantôme obsédé par le repentir et l'espoir d'un paradis qui l'attendait. Les nonnes n'avaient rien pu faire de plus pour elle.

Chaque fois qu'il repartait, il était plongé dans un immense chagrin et regrettait ce qu'il avait perdu. Quand il était à la Cour, assis à table à la place d'honneur, l'esprit agité, ou qu'il partait à la chasse, il apercevait Adèle, d'une beauté si enivrante dans ses bliauts de soie ajustés, et il sentait surgir en lui cette excitation qu'il connaissait si bien. Après un certain temps, il s'aperçut qu'elle lui lançait aussi des œillades félines et prenait des poses provocantes pour attirer son attention. Il savait que Richard n'avait pas de temps à lui accorder ; il était trop occupé à se battre et à prendre ribaude, et Adèle n'avait pas d'autre importance à ses yeux que sa grande valeur en tant que royale épouse.

Le pape ne s'était pas prononcé en sa faveur ; Aliénor avait refusé de prendre le voile. Henri avait aussi peu de chances de pouvoir se remarier que de se voir pousser une paire d'ailes et de s'envoler, mais il voulait Adèle dans son lit, et il ne se souciait de savoir si cela se ferait en toute légitimité ou non. D'ailleurs, il semblait qu'elle s'en fichait tout autant.

Il s'était faufilé une nuit jusqu'à sa chambre après qu'elle avait passé la soirée à lui décocher des regards lourds de sens depuis l'autre bout de la salle à manger bondée et bruyante. Elle l'attendait près de l'âtre, seulement vêtue d'une chemise si fine qu'elle était transparente. Un seul regard avait suffi à le damner.

À peine avait-il repris son souffle, lui sembla-t-il, qu'Adèle était tombée enceinte. Il avait bien sûr dû l'envoyer dans un couvent des contrées sauvages du Norfolk, tout en esquivant les questions pressantes de Louis concernant le projet de mariage. Ce fut alors que la nouvelle qu'il redoutait le plus de recevoir était venue de Godstow. Rosemonde était morte.

C'était pourquoi il se présentait avec appréhension devant les portes de l'église, venu pleurer son amour en privé. L'abbesse l'avait attendu aux grandes portes et lui avait donné la permission de pénétrer dans l'enceinte du couvent. Elle avait été choquée de voir le roi si vieilli depuis le jour où il était arrivé ici, accompagnant sa demoiselle. C'était à présent un homme rompu de quarante-trois ans, grisonnant et bedonnant, son visage miné creusé par des rides de souci et de chagrin. Que ce soit bien ou mal, il avait sincèrement aimé sa maîtresse – personne ne pouvait le nier.

Henri se retrouva seul dans l'église. Une simple lampe brûlait dans le chœur, signifiant la présence de Dieu en ces lieux. Le roi inclina la tête avec respect, puis avança lentement vers l'autel et la tombe récemment installée à son pied. Elle reposait là, sous les dalles du chœur… Sa Rosemonde, plus guère belle, mais rongée par les asticots. Cette pensée le brisa et il tomba à genoux devant la sépulture, pleurant de manière incontrôlable, jurant de faire construire un superbe sépulcre de pierre à la mémoire de sa bien-aimée, qu'il ornerait de draps mortuaires en soie et illuminerait par des cierges. Il serait entretenu avec amour par les nonnes ; il leur verserait une somme généreuse, se promit-il, et accorderait de nombreuses faveurs à l'abbaye.

Il était tant consumé par son chagrin qu'il ne vit pas l'ombre vaporeuse gris pâle au visage mélancolique qui approchait comme la brume dans son dos, tendant vers lui ses bras translucides, puis demeura là l'espace d'un long instant tragique avant de s'évaporer dans la pénombre de la chapelle voûtée – mais il sentit sa peine redoubler.

Chapitre 53

Winchester, 1180

À cinquante-huit ans, Aliénor avait été prisonnière pendant sept longues et pénibles années. Sa geôle s'était toutefois transformée en cage dorée appropriée à son rang, car, après sa visite à Winchester, le degré de surveillance constante sur sa personne avait quelque peu diminué. Son quotidien monotone à Sarum avait été amélioré dans la mesure où il avait progressivement plu au roi de lui permettre de résider dans différents endroits – dans le Northamptonshire, le Bershire et le château royal de Ludgershall, dans le Wiltshire. Elle demeurait constamment sous la garde de Renouf de Glanville ou du taciturne Ralph FitzStephen, et était servie par sa fidèle Amaria. Henri ne lui avait jamais alloué de servante supplémentaire.

À présent, elle était confortablement installée à Winchester une fois de plus, dans un luxe qu'elle n'avait pas connu de toute sa captivité, occupant de splendides appartements, goûtant aux mets les plus fins, et recevant l'aide d'un chambellan nouvellement désigné pour régenter sa petite maison.

Les règles s'étaient petit à petit faites moins strictes et elle avait parfois reçu l'autorisation d'écrire des lettres – à part à ses fils, car Henri ne lui faisait encore pas suffisamment confiance pour cela – et de recevoir des nouvelles du monde extérieur. Renouf de Glanville, qu'elle considérait désormais comme un ami cher, lui en glissait souvent quelques bribes à table. Amaria, lors de ses incursions au marché, ou de ses conversations apparemment désintéressées avec les serviteurs du château, en glanait davantage et se montrait depuis quelque temps moins réticente à les partager avec sa maîtresse. Ce fut ainsi qu'Aliénor apprit la mort de Rosemonde, mais pas les étranges rumeurs qui s'étaient formées autour de cet événement tragique, ni les scandaleuses allégations selon lesquelles le roi vivrait dans le péché de chair avec la fiancée de leur fils Richard ; Glanville et Amaria cherchaient tous deux à protéger la reine de tout ce qui était susceptible de la peiner ou de l'accabler. Ces deux rumeurs se répandaient toutefois dans tout le royaume et au-delà comme une traînée de poudre.

Aliénor s'était effectivement demandé pourquoi le mariage entre Richard et Adèle n'avait pas encore eu lieu. Ils étaient tous deux en âge de se marier, et de consommer leur union ; l'Aquitaine avait d'ailleurs besoin d'un héritier. Henri le Jeune avait eu un fils de la reine Marguerite trois ans plus tôt, bien que son petit Guillaume soit malheureusement mort peu de temps après sa naissance. Aliénor était très peinée de ne jamais avoir vu aucun de ses petits-enfants ; c'était une douleur perpétuelle d'être si cruellement tenue à l'écart de ses propres enfants.

Louis avait-il insisté pour que le mariage d'Adèle soit conclu ? Il avait de bonnes raisons de trépigner d'impatience, mais Aliénor devinait que Henri en avait de tout aussi bonnes, bien que plus sournoises, de le repousser. Richard, lui, ne semblait pas pressé le moins du monde. Elle avait entendu dire qu'il était encore fort occupé à imposer son autorité en Aquitaine – et elle frémissait en songeant à ses méthodes.

Tout semblait indiquer que Mathilde était satisfaite d'enchaîner les accouchements en Germanie, et Jeanne semblait vivre dans le bonheur en Sicile, bien que Renouf ait laissé entendre quelque chose qui avait un peu inquiété Aliénor.

—On raconte que le roi Guillaume a adopté bon nombre des coutumes de ses sujets maures, lui avait-il expliqué. Apparemment, la reine Jeanne vivrait tout à fait recluse.

—Ne me dites pas qu'il possède un harem! s'était-elle vivement récriée.

Elle avait déjà vu des harems à Constantinople et sur les terres des Turcs durant sa lointaine croisade, et elle savait quels vices ils cachaient.

—J'ai entendu dire quelque chose de la sorte, révéla-t-il d'un air gêné. Mais la reine possède ses propres appartements.

La pauvre Jeanne avait donc dû affronter dès le départ les infidélités de son époux. Aliénor en était sidérée. Si cela n'avait tenu qu'à elle, elle aurait traversé les mers pour aller récupérer sa fille et la ramener, mais c'était hors de question. Elle devait supporter de savoir ce que subissait Jeanne, tout comme Jeanne devait apprendre à supporter sa situation. Ah, mais quelle barbarie de la part du roi Guillaume d'attendre de son épouse qu'elle tolère un harem au sein du palais! Aliénor fulminait intérieurement.

Ce fut Renouf de Glanville qui annonça à Aliénor que Jean avait été fait roi nominal d'Irlande et que sa fille Aliénor avait été envoyée en Castille pour épouser le roi Alphonse. Elle avait du mal à se faire à l'idée que la petite Aliénor, avec son visage en cœur, avait désormais dix-neuf ans et était une future mariée. Les années avaient filé – tant des dernières gâchées. Elle était lasse de toutes ces futilités.

—Le seigneur Geoffroy a été adoubé par le roi, lui apprit son gardien un soir pluvieux de juillet.

— Je me réjouis que mon époux ait aujourd'hui de bonnes relations avec nos fils, répondit-elle en se souvenant que Henri et ses fils aînés avaient été réunis le Noël précédent à Angers et avaient tenu une Cour si magnifique que l'on en parlait encore avec émerveillement.

— Dieu soit loué, ils sont enfin en paix, dit Renouf avec sincérité. J'ai entendu dire que le jeune roi avait fait le tour de la France en quête de tournois et avait remporté bon nombre d'entre eux. Ses prouesses sont chantées partout.

— Henri appréciera cela.

— Il l'apprécie déjà. Le roi est d'ailleurs si ravi par les nombreux exploits de Henri le Jeune qu'il lui a rendu toutes les terres et les biens qu'il lui avait confisqués.

Cette nouvelle réchauffa le cœur d'Aliénor, mais elle était aussi comme toujours en partie déçue et agacée de voir qu'elle-même n'était pas incluse dans l'évidente volonté de Henri de réparer ses torts.

On lui avait rapporté que Richard avait connu de grandes victoires en Aquitaine.

— On le compte aujourd'hui comme l'un des plus grands généraux de notre ère, lui dit fièrement Renouf.

Certes, mais à quel prix ? avait-elle secrètement déploré. Quelles violences et quels carnages avait-il commis sur ordre de Henri, afin de gagner sa réputation ? Son cœur saignait pour l'Aquitaine, et le renom de Richard ne lui apportait donc que peu de joie, même si elle était ravie de savoir qu'il avait été, comme Henri le Jeune avant lui, reçu avec les honneurs par son père. Plaise à Dieu que la réconciliation soit complète entre eux.

— Madame, le roi de France est mort, lui annonça Amaria en entrant dans les appartements royaux avec un panier de plantes d'automne pour les remèdes qu'elle aimait concocter, ne jurant que par eux pour apaiser les articulations douloureuses ou les ampoules au pied.

Aliénor fut submergée par la tristesse. Malgré tous ses défauts, Louis avait jadis été son époux, bien des années plus tôt. Elle lui avait fait beaucoup de tort, et il y avait eu un peu de rancœur entre eux, mais il avait été un homme gentil et dévoué, qui les avait soutenus, ses fils et elle, quand ils en avaient eu besoin ; il avait accompli beaucoup en son temps – et aujourd'hui, il n'était plus.

Elle se rendit à sa chapelle et se mit à genoux afin de prier pour Louis ; il avait été un saint homme, et son âme s'envolait certainement au ciel, par-delà les nuages. Elle avait su qu'il était malade. L'année précédente, il était venu en pèlerinage au sanctuaire de saint Thomas à Cantorbéry, en compagnie des centaines d'autres fidèles qui se massaient autour de la tombe de Becket dans l'espoir de voir se produire un des miracles pour lesquels le saint archevêque était désormais largement connu. Louis avait été en grand besoin d'un tel miracle. Il était en mauvaise santé, pas véritablement en état d'effectuer ce voyage, mais Henri lui avait réservé un splendide accueil, et ils s'étaient rendus ensemble à la cathédrale, suivis par un cortège, puis Louis avait fait offrande d'une somptueuse bague sertie d'un rubis et d'autres riches cadeaux.

Puis il s'était empressé de rentrer en France pour préparer le couronnement de son héritier, Philippe Auguste, désormais presque adulte. Louis n'avait cependant pas pu y assister. Il avait été frappé par une subite crise d'apoplexie qui avait signé le terme de son règne. Il avait survécu encore plus d'un an, tandis que son rusé et ambitieux fils s'emparait du pouvoir ; il avait finalement, lui qui n'était plus que l'ombre de lui-même, fini par rejoindre la tombe et un repos éternel bien mérité. Aliénor, son ancienne femme, honora sa mémoire par des larmes tout en repensant à ses vertus, tentant d'oublier qu'il avait été un jeune homme timoré qui l'avait poussée à la faute parce qu'il était fait davantage pour le cloître que pour manier le sceptre et faire son devoir d'époux.

— Il est étrange que cette histoire de divorce ait soudainement été abandonnée, dit Aliénor tandis qu'Amaria et elle brodaient dans l'embrasure de la fenêtre, profitant de la brise étonnamment chaude pour la période.

Au fil des années, elle avait appris à grand-peine à sa servante l'art de manier l'aiguille à des fins décoratives, et Amaria s'était montrée une élève studieuse. Elles travaillaient pour l'heure à un devant d'autel pour la chapelle.

Amaria demeura silencieuse, ce qui n'avait rien d'inhabituel étant donné qu'elle était, à l'instar de beaucoup de manants, une femme de peu de mots.

— Aux dernières nouvelles, Henri avait fait appel au pape, mais cela remonte à plusieurs années, poursuivit la reine. Il a dû changer d'avis. Quoi qu'il en soit, le refus de Sa Sainteté ne devrait pas l'empêcher de marier Richard à Adèle. Ils devraient être mari et femme depuis longtemps.

Elle enfila un nouveau fil de soie rouge dans le chas de son aiguille, puis releva la tête. Elle fut stupéfaite de voir qu'Amaria avait les larmes aux yeux.

— Qu'avez-vous donc ? s'enquit-elle.

— Rien, marmonna la servante.

— On ne pleure pas pour rien, contra Aliénor. Avez-vous reçu une mauvaise nouvelle ?

— Vraiment, madame, ce n'est rien, insista Amaria en secouant la tête.

— Là, vous m'inquiétez ! Dites-moi ce qui vous taraude. Je vous l'ordonne !

— Cela ne vous fera pas plaisir, la prévint sa servante d'une petite voix.

— Dites-le-moi ! insista la reine avec une crainte grandissante. Quelqu'un est-il mort ?

Son cœur s'était mis à tambouriner dans sa poitrine. S'il était arrivé quelque chose à l'un de ses enfants, elle ne pensait pas pouvoir le supporter. Elle vit Amaria prendre une profonde inspiration pour se donner du courage.

— Des rumeurs racontent que le roi aurait engrossé la princesse Adèle, dit-elle en omettant de préciser que ces rumeurs enflammaient l'imaginaire collectif depuis des années maintenant.

Aliénor retint son souffle. Tout devenait subitement limpide. Elle sut d'instinct que les rumeurs étaient fondées – au moins en partie. Comment Henri avait-il pu tomber si bas ? Compromettre l'honneur d'une princesse de France était déjà suffisamment honteux, mais lorsque ladite princesse était la fiancée de son propre fils... Là, c'était tout à fait différent ! Elle en fut absolument répugnée.

Quand elle se fut ressaisie, une autre pensée la frappa. Depuis combien de temps cette histoire durait-elle ? Était-ce pour cela qu'elle n'avait plus entendu parler de divorce ? Par ailleurs, était-elle la seule personne à avoir été tenue dans l'ignorance de la situation ? Si Amaria avait entendu ces rumeurs, alors il était certain que toute l'Angleterre les avait entendues aussi.

Elle se demanda si Louis avait su, s'il s'était exprimé. Sans doute pas. Il ne se serait certainement pas rendu sur la tombe de Becket avec Henri dans ces circonstances. Et Richard, dans tout cela ? Elle était outrée pour lui, et furieuse contre Henri.

Elle se tourna vers Amaria, qui concentrait absolument toute son attention sur son ouvrage.

— Que savez-vous d'autre de cette affaire ? demanda-t-elle.

— Seulement ce que racontent les rumeurs, madame, mentit Amaria.

Elle n'allait tout de même pas répéter ces bruits qui accusaient Adèle d'avoir donné au roi au moins trois enfants qui n'avaient pas survécu, ni ce que le peuple scandalisé disait du souverain et de son vil comportement. Elle ne dirait rien non plus sur ces autres rumeurs... Avaient-elles été lancées par le roi, cherchant peut-être un autre prétexte pour écarter Aliénor – pour de bon cette fois ?

— En parlant de rumeurs, la devança Aliénor, déviant résolument de cette horrible histoire concernant Henri. J'ai entendu Fulcold (il s'agissait de son chambellan) discuter avec maître FitzStephen l'autre jour. Ils étaient dans l'antichambre, mais la porte avait été laissée entrebâillée. Je n'ai pas tout entendu de ce qui se disait, mais je suis certaine d'avoir entendu Fucold dire : « Le monde entier sait que la reine Aliénor a assassiné Rosemonde. » Et maître FitzStephen, tout vieil homme renfrogné qu'il est, s'est mis à rire. J'ai donc supposé que la remarque était une simple boutade. Mais quelle chose étrange à dire, même pour plaisanter. Comment aurais-je pu assassiner Rosemonde, enfermée comme je l'ai été pendant ces sept dernières années ?

Amaria prit son courage à deux mains, et Aliénor put presque la voir littéralement le faire.

— Des histoires dans ce genre ont été racontées, admit-elle après un temps.

— Quelles histoires ? Comment cela se peut-il ?

Elle n'arrivait pas à le croire. Pourquoi fallait-il toujours qu'on la tienne responsable de tous les maux, surtout quand cela allait à l'encontre de toute logique ? C'en était trop !

— Oui, les gens ont dit toutes sortes de balivernes. Je n'y ai pas prêté attention, parce que ça ne tenait pas debout, et parce que je savais que ce n'étaient que des mensonges – et je l'ai souvent dit haut et fort, je vous l'assure, madame ! Mais les gens, ils aiment croire ce genre de choses.

Aliénor le savait bien. Ces histoires égayaient un peu le quotidien ordinaire du peuple et apportaient un peu d'excitation dans une existence qui en manquait. Elle détestait cependant l'idée d'être l'objet de calomnies aussi ridicules qu'injustes.

— Dites, que raconte-t-on sur moi ? exigea-t-elle de savoir, sa colère grondant.

— On dit que le roi a gardé madame Rosemonde – la belle Rosemonde, qu'ils l'appellent…

— La putride, dorénavant, je suppose ! cracha Aliénor.

— On dit que vous la haïssiez, madame, et que le roi la gardait enfermée dans une tour à Woodstock, par peur que vous ne la trouviez, et qu'il a fait construire un labyrinthe au pied de cette tour pour que vous ne parveniez jamais jusqu'à elle.

— Il y avait bien un labyrinthe, mais il a été construit pour son plaisir, déclara la reine. C'est totalement absurde.

— Oui, absurde, je sais bien. Ensuite, on raconte que vous auriez découvert un fil de laine ou de soie appartenant à la dame, qui vous aurait permis de trouver votre chemin dans le labyrinthe jusqu'à la tour.

— Et ensuite, je suppose que l'on raconte que je l'ai tuée de mes mains ? railla Aliénor avec fureur. Je me demande bien de quelle manière !

— Pardon, madame, mais il y a de nombreuses versions, toutes plus affreuses les unes que les autres, avoua Amaria. Certaines affirment même que vous l'auriez obligée à se dénuder et que vous l'auriez rôtie entre deux feux après lui avoir recouvert la poitrine de crapauds venimeux ; d'autres disent que vous l'auriez laissée se vider de son sang dans un bain chaud ; d'autres encore que vous l'auriez empoisonnée, ou poignardée après lui avoir crevé les yeux. Les gens ne manquent pas d'imagination, moi je dis.

Aliénor avait écouté sa servante avec un effroi grandissant.

— Comment peuvent-ils penser de telles choses de moi ? se récria-t-elle. Ce ne sont que mensonges, viles calomnies. Ils y croient pourtant, en dépit du bon sens ! Je parie que certains pensent que ce meurtre serait la cause de mon enfermement.

— Quelques-uns le pensent, confirma Amaria. Mais j'ai entendu d'autres personnes railler ces rumeurs. Tout le monde n'y croit pas, sachez-le.

— Mais certains, oui, et c'est bien ce qui m'offusque ! s'exclama-t-elle. Comment suis-je censée me défendre de telles accusations outrancières ? Je suis impuissante. Les gens doivent bien se rendre compte qu'il m'est impossible d'avoir pris part à la mort de Rosemonde !

Au fil de cette conversation, la voix intérieure de sa conscience lui rappela qu'elle avait autrefois pris plaisir à s'imaginer se venger physiquement et violemment de Rosemonde – et qu'elle s'était réjouie de manière fort peu chrétienne à l'annonce de sa mort. Mais jamais elle ne lui aurait fait de mal ; Dieu savait qu'elle détestait verser le sang. Quand on lui avait parlé des souffrances de sa rivale avant sa mort, elle avait compris que ce qui était écrit dans la Bible était vrai : « À moi la vengeance, à moi la rétribution, dit le Seigneur. » Puis elle avait eu des remords d'avoir reçu avec une joie déplacée la nouvelle de sa mort, et elle avait eu pitié d'elle après coup.

— J'écrirai au roi, jura-t-elle. Je lui ferai part de ces terribles calomnies et lui demanderai de les réfuter publiquement. Il doit savoir, quand bien même j'aurais eu l'occasion de le faire, que je ne suis pas femme à faire ce genre de choses.

Ralph FitzStephen parut hésitant quand la reine lui demanda de quoi écrire une lettre au roi. Jamais encore elle n'avait pris le risque d'envoyer un courrier à Henri, et il ne savait pas vraiment si elle en avait le droit ou non ; mais, en l'absence d'ordres, il consentit à contrecœur.

Aliénor alla droit au but : « Aliénor, par la grâce de Dieu, reine d'Angleterre, à Sa Majesté Henri, roi d'Angleterre, salutations », commença-t-elle. Elle poursuivit simplement, en expliquant qu'elle avait entendu dire que des rumeurs l'accusaient injustement d'avoir assassiné Rosemonde Clifford, puis en lui demandant de proclamer publiquement son innocence. En l'état, le message semblait quelque peu abrupt, et elle ajouta donc deux courtes phrases : « J'espère que cette lettre vous trouvera en bonne santé. Que le Seigneur vous garde. » Elle signa et présenta le tout au méfiant FitzStephen avant de sceller la missive.

Elle ne reçut aucune réponse.

Chapitre 54

Winchester, 1181

Geoffroy et Constance s'étaient mariés – les noces avaient eu lieu en été – et Henri était immédiatement rentré en Angleterre pour nommer son bâtard, l'autre Geoffroy, lord chancelier du royaume. Aliénor secoua la tête d'un air dépité en recevant ces deux nouvelles. Son Geoffroy était peut-être sournois, mais Constance était pire, et le manipulait certainement à sa guise. Quant au fils bâtard, le roi lui accordait bien trop de faveurs ; il était archidiacre de Rouen, trésorier de la cathédrale d'York, et le fier propriétaire de deux châteaux en Anjou. Elle entrevoyait déjà la jalousie qui gangrènerait ses relations avec ses frères légitimes, et il était bien évidemment impossible de prédire jusqu'où irait l'ambition du jeune homme. Elle craignait que Henri ait tendu là le bâton pour se faire battre.

Les nouvelles de l'étranger n'étaient pas bonnes. Jeanne avait mis au monde avec beaucoup de difficulté un fils qui n'avait pas survécu, et Mathilde était en exil avec son époux, qui avait dû fuir à la suite d'une querelle avec l'empereur ; il se racontait qu'ils pourraient demander l'asile en Angleterre. Aliénor pleura pour ses filles, et pria pour que Mathilde revienne chez elle, afin de pouvoir la consoler en personne. Cela faisait treize ans qu'elle ne l'avait pas vue, et elle bouillait d'envie de la retrouver – comme tous ses enfants. Son cœur souffrait à l'idée de passer encore un Noël dans la solitude et la tristesse.

Elle aurait pensé que huit ans d'emprisonnement lui auraient appris la patience et la résignation, mais ce n'était pas le cas. Elle s'était repassé un millier de fois en boucle les événements qui avaient mené au soulèvement de ses fils, et elle était encore convaincue au fond d'elle-même d'avoir eu raison de les soutenir. Elle savait qu'elle ne changerait rien si on lui donnait la possibilité de tout recommencer, car cela avait été la seule chose juste à faire. L'instinct maternel dictait de défendre ses petits. Pourtant, quel terrible prix elle avait payé ! Comme elle n'avait aucune nouvelle d'eux, sur ordre strict de Henri, elle se demandait s'ils lui portaient toujours la même affection, ou si elle n'était désormais plus qu'un lointain souvenir dans leur esprit juvénile.

Dieu merci, elle n'avait pas perdu sa détermination, qui avait survécu à l'adversité, bien que son corps n'ait pas résisté au temps. Elle avait perdu du poids, et le miroir lui renvoyait le reflet d'un visage émacié, avec seulement la peau sur les os ; elle était devenue trop pâle du fait d'être restée si longtemps cloîtrée, même si elle était autorisée à prendre l'air dans le jardin depuis quelque temps. Son regard, lui, s'était fait mélancolique.

Elle ne pensait plus que rarement à Henri, désormais, sauf avec tristesse ou en passant. Il ne restait plus de place dans son cœur pour l'amertume. Elle avait souvent prié pour avoir la force de lui pardonner, et elle avait fini par se rendre compte au fil du temps interminable que cette grâce lui avait été accordée.

Parfois, quand elle ne parvenait pas à trouver le sommeil, Amaria ronflant paisiblement à côté d'elle – elle avait fini par s'y habituer, à force d'une patience à toute épreuve –, elle s'imaginait que c'était son époux qui était allongé à ses côtés dans le noir, et elle se rappelait la sensation de sa main posée sur elle avec ardeur, puis le poids de son corps lorsqu'il la prenait. C'était là que le manque se faisait le plus ressentir car, encore maintenant, son désir grimpait tant qu'elle craignait de devenir folle si elle ne parvenait pas à l'assouvir. Henri avait été un amant si exceptionnel qu'elle ne pourrait jamais oublier le plaisir et la sensation de délivrance qu'elle avait découverts entre ses bras. Mais ses pensées reprenaient ensuite un cours familier, et elle se rappelait qu'il ne lui avait jamais été fidèle, que tout l'amour qu'ils avaient partagé n'avait pas compté pour beaucoup en fin de compte. Il était d'ailleurs sans doute occupé à trousser Adèle à l'instant même, s'il fallait en croire les rumeurs. Ses souvenirs étaient gâchés pour toujours ; il valait mieux ne pas repenser au passé, se concentrer sur le cycle sans couleur de sa vie quotidienne et sur les choses spirituelles. Mais, Dieu, ce qu'elle aurait eu besoin d'un homme pour réchauffer ses draps au creux de la nuit !

Chapitre 55

Caen, 1182

Henri fit passer son regard satisfait sur l'assemblée réunie dans la salle de l'Échiquier de Normandie au sein du château de Caen. On était venu à sa demande. Ses fils aussi étaient là, et ils tiendraient ensemble dans ce bel édifice nouveau une Cour à l'occasion de Noël spécialement conçue pour surpasser tout ce que pourrait imaginer cet ambitieux freluquet de Philippe à Paris.

Les festivités battaient leur plein et la salle était emplie de fumée à cause du feu qui brûlait gaiement dans l'âtre central. D'immenses candélabres circulaires en fer illuminaient la pièce, suspendus au plafond entre les hautes fenêtres arquées. On était aux petites heures du matin de Noël et la Cour, après avoir assisté à la messe de minuit, était en joie, profitant du banquet traditionnel que l'on appelait dans le duché *le réveillon**.

Henri gardait un œil méfiant sur ses fils, qui étaient répartis de part et d'autre de lui à la table d'honneur. Les retrouvailles n'allaient pas être joyeuses. Henri le Jeune, d'humeur massacrante, était arrivé accompagné de Bertran de Born, pour qui le roi n'avait que mépris et méfiance. Il regarda son héritier se tenir à table d'un air boudeur, ignorant délibérément son épouse, dont le visage familier arborait une expression tendue et embarrassée. Henri trouvait étrange qu'il n'ait, pour une fois, pas emmené Guillaume le Maréchal – ils étaient d'ordinaire inséparables, et le roi appréciait l'influence que ce chevalier avait sur son impulsif fils.

Non seulement Henri le Jeune avait froissé la reine Marguerite, mais il s'était aussi terriblement querellé avec Richard, qui lui lançait des regards assassins depuis l'autre bout de la table – leur père avait dû veiller à les installer aussi loin que possible l'un de l'autre. La querelle avait explosé au printemps en Aquitaine, où le règne de fer du jeune duc Richard avait fini par pousser ses rétifs vassaux à s'opposer ouvertement à lui. Le grand esprit derrière cette rébellion n'était autre que Bertran de Born, qui voyait l'oppression de Richard comme un viol infligé à son pays, et qui avait incité le jeune roi à se ranger du côté des insurgés. Jaloux de ce frère qui avait plus de pouvoir que lui, le jeune homme irréfléchi s'était facilement laissé convaincre. Ne voulant pas être en reste, et songeant avec avidité aux richesses qu'il pourrait s'octroyer par la force, Geoffroy s'était empressé de le rejoindre. L'Aquitaine avait été brutalement plongée dans une guerre fratricide.

Pendant plusieurs mois, Henri n'avait pas eu d'autre choix que de les laisser s'écharper, car il avait eu trop à faire en Normandie, mais dès la fin de la saison des campagnes, en automne, il avait rappelé le jeune roi dans le Nord pour tenter de le détourner de ce bain de sang qui frappait le Sud. Cet impudent avait alors exigé à grands cris la cession par son père de la Normandie et de l'Anjou ; et quand le roi avait refusé avec colère, son héritier, dans un accès de rage, était allé se réfugier à Paris, où ce béjaune de Philippe de France – à qui il allait bientôt falloir apprendre les bonnes manières – l'avait accueilli à bras ouverts pour se mettre immédiatement à comploter avec lui.

Henri le Jeune était revenu à Rouen les poings sur les hanches, exigeant qu'on lui remette les pouvoirs qui lui revenaient. Il avait menacé, si le roi refusait d'accéder à ses demandes raisonnables, de prendre la croix et de partir en croisade. Il préférait encore être banni que d'être traité en subalterne. Il était roi, qui pouvait le nier ? Ou bien avait-il rêvé ces couronnements à Westminster et à Winchester ?

Henri avait ignoré son sarcasme. Il avait aussi ignoré ses exigences, ce qui avait amené son idiot de fils à menacer de se suicider. Finalement, usé par la constante pression de son héritier, le roi l'avait fait taire en lui accordant un généreux revenu, puis en l'envoyant vivre avec sa sœur Mathilde au château d'Argentan, où Henri avait proposé d'héberger le couple en exil et leurs enfants. Henri le Jeune, accompagné de la reine Marguerite, était parti les rejoindre après avoir juré de ne plus rien demander. Le roi avait espéré que Mathilde lui ferait entendre raison ; elle avait hérité d'une grande part de la sagesse de sa grand-mère homonyme. Ses espoirs avaient semblait-il été vains.

Henri avait insisté, dans le but de restaurer la paix, pour que tous ses fils soient présents à la Cour pour Noël. Mathilde aussi était venue ; à vingt-six ans, elle était une très jolie épouse et mère de nombreux enfants, dont le roi était excessivement fier.

Geoffroy exerçait son charme habituel, ses paroles plus mielleuses qu'une ruche, mais son père savait qu'il était comme un serpent : insaisissable et dangereux. Il n'avait pas beaucoup de scrupules – selon d'inquiétants rapports, il n'hésitait pas à piller à l'envi les abbayes et les églises – et, bien qu'il soit d'une ténacité sans bornes, il était hypocrite sous tous les aspects qui importaient, et il ne fallait surtout pas se fier à lui.

Qu'avons-nous fait de travers avec nos enfants ? se lamenta Henri tout en faisant passer son regard sur ses trois fils aînés. Aliénor était évidemment en faute, car elle les avait cajolés pour les amener à croire qu'ils pouvaient s'emparer des domaines de leur père, et elle les avait encouragés dans leur forfaiture, mais il avait la conviction qu'ils avaient déjà eu quelque chose de mal en eux bien avant cela. *Nous les avons tous deux trop gâtés*, se dit-il. *Je suis tout autant à blâmer qu'Aliénor. Et nous récoltons aujourd'hui ce que nous avons semé.*

Richard, assis à la droite de son père, contenait la fameuse ire angevine et faisait de son mieux pour éviter ses frères. Jean, du haut de ses quinze ans, profitait stoïquement de la nourriture et du vin en excès tout en se réjouissant d'un air fat de l'amour et de l'approbation de son père. Comme il était agréable d'être le favori, le fils adoré ! Mais l'atmosphère était tendue, et cela empira lorsque Guillaume le Maréchal fit son apparition au banquet de la Saint-Étienne et qu'il se présenta directement devant le roi, son beau visage rouge d'indignation, tandis qu'il ignorait les regards furibonds de Henri le Jeune et la gêne de la reine Marguerite.

— Sire, s'exclama-t-il de sorte que tous les courtisans puissent entendre. Certaines personnes propagent des calomnies à mon sujet, qui touchent à mon honneur et à celui de cette innocente dame ici présente ! (Il s'inclina devant la jeune reine rouge de honte.) Ces vils mensonges m'accusent d'avoir porté sur elle un intérêt amoureux. Je défie devant vous en duel quiconque a relayé ces affabulations, et ce afin de prouver mon innocence par l'ordalie ! Si je l'emporte, je ne demande nulle autre récompense que de voir lavés mon honneur et le sien. Si je perds, alors je serai pendu pour mon crime.

Sur ces mots, il retira son lourd gantelet et le jeta au sol devant le trône du roi. Il n'y eut pas un mot dans la salle. Le Maréchal regardait Henri le Jeune droit dans les yeux, comme pour le mettre au défi de répondre. Ce dernier eut la décence de détourner la tête après un long instant. À côté de lui, Marguerite pleurait en silence.

— Personne ne compte-t-il relever le défi de ce noble chevalier ? demanda le roi. (Personne ne bougea.) Et vous, ma fille, qu'avez-vous à répondre à ces calomnies ? poursuivit-il en posant sur elle son regard sévère.

— Guillaume dit vrai, Votre Majesté. Ce ne sont que des mensonges malveillants, confirma-t-elle en regardant du coin de l'œil Bertran de Born.

Henri hocha la tête d'un air satisfait, puis reporta son attention sur le chevalier.

— Ceux qui vous ont vilipendé sont apparemment des couards qui ont trop peur pour se défendre eux-mêmes, dit-il.

Le Maréchal s'agenouilla devant le roi d'un air anxieux.

— J'avais espéré que Dieu m'aiderait à prouver mon innocence, déclara-t-il. Pardonnez-moi, sire, mais je ne peux pas demeurer ici tandis que mes ennemis se cachent lâchement. Avec votre permission, je souhaiterais partir. J'irai effectuer un pèlerinage à Cologne, voir la châsse des rois mages.

— En toute sincérité, je suis navré de vous voir partir, mon vieil ami, regretta le roi.

Il lança un regard noir à son fils aîné et à Bertran, qui affichait un rictus suffisant, manifestement ravi de s'être débarrassé du rival qui aurait conseillé la prudence plutôt que l'exécution de plans irréfléchis.

Mais Bertran n'avait pas fini de semer la zizanie. Il se mit à jouer avec le manque d'assurance du jeune roi et avec son sentiment d'injustice.

— Voilà le prince des lâches, railla-t-il alors que Richard était à portée de voix. Saviez-vous qu'il avait fait construire un château sur vos terres ?

Richard lui lança un regard menaçant mais, observant l'esprit de Noël, il s'en fut sans rien dire. Il bouillonnait cependant intérieurement, et il était bien décidé à régler ses comptes à la première occasion.

— Si Geoffroy avait été fait comte d'Anjou à votre place, il n'aurait eu aucune difficulté à faire respecter ses droits ! chuchota Bertran à l'oreille de Henri le Jeune.

Il instilla ainsi son poison jusqu'à ce que l'héritier finisse par ne plus le supporter et aille trouver son père en privé. Il explosa alors de colère, pour le plus grand plaisir dissimulé de Richard et de Geoffroy qui assistèrent à la scène.

— Père, je jure de renoncer à mes titres et de prendre la croix si vous refusez de m'octroyer plus de pouvoir ! hurla-t-il.

— Quand vous aurez appris la discrétion et la sagesse, peut-être l'envisagerai-je, rétorqua calmement le roi en s'installant confortablement sur son siège.

Ce fut alors que son fils se mit à pleurer de rage.

— Imposez au moins à Richard de détruire le château qu'il a construit sur mes terres ! geignit-il.

Henri fronça les sourcils. Il savait que Philippe de France cherchait la moindre occasion pour semer la pagaille entre les princes angevins, et il craignait que le jeune roi éconduit aille chercher le soutien du nouveau souverain de France comme il l'avait fait huit ans plus tôt auprès de l'ancien – et on voyait où ça avait mené ! Étant un homme d'État accompli, le roi vit la nécessité d'apaiser son fils afin d'éviter la menace.

— Henri, vous êtes mon héritier, commença-t-il sur un ton lénifiant. Vos frères viennent après vous dans l'ordre de succession, et ils devront donc vous prêter allégeance en tant que leur suzerain. Cela vous satisferait-il ?

— Oui, père, répondit le jeune roi en reniflant.

— Richard, Geoffroy, acceptez-vous de rendre hommage ici et maintenant à votre frère ?

— Oui, grommela Geoffroy.

— Non, par notre Dame ! Je ne le ferai point ! rugit Richard. Peut-être cela vous aura-t-il échappé, père, mais je tiens l'Aquitaine du roi de France, qui est mon seul suzerain. Du reste, enchaîna-t-il alors que son frère était sur le point de protester, puis-je vous rappeler que j'ai reçu mes domaines en cadeau de madame ma mère, que vous détenez injustement prisonnière depuis tant d'années ! (Il crachait ces mots avec une haine terrible.) Si mon frère veut des terres, laissez-le donc se battre pour les obtenir, comme j'ai eu à le faire !

Il récupéra alors son luth et quitta la pièce au pas de charge tout en lançant des menaces et des invectives, laissant Henri médusé face à ses deux fils restants. Il lui suffit d'un regard à son héritier pour comprendre que ses efforts pour réconcilier cette fratrie en froid n'avaient servi à rien. Henri le Jeune voyait rouge, et il mourait d'envie de déclarer la guerre à son frère.

Quant à Aliénor, malgré ce qu'avait dit Richard, Henri n'avait nullement l'intention de lui rendre sa liberté. Imaginer le désastre qu'elle pourrait encore causer dans ce conflit chaotique suffisait à lui enlever l'envie même de songer à cette éventualité. D'ailleurs, sa présence à Winchester, l'ancienne capitale d'Angleterre, était désormais sujet d'inquiétude pour lui. La sécurité autour d'elle devait être renforcée. Pour éviter qu'elle mette encore son nez partout, il allait falloir la renvoyer à Sarum.

Chapitre 56

Sarum, 1183

Aliénor se réveilla en sursaut à cause de son rêve, tirant Amaria de son sommeil.

— Que se passe-t-il, madame ? marmonna cette dernière en se frottant les yeux.

— Rien. Rendormez-vous, lui répondit-elle tout bas.

Elle respira profondément afin de calmer les cognements de son cœur. Elle avait besoin d'être seule pour tenter d'interpréter son rêve. Elle avait vu Henri le Jeune allongé les mains en prière sur une banquette. Elle avait été frappée de stupeur en constatant qu'il ressemblait ainsi à un gisant. Deux choses cependant la laissaient perplexe. D'une part la bague à son doigt, un saphir resplendissant et étincelant. C'était un bijou qu'elle n'avait jamais vu auparavant. Le saphir, évidemment, symbolisait le ciel, le paradis de Dieu et Sa protection ; elle avait même entendu dire que, dans l'est, les gens croyaient qu'il avait le pouvoir d'éloigner le mauvais œil. Fallait-il y voir un avertissement de mauvais augure ? D'autre part, et cela l'inquiétait au plus haut point, elle se souvenait d'avoir vu deux couronnes flotter dans les airs au-dessus du visage livide de son fils. Elle avait reconnu la première comme étant celle que

Henri avait commandée pour le couronnement de son héritier ; la seconde n'était pas une couronne de ce monde, mais un cercle de lumière pure et éblouissante qui brillait avec l'éclat incomparable du Saint-Graal lui-même.

Elle savait au fond de son cœur ce que devait signifier ce rêve, mais sa raison comme son âme terrifiée rejetèrent cette explication. Elle se leva du lit et alla s'agenouiller devant la fenêtre, le regard levé vers la tranche de ciel étoilé que l'étroite ouverture lui offrait, puis elle pria avec une rare ferveur pour que ce rêve ne soit qu'un avertissement de ce qui pourrait se passer si cette guerre perdurait entre ses fils, et non une prémonition pour la préparer à une imminente terrible nouvelle.

Le matin apporta un calme étrange : elle se sentait enveloppée dans un cocon de sérénité et de sécurité, duquel elle ressortirait plus forte et prête à affronter lions ou loups. Son rêve lui sembla alors plus lointain, un souvenir irréel, né de ces craintes tapies dans l'obscurité de la nuit. Elle se dit que, dans la pénombre, tout paraissait plus effrayant, et elle oublia peu à peu ce songe terrible, jusqu'à ne plus avoir peur du tout. Il ne restait plus en elle que la certitude revigorante que, même si son rêve présageait le pire, la mort n'était que le portail vers un bonheur incommensurable, et qu'elle devait être source de joie et non de chagrin.

Son humeur apaisée ne la quitta pas, même quand Renouf de Glanville vint, la mine déconfite, lui annoncer l'arrivée de Thomas Agnell, l'archidiacre de Wells.

— Le roi l'envoie s'entretenir avec vous, madame, déclara-t-il avec une délicatesse inhabituelle.

Avant que le clerc entre, elle savait déjà quelle nouvelle il lui apportait. Son rêve le lui avait montré ; et Henri avait lui-même envoyé auprès d'elle cet homme d'Église.

L'archidiacre entra comme à reculons. C'était un homme aussi dévot qu'empathique, et son visage placide était crispé d'angoisse.

Il s'inclina profondément, et pas simplement par respect envers une reine, mais par déférence face à quelqu'un sur qui le chagrin allait s'abattre. Aliénor se leva pour l'accueillir, éberluée d'être aussi sereine. C'était Dieu, selon elle, qui était venu à son secours et tendait une main aimante pour la protéger. Ce sentiment et le souvenir poignant de son rêve prémonitoire lui permirent de rester forte.

—Madame, commença Agnell d'une toute petite voix. Sa Majesté le roi m'a chargé de vous informer que votre fils aîné, Henri le Jeune, s'en est allé rejoindre le Seigneur.

Elle le savait.

—J'étais préparée, répondit-elle simplement. J'ai fait un songe. (Elle le lui raconta.) Quelle autre signification que les joies éternelles pouvait avoir cette seconde couronne, cette auréole parfaite sans début ni fin ? demanda-t-elle. Que pourrait signifier d'autre une lumière aussi pure et resplendissante, sinon le cadeau divin d'un bonheur infini ? Cette couronne était plus belle que tout ce qui peut exister ici-bas.

L'archidiacre fut grandement étonné. Elle n'était pas cette vile reine à laquelle les rumeurs prêtaient tant de scandales, mais une dame courageuse et vénérable, renforcée par l'adversité, qui possédait une foi à toute épreuve. Il posa sur elle un regard admiratif.

—Dieu, dans sa grande bonté, vous a envoyé un aperçu de ce que doit être le paradis, dit-il. Il voulait certainement vous offrir un réconfort divin pour le chagrin à venir.

Aliénor ne pouvait même pas imaginer ce que la mort de son fils aîné signifierait pour elle. Le temps pour cela, et pour pleurer sa mort, viendrait plus tard. Elle était toutefois portée par sa conviction que son fils se trouvait dans un endroit meilleur et qu'il n'était pas vraiment besoin de porter le deuil pour lui, seulement d'attendre le moment où elle pourrait aller le retrouver au paradis.

— J'ai eu une révélation, assura-t-elle à Agnell. Comme le dit la Bible : « Ce sont des choses que l'œil n'a point vues, que l'oreille n'a point entendues, et qui ne sont point montées au cœur de l'homme, des choses que Dieu a préparées pour ceux qui l'aiment. »

— Madame, je ne peux que louer le courage que vous avez d'affronter cette terrible peine armée d'une aussi fervente foi, la félicita-t-il. La manière dont vous avez percé le mystère de ce rêve m'emplit d'humilité, tout comme le discernement et la force avec lesquels vous accueillez le décès de votre fils. Que Dieu vous apporte réconfort et consolation.

— Merci, dit simplement Aliénor en sentant soudain le chagrin la submerger tel un raz-de-marée dans son cœur. Je souhaiterais être seule à présent, si vous me le permettez. Revenez me voir plus tard, je serai prête à entendre ce qui est arrivé à mon fils.

Après le départ de l'archidiacre, les larmes d'Aliénor se mirent à couler. Henri le Jeune avait beau être au paradis, et jouir de ses joies éternelles, il n'en restait pas moins qu'il lui avait été arraché sur cette Terre, et qu'elle ne reverrait plus jamais son si beau visage, ne pourrait plus jamais le serrer dans ses bras. Toute sérénité l'avait abandonnée, désormais. Elle maudit Henri de l'avoir tenue éloignée de son fils pendant dix années bêtement gâchées. Elle n'avait pas pu le voir devenir adulte, et elle ne le pourrait plus à présent. Henri, d'ailleurs, l'avait traité si injustement, lui promettant le pouvoir, puis agitant ce dernier devant lui, juste hors de portée. C'était sa faute si son héritier était devenu irresponsable, belliqueux et impitoyable. Elle ne pouvait pas s'empêcher de revoir son précieux chérubin, avec ses cheveux blonds d'ange, jouant avec ses chevaux de bois et ses fausses épées. Elle avait eu tant d'espoirs pour lui ! Tous réduits à néant, maintenant, retournés comme lui à la poussière.

Son chagrin l'attira dans des profondeurs insondables. Elle savait qu'elle serait à jamais torturée par le souvenir de son enfant chéri.

— Il s'est battu contre son père et son frère Richard, expliqua Agnell. Il a même tiré deux flèches sur le roi quand les troupes royales étaient alignées devant Limoges. Il lui a fait parvenir un message pour s'excuser et expliquer que cela n'avait été qu'un accident, mais le bruit s'est vite répandu qu'il espérait secrètement la mort de son père.

Où avons-nous échoué en tant que parents pour que notre fils en arrive là ? se demanda Aliénor avec d'amers regrets. Elle ferma les yeux, bouleversée.

— Le roi a révoqué son revenu, poursuivit l'archidiacre, et Henri le Jeune s'est bien vite trouvé à court d'argent. Le duc Geoffroy et lui ont donc commencé à mettre à sac les monastères et les sanctuaires, ainsi qu'à prendre des villages pour exiger des rançons. Il a pris la tête d'un groupe de hors-la-loi et d'excommuniés. J'hésite à vous dire ce qui suit, mais, pas plus tard que le mois dernier, ses hommes et lui ont profané le saint sanctuaire de Rocamadour et volé le trésor d'autel ainsi que la fameuse épée de Roland, sous les yeux effarés des pèlerins.

Elle ne supportait pas d'imaginer son fils commettre de telles horreurs. S'il n'avait plus eu aucun espoir de rédemption, pourquoi Dieu avait-il choisi d'accorder à Aliénor ce songe ? Était-ce pour montrer que son pardon n'avait pas de limites ? Henri le Jeune s'était-il repenti avant que son heure sonne ?

— C'est alors que la vie du jeune roi a brutalement été fauchée, reprit Agnell. Il est soudain tombé grandement malade, terrassé par la dysenterie et par la fièvre. Il a été transporté dans une maison du village de Martel et, alors qu'il était à l'article de la mort, l'évêque d'Agen a été appelé en urgence pour recevoir la fervente confession de tous les péchés de Henri le Jeune. (Aliénor formula une prière silencieuse en remerciement.) Sa situation étant sans espoir, il a demandé à faire venir son père le roi ; mais, comme Sa Majesté me l'a expliqué lui-même, il a cru à une ruse et a répondu à son fils qu'il nourrissait l'espoir qu'ils parviendraient à se réconcilier dès qu'il serait remis. Il lui a fait parvenir avec ce message un cadeau en signe de pardon : une bague sertie d'un saphir, annonça-t-il en regardant Aliénor dans les yeux.

C'était donc là l'origine de cette bague.

—Je ne savais pas que Henri possédait une telle bague, dit-elle, abasourdie. Pourtant, je l'ai vue en rêve aussi clairement que je vous vois.

—Elle provenait de son trésor ; il s'agit d'une bague ayant appartenu au premier roi Henri.

—Je suis sincèrement stupéfaite, dit-elle à son hôte. Je me doutais jusqu'à maintenant que ce rêve était un cadeau de Dieu, mais j'en suis à présent parfaitement convaincue, car comment aurais-je pu savoir pour cette bague ?

—Les voies du Seigneur sont impénétrables et merveilleuses, répondit l'archidiacre.

—Je me sens un peu mieux, maintenant, affirma Aliénor d'une voix plus ferme. Je pense être capable d'entendre le reste.

—Il n'y a pas beaucoup de choses à ajouter, madame. À l'approche de sa fin, le jeune roi a été pris de remords pour ses péchés, à tel point qu'il a demandé qu'on le vêtît d'un cilice et d'une cape de croisé, puis qu'on l'allonge par terre sur un lit de cendres avec une corde autour du cou et des pierres brutes aux pieds, comme un bon pénitent. C'est alors qu'on lui a apporté la bague de son père, et il a imploré le roi de faire preuve de miséricorde envers vous, sa mère, retenue depuis si longtemps en captivité, et il a demandé à tous ses compagnons de presser votre époux de vous délivrer.

Ses dernières pensées avaient été pour sa mère. Dans son dernier souffle, il avait demandé qu'elle soit libérée. Aliénor sentit son cœur déborder d'amour, et elle fut incapable de parler.

— Il a rendu l'âme plus tard ce soir-là, conclut le clerc. Il est parti en paix.

— Il n'avait que vingt-huit ans, se lamenta Aliénor d'une petite voix étranglée.

— Il était jeune en années, mais pas en temps si l'on mesure sa vie à l'aune de ses expériences, observa Agnell.

Ils demeurèrent silencieux pendant quelques minutes.

— Henri doit regretter amèrement de ne pas être allé le voir sur son lit de mort, déclara ensuite Aliénor.

— Il était inconsolable, madame. Il s'est jeté au sol et a pleuré misérablement la mort de son fils. Il était si éperdu de douleur que son secrétaire, quelque peu inquiet, a dû le réprimander pour ce deuil si démonstratif.

Aliénor eut subitement et inexplicablement envie, besoin même, de réconforter Henri. Il s'agissait de leur fils, leur propre chair, leur propre sang, se dit-elle avec désespoir ; ils l'avaient conçu dans l'amour et la joie, et ils auraient dû le pleurer dans l'amour et la compassion. Ils auraient dû partager ce chagrin. Hélas, cela ne serait point. Si Henri avait souhaité arranger les choses entre eux à l'heure de cette terrible épreuve, il serait venu lui-même. Il était inutile qu'elle se torture l'esprit.

— Mon bon père, où mon fils repose-t-il donc ? s'enquit-elle.

— Il a été inhumé près du maître-autel de la cathédrale de Rouen, vêtu de son habit de couronnement. Ses entrailles ont, elles, été enterrées à la demande du roi au monastère de Grandmont, qui avait été, malheureusement, pillé récemment par Henri le Jeune. Je suis ravi de vous annoncer que les frères ont accueilli ces restes dans un esprit de pardon.

Aliénor connaissait bien Grandmont. Il s'agissait d'un des ordres monastiques fondés par Henri qui lui étaient les plus chers. Il avait exprimé la volonté d'y être enterré un jour.

Plus tard, alors qu'elle priait à genoux en s'efforçant d'affronter la vérité, elle comprit que la mort de leur fils arrangeait sans l'ombre d'un doute les choses pour le roi, et pour Richard, qui régnerait à présent en Aquitaine sans que son autorité soit disputée – et qui était évidemment devenu le nouvel héritier du trône d'Angleterre. Agnell lui avait dit que la troupe de rebelles s'était immédiatement dissoute et avait fui dès l'annonce de la tragédie qui était survenue à Martel. Richard – son Richard adoré – recevrait donc à la mort de Henri tous les domaines en dehors de la Bretagne. Peut-être que l'aigle se réjouirait bien en fin de compte dans sa troisième nichée.

Elle pria pour sa bru, la veuve Marguerite, en deuil et sans enfant. Henri chercherait certainement à conserver le Vexin, sa dot, même si Aliénor imaginait combien cela contrarierait le roi Philippe. Marguerite, au moins, était encore jeune et avait toutes les chances de pouvoir se remarier ; elle avait encore presque toute sa vie devant elle. Contrairement à elle, triste prisonnière qu'elle était, songea Aliénor avec mélancolie. Elle était, à soixante et un ans, à l'automne de son existence. Que pouvait encore lui réserver la vie ?

Une lettre lui parvint de la part de l'éploré Bertran de Born ; en dépit de son âme sournoise, il n'en demeurait pas moins un troubadour accompli, et il avait décrit son chagrin d'une manière très imagée et évocatrice qui avait profondément ému Aliénor, car cela lui avait évoqué le cœur de son pays natal et avait fait vibrer la corde de sa tristesse. « Que chacun suive le jeune roi anglais, écrivait-il, qui fut du monde le plus vaillant des preux. Or est parti son gent corps amoureux, dont est douleur et déconfort et ire. »

Le parchemin tomba au sol quand Aliénor fut incapable d'en poursuivre la lecture.

Chapitre 57

Sarum et la Normandie, 1183

Le premier indice qui lui fit entrevoir un changement dans sa situation fut lorsqu'on mena le messager royal à elle. Normalement, c'était Renouf de Glanville ou Ralph FitzStephen qui lui remettait les instructions et les nouvelles que le roi souhaitait lui transmettre. On lui accordait soudain le respect dû à son rang.

Prise de vertiges face à tout ce que cela pouvait augurer, elle se tint droite sur son siège à haut dossier tandis que l'homme aux vêtements couverts de poussière après ce qui avait clairement été une longue chevauchée s'agenouillait devant elle.

— Votre Majesté, j'ai ordre du roi de vous dire que votre présence est souhaitée en Normandie. Il vous demande de vous préparer à partir au plus tôt, pour rejoindre Rouen sans délai.

Henri « souhaitait » ? Il « demandait » ? Pendant les dix dernières années, il n'avait fait que donner des ordres à ses geôliers, qui l'avaient emmenée ici et là sans jamais lui demander son avis.

Se pouvait-il que leur deuil partagé soit parvenu à le ramener à la raison ? Avait-il compris, comme elle, qu'ils étaient les mieux placés pour s'entraider, traverser cette épreuve et pleurer cette vie qu'ils avaient créée ensemble ? Le besoin de réconfort de Henri était-il aussi pressant que le sien ?

— Je serai prête d'ici une heure, assura-t-elle au messager en retrouvant avec aisance ses manières royales.

Elle l'envoya aux cuisines se restaurer, comme si on ne l'avait jamais privée du droit d'octroyer cette faveur et que cette dernière décennie n'avait pas existé.

Renouf vint la trouver alors qu'elle était occupée à rassembler prestement ses affaires en compagnie d'une Amaria souriante – et très satisfaite que le roi ait enfin retrouvé la raison.

— Vais-je voyager sous surveillance ?

— Non, madame, simplement entourée d'une escorte normale. Je suis venu vous annoncer que vous n'êtes désormais plus prisonnière.

Alors elle était enfin libre. Libre ! C'était ce pour quoi elle avait prié au cours de toutes ses longues et difficiles années d'incarcération. Elle avait de la peine à le croire, et encore plus à concevoir ce que cela signifiait pour elle. Si cette annonce lui avait été faite n'importe quand avant ce terrible jour de juin, elle aurait sauté de joie, mais cette délivrance était un triomphe teinté d'amertume, car il avait fallu la mort de leur fils pour amener Henri à prendre cette décision, et Aliénor aurait échangé sa liberté contre la vie de son enfant sans la moindre hésitation, même si pour cela elle avait dû rester cloîtrée dans cette pièce pour le restant de ses jours.

Remonter en selle lui fit néanmoins du bien, alors qu'elle allait au trot sur les chemins ensoleillés d'Angleterre, et qu'elle profitait de la brise de fin d'été ainsi que de l'azur resplendissant. Il était enivrant de monter de nouveau à bord d'un bateau traversant tranquillement sous pavillon royal les flots apaisés de la mer d'Angleterre, puis – ô joie ! – d'apercevoir les côtes de Normandie. De là, elle pouvait rejoindre l'Aquitaine en quelques jours de chevauchée, et revoir Richard !

Renouf de Glanville observa Aliénor qui se tenait droite sur le gaillard d'avant, sa cape se gonflant sous le vent, son visage tendu vers le continent où se trouvaient ses domaines, loin au sud – et où le roi son époux l'attendait. Renouf savait qu'elle serait surprise de le trouver si tristement changé.

Elle lui manquerait. Il avait pris la plaisante habitude de sa charmante compagnie au souper, de profiter avec elle de discussions intéressantes et interminables, d'admirer la vivacité incroyable de son esprit, et sa franche et fine repartie. Lui manqueraient aussi ses yeux brillants qui invitaient à la conversation, ainsi que cette grâce et ce charme inconscient que même le temps ne parvenait pas à ternir. Son emprisonnement ne l'avait pas brisée ; elle en était ressortie avec tout autant d'énergie et de vitalité, et le poids qu'elle avait perdu ces dernières semaines ne faisait que la rajeunir de beaucoup, les traits de son visage ciselés à la perfection, comme par la main d'un maître ébéniste.

Renouf était conscient – et ce depuis longtemps – qu'il était dangereusement proche de tomber amoureux de sa prisonnière. Ses sentiments s'étaient tant développés qu'il avait failli perdre cette objectivité primordiale à tout geôlier consciencieux. Il jugeait personnellement que le roi était un idiot. Aliénor était une femme intelligente, et raisonnablement docile ; une année de prison aurait suffi à faire plier son penchant pour l'insoumission. De plus, la situation avait été bien plus complexe que ce que Henri semblait avoir pensé – tout le monde le voyait bien.

Il se ressaisit et se rappela que cette femme avait trahi son époux et roi, et que la société la condamnait justement à ce titre. Il se demanda aussi, comme il l'avait fait de si nombreuses fois, ce qu'il ressentirait si sa fidèle Berthe avait fait une chose pareille ; cela, évidemment, ne lui serait jamais venu à l'esprit, car elle était plus sage et obéissante qu'une vache. Et Aliénor n'était pas Berthe – « trois fois hélas », déplora le traître de petit diable en lui. Après l'expiation des péchés devait cependant venir le temps du pardon. Il était regrettable qu'il ait fallu la mort de son fils pour que le roi en arrive là, mais il était aussi approprié qu'il rappelle son épouse auprès de lui. Quoi qu'il en soit, elle lui manquerait.

Amaria se délectait de la liberté retrouvée de sa maîtresse, mais son excitation se mua peu à peu en anxiété à mesure qu'ils avançaient sur les routes de Normandie, passant les pommeraies, les vastes et généreuses cultures, croisant ci et là un austère château, une ville animée, une imposante abbaye ou un paisible hameau. Quand la reine retrouverait la place qui était la sienne, voudrait-elle encore d'une manante comme suivante alors qu'elle pourrait s'entourer des plus grandes dames du pays pour la servir ?

En vérité, Amaria en était arrivée à aimer Aliénor. Sa méfiance et sa défiance initiales avaient laissé place à une profonde affection et à une loyauté indéfectible, car pas une seule fois la reine n'avait fait quoi que ce soit pour confirmer ses *a priori*. De plus, elle avait tant souffert… par amour pour ses enfants – cela ne faisait pas le moindre doute. Amaria savait ce que c'était que d'aimer son enfant, et elle savait aussi que si son petit Marc avait été traité si injustement par son regretté père, elle aurait sorti les griffes comme une lionne pour le défendre.

Elle n'avait pas cessé de chercher en elle le courage de demander à Aliénor ce qu'il adviendrait d'elle dorénavant, mais elle avait trop peur de la réponse. La reine lui avait fait une promesse, mais que se passerait-il si elle découvrait aujourd'hui qu'elle avait besoin d'oublier cette femme avec qui elle avait si longtemps partagé son emprisonnement ? Ce serait parfaitement compréhensible, évidemment, mais que faisait-on de la loyauté et de l'amitié ? Car c'était bel et bien une amitié qui s'était créée entre la maîtresse et la servante – Amaria ne s'était pas fourvoyée. Elle trouvait encore incroyable de voir qu'elle, la fille d'un humble meunier, était amie avec l'épouse du roi, celle qui aurait dû de plein droit régner sur la moitié de la chrétienté !

Il ne restait plus longtemps avant leur arrivée à Rouen. Amaria serait heureuse de pouvoir profiter d'un bon lit après toutes ces heures à rebondir sur sa selle. (Tout le monde voyait bien qu'elle n'était pas bonne cavalière !) Mais que se passerait-il à leur arrivée ? Ne pas savoir lui faisait peur.

Aliénor, qui chevauchait à côté d'elle, tourna la tête dans sa direction et lui sourit.

— N'est-ce pas merveilleux que nous soyons sorties de ce morne château ? s'exclama-t-elle. Réjouissez-vous, Amaria : nous sommes libres ! Pourquoi une si triste mine ? Je vous promets que, dès notre arrivée à Rouen, je nous ferai commander les plus beaux bliauts qui soient. Je suppose que les miens seront rongés par la moisissure, depuis le temps.

La majeure partie de sa garde-robe avait été laissée à Poitiers.

— Madame, que ferais-je de ces beaux bliauts ? demanda Amaria.

Mais son cœur était empli de joie, car elle connaissait déjà la réponse.

— Ma foi, vous les porterez à la Cour, bien évidemment ! s'exclama la reine. Il ne faudrait pas que mes dames de compagnie me servent habillées en robe et cornette de laine. J'avais trois principales dames : Torqueri, Florine et Mamille – et cela fera quatre avec vous. J'espère simplement que les trois autres pourront revenir à mon service. Je sais que vous les aimerez !

Le cœur d'Amaria déborda de joie.

La nuit était tombée lorsqu'ils atteignirent Rouen et entrèrent dans la cour du palais ducal, hors des murs de la ville, dans un fracas de sabots. Ce fut donc à la lumière des torches que l'on guida Aliénor dans l'escalier à vis menant aux appartements royaux situés dans la grande tour. Le roi avait dîné seul, lui dit-on, et il la recevrait en privé. Elle en fut grandement soulagée, car elle avait redouté cet instant plus qu'elle ne voulait l'admettre, et elle était extrêmement contente que cette rencontre avec Henri ne se fasse pas publiquement devant toute la Cour ébahie, comme cela avait été le cas dix ans plus tôt.

Elle aperçut par une des meurtrières de l'escalier la tour dans laquelle elle avait initialement été enfermée. Si elle avait su alors ce qui l'attendait, elle aurait peut-être tenté de s'ôter la vie de désespoir. Elle remercia le ciel de n'avoir pas connu son avenir. Elle se demanda alors, avec un espoir mêlé de craintes, ce que celui-ci lui réservait maintenant.

La porte s'ouvrit sur une pièce à voûte en berceau éclairée par des chandeliers et aux murs drapés de tapisseries aux couleurs vives ; elle vit au-dessus d'elles des frises à médaillons écarlate et or, tandis qu'au fond était tendu un dais majestueux brodé des lions d'Anjou et du Poitou. Sous lui se trouvait un trône doré aux accoudoirs sculptés et au dossier peint en indigo clair. Henri vivait d'évidence en plus grande pompe ces temps-ci que par le passé. Aliénor observa ce décor d'un coup d'œil avant que son regard croise celui de l'homme qui s'était levé du bout de la table installée au centre de la pièce, et qui approchait en boitant.

Elle fut profondément ébranlée par cette vision. Ce n'était pas le Henri dont elle avait le souvenir si précis, mais un véritable vieil homme. Dans l'aperçu qu'elle eut de lui avant qu'elle baisse la tête avec respect pour effectuer une révérence gracieuse, elle remarqua ses cheveux d'un gris métallique, sa silhouette massive et ronde, ses jambes arquées dues sans nul doute à toutes ces années passées à parcourir à dos de cheval son vaste empire, et ce boitement douloureux. Son visage était ridé et il avait les traits tirés à cause des soucis et du chagrin, tandis qu'on lisait dans ses yeux gris la lassitude et le manque de sommeil. Il ne semblait pas bien portant.

Il devait avoir environ cinquante ans, mais il paraissait beaucoup plus vieux. Elle fut abasourdie de ressentir de la douleur – et une autre émotion plus profonde – en le voyant ainsi, ce qui était proprement incroyable étant donné ce qu'il lui avait fait subir. *Tout ce que l'on s'est fait subir*, rectifia la petite voix de sa conscience.

Henri avança encore, les mains tendues vers elle – ces mains encore plus calleuses aujourd'hui qu'autrefois – pour la prendre par les coudes et l'inciter à se relever. Puis il laissa retomber ses bras le long de son corps, et ils restèrent face à face à se jauger du regard sans bien savoir quoi dire. Que convenait-il de dire à une épouse que l'on avait maintenue si longtemps prisonnière ? Ils cherchèrent chacun un moyen de briser le silence.

Henri avait répété cette scène un millier de fois dans sa tête. Il avait pris la décision de rester pragmatique et de dire à Aliénor qu'elle devait se rendre en Normandie afin de contrer les exigences du roi Philippe : il voulait récupérer les terres qu'elle avait cédées à Henri le Jeune jusqu'à ce qu'il rejoigne la tombe, mais qui, estimait le roi de France à grands cris, revenaient désormais à la reine Marguerite suite à la mort de son époux. En posant les yeux sur elle, il avait perdu la capacité de lui dire cela. Les demandes de Philippe n'avaient été qu'un prétexte, et il l'avait su dès le départ, s'il devait être franc avec lui-même. En vérité, son avis sur Aliénor avait drastiquement changé depuis cette terrible nouvelle venue de Martel. Au lieu de la considérer comme la perfide épouse qui avait trahi son mari et roi, et qu'il fallait garder enfermée pour le bien de tous, il ne parvenait plus à penser à elle qu'en jeune mère, faisant sauter leur petit Henri dans les airs, préparant avec allégresse une fête d'anniversaire pour lui, lui faisant des baisers pour calmer ses douleurs, et plaidant auprès de son roi, quand leur garçon avait grandi, pour qu'il lui octroie ce qu'elle estimait lui revenir de plein droit. Avait-elle vraiment eu tort de soutenir son fils ? Sa trahison dévastatrice avait-elle seulement été motivée par autre chose que de l'amour maternel ?

Elle lui avait pourtant fait du tort, à lui son époux – un tort irréparable, qui avait failli lui coûter son trône bien plus encore que le meurtre de Thomas ; et elle avait semblé l'avoir fait dans le but précis de le destituer. Il ne pouvait cependant plus rien voir d'autre en elle que la femme lui ayant donné cet enfant qu'ils venaient de perdre, et la seule à savoir vraiment la souffrance qu'il éprouvait. Alors, quand il la vit là en personne, après dix ans d'absence, cela fit remuer en lui – avec un sentiment de pitié et un besoin de réconfort – certains vestiges des sentiments qu'il avait depuis longtemps estimé disparus pour de bon, brutalement étouffés par son infidélité.

Car elle était encore magnifique. Il calcula rapidement. Elle devait avoir soixante et un ans. Impossible. Mais si, puisqu'elle en avait onze de plus que lui. Elle était grande et digne dans ses élégants habits de deuil, avec son voile noir diaphane tombant de sa coiffe noire, son visage en cœur encadré de manière fort flatteuse par la barbette assortie qui faisait des plis sous son menton. Elle avait le regard encore vif, bien qu'interrogateur, la peau lisse et pâle comme le marbre, et la bouche encore bien dessinée. Ce fut cependant son expression qui le frappa le plus : elle avait gagné une sérénité nouvelle, une lueur de sagesse dans ses yeux remportée dans la douleur, et une indéfinissable aura de paix spirituelle. Il se rendit brusquement compte que cette femme pouvait ne plus être une menace pour lui.

— Madame, commença-t-il après un long instant. Bienvenue. J'espère que le voyage fut agréable.

— Il fut splendide, répondit-elle. Je ne saurais vous dire combien il est bon de parcourir les campagnes et de profiter de nouveau du bon air dont nous fait bénéficier le Seigneur.

Cherchait-elle déjà à le piquer ? Il scruta son visage, mais n'y détecta aucune malice, et il en déduisit donc qu'elle n'avait fait que parler franchement – ce qu'il admettait être parfaitement justifié.

— Je vous en prie, prenez place, l'invita Henri en tirant la plus proche des deux chaises sculptées positionnées chacune à un bout de la table.

Du pain, du poisson et de la volaille avaient été préparés, ainsi que des tartes aux fruits et du bon vin d'Anjou ; il semblait toutefois que Henri y avait à peine touché.

— Avez-vous faim ? Avez-vous mangé ? s'enquit-il.

— Je ne refuserai pas un peu de vin, accepta Aliénor.

Elle n'avait pas le cœur à manger tant elle songeait à la raison de sa présence, auprès de Henri, son époux, après une si longue séparation ; elle était aussi stupéfaite de constater combien sa proximité parvenait encore à l'émouvoir, comme cela avait toujours été le cas.

Il servit le vin, déplaça sa chaise à côté de celle d'Aliénor, puis s'assit.

— Je ne veux pas avoir à crier pour que l'on s'entende, plaisanta-t-il pour alléger un peu la tension. Mais je suppose que vous vous demandez pourquoi je vous ai fait venir.

— J'ai été quelque peu surprise de recevoir cette invitation, admit-elle. Henri, s'il vous plaît… Je dois vous demander avant que nous poursuivions. L'on m'a expliqué que je n'étais plus prisonnière. Cela signifie-t-il que vous m'avez pardonné ?

Il la dévisagea d'un air perplexe avant d'avaler sa salive.

— Oui, dit-il d'une voix rauque. Oui, pourvu que vous vous teniez tranquille à l'avenir.

— Oh, vous pouvez y compter, lui assura-t-elle sur un ton léger. Je ne vais pas prendre le risque de vous voir m'emmurer pendant une autre décennie. Je touche à la fin du nombre naturel de mes années, et celles qui me restent me sont précieuses.

— Je suis soulagé d'avoir votre promesse, déclara Henri avec l'ombre d'un sourire.

Était-ce tout ? Est-ce que le problème – ses longues années d'enfermement et l'anéantissement de leur mariage – allait être résolu en quelques mots ? Lui avait-il pardonné ? *Oui, du moment que je ne recommence pas. Et je ne le ferai pas.* Que restait-il à dire, cependant ? Fallait-il qu'elle pointe un doigt accusateur sur tous les détails inconfortables de sa misérable existence au cours des dix dernières années ? Henri devait bien avoir une petite idée de ce qu'il lui avait fait subir. Devaient-ils remuer cet affreux conflit qui les séparait et qui aurait dû être résolu depuis si longtemps ? À quoi bon ? Rien d'autre n'avait d'importance que le présent et l'avenir. Ils devaient aller de l'avant. S'ils s'appesantissaient trop et trop longtemps sur leurs monumentales erreurs et toutes les fois où ils avaient brisé la confiance de l'autre par le passé, ils allaient finir par se détruire mutuellement.

— Vous alliez m'expliquer la raison de ma venue, dit-elle avec assurance tout en soulevant sa coupe.

— Ah, s'exclama Henri, apparemment soulagé de revenir à des sujets moins périlleux. Elle concerne certaines terres de Normandie qui, affirme ce jeune renard de Philippe, ont été cédées à sa sœur Marguerite. Il veut s'en emparer sans vergogne, évidemment, mais je lui ai rappelé qu'elles vous appartenaient en réalité, et que vous les aviez cédées à Henri le Jeune uniquement jusqu'à sa mort, après quoi elles vous sont revenues entièrement.

Son visage se crispa lorsqu'il mentionna son fils décédé et son masque se craquela l'espace d'un bref instant, laissant apparaître la terrible souffrance qui était la sienne – la leur, en vérité. Elle n'était cependant pas tout à fait prête encore à aborder le sujet de cette douloureuse épreuve commune. Elle avait déjà dû affronter beaucoup en une seule journée.

— Oui, je suppose que ces terres me reviennent maintenant, dit-elle. Je crains de n'être plus très au fait de l'état de mes domaines et de mes biens.

— Là n'est pas la question, l'interrompit Henri avec impatience. L'important est que je garde le contrôle de ces propriétés qui me reviennent de droit en tant que votre époux. Le jeune Philippe est dangereux ; il a de grands projets d'expansion pour la France. Il lorgne mon empire. S'il devait prendre possession de ces domaines, nous nous retrouverions avec des troupes françaises infiltrées en Normandie et... Enfin, vous imaginez bien la suite. J'ai déjà assez de problèmes à régler afin de maintenir mon empire sous contrôle.

— Je vois où vous voulez en venir, dit-elle. Il serait imprudent de donner à Philippe ce qu'il veut. Que puis-je donc faire pour vous ?

Henri la dévisagea avec admiration. Elle était prête et disposée à coopérer avec lui, après toutes les années qu'ils avaient passées à s'affronter avec hargne, à se quereller et à s'infliger tous les maux. Aliénor, elle, s'émerveillait d'être assise à ses côtés à parler de politique exactement comme ils l'avaient fait jadis, au tout début. C'était certainement un des meilleurs aspects de sa liberté retrouvée : revenir au centre des affaires d'État.

— Je veux que vous alliez faire le tour de ces domaines, et que vous vous montriez, déclara Henri. Je veux afficher que vous réaffirmez vos droits sur ces terres. Montrez-vous amicale envers les seigneurs locaux, accordez des chartes et des privilèges, faites des dons aux églises, fondez des marchés – vous savez comment gagner le cœur du peuple.

— Vous voulez que je fasse tout cela ? s'émerveilla-t-elle. Moi, alors que j'étais encore votre prisonnière il y a peu ? Vous me faites confiance ?

— Personne d'autre ne peut le faire, répondit Henri avec un rictus.

Ce fut alors qu'il baissa complètement sa garde. Son sourire s'effaça et elle vit apparaître dans ses traits tirés par le souci une angoisse si déchirante qu'elle manqua de vaciller. Il tendit la main vers elle, dans un geste saccadé et hésitant, son visage torturé.

— Aide-moi, Aliénor ! dit-il d'une voix étranglée.

Elle se leva résolument et saisit sa main tendue, la portant à ses lèvres et versant dessus de chaudes larmes, submergée par son propre besoin de réconfort.

—Je ne t'ai pas fait venir ici simplement pour parler de la Normandie, enchaîna-t-il dans un hoquet de souffrance. Je t'ai fait venir parce que je n'ai personne d'autre vers qui me tourner, personne d'autre que toi qui l'ait aimé comme je l'ai aimé.

Il la serra alors de toutes ses forces, pressa son visage contre son ventre et se mit à pleurer comme un enfant.

Quand les torrents de larmes se tarirent, ils se montrèrent doux l'un envers l'autre, assis tranquillement dans la lumière des bougies, à siroter une coupe de vin salvatrice tout en parlant sans rancœur des événements qui les avaient conduits là.

—Henri, j'ai tant besoin de revoir nos autres enfants, dit soudain Aliénor.

Il porta son regard brisé sur elle et lui prit la main.

—Je le savais. Ils sont ici, lui apprit-il. Je les ai fait venir pour l'occasion. Viens, tu vas pouvoir les retrouver maintenant.

Dans l'escalier menant aux appartements de l'étage inférieur, Aliénor craignit de ne pas pouvoir supporter tout le chagrin et la joie qui l'assaillaient en si peu de temps. Elle allait revoir ses enfants, enfin, après de si longues années ! Ils étaient là – et Henri les avait fait venir spécialement pour la voir. L'émotion et l'anticipation lui firent tourner la tête. Avaient-ils changé au point qu'elle ne les reconnaîtrait pas ? Comment réagiraient-ils en la voyant ? Et – point le plus crucial – l'aimaient-ils encore ? Ces questions l'angoissaient.

Quand elle pénétra dans les appartements des princes main dans la main avec Henri, trois jeunes hommes et une jeune demoiselle se levèrent en même temps et s'inclinèrent profondément. L'espace d'un instant confus, Aliénor parvint à peine à les reconnaître, puis elle sut dans son cœur avoir devant elle ses enfants – bien plus âgés, évidemment, et adultes à présent, mais toujours ses enfants, ceux qui lui restaient, et pour qui elle ressentait toujours cet amour indescriptible.

Ils se jetèrent alors tous dans ses bras et l'embrassèrent, comblés de bonheur de retrouver leur mère ; il y eut aussi d'autres larmes, forcément, mais de joie cette fois. Comment avait-elle pu douter de leur amour pour elle ?

— Laissez-moi vous regarder tous ! s'extasia-t-elle alors que Henri observait la scène avec un petit sourire.

La conversation alla bon train, mais elle ne put détacher son regard de Richard qui, bien plus grand que tous ses frères, était devenu un magnifique géant aux cheveux d'or de près de vingt-six ans.

— Mon tout grand ! dit-elle dans un murmure ébahi en oubliant instantanément tous ses actes de cruauté et ses déprédations.

Elle s'était depuis longtemps persuadée que les rapports qu'on lui en avait faits avaient été largement exagérés, et que le principal responsable avait toujours été son époux. Elle était comblée de voir que son fils avait gagné, avec l'âge adulte, une telle autorité naturelle et une telle présence, et de le voir si robuste et charismatique. Elle ne doutait pas un instant que sa réputation de guerrier égalant Mars était bien méritée. Il était un meneur-né, qui avait d'évidence ce qu'il fallait pour se placer au-dessus de tous les autres.

Geoffroy, qui avait un an de moins que lui, n'avait finalement pas rempli ses promesses initiales de devenir un bel homme. Seul parmi leurs fils à avoir les cheveux foncés, il était de petite taille et avait des traits grossiers, en plus de n'avoir rien d'altier dans sa prestance. Ses douces paroles pour sa mère contredisaient toutefois son apparence ; elle l'avait toujours su doté d'une rare intelligence et d'une grande capacité mentale, et pourtant… Et pourtant, elle avait aussi le sentiment, plus fort que jamais, que se tapissait une facette plus sombre, plus mauvaise de lui, sous ce masque de politesse et de vivacité qu'il montrait à tous.

Elle n'arrivait pas à croire que Jean, leur benjamin, était à présent ce jeune homme qui avait rattrapé en taille ses frères. De leur côté, ces derniers semblaient encore le traiter comme un enfant à divertir, tandis que Henri faisait preuve envers lui d'une indulgence pleine d'affection, lui passant un bras autour des épaules pour lui ébouriffer les cheveux; le regard du roi semblait s'illuminer dès qu'il le posait sur Jean, au grand dam et à l'agacement de Richard et de Geoffroy. Aliénor détectait en eux une certaine jalousie. Il était évident que, en dépit de leur bonhomie affichée, ses trois fils seraient d'éternels rivaux.

Jean se montra courtois avec elle, mais se tint un peu à l'écart. Elle ne pouvait pas l'en blâmer. Elle supposait qu'il devait lui en vouloir de l'avoir tout bonnement abandonné à Fontevraud durant sa petite enfance; elle perçut dans sa conversation – le discours peu assuré d'un jeune homme qui croit tout savoir – une certaine antipathie envers l'Église, qu'elle devinait provenir sans doute de ses premières expériences de ce monde. Elle savait pourtant qu'elle ne pourrait jamais lui expliquer les raisons pour lesquelles elle l'avait laissé aux soins des moniales. C'était le genre de choses qu'il valait mieux laisser derrière eux pour ne jamais en parler. Elle se fit la réflexion qu'ils ne parviendraient pas à faire de cette réunion un succès s'ils laissaient le passé ruiner leur vie. Au moins parvenait-elle désormais à poser un regard affectueux sur Jean, avec ses cheveux châtain foncé et sa carrure massive qui n'était pas sans rappeler celle de son père; elle se souciait aussi de lui, comme une véritable mère. C'était déjà en soi un don du ciel.

Elle se réjouit de voir Mathilde; retrouver cette fille qu'elle ne pensait jamais revoir était une joie toute particulière – même si rien, absolument rien, ne pouvait égaler le bonheur qu'elle ressentait de voir Richard après toutes ces cruelles et difficiles années de séparation. Aliénor sentit son cœur déborder quand Mathilde appela une nourrice, qui escorta dans la pièce une troupe de sept bambins saxons afin qu'ils saluent leur grand-mère. C'étaient les premiers de ses petits-enfants qu'elle rencontrait. Une des filles, fut-elle touchée d'apprendre, avait été baptisée Aliénor. Elle se pencha pour serrer dans ses bras les deux costauds petits garçons, Otto et Henri, souleva dans ses bras le petit Lothaire, et ne laissa pas en reste les jolies fillettes, notamment Richenza – qui lui expliqua à son grand amusement qu'elle préférait vraiment être appelée Mathilde tant qu'elle était en Angleterre. Vinrent ensuite Gertrude, Ingibiorg, et la petite Aliénor.

Elle posa un regard fier sur la descendance de Mathilde, mais fut chagrinée qu'aucun de ses autres enfants n'en ait eu de semblable. Le fils de Henri le Jeune n'avait pas survécu, tout comme les premiers-nés de Jeanne et d'Aliénor. Jusque-là, rien n'indiquait que l'épouse de Geoffroy, Constance, qui s'était jointe à eux et le collait avec une possessivité outrancière, soit *enceinte** ; quant à Richard et à Jean, ils n'étaient pas encore mariés. Ils étaient, bien entendu, tous deux fiancés, mais étant donné que Jean n'avait encore que seize ans, c'était la situation de Richard qui l'inquiétait plus que tout. Elle n'avait pour l'heure ni vu ni entendu la voix de la princesse Adèle. Se pouvait-il que Henri ait vraiment eu l'intention de l'épouser lui-même ? Si tel était le cas, alors il avait abandonné cette idée depuis bien longtemps, car Aliénor n'en avait plus entendu parler depuis des années. En avait-il vraiment fait sa maîtresse, comme les rumeurs l'avaient affirmé à l'époque – et l'avait-il mise enceinte ? Elle n'était plus très sûre d'y croire à présent, bien qu'elle sache Henri tout à fait capable d'une telle chose. Elle se promit de soulever le problème du mariage de Richard avec tact dès que le moment serait opportun. Il devait avoir lieu rapidement.

Cela attendrait toutefois, car l'heure était aux réjouissances, et ils avaient tant de choses à rattraper. Pouvoir contempler à souhait ses enfants, avec Henri à ses côtés, lui suffisait pour ce soir. Elle pria Jésus-Christ pour que tous leurs différends soient derrière eux. Alors, puisant dans tout l'amour et l'espérance qui virevoltaient dans son cœur, elle leva sa coupe pour boire une nouvelle fois à ces merveilleuses retrouvailles.

Chapitre 58

Normandie et Angers, 1183

Aliénor endossa une fois de plus son rôle légitime de reine. Quand Henri la mena devant la Cour le lendemain soir et qu'ils prirent place ensemble sur l'estrade pour le banquet de célébration, il y eut des applaudissements et des acclamations alors que les courtisans se levaient pour les saluer. Tout cela était très étourdissant. Elle n'avait pas imaginé que la Cour de son époux la porterait dans son cœur.

Elle fut heureuse de voir Hugues d'Avalon assis à sa droite. Même s'il n'approuvait pas son mariage avec le roi, elle l'appréciait et le respectait beaucoup en tant qu'homme saint et intègre, et elle devinait qu'il était content pour elle.

— Je suis plus qu'heureux de constater que Sa Majesté le roi et vous-même êtes de nouveau en bons termes, madame, lui dit-il avec sympathie.

— Dieu a exaucé mes prières, répondit-elle avec ferveur. Je vais devoir surveiller tous mes faits et gestes, dorénavant, si je ne veux pas m'attirer encore les foudres de Henri, ajouta-t-elle avec un petit air espiègle.

— Je pense, déclara Hugues après l'avoir longuement dévisagée, que vous avez tous deux gagné en sagesse, et qu'il y a donc eu du bon à tirer de cette terrible situation. Ces retrouvailles ne me surprennent pas tellement. Ceux que le roi a aimés, il n'en vient que rarement à les haïr. Et il a besoin de vous, madame, plus qu'il n'est prêt à l'admettre. Les voies du Seigneur sont impénétrables, mais Il vous a réunis et vous a appris le pardon. Il est malheureux que cela ne se soit pas fait dans de meilleures circonstances. C'est une triste période pour vous deux. Mes condoléances les plus sincères.

Aliénor inclina la tête, refusant de s'engager sur ce terrain.

— Ce que je voudrais serait que nous parvenions à travailler main dans la main, mon époux le roi et moi.

— Je pense qu'il désire cela aussi, affirma le prieur. Il ne souhaite plus donner à ses fils matière à le critiquer en vous réservant un trop dur traitement.

— L'ont-ils critiqué sévèrement pour cela ?

— Oh, oui… constamment ! s'exclama Hugues. Vos enfants vous sont très loyaux. C'est un jour heureux pour eux, de voir leurs parents réconciliés.

— Vous avez raison, dit la reine, débordante d'allégresse.

N*ous ne sommes pas totalement réconciliés, néanmoins*, songea-t-elle. Elle n'aurait pas dû s'y attendre, évidemment, mais elle s'était demandé brièvement le soir précédent si Henri, après lui avoir ouvert son cœur, viendrait la retrouver au lit pour sceller leurs retrouvailles avec son pauvre corps vieillissant, qu'elle supposait encore abriter le premier vice de l'Homme. Elle aurait malgré tout beaucoup aimé qu'il le fasse, car elle avait désespérément besoin du réconfort de cette union physique sans pareille – et de se prouver à elle-même qu'elle était encore capable de ressentir du plaisir sexuel, ce qui lui aurait permis de trouver un maigre répit dans son chagrin. Il n'était cependant pas venu, et elle était restée dans son lit – profitant de la joie incommensurable de pouvoir dormir seule pour la première fois depuis des années – à se dire qu'elle avait été idiote de supposer une telle chose.

Aliénor entama sa visite des fiefs disputés, extatique d'être de nouveau libre d'aller et venir comme bon lui semblait. Partout, elle fut acclamée et reçue en grande pompe, et elle ne tarda pas à retrouver confortablement ses marques dans ce rôle de reine qui avait jadis été son quotidien. Tout cela était très gratifiant et émouvant, et elle fut fière de constater qu'elle n'avait rien perdu de son aisance avec le peuple, et que les efforts qu'elle faisait au nom de Henri servaient aussi à restaurer grandement sa propre popularité.

Puis elle fut convoquée à Angers, après avoir entendu circuler les rumeurs selon lesquelles une dispute aurait encore éclaté entre le roi et ses fils. Elle s'empressa donc de se diriger vers le sud, déterminée à faire tout son possible pour arranger les choses ; mais, presque à la seconde où elle posa le pied à terre dans la cour intérieure du château, Richard apparut, rouge de colère.

— Père est parti chasser. Il faut que je vous parle de toute urgence, déclara-t-il.

— Laissez-moi au moins reprendre mon souffle, le tança-t-elle tendrement.

Elle lui fit alors signe de la suivre jusqu'à ses appartements. Amaria, dont la silhouette trapue était à présent engoncée dans un élégant bliaut vert, s'activait dans la chambre à coucher pour défaire ses bagages – chose qu'elle devait faire seule étant donné que Henri n'avait pas daigné rappeler à son service les autres suivantes d'Aliénor (dont il devait selon elle se méfier, partant du principe qu'elles l'avaient incitée à la rébellion), et la reine versa à Richard une coupe de vin avant de l'inviter à s'asseoir avec elle dans la grande chambre.

— Dites-moi ce qu'il se passe, demanda-t-elle ensuite.

Son fils s'installa sur un archebanc et la dévisagea avec les sourcils froncés, comme s'il évaluait la quantité d'informations qu'il pouvait lui révéler.

—C'est à propos d'Adèle, ma fiancée, annonça-t-il alors. Père la maintient sous bonne garde à Winchester. Je lui ai demandé plusieurs fois de nous laisser nous marier, mais il refuse. À présent, Philippe insiste pour que père honore le traité de fiançailles et qu'il procède au mariage sans plus attendre, mais toujours, il le retarde.

La porte s'ouvrit et Henri entra.

—Encore occupés à fomenter une rébellion ? s'indigna-t-il en lança à son fils un regard noir tout en prenant la main de son épouse pour y déposer un baiser.

—C'est injuste, sire ! protesta Aliénor. Je ne sais rien de ce qu'il se passe, et Richard ne faisait que m'expliquer.

—Vous voulez dire qu'il vous fait part de son point de vue biaisé sur la chose, gronda Henri en s'asseyant brusquement avant de masser sa jambe douloureuse. (Aliénor avait appris qu'il avait reçu un coup de sabot bien senti.) Richard, veuillez nous laisser, je vous prie.

L'intéressé décocha à son père un regard belliqueux, mais se retint de protester et quitta vivement la pièce en claquant la porte derrière lui. Henri fronça les sourcils, mais il ne fit pas de commentaire.

—Philippe cherche à diviser mon empire pour l'affaiblir, déclara-t-il. À cette fin, il tente d'ouvrir une brèche entre mes fils et moi. Si je marie Richard à Adèle, Philippe se servira presque certainement de cette alliance pour ramener Richard près de lui et le retourner contre moi.

—C'est un argument valable, dit Aliénor. Philippe est, de l'avis de tous, quelqu'un de retors, bien différent de son père.

—Il est malin et avide, et aussi méfiant – on raconte qu'il voit des assassins derrière chaque arbre. Mais ne commettez pas l'erreur de le sous-estimer : il est incroyablement sournois et calculateur. Et dangereux, aussi. Un ennemi de taille ; et, croyez-moi, j'en ai déjà maté d'autres.

— Ne pouvez-vous pas rompre les fiançailles ?

— Et perdre le comté de Berry, la dot d'Adèle ?

Aliénor se souvint de la joie qui avait été celle de Henri lorsqu'il avait réussi à mettre la main sur ce domaine inestimable, tant d'années plus tôt. Elle se demanda toutefois ce qu'il en était d'Adèle. Était-ce parce qu'il éprouvait encore lui-même du désir pour elle qu'il ne pouvait pas souffrir de la renvoyer à Paris ?

— Non, enchaîna Henri. J'ai déjà suffisamment à faire avec cette dispute entre Richard et Jean ; je ne veux pas donner à Philippe l'occasion d'en profiter.

— « Richard et Jean » ? s'étonna Aliénor, qui n'avait pas entendu parler de cela.

Sa famille ne cesserait-elle donc jamais de se chamailler ?

— Oui, confirma Henri dans un soupir las. Richard est désormais mon héritier.

Ils demeurèrent silencieux un instant, songeant à l'événement qui avait causé cela.

— Pourtant, s'efforça-t-il de poursuivre, il me semble injuste qu'il reçoive l'Angleterre, l'Anjou et l'Aquitaine tandis que Jean n'a que quelques biens éparpillés et l'Irlande. Les Irlandais n'aiment pas cette idée, mais il serait sans doute bon qu'il y ait une présence royale à Dublin et dans le Pale qui l'entoure afin que nous gardions leurs rois locaux au pas. Ce que je disais, c'est que Jean héritera de peu de choses, et je souhaite redresser ce tort, sans quoi les gens finiront par l'appeler « Jean sans Terre ».

Il rit sombrement de sa propre plaisanterie, puis se leva et se mit à faire les cent pas dans la pièce. Aliénor sentait son malaise, et que ce qu'il s'apprêtait à dire ne serait pas à son goût. Henri se tourna alors vers elle.

— J'ai demandé à Richard et à Jean de faire la paix, pour que nous puissions trouver un arrangement qui serait plus juste envers Jean – et je vous ai fait venir afin d'obtenir votre approbation.

Il veut me parler de l'Aquitaine, devina brusquement Aliénor avec stupeur.

— Je veux que Richard cède l'Aquitaine à Jean, et que ce dernier le reconnaisse comme son suzerain.

— Non ! s'exclama-t-elle sans hésiter.

— Soyez raisonnable, Henri tenta-t-il de l'amadouer. Cela n'a pas d'importance, qui de Richard ou de Jean est à la tête de l'Aquitaine.

— Cela en a pour moi ! rétorqua-t-elle en se levant pour l'affronter. J'ai élevé Richard comme mon héritier. Le Sud coule dans son sang. Jean ne connaît pas, et ne se soucie pas, de l'Aquitaine.

— Il apprendrait vite, s'il était duc. Aliénor, vous n'êtes pas très forte pour dissimuler votre préférence pour Richard, et votre manque d'amour pour Jean. Cela vous empêche de considérer la situation sous d'autres aspects, déclara Henri d'un air provocateur.

— Demandez à Richard ce qu'il pense de cela, alors ! repartit-elle sèchement. Vous savez que vous ferez ce que bon vous semble avec l'Aquitaine quoi que je dise, mais c'est lui le principal concerné. Henri, je vous préviens : si vous vous en faites un ennemi à cause de cette question, vous le pousserez droit dans les bras de Philippe !

— Faisons-le venir, dans ce cas ! décida Henri avant de crier dans l'escalier pour que quelqu'un aille trouver le duc d'Aquitaine.

Richard était si furieux qu'il ne put parler. Son ire déformait son beau visage.

— Alors ? insista Henri.

— Comptez-vous balayer nos avis avec mépris ? demanda Aliénor.

— Richard ? vociféra Henri. Mon fils, vous devez bien voir qu'il s'agit là simplement d'une meilleure répartition de mes domaines.

— Je suis un enfant du Sud, lança-t-il à son père avec colère. Madame ma mère m'a élevé depuis l'enfance pour être son héritier. J'aime cette terre d'Aquitaine. J'ai passé de nombreuses années à me battre pour en conserver les rênes, et vous me demandez de tout bonnement la céder à Jean ? À ce bon à rien trop avide, qui a aussi peu d'énergie que de vivacité d'esprit, et qui n'a jamais mis un pied en Aquitaine, encore moins appris à la diriger ? Bah ! Le duché sera plongé dans un chaos sanglant en moins d'une semaine si personne ne le contrôle d'une main ferme !

— Je vous donnerai Adèle… tout de suite, proposa Henri comme s'il agitait une carotte devant un âne.

Richard lui lança un regard qu'Aliénor ne parvint pas tout à fait à interpréter.

— Laissez-la en dehors de cela pour le moment ! répondit-il sèchement. Dites-moi, père, avez-vous l'intention de faire de Jean votre héritier ? Comptez-vous commencer par l'Aquitaine, puis poursuivre avec la Normandie, l'Anjou, le Maine, avant de finir par l'Angleterre – tout votre empire pour votre fils préféré ?

Aliénor eut le souffle coupé, car cela ne lui était pas venu à l'esprit. Elle vit Henri se rembrunir.

— Non, cracha-t-il avec hargne. Comment pouvez-vous penser une telle chose ? Est-ce Philippe qui vous a soufflé des idées aussi séditieuses ?

— Il a de bonnes raisons de le faire, étant donné que mon mariage est constamment repoussé ! rétorqua Richard dans une rage terrible. Il pense que vous faites traîner notre union parce que vous comptez épouser Adèle vous-même, afin qu'elle vous donne des fils et que vous puissiez nous déshériter.

Aliénor plaqua brusquement la main sur sa bouche.

— Est-ce vrai, Henri ? s'indigna-t-elle face à la terrible hypothèse évoquée par son fils.

— Bien sûr que non, se défendit Henri avec un peu trop d'empressement. Encore des balivernes inventées par Philippe. Par ailleurs, ne viens-je pas de dire qu'il pouvait épouser Adèle sans plus tarder ?

— Il l'a promis plusieurs fois déjà, avant de revenir sur sa décision, contra Richard avec aigreur. J'aimerais pouvoir le croire cette fois-ci.

— Vous pourrez avoir Adèle si vous cédez l'Aquitaine à Jean, résuma le roi avec enthousiasme.

— Non ! s'écria Aliénor.

— Je devrais l'épouser quoi qu'il en soit ! gronda Richard. Nous sommes fiancés depuis que nous sommes enfants.

— Allez-vous-en et réfléchissez-y, lui ordonna Henri.

— Je préfère encore aller en enfer ! Et j'irai chercher le soutien de l'Église s'il le faut, croyez-moi !

— Si vous ne l'épousez pas, je la donnerai à Jean, menaça le roi.

— Donc vous souhaitez réellement me remplacer ! tonna Richard avant de se diriger vers la porte d'un pas furieux. Je le savais ! Ma foi, vous n'aurez plus désormais à souffrir de me voir. Je pars pour Poitiers, et n'espérez pas mon retour !

Aliénor adressa à son époux un regard froid.

— Et vous pensez que c'est moi qui ai causé ces dissensions dans notre famille ? lui reprocha-t-elle sur un ton cinglant. Vous dites vouloir la paix entre vos fils, mais vous la voulez uniquement si elle correspond à vos attentes. Voulez-vous qu'ils conçoivent pour vous du ressentiment ? Voulez-vous passer vos vieilles années à les regarder s'entre-déchirer au point que vous ne connaissiez plus ni bonheur, ni paix, ni sécurité durables ?

— Assez, femme ! grogna Henri. Si vous m'aviez soutenu, rien de cela ne serait arrivé.

— Oh, je pense que Richard sait se défendre – il n'a pas besoin de sa mère pour cela ! rétorqua-t-elle.

Chapitre 59

Berkhamsted, Woodstock et Winchester, 1184

Henri la renvoya en Angleterre à son geôlier Ralph FitzStephen. Elle savait qu'il craignait de la voir encore faire des siennes pour défendre Richard, et toute cette situation lui laissait un goût d'injustice. Malgré la promesse d'une liberté retrouvée, elle était une fois de plus prisonnière dans les faits, présumée coupable jusqu'à ce que le temps prouve son innocence. Sa cage serait dorée, mais elle n'en resterait pas moins une cage.

Elle fut contrainte de braver les eaux turbulentes de la mer en janvier, puis de supporter le dur trajet jusqu'au château de Berkhamsted, jadis résidence luxueuse de Thomas Becket, qui paraissait avoir été négligée pendant plusieurs années. Là, au milieu des fantômes du passé, elle passa Pâques avec Mathilde, qui était encore enceinte. Puis sa fille regagna les appartements qui lui avaient été assignés au château de Winchester, et Aliénor fut conduite à Woodstock.

Elle n'avait aucune envie de se trouver dans cet endroit maudit, rempli de souvenirs douloureux, mais on ne lui laissait pas le choix. Le roi avait donné des ordres, point final. Elle se demanda s'il avait choisi ce lieu par malice. Au moins ne l'obligeait-on pas à dormir dans la tour de Rosemonde – qui était désormais vide et verrouillée –, mais dans les appartements de la reine au sein du pavillon de chasse. Sa haute fenêtre donnait sur le labyrinthe, qui n'était désormais plus qu'une jungle abandonnée à mère Nature.

Elle aurait préféré pouvoir l'ignorer, mais il l'attirait irrémédiablement, presque de manière surnaturelle. Jusqu'à ce que, par une belle soirée au début du mois de juin, lassée par l'ennui de ses journées, elle ressente le besoin urgent de prendre l'air, et se retrouve à descendre le chemin dallé couvert de fougères qui menait à l'entrée de la construction végétale. Elle dut se débattre avec des branchages enchevêtrés pour pouvoir entrer, et elle déchira son voile sur des ronces, mais elle parvint rapidement à passer et put arpenter les allées envahies par la végétation. Heureusement, la personne à l'origine de leur conception les avait faites larges, et elle put donc avancer sans trop de difficulté. Elle fit preuve de bon sens et trouva rapidement le grand jardin secret aménagé au cœur du labyrinthe – qui se trouvait être, même si elle ne s'en aperçut pas, le long d'un mur extérieur –, puis elle se laissa choir avec soulagement sur un banc de pierre couvert de lichen.

C'était donc là que les rumeurs prétendaient qu'elle avait traqué sa rivale, suivant un fil d'Ariane jusqu'à la porte interdite. Quelles âneries les gens étaient-ils prêts à croire ! Si seulement ils savaient... Oui, elle avait été profondément blessée d'entendre Henri lui dire qu'il aimait Rosemonde ; oui, elle s'était réjouie, que Dieu lui pardonne, d'apprendre la mort prématurée de sa rivale ; mais qu'elle soit tombée assez bas pour s'en débarrasser elle-même... Dieu du ciel ! Rosemonde avait été – en apparence, du moins – indigne de l'intérêt d'Aliénor : la reine devait préserver sa dignité, et elle avait livré plusieurs luttes intérieures pour y parvenir.

Elle se demanda si Rosemonde, cette belle petite catin arrogante, avait beaucoup profité de ce labyrinthe – si elle était souvent venue ici. Ce lieu avait été un cadeau des plus touchants de la part d'un roi amoureux, et elle l'avait donc certainement chéri.

Le soleil couchant illuminait l'horizon de jaune derrière la silhouette noire formée par les murs du château, le reste du ciel se teintant d'un rose pâle dans les derniers rayons du jour. Les ombres s'allongeaient et, quand le soleil plongea sous la Terre, le labyrinthe prit une apparence beaucoup plus lugubre. Aliénor frémit, consciente des anciennes forces primitives qui étaient à l'œuvre. Ici, la nature était vibrante et en activité après avoir reconquis son royaume ; le délicat bruissement des fougères sous l'effet du vent éveillait les vieilles légendes sur l'homme vert, dont les Anglais étaient friands. C'était un des « anciens » dont ils racontaient les histoires, et on lui prêtait de nombreux noms – dont celui de farfadet, lui avait appris Amaria. Il s'agissait d'un dieu de la fertilité ou d'un monstre, selon les versions et croyances, dont le pouvoir n'avait jamais diminué malgré l'Église et l'État. Dans la lumière du crépuscule, il était aisé de voir son visage fourbe apparaître comme par magie dans le feuillage.

Tandis qu'elle était assise là, emplie d'un sentiment grandissant de malaise causé par l'obscurité rampante, et qu'elle se préparait à rentrer – elle *pensait* savoir par quel chemin –, Aliénor entendit ce qui ressemblait à un bruit de pas. « Crac ». Encore, sur sa gauche ; quelqu'un foulait du pied les fougères ! Il se pouvait aussi que ce soit un écureuil ou un renard, se raisonna-t-elle sévèrement. Elle se leva néanmoins et s'empressa de rebrousser chemin afin de retrouver le monde des Hommes, choisissant sa route entre les hautes haies touffues.

« Crac ». Le bruit était juste derrière elle à présent. « Crac ». Encore une fois ! Quelqu'un se trouvait à l'intérieur du labyrinthe et s'approchait dans son dos sans avoir pris la peine d'annoncer sa présence ou de la héler. Elle peinait à se retenir de courir, et elle avait peur de regarder par-dessus son épaule ; un frisson lui remonta le long du dos et elle s'attendit à sentir à tout instant une main se refermer sur son épaule ou – comble de l'horreur – une dague s'enfoncer douloureusement dans sa chair. Si Henri avait encore vraiment pour projet d'épouser Adèle, alors la soudaine disparition d'Aliénor serait pour lui une aubaine. Même à un cheveu du trépas, elle ne parvenait pourtant pas à imaginer Henri capable d'envoyer un assassin à ses trousses. Elle savait cependant qu'il était du genre à dire des choses très graves dans ses accès de rage, des choses qui dépassaient sa pensée – il suffisait de voir ce qui était arrivé à Becket ! Et s'il avait dit quelque chose du même genre à son propos, comme : « Qui serait donc capable de me venger de cette misérable reine ? »

Elle était perdue, et cherchait désespérément un moyen de sortir de ce dédale, mais elle dut s'arrêter pour reprendre son souffle, sans quoi elle aurait fini par s'effondrer. Elle se figea à un angle, pantelante, et regarda des deux côtés. Tout était immobile. Elle ne percevait que le bruissement caractéristique des feuilles et parfois le cri aigu d'un oiseau. Ce fut alors qu'elle l'entendit de nouveau. « Crac ». Cette fois, le bruit fut suivi par un petit gémissement qu'on aurait pu confondre avec un sanglot. Il venait de droit devant elle. Comment cela se pouvait-il ? La personne qui la traquait connaissait-elle les lieux ?

Elle ne courrait pas, cette fois ; elle allait avancer sans faire de bruit et garder la tête froide. Elle longea donc discrètement les haies, s'efforçant fermement de progresser lentement et de respirer doucement. Au détour d'un autre angle, elle aperçut devant elle un bout de robe grise qui disparut entre les ronces. Puis le son se fit encore entendre, plus distant mais distinct, et elle reconnut bien un sanglot. C'était donc une femme ! Mais qui ? Ses craintes diminuèrent quelque peu. Elle avait ses chances contre une femme. C'était la force brute d'un homme qui l'avait terrifiée.

Elle la suivit précautionneusement, à bonne distance, et elle remarqua alors qu'elle était toute proche du périmètre du labyrinthe, car elle voyait de l'autre côté de la haie le haut mur du pavillon de chasse. « Crac ». Le bruit provenait de derrière elle, une fois de plus, sur le chemin qu'elle venait d'emprunter. Comment était-ce possible ? Elle aurait dû croiser la mystérieuse personne.

Aliénor commençait à être lasse de ce petit jeu du chat et de la souris, et son sang aussi bien que son corps étaient glacés. La lumière déclinait rapidement à mesure que la lune montait, et elle voulait désespérément retrouver le confort de son boudoir, ainsi que le pragmatisme d'Amaria. Ce fut donc un immense soulagement pour elle d'apercevoir l'entrée du labyrinthe. Une fois sortie, toutefois, elle ne s'empressa pas tout de suite de regagner ses appartements. Elle pouvait voir les deux gardes qui la suivaient en toute circonstance se tenir au garde-à-vous devant la porte du jardin ; puisant du courage dans leur présence, elle alla trouver refuge derrière un massif de mûriers pour épier sa poursuivante qui allait émerger du dédale – car elle allait bientôt apparaître, sans nul doute : il n'y avait aucun autre moyen de sortir, et elle ne pouvait pas rester là-dedans toute la nuit.

Elle attendit près d'une demi-heure dans une perplexité croissante, mais elle ne vit personne. Elle n'entendit plus aucun bruit de pas ni d'autres sons qui auraient pu trahir la présence de quelqu'un à l'intérieur du labyrinthe. La nuit était paisible et son silence ininterrompu. Puis, au moment où elle décida de rentrer, son attention fut attirée par le vacillement faible mais immanquable d'une bougie dans la chambre de Rosemonde, tout en haut de la tour. Elle retint son souffle. Quelqu'un jouait donc avec elle ! Tentait-on sciemment de lui faire peur ? Elle se jura de découvrir ce qu'il en était réellement le lendemain, et cette personne mystérieuse devrait répondre de la manière dont elle avait effrayé la reine !

Une fois de retour dans son boudoir, en sécurité, elle raconta ce qui lui était arrivé à une Amaria stupéfaite et à un Ralph FitzStephen dubitatif. Ce dernier fit fouiller le labyrinthe et déverrouiller la tour pour l'inspecter, mais rien qui aurait pu prouver la réalité de ce qu'Aliénor avait vu et entendu ne fut trouvé. Deux jours plus tard seulement, au matin, elle reçut une explication très peu satisfaisante, quand Amaria arriva avec la lavandière des environs pour lui parler. Elles avaient toutes deux discuté au bord de la Glyne alors que la femme lavait des draps, et Amaria lui avait parlé de la frayeur de la reine dans le labyrinthe.

La lavandière était intimidée de s'adresser à une si grande dame, mais elle était résolue à lui raconter ce qu'elle savait.

—Sûr que c'est pas un vivant qu'habite c'te labyrinthe, affirma celle-ci. « Elle » marche là-dedans. Y'en a qui l'ont entendue, et l'bruit d'ses pas. Ils sont partout, et ça s'explique pas.

—Qui « marche là-dedans » ? s'enquit Aliénor avec douceur.

Les paroles de la lavandière l'avaient fait frémir.

—Ah ! Bah la belle Rosemonde, pardi, m'dame. Celle qu'on dit qu'elle a été assa… (Elle se tut brusquement en se rappelant à qui elle avait affaire.) Pardon, m'dame, mais c'est ce que les idiots racontent. Mais « elle » marche, ça c'est sûr. Et y'en a qui l'ont vue en haut d'cette tour. « Elle » pleure pour ses péchés ! Et puis aut' chose : le jeune Matt, le p'tit gars du meunier, lui il l'a vue, dans le labyrinthe ! Enfin, pas elle, j'veux dire pas vraiment, mais il a aperçu sa robe – grise, qu'elle était !

Aliénor se raidit, car elle n'avait mentionné ce détail à personne.

Elle ne savait encore pas très bien si elle croyait aux histoires de la lavandière lorsqu'elle reçut la permission de se rendre à Winchester afin de pouvoir être présente pendant le terme de Mathilde. S'il s'agissait de la vérité, alors pourquoi Rosemonde se serait-elle montrée à sa rivale, celle à qui elle avait fait du tort de son vivant ?

—Arrêtez de songer à cela, lui conseilla Amaria avec son habituelle rudesse. Ce ne sont que des histoires à dormir debout.

— Je n'en suis pas si sûre, répondit pensivement Aliénor. Ç'a été une expérience cauchemardesque, que je n'ai pas rêvée. La malice peut-elle survivre à la tombe ? Je ne pense pas que Rosemonde tentait d'obtenir mon pardon – quelle drôle de façon de s'y prendre que de me terrifier de la sorte !

— C'est insensé ! déclara Amaria d'un ton légèrement narquois.

— Je sais ce que j'ai vu et entendu, insista sa maîtresse. Vous n'étiez pas là. Mais nous n'en reparlerons plus.

— Peut-être, madame, n'y a-t-il pas de raison derrière les apparitions d'esprit, ni aucune signification à en tirer, intervint FitzStephen, qui entrait dans le boudoir en chancelant sous le poids des paquets emballés dans du tissu qu'il tenait. Ou alors peut-être avez-vous simplement cru entendre et voir quelque chose. Cela aurait pu être une ombre, ou quelque petite créature de la nuit. Quoi qu'il en soit, voici des paquets pour vous de la part de Sa Majesté le roi.

Aliénor oublia momentanément sa perplexité en ouvrant ses cadeaux, et elle s'émerveilla grandement devant le bliaut rouge vif piqué de menu vair gris qu'elle déballa d'abord, puis la selle travaillée avec de l'or et bordée de fourrure, et enfin les coussins brodés qu'elle découvrit en dernier. Henri n'avait pas non plus oublié d'envoyer un cadeau à Amaria, de laquelle il était plus que satisfait. La suivante reçut de belles guimpes et une broche en améthyste.

Des offrandes de paix, devina Aliénor. *Il n'admettra jamais qu'il m'a encore une fois traitée injustement – ainsi que nos fils –, alors il offre des cadeaux.* Elle sourit, le cœur un peu plus léger. Tout cela était tellement typique de Henri – et laissait présager une fin heureuse à toutes ces disputes.

En ce qui concernait l'épisode du spectre de Rosemonde, elle savait qu'elle ne parviendrait jamais à se convaincre entièrement qu'il n'avait pas été une expérience surnaturelle. Elle fut saisie d'effroi en se disant que la pauvre défunte n'avait pas réussi à accéder au repos éternel auquel aspirait ardemment toute âme chrétienne, et que son ombre était condamnée à souffrir ce purgatoire terrestre pour expier ses péchés. Cette idée la perturba beaucoup, car elle n'était plus toute jeune et ne tarderait pas à devoir affronter le jugement divin ! Se pouvait-il qu'elle soit, elle aussi, condamnée à errer ici-bas pour l'éternité, à Poitiers, là où elle avait comploté contre son époux – ou, pis encore, dans l'affreux donjon de Sarum ? Ciel, pas cela ! Elle ferait bien de s'assurer de vivre avec sagesse et vertu, dorénavant. Elle se dit, avec un sourire sardonique, que cela la changerait.

Mathilde mit au monde avec une grande facilité un petit garçon en bonne santé, pour la plus grande joie d'Aliénor, et elle l'appela Guillaume en l'honneur du Conquérant et du père de la reine. Cette dernière était arrivée à Winchester juste à temps pour accueillir son petit-fils au sortir du ventre de sa mère, et elle fut ravie de pouvoir passer les semaines suivantes en compagnie de sa fille, prenant plaisir à voir le nouveau-né découvrir le monde.

Cet heureux interlude fut gâté par l'arrivée un beau matin de deux autres paquets, de taille identique.

— Pour la reine ! annonça l'intendant en les déposant sur le coffre. Cadeau du roi.

Henri essayait donc vraiment de se faire pardonner ! Elle ouvrit avec un grand sourire le premier, qui contenait d'autres vêtements luxueux : une cape d'été légère à capuche de samit d'un bleu profond, ainsi que de bonnes mesures d'étoffe brodée et colorée pour lui permettre d'embellir ses habits. Des offrandes convenables ! Elle était heureuse de savoir que Henri pensait à elle, et qu'il faisait en sorte qu'elle ait bonne opinion de lui ; d'ailleurs, il se pouvait aussi fort bien que ces cadeaux annoncent sa prochaine remise en liberté.

Elle déballa le second et y trouva, à son grand étonnement, un contenu identique. Pourquoi Henri lui enverrait-il deux fois la même chose dans des paquets différents ? Alors, son regard fut attiré par un tout petit parchemin, qui avait dû tomber d'un des cadeaux. Elle le ramassa et vit qu'il s'agissait d'une sorte de récépissé, écrit de la main d'un clerc, sans doute, dans l'intention de l'ajouter aux comptes royaux, mais qui avait malencontreusement été oublié avec les cadeaux. Il allait le chercher partout, cela ne faisait aucun doute. Elle le déroula par curiosité : « 55 livres et 17 sous pour les habits de la reine et de Bellebelle, à l'usage du roi. »

Qui était cette Bellebelle, et pourquoi recevait-elle exactement les mêmes cadeaux que la reine ? La dernière partie du message lui révélait la réponse, et elle en fut dévastée. Les vêtements n'étaient évidemment pas à l'usage du roi, tandis que Bellebelle, elle, l'était.

Ce fut l'esprit agité qu'elle se mit en tête, tant qu'elle était à Winchester, de chercher Adèle, la fiancée de Richard, s'efforçant de se persuader que, si Henri avait l'intention de divorcer d'elle et de prendre la jeune demoiselle comme épouse, ce ne pouvait pas être la faute de cette dernière. La pauvre petite n'avait pas non plus pu refuser toute proposition moins convenable de la part de Henri. Sa conviction vacilla cependant lorsqu'elle découvrit une magnifique jeune femme aux formes avantageuses.

Adèle la reçut sans grande joie ; Aliénor supposa qu'elle ne devait pas avoir droit à beaucoup de visites étant donné que Henri continuait de la maintenir sous bonne garde, craignant sans doute que Richard lance une attaque sur le château pour filer avec elle dans la première église afin de l'épouser, privant ainsi son père d'un levier considérable dans ses jeux de pouvoir pervers avec Philippe. De plus, la pauvre petite avait tant souffert de revers de fortune qu'elle avait dû abandonner tout espoir de jamais pouvoir se marier. Elle devait sans doute s'attendre à ce que la venue de la reine signe une nouvelle déconvenue, ou qu'elle soit simplement là pour brocarder son infortunée rivale – d'où la méfiance compréhensible avec laquelle elle l'accueillit.

Adèle se montra fermée, répondant à toutes ses questions de manière laconique, si bien qu'Aliénor faillit renoncer. La jeune femme lui vouait manifestement une grande rancœur, ce qui n'était pas étonnant, car, sans Aliénor, elle serait déjà reine d'Angleterre depuis neuf ans. Au lieu de quoi elle était enfermée là à devoir regarder sa jeunesse filer sous ses yeux.

Qu'y avait-il eu entre la princesse de France et le roi ? Adèle avait-elle aimé Henri ? L'aimait-elle encore ? Il fallait qu'elle le sache, qu'elle s'assure du fait que leur relation n'avait rien de la grande passion que Henri et l'infortunée Rosemonde avaient partagée, et que cette jeune femme n'était pas une menace pour elle.

— Votre vie n'a pas dû être facile, ma petite, avança-t-elle. Vous devriez déjà être mariée à Richard depuis des années et être aujourd'hui mère de nombreux enfants, depuis le temps.

Adèle tressaillit, et son mouvement de recul fut immanquable.

— J'aurais effectivement dû être mariée depuis longtemps, répondit-elle de manière appuyée.

— Vous pouvez oublier cela, rétorqua Aliénor, car mon mariage est légitime. Le pape n'a pas consenti à le faire annuler.

— Vous auriez pu vous retirer avec grâce à Fontevraud !

C'était un reproche.

— Je n'en avais nullement la vocation, repartit-elle calmement malgré cette colère qui bouillonnait dans ses entrailles. Tout cela n'était qu'une ruse de la part de Henri pour mettre la main sur mes domaines.

— C'était bien plus que cela ! contra Adèle en la fustigeant du regard. (Elle avait les yeux verts comme ceux d'un chat, et pleins de fiel.) Vous ne vouliez tout simplement pas laisser votre époux à une autre femme – surtout une femme plus jeune. Vous étiez incapable d'accepter le fait que c'était moi et non vous qu'il désirait comme épouse.

— Et vous allez ensuite me dire qu'il vous aimait ! anticipa la reine avec hargne. Eh bien, laissez-moi vous dire que j'ai déjà entendu cela, avec Rosemonde.

— Oui, il m'aimait, et il m'aime encore ! s'écria-t-elle.

— Oh, comme c'est touchant ! railla Aliénor en ignorant résolument la crainte qu'avaient fait naître en elle les mots de sa rivale. Dieu, que vous êtes innocente ! De l'amour, dit-elle ! Qu'est-ce que cela a à voir avec les mariages royaux, conclus par intérêt financier et politique ? Pensez-vous, petite idiote, que Henri a déjà pris ne serait-ce qu'une seule décision politique par simple amour ? Je vous aurais pensé moins sotte.

Adèle se leva d'un bond, et ce fut alors que les plis de son bliaut tombèrent sur son ventre. Elle était, de toute évidence, enceinte. Aliénor la regarda avec horreur.

— N'est-ce donc pas là le fruit de l'amour ? se récria la demoiselle d'un air triomphant en se caressant le ventre.

— N'importe quelle catin peut amener un homme à la trousser, rétorqua-t-elle avec hargne. (Mais sa voix lui sembla bien rauque, et sa gorge nouée.) L'amour n'entre que rarement en compte dans ce genre de choses. Je suppose que vous allez me dire qu'il est du roi.

— Tout à fait !

— Dites-moi par la même occasion comment vous avez pu déshonorer Richard, l'homme à qui vous êtes fiancée ? s'indigna-t-elle en se levant, profondément outrée.

Henri n'avait eu aucun scrupule à prendre dans son lit la promise de son fils ! C'était donc la vérité, l'horrible vérité, mais elle ne parvenait toujours pas à y croire, même venant de lui, dont l'appétit pour la chose dépassait l'entendement.

— Honte sur vous, femme de petite vertu ! lui cracha-t-elle à la figure.

— Il m'aime ! répéta Adèle en éclatant en sanglots. C'est vous qui refusez de vous retirer pour nous laisser nous marier. C'est votre faute !

Aliénor ne tint pas compte de cette remarque. Son envie de lui faire du mal était si viscérale qu'elle ne put y résister.

— Savez-vous qu'il a une autre maîtresse ? la provoqua-t-elle.

Elle comprit avoir fait mouche quand la demoiselle la dévisagea bouche bée.

— Vous mentez, et cela pour me faire souffrir. Je refuse d'y croire.

— Moi aussi je l'ignorais, avant-hier après-midi, persista-t-elle. Et, sans une erreur d'inattention de la part d'un clerc, je me trouverais aussi encore dans la béatitude de l'ignorance. Mais la manière dont je l'ai appris n'a aucune importance. Son nom est Bellebelle. On dirait un nom de catin. Mais vous en savez quelque chose. Et vous savez aussi que Henri est incapable de rester fidèle.

Adèle fondit en larmes une fois de plus, et Aliénor la regarda avec dégoût.

— L'important dans cette affaire est que mon fils, votre fiancé, ne souffre pas de la situation, poursuivit-elle. S'il venait à apprendre cette humiliation, il vous tuerait certainement, et son père avec – et le monde entier l'en féliciterait.

— Mais il sait, rétorqua la princesse en pleurs avec un certain regain de fierté. Il s'en fiche. Il souhaite m'épouser uniquement pour ennuyer son père et le priver de la personne qu'il aime le plus. Il cherche par ailleurs à s'allier à mon frère à travers moi.

Cette réplique lui coupa le souffle. Richard savait. Évidemment. Elle se rappela cet étrange regard qu'il avait lancé à Henri.

Elle laissa la demoiselle à ses larmes et retourna à ses appartements, les yeux perdus dans le vide, bouleversée. *Mais quelle famille sommes-nous devenus pour que Henri et Richard en arrivent à avoir recours à des procédés si abjects dans leur bras de fer ?* se lamenta-t-elle. N'y avait-il donc plus d'honneur dans ce bas monde ? Et qu'en était-il de cette petite sotte trop naïve – princesse de France au demeurant – qui s'était retrouvée pion malgré elle ? Philippe déclarerait la guerre s'il apprenait cela !

Il se pouvait aussi éventuellement qu'il soit au courant. Il était parmi les plus grands manipulateurs au monde, et peut-être avait-il choisi de les prendre à leur propre jeu pour en sortir vainqueur.

Elle commença à trouver des excuses. Pas à Henri : il était au-delà de toute rédemption en ce qui concernait les femmes, tant il était guidé par ce membre perfide et indiscipliné qui lui pendait entre les jambes et semblait imposer sa propre volonté en dépit de toute moralité ! Non, elle trouva des excuses à Richard. Son fils, se disait-elle, ne faisait que se montrer pragmatique – et chevaleresque aussi, c'était un fait, en demeurant du côté de sa fiancée compromise. Il fallait être exceptionnel pour faire une telle chose ; la plupart des hommes auraient délaissé Adèle, ou demandé réparation auprès de celui qui l'avait séduite ; mais Richard n'était pas comme les autres : il était un lion parmi les mortels.

Après s'être consolée avec ce raisonnement, Aliénor décida de ne rien dire à personne de cette histoire. Si cela signifiait qu'elle était complice, alors tant pis. Elle pourrait trouver en elle la force de plaindre Adèle, toute agaçante fillette qu'elle était. Quant à Henri, quel sentiment pouvait-elle encore avoir envers lui sinon du dégoût, cette répulsion familière de longue date face à sa concupiscence, décuplée cette fois-ci car il ne lui faisait pas seulement du tort à elle et à sa rivale Adèle, mais aussi – bien pire – à son Richard adoré. Elle allait cependant faire comme si de rien n'était, pour le bien de son fils.

Comment avait-elle pu avoir encore envie de coucher avec Henri ? Elle avait dû sombrer dans la folie ! Quelque chose mourut en elle ce jour-là, et elle avait bien peur que cette chose ne revienne jamais à la vie.

Chapitre 60

Westminster, 1184

Ce fut le jour de la Saint-André qu'Aliénor arriva à Westminster pour retrouver son époux et leurs fils. Sa présence, comme la leur, avait été requise par Henri à la suite de la guerre qui avait éclaté dans le Poitou à l'automne entre Geoffroy et Jean d'un côté – le premier répondant toujours présent lorsqu'il s'agissait de semer la zizanie – et Richard de l'autre, qui avait vaillamment défendu ses terres. Il avait fallu un sévère rappel à l'ordre de leur père pour qu'ils déposent les armes et se rendent en Angleterre. Ils avaient déjà pris leurs quartiers dans une atmosphère tendue quand Henri vint l'accueillir sur le quai de la rivière.

— Bien le bonjour ! lui lança-t-il sur un ton enjoué alors qu'elle débarquait. (Il lui prit la main et y déposa un baiser.) Madame, soyez la bienvenue. J'attends depuis longtemps votre venue.

Elle se sentit brusquement méfiante. Il voulait quelque chose. L'Aquitaine pour Jean, sans doute ! Quelle autre raison pouvait-il y avoir à ses belles paroles et à ses sourires enjôleurs ?

— Le bonjour, messire, répondit-elle dans un murmure tout en songeant à Adèle et à la mystérieuse Bellebelle avant de retirer sa main de celle de Henri. (Elle ne pouvait pas supporter qu'il la touche pour le moment.) J'ai entendu dire que nos fils se battaient encore. Pensez-vous sincèrement qu'ils feront la paix alors que vous les incitez à la guerre ?

— Je les y incite ? s'indigna Henri en lui lançant un regard en coin. (Il comprit qu'elle ne lui faciliterait pas la tâche.) Ils doivent apprendre à m'obéir.

— Ils sont grands, désormais, et ils ont leur propre perception du bien et du mal, lui dit-elle. La force ne peut pas toujours l'emporter sur la justice, Henri.

— Pourquoi faut-il toujours que vous affirmiez que j'ai tort ? demanda-t-il d'un air agacé en perdant rapidement sa bonne humeur.

— À force, peut-être l'entendrez-vous, rétorqua-t-elle en souriant.

— Vous et moi allons devoir avoir une petite conversation, rétorqua-t-il sèchement. Je vous ai fait venir pour m'aider à instaurer la paix entre nos princes, pas pour envenimer la situation. J'ai aussi convoqué le Grand Conseil, puisque nous allons devoir confirmer l'élection du nouvel archevêque de Cantorbéry. Ce sera Baldwin. Un véritable saint, cet homme ; un éternel anxieux, aussi, et je suis certain qu'il préférerait demeurer moine, mais il me sera utile.

— Vous voulez dire qu'il ne vous défiera pas comme l'a fait Becket ?

— Tout à fait ! admit le roi avec un rictus satisfait. Il est veule et peu rusé. Le candidat idéal ! Il n'y a nulle obstination à attendre de sa part.

Quand Aliénor se fut restaurée et reposée après le voyage, un page vint la trouver pour lui dire de se rendre à la chambre du conseil. Elle y trouva le roi et ses fils, avec le nouvel archevêque, qui esquissa une révérence en tremblant, ainsi que les barons d'Angleterre, resplendissants dans leurs belles tuniques et leurs manteaux de fourrure écarlates, bleus, vermillon ou fauves.

Henri lui fit signe de venir s'installer à la place d'honneur à côté de lui – ce qui signifiait à son sens qu'il avait terriblement besoin de quelque chose de sa part. Puis, quand tout le monde se fut assis, il demanda à leurs trois fils de s'avancer et de faire la paix devant témoins. Ils s'exécutèrent, Richard et Geoffroy la mine grave, Jean arborant un sourire triomphant, et ils échangèrent avec raideur le baiser de paix.

Ils se placèrent ensuite face à leurs parents dans l'attente de savoir ce qui suivrait.

Henri se tourna vers Aliénor. Il ne l'avait pas prévenue formellement de ce qu'il allait faire, mais elle l'avait deviné !

— Madame, commença-t-il haut et clair, je vous demande à présent d'approuver la cession de l'Aquitaine à messire Jean.

Elle le fustigea du regard, sentant la colère sourdre en elle. Comment osait-il ? Comment osait-il faire cela à Richard, et à elle-même, publiquement, devant son conseil au grand complet ? Elle vit son fils aîné fulminer et prendre une subite inspiration crispée ; elle put sentir la jubilation dissimulée de Geoffroy face à ce rebondissement inattendu ; et elle aperçut le rictus suffisant et satisfait de Jean.

— Messire, nous devrions parler de cela en privé, dit-elle dans un murmure, la mine grave, sans oser regarder Henri dans les yeux.

— Il n'est point besoin d'en parler, madame, contra-t-il. Je souhaite simplement faire une juste répartition de mon empire. Vous le comprendrez aisément.

— Ce que je comprends, c'est que vous dilapidez l'héritage légitime de votre héritier légitime pour faire plaisir à votre fils préféré, qui a encore toutes ses preuves à faire, marmonna-t-elle.

— Richard, toujours Richard ! rouspéta Henri avec fureur.

Puis, d'une voix plus forte, il réitéra sa demande à Aliénor d'approuver la transmission de l'Aquitaine à Jean.

—Non, messire, je ne l'approuverai pas, répondit-elle fermement.

Les barons s'avancèrent tous en même temps sur leur chaise, car le spectacle promettait d'être intéressant.

—J'en appelle à vous tous, seigneurs d'Angleterre ! poursuivit la reine. Dites au roi s'il fait vraiment là une juste répartition de son empire.

—Je dis que non ! tonna Richard, qui avait eu bien du mal à se retenir d'exploser.

—Moi aussi ! renchérit Geoffroy.

Jean lui adressa un regard noir.

—Taisez-vous, vociféra Henri, qui avait le visage cramoisi. (Il se jura de faire payer à Aliénor son insolence.) Alors, messires ? incita-t-il les barons avec un regard dur.

Les seigneurs, qui avaient échangé des murmures perplexes entre eux, levèrent un regard anxieux sur leur roi. Aucun ne désirait voir cet enfant gâté de Jean prendre les rênes de l'Aquitaine, et aucun ne voulait offenser celui qui était certainement leur futur roi, car Richard avait une terrible réputation ; cependant, tous craignaient aussi la mauvaise humeur notoire de Henri.

Ce fut la voix tremblotante du nouvel archevêque qui brisa ce silence, au plus grand étonnement de tous.

—Votre Majesté, je suis d'avis qu'il ne s'agit pas là d'une juste répartition, déclara le saint homme.

Henri n'aurait pas été plus médusé de voir un ange descendre des cieux pour donner son opinion.

—Et vous qui pensiez qu'il vous serait utile ! ironisa Aliénor sous cape.

Certains barons recouvrèrent un peu de courage grâce à l'intervention hardie du vieil homme, et ils joignirent leur voix à la sienne. La reine, fort satisfaite, se tourna vers Henri.

—Vous devez savoir, messire, que je peux soumettre cette affaire au roi Philippe, le prévint-elle, car c'est en qualité de vassale que je détiens pour lui l'Aquitaine. Dans ce cas, vous savez aussi bien que moi qu'il prendra mon parti, ne serait-ce que pour vous faire du tort et vous éloigner de vos fils.

—Je vois que tout le monde s'oppose à moi, dit-il en lui adressant un regard meurtrier. Fort bien. Monsieur l'archevêque, un mot en privé, je vous prie !

Il se leva alors et quitta la chambre du conseil d'un pas raide, l'air profondément indigné, le prélat déconfit s'empressant de lui emboîter le pas. Aliénor compatit avec le pauvre vieil homme qui allait devoir affronter l'ire du roi si rapidement après sa nomination.

Elle avait toutefois gagné, se rappela-t-elle avec une joie débordante. Elle alla embrasser ses deux fils aînés, Jean étant parti en ronchonnant. C'était là une petite vengeance agréable pour Adèle et Bellebelle !

Chapitre 61

Windsor, 1184-1185

Quand Aliénor arriva au château de Windsor pour passer Noël à la Cour – se demandant pour quelle raison Henri avait pris la peine de l'inviter après leur spectaculaire rixe à Westminster, à la suite de quoi il l'avait sommairement renvoyée à Winchester sans un mot d'adieu –, ce fut Constance qui vint l'accueillir en premier. La jeune femme, qui avait bien grandi et gagné en fierté, portait un minuscule nouveau-né dans ses bras. Elle n'avait cependant pas dans son expression la sérénité et la joie d'une jeune mère : ses sourcils arqués étaient froncés dans un air irrité et ses larges lèvres pincées en une moue renfrognée. À peine la duchesse de Bretagne se fut-elle relevée de sa révérence qu'elle commença à se plaindre.

— Madame la reine, je vous en supplie, allez voir le roi pour moi. Il refuse de me laisser rejoindre Geoffroy en Normandie pour Noël. C'est tellement injuste !

— Ma fille, plaida Aliénor quelque peu sèchement, je vous prie de me laisser un instant pour que je puisse souffler après avoir bravé ces routes traîtresses. (Elle prit place sur un des fauteuils avec un grand soulagement.) Et chaque chose en son temps ! Ne puis-je donc pas saluer mon nouveau petit-enfant ? demanda-t-elle à sa bru en tendant les bras pour recevoir le bébé.

Constance, clairement agacée de devoir patienter, lui remit le nourrisson avant d'ouvrir la bouche pour s'exprimer.

— Oh, mais que tu es magnifique ! s'extasia Aliénor en approchant son visage de la petite créature emmaillotée qui levait des yeux émerveillés sur elle. Est-ce un garçon ?

— Non, répondit platement Constance.

Sa déception était manifeste, car elle avait été convaincue de porter en elle l'héritier de Bretagne – et de peut-être davantage que ce duché si les ambitions de son Geoffroy venaient à être exaucées ; elle était d'ailleurs persuadée que son instinct ne la trompait pas sur ce sujet non plus.

— Une petite fille ! Quelle joie ! la tourmenta Aliénor en caressant du doigt la joue lisse de l'enfant. Et quel est son nom ?

— Nous lui avons donné le vôtre, madame, répondit Constance à contrecœur en se souvenant de la façon dont Geoffroy avait insisté malgré ses protestations.

— J'en suis très flattée. Quelle gentillesse ! s'exclama Aliénor avec un doux sourire avant de lui remettre sa fille.

Constance donna immédiatement l'ordre à la nourrice de la reprendre, et Aliénor en profita pour faire apporter du vin et des friandises.

— Alors, dit-elle calmement une fois qu'elles furent servies, quel est donc votre problème avec Geoffroy et la Normandie ?

— Le roi l'a envoyé là-bas pour s'occuper du duché pendant que lui-même se trouvait en Angleterre, lui expliqua la jeune femme comme si elle lui jetait le gant.

— Je vois, parvint-elle à répondre calmement malgré sa surprise.

Était-ce une nouvelle manigance de Henri pour leur porter un coup, à Richard et elle ? Cela voulait-il dire, même, que le roi préparait Geoffroy à lui succéder ? Tout de même pas ! Il lui suffit d'un regard à Constance pour comprendre que c'était là une possibilité – ou du moins que la jeune femme, et donc probablement aussi d'autres personnes, l'interprétaient de cette manière. Elle se ressaisit vivement.

— Et vous souhaitez l'y rejoindre ? s'enquit-elle, détournant la conversation avec brio vers un sujet bien moins périlleux.

— Oui, madame, et c'est pour cela que vous devez aller vous entretenir avec le roi pour moi ! insista Constance.

— Que je dois ? répéta Aliénor dans un haussement de sourcils. Il me semble que, étant donné que vous avez si récemment enfanté et que vous êtes à peine remise sur pied, braver les dangers du voyage serait fort imprudent. Le roi a été bien inspiré, et fort prévenant, dans sa décision de vous empêcher de partir. Vous devez vous reposer, mon enfant, et vous pourrez rejoindre votre époux quand le temps sera plus clément.

— Mais, madame ! protesta Constance.

— Assez ! l'interrompit la reine en levant la main en signe d'avertissement.

La jeune femme lui lança un regard mauvais. Néanmoins, elle se tut.

Henri se montra distant mais poli, Richard d'une courtoisie empruntée avec son père et d'une attention trop poussée envers sa mère, et Jean révolté et d'humeur exécrable. La Cour procéda aux célébrations dans une atmosphère aussi hostile que tendue, tournant en dérision la beauté sacrée de cette période de la Nativité. Peu importaient la profusion de bons vins, de succulentes viandes aux épices fines, ou les mets de choix et les cadeaux, rien ne parvint à faire oublier les dissensions au sein de la famille royale, et, dès l'Épiphanie passée, Richard s'en fut à toute vitesse rejoindre Poitiers. Le lendemain, après un baisemain sans conviction et en l'évitant de son regard dédaigneux, Henri la renvoya à Winchester.

Chapitre 62

Normandie, 1185

Aliénor fut heureuse de quitter l'Angleterre. Après le violent tremblement de terre qui avait été ressenti et entendu dans tout le royaume et qui avait fait s'écrouler la cathédrale de Lincoln dans un nuage de poussière et un bruit assourdissant, elle ne s'y était plus sentie en sécurité. Des fissures étaient même apparues dans les murs du château de Winchester. Elle était restée éveillée toute la nuit, tourmentée par la crainte que tout le bâtiment lui tombe dessus et l'écrase dans son sommeil.

Elle était désormais en route pour la Normandie, sur ordre de Henri, avec Mathilde et l'époux de celle-ci pour compagnie. Se pouvait-il que le roi soit lui aussi inquiet pour sa sécurité ? Elle aurait aimé le croire, mais elle supposait que ses raisons étaient tout autres. Elle découvrit qu'elle avait vu juste, comme bien souvent.

Dès que Henri la reçut, avec la même froideur qu'il lui avait témoignée lors de son départ il y avait de cela plusieurs mois, il aborda le problème de l'Aquitaine. Ils étaient cette fois seuls dans la grande chambre, car il n'avait pas voulu risquer un autre coup d'éclat et une démonstration de désobéissance en public.

— J'ai décidé que Richard vous remettrait les clés du duché, Aliénor, et que vous régneriez une fois de plus en tant que duchesse, déclara-t-il sur un ton sans appel.

Elle s'enfonça dans sa chaise d'un air las, éreintée après la longue chevauchée, et momentanément vaincue. Oh, comme il était malin ! Lui offrir ainsi une chose qui comptait tant pour elle, la chance de pouvoir retourner dans son pays adoré après tant de longues années d'exil, et la liberté de régner en tant que duchesse – mais cela uniquement au détriment de Richard, la personne qu'elle aimait le plus au monde, son Richard au cœur de lion. C'était un choix abominablement cruel. Comme son époux devait la haïr ! Mais avait-elle vraiment le choix ? Il lui suffit de jeter un regard à Henri pour le savoir.

— Et si je refuse ? demanda-t-elle d'un air de défi.

— Vous reprendrez la route pour Sarum, répondit-il brutalement.

Ce fut comme une gifle.

— Je suppose que vous déposséderez Richard quoi qu'il en soit, que j'accepte ou non, avança-t-elle.

Qu'il endosse la responsabilité de ce camouflet à son fils, plutôt qu'elle.

— Non, c'est vous qui le ferez, rétorqua le roi par pur esprit de vengeance.

— Ah, mais je ne le ferai pas, déclara-t-elle en retrouvant un peu de son ardeur passée. Vous faites cela dans le seul but de montrer à Richard qui est le maître. Comme c'est bas de votre part !

— Je pense que vous le ferez tout de même, Aliénor. Vous n'avez pas le choix. Vous êtes mon épouse, et vous avez fait vœu d'obéissance envers moi. Je pourrais faire de vous un exemple public. Votre déloyauté n'est déjà plus à prouver. Je vous ai concédé la victoire à Noël, et vous m'avez fait passer pour un idiot. Vous ne recommencerez pas. À présent, dites-moi que vous acceptez d'exiger que Richard vous rende l'Aquitaine, ou vous rentrerez à Sarum sur-le-champ ; et, je vous préviens, ce ne sera pas dans le même confort qu'autrefois !

C'était dans des moments comme celui-là qu'elle avait le plus de mal à trouver dans cet Henri brutal et mauvais des dernières années – celui qui descendait du diable – la personne qui l'avait désirée, qui lui avait fait l'amour avec tant de passion, qui lui avait fait leurs enfants et qui avait pleuré la mort de certains dans ses bras à elle, la seule à pouvoir le consoler. C'était comme si deux âmes habitaient son corps, et celle qui dirigeait à présent n'était certainement pas celle à qui elle avait donné dans la plus grande joie son cœur et son être. Puisque sa désobéissance l'avait irrité au plus haut point, et qu'elle l'avait humilié en public, cet Henri féroce avait décidé de se venger – cela sautait aux yeux. Il se laissait guider par sa fierté, trop grande et bornée, ainsi que par son aptitude inégalée à imposer ses décisions sans aucun égard pour autrui. Il était toutefois regrettable qu'ils en soient arrivés là – il était aussi tragique que la cruauté de son époux n'ait plus le pouvoir de lui briser le cœur, et que tout ce qu'il pouvait encore éveiller en elle comme émoi soit la colère et le mépris !

Elle n'avait véritablement pas le choix. Elle le voyait bien, et Richard comprendrait son dilemme.

— Très bien, si vous insistez tant, céda-t-elle avec sarcasme.

— Parfait ! Je suis heureux que vous ayez retrouvé un peu de bon sens.

Elle vit dans son regard dur un certain soulagement quand il fit immédiatement apporter par son clerc un parchemin, une plume et de l'encre afin de lui dicter une lettre pour Richard. Elle l'écouta avec une consternation grandissante ordonner à leur fils de céder sans délai le duché d'Aquitaine à sa mère, la reine Aliénor. La seule justification qu'il fournit fut qu'il s'agissait de l'héritage de cette dernière – comme si cela devait suffire à Richard pour accepter de se laisser dérober un domaine après qu'il avait tant versé de sang pour le conserver. Mais le pire restait à venir. Le sieur Richard devait bien comprendre que, s'il ne se soumettait pas immédiatement à l'ordre de son père, poursuivait Henri, sa mère la reine n'hésiterait pas à semer la destruction sur le domaine. Aliénor fut saisie d'un hoquet de stupeur.

— Comme si j'allais prendre les armes contre mon fils ! se récria-t-elle.

— Vous n'avez pas eu de scrupules à le faire contre votre roi et époux ! lui rappela Henri.

Elle ne put, bien entendu, rien répondre à cela.

Elle passa les semaines suivantes à se torturer l'esprit en imaginant ce que pourrait penser Richard d'elle lorsqu'il recevrait les ordres de Henri, et à se lamenter pour lui, sachant qu'ils seraient un coup terrible. Elle écrivit donc une lettre en cachette pour lui expliquer qu'elle avait été forcée par le roi, et lui conseiller de ne point faire de difficulté et de déposer les armes. Elle ne sut jamais s'il la reçut, mais elle apprit avec un profond soulagement que Richard avait, en temps et en heure, eu la sagesse de lui remettre l'Aquitaine, et qu'il faisait à présent route vers le nord pour rallier la Normandie. Plus tard, elle regarda Henri le recevoir à bras ouverts et elle vit avec incrédulité que – l'espace d'un instant – le lion avait été dompté.

Richard ne trahit envers elle aucune sorte d'animosité ou de ressentiment. Elle était une femme, sujette à la volonté de son époux, et la prisonnière du roi. Elle n'avait pas eu le choix – son attitude indiquait qu'il le comprenait parfaitement.

Il apparut cependant bien vite que Henri avait l'intention de régner lui-même sur l'Aquitaine.

Chapitre 63

Bordeaux, 1186

Debout sur les remparts de l'Arbalesteyre, le haut donjon du palais de l'Ombrière, Aliénor se fit la remarque que les choses n'avaient pas été aussi horribles qu'elle l'avait craint. Elle contemplait avec fierté les superbes cours et leurs fontaines, dont les carreaux reflétaient les rayons du soleil, et les jardins de plantes et fleurs exotiques, qui s'étiraient sous ses yeux tel un tapis de joyaux dans une myriade de couleurs. C'était un bonheur incommensurable d'être de retour à Bordeaux, sa capitale du Sud, de sentir encore la chaleur estivale réchauffer ses os vieillissants, et la brise soufflant depuis l'océan, lui insufflant un regain de vitalité, lui donnant le sentiment de rajeunir et de goûter encore ce plaisir de savoir que dans l'air flottait le parfum d'une promesse de merveilles à venir.

C'était tout cela qu'elle avait ressenti jadis, lorsque, alors jeune femme, elle se tenait sur ces mêmes remparts, se délectant de l'odeur entêtante des embruns et des fleurs, et humant dans les vents doux, qui faisaient voleter ses cheveux et ses jupes, la certitude délicieuse qu'elle était promise à de belles choses, et qu'elle connaîtrait un jour un amour inégalé.

Elle fronça les sourcils. Elle avait à présent soixante-quatre ans, ce qui était un peu vieux pour rêver d'amour avec nostalgie. Tout cela était derrière elle désormais. Pourtant, elle continuait d'éprouver quelque part une sorte de désir, pour le Henri qui avait jadis été, splendide et vigoureux dans sa jeunesse, avant que le temps et les épreuves le changent et le rendent amer. Elle n'éprouvait aucune envie pour l'homme qu'il était devenu, mais elle pleurerait toujours la disparition de celui qu'il avait été.

Malgré les méthodes brutales dont il avait usé pour arracher l'Aquitaine à Richard, il fallait avouer que Henri les avait traités, son fils et elle, avec beaucoup de considération, leur demandant leur avis sur diverses affaires du duché, et leur laissant à chacun une part du pouvoir. Il leur avait même accordé le droit de signer des chartes. Aliénor avait pris un grand plaisir à octroyer des dons et des faveurs à l'abbaye de Fontevraud, où elle s'était arrêtée lors de son voyage dans le Sud, se délectant de cette sérénité spirituelle qui lui avait tant manqué et qui allégea considérablement son âme en peine. Elle avait décidé que, le jour venu, elle se ferait inhumer là-bas. Elle ne pouvait pas rêver mieux pour le repos éternel.

Oui, cela lui avait fait le plus grand bien de rentrer dans son pays après douze années d'exil – tellement que, même maintenant, des mois plus tard, elle ne pouvait s'empêcher d'en remercier le ciel. Chaque lieu qu'elle visitait était cher à son cœur, chaque vieille connaissance inestimable. Elle avait ressenti une joie indicible en voyant que son peuple se souvenait d'elle avec amour et affection ; et ce fut dans cet élan de générosité et de gratitude qu'elle avait continué d'aider à administrer le duché avec toujours plus de sagesse et de bonté.

Puis était arrivé le jour inoubliable où Henri, impressionné par la façon dont elle avait manié le pouvoir qu'il lui avait accordé, avait cédé et accepté qu'elle rétrocède tous ses droits sur le duché à Richard, replaçant ainsi leur fils comme seul décisionnaire à la tête de l'Aquitaine. La logique de Henri était souvent insaisissable, mais Aliénor supposait cette fois qu'il avait perdu de sa détermination à conserver le duché en voyant que Richard continuait de lui obéir comme il se devait et qu'elle-même ne cessait de se plier à sa volonté. Il était par ailleurs apparu clairement que Richard était plus apte que quiconque à régner sur l'Aquitaine – et qu'il était dans l'intérêt de tous qu'il continue à le faire. Henri avait même accepté, sur l'insistance de Philippe, qu'Adèle épouse Richard dès que le mariage pourrait avoir lieu, bien qu'il ne donne nullement le sentiment de se presser pour procéder aux arrangements. Il était trop occupé à chercher comment la garder pour lui, ou comment faire d'elle un moyen de pression, songea-t-elle tristement.

Elle se dit cependant, alors qu'elle observait en souriant ses demoiselles jouer à cache-cache au milieu des arbres, que les choses s'étaient grandement améliorées. Pourtant, même si les relations entre eux et avec leurs fils étaient bien plus cordiales désormais, elle ne faisait toujours pas confiance à Henri. Le sujet de la répartition de son empire n'était toujours pas résolu ; elle le soupçonnait d'ailleurs d'avoir un plan qu'il gardait pour lui et qu'aucune question indirecte ne parviendrait à lui soutirer. Elle craignait de voir à l'avenir une résurgence des rivalités qui avaient frappé leur maison, mais elle se savait impuissante à l'empêcher.

Jean, d'évidence, ne parviendrait jamais à combler les grandes attentes de son père. Le petit préféré de la fratrie avait été envoyé en Irlande après avoir reçu l'ordre clair et précis d'établir de bonnes relations avec les barons normands qui s'étaient battus pour coloniser le Pale autour de Dublin, et avec les rois qui régnaient encore en maîtres sur les magnifiques terres sauvages au-delà. Henri avait toutefois commis l'erreur fatidique de permettre à Jean de s'y rendre en compagnie des jeunes plaisantins qui lui servaient de compères. Quand les rois irlandais étaient venus, les bras chargés de cadeaux, pour faire hommage à leur nouveau suzerain,

Jean et ses benêts de comparses les avaient offusqués en tirant sur leurs longues barbes et en se moquant de leurs étranges tenues ainsi que de leurs rituels ancestraux fort étranges aux yeux des nouveaux venus. Pour ajouter à l'insulte, Jean avait offensé les barons normands en saisissant leurs territoires durement acquis pour les offrir à ses bons à rien d'amis. Il était en ce moment même sur le chemin du retour pour l'Angleterre, en disgrâce. Henri en avait eu assez de sa grossièreté et avait dû nommer un autre vice-roi pour se rendre en Irlande réparer les dommages causés par son fils.

Jean était incurable. Henri l'avait trop gâté, et avait été trop doux avec lui ; ils en souffraient à présent tous les conséquences. À l'inverse, Aliénor ne se faisait pas beaucoup de souci pour ses filles. Mathilde et sa famille avaient enfin pu rentrer en Germanie, sous l'égide du nouvel empereur, disposé à faire la paix avec le couple exilé. Aliénor et Jeanne étaient apparemment bien installées dans leurs contrées lointaines. Seuls Jean et Geoffroy inquiétaient réellement Aliénor.

Ce dernier était parti pour Paris, où il fraternisait mystérieusement avec le pénible Philippe, et fomentait sans doute son prochain coup – il était imprévisible en ce sens. Tous les rapports indiquaient qu'il était comme un frère de sang pour le roi de France. Aliénor en était depuis quelque temps arrivée à la conclusion qu'il n'était pas satisfait d'être simplement duc de Bretagne et qu'il convoitait davantage. Il avait d'ailleurs cru il n'y avait pas si longtemps qu'il allait pouvoir s'emparer de la Normandie. Il réclamait désormais à grand bruit l'Anjou. Tout cela agaçait beaucoup Henri et, à n'en pas douter, Philippe prenait un malin plaisir à conforter Geoffroy dans ses ambitions. Il aurait fait n'importe quoi pourvu que cela contrarie Henri !

La reine soupira longuement. Bientôt, à sa plus grande tristesse, elle laisserait sa ville adorée et repartirait dans le Nord, car Henri devait aller en Angleterre et souhaitait qu'elle l'accompagne.

Ils allaient résider un temps à Winchester. Elle n'avait aucune envie de s'y rendre – absolument aucune. Comment pouvait-elle renoncer aux terres ensoleillées du Sud et passer l'été qui s'annonçait à dépérir dans un château pour toujours associé dans son esprit à sa si longue captivité ?

Elle devait cependant y aller, car elle n'avait, comme d'habitude, pas son mot à dire.

Chapitre 64

Winchester, 1186

Aliénor avait envie de hurler sa rage face à une telle injustice ! L'attitude de Geoffroy et de Philippe étant devenue de plus en plus inquiétante, elle avait songé à écrire à son fils pour lui demander instamment de venir en Angleterre, où elle espérait pouvoir le ramener à la raison. Henri avait toutefois intercepté sa lettre – elle n'avait pas eu conscience que sa correspondance était toujours sujette à caution de la part de ses officiers – et il l'avait, dans son esprit suspicieux, interprétée comme étant la preuve d'un complot contre lui. Puisque, après tout, elle avait bien conspiré avec le roi Louis, en ce jour fatidique, des années plus tôt, la dernière fois où leurs fils étaient allés trouver refuge à Paris.

Rien de ce qu'elle avait pu dire n'était parvenu à apaiser beaucoup les craintes de Henri. Il avait affirmé dans sa barbe qu'il acceptait son explication, mais son regard avait dit autre chose. Elle avait à présent un autre gardien, qui était venu remplacer Ralph FitzStephen, remercié pour ses services depuis quelque temps. Elle aurait aimé qu'il s'agisse de Renouf de Glanville, mais il avait été affecté à d'autres affaires d'État plus urgentes. Au moins Henri de Berneval était-il un homme droit et aimable, à l'imagination limitée, et la traitait-il avec une grande déférence et beaucoup de gentillesse ; il n'en restait pas moins son geôlier, et il la suivait donc à la trace, flanqué de deux gardes, où qu'elle aille, même en présence du roi, qui demeura là tout l'été.

Aliénor souffrait encore de cette injustice quand un messager arriva à Winchester depuis la France et qu'elle reçut une convocation dans les appartements du roi. Elle y trouva Henri, le visage livide, avachi dans son fauteuil, une coupe de vin sur le tapis de jonc au sol, dans une mare de liquide rouge là où il l'avait sans doute laissée tomber.

Elle referma la porte au nez de Henri de Berneval et des gardes afin de pouvoir être seule avec son époux, et elle s'agenouilla devant lui, soucieuse.

— Henri ! Que s'est-il passé ? Est-ce la guerre ? Geoffroy s'est-il allié à Philippe contre vous ?

Le roi lui adressa un regard indolent et elle vit qu'il avait les yeux rougis ; il s'était mis à boire beaucoup ces derniers temps. Il était pour l'heure fort soûl.

— Pire. Je ne sais comment vous le dire, marmonna-t-il d'une voix pâteuse. Geoffroy a trouvé la mort lors d'un tournoi à Paris.

— Oh, mon Dieu ! se lamenta Aliénor. Non !

Une larme roula sur la joue burinée de Henri. Il se pencha en avant et posa avec hésitation la main sur son épaule pour la consoler. Elle le remarqua à peine tant elle était submergée par le chagrin.

— Que s'est-il passé ? Racontez-moi, il faut que je le sache ! gémit-elle, en pleurs.

Elle ne parvenait pas à croire que Dieu ait eu la cruauté de rappeler à lui encore un de ses enfants. À seulement vingt-huit ans, comme Henri le Jeune. Contrairement à ce qui s'était passé lors de cette tragédie survenue trois ans plus tôt, toutefois, elle n'avait pas été prévenue – aucune vision des joies éternelles attendant son regretté fils. Ce fut, en comparaison, un choc terrible.

— Il était pris de fièvre, expliqua Henri d'une voix lente et vacillante. (Car il était aussi sous le coup de l'émotion, en plus d'être sous l'emprise de l'alcool ingéré trop vite.) Malgré tout, il a insisté pour prendre part à ce fichu tournoi, mais il est tombé de cheval dans la mêlée, et…

Il ne put terminer sa phrase. Aliénor imaginait très bien l'affreuse suite : le soleil implacable brûlant le sol, les gens massés sur les bancs acclamant l'un, huant l'autre, tandis que les épées s'entrechoquaient au sein de la mêlée féroce de combattants engagés dans une lutte sans merci, et les hennissements des chevaux, les cris des blessés… et son fils, son Geoffroy, gisant dans la poussière imbibée de sang, son corps brisé et piétiné…

Cela lui déchira le cœur et elle gémit de douleur, se balançant d'avant en arrière. Henri la serra contre lui, pleurant toutes les larmes de son corps, et ils se réconfortèrent quelque peu dans cette étreinte maladroite et dans le violent déluge de leur chagrin.

Quand il finit par se dégager, Henri sembla gêné ; comme s'il s'était trahi en dévoilant ses sentiments, ou en montrant qu'il avait besoin d'elle ; comme si l'équilibre de leur fragile trêve était menacé par la découverte de ce lien entre eux qu'ils pensaient depuis longtemps rompu. Aliénor, elle, s'en fichait. Elle était trop submergée par la tristesse pour prêter beaucoup attention à Henri. Il l'avait réconfortée quand elle en avait eu désespérément besoin, et elle ne verrait rien d'autre dans son geste. Il ne fallait pas que cela l'inquiète.

Ils restèrent assis l'un à côté de l'autre, dans cette intimité tranquille acquise durant leurs nombreuses années de mariage, tandis qu'il lui racontait de façon hésitante l'enterrement de Geoffroy dans la cathédrale Notre-Dame de Paris.

— Philippe nous a écrit pour nous transmettre ses condoléances et m'assurer qu'il lui fait construire un beau tombeau dans le chœur. Le messager m'a raconté que le roi était si consumé par le chagrin qu'on a dû l'empêcher par la force de se jeter sur le cercueil dans le tombeau ouvert.

Henri s'arrêta là, la gorge nouée.

— Si j'avais été là, c'est ce que j'aurais fait ! se lamenta Aliénor avec ferveur. Henri, nous aurions dû être présents.

— Il était trop tard, répondit-il avec le cœur lourd. La chaleur… (Sa voix se brisa.) Le Seigneur a au moins épargné deux de nos fils, reprit-il sur un ton amer. Et Constance est encore enceinte. Il se pourrait que la Bretagne ait un héritier.

— Cela doit être dur pour elle, dit Aliénor sans grande conviction.

— Je suppose, répondit Henri, un air sardonique planant sur son visage accablé.

Il savait aussi bien qu'elle que Constance ne pleurerait pas beaucoup son défunt époux.

— Qu'allez-vous faire ? se laissa-t-elle aller à demander. Richard sera-t-il toujours votre héritier ?

— Tant qu'il me restera loyal, répondit le roi. J'ai envoyé l'ordre à Jean de me rejoindre. Je pars pour Guildford demain.

C'était son fils favori que Henri faisait venir pour le réconforter. Il abandonnait Aliénor à sa peine. Elle n'arrivait pas à croire qu'il puisse se montrer aussi égoïste et insensible.

— Laissez-moi faire venir Richard, lui enjoignit-elle.

S'il pouvait avoir son enfant préféré auprès de lui, alors elle voulait le sien. Henri la dévisagea comme si elle avait perdu la raison.

— L'Aquitaine a besoin de lui là-bas, refusa-t-il sur un ton sans appel.

Chapitre 65

Sarum, 1188

Henri avait fini par mettre à exécution sa sempiternelle menace : il l'avait renvoyée à Sarum ; et il venait à présent, sans doute pour se réjouir de sa misère.

Elle ne pouvait probablement pas l'en blâmer. La rancœur accumulée par Richard envers son père avait fini par le pousser dans les bras de Philippe, ce qui avait eu pour conséquence une guerre sanglante opposant Henri – soutenu par Jean et Geoffroy, le bâtard et chancelier – et Richard – avec le roi de France comme allié.

— Philippe veut mettre la main sur la Bretagne, s'était emporté Henri en tremblant de rage et d'une envie d'agir. Il ose vouloir prendre le petit Arthur sous sa protection. Cela ne me surprendrait pas que Constance soit derrière tout cela. Depuis que l'enfant est né, elle n'a pas cessé de causer des problèmes.

C'était la vérité. Tout avait commencé avec le prénom du nouveau-né. Henri avait voulu que l'héritier de Bretagne porte son nom, mais Constance et ses conseillers bretons avaient insisté pour lui donner celui d'Arthur, le légendaire héros qui avait jadis régné sur la Bretagne – afin de démontrer le désir du duché de se libérer du joug angevin. Henri en avait été blessé, et furieux.

— Je n'ai jamais aimé Constance, pas plus que je ne lui ai fait confiance, avait dit Aliénor à son époux, qui avait opiné du chef avec véhémence.

— Je lui trouverai un nouveau mari, avait-il déclaré. Un mari qui saura la tenir.

Et il l'avait trouvé en la personne du comte de Chester, qui était l'un de ses plus fidèles vassaux ; et Constance, ses protestations ignorées, avait été prestement poussée dans ses bras avides.

Il y avait ensuite eu le sujet sensible d'Adèle. Philippe avait tenté maintes fois de forcer Henri à la marier à Richard. Henri ayant fait traîner la chose, le roi de France avait menacé de récupérer le Vexin et le Berry, de rompre les fiançailles et d'exiger le retour de sa sœur à Paris. C'était alors que Henri avait suggéré gaiement qu'Adèle épouse Jean à la place, et Philippe avait vu rouge. Cette proposition avait été la goutte d'eau, qui l'avait poussé à lever une armée pour marcher sur le Berry dans l'intention de se l'approprier – et alors, Richard avait tourné le dos à son père pour rejoindre l'ennemi.

Les rapports sur la suite des événements inquiétaient beaucoup Aliénor, et ses craintes la taraudaient encore dans les petites heures qui précédaient l'aube. Le duc Richard avait rejoint Paris au triple galop et avait été si bien reçu par Philippe qu'ils avaient mangé chaque jour à la même table, partageant les mêmes plats ; et que même le lit ne les séparait pas. C'étaient les termes employés par les espions du roi dans leurs comptes-rendus : « Le lit ne les sépare pas. »

Aliénor n'avait jamais jusqu'alors douté des penchants sexuels de son fils. Ces terribles révélations sur la sauvagerie et les rapines en Aquitaine avaient suffi à confirmer que Richard avait hérité des vices de sa race. Elle savait qu'il avait connu des femmes dans sa vie, et il avait même reconnu deux fils bâtards ; ses petits-enfants inconnus s'appelaient Philippe et Foulques – ce dernier prénom étant un des préférés des anciens comtes d'Anjou. Elle se dit avec indignation qu'il n'était nul besoin de se demander pourquoi le premier avait été appelé Philippe. Certes, elle n'avait pas attendu de Richard qu'il se confie à sa mère sur ses exploits amoureux, mais elle s'apercevait à présent qu'elle n'avait jamais entendu parler de la moindre de ses maîtresses, et elle en avait conclu qu'elles n'avaient été que des histoires sans lendemain, de celles qu'affectionnait son père. Elle se rendit aussi compte que Richard n'avait jamais voué à Adèle aucune affection, ni trahi aucune envie de la prendre pour femme – mais il n'y avait rien d'étonnant à cela, car beaucoup d'hommes rechignaient à épouser celle qui avait été choisie pour eux. C'était ce que symbolisait Adèle qui plaisait à Richard, et c'était tout à fait compréhensible.

Henri lui avait alors montré ce rapport confidentiel révélant que Richard partageait la couche de Philippe. Il n'avait fait aucun commentaire à ce sujet ; elle avait été seule à s'en trouver déroutée. Mais quelle absurdité ! se rabroua-t-elle. Richard et Philippe étaient comme des frères, chacun en convenait, et il était courant pour deux frères de partager la même couche. C'était cependant la tournure de cette phrase qui l'avait interpellée, comme si quelque chose d'ignominieux avait été sous-entendu. Son imagination avait conjuré toutes sortes d'hypothèses. Comme cela avait été le cas avec Henri de nombreuses années plus tôt, elle ne put supporter d'envisager que Richard préfère l'amour des hommes, qu'il endure ainsi une vie stérile et finisse par être banni et haï par la populace, qu'il risque la censure outrée de l'Église, voire d'être taxé d'hérésie pour être allé à l'encontre de l'ordre naturel imposé par Dieu. Elle ne pourrait pas le supporter. Il était son préféré, son enfant chéri, et elle voulait le voir heureux en mariage, avec une cohorte de beaux enfants autour de lui.

Le jour, Aliénor parvenait encore à oublier ses craintes ; mais la nuit, elles revenaient la tourmenter. Elle tenta de se raisonner, se disant qu'elle se montrait idiote et irrationnelle, comme trop de femmes ; mais l'angoisse ne la quittait pas. Elle n'osa pas confier ses peurs à Henri, car elle se rappelait sa réaction lorsqu'elle avait suggéré que Becket et lui avaient été amants, si longtemps auparavant, et elle le voyait déjà exploser de colère – puis passer cette rage sur Richard ou sur elle, ou encore dévoiler l'affaire au grand public et ainsi rendre les choses infiniment pires. Elle se tut donc, nourrissant ses inquiétudes et les laissant corrompre son esprit. Bientôt, elle fut aux aguets de la moindre bribe de rumeur susceptible de confirmer ou infirmer ses craintes. C'était épuisant de se torturer de la sorte.

— Ce qui se passe entre Richard et Philippe m'inquiète, lui avait soudain dit Henri un jour d'une manière qui laissait penser qu'il confirmait les pires peurs d'Aliénor.

Elle avait pris une subite inspiration puis retenu son souffle, attendant dans l'angoisse de savoir ce qu'il allait lui dire.

— J'ai très peur de ce qu'ils pourraient être occupés à manigancer, avait-il précisé, à son plus grand soulagement. Ces rapports sur leur grande amitié m'inquiètent profondément. Je veux savoir ce que cela cache. (*Moi aussi*, avait soupiré Aliénor. *Moi aussi !*) Philippe souhaite semer la discorde entre mes fils et moi, et ainsi parvenir à m'affaiblir. (« Tu penses que c'est là le fond de l'histoire ? » aurait voulu demander la reine à ce roi qui pensait à tout autre chose.) Il faudrait peut-être une insurrection en Aquitaine pour détourner l'attention de Richard – et peut-être une aussi à Toulouse. Qu'en dites-vous, Aliénor ? Je pense déclencher moi-même ces insurrections pour éloigner Richard de Philippe.

— Oui ! s'exclama-t-elle avec un enthousiasme un peu trop prononcé. Oui, tout à fait !

Henri n'avait pas remarqué son ardeur révélatrice tant il était occupé à établir ses stratégies.

— Puis, quand Richard aura le dos tourné, j'irai trouver Philippe pour conclure une trêve. Le pape veut lancer une nouvelle croisade, et c'est donc le prétexte parfait. Il ne faudrait pas que les monarques de la chrétienté se querellent entre eux pendant que les Turcs occupent Jérusalem.

Aliénor esquissa une grimace dépitée, regrettant que Henri se montre si cavalier quand les lieux saints étaient menacés ; elle avait, comme beaucoup de gens, été effarée d'apprendre la chute de Jérusalem, et avait applaudi l'initiative du pape. Cette situation faisait paraître bien futiles les disputes entre Henri, Richard et Philippe. Elle avait été ravie d'apprendre que Richard avait pris la croix, et elle priait pour que cela l'empêche de fomenter quelque mauvais coup contre son père.

Malgré la trêve et les projets de croisade, toutefois, la guerre avait continué inlassablement de faire rage, et Henri avait de nouveau craint que Richard tente de rallier sa mère à sa cause. C'était ainsi qu'Aliénor avait reçu l'ordre de retourner à Sarum afin d'y vivre sous les verrous – à la seule différence qu'elle avait cette fois droit à des appartements à un étage inférieur, plus spacieux et moins en proie aux vents violents qui sévissaient toujours ; et elle bénéficiait aussi d'un plus grand luxe, même si ses demoiselles avaient été renvoyées et qu'elle n'avait plus pour la servir encore qu'Amaria. Sa fidèle Amaria, qui avait gagné avec l'âge un poids considérable et avait perdu en souplesse, mais pas en franc-parler ni en bon sens.

Ce fut donc avec le cœur lourd et beaucoup de rancœur qu'Aliénor reçut, un jour pluvieux de juillet, la visite de Henri, qui boitait à présent ostensiblement. Sa mauvaise disposition s'évapora cependant quand, choquée, elle constata à quel point il avait changé en l'espace d'un an et demi. Il avait affreusement vieilli, était devenu incroyablement corpulent et semblait souffrir d'une grande faiblesse physique, qui se voyait clairement dans la raideur de sa posture gauche.

— Je suis venu vous dire adieu, madame, lui dit-il après lui avoir fait un baisemain. Je pars lancer une attaque sur les Français et écraser ce chiot de Philippe une bonne fois pour toutes.

— Mais, et Richard ? s'inquiéta-t-elle soudain. Vous ne comptez tout de même pas prendre les armes contre lui aussi ? Ce serait terrible.

— Fut un temps où vous ne pensiez pas ainsi, rétorqua-t-il avec un regard de reproche. (Il n'avait jamais pu oublier sa trahison.) Mais, pas d'inquiétude, Richard et Philippe sont en froid. (*Dieu soit loué !* se dit-elle, car cela représentait déjà un problème en moins.) Richard s'est soulevé contre lui et a bouté les Français hors du Berry.

— Si Richard est de votre côté, pourquoi donc me gardez-vous prisonnière ici ? se récria-t-elle vivement.

— Je n'ai pas confiance en Richard, répondit simplement Henri. Et, pardonnez-moi, mais je n'ai pas non plus confiance en vous. Je vous rendrai votre liberté quand j'estimerai l'affaire réglée. D'ici là, vous demeurerez ici. J'ai donné l'ordre qu'on vous octroie tout le confort possible.

— J'aimerais que vous puissiez mettre le passé derrière nous une bonne fois pour toutes ! s'exclama-t-elle brusquement.

— Si j'en suis incapable, rétorqua-t-il en la regardant d'un air méfiant, vous ne pouvez vous en prendre qu'à vous-même.

— Henri, cela fait quinze ans, et je n'ai durant toutes ces années rien fait pour bafouer votre autorité ou mon honneur ! Cela ne suffit-il pas à vous prouver que vous n'avez plus aucun besoin de vous méfier de moi ?

— Je n'y peux rien, répondit-il. Je n'ose plus faire confiance à personne, aujourd'hui. Je me méfie même de mon ombre. C'est vous, et nos fils, que je tiens pour responsables de cela. J'ai été trahi par ceux en qui j'avais le plus confiance. Je ne peux pas le pardonner.

— Dans ce cas, rien ne pourra nous sauver, déclara tristement Aliénor en se levant pour se rendre à la fenêtre et lui tourner le dos afin qu'il ne voie pas à quel point ses mots l'avaient blessée. Dites-moi au moins que vous m'avez pardonné, même si vous êtes incapable d'oublier.

Elle se tourna alors de nouveau vers lui et tendit la main avec espoir. Henri resta un instant sans bouger, plein d'hésitation, puis lui prit la main et la serra.

— Je vous pardonne, Aliénor, déclara-t-il simplement. Pardonnez-moi aussi de ne pas pouvoir oublier. Je pensais ne jamais pouvoir même vous excuser, mais je me fais vieux et je ne suis plus en grande santé : je ne peux pas prendre le risque de trépasser sans vous avoir accordé l'absolution que notre Seigneur prône en faveur de ceux qui nous ont offensés. (Il serra davantage sa main.) Je veux vous entendre dire que vous me pardonnez aussi. Je n'ai pas été le meilleur des époux.

Aliénor fut saisie d'un mauvais pressentiment, comme s'il s'agissait là de sa dernière chance de pouvoir arranger les choses avec Henri – ou du moins de les tempérer.

— Je vous pardonne, sincèrement, dit-elle du fond du cœur.

— Madame, la remercia-t-il d'une voix enrouée avant de s'incliner et de lui déposer un nouveau baiser sur la main.

Elle se dit inconsciemment que Henri et elle, autrefois des amants passionnés, avaient été réduits au contact chaste de lèvres sur la main. Ce fut un instant incroyablement lourd de sens. Qu'y avait-il chez cet homme pour la maintenir enchaînée à lui à l'encontre de toute forme de raison, alors qu'il avait tant fait pour détruire l'amour qu'elle lui avait voué, et qu'elle avait fait tout son possible pour se délivrer de son emprise ?

Henri fut le premier à se ressaisir et leva ses yeux gris maladifs vers les siens.

— Je vous libérerai dès que je le pourrai, déclara-t-il sur un ton bourru. Tout ce qu'il me reste à faire est de régler mes différends avec Philippe, par la force s'il le faut.

Aliénor le regarda d'un air apeuré. Après avoir retrouvé avec lui des rapports propices au pardon, apportant l'espoir d'une possible réconciliation plus heureuse, elle ne supportait pas l'idée qu'il lui arrive quelque malheur que ce soit.

— Vous n'êtes pas en état de vous battre ! s'exclama-t-elle. Vous êtes-vous regardé dans un miroir récemment ? Henri, qu'est-ce qui ne va pas ? Je sais que vous n'êtes pas bien. Dites-moi tout !

— Ce n'est rien. Trois fois rien, répondit-il dans un haussement d'épaules.

— Je ne suis pas aveugle, insista-t-elle. Je vois bien que vous souffrez.

Henri laissa échapper un soupir vaincu.

— J'ai un déchirement de l'arrière-train, admit-il. Cela saigne tout le temps, et s'infecte, et je ne parviens pas à le garder suffisamment sain.

— Dans ce cas, vous ne devriez pas monter à cheval, et encore moins pour de longs trajets, le rabroua-t-elle. Les médecins ne peuvent-ils donc rien faire pour vous soigner ?

— Non, ce sont des incompétents, répondit-il d'un air révolté. Je suis navré, Aliénor, mais il me faut régler les choses avec Philippe. Ce n'est qu'ensuite que je pourrai me reposer et m'octroyer le temps nécessaire à la guérison. Ne me regardez pas ainsi ! Tout ira bien !

— Puis-je au moins vous prodiguer un conseil, Henri ? demanda-t-elle avec douceur. Si vous voulez garder Richard à vos côtés, laissez-le épouser Adèle sans plus tarder.

Il fronça les sourcils.

— Je ne le peux pas, répondit-il après un long instant.

— Pourquoi ? voulut-elle savoir. Est-ce parce qu'elle est votre concubine ?

Il ressembla alors à un animal acculé, pris au piège et cherchant désespérément une issue.

— Ainsi, vous savez ? souffla-t-il d'un air incrédule.

— Cela fait déjà quelque temps. Adèle me l'a confirmé. J'ai remarqué qu'elle était enceinte, dit-elle avant de retomber dans le silence.

— Vous saviez, mais vous n'avez jamais rien dit ?

— Qu'aurais-je pu dire, à part vous mettre en garde contre la folie et l'ampleur de votre péché, en sachant que vous ne m'auriez pas écoutée, moi encore moins qu'un autre. (Elle le regarda droit dans les yeux avec une entière sincérité.) Henri, nous n'existions plus en tant que couple. Le temps où je couchais avec vous en me demandant si une autre avait été à ma place était depuis longtemps révolu. J'ai été choquée, cela est vrai, mais surtout pour Richard – et pour cette pauvre sotte. Adèle ne s'est jamais mise entre nous.

— Richard sait aussi, avoua le roi.

— Le monde entier devra l'apprendre, s'il l'épouse, le prévint-elle. Leur union serait incestueuse sans une dispense.

— Tout comme l'était la nôtre, lui rappela Henri. Vous aviez connu mon père. Je me suis souvent demandé si nous n'avions pas été maudits à cause de cela. Comment expliquer autrement toutes ces horreurs qui nous ont frappés, ainsi que notre descendance ?

— Le fait que vous descendiez du diable pourrait y être pour quelque chose ! déclara-t-elle avec un sourire. Mais, Henri, tout n'a pas été mauvais. Regardez le vaste empire que notre mariage a permis de créer !

— Cela aussi, Aliénor, dit Henri en secouant tristement la tête. Il s'est avéré quasiment impossible de le maintenir entier ; je me suis échiné et épuisé à le faire. Il n'a causé que des dissensions et des jalousies, et il continuera à en causer, entendez-moi bien, peut-être même pendant des centaines d'années encore. N'importe quel idiot aurait dû comprendre qu'essayer d'unifier un domaine aussi vaste engendrerait des problèmes inhérents, même sans les tentatives d'ingérence de la part d'un filou comme Philippe. (Il jeta un coup d'œil au sablier.) Je dois y aller, si je veux arriver à Southampton avant la nuit.

— Que Dieu soit avec vous, dans ce cas, messire, dit-elle avec ferveur en sachant que toute autre remarque sur son état de santé tomberait dans l'oreille d'un sourd.

— Et avec vous, madame, répondit vivement Henri avant de lui offrir un dernier baiser, sur la bouche cette fois, et de s'en aller.

Chapitre 66

Winchester, 1188-1189

Au début, les rapports qui leur parvinrent en Angleterre se révélèrent encourageants. Le roi l'emportait, et il était quasi certain de décrocher une grande victoire contre les Français ! Dans la foulée, l'ordre de Henri de déplacer Aliénor dans le château plus luxueux de Winchester arriva ; juste après avoir rejoint avec bonheur ses quartiers là-bas, accompagnée d'un Henri de Berneval s'inquiétant obséquieusement qu'elle dispose de tout ce dont elle avait besoin, conformément aux ordres du roi, elle reçut la nouvelle qu'elle redoutait plus que tout : Richard avait cédé à la flatterie de Philippe et tourné définitivement le dos à son père.

Elle pleura de rage face à la perfidie de son fils. Ce fut alors qu'elle apprit pour la conférence de Bonsmoulins, au cours de laquelle Richard, soutenu par le roi de France, avait exigé de son père qu'il le reconnaisse comme son héritier, qu'il lui cède l'Anjou et le Maine dès à présent, et qu'il le laisse épouser Adèle sans plus tarder et sans tergiverser. Tout cela était tout à fait raisonnable, évidemment, et il était logique que Richard endosse le pouvoir sur une partie des domaines de Henri, étant donné l'état de santé de ce dernier ; mais ce qui faisait obstacle à un accord était, encore et toujours, le problème d'Adèle.

Quand Henri avait signifié son refus, Richard lui avait porté un camouflet en s'agenouillant devant Philippe pour lui faire hommage pour l'Anjou et le Maine ; et les Français, furieux face à l'obstination du vieux roi, les avaient attaqués, lui et ses hommes, et les avaient écartés des négociations, allant à l'encontre de toutes les lois de la chevalerie et de la diplomatie.

Aliénor pleura de plus belle, cette fois à cause de l'humiliation et de l'ignominie qu'avait subies Henri ; elle l'imaginait forcé de trouver refuge dans un château en ruine loin de tout, ce qu'il semblait effectivement avoir fait. Les pluies hivernales avaient heureusement commencé à battre le pays, mettant un terme aux campagnes pour l'année, et une trêve avait été conclue jusqu'à Pâques. Henri lui avait écrit pour lui dire qu'il était au Mans et en bonne santé, mais Renouf de Glanville, qui était avec lui, fit parvenir à Aliénor une missive privée pour lui expliquer que son maître était malade et abattu.

Prise d'inquiétude, elle écrivit à Henri, l'implorant de la laisser le rejoindre pour Noël, mais il refusa, arguant qu'il ne prévoyait pas d'importantes célébrations. C'était en soi inhabituel, car il avait toujours respecté les grandes fêtes de l'Église en organisant de belles cérémonies et de généreux banquets, et elle perçut dans sa réponse qu'il n'allait pas bien. Elle envisagea d'aller le retrouver sans sa permission, mais elle aurait pour cela dû tromper la vigilance du consciencieux Henri de Berneval et trouver suffisamment de moyens financiers et matériels pour procéder à la traversée au beau milieu de l'hiver, ce qui relevait de l'impossible. Tout ce qu'elle pouvait faire, donc, était de prier pour que Henri se remette sur pied. Elle passa des heures entières à genoux devant la statue de la Vierge dans la chapelle du château, menaçant presque la Sainte Mère pour qu'elle intercède auprès du Seigneur en faveur du roi ;

l'espace de quelques semaines tranquilles, il lui sembla que ses prières devaient être exaucées.

Pâques arriva en même temps que l'annonce d'une nouvelle conférence de paix. Les princes ne désiraient apparemment aucunement se lancer dans une guerre ouverte s'ils pouvaient l'éviter. Aliénor se remit à genoux et pria pour qu'ils parviennent à un accord. Ce fut alors qu'on lui apporta une autre lettre de Renouf de Glanville, dans laquelle il lui faisait savoir, à son grand désarroi, qu'il avait fallu reporter la conférence car le roi était trop mal en point pour y participer. Après cela, elle s'était remise à harceler la Sainte Vierge, souvent avec des larmes ainsi que des belles promesses de messes en son honneur et d'actes de charité.

En juin, le roi se sentit mieux. Aliénor déborda d'allégresse quand elle apprit qu'il avait rencontré Philippe et Richard, mais elle déchanta vite lorsqu'on lui rapporta que son époux avait persisté dans son intention de marier Adèle à Jean, et que Richard, affirmant que ce n'était là que le premier acte d'un sinistre complot visant à le déshériter, avait une fois de plus rallié les forces de Philippe et déclaré la guerre à son père.

La guerre : une chose terrible dans n'importe quelle circonstance, mais d'autant plus quand elle opposait père et fils. Aliénor vécut chaque jour dans l'anticipation du pire, car elle ne pouvait pas prier pour qu'un camp l'emporte ; il ne pouvait y avoir aucun gagnant dans ce conflit. Soit l'époux, soit le fils serait sacrifié. Elle avait jadis fait un choix, et elle ne le ferait plus. Elle ne se rendait même plus à la chapelle, car elle ne parvenait plus à s'efforcer de prier. Dieu, le protecteur ou le juste, montrerait sûrement la voie vers une issue pacifique. Elle ne pouvait pas croire qu'Il ait entièrement tourné le dos à la maison d'Anjou.

Il semblait toutefois que l'attention du Seigneur était portée ailleurs. Philippe et Richard avaient continué d'avancer inexorablement en territoire angevin, prenant les châteaux un par un ; leur puissance était si terrifiante que les vassaux de Henri, dont il avait depuis longtemps perdu la loyauté à cause de son règne brutal, l'avaient abandonné. Pendant ce temps, le roi était retourné se réfugier au Mans, son lieu de naissance. Quand l'ennemi était apparu aux portes de la ville, il avait ordonné que l'on fasse incendier un bourg afin de créer une diversion qui lui donnerait une chance d'attaquer par surprise les Français occupés ailleurs ; mais il n'avait pas pris en considération le vent, qui avait attisé les flammes et brûlé une grande partie de sa ville préférée, laissant à Philippe la possibilité d'en percer les défenses. Henri et ses chevaliers avaient une fois de plus dû fuir humiliés. Dans une nouvelle lettre, Renouf de Glanville expliquait à Aliénor comment Henri avait pesté contre ce Dieu qui l'avait abandonné : « Il l'a averti qu'il le lui ferait payer du mieux qu'il pourrait, et qu'il le priverait de la chose qu'Il aimait le plus en lui – son âme immortelle. Il a dit encore bien d'autres choses que je ne saurais ici vous répéter. »

Aliénor imaginait fort bien la scène, et Henri assis sur le dos de son cheval, souffrant le martyre, avec la ville en flammes pour décor, vociférant sa colère impuissante face à un Dieu indifférent. Elle pleurait de toute son âme la perte de celle de son époux – mais elle ne pouvait rien faire pour apaiser ses souffrances de l'esprit ou du corps. À quoi bon prier, se demanda-t-elle, quand Dieu s'était détourné du roi ? Était-ce la peine de faire appel à Richard ? Cette initiative pourrait être mal perçue, c'était presque une certitude. Elle frémit en pensant à ce qui se passerait si Henri le découvrait. Il serait sans doute préférable de se remettre à prier avec ferveur.

L'attente de nouvelles fut très éprouvante. Elle se demandait cent fois par jour si Henri et Richard ne s'affrontaient pas à l'instant même sur un champ de bataille. Une lettre de Guillaume le Maréchal, qu'elle avait toujours considéré comme son champion, lui apporta un peu de soulagement. Le roi avait rallié la Normandie, l'informait-il, et l'avait chargé de prendre le commandement d'un contingent pour défendre ses arrières. Richard était arrivé bien vite à la tête d'une armée française et lui, le Maréchal, avait levé sa lance, prêt au combat. « Le duc m'a crié de le tuer, car il ne portait pas de haubert. Je lui ai répondu que je laissais sa mort entre les mains du diable, et j'ai eu le plaisir de le faire tomber de cheval à la place. Cela m'a donné l'occasion de partir au galop prévenir le roi de son approche, et je lui ai donc évité un affrontement direct avec son fils le duc. »

Peut-être l'affrontement pourrait-il être évité pour de bon, si seulement chaque camp y mettait un peu du sien, se dit Aliénor alors que l'horrible attente se prolongeait inlassablement et que juillet arrivait.

La chaleur était insupportable. À l'intérieur des murs du château de Winchester battus par le soleil, Aliénor et Amaria avaient revêtu leur plus léger bliaut et évitaient d'aller se promener dans les jardins tant que le soleil ne s'en était pas allé. La reine apprit que les deux armées, sur les terres de France, souffraient atrocement de coups de soleil, de fatigue et de dysenterie. Henri lui fit parvenir une lettre directement, dans laquelle il se plaignait d'une douleur extrême causée par un abcès, et que rester en selle lui serait bientôt impossible si ces satanés médecins ne faisaient rien pour y remédier dans les plus brefs délais.

Elle reçut à la suite de ce message une missive de Guillaume le Maréchal. Le roi avait été contraint de se retirer à Chinon pour se reposer ; il s'y était rendu seul en compagnie de son bâtard Geoffroy, voyageant par des petites routes afin d'esquiver les forces ennemies. « Il ne peut ni marcher, ni se tenir debout, ni s'asseoir sans éprouver un inconfort terrible, écrivait Guillaume. Nous sommes tous inquiets à propos de Jean, qui a disparu. La crainte est qu'il ait été fait prisonnier par le duc Richard et le roi Philippe. Dans ce cas, que Dieu protège le roi. »

En lisant cela, Aliénor redoubla de ferveur dans ses prières, implorant le Seigneur et la Sainte Mère de lui prêter l'oreille. *Que la paix revienne*, suppliait-elle avec véhémence.

Elle sombra dans une certaine léthargie, ne sachant pas comment passer ces heures d'attente entre chaque lettre ou rapport. Il fallait jusqu'à cinq jours à un coursier rapide pour parcourir la distance qui séparait Chinon de Winchester, en fonction des vents en mer, et Dieu seul savait ce qu'il avait bien pu se passer. Amaria tentait de lui occuper l'esprit en l'engageant dans une partie d'échecs ou en inventant des énigmes ; elle se rendit au marché et rapporta de la soie aux couleurs vives dans l'espoir de lui donner envie de confectionner de nouveaux coussins ou un devant d'autel ; elle demanda à Henri de Berneval de faire venir des ménestrels afin d'égayer quelque peu leurs soirées, et passa elle-même des heures aux cuisines pour lui préparer des petits gâteaux afin d'attiser son appétit ; mais aucune de ces plaisantes distractions ne parvint à alléger les craintes et l'anxiété de la reine.

Aliénor perdit du poids par manque d'appétit. Elle avait le visage creusé, et sa peau prit une teinte cendreuse. Elle avait soixante-sept ans, mais elle savait sans aucune vanité paraître et se sentir bien plus jeune ; ses cheveux grisonnants étaient dissimulés sous sa coiffe et son voile, son visage gracieux seulement marqué par des ridules délicates, et elle possédait l'énergie d'une femme moitié moins âgée. Cette vigueur bouillonnante était contenue pour l'instant, lui comprimant la poitrine ; elle désirait ardemment être au cœur de l'action et non enfermée loin de tout à Winchester. Si cela n'avait tenu qu'à elle, elle serait déjà sur le champ de bataille, telle l'Amazone qu'elle avait jadis prétendu être, dans cette plaine lointaine de Vézelay, quand ils avaient prêché pour la croisade fatidique qui s'était si mal terminée, pour les forces chrétiennes comme pour son mariage avec Louis. Elle était jeune et téméraire à l'époque, et brûlait de montrer à la face du monde son zèle en guerre sainte de la manière la plus apte à attirer l'attention ; elle n'aurait pas hésité à partir au combat, pour de bon cette fois, si on lui en avait laissé l'occasion. C'était cependant impossible étant donné qu'elle était une femme, prisonnière de surcroît ; elle ne pouvait rien faire d'autre qu'attendre des nouvelles. Attendre, encore et toujours ! On pourrait lui choisir cette épitaphe : « Elle attendit. »

Une autre rencontre avait eu lieu entre les différents belligérants. Aliénor tenait cette information de Guillaume le Maréchal et de Renouf de Glanville. Le roi, avait-elle appris, s'était tiré à grand-peine de son lit pour rejoindre Colombiers, près de Tours. Henri, en chemin, s'était plaint que tout son corps lui donnait l'impression d'être en feu, et il avait été contraint de s'arrêter dans une maison templière et d'envoyer ses chevaliers devant pour prévenir Richard et Philippe que sa maladie le retardait. Son fils, toutefois, ne l'avait pas cru et avait affirmé qu'il feignait son affection dans une mauvaise intention, préparant quelque vilenie ; il ne fallait pas en croire un traître mot.

Quand le roi avait entendu cela, il avait donné l'ordre à ses hommes, malgré sa souffrance, de le soulever en selle ; puis il avait chevauché à bride abattue, crucifié par la douleur, pour se rendre là où l'attendait l'ennemi. Le roi Philippe avait blêmi en le voyant arriver et, pris de pitié, lui avait offert son propre manteau pour qu'il s'assoie dessus. Henri avait cependant refusé et avait déclaré ne pas être là pour s'asseoir, mais pour payer le prix qu'ils fixeraient afin de faire la paix. Il était donc resté en selle, ses chevaliers l'empêchant de basculer. Il avait paru en piteux état.

La compassion de Philippe s'était arrêtée là. Il avait imposé les conditions les plus sévères qui soient, exigeant que Henri lui prête allégeance pour toutes ses terres ; il devait aussi laisser à Richard tous ses domaines, y compris l'Angleterre – sur laquelle le roi de

France n'avait pourtant aucune autorité ; il lui fallait gracier tous ceux qui s'étaient battus pour Richard ; il allait immédiatement renvoyer Adèle auprès de Philippe et accepter que Richard l'épouse directement après la croisade prévue ; puis, en signe de bonne foi, il devrait payer une très lourde somme et céder trois de ses principaux fiefs à Philippe.

Henri avait accepté. Il avait cédé sans même négocier, puis avait fait faire volte-face à sa monture dans le but de s'en aller, quand le roi de France l'avait arrêté et avait demandé qu'il offre à Richard le baiser de paix. Henri s'était exécuté sans le moindre enthousiasme, lui adressant un regard plus glacial que le fer de son épée. Une fois l'acte désagréable accompli, Richard avait eu la décence de paraître contrit, et son père lui avait dit : « Que Dieu me préserve de la mort avant que j'aie pu satisfaire ma vengeance sur vous. »

Le sang s'était mis à couler de ses chausses sur les flancs de sa monture, et il avait fallu l'aider à descendre de selle, puis le ramener en litière jusqu'à Chinon.

Aliénor déposa les lettres sur la table, l'esprit en ébullition. La paix pour laquelle elle avait tant prié et l'officialisation de l'héritage de Richard avaient été signés, mais à quel prix ? La soumission totale et la profonde humiliation d'un roi malade, trop souffrant pour se défendre. Plaise à Dieu qu'il en eût été autrement ! Elle aurait même préféré que Henri et Richard s'affrontent pour résoudre leurs différends en combat singulier, peu importe les dangers, plutôt que ce triste spectacle. Il lui était insoutenable de voir à quoi Henri, dont l'empire s'étendait de l'Écosse à l'Espagne, était si vilement réduit, sa fierté traînée dans la poussière. Il avait été un roi puissant, respecté, et même un grand monarque ; mais voilà qu'il n'était plus qu'un roi déchu. Et il était alité, terrassé par cette humiliante affection, le pauvre. Le cœur d'Aliénor pleurait pour lui.

Mais il ne fallait pas oublier la menace qu'il avait proférée. Il finirait par avoir sa revanche sur son fils, cela ne faisait aucun doute. Elle était presque contente qu'il soit cloué au lit. Comment pourrait-il jamais y avoir une paix durable entre son époux et son fils après tout cela? Pourtant... Elle se rappela les suites de cette rébellion d'autrefois, qu'elle avait elle-même aidé à fomenter. Henri avait alors pardonné à ses fils leur traîtrise. Hugues d'Avalon, cet homme saint et sage, avait affirmé que ceux que le roi avait aimés, il n'en venait que rarement à les haïr. Ce n'était que la vérité! Elle devait se raccrocher à cela, se répétait-elle dans son attente – encore l'attente – de voir ce qui allait suivre.

Elle ne reçut pas de nouvelles pendant encore environ une semaine. Elle n'en attendait évidemment pas si tôt. Henri recouvrait des forces à Chinon le temps que son abcès guérisse. Renouf de Glanville, ayant des affaires à régler en Angleterre, vint lui rendre visite, mais il n'avait rien de plus à lui apprendre étant donné qu'il avait quitté l'Anjou depuis quelque temps déjà.

Le temps changea et se fit étrangement imprévisible. Des grêlons percutaient les murs du château le jour où Henri de Berneval frappa à la porte d'Aliénor et la trouva occupée à mesurer des lés d'étoffe avec sa servante. La reine leva les yeux et vit sur le visage de son gardien une expression qui lui fit perdre son sourire. Le fait qu'il soit venu avec Renouf de Glanville n'augurait rien de bon; et la mine chagrine de ce dernier ne fit qu'accroître son inquiétude.

Berneval s'inclina bien bas, plus que jamais auparavant.

— Madame, je suis porteur de graves nouvelles, lui dit-il d'une voix étranglée.

Aliénor se leva et se campa devant lui, avec calme et dignité, se préparant à entendre le pire. Mais qu'est-ce que le pire lui réservait? Les nouvelles concernaient-elles Henri ou Richard – ou un de ses autres enfants?

— Madame, c'est avec une profonde tristesse que je viens vous annoncer que le roi a rendu l'âme, déclara doucement Berneval. Il a trouvé la mort à Chinon il y a quatre jours. Madame, je suis terriblement navré de devoir vous apporter cette terrible nouvelle.

Elle s'y était en partie attendue. Henri avait été malade et n'avait pas semblé se rétablir. De là à ce qu'il meure, toutefois – lui, cet autocrate qui avait mené d'une main de fer la moitié de la chrétienté, et qui avait été son époux pendant trente-sept ans ? Grand Dieu, cela lui paraissait inconcevable. Mais, alors qu'elle se tenait là à essayer de comprendre et d'accepter son décès, elle entendit le grand bourdon de la cathédrale sonner au loin, puis une autre cloche se joindre au funeste cortège, annonçant à toute l'Angleterre qu'elle venait de perdre son roi. Cinquante-six coups en tout, une pour chaque année de la vie du monarque… Cet appel sinistre résonnerait dans tout le pays, accompagnant la nouvelle du décès de Henri.

— Savez-vous ce qu'il s'est produit ? demanda-t-elle.

— Non, madame. Nous l'avons appris par le charretier venu de Southampton. Tout ce qu'il savait était que le roi était mort à Chinon. Il y a fort à parier que des messagers arriveront bientôt avec plus de précisions.

Aliénor ne répondit rien, mais elle porta son regard au-delà de la fenêtre sans rien voir, les yeux secs, tandis que se présentait à son esprit l'image d'un jeune homme magnifique, au port altier, avec des boucles rousses en bataille, celui qui l'avait ravie avec son cœur, qui lui avait fait la cour et l'amour, puis l'avait épousée sous les yeux d'une Europe scandalisée. Henri avait été si plein de vigueur et de désir ! Il était impossible d'appréhender le fait que cette vitalité n'était plus que poussière, qu'elle avait perdu à jamais le héros viril avec qui elle avait partagé tant de passion, et plus tard tant d'amertume.

Parfois, au cours des seize difficiles années de son emprisonnement, et même avant cela, quand leur mariage s'effritait et semblait ne pas pouvoir résister au temps, elle avait eu le sentiment qu'ils pourraient oublier toute douleur et toute trahison pour préserver une infime partie de leur ardeur perdue, un semblant de leur intimité et de leur affinité d'autrefois ; mais le bon moment n'était jamais arrivé ; de nouveaux problèmes s'étaient toujours interposés. Pourtant, lorsqu'elle avait fait ce qui devait être son dernier adieu à Henri – un an plus tôt –, qu'ils s'étaient accordé leur pardon mutuel et s'étaient montrés aimables l'un envers l'autre pour une fois, elle avait réellement cru qu'ils avaient une chance de finir par se réconcilier. Mais ils n'en auraient plus l'occasion, désormais. Cela aurait dû la briser, mais elle ne ressentait plus rien.

Le visage d'Amaria était figé ; les deux gardiens demeuraient immobiles, se gardant respectueusement de la déranger dans son silence. Au-dehors, les cloches continuaient de se lamenter. Bientôt, elles sonneraient joyeusement pour que vive le roi, et l'existence reprendrait son cours, consignant Henri FitzEmperesse à la postérité. Ce fut alors qu'Aliénor comprit que Richard était désormais roi d'Angleterre, et le monarque incontesté du puissant empire angevin. Elle accueillit ce fait avec un mélange de triomphe et de douleur. Si seulement l'héritage légitime de son fils adoré avait pu lui revenir en d'autres circonstances, sans que son père meure pendant une si profonde querelle !

Le deuil s'était brutalement abattu sur elle, elle savait pourtant avoir de nombreuses raisons de se réjouir, et ce fut en inébranlable reine qu'elle déclara d'une voix parfaitement maîtrisée :

— Maître de Berneval, je vous ordonne, au nom du roi Richard, de me délivrer sur-le-champ.

Il s'était demandé s'il oserait la libérer sans en avoir reçu l'autorisation. Le défunt roi lui avait dit de la garder sous bonne garde tant qu'il ne recevrait pas d'autres ordres, et il avait donc suivi ces instructions à la lettre. Il n'était plus très sûr à présent de ce qu'il devait faire, et il se tourna vers Glanville d'un air interdit pour obtenir son aide.

—Personne ne peut douter de l'amour que porte le roi Richard à madame sa mère, déclara-t-il sans hésiter. Au regard de la redoutable réputation de ce dernier, il serait sans doute judicieux d'obéir aux ordres sensés de la reine.

Henri de Berneval se mit alors à genoux et détacha les clés du trousseau à sa ceinture, puis les remit à Aliénor, qui lui tendait la main. Elle adressa un regard chaleureux et plein de gratitude à Renouf.

Elle n'était plus prisonnière, même si sa liberté était une chose bien futile dans de telles circonstances, étant donné qu'elle n'avait aucun désir d'aller où que ce soit. Elle devrait encore attendre de voir la suite des événements.

—Je vous prie de bien vouloir entrer à mon service en attendant le retour du roi, dit-elle aux deux hommes. À présent, je ne souhaite que me rendre à la chapelle et prier pour l'âme de mon défunt époux le roi.

Plus tard ce jour-là, Guillaume le Maréchal arriva, trempé jusqu'aux os après une chevauchée à bride abattue, pour apporter à la reine la nouvelle de la mort du roi Henri, ainsi que les ordres du roi Richard de la faire libérer. Il fut étonné, donc, de la trouver déjà libre et aux portes du château, alors qu'elle l'attendait, entourée d'un Henri de Berneval nerveux et d'un Renouf de Glanville plein de respect.

Aliénor, vêtue d'un habit de deuil noir et d'une guimpe surmontée d'un simple diadème en or, l'accueillit avec un sourire, véritable masque de courage, et lui tendit la main pour qu'il la baise.

—Madame, c'est avec une joie indicible que je vous trouve libre, dit-il en remarquant qu'elle semblait encore plus princière que jamais. Le roi Richard souhaitait ardemment que vous soyez délivrée au plus tôt. Il a grand besoin de vous en ce moment.

Henri de Berneval se détendit. Il n'allait donc pas être puni pour avoir désobéi à ses ordres. Cet homme terrifiant qui était désormais son roi lui serait reconnaissant d'avoir anticipé sa volonté. Berneval devait beaucoup à Renouf de Glanville pour son sage conseil.

— Nous étions sur le point de prendre le repas, Guillaume, déclara Aliénor, qui avait retrouvé avec aisance son ancien rôle de châtelaine royale. Vous avez le temps d'aller vous changer et vous rafraîchir, puis je vous serais reconnaissante de bien vouloir vous joindre à moi afin de tout me raconter.

Le Maréchal fut heureux de constater que nombre de seigneurs et de dames s'étaient empressés de rejoindre la Cour de la reine, mais il fut soulagé d'apprendre qu'il serait son invité lors d'un souper en privé ce soir-là, car il avait des choses à lui confier qu'il valait mieux ne pas lui révéler devant tout le monde. Quand fut venu le moment, seule sa servante était encore présente – celle qui ne l'avait pas quittée de toute sa captivité ; elle aussi portait le deuil, allant de-ci, de-là dans la grande chambre pour servir la nourriture, remplir les coupes de vin et retirer les plats, puis s'effaçant. Guillaume n'aurait jamais pu deviner que, sous ces apparences tranquilles, Amaria était folle de joie de voir sa maîtresse délivrée de sa prison et de ce long purgatoire qu'avait été son mariage. La reine était, selon elle, mieux sans ce bâtard à qui elle avait été enchaînée par les liens du mariage – « enchaînée » étant un mot approprié – et elle était heureuse que le Seigneur ait rappelé à lui le roi Henri. Elle savait comment elle l'aurait reçu, à la place du Tout-Puissant ! Certes, elle portait le noir, mais simplement par respect pour la tradition. Dès que le roi Richard arriverait, elle irait s'acheter une belle robe écarlate !

— Dites-moi ce qu'il s'est passé, demanda Aliénor à Guillaume le Maréchal lorsqu'ils furent seuls.

Il avait redouté cet instant, mais il devait tout lui raconter.

— Le roi était dans un terrible état lorsque nous l'avons ramené à Chinon. Il souffrait beaucoup de son humiliation, et ne cessait de maudire ses fils et lui-même, abhorrant le jour qui l'avait vu naître. Il a proféré de terribles blasphèmes et a demandé une seule bonne raison de vénérer Jésus quand Il avait permis qu'il fût si douloureusement confondu par un simple garnement – il parlait de Richard, évidemment.

— Je ne supporte pas de l'imaginer dans un tel état d'esprit, se lamenta Aliénor avec beaucoup d'émotion. Il ne pensait certainement pas ce qu'il disait. Il a toujours été du genre à parler de manière irréfléchie quand il était dans un éclat de rage, puis il le regrettait immanquablement. Ce qu'il s'est passé avec Becket en est l'exemple parfait. Il a longtemps été torturé par le remords à la suite de cette histoire.

— Il a aussi eu le temps de se repentir pour ces paroles, dit Guillaume. L'archevêque Baldwin l'attendait à Chinon, et, quand il a entendu ce que le roi disait, il a bravé sa colère pour le forcer à se rendre à la chapelle afin de faire la paix avec Dieu. Le roi a accepté, bien qu'il ait été sur le point de défaillir à cause de la douleur ; il a donc confessé ses péchés et a reçu l'absolution. C'est ensuite qu'il a rejoint son lit de mort.

— Les médecins n'ont-ils rien pu faire pour lui ? demanda Aliénor en secouant tristement la tête.

Elle avait délaissé sa viande, qui baignait dans sa sauce figée.

— Je pense qu'ils n'auraient pas pu faire beaucoup, répondit Guillaume avant de prendre une inspiration lasse. Par ailleurs, il avait perdu l'envie de vivre.

— Il a dû être très chagriné par l'hostilité de Richard, même si, au fond, il ne pouvait s'en prendre qu'à lui-même, dit-elle d'un air peiné.

— Richard l'a profondément blessé, confirma le Maréchal en avalant péniblement sa salive. Sa fierté avait été piétinée. Mais ce n'est pas cela qui lui a porté le coup fatal. Ses vassaux, ces vils traîtres, l'avaient abandonné en masse pour rejoindre le camp de Richard. À l'approche de sa fin, on lui a apporté une liste de ces traîtres afin qu'il sache qui échapperait au châtiment selon les termes du traité de paix, et de qui il lui faudrait se méfier à l'avenir. Le premier nom de cette liste était celui du seigneur Jean, annonça Guillaume avec des larmes au coin des yeux.

— « Jean » ? répéta Aliénor, incrédule. Jean a trahi son père ? Mais il était son fils préféré, celui de ses enfants qu'il aimait par-dessus tout. Pourquoi Jean l'aurait-il trahi ?

— J'imagine que Richard et Philippe auront trouvé le prix juste.

— Guère plus que trente pièces d'argent, à n'en pas douter ! Jean, celui pour qui Henri s'était fâché avec Richard, lui aura tourné le dos… Je n'en reviens pas.

— C'est peu ou prou ce qu'a dit le roi, et c'est à ce moment qu'il a perdu la volonté de vivre. Il a tourné la tête et nous a congédiés, disant qu'il ne se souciait plus de lui-même ni de rien en ce monde. Il a alors sombré dans le délire, gémissant de douleur et de tristesse. Son bâtard Geoffroy est resté à son chevet, lui serrant la tête contre son torse en le réconfortant. Ses dernières paroles ont été : « Honte, honte à un roi vaincu ! » Il a ensuite perdu connaissance, et il est mort le lendemain sans être une fois revenu à lui.

Cela faisait deux jours maintenant, et Aliénor n'avait encore pas versé de larmes. Sa léthargie avait persisté, mais elle avait senti que de lourdes émotions attendaient de la submerger. Elles le firent à ce moment-là, et elle pressa son visage entre ses mains pour cacher sa peine lorsqu'elle éclata en sanglots déchirants, tandis qu'Amaria se précipitait auprès d'elle pour la tenir dans ses bras, et que Guillaume, défait par un si grand chagrin et sur le point d'y céder aussi, posait d'un geste hésitant la main sur son épaule.

Il ne lui raconterait pas le pire de tout. Elle avait suffisamment de choses à porter ainsi. Elle finirait évidemment par l'apprendre, mais elle serait alors, avec un peu de chance, plus forte.

Il n'était lui-même resté à Chinon que pour entendre la messe et faire une offrande pour l'âme de son défunt maître ; il avait su devoir se dépêcher d'apporter au roi Richard la nouvelle de la mort de son père. Quand il était allé, après un repas pris à la hâte, rendre un dernier hommage à son ancien roi avant de prendre la route vers le nord, il avait été choqué par ce qu'il avait découvert ; car le roi Henri gisait nu, sans même un morceau de tissu pour couvrir son sexe, et il n'y avait plus aucun de ses biens dans la pièce. Guillaume avait deviné que c'était certainement dû à ses serviteurs, puisque ceux-ci étaient introuvables ; ils avaient dû se faufiler dans la chambre mortuaire dès le départ de Geoffroy et, tels des vautours, piller le cadavre et voler tous ses objets de valeur, jusqu'au dernier symbole de sa royauté.

Pressé de partir, il avait engagé le jeune chevalier Guillaume de Trihan afin qu'il l'aide dans sa tâche de rendre la dépouille présentable pour l'inhumation. Ils avaient fait de leur mieux au vu des circonstances. Une lavandière leur avait trouvé un filet de broderie dorée qui servirait de couronne, et ils étaient parvenus à trouver un anneau, un sceptre et une épée, ainsi que des vêtements d'une splendeur appropriée, notamment une belle paire de gants et des chaussures dorées. Il frémit en repensant à cela, car la dépouille n'avait pas été belle à voir, et cette ultime tâche avait été une dure épreuve pour lui-même et pour Trihan. Avec la chaleur estivale, et ce roi qui avait souffert d'une maladie répugnante…

Non, il n'allait pas raconter cela à Aliénor. Elle était encore en pleurs, la tête pressée contre l'ample poitrine d'Amaria, mais ses sanglots s'étaient calmés à présent et elle s'apaisait doucement, prenant de profondes respirations étranglées. Ce fut pour lui un soulagement de voir qu'elle était capable de pleurer, car c'était un pas important sur la difficile voie de l'acceptation de cette mort et des circonstances tragiques dans lesquelles elle était survenue. Elle pleurerait encore sans doute de nombreuses fois, mais elle finirait par guérir, car elle était forte. Elle avait essuyé de nombreuses tempêtes dans sa vie, et cette dernière ne l'emporterait pas.

— Pardonnez-moi, dit Aliénor en reniflant. Je ne sais pas ce qui m'a pris.

— Ce n'est rien, madame, lui assura-t-il.

— Si quelqu'un a le droit de pleurer, c'est bien vous ! déclara Amaria avec rudesse mais affection.

Guillaume remarqua la familiarité de la servante, et en fut content. C'était une bonne chose que la reine ait auprès d'elle quelqu'un d'aussi sensé et franc que cette femme pour l'aider à traverser cette période difficile.

Aliénor saisit sa coupe et but une gorgée du breuvage qu'elle contenait.

— Je me sens mieux, dit-elle avec un pâle sourire. Avez-vous vu le roi ?

L'espace d'un horrible instant, Guillaume crut qu'elle parlait de Henri, mais il comprit ensuite qu'elle faisait référence à Richard.

— Oui, madame. Je lui ai apporté la nouvelle de la mort du roi Henri.

— Et comment l'a-t-il prise ?

— Il s'est empressé de rallier Chinon en me demandant de l'y accompagner. Quand il a posé les yeux sur la dépouille du défunt roi, son expression était indéchiffrable. Je ne pourrais pas dire s'il ressentait de la tristesse ou quelque peine…

— Ou de la joie et un sentiment de triomphe ! termina pour lui Aliénor. Je connais mon fils, aussi bien que je me connais. Je suis certaine qu'il a dû avoir des sentiments contradictoires.

— J'en suis aussi convaincu, admit Guillaume. Il a prié quelque temps devant le cercueil.

Il ne mentionna pas le fait que Richard s'était agenouillé pour se relever la seconde suivante, à la grande consternation de toutes les personnes présentes. Il ne lui dirait jamais non plus qu'au moment où le nouveau roi s'était relevé, du sang noir s'était mis à couler des narines de l'ancien ; ni non plus que les gens rassemblés là, dans des hoquets et cris de stupeur, avaient affirmé que l'esprit de Henri était mécontent de la venue de son fils et de sa prière expéditive. Cela avait été une vision proprement épouvantable, et le Maréchal en tressaillait encore.

Il pouvait cependant expliquer à la reine que Richard, sans nul doute rattrapé un peu tard par la culpabilité, avait pleuré et s'était lamenté en suivant le corps qui devait être déposé à Fontevraud, que le nouveau roi estimait être un endroit plus convenable pour la sépulture de son père que Grandmont, où Henri avait demandé il y avait si longtemps à être enterré.

— Est-ce là sa dernière demeure ? demanda Aliénor.

— Oui, madame, on l'a inhumé dans le chœur des nonnes.

— C'est effectivement plus approprié que l'austère abbaye de Grandmont, dit-elle. Richard n'aurait pas pu choisir meilleur endroit, car Henri adorait Fontevraud. C'est là aussi que je souhaite être enterrée lorsque mon heure viendra. Richard a-t-il évoqué l'éventualité d'ériger un tombeau à sa mémoire ?

— Oui, madame. Il a déjà fait appel à des maçons et fait réaliser un gisant.

— Qu'il est étrange, se fit-elle la réflexion, qu'un homme ayant de son vivant régné sur tant de domaines soit finalement enterré dans quelques pieds de terre. C'est toutefois notre lot à tous, pauvres mortels, et cela nous est bénéfique de voir le Seigneur nous rappeler notre insignifiance face à la mort. Pourtant, n'importe quel tombeau, même le plus splendide, semble si insuffisant pour un homme tel que Henri – à qui le monde même ne suffisait pas. (Elle adressa à Guillaume un sourire, ses larmes à présent séchées.) Pardonnez-moi, mon vieil ami, je réfléchissais simplement à haute voix.

— Votre réflexion était très profonde, répondit-il en lui rendant son sourire. Vous êtes une grande philosophe, madame.

— Ah, mais ma sagesse ne me profite jamais, Guillaume ! s'exclama-t-elle en buvant encore un peu de vin tout en méditant. Il y avait beaucoup de choses que je n'aimais pas chez Henri. Il savait se montrer injuste et tyrannique, et sa morale laissait grandement à désirer. J'espère qu'il a fini par se repentir. Cela me ferait beaucoup de peine qu'il endure les tourments de l'enfer pour ses péchés.

— Oui, il s'est repenti, lui assura Guillaume.

— J'en remercie le ciel. Je suis sûre que beaucoup se souviendront de Henri comme d'un homme vil, mais cela n'a jamais été aussi simple avec lui. Je l'ai aimé avec passion, et j'en suis venue à le haïr avec tout autant de force. Ces dernières années, je ne parvenais même plus à reconnaître le jeune homme que j'avais épousé avec une si grande joie. Pour autant, je n'ai jamais pu oublier ce que nous avions vécu, et il m'était accordé de temps à autre de retrouver un peu de l'ancien Henri, celui que j'avais aimé. Pour cette raison, je vous affirme qu'il n'était pas vraiment quelqu'un de mauvais ; et, au bout du compte, il demeure à bien des égards un excellent monarque au règne bénéfique.

— Il était un grand roi, et il me manquera, déclara simplement le Maréchal.

— Comme à moi… Immensément. Malgré la malice qui nous a opposés, et nos trahisons mutuelles, je pense ne jamais avoir cessé de l'aimer. Cela reste une énigme, car Dieu sait que j'avais bien peu de raisons de le faire, mais il y avait quelque chose chez lui, et chez nous, qui me maintenait liée à lui, même lorsque je désirais m'en défaire. C'est très compliqué et je ne m'attends pas à ce que quiconque le comprenne.

Amaria, qui débarrassait le buffet derrière elle, affecta une moue dubitative, tandis que Guillaume le Maréchal, faisant fi de l'étiquette, posait une main sur celle d'Aliénor avec un regard attendri.

— Je vois ce que vous voulez dire, affirma-t-il. Je l'aimais aussi. J'aurais pu mourir pour lui.

Cinquième partie

L'aigle se réjouira
1189

Chapitre 67

1189, Winchester

Plus tard, quand la table fut débarrassée, Guillaume en vint à la raison première de sa visite.

— Madame, nous avons des affaires urgentes à aborder. Cela ne peut pas attendre. Je ne suis pas venu ici dans le seul but de vous libérer de vos chaînes, mais aussi pour vous informer que le roi vous confie le pouvoir de régner sur l'Angleterre en tant que régente. J'ai dans ma sacoche les instructions à remettre aux princes et seigneurs du royaume, qui leur font savoir que votre parole fera loi en toute chose.

Son cœur déborda de joie. C'était là la plus grande preuve d'amour et de confiance que Richard pouvait lui donner, et elle jura devant Dieu qu'elle se montrerait à la hauteur. Peu d'hommes, et encore moins de femmes, étaient appelés à l'âge avancé de soixante-sept ans à endosser une telle responsabilité et un tel honneur. Elle remercia le ciel du fait que ses années de séquestration lui aient permis d'acquérir un certain degré de sagesse, malgré ce qu'elle avait dit avec humilité à Guillaume le Maréchal ; et elle remercia le Seigneur de ce qu'elle n'ait rien perdu de son dynamisme, ni de ses capacités physiques et mentales. Elle savait, car elle avait appris à rude école, comment diriger un royaume et forcer le respect et l'obéissance du peuple – ainsi que son amour. Sa nouvelle autorité, pour laquelle elle rendit humblement grâce à Dieu, lui siérait à merveille.

Elle était pressée de quitter Winchester, de saisir les rênes du gouvernement et de manier le pouvoir dans l'intérêt commun. Elle s'assurerait d'exercer une influence sage et bienveillante sur son fils le roi, qui allait avoir besoin de toute l'aide et le soutien dont il pourrait bénéficier afin de tenir son vaste empire. Ses sujets d'Angleterre le connaissaient à peine, et il était un étranger pour eux. Elle allait donc faire tout son possible pour lui gagner leur amour.

Toutes sortes d'idées lui passaient par la tête. Elle irait à Westminster et obligerait chaque homme libre d'Angleterre à jurer fidélité à leur nouveau suzerain. Ensuite, elle visiterait chaque comté pour dispenser la justice et prendre toutes les décisions qui lui sembleraient adéquates, remportant dans la foulée l'obéissance des nobles. Elle expédierait les affaires de l'État et de la chancellerie au nom du roi, mais en employant son propre sceau.

Elle avait de grands projets. Elle réformerait les sévères lois forestières, si injustes pour les pauvres qui tentaient de survivre en braconnant dans les vastes forêts luxuriantes que les rois considéraient jusqu'alors comme leurs terrains de chasse privés. Elle légiférerait pour instaurer des poids et mesures justes, et une monnaie qui aurait cours légal partout dans le royaume ; et elle ferait construire des hôpitaux, et gracier des prisonniers. Si quiconque protestait contre ces mesures, elle lui répondrait que son emprisonnement avait été pour elle un sort terrible, et que ceux qui en étaient délivrés éprouvaient un tel allégement de l'esprit qu'ils faisaient tout pour ne plus risquer une punition de ce genre. Elle s'efforcerait d'être extrêmement respectée et aimée, pour le bien de son fils et de tout le royaume.

Avec l'aide de Dieu, elle ferait tout cela et plus, avec sagesse et compassion, et en son nom propre : Aliénor, par la grâce de Dieu, reine d'Angleterre.

*Envoi**

Winchester, 1189

Aliénor crut que son cœur allait exploser sous le coup de la joie quand elle revit Richard, dans toute la splendeur de ses jeunes années, traversant la longue grand-salle du château de Winchester pour la rejoindre. Quand elle avança sur l'estrade et qu'il la prit dans ses bras puissants pour l'étreindre, toute la Cour applaudit et les acclama. Puis, en toute humilité, le roi s'agenouilla devant sa mère pour recevoir sa bénédiction, qu'elle lui donna volontiers.

Richard accéda ensuite avec cérémonie et solennité à son trône ; il y en avait en fait deux, côte à côte, et rien ne distinguait l'un de l'autre en importance. Aliénor vit en cela la volonté de son fils de la traiter en égale.

Il n'avait cependant pas pris directement son éminente place, préférant rester debout devant elle et la foule rassemblée.

— Messires, gentes dames ! commença-t-il d'une voix forte. Je souhaite exprimer ici, devant vous tous, ma profonde gratitude envers madame ma mère la reine, qui a su si bien s'occuper du royaume en mon nom. Je ne saurais lui faire assez honneur, mais je vous demande à présent de toujours vous souvenir d'à quel point elle m'est chère, et de la traiter en conséquence.

Aliénor, les larmes aux yeux, se leva et effectua une révérence devant le peuple qui l'acclamait. Il lui fallut quelques instants pour y voir clair et pouvoir profiter de la grande cérémonie destinée à accueillir le roi dans son royaume.

— À présent, madame, lui murmura Richard bien plus tard, retirons-nous en privé, car je souhaite me confier à vous.

Dès qu'ils furent seuls dans la grande chambre, qu'elle avait si joliment fait arranger spécialement pour son arrivée, il se tourna vers elle et lui prit les deux mains, plantant dans le sien un regard troublé.

— Madame, je suis conscient que, par ma rébellion envers mon père, j'ai gagné la désapprobation de personnes bonnes et sages, se confessa-t-il. (Elle vit son beau visage anguleux se teinter de rouge.) Comptez-vous parmi eux ?

Il retrouva, l'espace d'un moment, son air de petit garçon en quête du pardon de sa mère après qu'il avait commis une bêtise. Ses actes n'avaient cependant rien d'une bêtise d'enfant : il avait déclaré avec cruauté la guerre à son père, à l'encontre de toutes les lois de Dieu et de la nature, et Aliénor avait eu bien du mal à confronter cela à l'image parfaite qu'elle avait eue de son fils, malgré sa juste cause. Elle s'était souvent rappelé que, sans cette rébellion de Richard, Jean serait resté fidèle, et Henri n'aurait pas eu à subir cette ultime amère trahison. Évidemment, il fallait aussi se rappeler que Henri avait eu tort dès le départ...

— Je ne jugerai pas tant que je n'aurai pas entendu ce que vous avez à me dire, répondit-elle évasivement.

— Dans ce cas, sachez ceci, mère : je me torture chaque jour à cause de ce que j'ai fait à mon père – et pourtant, je sais que si j'avais la possibilité de tout recommencer, je ne changerais rien. La justice était de mon côté, comprenez-vous. Mais mon père n'est plus, désormais, et je ne peux plus arranger les choses entre nous. Au lieu de cela, afin de réparer mes torts passés, je ferai tout ce qui est en mon pouvoir pour vous témoigner honneur et loyauté en tant que mère. Il aurait voulu cela. Et j'espère que mon obéissance envers vous me permettra d'expier mes offenses faites envers lui. Cela suffira-t-il ? Saurez-vous me pardonner ?

—Oui, Richard, évidemment, dit-elle en posant sur lui un regard aimant. Notre Seigneur nous enseigne que l'erreur est humaine, et le pardon divin. Avant qu'il ne me quitte pour la dernière fois, votre père et moi nous sommes mutuellement accordé notre pardon. Je ne peux pas faire moins pour vous, son fils et le mien. Oui, je vous pardonne, de tout mon cœur. Et je suis certaine que, si Henri s'est vu ouvrir les portes du paradis et qu'il nous regarde en ce moment, il vous pardonnera aussi. (Elle se laissa choir sur une chaise, submergée par la charge émotionnelle de l'instant.) Cela me rappelle une prophétie de Merlin que je ne pensais jamais voir être accomplie, reprit-elle. Il a prédit que : « l'Aigle du traité rompu » se réjouirait dans sa troisième nichée. Cela m'a interpellée pendant des années, mais je sais à présent avec certitude être cet aigle, et que ce traité rompu était bien mon mariage avec votre père – je le soupçonnais depuis longtemps, et je savais que la dernière partie de la prophétie devait encore se réaliser. C'est maintenant chose faite. C'est vous, Richard, mon troisième fils, ma troisième nichée. C'est par vous que mon cœur se réjouit. Vous êtes celui qui élèvera mon nom à une grande gloire, comme l'a annoncé le prophète.

Le roi se tourna dans sa direction et planta dans les siens ses troublants yeux bleu glace.

—Non, madame, dit-il. Si quelqu'un a élevé votre nom à la gloire, c'est vous-même.

Épilogue

Abbaye de Fontevraud, 1er avril 1204

La vieille dame s'agita nerveusement dans son sommeil, et la jeune nonne assise à son chevet leva un regard anxieux de son livre d'heures. Il était dur d'imaginer que cette frêle personne âgée quasi translucide était la légendaire reine Aliénor, la femme de deux rois et la mère de trois autres : la grande Aliénor, dont la renommée – ou la triste réputation, selon qui l'on écoutait – s'étendait sur toute la chrétienté et au-delà. La grande Aliénor, à présent simple servante de Dieu.

Sœur Amice se leva, lissa les beaux couvre-lits en laine et les draps de coton blanchis, rajusta sur l'oreiller le voile de son aînée, puis murmura une prière pour elle. Aliénor était très vieille, elle avait quatre-vingt-deux ans exactement, un grand âge s'il en était, et le temps avait fini par venir à bout de sa solide santé et de sa vigueur. Elle n'était plus qu'une morte en sursis, remise aux bons soins de ses sœurs religieuses au sein de sa chère abbaye de Fontevraud, ce havre béni niché au cœur d'une vallée boisée au bord de la Loire.

La mère abbesse Mathilde de Bohème passa la tête par la porte.

— Comment se porte notre sœur ? demanda-t-elle alors que la jeune nonne se mettait à genoux.

— Elle dort, ma mère, Dieu en soit loué.

— Elle ne se réveillera plus, prédit Mathilde. Ce n'est que miséricorde. Elle ne saura jamais que son fils, le tyrannique roi Jean, a perdu la Normandie face aux Français. Nous devons remercier le Seigneur pour cette prévenance.

L'abbesse leva la main en signe de bénédiction, puis retourna silencieusement à ses maints autres devoirs.

Elles croient que je ne peux pas les entendre, pensa Aliénor, *que je suis allongée là inconsciente, attendant le repos éternel. En vérité, je suis trop fatiguée de la compagnie des hommes. J'ai fait la paix avec mon Créateur et suis prête à affronter son jugement. J'ai reçu la confession et ai été absoute ; je suis prête pour mon dernier voyage. Je le ferai bientôt. Il ne me reste plus que mes souvenirs. Tant de choses à se remémorer, au cours d'une longue vie bien vécue, pas toujours avec discernement. Il m'aura fallu de longues et amères années d'emprisonnement, ainsi que l'approche de la vieillesse, pour apprendre la véritable sagesse. Je l'ai acquise au prix fort. Ah, comme il était bon d'être jeune et folle, d'aimer et d'être aimée, d'éprouver du désir…*

Elle s'agita une nouvelle fois lorsque son corps usé se rappela, malgré toutes les années.

Il y a aussi beaucoup à regretter, songea-t-elle encore en repensant aux conséquences de sa folie. *Je pourrais souhaiter n'avoir jamais pris certaines décisions. J'étais impétueuse, guidée par mes désirs, indifférente à ceux des autres. Le pauvre Louis… comme je l'ai fait danser, ce timide prince à la pudeur monastique. Et Henri… tout ce que nous nous sommes fait l'un à l'autre ! Comment avons-nous pu en arriver là ? Et Richard, mon merveilleux fils au cœur de lion, le préféré de tous mes enfants et l'amour de ma vie – mais mort trop vite, m'ayant été cruellement arraché par la flèche d'un assassin. Nous serons très bientôt réunis, mon prince adoré…*

La silhouette sur l'étroit lit laissa échapper ce qui ressemblait à un sanglot, et la jeune moniale leva les yeux ; mais Aliénor semblait dormir paisiblement. Richard était auprès de Dieu, comme sa mère le serait aussi bientôt. C'était le souvenir de Henri qui la retenait. Il y avait eu tant d'amertume entre eux qu'il était aisé d'oublier comment les choses avaient été avant que la trahison, le meurtre et la rébellion les déchirent. Dans ses dernières heures, toutefois, elle souhaitait se souvenir, savourer la beauté de ce qu'ils avaient vécu au début, et la manière dont leur histoire avait commencé ; et, pour la millième fois, tenter de mettre le doigt sur ce qui avait tout gâché. Elle doutait toutefois de jamais pouvoir y parvenir.

Qui aurait cru, se dit-elle, un léger sourire apparaissant sur ses lèvres tirées, *que nous tomberions tant amoureux l'un de l'autre, et que cet amour ferait trembler le monde ?* Encore maintenant, cela restait difficile à croire. Aucun poète ou troubadour ne pouvait même arriver à donner du sens à cela. C'était toutefois là tout le mystère du cœur – et du désir poignant que peuvent ressentir l'une pour l'autre deux personnes vigoureuses. Elle n'avait jamais oublié ce jour à Paris, plus d'un demi-siècle auparavant, quand elle avait pour la première fois posé les yeux sur Henri, dans toute la splendeur de sa jeunesse…

Des souvenirs entêtants, mêlés désormais à d'autres plus tristes. Ils ne la quittaient jamais. Pas simplement la tragédie de leur mariage, mais la souffrance d'un chagrin sans fin. Elle avait mis au monde onze enfants, et elle en avait perdu neuf ; ils lui apparaissaient souvent, sinistre procession de fantômes adorés : Marie et Alix, qu'elle n'avait jamais revues après son divorce d'avec Louis, qui s'en étaient allées trouver le repos éternel depuis six et neuf ans maintenant, la laissant pleine de regrets de ne pas avoir su être pour elles une mère ; le petit Guillaume et bébé Philippe, souvenirs tendres et fugaces ; Henri le Jeune et Geoffroy, ses beaux et robustes fils, emportés prématurément, leur amère rivalité vaincue par la mort ; sa bien-aimée Mathilde, morte en couches le même été que Henri ; Jeanne, tragiquement traumatisée par la violence de son mariage et les brûlures qui avaient terni sa beauté à la suite d'un terrible incendie, après quoi elle n'avait plus eu la force d'affronter un accouchement brutal ; et le préféré d'Aliénor, Richard, qui devait être la récompense de ses vieux jours, à présent mort aussi. Après avoir souffert l'échec de sa grande croisade pour délivrer Jérusalem des Turcs, puis avoir été fait prisonnier par ce traître d'empereur – oh, comme elle s'était démenée pour réunir la rançon ! –, il reposait à présent dans la quiétude de Fontevraud, son lion dont le cœur avait cessé de battre, dans le chœur, aux pieds de son père, comme il l'avait demandé en toute humilité en guise de pénitence. Bientôt, si le Seigneur choisissait de se montrer miséricordieux, elle aussi se retrouverait inhumée là, auprès d'eux.

Elle avait perdu tout goût à la vie après la mort de Richard, et n'avait plus été qu'une coquille vide. Elle avait pris sur elle afin d'assurer l'héritage de Jean, mais son cœur n'y était plus ; il était brisé et ne pourrait plus jamais être réparé. Même après cela, pourtant, malgré son grand âge, rien ne lui avait été épargné, et elle avait traversé les montagnes inhospitalières des Pyrénées pour se rendre en Castille afin de récupérer sa petite-fille, la fille de la jeune Aliénor, et la marier au dauphin Louis, le fils de Philippe Auguste. Il y avait ensuite eu la rébellion menée par son petit-fils, Arthur de Bretagne, qui avait contesté le pouvoir de Jean et avait même eu l'impertinence d'assiéger sa grand-mère de quatre-vingts ans au château de Mirabeau. C'était Jean, le perfide Jean, qui avec courage était venu à sa rescousse, chevauchant à bride abattue dans une colère vengeresse pour briser le siège, son champion sur son destrier blanc. Elle en était presque venue à l'aimer après cela – elle en avait été plus proche que jamais auparavant.

Après cet épisode, cependant, Jean avait assassiné Arthur. Il ne l'avait jamais admis, et ce n'était pas le genre de choses dont les gens parlaient autrement qu'en messes basses, mais elle l'avait su dans son cœur. On racontait toutes sortes d'histoires terribles. Certaines affirmaient que le roi avait donné l'ordre au geôlier du jeune homme de le faire énucléer et castrer ; d'autres que c'était Jean qui avait tué Arthur de ses propres mains avant de faire jeter son corps lesté dans la Seine. Aliénor avait plaidé elle-même auprès de Jean pour qu'il épargne son petit-fils, mais le roi n'avait pas eu le courage de croiser son regard. C'était là qu'elle avait compris. Il lui semblait une fois de plus que la famille angevine était maudite, comme Bernard de Clairvaux l'avait jadis déclaré, et que ses rejetons, tous ces misérables descendants de la sorcière Mélusine, étaient voués à se détruire mutuellement. Cela ne finirait-il donc jamais ?

Et les moniales racontaient à présent que Jean avait perdu la Normandie, ce fier héritage du Conquérant, ce joyau de la couronne angevine ? Comme l'avait autrefois annoncé Mathilde l'Emperesse, le jour viendrait où il faudrait payer pour le mariage maudit de son fils. L'empire finirait par s'effondrer, Aliénor le savait ; si les successeurs de Philippe étaient aussi tenaces et ambitieux que lui, ils allaient parvenir à le lacérer de leurs griffes, morceau par morceau. Cela leur prendrait peut-être des centaines d'années, mais le grand empire que Henri et elle avaient construit finirait par s'écrouler, et son héritage n'en finirait sans doute pas de secouer encore la chrétienté pendant quelques siècles de plus. *Voilà ce que nous avons accompli !* se dit-elle sombrement en remerciant le Seigneur de ce que Henri et Richard ne soient plus là pour voir cela. *Oui, Henri, nous avons bâti un grand empire ; mais il se pourrait que son legs soit arraché au prix du sang.*

Sa vie avait-elle valu la peine d'être vécue ? Elle avait l'impression que non, d'un point de vue humain. Après le passage de la passion, et la mort terrible de ses espoirs, que restait-il pour preuve de ce qu'elle avait accompli dans le temps qui lui avait été imparti sur Terre ? Cet extraordinaire mariage dynastique pour lequel elle avait comploté et péché n'avait apporté ni bonheur ni paix, même s'il les avait investis, Henri et elle, d'une grandeur éphémère. Ils laissaient au lieu de cela un héritage amer pour ceux qui leur succédaient. Il fallait déjà commencer à en payer le prix.

Mais elle ne devait pas se laisser inquiéter par la Normandie et les problèmes de l'empire. Dieu avait d'autres priorités. La véritable grandeur résidait dans le fait de vivre en harmonie avec Lui, de vivre avec sagesse, et d'exercer le pouvoir avec humanité. Elle savait avoir souvent lamentablement échoué, mais elle avait dans l'ensemble fait de son mieux, même si ses motivations n'avaient pas été des plus pures. On ne pouvait pas dire beaucoup mieux de qui que ce soit. Le livre de sa vie était presque achevé, et il était impossible d'en changer un seul chapitre. C'en était fini pour elle des choses de ce monde, qu'elle laissait résolument derrière elle. Jean allait devoir aller en enfer par son propre chemin…

Après la disparition d'Arthur, elle en avait eu assez. Elle était vieille et fatiguée, et sa tâche était accomplie. Tout ce qu'elle attendait encore était la paix et la tranquillité du cloître, ainsi que celles de l'esprit. Elle avait bénéficié des premières, mais ne pensait pas un jour connaître les secondes. Quelqu'un de très avisé – elle avait oublié qui, car elle perdait la mémoire ces temps-ci – n'avait-il pas dit un jour que le sang des méchants ne peut se multiplier ? Henri et elle avaient-ils été si méchants ? La réponse lui faisait peur, avec l'imminence de la mort et du jugement divin. Et pourtant… Elle s'était efforcée de se racheter après tout ce qu'elle avait pu faire de mal, et pour trouver le pardon. Au bout du compte, Dieu lui-même se montrerait clément. Elle devait suivre le conseil de l'abbesse et mettre toute sa confiance en Lui, puis attendre la mort avec sérénité, l'embrassant plutôt que la craignant.

Elle était là, portant le voile qui serait son linceul. Elle s'agita encore un peu dans l'étroit lit, si bien que la nonne leva les yeux de son livre. *Elle n'est plus qu'un fantôme*, se dit la jeune femme. Elle ne vit pas qu'un subtil changement s'opérait chez la vieille dame allongée devant elle ; mais Aliénor redevint subitement elle-même, et vit clairement, avec une grande joie, s'ouvrir devant elle une porte dorée ; elle sut qu'elle était accueillie, et elle avança vers la lumière éblouissante qui en émanait, d'une splendeur incommensurable. Sa dernière pensée lucide fut que personne ne pouvait savoir exactement ce qui se trouvait au-delà des portes de l'éternité ; mais, si le Seigneur était bon, alors nos êtres chers nous y attendaient, sous son regard bienveillant, et le paradis était bien plus beau que tout ce que l'Homme pouvait imaginer.

Si elle avait eu une voix, elle aurait crié d'émerveillement, car, flottant là dans la lumière, elle revit, comme elle l'avait vu en songe il y avait tant d'années, un cercle d'or flamboyant briller d'une lueur incomparable, une couronne sans début et sans fin, si glorieusement pure et resplendissante, la promesse de joies éternelles. Et dans cet instant merveilleux, tandis que la bougie à côté de son lit vacillait tranquillement avant de s'éteindre, et que la jeune nonne appelait en panique l'abbesse, Aliénor sentit soudain son âme déployer ses ailes et s'envoler au sud vers Poitiers, Bordeaux, et l'Aquitaine…

Note de l'autrice

Ce roman est basé sur des faits historiques. Néanmoins, Aliénor d'Aquitaine a vécu au XIIe siècle et les sources contemporaines sur sa vie sont relativement rares, comme j'ai eu l'occasion de m'en rendre compte lors de mes recherches pour ma biographie à son sujet dans les années 1970 et 1990. C'est pendant l'écriture de cet ouvrage que m'est venue pour la première fois l'idée d'écrire de la fiction historique. Le but, en essence, de la biographie médiévale, et particulièrement quand elle concerne les femmes, est de rassembler les pièces d'un puzzle cohérent afin de pouvoir en dégager une trame. Cela peut s'avérer frustrant, car il manque souvent des pièces que l'on sait perdues à jamais. Je me suis un jour rendu compte, alors que je rencontrais une impasse dans la formulation d'une théorie, que la seule manière de remplir les trous était d'écrire de la fiction historique, car – comme je le pensais alors – un romancier n'est pas soumis aux mêmes contraintes qu'un historien.

Mais est-ce la stricte vérité ? Quel est le but d'un roman (ou d'un film, d'ailleurs) basé sur un personnage historique si l'auteur ne prend pas la peine de le rendre aussi authentique que possible ? On ne peut pas simplement tout inventer. Je le sais car mes lecteurs me disent assez souvent – avec beaucoup de franchise – qu'il est important que les faits soient proches de la réalité, licence artistique pour la tension dramatique et imagination éclairée du romancier mises à part. Car beaucoup de gens – moi y compris – arrivent à l'Histoire grâce aux romans historiques, et nombreux sont ceux qui ne franchiront pas ce pas entre le roman et l'essai historique ; ils comptent sur le romancier pour leur raconter les choses telles qu'elles se sont déroulées, et pour placer l'intrigue dans un décor authentique, avec des détails authentiques. Bien entendu, les sources historiques sont sujettes à une grande variété d'interprétations, mais elles sont le seul moyen à notre disposition d'apprendre ce qu'il a pu se passer il y a des siècles de cela, et il est crucial qu'un écrivain de fiction historique les utilise déontologiquement, de la même manière qu'un historien. Sans cela, le roman ne pourrait pas être jugé valable.

Mais qu'en est-il de ces trous ? Comment les remplir ? Il est évidemment libérateur de pouvoir laisser libre cours à son imagination, mais il ne faudrait pas non plus raconter n'importe quoi, et ce que l'on invente doit toujours rester crédible dans le contexte réel. Fabriquer une intrigue sans aucun fondement historique ne donnera jamais rien de convaincant, et ne fera que perdre à la fois le lecteur qui n'a aucune notion du sujet et celui qui en sait beaucoup. L'écriture de quelque chose de controversé doit toujours être motivée par une solide raison, et tout écart significatif avec les faits historiques devrait être expliqué dans une note comme celle-ci.

C'est pourquoi, cet ouvrage étant un roman, j'ai pris certaines libertés à des fins dramatiques. Les frasques sexuelles d'Aliénor, par exemple, font l'objet de nombreuses savantes conjectures de la part des historiens, mais je pense que les allégations ne sont pas totalement infondées, comme je l'ai démontré dans ma biographie. Les légendes qui entourent Rosemonde Clifford – celle du labyrinthe à Woodstock et son assassinat par Aliénor – sont nées bien plus tardivement, et elles sont infondées, mais j'ai décidé de les mettre à profit ici.

Toujours pour servir l'histoire, ou bien pour nourrir mes descriptions, j'ai pris quelques autres libertés. La « Salle des pas perdus » à Poitiers, où Aliénor accueille Henri au chapitre 6, n'a été baptisée ainsi que quelque quarante ans plus tard, quand elle l'a fait réaménager. Même si Aliénor était en réalité duchesse d'Aquitaine et comtesse du Poitou, j'ai choisi de ne lui conserver généralement que le premier titre afin d'éviter toute confusion.

Nous savons qu'Aliénor pouvait lire, mais aucun exemple de son écriture n'a survécu, et il n'est donc pas possible d'affirmer qu'elle ait su écrire. Dans ce roman, je suis partie du principe – assez crédible, me semble-t-il – qu'elle en était capable.

Le lecteur pourra sans doute trouver les descriptions des accès de rage de Henri II difficilement plausibles, mais le tempérament des Plantagenêts était bien connu, et ces scènes sont telles que décrites par les chroniqueurs de l'époque.

La sœur d'Aliénor, Pétronille, est parfois appelée Aelith dans certaines sources ; j'ai opté pour le nom sous lequel elle est le plus largement connue. Il n'y a pas de date avérée pour la mort de Pétronille, et j'ai donc inventé son destin, suggéré par les importants montants payés et archivés par l'Échiquier attestant des quantités de vin qu'elle commandait.

Aucune preuve n'indique qu'Aliénor se soit rendue à Woodstock en décembre 1166 alors qu'elle voyageait vers le comté d'Oxford, mais je me suis servie de certaines conjectures de biographes affirmant qu'elle aurait fait cette étape, et qu'elle y aurait rencontré Rosemonde Clifford.

Aucune preuve historique ne permet non plus d'affirmer l'existence d'une relation homosexuelle entre Henri II et Thomas Becket, bien que leur amitié ait été exceptionnellement fusionnelle. Les positions adoptées ici vis-à-vis de l'homosexualité sont celles du XIIe siècle. Les témoignages diffèrent quant aux termes effectivement employés par Henri II ce jour où, pris d'une grande colère et en proie au désarroi, il a blâmé ses courtisans pour avoir permis qu'il soit moqué avec tant de mépris par Becket, et a ainsi incité par inadvertance quatre chevaliers à se rendre en secret en Angleterre pour assassiner l'archevêque. Il est traditionnellement rapporté qu'il aurait crié : « Eh ! quoi, parmi tous ces lâches que je nourris, aucun n'est donc capable de me venger de ce misérable clerc ! » Bien que cette invective n'apparaisse dans aucune source de l'époque, je l'ai reprise ici pour un meilleur effet.

Certains dialogues sont tirés de sources contemporaines, bien que j'aie apporté quelques modifications pour les adapter à un roman du XXIe siècle. Je me suis principalement inspirée pour ces dialogues du film *Le Lion en hiver* (version de 1968) et du *Becket ou l'Honneur de Dieu* de Jean Anouilh, dans lesquels de truculentes expressions modernes se mêlent aux tournures surannées. Ce type de langage se prête bien aux traductions des sources anciennes en latin et en normand. Ces traductions peuvent paraître étrangement modernes comparées (par exemple) aux sources en vieil anglais sur les Tudors.

Si tout le monde était mien, la chanson du *minnesinger* allemand au chapitre 14, provient d'un chansonnier goliard et a été adaptée par Carl Orff pour son *Carmina Burana*, sa collection de chansons profanes pour orchestre, soliste et chœur, créée en 1937.

Ceux à qui rien n'échappe se demanderont peut-être pourquoi l'illustration de couverture originale d'un roman sur les années d'Aliénor en tant que reine d'Angleterre la montre en robe bleue à motifs de fleurs de lys, symbole de la royauté française. Bien qu'elle ait été utilisée par son premier époux, Louis VII, et soit associée aux rois francs depuis le haut Moyen Âge, elle n'était pas l'apanage de la France et n'apparaît pas en tant qu'arme héraldique avant 1211. Il se pourrait même qu'elle ne représente pas véritablement un lys ;

certains affirment qu'il pourrait en fait s'agir d'une fleur de genêt, la *planta genista* qui a donné son nom à la dynastie de Henri II. Étant donné que l'héraldique était une chose récente au XIIe siècle, et que la fleur de lys était un symbole populaire au sein de plusieurs dynasties en Europe à cette époque, il est plausible qu'Aliénor d'Aquitaine ait porté une telle robe.

Le lecteur remarquera aussi peut-être que j'ai intégré des descriptions des pièces réarrangées de la grande tour du château de Douvres, où les photos de la jaquette de l'édition originale ont été prises.

L'écu figurant sur les pages de titre des parties dans cette même édition représente les armes de Henri II, sur lesquelles est intégré le lion du Poitou d'Aliénor.

Pendant mes recherches pour ma biographie d'Aliénor, quand m'est d'abord venue l'idée d'écrire de la fiction, c'était elle que je voulais mettre au cœur de mon roman. Je n'ai pas pu le faire à l'époque pour des raisons évidentes, et j'ai donc choisi de me tourner vers lady Jane Grey. C'était en 1998, il y a plus de dix ans, et je suis heureuse d'avoir enfin pu atteindre mon objectif premier. La boucle est désormais bouclée !

La décision était délibérée de ne pas écrire une fiction sur l'ensemble de la vie d'Aliénor. Une fois de plus, je me suis principalement inspirée de ce film incomparable qu'est *Le Lion en hiver* et je souhaitais surtout dans ce roman montrer le mariage d'Aliénor et Henri II – pas seulement un épisode vif et explosif au cours d'un Noël, mais toute l'évolution de leur relation sur une période de trente-sept ans. Ainsi, je pense avoir donné un éclairage sur ce qui a pu la faire tourner au vinaigre, et expliquer ce qui a pu les pousser à agir comme ils l'ont fait. C'est cela qui représentait le plus grand défi.

J'aimerais dire un grand merci, et témoigner toute ma reconnaissance, à mes brillants éditeurs, Anthony Whittome, Kate Elton et Caroline Gascoigne de Hutchinson et Arrow, ainsi qu'à Susanna Porter de Ballantine à New York, pour le soutien incroyable qu'ils m'ont fourni durant la préparation de ce roman. Merci à mon agent, Julian Alexander, pour sa grande gentillesse et ses indéfectibles encouragements ; à Sarah Eastall et Garry Newing pour nous avoir autorisés à prendre les clichés de la grande tour du château de Douvres utilisés pour la jaquette originale, et pour nous avoir aussi bien accueillis ; et à ma famille et mes amis au grand complet, pour avoir supporté une folle furieuse dans sa mission constante de tenir les délais ! Enfin, merci à toi, Rankin, mon cher mari. Je l'ai déjà beaucoup dit, mais c'est la pure vérité : je ne pourrais pas faire tout cela sans toi !

Alison Weir
Carshalton, Surrey
Août 2009